Zur Erinnerung

an Deine

Konfirmation 1994

von Deiner

Musikkameradin

Heidi Alberts

Wolfgang Hohlbein

Das Siegel

Ein historischer Roman

Ueberreuter

Die Deutsche Bibliothek – CIP-Einheitsaufnahme

Hohlbein, Wolfgang:
Das Siegel : ein historischer Roman /
Wolfgang Hohlbein. – Sonderausg. –
Wien : Ueberreuter, 1994
ISBN 3-8000-2394-6

J 1107/2
Alle Rechte vorbehalten
Umschlag von Jörg Huber
© 1987 by Verlag Carl Ueberreuter, Wien
Gesamtherstellung: Carl Ueberreuter
Druckerei Ges. m. b. H., Korneuburg
Printed in Austria

Nicht alle Personen der Handlung sind frei erfunden. König Guido von Lusignan, Sultan Saladin oder Hasan as-Sabbah, genannt der Alte vom Berge, etwa sind historische Persönlichkeiten, doch habe ich mir zugunsten eines spannenden Verlaufs der Handlung einige geschichtliche Freiheiten erlaubt.

1

Mit dem ersten Licht des neuen Tages war ein schmaler sandbrauner Streifen vor dem hochgezogenen Bug des Schiffes aufgetaucht. Obwohl seither mehr als zwei Stunden vergangen sein mußten, war er bisher kaum näher gekommen, denn das mächtige Segelschiff bewegte sich nicht darauf zu, sondern lief mit prall geblähten Segeln die Küste entlang. Es hielt dabei im großen und ganzen immer denselben Abstand von der braungrün gefleckten Landmasse – einen Abstand, der klein genug war, die Besatzung nach Sicht manövrieren zu lassen. Trotzdem hätte Ulrich vielleicht den Sprung über Bord gewagt, und viele andere der gut hundert Gefangenen ebenfalls, die mit ihm in dem stinkenden Laderaum des Schiffes eingesperrt waren, hätten sie nur die Gelegenheit dazu gehabt.

Aber es gab diese Gelegenheit nicht. Zwischen den Gefangenen und dem sandbraunen Land im Süden lag nicht nur eine gute Meile salzigen Wassers, sondern da waren auch die fingerdicken Eisenstäbe des Gitters, das die beiden winzigen Sichtluken verschloß, und die rostige Kette, die beide Fußfesseln miteinander verband.

Wenn Ulrich sich sehr viel Mühe gab, konnte er damit aufstehen und sogar gehen, wenn auch nur mit kleinen und mühsamen Schritten, die seinem zerschundenen und erschöpften Körper die letzte Kraft kosteten – eine Flucht war also ganz ausgeschlossen.

Ulrich von Wolfenstein hob langsam die Schale an die Lippen, nahm ein paar Schlucke von dem warmen, schlecht schmeckenden Wasser, das er sich darin aufgespart hatte, und betrachtete das trübe Spiegelbild seines Gesichtes darin. Er war beinahe froh darüber, daß das Licht hier drinnen so schlecht war. So konnte er nicht viel mehr als einen zerfließenden Schatten erkennen. Die wenigen Male, da er sein eigenes Spiegelbild in den letzten Tagen gesehen hatte, war er zutiefst erschrocken darüber, wie rasch er sich in den kaum zwei Wochen verändert hatte.

Aus dem hochgewachsenen, kräftigen Vierzehnjährigen, der sich in Pisa eingeschifft hatte, war ein hohlwangiges Gespenst geworden, ein Junge mit schmutzverkrustetem Haar, dessen ehemals strohblonde

Farbe nur noch zu ahnen war. Seine Lippen waren aufgequollen und rissig, unter seine Augen hatten Hunger, Schmerz und Fieber dunkle Ringe gegraben.

Im Grunde brauchte er sein eigenes Spiegelbild gar nicht, um zu wissen, wie er aussah. Keiner der anderen Gefangenen bot einen besseren Anblick als er. Es waren die Ausdauerndsten und Zähesten von all den Männern, die vor dreizehn Tagen an Bord dieses Schiffes gegangen waren.

Ulrich ballte die Fäuste, als er an den strahlenden Sommernachmittag dachte, der sein Leben auf so entsetzliche Weise verändert hatte. Mit seinen vierzehn Jahren war er einer der Jüngsten gewesen, gerade an der Schwelle vom Knaben zum Mann, als er sich den Kreuzfahrern anschloß. Alles hatte Ulrich durchgehalten – den schier endlosen Weg von seiner Heimat im Rheintal nach Italien; die Wochen und Monate voll Hunger und Durst; die eisige Kälte der Alpen, die sie mitten im Winter und unter Schneestürmen hatten überwinden müssen; die Straßenräuber, die dem in kleine Häufchen zerfallenen Pilgerzug immer wieder aufgelauert hatten, um ihnen auch noch das wenige zu nehmen, das ihnen geblieben war, oft nicht mehr als die Kleider, die sie auf dem Leibe trugen. Viele von ihnen waren unterwegs den Strapazen, Krankheiten oder Räubern zum Opfer gefallen oder hatten einfach aufgegeben. Aber Ulrich hatte durchgehalten.

Der Glaube daran, daß es ihm gelingen würde, das Heilige Grab in Jerusalem zu erreichen, hatte ihm Kraft gegeben. Selbst als sie – noch immer Hunderte – in Genua angekommen waren und dort weder Schiffe noch irgendeine andere Hilfe, sondern einen Abgesandten des Papstes antrafen, der sie alle feierlich von ihrem Eid entband und wieder nach Hause schickte, hatte er nicht aufgegeben. Weder die Kirche noch die Könige Europas wollten etwas von dieser abenteuerlichen Schar wissen, die sie nicht gerufen hatten. Ulrich war bei dem kleinen Häufchen Unverzagter geblieben, die daran festhielten, nach Jerusalem zu ziehen und die Sarazenen aus dem Gelobten Land zu vertreiben. Wieder machten sie sich auf den Weg und quälten sich durch die sommerliche Hitze Italiens. In Pisa endlich fanden sie, was Genua und der Papst ihnen verweigert hatten: einen Mann, der über eine Flotte von drei Schiffen verfügte und sich nach langen Verhandlungen bereit erklärte, sie nach Akkon zu bringen, obgleich sie kaum genug Geld zusammenbringen konnten, ihre Verpflegung zu bezahlen, geschweige denn die Überfahrt. Jetzt, im nachhinein betrachtet, verstand Ulrich selbst nicht mehr so recht, daß sie nicht mißtrauisch geworden waren. Eine Fahrt nach Palästina war selbst für drei so große und wehrhafte Schiffe, wie sie Paltieri besaß, ein äußerst riskantes Unternehmen. Das Mittelmeer wimmelte geradezu von Piraten, und der Friede, der zwischen den Herren von Outremer und den Sarazenen herrschte, war so wenig verläßlich wie der Schutz eines Leinenhemdes gegen einen feindlichen Pfeil. Nur acht von zehn Schiffen, die die Reise wagten, kehrten gewöhnlich zurück, und nur sechs von zehn Männern. Die Gefahr, daß Paltieri eines seiner kostbaren Schiffe oder gar seinen noch kostbareren Kopf verlor, war nicht gerade klein.

Sie hatten all dies gewußt, aber die Aussicht, nach allen überstandenen Anstrengungen und Gefahren nun doch noch an ihr Ziel zu gelangen, hatte sie wohl verblendet. Vielleicht war auch nur die Abenteuerlust zu groß gewesen.

Gleichwie – am Nachmittag des vierten Februar im Jahre des Herrn elfhundertsiebenundachtzig waren sie an Bord gegangen, verteilt auf drei gewaltige Frachtschiffe, die noch mit der Abendflut ausgelaufen waren. Als der Abend dämmerte, war die Küste Italiens bereits hinter ihnen verschwunden.

Das war das letzte Mal, daß Ulrich oder einer der vielen anderen mehr vom Himmel oder vom Meer sah als einen kaum handbreiten Ausschnitt, der vor den vergitterten Luken vorbeizog. Paltieri zeigte schon am ersten Abend sein wahres Gesicht. Kaum war das Festland außer Sicht, da zauberten seine Leute plötzlich Schwerter, Dolche und Peitschen hervor und trieben die Kreuzfahrer im Laderaum zusammen, wo sie einer nach dem anderen angekettet wurden.

Einige Männer und ein paar der größeren Knaben versuchten zwar, Widerstand zu leisten, unter ihnen auch Ulrich und der rothaarige Ken, der aus Britannien stammte und irgendwo auf halbem Wege zu ihnen gestoßen war, aber das war von vornherein vergeblich. Ulrich verlor gleich als einer der ersten durch einen Faustschlag das Bewußtsein und fand sich später angekettet, mit einem ausgeschlagenen Zahn und geprellten Rippen, auf dem Boden wieder. Aber Ken und vielleicht ein Dutzend von denen, die sich zu heftig gewehrt hatten, lagen jetzt zwei Meilen vor der italienischen Küste auf dem Meeresboden und wurden von den Fischen gefressen.

Danach versuchte niemand mehr, sich zu wehren.

Es fiel Ulrich schwer, zu glauben, daß dies alles wirklich erst zwei Wochen her sein sollte. Die Zeit dazwischen war ihm so entsetzlich lang vorgekommen, und so viel war seither geschehen. All ihre Träume waren zerbrochen, in einem einzigen, schrecklichen Augenblick.

Sie waren aufgebrochen, um das Heilige Grab zu sehen, um ein neues, vielleicht besseres Leben zu finden, um dem Hunger, der Armut und der Kälte in ihrer Heimat zu entfliehen – doch jetzt lagen sie in Ketten da, halb verhungert und auf dem Weg nach Alexandria, Tripolis oder irgendeiner anderen Stadt des Morgenlandes, um auf dem Sklavenmarkt wie Vieh verkauft zu werden! Sie hatten alle zu spät begriffen, wie Paltieri und seine Männer ihre Unkosten zu decken gedachten. Die große Ladung von Sklaven – auch wenn nur die Hälfte von ihnen lebend ankam – lohnte das Risiko eines Piratenüberfalles allemal.

Ein dumpfes Lärmen von der Ladeklappe her riß Ulrich aus seinen Gedanken und ließ ihn aufsehen. Metall klirrte, dann erschien ein schmaler, blendendheller Lichtstreifen über ihm, der zu einem sonnenerfüllten Rechteck wuchs, als die Luke vollends geöffnet wurde. Das Licht schmerzte in Ulrichs entzündeten Augen, so daß er die Hand schützend vor das Gesicht hob und den Kopf ein wenig zur Seite drehte. Polternd und krachend wurde eine Leiter in den Laderaum hinuntergelassen, dann kletterte ein Matrose zu ihnen herab, gleich darauf ein zweiter und ein dritter.

In dem nach Abfall und Krankheit riechenden Frachtraum entstand Unruhe. Einige Gefangene begannen zu weinen oder riefen heiser nach Brot oder Wasser. Dürre, schmutzstarrende Hände reckten sich den drei Männern entgegen, Ketten rasselten.

Auch Ulrich richtete sich auf, soweit es seine Ketten zuließen, und streckte gierig die Hände aus, als die Männer mit Körben und Wasserschläuchen ihre tägliche Runde durch den Laderaum begannen. Ein Schluck Wasser wurde in seine Schale gefüllt, dazu gab es einen Kanten harten Brotes und etwas rohen Fisch, das war alles. Ulrich raffte seine Mahlzeit hastig an sich, verkroch sich wieder in seine Ecke und verschlang den Fisch, ohne sich Zeit zum Kauen zu nehmen. Dann brach er ein Stück Brot ab, stopfte es zwischen die Zähne und nahm einen Schluck Wasser, den er so lange im Mund behielt, bis das Brot halbwegs aufgeweicht war und er es schlucken konnte. Dicht neben ihm begannen zwei Männer um ein Stück Brot zu kämpfen, andere flehten verzweifelt um mehr oder griffen nach den Beinen der Matrosen, handelten sich dadurch aber nur ein paar Fußtritte ein. Ulrich preßte sich gegen die Bordwand und verbarg das kostbare Stück Brot und sein Wasser halb unter seinem gekrümmten Körper. Sein Mund schmerzte, denn auch das Wasser vermochte das Brot nicht ganz aufzuweichen. Obwohl es ihm den Gaumen zerkratzte, verschlang er es so schnell, wie er nur konnte, denn was in seinem Magen war, konnte nicht mehr gestohlen werden.

Ulrich wußte, daß sie sich alle wie Tiere benahmen, aber welche Wahl blieb ihnen schon? Wie die Tiere waren sie hier unten zusammengepfercht worden, in einem Raum, der selbst jetzt, nachdem mehr als die Hälfte von ihnen tot war, noch viel zu klein war. Sie wurden schlimmer als Tiere behandelt. Dabei war das Essen in den letzten zwei Tagen sogar besser geworden, denn einen Leckerbissen wie Fisch hatte es während der ersten zehn Tage ihrer Gefangenschaft nicht gegeben.

Aber das lag wohl kaum daran, daß Paltieri plötzlich sein Gewissen entdeckt hatte, sondern eher daran, daß er begriffen haben mochte, wie wenig Gewinn halbtote Skaven auf dem Markt einbrachten. Vielleicht hatte er auch einfach abgewartet, bis genug von ihnen gestorben waren, um die verbliebenen Lebensmittel unter den Überlebenden aufteilen zu können.

Nachdem Ulrich seine kärgliche Mahlzeit beendet hatte, war er fast ebenso hungrig wie zuvor. Die drei Matrosen hatten ihre Runde beendet. Doch das bedeutete bloß, daß ihre Körbe leer waren und nicht etwa, daß auch alle zu essen bekommen hätten. Viele waren an der Ruhr, an den Schlägen oder vor Angst gestorben. Nicht wenige der Toten jedoch, die man während der letzten zwei Wochen über Bord werfen mußte, waren verhungert, weil sie nicht die Kraft – oder den Willen – gehabt hatten, um ihr Essen zu kämpfen. Das war auch der Grund, warum Ulrich kaum mehr als die Namen der beiden Männer kannte, die rechts und links von ihm angekettet waren. Wo der tägliche Bissen Brot über Leben und Tod entschied, war kein Platz mehr für Freundschaft.

Der Hunger hatte sie zu Feinden gemacht, und wahrscheinlich lag genau das in Paltieris Absicht.

Ulrich klaubte den letzten Krumen Brot vom Boden, spülte ihn mit einem Schluck Wasser hinunter und blinzelte zur Luke hinauf. Die drei Matrosen waren wieder an Deck gestiegen, aber anders als sonst wurde die Leiter nicht sofort wieder eingezogen. Nach einer Weile erschien abermals ein Schatten im hellen Rechteck der Ladeklappe, starrte einen Moment zu ihnen herab und begann mit umständlichen Bewegungen die Leiter hinunterzusteigen.

Erst als er den Boden erreicht hatte und sich wieder herumdrehte, erkannte Ulrich, daß es Paltieri selbst war. Der schwarzhaarige Italiener war in ein prachtvolles, grünseidenes Gewand gekleidet, an dessen Gürtel ein zierliches Schwert hing. Auf seinem Kopf saß eine Kappe aus schwarzem Samt, und seine Stiefel waren mit kleinen silbernen Münzen besetzt, die bei jeder Bewegung klimperten und klirrten. Ulrich hatte selten etwas gesehen, das ihn mehr anwiderte als Paltieris Anblick in diesem Moment.

Nun stand der Italiener einfach da, drehte sich langsam im Kreis und sah sich mit offenkundiger Abscheu um. Schließlich griff er unter sein Wams, zog ein spitzenbesetztes Tuch hervor und preßte es gegen Mund und Nase, offensichtlich hielt er den Gestank hier unten nicht aus.

Ulrich setzte sich ein wenig auf und sah zu Paltieri hoch. Der Italiener war noch nie zu ihnen heruntergekommen, nicht einmal am ersten Tag, als sie eingesperrt und angekettet worden waren. Sie mußten sich dem Ziel ihrer Reise nähern.

»Hört mir zu!« rief Paltieri schließlich in ihrer Sprache. Seine Stimme ging fast im unruhigen Raunen und Kettengerassel unter. Er mußte trotzdem kein zweites Mal rufen, denn schon nach wenigen Augenblicken breitete sich eine fast atemlose Stille unter den hundert Gefangenen aus, nur dann und wann unterbrochen durch das metallische Klirren der Ketten oder das leise Stöhnen eines Kranken.

»Ihr werdet jetzt nach oben gebracht«, fuhr Paltieri fort, »einer nach dem anderen. Wir werden euch die Ketten abnehmen und euch waschen, und ich rate euch, keinen Unsinn zu machen. Wer sich wehrt oder zu fliehen versucht, den lasse ich über Bord werfen. Wenn ihr vernünftig seid, bekommt ihr anschließend noch einmal zu essen und saubere Kleider. Heute abend erreichen wir Alexandria, und ich will nicht, daß ihr wie Hungerleider von Bord geht. Aber zuerst«, fügte er mit einem angewiderten Nasenrümpfen hinzu,»wird gebadet. Ihr stinkt ja schlimmer als die Schweine!« Und damit wandte er sich um und stieg so schnell die Leiter wieder empor, daß es wie eine Flucht aussah.

Ulrich blickte ihm nach, bis Paltieri am oberen Ende der Leiter verschwunden war und wieder das gleißende Sonnenlicht in der Öffnung erschien. Sein Herz begann vor Aufregung wie rasend zu hämmern. Während der letzten zwei Wochen hatte er sich nichts sehnlicher gewünscht, als hier herauszukommen. Kein Tag war vergangen, an dem er nicht mindestens zehn verschiedene Fluchtpläne ersonnen und wieder verworfen hätte. Trotzdem fuhr er nun erschrocken zusammen, als ein halbes Dutzend Matrosen zu ihnen herunterkletterte und damit begann, die Ketten der Gefangenen zu lösen. Er hatte gedacht, daß es nichts auf der Welt gäbe, was er mehr haßte als dieses Schiff, aber das stimmte nicht. Er fühlte sich wie ein Tier, das sich zitternd vor Angst in einem Erdloch verkrochen hatte. Ganz gleich, wie schlimm es hier drinnen war – er hatte noch viel mehr Angst vor dem, was ihn draußen erwartete.

Es dauerte lange, bis auch er an die Reihe kam, und als es soweit war, war er viel zu schwach und mutlos, um sich zu wehren. Das kurze Stück Kette, das seine Fußfesseln mit dem eisernen Ring im Schiffsboden verband, wurde gelöst, dann griffen starke Hände unter seine Achseln und zogen ihn grob auf die Füße. Ein grober Stoß in den Rücken ließ ihn auf die Luke zutaumeln.

Als er auf das Deck hinaufkam, traf ihn schmerzend das helle Tageslicht. Nach vierzehn Tagen im Halbdunkel des Schiffsbauchs begannen seine Augen in der Sonne zu tränen. Die ungewohnte Bewegung ließ ihn schwindeln; er taumelte, wollte einen Schritt nach vorne machen und fiel schwer auf Hände und Knie, als ihn die kurze Kette zwischen seinen Fußgelenken stolpern ließ.

»Was treibst du da, Bursche?« schrie eine aufgebrachte Stimme. »Stell dich gefälligst nicht so an! Wir haben nicht alle Zeit der Welt!«

Ulrich sah aus blinzelnden Augen auf und blickte direkt in Paltieris Gesicht. Der Italiener starrte mit einer Mischung aus Wut und Ekel auf ihn herab und hatte den rechten Fuß gehoben, wie um ihn zu treten. Ulrich zog den Kopf zwischen die Schultern und biß die Zähne zusammen, auf den kommenden Schmerz gefaßt.

Plötzlich geschah etwas Sonderbares: Ihre Blicke begegneten sich, und in Paltieris zornige Augen mischte sich zuerst Erstaunen und dann Schrecken. Der Italiener trat ihn nicht, sondern wich im Gegenteil einen halben Schritt vor ihm zurück und starrte auf ihn herab. Ulrich hatte selten zuvor einen Menschen gesehen, der so verstört und überrascht wirkte wie Paltieri in diesem Augenblick.

Schließlich richtete sich Paltieri mit einem unwilligen Schnauben auf, fuhr herum und machte eine Handbewegung zu jemandem, der hinter Ulrich stand. »Nehmt euch des Burschen an«, sagte er. »Schrubbt ihn gründlich ab, damit er wieder wie ein Mensch aussieht, und dann gebt ihm etwas anderes anzuziehen. Die Lumpen, die er da anhat, stinken ja wie die Pest.«

Wieder wurde Ulrich grob auf die Füße gezerrt, und wie zuvor bewegte er sich wohl nicht schnell genug, denn er bekam einen neuen Stoß zwischen die Schulterblätter, der ihn um ein Haar abermals auf das Deck geschleudert hätte. Eine harte Hand griff nach seinem Arm, zerrte ihn herum und stieß ihn auf eine hölzerne Bank.

Ulrich wimmerte vor Schmerz, als seine Fußfesseln gelöst wurden. Die eisernen Ringe hatten seine Haut blutig geschürft, und die Männer waren alles andere als vorsichtig. Stöhnend beugte er sich vor, um nach seinen schmerzenden Beinen zu greifen, wurde aber neuerlich in die Höhe gerissen und grob über das Deck gestoßen. Jemand riß ihm die Kleider vom Leib, dann wurde er gepackt, in die Höhe gehoben und in einen gewaltigen Trog mit heißem Wasser getaucht, bis er glaubte, jämmerlich ertrinken zu müssen. Gerade als der Schmerz in seinen Lungen unerträglich zu werden begann, wurde er losgelassen und kam prustend wieder über Wasser, aber nur, um gleich darauf wieder gepackt und festgehalten zu werden. Ulrich begann sich zu wehren und kleine hilflose Schreie auszustoßen, aber gegen die Kraft der beiden Matrosen, die ihn hielten, war er natürlich machtlos.

Was nun kam, erschien ihm schlimmer als alles, was ihm in den zwei Wochen zuvor widerfahren war, denn was das heiße Wasser nicht von seiner Haut spülte, das scheuerten Paltieris Männer mit einer harten Bürste und sandgrober Seife herunter. Als Ulrich schließlich aus dem Bottich gehoben und roh auf das Deck geworfen wurde, brannte seine Haut wie Feuer und war überall rot und wund. Er blutete aus einem Dutzend kleiner Wunden. In dem Bottich war salziges Meerwasser gewesen, so daß jede noch so kleine Verletzung auf seiner Haut schmerzte, als hätte man Säure hineingegossen.

Jemand warf ihm ein Hemd aus grobem braunem Leinen zu und fuhr ihn an, es überzustreifen. So gut er konnte, beeilte sich Ulrich, dem Befehl nachzukommen, denn er wußte, daß sie ihn wieder schlagen würden, wenn er nicht rasch genug gehorchte.

Zitternd richtete er sich auf, zog das Gewand über die Schultern und knotete den groben Hanfstrick fest, der als Gürtel diente. Das Kleid ähnelte einem Sack, in den nur drei Löcher für Kopf und Arme geschnitten worden waren, und der rauhe Stoff scheuerte schmerzhaft auf seiner Haut. Trotz allem aber war Ulrich zum ersten Mal seit zwei Wochen wieder sauber und trug ein Hemd, das nicht von Blut und Schmutz hart geworden war. Erst jetzt, als er sich langsam aufrichtete und den kühlen Salzwasserwind des Meeres im Gesicht spürte, begriff er vollends, wie unerträglich der Gestank unten im Laderaum gewesen war.

Einer der Matrosen deutete zum Bug des Schiffes, wo bereits die anderen Gefangenen versammelt waren, die die gleiche Behandlung hinter sich hatten, und hieß Ulrich, zu ihnen zu gehen. Ein gutes Dutzend Matrosen hatte sich zwischen den Gefangenen und dem rückwärtigen Teil des Decks aufgestellt, alle mit Säbeln, Peitschen oder kurzen Knütteln bewaffnet, um jeden Gedanken an Widerstand sofort im Keim zu ersticken. Ihr Anblick war angesichts des elenden Haufens, der sich hinter ihnen auf den schwankenden Planken des Schiffes zusammendrängte, beinahe lächerlich. Es waren vielleicht fünfzig Gefangene, die Hälfte der Überlebenden, die aus dem Bauch des Schiffes gekommen waren, und obwohl alle jetzt gewaschen und in saubere Gewänder gekleidet waren, sahen sie immer noch erbärmlich aus.

Nur wenige hatten noch die Kraft, auf eigenen Füßen zu stehen, und wohin Ulrich auch blickte, sah er in ausgezehrte, verängstigte Gesichter, manche von Narben und Geschwüren entstellt und alle von Hunger gezeichnet.

Das also ist der Rest, dachte er matt. Sie waren aufgebrochen als eine bunte Schar von Kreuzfahrern, ungeordnet und beinahe ohne Waffen, arm wie Bettler, denen Mut, Abenteuerlust und Gottvertrauen eine vernünftige Ausrüstung und militärisches Wissen ersetzten. Und jetzt waren sie ein Haufen verängstigter Sklaven, die meisten mehr tot als lebendig, und vor ihnen lag ein Schicksal, das vielleicht noch schlimmer sein mochte als die zwei Wochen, die hinter ihnen lagen. Mit schleppenden Schritten ging Ulrich über das Deck, drängelte sich zwischen den anderen hindurch und fand schließlich einen Platz dicht an der Reling, an dem er sich niederlassen konnte. Seine Augen hatten sich jetzt an das grelle Sonnenlicht gewöhnt, so daß er die Küste deutlicher als zuvor erkennen konnte. Sehr weit im Osten hüpfte ein weißer Punkt auf dem Meer: ein anderes Schiff, das ihren Kurs kreuzte, aber nicht näher kam. Wozu auch – eine Rettung würde es kaum bringen. Selbst wenn es auf Hörweite käme und sie um Hilfe rufen würden, wen kümmerte das schon? Sie waren Hunderte Meilen von ihrer Heimat entfernt, mitten im Feindesland, und Ulrich wurde sich plötzlich schmerzhaft bewußt, daß eine Flucht so oder so sinnlos wäre, selbst wenn sie gelang. Es gab niemanden, an den sie sich wenden konnten.

Er seufzte, löste den Blick von dem winzigen weißen Segel am Horizont und blickte wieder nach Süden, zur Küste.

Sie war immer noch nicht näher gekommen.

2

Es wurde Nacht, bis sie in den Hafen einliefen. Im Laufe des Nachmittags hatte sich die sandbraune Farbe der Küste mehr und mehr mit Grün gefüllt, und mit dem letzten Licht des Tages tauchten die Mauern Alexandrias vor ihnen auf, überragt von den spitzen Türmen der Minarette, die zum Teil mit Silber und Gold gedeckt sein mußten, denn sie blitzten im roten Licht der untergehenden Sonne wie riesige Karfunkel.

Ein ganzer Schwarm kleiner Boote mit sonderbar geformten, dreiekkigen weißen Segeln kam ihnen entgegen und folgte ihnen auf dem Weg in den Hafen. Als sie noch eine halbe Stunde von der Stadt entfernt waren, näherte sich ihnen ein größeres, von einem Dutzend Rudern getriebenes Schiff, vor dem die anderen zur Seite schossen wie kleine Fische beim Anblick eines Haies.

Der Ruderer ging längsseits. Taue wurden von Bord des Sklavenschiffes auf das Deck des herangekommenen Bootes hinabgeworfen, dann folgte eine Strickleiter, und wenige Augenblicke später kletterte eine schlanke, sehr hochgewachsene Gestalt an Bord, die ganz in schwarzes Tuch gehüllt war.

Paltieri eilte dem Mann entgegen, machte eine umständliche Verbeugung und deutete mit der ausladenden Gestik eines Händlers, der seine Waren anpreist, auf die im Bug zusammengedrängten Gefangenen. Seine Lippen bewegten sich und formten unverständliche Worte. Der Fremde blickte stumm in ihre Richtung, dann nickte er, wies mit einer knappen Handbewegung auf das Achterkastell des Schiffes und wandte sich um. Paltieri beeilte sich, an ihm vorbeizuhasten und die Tür aufzureißen, wobei er sich abermals tief verbeugte.

Entweder, dachte Ulrich, mußte es sich um einen sehr wichtigen Geschäftspartner des Sklavenhändlers handeln – oder Paltieri hatte einfach Angst vor ihm. Auch Ulrich selbst verspürte ein Schaudern beim Anblick des dunkel gekleideten Fremden. Vielleicht lag es daran, daß es der erste Muselmane war, den er hier sah.

Natürlich hatte er viel über die Heiden gehört. In Köln war ein aus dem Heiligen Land zurückgekehrter Kreuzfahrer, der von seinen Abenteuern berichtete, nichts Ungewöhnliches. Einmal wurde sogar

ein gefangener Sarazene öffentlich auf dem Domplatz ausgestellt.
Doch nun erschreckte ihn der Anblick des schwarzgekleideten Muselmanen viel tiefer, als er erwartet hatte, denn – ganz gleich, wer oder
was dieser Mann sein mochte – er gehörte zum Feind, den zu bekämpfen sie hergekommen waren. Und er stand frei und in Waffen,
stolz und drohend vor ihnen, während sie in Ketten dalagen. Noch
lange, nachdem sich die Tür hinter dem Fremden und Paltieri geschlossen hatte, saß Ulrich da und starrte zum Heck hinab. Er schrak
erst aus seinem dumpfen Brüten auf, als ein spürbares Zittern durch
das Schiff ging und er unsanft gegen die Reling geworfen wurde.
Sie liefen in den Hafen ein. Vor ihnen erhob sich ein wahrer Wald
von Masten, so daß sich Ulrich fragte, wie ihr Steuermann wohl in
diesem Labyrinth von Schiffen und flinken Ruderbooten manövrieren, geschweige denn den Kai erreichen wollte, der dicht mit Schiffen
gesäumt war.
Es war mittlerweile dunkel geworden. Die Dämmerung war hier im
Süden sehr kurz. Der Hafen jedoch war beinahe taghell erleuchtet,
und die Lichter der nahen Stadt spiegelten sich wie dutzendfach ver-
stärkter Sternenschein auf dem Wasser. Auch auf zahlreichen Schiffen brannten Lampen, hier und da sah man ein offenes Feuer, so daß
Ulrich seine Umgebung deutlich erkennen konnte. Der Anblick war
so phantastisch, daß er für einen Augenblick sogar die entmutigende
Lage vergaß, in der er sich befand.
Hunderte von Schiffen drängten sich in dem gewaltigen Hafen: riesige zwei- und dreimastige Segler, wie er sie aus den Häfen Genuas
und Pisas kannte, gewaltige Schiffe mit sonderbar niedrigen Rümp-
fen, die offenbar nur von Rudern vorwärts getrieben wurden, türki-
sche Fracht- und Kriegsschiffe und kleine schnelle Nilboote mit ihren
steil hochgezogenen Heckaufbauten, Schiffe, wie sie Ulrich nie zuvor
gesehen hatte – was im übrigen nicht viel besagte, denn er hatte sich
niemals sehr für Schiffahrt interessiert.
Ein unbeschreibliches Getöse scholl ihnen entgegen, noch ehe sie der
Hafenmauer auch nur nahe kamen. Noch vor vier Wochen in Genua
hatte Ulrich geglaubt, daß es keinen größeren und prachtvolleren Hafen geben konnte als den der italienischen Kauffahrerstadt. Aber im
Vergleich zu Alexandria war der Hafen Genuas nicht viel mehr als
ein Tümpel, auf dem ein paar Spielzeugboote schwammen.

Das Schiff wurde langsamer, manövrierte vorsichtig zwischen zwei anderen Booten hindurch und verlor noch mehr an Fahrt, bis es fast auf der Stelle zu stehen schien und die Hafenmauer nur noch einen halben Steinwurf entfernt war. Auf dem Kai erschienen jetzt Männer, die ihnen zuwinkten, wild gestikulierten oder Fackeln schwenkten. Einer versuchte ihnen ein Tau zuzuwerfen, nahm aber nicht genug Schwung, so daß das Seil ins Wasser klatschte und er es unter dem schadenfrohen Gelächter der anderen wieder hervorziehen mußte.

Unterdessen näherte sich das Schiff weiter der Kaimauer, nun nicht mehr schneller als ein Mann, der gemächlich dahinschlendert, prallte schließlich sanft gegen den rauhen Stein und kam mit einem letzten Schaukeln zur Ruhe. Taue wurden hin und her geworfen und festgebunden, und am Kai drängten sich immer mehr Männer, die durcheinanderschrien, lachten oder einfach nur stumm zu ihnen hinaufstarrten.

Ulrich, der noch immer auf seinem Platz an der Reling saß, wurde es unbehaglich zumute, als er in all diese fremden, dunklen Gesichter blickte, deren Ausdruck jedoch keineswegs unfreundlich, sondern eher neugierig, sogar mitleidig war.

Fast war er erleichtert, als Paltieri und der Muselmane wieder an Deck kamen. Paltieri machte eine befehlende Geste, und zwei seiner Männer ließen ihre Peitschen knallen und zerrten die Gefangenen grob auf die Füße.

Ulrich stand hastig auf und reihte sich in die Schlange ein, in der sie Aufstellung nehmen mußten. Paltieris Männer lösten ein meterbreites Stück aus der Reling, legten eine Planke von der so entstandenen Lücke zum Kai hinunter, und unter drohend erhobenen Peitschen und Knüppeln wurden sie von Bord getrieben.

Auch unten am Hafen entstand Bewegung. Paltieris Begleiter war einer der ersten gewesen, die von Bord gegangen waren, und als Ulrich über die wippende Planke hinunterschwankte, sah er, daß der Muselman nicht allein war. Ein Dutzend Männer in schwarzen und sandfarbenen Burnussen scheuchte die Gaffer zurück, um Platz für die ständig wachsende Gruppe von Gefangenen zu schaffen, während Paltieris Leute weiter die Wache übernahmen. Obwohl viele Gefangene kaum mehr die Kraft hatten, auf eigenen Füßen zu stehen, war das Schiff in überraschend kurzer Zeit entladen. Das lag allerdings auch daran, daß die Männer des Italieners ihre Gefangenen mit Peitschenhieben und Schlägen zu größter Eile anspornten.

Bald waren sie alle von Bord und wurden in der Mitte des Kais zu einem verängstigten Haufen zusammengedrängt, umstanden von Paltieris Matrosen und einer neugierigen Menge. Der Italiener wechselte ein paar Worte mit dem Schwarzgekleideten, woraufhin dieser nickte und mit einer knappen Geste über die Schulter zurück deutete. Einen Augenblick später knallten die Peitschen ihrer Bewacher erneut, und sie wurden weitergetrieben.

Als sie den Hafen verließen und sich der Stadt zuwandten, schaute sich Ulrich um. Doch alles, was er und die anderen von Alexandria, der Perle des Orients, an diesem Abend sahen, war eine kurze Straße, die sie entlang getrieben wurden, ehe sich die Tore eines gewaltigen Lehmziegelbaues hinter ihnen schlossen.

Wenn sie gedacht hatten, ihr Martyrium hätte damit – zumindest vorläufig – ein Ende, so sahen sie sich getäuscht, denn Paltieris Leute drängten sie auf einem kleinen Hof zusammen, wo sie abermals in Ketten gelegt und anschließend in kleine Gruppen aufgeteilt wurden, die man jede für sich wegbrachte. Alles ging schnell und reibungslos, so als wäre es etwas, was diese Männer schon sehr oft getan hatten. Ulrich versuchte vergeblich, sich Einzelheiten ihrer Umgebung zu merken. Sie wurden eine Treppe hinuntergestoßen, dann ging es einen kurzen, finsteren Gang entlang, von dem zahlreiche Türen abzweigten, und schließlich in eine Kerkerzelle, die vielleicht groß genug für fünf Menschen gewesen wäre, nun aber doppelt so viele aufnehmen mußte. Hoch oben unter der Decke gab es ein kleines Fenster, das jetzt aber von nichts als samtblauer Nacht erfüllt war. Auf dem Boden lag Stroh.

Immerhin hatte Ulrich nach zwei Wochen auf den schwankenden Brettern des Schiffes wenigstens wieder festen Boden unter den Füßen, und die neuen Ketten, mit denen sie gebunden waren, taten kaum weh. Es war warm hier drinnen, aber längst nicht so stickig heiß wie im Bauch des Sklavenschiffes, und trotz der drückenden Enge gelang es ihm, ein wenig Stroh zu einem Lager zusammenzuraffen und sich halbwegs darauf auszustrecken.

In dieser Nacht schlief Ulrich so gut wie seit Wochen nicht mehr. Als er am nächsten Morgen aufwachte, stand die Sonne bereits wie ein kleines glühendes Auge im Fenster.

Da erscholl ein helles Schaben und Knirschen – das Geräusch des Riegels, das ihn wohl auch geweckt hatte –, die Tür schwang auf, und Paltieri kam herein, begleitet von zwei dunkel gekleideten Sarazenen mit verhüllten Gesichtern. Einer von ihnen trug einen großen Bastkorb mit Brot in den Armen, der andere einen Wasserkrug und einen Sack, aus dem er Äpfel, Apfelsinen und trockene Feigen zu verteilen begann.

Ulrichs Magen meldete sich knurrend zu Wort, als er all diese Köstlichkeiten sah. Er stand hastig auf und streckte die Hände aus. Doch als sich der Mann mit dem Brotkorb zu ihm umwenden wollte, vertrat ihm Paltieri den Weg und schüttelte den Kopf. »Den da nicht«, sagte er.

»Aber ich... ich habe Hunger, Herr!« sagte Ulrich. »Bitte! Ich bin...«

»Wirst du wohl das Maul halten!« fuhr ihn Paltieri an. »Du kommst mit mir. Zu essen gibt es später – wenn du vernünftig bist, heißt das.« Er deutete mit einer befehlenden Geste zur Tür. »Los!«

Ulrich blickte noch einmal auf den gefüllten Korb des Sarazenen, und allein der Anblick des frischen weißen Brotes ließ ihm das Wasser im Mund zusammenlaufen. Aber er wußte, daß er sich allerhöchstens eine saftige Maulschelle von Paltieri einhandeln würde, wenn er nicht gehorchte, und so trat er an dem Italiener vorbei und verließ die Zelle.

Draußen auf dem Gang erwarteten ihn zwei Männer in braunen Gewändern, mit blitzenden Krummsäbeln an den Seiten, und Händen, die schwer von goldenen Ringen waren. Der eine sah ihn mit Interesse an, obwohl Ulrich doch nur ein Skave war, während der Blick des anderen an ihm vorbei gegen die Wand gerichtet war. Beide Männer waren alt und von hohem Wuchs. Sie trugen mächtig gezwirbelte Schnauzbärte. Der Schwarzgekleidete, mit dem Paltieri am Abend zuvor gesprochen hatte, war nicht dabei, wie Ulrich mit einem Gefühl deutlicher Erleichterung feststellte. Allein der Gedanke, mit diesem Mann noch einmal zusammenzutreffen, erfüllte ihn mit Furcht.

»Dort entlang!« Paltieri trat hinter ihm aus der Zelle und deutete nach rechts, dem Ende des Ganges und der Treppe zu, die sie am Abend zuvor herabgekommen waren. Ulrich verstand nun gar nicht mehr, was man von ihm wollte. Voll Angst ahnte er, daß der Italiener etwas Außergewöhnliches mit ihm vorhatte. Auch erinnerte er sich mit jähem Schrecken des Blickes, mit dem Paltieri ihn am Nachmittag zuvor angestarrt hatte. Vielleicht brachten sie ihn fort, um ihn zu töten oder, noch schlimmer, zu quälen.

Aber vorerst wurde er nur über den Hof und in einen anderen Trakt des Hauses geführt. Ulrich versuchte etwas von dem Gebäude zu sehen, in das er gebracht wurde, aber alles ging viel zu schnell. Er konnte nicht mehr als einen flüchtigen Blick auf die hohen, festgemauerten Wände aus braunen Lehmziegeln und die vergitterten Fenster werfen, und er war auch viel zu aufgeregt und verängstigt, um auf irgendwelche Einzelheiten zu achten.

Dafür war er um so erstaunter, als sie das Gebäude betraten. Im Inneren glich es jenem Trakt, aus dem Ulrich eben kam – es war ein Gefängnis; schmale, fensterlose Gänge, von denen Dutzende niedriger Türen abzweigten, manche davon offen, so daß er einen Blick in die dahinterliegenden Zellen werfen konnte. Die meisten waren aber verschlossen, und eine gar zugemauert. Dann führte Paltieri ihn und seine beiden Begleiter eine schmale gewundene Treppe hinauf, und kaum waren sie durch die Tür an ihrem Ende getreten, hatte Ulrich das Gefühl, in eine vollkommen andere, verzauberte Welt zu kommen.

Niemals zuvor hatte er soviel Pracht und Überfluß auf einmal gesehen, nicht einmal im Dom zu Köln, der ihm mit seiner Größe und seinem Glanz bisher als die gewaltigste Herrlichkeit der Welt erschienen war. Die Tür, die von dieser Seite aus geschickt hinter einem samtenen Vorhang versteckt war, führte in einen großen, auf zwei unterschiedlich hohen Ebenen angelegten Raum, dessen südwärtige Wand fast zur Gänze von einem buntbemalten Glasfenster eingenommen wurde, so daß das Licht in allen Farben des Regenbogens schimmerte. Der Boden bestand aus einem überaus fein ausgeführten Mosaik, das verwirrende Spiral- und Schlangenlinien darstellte, und an den Wänden hingen kostbare Teppiche. Seidene Vorhänge gaben dem ganzen Raum etwas sonderbar Schwebendes, Leichtes, und die wenigen Möbelstücke, die in dem höher gelegenen Teil des Saales standen, schienen zwar überaus kostbar, waren jedoch in einer grazilen, fast verspielt anmutenden Art ausgeführt, wie sie Ulrich noch niemals zuvor gesehen hatte.

Ulrich sah all dies mit einem einzigen, raschen Blick, denn Paltieri ließ ihm keine Zeit, sich gründlich umzusehen, sondern packte ihn grob bei der Schulter und stieß ihn vor sich her. Erst jetzt sah er, daß sie nicht allein waren. Vor einem kleinen, mit Schriften und Pergamentrollen übersäten Tischchen neben der Tür stand ein hochgewachsener Mann, ganz in fließendes Schwarz gekleidet und mit einem mächtigen Krummsäbel an der Seite.

Ulrich zuckte zusammen, als der Fremde sich herumdrehte – es war der Mann, der am Abend zuvor an Bord des Schiffes gekommen war! Ulrich wollte sofort stehenbleiben, aber Paltieri verstärkte den Druck seiner Hand, so daß er schon aus Schmerz weiterstolperte.

»Das ist er, Malik Pascha«, sagte Paltieri auf italienisch, als sie sich dem Fremden genähert und in zwei Schritten Entfernung stehengeblieben waren. »Der Knabe, von dem ich Euch erzählte.« Er sprach sehr langsam und mit übermäßiger Betonung, wohl, damit der Fremde auch jedes Wort verstand, doch war auch ein erregter Unterton in seiner Stimme zu vernehmen.

Ulrich konnte Paltieris Unruhe nur zu gut verstehen. Schon am Abend zuvor war ihm der Schwarzgekleidete unheimlich und düster erschienen, und an diesem Eindruck änderte sich jetzt, da sie sich auf Armeslänge gegenüberstanden, nichts. Ganz im Gegenteil – die Bedrückung, die er bisher bei seinem Anblick verspürt hatte, wurde zur Angst.

Maliks Haut war sehr dunkel, und sein Gesicht schmal und von edlem Schnitt. Auch seine Augen waren dunkel und standen zu eng zusammen, um nicht stechend zu wirken. Seine Nase mußte mindestens zweimal gebrochen gewesen sein. Er trug einen schwarzen, kurz geschnittenen Vollbart, der ihn älter erscheinen ließ, als er in Wahrheit sein mochte, und er hatte schlanke, aber überaus kräftige Finger. Als einzigen Schmuck trug er am linken Mittelfinger einen schweren Siegelring, auf dem sich ein Drache wand.

Lange, sehr lange, wie es schien, stand Malik reglos, mit unbewegtem Gesicht da und sah ihn an, nur seine Augen waren in beständiger Bewegung. Ulrich hatte plötzlich das unangenehme Gefühl, Maliks Blicke wie kleine geschäftige Tierchen über sein Gesicht huschen zu spüren, aber nicht nur über sein Gesicht, sondern auch über seine Hände, den Körper, seine Beine, und wieder seine Hände. Schließ-

lich, nach einer Ewigkeit, in der Ulrich sich immer unbehaglicher zu
fühlen begann, nickte Malik Pascha, wenn auch sehr zögernd, trat
einen Schritt auf ihn zu und legte die Hand unter sein Kinn, um seinen Kopf anzuheben.

»Mach den Mund auf«, sagte er zu Ulrich, dessen Sprache er offenbar fehlerlos beherrschte. Ulrich gehorchte voll Angst, obwohl sein
Griff warm und fast behutsam war. Reglos stand Ulrich da, während
Malik seine Ober- und Unterlippe vorzog und seine Zähne begutachtete, als sei er ein Pferd, das er kaufen wollte.

Schließlich ließ der Fremde ihn los, wischte sich die Hand an seinem
Burnus ab und trat wieder zurück.

»Ihr habt recht, Paltieri«, sagte er wieder in der Sprache des Italieners. »Er könnte gehen. Aber nicht in diesem Zustand.«

»Er ist gesund, Herr!« versicherte Paltieri hastig. »Er ist ein kräftiger
Bursche, einer der kräftigsten, die . . .«

»Er ist halb verhungert«, unterbrach ihn Malik. Er sprach ganz ruhig,
aber seine Worte hatten einen so bestimmten Klang, daß Paltieri mitten im Satz abbrach und es nicht wagte, noch einmal zu widersprechen.

»Ihr solltet die Sklaven, die ihr verkauft, ein wenig besser behan-
deln«, fuhr Malik in beiläufigem Ton fort. »Niemand zahlt einen guten Preis für einen Sklaven, der bei der ersten schweren Arbeit zusam-
menbricht. Aber das nur am Rande. Was ihn angeht«, er deutete auf
Ulrich, sah ihn aber nicht an, »so könntet Ihr recht haben. Wer ist
er?« Paltieri versetzte Ulrich einen Stoß. »Sprich, Kerl!« fauchte er.
»Wer bist du, und wo kommst du her. Gib Antwort!«

Malik zog verwundert die linke Augenbraue hoch, schwieg aber, und
Ulrich raffte das letzte bißchen Mut zusammen, das er in sich fand,
um zu antworten.

»Mein . . . mein Name ist Ulrich von Wolfenstein«, sagte er. »Ich
bin . . .«

»Von Wolfenstein?« unterbrach ihn Malik. »Etwa der Sohn eines
Herzogs oder so etwas?« Er starrte Paltieri an. In seinen Augen
blitzte es zornig. »Ich kann keinen gebrauchen, der vielleicht in
einem halben Jahr von einem ganzen Heer gesucht wird, Paltieri.«

»Unsinn«, widersprach der Italiener. Er wurde immer unruhiger.
»Der Bursche schneidet nur auf, Malik Pascha. Es war eine Horde

von Bettlern, die wir an Bord genommen haben. Er hatte nicht einmal das Geld, für sein Essen zu bezahlen.«

»Das sieht man ihm an«, erwiderte Malik zweideutig. Dann wandte er sich wieder an Ulrich. »Nun – wie ist das mit deinem Namen? Bist du ein Adeliger oder nicht?« Er lächelte, als er sah, daß Ulrich mit der Antwort zögerte, legte ihm die Hand auf die Schulter und beugte sich leicht vor, so daß sich ihre Augen auf gleicher Höhe befanden. »Ich weiß, was du jetzt denkst«, sagte er. »Aber es wird dir nichts nützen. Paltieri wird dich nicht freilassen, nur weil er denkt, daß vielleicht in einem Jahr dein Vater hier ist, um dich zu suchen. Die Frage ist nur, ob du mit mir kommst oder bei ihm bleibst. Also sei ehrlich mit deiner Antwort.«

Ulrich überhörte die Drohung, die in seinem letzten Satz schwang, keineswegs. Die Frage war wohl in Wahrheit die, ob er bei Malik Pascha leben oder bei Paltieri sterben würde. Und was hatte er zu verlieren? Schlimmer als bei Paltieri konnte es kaum mehr kommen. Alles erschien ihm wünschenswerter als eine vielleicht jahrelange Gefangenschaft in den Kerkern des Italieners.

»Ich... ich lüge nicht, Herr«, antwortete er stockend. »Aber niemand wird mich suchen. Mein Vater ist tot, und ich habe keine Geschwister.«

»Warum hast du dich diesen Bettlern angeschlossen, wenn du ein Adeliger bist?« wollte Malik wissen.

»Wir sind keine Bettler!« erwiderte Ulrich stolz. »Wir sind gekommen, um...«

»Ich weiß«, unterbrach ihn Malik mit einem raschen, ärgerlichen Stirnrunzeln. Er ließ Ulrichs Schulter los und richtete sich wieder auf. »Gut, du bist als Kreuzfahrer gekommen, belassen wir es dabei. Aber warum bist du mitgegangen? Du sagst, du hast keine Geschwister. Als einziger Nachfahre eines Adeligen hättest du zu Hause ein gutes Leben gehabt.«

Ulrich antwortete nicht. Er hatte diese Frage in der einen oder anderen Form schon zahllose Male gehört. Es war die Wahrheit – er war der Sohn Wolfgangs von Wolfenstein, der Erbe seines Titels und all seines Gutes. Aber was den Titel anging, so hatte ihn sein Vater dem König wohl abgelistet, indem er ihn betrunken gemacht und ihm ein williges Bauernmädchen zugeführt hatte. Seine sogenannte Burg war schon eine Ruine gewesen, als Ulrich zur Welt gekommen war, schäbiger als so manches große Gehöft, das ihn später während seiner Wanderschaft aufgenommen hatte. Ulrich war vier Jahre alt, als seine Mutter im Kindbett starb, zusammen mit seiner Schwester, die sie eben geboren hatte. Nach dem Tode seines Vaters vor zwei Jahren hatte Ulrich den gesamten Besitz seiner Familie nach und nach aufgebraucht, doch es langte gerade nur so weit, um wenigstens jeden zweiten Tag satt zu werden. Nein – niemand würde ihn suchen, und in den Ruinen von Wolfenstein nisteten jetzt wahrscheinlich nur noch die Krähen und Ratten.

»Ich glaube, er spricht die Wahrheit«, sagte Malik, als Ulrich auch nach einer geraumen Weile noch nicht antwortete. Er seufzte.

»Kannst du lesen, Ulrich?«

Ulrich schüttelte den Kopf.

»Aber du kannst es lernen«, fuhr Malik fort.

»Wenn ... wenn es sein muß«, antwortete Ulrich.

Seine Antwort schien Malik Pascha zu amüsieren, denn er stimmte ein halblautes, sehr ehrlich klingendes Gelächter an, in das auch Paltieri nach einer Weile einfiel, wenn auch nur, um Ulrich gleich darauf mit einer unsanften Bewegung zu sich heranzuzerren.

»Ihr seht, ich habe nicht übertrieben«, sagte er. »Ihr kennt den Preis.«

Maliks Lachen erstarb, und er wurde ernst. In dem Blick, mit dem er den Italiener maß, lag eher Verachtung als Zorn.

»Ich sehe überhaupt nichts«, sagte er kalt. »Nichts außer einem halbverhungerten Knaben, der vor Angst zittert, wenn man ihn auch nur anblickt. Und selbst wenn, ich könnte es nicht entscheiden. Euer Preis ist hoch.«

»Er ist angemessen. Bedenkt, was Ihr bekommt.«

»Wenn wir es bekommen«, antwortete Malik plötzlich zornig. »Aber das Feilschen überlasse ich anderen. Und es ist ohnehin zu früh. Ich werde noch heute einen Boten aussenden. Wenn er zurück ist und die Antworten bringt, die ich erhoffe, sehen wir weiter.« Er deutete mit seinem beringten Mittelfinger auf Ulrich. »Was ihn angeht, so behandelt ihn gut in dieser Zeit. Seht zu, daß er genug zu essen bekommt. Wenn ihm vom Skorbut die Zähne ausfallen, so mindert das seinen Preis«, fügte er hinzu.

26

Paltieri senkte demütig das Haupt, obgleich seine Augen wütend aufblitzten. »Wie Ihr befehlt, Herr«, sagte er. Ohne ein weiteres Wort packte er Ulrich erneut bei den Schultern und führte ihn aus dem Zimmer.

Ulrich war verwirrt, und er hatte das ungute Gefühl, daß ihm die Wahrheit – sollte er sie je erfahren – noch viel weniger gefallen mochte als die geheimnisvollen Andeutungen, die er mit einiger Anstrengung verstanden hatte.

Wenige Augenblicke später stieß ihn Paltieri durch eine niedrige Tür, und Ulrich fand sich erneut in einer Kerkerzelle wieder, wenn sie auch etwas größer und viel bequemer ausgestattet war als die, in der er die vergangene Nacht zugebracht hatte. Sie hatte ein großes, vergittertes Fenster, der Boden bestand aus Steinplatten, nicht aus festgestampftem Lehm, und an der Wand neben der Tür stand sogar ein richtiges Bett, auf dem ein strohgefüllter Sack lag. Noch ehe Ulrich wirklich begriff, wie ihm geschah, wurde die Tür hinter ihm zugeworfen, dann ertönte das Scharren eines eisenbeschlagenen Riegels, und er war allein. Und das sollte er auch für die nächsten zehn Tage bleiben.

3

Ulrich verbrachte den größten Teil der nun folgenden Zeit mit zwei Dingen: Essen und Schlafen. Und beides in einem Übermaß, von dem er sich vorher nicht einmal hätte träumen lassen. Ein paarmal kamen Männer, um nach seinen Verletzungen zu sehen, ihm frische Kleider zu bringen oder das Stroh in dem Sack auszuwechseln, auf dem er schlief. Jeden Morgen, wenn er die Augen aufschlug, stand ein Krug mit frischem Wasser und ein wohlgefüllter Brotkorb neben seinem Bett. Auch Obst bekam er, darunter viele Früchte, von denen er noch nie zuvor gehört hatte, die aber allesamt köstlich schmeckten, und jeden zweiten Tag ein Stück Fleisch oder – je nachdem – auch Fisch. Aber Ulrich war viel zu erschöpft, um all diese Wohltaten als das anzusehen, was sie waren: ein Wunder, das ihm das Leben rettete.

Erst jetzt, als alles vorüber schien, begann er zu spüren, wie entsetzlich die Qualen waren, die er auf dem Sklavenschiff erlitten hatte. Nun kümmerte sich ein Arzt um seine Wunden. Er war ein sanfter Mann, und obgleich sie sich nicht mit Worten verständigen konnten, gab er Ulrich doch mit Gesten und Blicken zu verstehen, daß kein Grund zur Sorge bestand und nichts von dem, was er erlitten hatte, wirklich gefährlich war. Aber ob gefährlich oder nicht, die Wunden schmerzten, und er hatte fast all seine Kraft verbraucht. Es gab kaum ein Fleckchen auf Ulrichs Körper, das nicht aufgeschürft, verschorft und zerschunden oder auf andere Weise verletzt gewesen wäre. Als der Arzt das erste Mal damit zu Ende war, all die zahllosen Kratzer und Schnitte auf seiner Haut zu salben und zu verbinden, sah Ulrich in all den Bandagen wie eine Mumie aus und vermochte sich kaum mehr zu bewegen. Die Schmerzen schienen schlimmer denn je, aber die Medizin, die er bekam, half, und der reichliche Schlaf und das gute Essen taten ein übriges, seine Wunden heilen zu lassen.

Am Morgen des zehnten Tages wurde Ulrich erneut abgeholt. Es war einer der Männer, die sonst das Essen gebracht hatten, der ihn nun mit Gesten aufforderte, seine Zelle zu verlassen. In seiner Begleitung befand sich wieder einer der alten kriegerisch aussehenden Muselmanen, die ihn schon beim ersten Mal zu Paltieri und Malik Pascha geleitet hatten. Doch Ulrich konnte sich nur schlecht daran erinnern, denn Erschöpfung und Fieber hatten seine Erinnerungen zu einem finsteren Durcheinander werden lassen, von dem er nicht mehr zu sagen wußte, was davon nun wahr und was Traum und Alpdruck war. Im ersten Moment wußte er nicht einmal mehr mit Bestimmtheit zu sagen, ob seine Begegnung mit dem geheimnisvollen Malik Pascha wirklich stattgefunden hatte.

Er wurde in den gleichen Raum geführt, in dem er schon einmal auf Malik und den Italiener getroffen war. Trotz der Verwirrung, die in Ulrichs Gedanken herrschte, erkannte er jede noch so winzige Einzelheit dieses Zimmers wieder. Nichts schien sich verändert zu haben, obwohl zehn Tage und Nächte vergangen waren: Paltieri stand an der gleichen Stelle und trug die gleichen kostbaren Kleider, dazu seinen Zierdegen und einen spanischen Dolch, auf dessen Griff er sich affektiert mit der linken Hand stützte. Selbst das Licht, das durch die bunten Glasfenster hereinfiel, schien sich inzwischen nie verdunkelt zu haben.

Aber diesmal waren Paltieri und Malik Pascha nicht allein – außer ihnen befanden sich zwei weitere, schwarzgekleidete Fremde in dem Raum. Der eine war ein finster dreinblickender Mann mit einem narbenbedeckten Gesicht, der an die zwei Meter groß sein mochte und nicht wie die anderen mit einem Krummsäbel, sondern einem fränkischen Langschwert bewaffnet war. Der zweite mußte ein sehr alter Mann sein. Sein Gesicht war ganz hinter einem schwarzen Schleier verborgen, der nur einen kaum fingerbreiten Streifen über Augen und Nasenwurzel frei ließ. An seiner Seite lagen zwei große schwarze Hunde, die leise knurrend ihre Köpfe hoben, sich aber ansonsten nicht rührten. Ihre bernsteinfarbenen Augen funkelten.

Ulrich fuhr unwillkürlich zusammen, als er den greisen Mann erblickte. Obwohl der Alte ein wenig abseits auf einem Diwan saß und während der ganzen Zeit kein Wort sprach, ja, sich bis auf ein einziges Mal nicht einmal rührte, ahnte Ulrich, daß er ein Mann von großer Bedeutung war, dessen bloße Anwesenheit sich wie ein lähmender Hauch im Zimmer ausbreitete. Ulrich konnte die Macht spüren, die diese schwarzgekleidete Gestalt ausströmte, und die Angst, mit der sie Paltieri und – ja, selbst Malik Pascha erfüllte. Es wird Malik Paschas Lehensherr sein, überlegte Ulrich.

Auch er fürchtete sich vor dem reglosen Alten, viel mehr noch als vor Malik oder vor dem riesigen Krieger mit dem Narbengesicht oder vor den beiden Hunden, ohne daß er sagen konnte, warum.

Lange starrten Malik und der maskierte Mann Ulrich nur wortlos an, während Paltieri ebenso stumm, aber mit sichtlich steigender Unruhe, dabeistand. Auch Ulrich begann sich immer unbehaglicher zu fühlen. Den stechenden Blick Malik Paschas hatte er ja schon kennengelernt, aber der des Alten war schlimmer, hundertmal schlimmer.

Obwohl in den dunklen, von zahllosen grauen Fältchen eingerahmten Augen nicht die mindeste Regung zu erkennen war, hatte Ulrich das Gefühl, daß sie durch ihn hindurchsahen wie durch Glas, mühelos in die verborgensten Tiefen seiner Gedanken vordrangen und Dinge erblickten, die er vielleicht selbst nicht von sich wußte; gar nicht wissen wollte. Es waren Augen, die auf den tiefsten Grund seiner Seele blickten. Sie waren alt. Unglaublich alt.

Als sich ihr Blick endlich von ihm löste, fühlte Ulrich sich leer – leer, erschöpft, ausgelaugt und auf sonderbare Art entehrt.

Er schauderte. Trotz des warmen Sonnenlichtes, das in flirrenden Bahnen aus Gold durch die Fenster hereinfiel, schien es mit einem Male eiskalt im Zimmer geworden zu sein. Der alte Mann hatte etwas von einem Toten an sich.

Ulrich drehte sich halb herum und starrte beunruhigt auf seine nackten Füße, aber es nutzte nichts. Er spürte die Blicke des unheimlichen Mannes weiter auf sich ruhen, unsichtbaren Fingern gleich, die in seinem Inneren wühlten.

Schließlich war es Paltieri, der das Schweigen brach. Seine Stimme zitterte vor Aufregung. »Nun, Malik Pascha?« fragte er. »Seid Ihr zufrieden?«

Malik sah Paltieri an, als überlege er ernsthaft, ob es eine Kreatur wie er überhaupt verdiene, daß man sie zur Kenntnis nimmt. Dann verzog er die Lippen zu einer Grimasse, von der sich Ulrich nicht sicher war, ob sie wirklich ein Lächeln bedeuten sollte. Paltieri wohl auch nicht. »Zufrieden?« fragte er nochmals. Malik zuckte mit den Achseln. »Ich sehe, daß Ihr Euch Mühe gegeben habt, ihn zu waschen und halbwegs wieder herauszufüttern – nachdem Ihr ihn vorher beinahe umgebracht habt«, fügte er hinzu. Er seufzte. »Ihr seid ein Narr, Paltieri. Würdet Ihr nur den zehnten Teil mehr dafür aufwenden,

Eure Sklaven gesund und bei Kräften zu erhalten, könntet Ihr das
Dreifache verdienen. Aber das nur am Rande.«
Er drehte sich herum, trat einen Schritt auf Ulrich zu und ließ sich
vor ihm in die Hocke sinken, ganz so, wie er es beim ersten Mal getan
hatte, als sie miteinander gesprochen hatten. »Du erinnerst dich noch
an mich?«
Ulrich nickte so schnell, daß Malik die Angst spüren mußte, die ihn
peinigte. Er konnte sich beim besten Willen nicht vorstellen, was
diese Männer von ihm wollten. Während der wenigen Stunden, die er
in den letzten Tagen zu klarem Denken fähig gewesen war, hatte er
sich immer wieder den Kopf darüber zerbrochen, welches Interesse
Malik und Paltieri an ihm haben mochten, ohne auch nur die geringste Vermutung zu finden, geschweige denn eine Erklärung. Fast gegen seinen Willen wanderte sein Blick zu dem Greis auf dem Diwan.
Die abgründigen Augen über dem schwarzen Tuch starrten ihn an
wie Tümpel voll geronnener Nacht. Etwas Böses war darin. Ulrich
hatte plötzlich das Bedürfnis, zu schreien, aber er tat es nicht.
»Wie fühlst du dich?« fragte Malik. Er lächelte, blieb aber trotzdem
ernst. »Bist du gesund? Sag lieber die Wahrheit – wir können niemanden brauchen, der krank ist und uns in ein paar Wochen weg-
stirbt. Du könntest uns auf Dauer doch nicht täuschen.«
»Ich . . . ich bin gesund, Herr«, stotterte Ulrich. Ganz plötzlich fürchtete er, daß Malik es sich anders überlegen und Paltieri sagen könnte,
er solle ihn zu den anderen Sklaven zurückschicken, was seinen sicheren Tod bedeuten würde. Er wußte nicht, was Malik und der schreckliche alte Mann von ihm wollten, und er hatte das sichere Gefühl,
daß es etwas Entsetzliches sein würde, aber alles, *alles* war besser, als
hierzubleiben und in die Hölle zurückzukehren, die er durchlitten
hatte. Lieber würde er sterben.
»Mir fehlt nichts«, versicherte er noch einmal. »Das Essen war gut
und . . . und ich habe viel geschlafen und bin zu Kräften gekommen.«
Malik nickte, stand aber noch nicht auf, sondern sah ihn weiter
scharf an. »Zeig deine Hände«, befahl er schließlich. Ulrich streckte
gehorsam die Arme aus. Malik ergriff seine Hände, drehte sie herum
und sah stirnrunzelnd auf die daumenbreiten, dunkelroten Narben-
ränder herab, die die Fesseln in seine Haut gerissen hatten. Die Salbe
des Arztes hatte die Entzündung gemildert, und hier und da begann

die Haut bereits zu heilen, trotzdem würden die Narben nie wieder ganz verschwinden, das wußte Ulrich. Unter dem Schorf, der hier und da abzugehen begann, war seine Haut dunkler geworden, rauh und zäh wie gegerbtes Leder. Die Narben an seinen Beinen waren doppelt so breit und tief wie an den Händen. Er war gezeichnet. Für immer.

Malik schien zu einem ähnlichen Ergebnis zu kommen, denn er stand nun auf, zog Ulrich einfach am Arm hinter sich her und trat verärgert auf Paltieri zu. »Dies hier wird den Preis drücken, Paltieri«, sagte er scharf. »Ganz erheblich sogar. Wenn es unser Vorhaben nicht gänzlich unmöglich macht.« Er war wütend.

Paltieri erbleichte, aber nicht vor Zorn, wie Ulrich erwartet hatte. Aufgeregt fuhr er sich mit der Zungenspitze über die Lippen. Seine Hand spielte am Griff des Zierdolches. »Das . . . das ist Unsinn!« widersprach er, in einem Ton, der seine scharfen Worte lächerlich wirken ließ. »Es sind nur Kratzer! In ein paar Wochen ist davon nichts mehr zu sehen. Der Bursche ist jung und gesund und hat gutes Heilfleisch, wie alle Kinder.« Sein Blick wanderte unruhig zwischen Malik und dem Alten hin und her.

Malik schien auffahren zu wollen, drehte sich aber dann statt dessen herum, trat auf den alten Mann zu und versetzte Ulrich einen heftigen Stoß, der ihn auf den Diwan zustolpern und einen halben Schritt davor auf die Knie fallen ließ.

Ulrich begann zu zittern, als sich der Alte vorbeugte. Eine Hand, dürr und grau wie die eines Skeletts, kam raschelnd unter dem schwarzen Umhang zum Vorschein, berührte seinen Arm und tastete über seine Haut.

Ulrich zuckte zusammen, als der Alte ihn berührte. Seine Finger krochen wie eine graue Spinne über Ulrichs Hand, tasteten über seine Knöchel, berührten den Ring aus braunrotem Schorf um sein Handgelenk und verharrten einen Moment darauf. Die Hand des Alten war kalt – kalt und trocken wie die eines Toten. Er sagte kein Wort, wechselte aber einen kurzen Blick mit Malik, dann deutete er nur mit den Augen ein Nicken an, zog seine Spinnenhand wieder unter seinen Mantel zurück und lehnte sich zurück.

Malik zerrte Ulrich wieder in die Höhe und wandte sich wieder an Paltieri.

»Ihr habt Glück, wie es scheint. Aber seine Heilung wird Zeit in Anspruch nehmen. Zeit und Mühe.« Er zögerte kurz, dann sagte er: »Tausend.«

»Tausend?« Paltieri keuchte. »Die doppelte Summe war vereinbart, Malik Pascha! Und das ist bereits ein Preis, den ich nur Euch mache, aus alter Freundschaft, gewissermaßen. Ihr findet im ganzen Orient keinen zweiten...«

»Neunhundert«, sagte Malik ruhig. »Und keinen Dinar mehr.«

Ulrich erstarrte. Er hatte schon davon gehört, wieviel ein Sklave kostete. Ein kalter Schauder lief seinen Rücken hinab, als hätte man ihn mit Eiswasser übergossen. Malik hatte Paltieri *tausend Dinar* für ihn geboten – eine Summe, die ausgereicht hätte, auf dem Sklavenmarkt *hundert* Jungen seines Alters zu kaufen! Ihn schwindelte, als er versuchte, sich eine solch ungeheure Summe Geldes vorzustellen. Und dieses riesige Vermögen sollte er wert sein? Lächerlich!

»Neunhundert!« Paltieri heulte auf wie ein geprügelter Hund. Seine Haltung und sein Gesichtsausdruck spiegelten Verzweiflung, als er erst den Alten und dann wieder Malik ansah, aber in seinem Blick flackerte Trotz – und die gleiche, rücksichtslose Gier, die Ulrich an ihm kannte und haßte. Und so groß seine Angst auch war, die Gier überwog.

»Das ist zuwenig«, sagte er. »Wir hatten die doppelte Summe vereinbart. Ich habe mein Wort gehalten, und nun verlange ich, daß auch Ihr das Eure haltet.«

»Wer glaubt Ihr zu sein?« fauchte Malik wütend. »Ich feilsche nicht. Ihr habt mein Angebot gehört.«

Paltieri schürzte trotzig die Lippen. »Wenn Ihr versucht, mich zu erpressen, verkaufe ich ihn gar nicht, Malik«, sagte er wütend. »Ihr vergeßt, daß *ich* es war, der ihn entdeckt hat, und daß ich seinen Wert ebenso kenne wie Ihr. Was also sollte mich hindern, ihn selbst...«

Er verstummte mitten im Wort, als der Krieger mit dem Narbengesicht mit einem zornigen Laut auf ihn zutrat und die Hand auf das Schwert sinken ließ.

Malik scheuchte den Mann mit einer raschen Handbewegung zurück, drehte sich herum und sah den Alten an. Wieder hatte Ulrich das Gefühl, als ob die beiden Männer nur mit Blicken miteinander redeten. Maliks Lächeln war eine Spur kälter geworden, als er sich wieder an

Paltieri wandte. »Bevor Ihr versucht, uns noch einmal zu drohen, Paltieri«, sagte er leise, »bedenkt, mit wem Ihr redet. Und bedenkt auch die Möglichkeit, daß wir ihn mit uns nehmen könnten, ohne einen einzigen Dinar zu bezahlen. Immerhin . . .«, er deutete eine spöttische Verbeugung an, »gibt es noch etwas anderes, was wir für diesen Knaben eintauschen könnten.«

»Und was soll das sein?« fragte Paltieri gepreßt.

»Euer Leben, Paltieri«, sagte Malik Pascha.

Diesmal dauerte es eine ganze Weile, bis der Italiener antwortete. Seine Stimme klang erstaunlich ruhig, als er es tat, aber es war nicht mehr die Ruhe der Überlegenheit, die Ulrich darin hörte. Paltieri hatte aufgegeben; wenigstens für den Augenblick. »Ihr seid ein harter Mann, Malik Pascha«, sagte er. »Aber gut, ich willige ein. Tausend Dinar in Gold, und der Knabe gehört Euch. Und dazu mein Ehrenwort, daß ich Euren Besuch vergesse; und die Tatsache, daß es diesen Knaben überhaupt gibt.«

Aus irgendeinem Grund schienen Paltieris letzte Worte Malik wütend zu machen, denn in seinen Augen blitzte es auf. »Du Narr!« fauchte er. »Glaubst du wirklich, ich vertraue dem Ehrenwort eines Sklavenhändlers?« Er spie vor Paltieri aus. »Soviel zu deinem Ehrenwort, du Christenhund! Ich brauche es nicht. Aber merke dir folgendes: Solltest du uns betrügen, oder solltest du auch nur mit einem ungewollten Wort verraten, was du gehört und gesehen hast, wirst du dir wünschen, niemals geboren zu sein.«

Paltieri wurde so bleich wie der Kragen seines weißen Seidenhemdes, war aber wenigstens jetzt klug genug, nicht zu widersprechen, sondern nur demütig das Haupt zu senken und eine Verbeugung in Maliks Richtung anzudeuten.

»Bringt den Jungen jetzt fort«, befahl Malik. »Gebt ihm warme Kleidung und festes Schuhwerk für die Reise. Bei Sonnenuntergang wird ein Bote zu Euch kommen und Euch das Geld bringen. Ihr werdet ihm den Knaben aushändigen. Und dir«, fügte er, zu Ulrich gewandt und plötzlich wieder in sehr viel wärmerem, ja fast freundlichem Ton hinzu, »würde ich raten, noch ein wenig zu schlafen. Wir werden lange unterwegs sein, und die Reise ist anstrengend.«

»Wohin . . . bringt Ihr mich, Herr?« fragte Ulrich. Die Worte rutschten ihm fast ohne sein Zutun heraus, und am liebsten hätte er sich auf

34

die Zunge gebissen. Als ob ein Mann wie Malik Pascha einem Sklaven wie ihm eine derartige Frage beantworten würde! Aber Malik lächelte nur verzeihend und machte eine Geste mit der Hand, deren Bedeutung Ulrich nicht verstand. »Das wirst du früh genug erfahren«, sagte er in freundlichem Ton. »Jedenfalls brauchst du keine Angst zu haben. Niemand wird dir mehr etwas zuleide tun. Ganz im Gegenteil – wenn du tust, was man von dir verlangt, wird es dir besser gehen, als du dir vorstellen kannst.« Er lächelte noch einmal, legte Ulrich die Hand auf die Schulter und drehte ihn mit sanfter Gewalt herum. »Und nun geh. Folge meinem Rat und schlafe ein paar Stunden.«

Der Muslim, der ihn hierhergebracht hatte, öffnete die Tür und machte eine halb einladende, halb aber auch ungeduldige Geste, und Ulrich beeilte sich, der Bewegung zu folgen. Er war verstört und verunsichert, und er verstand noch viel weniger als zuvor, was überhaupt mit ihm geschah. Beinahe war er froh, daß er in sein Gefängnis zurückkehren konnte, aber Schlaf fand er keinen.

4

Die Zeit schien wie im Fluge zu vergehen, und doch war es gleichzeitig, als sei sie stehengeblieben. Die Ungewißheit seines Schicksals quälte Ulrich, und eine ungreifbare Angst, wie er sie niemals zuvor in seinem Leben gespürt hatte. Er wußte nicht, was ihn erwartete, wenn er mit Malik und dessen mächtigen greisen Herrn ging. Vielleicht war es etwas, das schlimmer war als der sichere Tod, der ihn erwartete, wenn er blieb – denn darüber war er sich im klaren: Nach allem, was er mit angesehen und gehört hatte, konnte Paltieri ihn nicht am Leben lassen, sollte er sich im letzten Moment eines Besseren besinnen und Maliks Angebot ausschlagen.

Es war zum Verzweifeln! Ganz gleich, was er tat, ganz gleich, wozu er sich entschied – am Ende jedes der beiden möglichen Wege erwartete ihn Schreckliches, wovon der Tod vielleicht noch das geringere Übel war.

Aber vielleicht gab es doch noch einen dritten Weg.

Ulrich setzte sich mit einem Ruck auf. Was für ein blinder Narr er doch gewesen war! Warum war er nicht gleich darauf gekommen: Er mußte Malik ja nur folgen, bis er aus dieser Festung und somit aus Paltieris Reichweite heraus war, und danach die erste Gelegenheit ergreifen, um zu fliehen und sich bis zu einer Stadt oder Ansiedlung durchzuschlagen, die in christlicher Hand war! Ulrich hatte noch immer nicht die geringste Vorstellung, welche Bedeutung der Handel zwischen Paltieri und Malik Pascha hatte, und wieso man ihm so großen Wert beimaß, aber er war sicher, daß es Leute gab, die es wissen würden, und daß man ihn so schnell wie nur irgend möglich nach Jerusalem und zu König Guido bringen würde, und daß man ...

Nein, es war hoffnungslos: Malik und der unheimliche Alte konnten es sich nach allem ebensowenig leisten wie Paltieri, ihn entkommen zu lassen. Sie würden zehnmal besser darauf achtgeben, daß er ihnen nicht entwischte.

Dumpfe Verzweiflung machte sich in Ulrich breit. Hilflos ballte er die Fäuste und preßte sie so heftig gegen die geschlossenen Lider, bis es schmerzte und bunte Kreise vor seinen Augen zu tanzen begannen. Der Schmerz brachte ihn in die Wirklichkeit zurück. Er sah ein, wie wenig Sinn es hatte, jetzt schon über Dinge nachdenken zu wollen, die er noch gar nicht kannte, und er versuchte sich einzureden, daß es ebensowenig Sinn hatte, jetzt zu verzweifeln. Im Augenblick war seine Lage ja nicht einmal so schlimm. Verglichen mit den anderen Gefangenen, die mit ihm hierhergebracht worden waren, ging es ihm sogar gut. Er lebte, war bei Gesundheit, bekam ausreichend zu essen und wurde weder geschlagen noch auf andere Weise gequält – und das war schon mehr, als die meisten von denen, die mit ihm Paltieris Sklaven geworden waren, erwarten konnten.

Ulrich fragte sich, wie es wohl den beiden Männern ergangen sein mochte, die während der Reise neben ihm angekettet gewesen waren, aber der Gedanke erschien ihm sogleich unwichtig und entglitt ihm, ehe er ihn richtig zu Ende denken konnte. Voll Schrecken fiel ihm auf, daß er sich nicht einmal mehr an ihr Aussehen erinnerte; dabei waren sie viele Tage so eng nebeneinander angekettet gewesen, daß er sich kaum hatte bewegen können, ohne gegen sie zu stoßen. Aber selbst dieses Gefühl verging, ehe es seine Gedanken wirklich erreichte.

Der Tag verging. Gegen Mittag wurde ihm Essen gebracht. Als der Wärter hereinkam, sah Ulrich die Schatten von zwei Wächtern vor der Tür, die Paltieri oder Malik aufgestellt hatte. Auch blieb das Essen nicht die einzige Unterbrechung des Tages. Kaum hatte er den letzten Bissen Brot hinuntergeschlungen, als die Tür ein weiteres Mal aufgestoßen wurde und der Arzt eintrat, der ihn während der ersten Tage so behutsam versorgt hatte.

Er war nicht allein. In seiner Begleitung befanden sich zwei Sklaven mit verschleierten Gesichtern, von denen einer eine flache Schale mit Wasser und saubere Tücher trug, der andere frische Kleider, die er auf den Stuhl neben Ulrichs Bett legte, dazu festes Schuhwerk, besser als es Ulrich jemals zuvor in seinem Leben besessen hatte, und einen breiten silbernen Gürtel, der sofort Ulrichs Gefallen fand. Er wollte danach greifen, aber der Arzt hielt seinen Arm zurück, schüttelte den Kopf und bedeutete ihm, sich auszuziehen und zu waschen.

Ulrich gehorchte nur zögernd. Er hoffte, das Unvermeidliche noch um wenige – aber um so kostbarere – Augenblicke hinausschieben zu können, wenn er sich nur langsam genug bewegte.

Der Arzt wartete geduldig, bis Ulrich nackt vor ihm stand und ungelenk damit begann, seine Haut mit Wasser zu benetzen, schüttelte aber schließlich heftig den Kopf, nahm ihm den Lappen aus der Hand und gab seinen beiden Helfern einen Wink. Der eine ergriff Ulrich und hielt ihn fest, während ihn der andere kräftig abzuschrubben begann, ohne auf seine lauten Einwände Rücksicht zu nehmen. Die beiden waren nicht annähernd so grob wie Paltieris Männer, doch sie weckten die Erinnerung an das qualvolle Bad auf dem Sklavenschiff. Und wie damals war auch nun jeder Widerstand zwecklos. Die beiden Sklaven ließen erst von ihm ab, als er makellos sauber war und seine Haut am ganzen Körper prickelte, als hätten sie ihn mit Sand abgerieben statt mit Wasser. Viele der kaum verheilten Wunden und Kratzer waren wieder aufgebrochen und schmerzten. Der Arzt bedeutete ihm, sich auf die Bettkante zu setzen, und begann sich um Ulrichs verletzte Haut zu kümmern, indem er sie sorgfältig untersuchte, salbte und verband. Besonders die dunklen Narbenringe an den Hand- und Fußgelenken fanden die Aufmerksamkeit des Arztes. Doch was immer er damit tat – Ulrich war mittlerweile so schwach, daß er nicht einmal mehr hinsehen konnte, ohne daß ihm übel wurde.

Schließlich durfte Ulrich sich anziehen, aber jede Bewegung fiel ihm schwer, seine Hände zitterten und waren so ungeschickt, daß einer der Männer ihm half, die neuen Kleider überzustreifen.

Zu Ulrichs großer Überraschung handelte es sich dabei nicht um Burnus, Turban und grobe Ledersandalen, wie man sie hier im allgemeinen trug. Die Kleider, die man ihm anzog, waren von abendländischem Schnitt und erinnerten ein wenig an die Art, wie Paltieri sich kleidete, nur viel besser und kostbarer: Hosen aus weichem, gegerbtem Leder, die kein bißchen auf seiner Haut kratzten, ein weißes Hemd aus Seide und darüber ein Wams, das so gut saß, als wäre es von einem Schneider eigens für ihn angefertigt worden, dazu kniehohe Stiefel, die trotz ihrer Schmiegsamkeit seinen geschwächten Fußgelenken sicheren Halt verliehen. Als letztes kam der silberne Gürtel, der Ulrich gleich zu Anfang so gefallen hatte.

Der Arzt trat einen Schritt zurück, legte den Kopf auf die Seite und begutachtete Ulrich mit unverhohlenem Stolz. Dann lächelte er, trat noch einmal auf ihn zu und strich ihm mit der Hand über das Haar. Diese zärtliche Bewegung hätte Ulrich bei allen anderen denkbaren

Gelegenheiten verlegen oder gar wütend gemacht, jetzt aber erfüllte sie ihn mit wohltuender Wärme. Fast war er enttäuscht, als der Arzt die Hand wieder zurückzog und ihm auf seine wortlose Art zu verstehen gab, daß er ihn nun wieder allein lassen würde.

Ulrichs Herz begann schneller zu schlagen, als die Tür hinter dem Arzt und seinen beiden Begleitern zufiel und das Scharren des Riegels erklang. Es würde jetzt nicht mehr lange dauern, bis man ihn abholte.

Unschlüssig drehte er sich im Kreis, blickte abermals die Tür an und stellte sich vor, wie er sich dahinter auf die Lauer legen und dem nächsten, der hereinkam, den Stuhl über den Schädel schlagen und fliehen würde. Aber er wußte, selbst wenn es ihm irgendwie gelingen sollte, aus der Zelle herauszukommen, würde er Paltieris Sklavenfestung niemals verlassen können. Obwohl er nun schon annähernd zwei Wochen hier war, hatte er nicht viel mehr als diese Zelle, Paltieris Gemächer und ein paar fensterlose Gänge von ihr gesehen. Paltieris Haus war viel mehr ein Gefängnis als eine Festung; seine Mauern und Waffen waren nach innen gerichtet, nicht nach außen. Nein – wenn er fliehen wollte, dann erst, nachdem er dieses Haus verlassen hatte, besser noch, nachdem sie Alexandria verlassen hatten.

Unschlüssig drehte er sich herum, trat an das vergitterte Fenster, das so schmal war, daß er sich auch dann nicht hätte hindurchzwängen können, wenn es das schmiedeeiserne Kreuz darin nicht gegeben hätte, und blickte hindurch. Die Öffnung war so angebracht, daß er nur einen ganz kleinen Teil der Lehmziegelmauer und einen Ausschnitt des Himmels erkennen konnte. Aber er sah zumindest, daß sich der Tag endlich seinem Ende zuneigte. Die Sonne stand bereits tief, und die Dämmerung war kurz. Schon bald würde die Nacht kommen. Ganz dunkel war das schmale Rechteck über Ulrichs Bett während der letzten zehn Nächte nie geworden, denn das Fenster lag der Stadt zugewandt, und nach Sonnenuntergang glühte der Himmel im sanften Widerschein der zahllosen Lichter und Feuer Alexandrias. Diese Stadt mußte von ungeheurer Größe sein, überlegte Ulrich. Wenn er erst einmal hier heraus und Malik entkommen war, würde es ihm sicher nicht schwerfallen, in dem Gewirr der Straßen und Gassen unterzutauchen. Und dann . . . nun, Jerusalem und die Kreuzfahrerburgen waren weit, aber irgendwie würde er es schon schaffen.

Die Zeit verging nur langsam. Stimmen hallten vom Hof herauf, einmal hörte er eine Peitsche knallen und gleich darauf einen schrillen Schmerzensschrei. Zwei- oder dreimal näherten sich Schritte draußen auf dem Gang, die Zellentür aber wurde nicht geöffnet. Als die Sonne endgültig sank, rief draußen über der Stadt der Muezzin zum Gebet. Sein langgezogenes, klagendes Lied drang sonderbar klar in die Zelle. Traurig empfand Ulrich, wie allein er in diesem fremden Land, in dieser unbekannten Welt war.

Als der Ruf des Muezzins verklang, erschien der gewaltige Mann mit dem Narbengesicht, der bei Malik und dem Alten gewesen war. Sein Antlitz war jetzt hinter einem schwarzen Schleier verborgen, und auch der Turban war tiefer in die Stirn gezogen, so daß von seinem Gesicht nur mehr die Augen sichtbar blieben. Das Schwert trug er unter dem Mantel verborgen, aber Ulrich sah seinen Umriß sich durch den Stoff drücken, wenn der Mann sich bewegte.

Wortlos bedeutete ihm der Riese, die Zelle zu verlassen und ihm zu folgen. Zwei weitere verhüllte und düstere Krieger schlossen sich ihnen an, als sie das Gebäude durchquerten. Auf dem inzwischen dunklen Hof warteten mehr als ein Dutzend Männer auf sie, allesamt in tiefes, lichtschluckendes Schwarz gehüllt; wie Schatten, die zum Leben erwacht waren. Ulrich entdeckte Paltieri und auch Malik unter ihnen, nur der furchteinflößende Alte fehlte diesmal. Ulrich war erleichtert. Er hätte es nicht ertragen, den durchdringenden Blicken dieses Mannes abermals ausgeliefert zu sein.

Das Festungstor stand offen, und der Hof war, von Malik und seinen Begleitern abgesehen, leer. Nirgends brannte ein Licht, aber vor jeder Tür stand einer der finsteren Muselmanenkrieger. Eine angespannte Stille lag über dem Platz. Ulrichs Mut sank. Eigentlich hätte er froh sein müssen, nach so langer Gefangenschaft endlich wieder im Freien zu sein, aber das Gegenteil war der Fall. Fast sehnte er sich nach seiner Zelle zurück.

Malik trat auf ihn zu, ergriff ihn am Arm und zog ihn mit sich. Wie ein schweigender Schatten folgte ihnen der riesige Krieger mit dem Narbengesicht. Ulrich überlegte, ob er wohl zu Maliks Leibwache gehörte.

Sie überquerten den Hof. Als sie an Paltieri vorbeikamen, sah Ulrich ein letztes Mal zu dem Italiener auf. Trotz der Dunkelheit konnte er

40

den Sturm einander widerstrebender Gefühle erkennen, der sich auf Paltieris Gesicht widerspiegelte: Zorn und Gier auf der einen, nackte Angst vor Malik und seinen Begleitern auf der anderen Seite, aber auch so etwas wie einen düsteren, unheilschwangeren Triumph, der noch zunahm, als sich ihre Blicke kurz begegneten. Ulrich sah rasch weg.

Der endgültige Aufbruch kam rasch. Malik wechselte einige letzte Worte mit Paltieri in dessen Sprache, die Ulrich nur mit Mühe verstand, dann hob er den Arm, gab den Männern in seiner Begleitung ein Zeichen, und sie verließen die Festung. Erst als er die hohen Festungsmauern im Rücken hatte, konnte Ulrich endlich wieder frei atmen.

»Wohin bringt Ihr mich, Herr?« wandte er sich an Malik.

Er hatte nicht wirklich damit gerechnet, eine Antwort zu bekommen, und Malik – dessen Gesicht als einziges unverschleiert war – lächelte auch nur freundlich und machte eine unbestimmte Geste in die Dunkelheit hinaus. »Der Weg ist nicht weit«, sagte er und fügte mahnend, aber noch immer freundlich, hinzu: »Still jetzt. Du wirst alles erfahren, wenn die Zeit gekommen ist.«

Ulrich brannte die Frage auf der Zunge, wann diese Zeit wohl gekommen wäre, aber er sagte sich, daß es besser sei, den Bogen nicht zu überspannen, und zog es vor, den Mund zu halten.

Lautlos bewegten sie sich weiter, und wenn Ulrich auch von der Umgebung nicht sehr viel wahrnahm, so fiel ihm doch auf, daß sie sich offenbar vom Hafen wegbewegten. Die Stadt schien wie ausgestorben dazuliegen. Nirgends regte sich Leben, nur hier und da glomm ein einsames Licht hinter einem ängstlich vorgelegten Laden, und einmal hörten sie Hufschlag und blieben stehen, bis der Laut wieder verklungen war. Es war seltsam, daß eine so riesige Stadt wie Alexandria plötzlich wie verlassen daliegen sollte. Nach einer Weile fiel Ulrich auf, daß die Männer in ihrer Begleitung nicht ständig um sie herum waren, sondern daß ein beständiges Kommen und Gehen herrschte; wie Schatten huschten sie davon oder kehrten zurück. Manchmal tauschte Malik halblaute Befehle oder auch nur stumme Gesten mit einem der Männer. Sie waren vielleicht mitten in der Stadt, in einer der größten Städte der Welt sogar, aber Malik und seine Begleiter benahmen sich, als erkundeten sie eine vom Feind besetzte Festung.

Zweifellos schickte er seine Krieger unentwegt aus, die Straßen vor ihnen zu erkunden und zu sichern. Die Menschen, die in den Häusern lebten, an denen sie vorbeikamen, waren verjagt worden. *Wer in Gottes Namen waren diese Krieger?!*
Lange marschierten sie durch die leergefegten Gassen. Ulrichs Beine, das Laufen nicht mehr gewöhnt, begannen zu schmerzen, und seine Schritte wurden immer schleppender. Unsichtbare Nadeln stachen auf seinen Rücken ein, und mit einem Male wurde er müde, so müde, daß er die Augen nur mehr mit aller Mühe offenhalten konnte. Er stolperte, hielt sich instinktiv an Maliks Mantel fest und prallte erschrocken zurück, als Malik nun seinerseits zugriff und ihn stützte.
»Du bist schwach«, stellte Malik fest. »Aber der Weg ist jetzt nicht mehr weit. Wirst du es schaffen, oder soll Yussuf dich tragen?« Er deutete auf den Riesen mit dem Narbengesicht.
Ulrich schüttelte den Kopf. Der Gedanke, von diesem finsteren Giganten auch nur berührt zu werden, erschreckte ihn. »Ich bin nur gestolpert«, sagte er hastig. »Wirklich, Herr – ich ... ich schaffe es schon.«
Malik sah ihn forschend an, dann ging er weiter. Aber er sah jetzt immer öfter besorgt zu Ulrich herab. Ulrich raffte alle Kraft zusammen, die er in seinem Körper noch fand, um mit ihm Schritt zu halten. Lieber würde er auf Händen und Knien kriechen, als sich von Yussuf tragen zu lassen!
Die Straßen wurden nun enger, und die Häuser, die sie säumten, niedriger und schäbiger. Einmal erscholl vor ihnen in der Dunkelheit ein gedämpfter Schrei, dann ein Schlag und noch ein Schrei, dem ein Laut folgte, als fiele ein Mehlsack aus großer Höhe auf den Boden herab, aber sie begegneten auch jetzt niemandem. Schließlich hatten sie die Stadt hinter sich gelassen.
Vor ihnen breitete sich im blassen Licht des Mondes ein Bild wie aus einem Traum aus. Das Land zeigte sich in einer Mischung aus Wüste und üppigem Grün – gewaltige, erstarrte Sanddünen, zwischen denen unvermittelt ganze Wälder von Dattelpalmen und doppelt mannshohen Büschen wuchsen, dann wieder dicht wogende Felder, in die der Sand graue trockene Zungen geschoben hatte. Es war, als hätte sich die Natur nicht entscheiden können zwischen üppiger Fruchtbarkeit und trockenem Wüstensand.

Malik blieb stehen, bildete mit den Händen einen Trichter vor dem Mund und stieß einen hohen, trällernden Laut aus, der wie ein Vogelruf klang. Eine kurze Stille folgte, dann antwortete ein gleichartiger Schrei auf Maliks Ruf, und weitere schwarzgekleidete Männer traten aus der Dunkelheit hervor. Sie führten Tiere mit sich, die Ulrich auf den ersten Blick für Pferde hielt, bis ihm ihre Größe auffiel und ihr sonderbar torkelnder, schwerfällig erscheinender Gang.

Als sie näher kamen, sah er, daß es Lebewesen waren, wie er sie niemals zuvor im Leben erblickt hatte – sehr viel größer als ein Mann, mit kurzem, lockigem Fell und häßlichen Köpfen, aus denen kleine trübe Augen mit einer Mischung aus Hochmut und Langeweile auf die winzigen Menschen herabblickten, die sie am Zügel führten. Ihre Beine waren lang und dünn, und die Gelenke darin sahen aus, als hätten sie allesamt die Gicht. Auf ihren Rücken saßen häßliche Auswüchse, die bei jedem Schritt hin und her schwankten. Die Tiere strömten einen scharfen, aber nicht unangenehmen Geruch aus. Ulrich sah erst jetzt, daß sie gesattelt waren.

Ohne viel Federlesens ergriff ihn Malik um die Mitte, hob ihn hoch und setzte ihn unsanft in den Sattel eines dieser stelzbeinigen Wesen. Das Tier schnaubte halblaut, schüttelte unwillig den Kopf und machte einen schwankenden Schritt, so daß Ulrich um ein Haar auf der anderen Seite wieder herabgefallen wäre. Erschrocken klammerte er sich am Sattelhorn fest und suchte mit den Füßen nach Steigbügeln, bis er merkte, daß keine da waren.

Malik lachte leise. »Nur keine Angst«, sagte er. »Die *Hedschin* sind völlig harmlos. Du mußt dich nur festhalten, alles andere tun sie schon selbst.«

Ulrich nickte ungläubig. Das haarige Ungeheuer, auf dessen Rücken er hockte, sah ganz so aus, als wäre es erst vor Augenblicken aus der Hölle aufgestiegen, und er war sicher, daß es ihn abwerfen und mit seinen fürchterlichen stumpfen Zähnen zerreißen würde, wenn er auch nur daran dachte, eine falsche Bewegung zu machen. Er griff nach den Zügeln, die Malik ihm reichte, und umklammerte sie so fest, daß das Leder zu knirschen begann.

Malik lachte erneut, versetzte dem Tier einen spielerischen Schlag mit der flachen Hand und begann sein eigenes Tier zu besteigen: Es klappte auf Maliks Zuruf hin seine Beine in einer erstaunlichen Bewegung zusammen und kauerte sich hin, so daß der Reiter bequem in den Sattel auf seinem Rücken steigen konnte. Erst dann richtete es sich wieder schwankend auf. Ulrich schwindelte schon allein vom Zusehen.

Rings um sie herum stiegen die übrigen Krieger in die Sättel, denn die Männer, die auf sie gewartet hatten, hielten für jeden von ihnen ein *Hedschin* bereit. Schon nach wenigen Augenblicken waren sie alle aufgesessen, und aus dem kleinen Haufen huschender Schatten war ein stolzer Reitertrupp geworden, schwarzgekleidete Männer, die auf ihren merkwürdigen Tieren wie leibhaftige Dämonen aussahen.

Ulrich spürte die Veränderung deutlich, die mit einem Male mit den Männern vorging. Sie hatten sich vorher vorsichtig bewegt, lautlos wie Männer, die auf der Flucht waren. Nichts davon war jetzt noch zu spüren. Ganz plötzlich hatte er das Gefühl, sich inmitten eines der stolzen Nomadenheere zu befinden, von denen die zurückgekehrten Kreuzfahrer angstvoll erzählten und die jeden, der sie zum ersten Mal sah, in Angst und Schrecken versetzten.

Sie ritten los. Auf einen Zuruf Maliks hin setzte sich sein Tier schwankend und hüpfend in Bewegung, so daß Ulrich wie wild hin und her geworfen wurde und mehr als einmal in Gefahr war, aus dem Sattel zu stürzen, ehe er sich halbwegs in den ungewohnten Rhythmus des *Hedschin* fand. Erst später sollte er erfahren, daß diese Tiere Dromedare waren, die man auch *Wüstenschiffe* nannte.

Bis in den nächsten Morgen hinein ritten sie ohne Pause nach Südosten. Ulrich bat Malik Pascha ein paarmal, anhalten und sich ein wenig ausruhen zu dürfen. Immer wieder wurde ihm auf dem schaukelnden Tier übel, und er war wundgeritten; jeder einzelne Muskel im Leib tat ihm weh. Aber Malik antwortete stets nur mit einem ablehnenden Kopfschütteln.

Erst als es dämmerte, hielten sie an. Die Männer lösten kleine, aus bunter Wolle gewebte Teppiche von ihren Sätteln, rollten sie im Sand aus und verbeugten sich dreimal nach Osten, ehe sie unter Malik Paschas Führung zu beten begannen.

Als das Gebet beendet war, ritten sie weiter, ohne Pause oder auch nur einen Schluck Wasser. Die Sonne stieg rasch höher, und es wurde bald unerträglich heiß, obwohl seit Sonnenaufgang noch keine halbe Stunde vergangen war. Aber Malik trieb sie unbarmherzig weiter, und die Dromedare entwickelten auf ihren langen Stelzbeinen eine erstaunliche Geschwindigkeit.

Zwei Stunden nach Tagesanbruch erreichten sie das Ufer eines gewaltigen Flusses, der im hellen Sonnenlicht glitzerte wie geschmolzenes Silber. Kurz darauf tauchte das Segel eines breitrümpfigen, zusätzlich mit Rudern ausgerüsteten Schiffes vor ihnen auf, das auf sie zuhielt und sie aufnahm.

5

Die nächsten beiden Tage und Nächte fuhren sie den Nil hinauf. Ulrich verschlief den Rest des ersten Tages in einer kleinen Kabine tief im Heck des Schiffes, und als er – bei Anbruch der Dunkelheit – endlich erwachte, fühlte er sich wie gerädert. Sein Rücken schmerzte so unerträglich, daß er es vorzog, liegenzubleiben und die Augen wieder zu schließen.

Er wußte mittlerweile nur zu gut, was es hieß, Gefangener zu sein. Allerdings war es diesmal eine Gefangenschaft, die er bis jetzt noch nicht kennengelernt hatte. Er bekam mehr und besseres Essen als je zuvor in seinem Leben, schlief in einem weichen, mit Seide bespannten Bett und fand jeden Morgen frische Kleider vor, ein Stück kostbarer und prachtvoller als das andere. Nicht einmal die Tür war verschlossen. Auf dem niedrigen Gang davor stand zwar eine Wache, aber der Riegel war nicht vorgeschoben, und als er versuchte, sein Gefängnis zu verlassen, wurde er zwar nachdrücklich, aber mit großer Freundlichkeit zurückgeschickt. Es war eine Gefangenschaft, die weitaus komfortabler und bequemer war als sein früheres Leben in Freiheit – aber es war Gefangenschaft. Mehr denn je war Ulrich entschlossen, sich bei der ersten günstigen Gelegenheit zu befreien.

Vorerst jedoch war die Lage aussichtslos. Er durfte ja nicht einmal seine Kabine verlassen. Durch eine schmale Luke konnte er die vorbeiziehende Küste beobachten, manchmal sah er ein Dorf oder eine kleine Stadt an den Ufern des mächtigen Stromes. Oft glitten andere Schiffe vorbei, die ihr eigenes Boot manchmal so dicht passierten, daß sich die Männer an Deck Gruß- und Scherzworte zuriefen. Am Mittag des zweiten Tages kamen sie an einer gewaltigen, hunderttürmigen Stadt vorbei, deren Kuppeldächer wie Gold in der Sonne glänzten und in deren Hafen Hunderte Schiffe vor Anker lagen. Der Mann, der ihm kurz darauf das Essen brachte, murmelte auf Ulrichs fragende Gebärde hin unwillig den Namen *Kairo*.

Ulrich war erstaunt. Er hatte eigentlich damit gerechnet, nach Kairo gebracht zu werden, der Hauptstadt des Aijubidenreiches, denn was immer man mit ihm vorhatte, mußte von großer Wichtigkeit sein, und wichtige Dinge pflegten im allgemeinen an wichtigen Orten zu geschehen. Aber der Segler machte keine Anstalten, den Hafen anzusteuern. Ganz im Gegenteil, Ulrich hatte den Eindruck, daß sich das Schiff allmählich weiter dem gegenüberliegenden Ufer des Nils näherte, als lege seine Besatzung Wert darauf, in möglichst großem Abstand an Kairo vorüberzusegeln. Tatsächlich begann die Stadt im Laufe der nächsten Stunde an ihnen vorbeizuziehen und dann in der Ferne zu verschwinden. Aber was gab es schon südlich von Kairo außer Wüste und einigen verfallenen Ruinenstädten?

Draußen näherten sich schwere Schritte der Kabine, und als sich Ulrich umwandte, trat Malik Pascha gebückt durch die Tür. Er trug noch immer das gleiche schmucklose, schwarze Gewand, in dem Ulrich ihn das erste Mal gesehen hatte, war aber nicht mehr bewaffnet, und der schwere Siegelring mit dem Drachen darauf, der Ulrich schon beim ersten Mal an ihm aufgefallen war, fehlte.

Malik Pascha schloß die Tür hinter sich, sah Ulrich forschend an und deutete dann mit einer einladenden Handbewegung auf den kleinen, am Boden befestigten Tisch. Gehorsam setzte sich Ulrich und wartete, bis Malik ebenfalls Platz genommen hatte.

»Wie fühlst du dich?« begann Malik das Gespräch, und es sah nicht so aus, als sei die Frage eine bloße Floskel.

»Gut, Herr. Nur immer noch ein wenig schwach«, antwortete Ulrich. »Die Reise war anstrengend. Ich bin noch nie auf einem ... *Hedschin* geritten«, fügte er ein wenig verlegen hinzu.

Malik lachte. »Das ist keine Schande«, sagte er. »Ich habe schon Männer auf dem Rücken eines Dromedars grün im Gesicht werden sehen, die von sich behaupteten, im Sattel geboren zu sein. Es ist nicht leicht, ein *Hedschin* zu reiten. Aber hat man es einmal gelernt, ist man jedem Mann zu Pferde überlegen«, fügte er hinzu. »Diese Tiere sind hier geboren und für das Leben in der Wüste geschaffen. Was eure Pferde umbringt, spornt sie erst an. Wußtest du, daß sie drei Wochen ohne Wasser auskommen können?«

Ulrich schüttelte den Kopf. Bis vor drei Tagen hatte er nicht einmal gewußt, daß es solche Tiere überhaupt gab. »Ich ... ich werde lernen, auf ihnen zu reiten«, versicherte er hastig.

»Das wird nicht nötig sein, glaube ich«, sagte Malik. Er lächelte, als er die Verwirrung bemerkte, die er bei Ulrich mit dieser Antwort stiftete, lehnte sich zurück und verschränkte die Arme vor der Brust.

Jetzt erst fiel Ulrich auf, wie erschöpft und müde, zugleich aber auch erleichtert der Sarazene aussah, fast wie ein Mann, der unbeschadet einer großen Gefahr entronnen war.

»Dir brennen sicher tausend Fragen auf der Zunge«, begann Malik nach einer Weile. »Ich bin hier, um einige zu beantworten – jetzt, wo das Schlimmste ausgestanden ist.«

»Ihr meint, jetzt, wo wir weit genug von Alexandria und Kairo entfernt sind?«

Malik nickte. »Du bist klug genug, um bemerkt zu haben, daß wir . . nun, sagen wir, nicht unbedingt großen Wert darauf legen, von den Mächtigen dieses Landes bemerkt zu werden. Das ist gut. Ich habe gleich gespürt, daß du ein aufgeweckter Bursche bist. Wäre es anders gewesen, hätte ich dich nicht genommen.«

»Was bedeutet das alles?« fragte Ulrich und wies mit der Hand an sich herunter und auf das silberne Geschirr, auf dem sein Essen gebracht worden war. »Diese Kleider und das Essen . . . Ihr . . . Ihr behandelt mich . . .«

»Wie einen König?« Malik lächelte geheimnisvoll.

Ulrich nickte stumm. Tatsächlich genoß er, seit er an Bord dieses Schiffes gekommen war, ein weit besseres Leben als so mancher Edelmann und Ritter in seiner Heimat.

»Sagen wir, ich möchte, daß es dir gutgeht«, antwortete Malik lächelnd. »Ich möchte, daß du begreifst, daß wir deine Freunde sind.«

»Aber diese Kleider . . .«, beharrte Ulrich. »Sie sind wunderschön, aber ich . . . ich werde sie verderben. Sie werden sich abnutzen auf der Reise.«

»Das macht nichts«, sagte Malik. »Du mußt lernen, dich darin zu bewegen, je eher, desto besser.« Er seufzte, nahm die Arme herunter und sah Ulrich mit gutmütigem Spott an. »Du wirst sehr viel lernen müssen, Ulrich. Lesen, Schreiben, gutes Benehmen, Reiten und Fechten . . .«

Ulrich verstand nun gar nichts mehr, aber das schien Malik auch gar nicht erwartet zu haben. Unvermittelt wechselte er das Thema. »Warum bist du hier?« fragte er.

»Hier?« wiederholte Ulrich verwirrt.

Malik nickte. »Nicht hier auf diesem Schiff natürlich. In diesem Land, meine ich. Warum bist du gekommen, Ulrich? Aus Abenteuer-

lust? Um Reichtümer und Ruhm zu erwerben, oder um deinem Gott
zu dienen?«

Ulrich fühlte sich immer hilfloser. Er verstand den Sinn von Maliks
Frage nicht, aber er war sicher, daß es unendlich wichtig sein würde,
die richtige Antwort zu geben; wichtig für ihn.

»Ich ... ich verstehe nicht, Herr«, stammelte er.

Malik winkte verärgert ab. »Nenn mich nicht Herr«, sagte er grob.
»Das ist deine erste Lektion, und merke sie dir gut: nenne nie wieder
jemanden *Herr.* Der Herr bist *du,* keiner sonst. Hast du das verstanden?«

»Ja«, sagte Ulrich verdattert und schüttelte den Kopf.

Malik lachte. »Ich meine es ernst«, sagte er. »Du hast dein Leben
lang gelernt, das Haupt vor anderen zu senken und unterwürfig zu
sein. Gewöhne es dir ab, je schneller, desto besser. Niemand ist dein
Herr. Es gibt niemanden, vor dem du den Blick senken müßtest, es
sei denn, dein Gott. Aber das beantwortet nicht meine Frage. Warum
bist du hier?«

»Warum?« murmelte Ulrich verstört. Er wollte antworten, aber er
konnte nicht. Er wußte die Antwort nicht. Warum war er hier? Während er so dasaß und vergeblich Maliks Blick standzuhalten versuchte,
mußte er sich eingestehen, daß er niemals über das *Warum* nachge-
dacht hatte. Die Knaben zogen ins Morgenland, wenn sie zu Männern
herangewachsen waren, und eines Tages hatte er sich einfach einer der
Gruppen angeschlossen, die sich auf den Weg nach Süden machten,
und seine Heimat verlassen – eine Heimat, die ihm außer Entbehrungen und langen kalten Wintern nicht viel zu bieten hatte.

»Um ... um das Heilige Land zu befreien«, antwortete er zögernd.

»Nur deshalb?« fragte Malik ärgerlich. »Aus keinem anderen
Grund? Sei ehrlich zu dir selbst, Ulrich.«

Ulrich nickte unwillkürlich. »Gibt es eine höhere Pflicht für einen
Christen, als das Grab unseres Herrn zu schützen und den Boden zu
befreien, über den er gewandelt ist?« fragte er.

Seine Antwort schien Malik zornig zu machen. »Sprüche!« rief er.
»Ich bin nicht hier, um die dummen Sprüche von dir zu hören, die
euch eure Kirchenfürsten so lange eingehämmert haben, bis ihr sie
glaubt, Ulrich. Versuche nicht, mich zu belügen. Was weiß ein Kind
wie du von eurem Gott?«

»Genug, sein Leben für ihn zu opfern«, antwortete Ulrich trotzig.
In Maliks Augen blitzte es auf. Aber der neuerliche Zornesausbruch,
auf den Ulrich wartete, kam nicht. Malik beruhigte sich so rasch wieder, wie er in Wut gekommen war, und schüttelte nur den Kopf.
»Vielleicht ist es meine Schuld«, sagte er. »Ich kann nicht erwarten,
daß du binnen kurzem einsiehst, wie groß die Lüge ist, der du und so
viele deiner Landsleute ihr Leben zu opfern bereit seid.« Er seufzte
abermals. Plötzlich lag in seinem Blick etwas wie Trauer. »Ich kenne
euren Glauben, Ulrich. Ich habe in eurer Bibel gelesen, sehr oft sogar.
Aber ich verstehe sie nicht. Es steht sehr viel von Liebe darin, weißt
du? Es steht darin, daß ihr, schlägt euch einer auf die linke Wange,
ihm auch die rechte hinhalten sollt, und daß ihr euren Nächsten lie-
ben und weder sein Weib noch seinen Besitz oder sein Land begeh-
ren sollt. Es steht darin, daß ihr nicht töten sollt. Es ist ein Buch, das
davon erzählt, daß euer Gott seinen eigenen Sohn sandte, damit er
am Kreuz stirbt und so eure Sünden büßt. Ein Buch, das von Liebe
und Vergebung handelt. Aber ihr kommt mit dem Schwert in der
Faust hierher, zerstört unsere Städte, verbrennt unsere Felder und er-
schlagt unsere Frauen und Kinder. Erkläre mir das, Ulrich.«
Ulrich starrte den Sarazenen an. Im ersten Moment brachten ihn Maliks Worte auf, denn sie waren nichts anderes als Ketzerei. Aber mit
jedem Wort, das er hörte, wich sein Zorn einer immer stärker werdenden Betroffenheit – und einer Verwirrung, die immer größer wurde.
Worauf wollte Malik hinaus?
»Du kannst es nicht«, sagte Malik, als er nicht antwortete. »Nun, das
überrascht mich nicht. Du bist nicht der erste Christ, dem ich diese
Fragen stelle, und keiner konnte sie mir beantworten. Ich glaube fast,
auch euer Papst selbst könnte es nicht.« Er lächelte. »Aber zurück zu
dir: Warum bist du hier, Ulrich? Warum hast du deine Heimat verlassen, um hierher zu kommen?«
Wieder antwortete Ulrich nicht. Maliks Lächeln wurde jetzt freundlicher. »Du weißt es nicht«, stellte er fest. »Gib es ruhig zu. Es ist keine
Schande. Die wenigsten von euch, die sich selbst Pilger nennen und
ein Schwert unter ihrem Büßerkleid verbergen, wissen es.«
»Was ... was wollt Ihr von mir, He ... Malik?« verbesserte sich Ulrich. »Ich verstehe nicht, worauf Ihr hinaus wollt.«
»Das kannst du auch nicht«, sagte Malik. »Denn um es zu verstehen,

müßtest du wissen, was in diesem Land wirklich geschieht, seit einem Jahrhundert.«

»Wie meint Ihr das?«

»Ich meine es so, daß deine Landsleute seit hundert Jahren in unser Land einfallen und es mit Krieg überziehen«, antwortete Malik zornig. »Ich meine es so, daß nunmehr die fünfte Generation von Kindern heranwächst, die mit ansehen muß, wie ihre Väter und Mütter von Fremden erschlagen oder von ihrem Land vertrieben werden! Was mich wirklich zornig macht, ist die Tatsache, daß man euch erzählt, es wäre Gottes Wille.

Gottes Wille – pah! Glaubt ihr, nicht auch wir wären seine Kinder, wenn Gott die ganze Welt erschaffen hat, wie es in eurer Bibel steht? Und steht nicht auch darin, daß der Bruder nicht die Hand gegen den Bruder erheben soll? Weißt du, wie viele Männer und Frauen in diesen Kriegen schon dahingeschlachtet worden sind?«

»Bitte, Herr!« stöhnte Ulrich. »Ich weiß nicht, was das alles bedeutet. Ich ... ich verstehe nicht ...«

»Das kannst du auch nicht«, unterbrach ihn Malik hart. »Aber genug für heute«, fuhr er in verändertem und deutlich müderem Tonfall fort. »Wir haben noch genug Zeit, über dieses Thema zu reden.« Er stand auf. »Für heute ist der Unterricht beendet. Nur so viel noch: Denke darüber nach, wie es dir gefallen würde, stünde es in deiner Macht, dieses sinnlose Töten zu beenden.«

Und damit wandte er sich um und ließ einen vollkommen verwirrten und ratlosen Ulrich zurück, der noch lange über den Sinn seiner Worte nachdachte.

6

Trotz seiner Aufregung schlief Ulrich gut in der folgenden Nacht. Der sanfte Takt der Ruder, die den Segeln halfen, das schwere Boot gegen die Strömung flußauf zu tragen, wiegte ihn in den Schlaf, und am nächsten Morgen mußte er von dem Krieger geweckt werden, der das Morgenmahl brachte. Selbst dann dauerte es noch eine geraume Weile, bis er vollends wach war, aber an diesem Morgen fühlte er sich zum ersten Male, seit er seine Heimat verlassen hatte, wirklich ausgeruht und im Vollbesitz seiner Kräfte.

Kurz nach der Mittagsstunde kam Malik wieder zu ihm, um den *Unterricht* fortzusetzen, wie er es nannte. Sie redeten länger als eine Stunde, und das Gespräch begann sich rasch auf die gleiche beunruhigende Weise zu entwickeln wie am Vortag – Malik erklärte ihm noch immer nicht, was der Sinn dieser Unterhaltungen war, aber Ulrich spürte, daß er begreifen sollte, welch gewaltiges Unrecht die Völker des Abendlandes jenen des Orients seit einem Jahrhundert antaten. Er hatte sich einige Argumente zurechtgelegt, während er auf Malik wartete, aber dieser erwies sich als ein Mann, der mit dem Wort so gut umzugehen verstand wie mit dem Schwert. Ulrichs hartnäckiger Widerspruch schien ihn nicht zu ärgern. Ganz im Gegenteil – Ulrich merkte, daß es Malik zu schätzen wußte, wenn er nicht einfach klein beigab. Als der Unterricht beendet war, bat Ulrich, mit Malik an Deck gehen zu dürfen.

Malik zögerte. Einen Moment lang sah er Ulrich durchdringend an, und in seinen Augen blitzte ein Funke des Mißtrauens auf. Dann lächelte er. »Warum nicht?« sagte er. »Du wirst kaum so dumm sein, fliehen zu wollen, nicht wahr?«

»Bestimmt nicht«, antwortete Ulrich hastig.

»Dir ist klar, daß wir dich dann töten müßten«, fuhr Malik unbeeindruckt fort. Plötzlich war er sehr ernst. »Du bist von großem Wert für uns. Aber so wertvoll du bist, so gefährlich kannst du in den falschen Händen werden. Man zerbricht lieber den Pfeil, ehe man ihn dem Feind gibt.«

Seine Worte ärgerten Ulrich. Malik sprach über ihn, als wäre er ein Ding, mit dem er nach Belieben verfahren konnte. Nun, viel mehr war er wohl auch nicht; letztendlich blieb er Maliks Sklave, auch wenn er noch so viel Geld für ihn bezahlt hatte und ihm verbot, ihn *Herr* zu nennen. Aber es tat weh, es so deutlich gesagt zu bekommen.

»Wer sind Eure Feinde, Malik?« fragte er. »Doch nicht nur die Christen?«

Malik lächelte flüchtig. »Nein«, gestand er. »Unsere Feinde sind zahlreich, und längst nicht alle tragen das Kreuz auf der Brust, das stimmt.«

»Wer seid ihr?« beharrte Ulrich. »Der alte Mann, der bei Paltieri war – war er Euer Herr?«

Malik nickte. »Du wirst alles erfahren, wenn wir am Ziel unserer Reise angelangt sind«, sagte er ausweichend, aber diesmal gab sich Ulrich nicht damit zufrieden.

»Vielleicht fiele es mir leichter, Eure Worte zu verstehen, wenn ich wüßte, was Eure Ziele sind«, beharrte er.

»Unser Ziel ist der Frieden«, antwortete Malik.

»Warum versteckt Ihr Euch dann?« fragte Ulrich mißtrauisch. »Ihr habt Euch wie Diebe aus Alexandria herausgeschlichen, und gestern, als wir Kairo passierten, war es sehr still auf dem Schiff. Was fürchtet Ihr, wenn Ihr wirklich nur den Frieden wollt?«

»Eine kluge Frage«, sagte Malik. »Aber ich kann sie dir nicht beantworten. Nicht jetzt. Irgendwann wirst du begreifen, daß es genauso gefährlich sein kann, für den Frieden zu kämpfen, wie für andere Ziele.« Er lächelte, doch sein Lächeln wirkte traurig. »Was ich über deine Landsleute sagte, gilt auch für die meisten der meinen, Ulrich. Auch sie meinen, den *Dschihad* zu kämpfen, den Heiligen Krieg. Aber für viele von ihnen ist er ebenso nur ein Vorwand für Eroberungen und Machtstreben. Es gibt viele in diesem Land, die gar nicht wollen, daß die Kriege zu Ende gehen. Und nun komm.« Er stand unvermittelt auf, als sei es nun, dem das Gespräch unangenehm wurde.

Sie verließen die Kabine. Der Wächter vor der Tür trat respektvoll beiseite, als Malik ihm einen Wink gab, schloß sich ihnen aber an und folgte Ulrich so dicht, daß er nur den Arm auszustrecken brauchte, um ihn zu ergreifen.

Über eine kurze Treppe erreichten sie das Deck und traten in den hellen Sonnenschein hinaus. Ulrich blinzelte in dem blendenden Licht;

im ersten Moment sah er das Schiff nur als schwarzen Schatten mit verschwommenen Rändern, der auf einer Fläche aus blitzendem Silber dahinglitt. Er hob die Hand über das Gesicht, preßte für einen Moment die Lider zusammen und versuchte es noch einmal. Als er sich schließlich an die Helligkeit gewöhnt hatte und sich umsah, staunte er über die Gewaltigkeit des Stromes.

Malik wartete geduldig, bis er von selbst weiterging, und führte ihn zum Bug des Schiffes. Der Wind stand günstig. Das dreieckige weiße Segel über ihren Köpfen war prall gespannt, und die Ruder – acht Stück auf jeder Seite, wie Ulrich mit einem raschen Blick feststellte – klatschten in regelmäßigem Takt ins Wasser, so daß sie eine erstaunliche Geschwindigkeit erreichten, obwohl sie stromaufwärts fuhren. Sie mußten sich in den vergangenen drei Tagen schon sehr weit den Nil hinaufbewegt haben, sicher hundert Meilen oder mehr.

Der Nil war die Lebensader dieses Landes, aber er geizte mit seinem Reichtum: sein Ufer war ein mit kräftigem Grün gemalter Strich, dahinter begann die Wüste. Eine ungeheure, jede Vorstellung sprengende Weite, in der nichts als Leere zu sein schien.

Es war das erste Mal, daß Ulrich die Wüste sah – nicht die kleinen, vertrockneten Fleckchen sandiger Erde, die er in der Nacht bei Alexandria erblickt hatte, sondern einen endlosen, braungelb gewellten Ozean aus monotonen Dünen.

Auch Malik Pascha schien wie Ulrich in diesen Anblick versunken, als hinter ihnen ein halblauter Ruf erscholl. Sie drehten sich um und sahen einen von Maliks Männern, der mit ausgestrecktem Arm zur Flußmitte hinwies. Zwei helle Flecken hüpften dort auf dem Silber des Stromes auf und ab.

Malik sagte kein Wort, beobachtete aber aufmerksam die beiden Segel, lange genug, um festzustellen, daß sie sich geradewegs auf ihr eigenes Schiff zu bewegten.

»Eure ... Freunde, Malik Pascha?« fragte Ulrich spöttisch.

Malik überging seine Worte, drehte sich herum und bildete mit den Händen einen Trichter vor dem Mund, um einen laut schallenden Befehl zu rufen. In das Dutzend Männer an Deck kam hastige Bewegung. Ulrich bemerkte, daß das Schiff Fahrt aufnahm und auch die Ruder schneller arbeiteten. Das sonst so ruhig dahinfließende Wasser des Nils bildete schaumige Wellen an den Flanken des Schiffes.

Trotzdem kamen die beiden Segel näher, und darunter erschienen zwei winzige dunkle Schatten.

»Geh unter Deck«, befahl Malik grob. Er wirkte beunruhigt.

»Wer sind sie?« fragte Ulrich.

»Piraten«, antwortete Malik mit erstaunlicher Offenheit. Seine Stimme klang ein wenig besorgt.

»Piraten?« wiederholte Ulrich verwirrt.

Malik nickte. »Man trifft sie oft in diesen Gewässern«, sagte er. »Der Nil ist groß, und so manches Schiff ist schon verschwunden, ohne jemals wiedergesehen zu werden.« Er ließ den Blick über das Deck gleiten und sah dann zum Ufer hinüber, als überlege er, ob es dort ein Versteck gäbe, und fügte hinzu: »Normalerweise sind sie aber nicht zu zweit. Geh unter Deck«, sagte er noch einmal. »Ich hoffe, es kommt nicht zum Kampf, und wenn doch, so werden wir sie schlagen. Aber du könntest in Gefahr geraten.«

Diesmal gehorchte Ulrich – wenn auch aus einem anderen Grund, als Malik annehmen mochte. Ganz anders als der Sarazene hoffte er nämlich nichts sehnlicher, als *daß* es zum Kampf mit den Piraten kam – in dem Gewühl konnte sich leicht eine Gelegenheit zur Flucht ergeben. Auch Neugier und Abenteuerlust regten sich in Ulrich.

Aber es zeigte sich sofort, daß er Malik unterschätzt hatte, denn als er sich umwenden und zum Achterdeck hinuntergehen wollte, hielt ihn der Sarazene am Arm zurück und winkte Yussuf herbei. Der riesige Krieger mit dem Narbengesicht ergriff ihn an der Schulter, verzog das Gesicht zu einer Grimasse, die wohl nur er für ein Lächeln hielt, und schob ihn eilig über das Schiff und die Treppe hinunter. Ulrich wehrte sich laut gegen die grobe Behandlung, aber Yussuf überging seine Klagen einfach und stieß ihn so heftig in seine Kabine, daß er stolperte und unsanft gegen den Tisch prallte. Zornig fuhr er herum und sah gerade noch, wie die Tür zugeschlagen wurde. Und diesmal wurde auch der Riegel vorgeschoben.

Ulrich lief wütend zur Tür, zerrte einen Moment vergeblich daran und trat schließlich ärgerlich dagegen, mit dem einzigen Ergebnis allerdings, daß er sich den Fuß prellte. Wütend drehte er sich wieder herum, humpelte zu seinem Bett und ließ sich darauffallen. Was dachte sich dieser tolpatschige Riese? Schließlich war er nicht irgendwer, sondern . . .

Ulrich erschrak, als er begriff, daß er schon genauso zu denken begann, wie Malik es von ihm erwartete. Er war ein Sklave, der keinen eigenen Willen zu haben hatte, und doch begann er sich bereits wie der König zu fühlen, als der er behandelt wurde; manchmal jedenfalls.

Mit Bestürzung erkannte Ulrich, wie rasch es Malik gelungen war, ihn zu beeinflussen. Was mochte geschehen, wenn er noch wochen- oder gar monatelang mit diesem Mann zusammen war?

Der Gedanke wirkte ernüchternd. Sein Zorn verrauchte und ließ ein bitteres Gefühl von Hilflosigkeit zurück. Langsam setzte er sich wieder auf, erhob sich schließlich und ging zum Fenster.

Da es zum Heck hinausführte, sah er die beiden Schiffe nicht, aber er spürte den raschen, hastigen Takt der Ruderschläge, und jetzt, als er darauf achtete, hörte er auch die vielfältigen Geräusche, die ihm zuvor nicht aufgefallen waren: die eiligen Schritte der Männer, die schrillen, erregten Rufe, das Klirren von Waffen, die bereitgehalten wurden.

So verging eine Stunde, dann eine zweite und eine dritte. Die Ruder arbeiteten mit unverminderter Schnelligkeit, so daß Ulrich sich fragte, woher die Männer die Kraft nehmen mochten, sie Stunde um Stunde so rasch zu bewegen, und er spürte am Zittern und Beben des Schiffsrumpfes, daß sich ihre Geschwindigkeit eher noch steigerte.

Dann tauchte eines der beiden Piratenschiffe in dem kleinen Fensterausschnitt auf, den Ulrich von seiner Kabine aus sehen konnte, und plötzlich war es kein kleines Segel mehr mit einem noch kleineren, flachen Schatten darunter, sondern ein riesiges, von zwei Dutzend Rudern rasend schnell angetriebenes Schiffsungeheuer, hinter dessen Reling sich mehr als fünfzig waffenschwingende Gestalten drängten.

Von dem zweiten Schiff war keine Spur zu sehen, aber es gehörte wenig Phantasie dazu, sich auszurechnen, daß es vor dem Bug oder neben ihrem eigenen Schiff aufgetaucht war, um ihnen den Weg abzuschneiden.

Jetzt, als Ulrich sah, wie gewaltig die Überlegenheit der Piraten war, bekam er doch Angst. Obwohl ihre Verfolger schnell waren und aus einem günstigeren Winkel heraus angriffen, verging doch beinahe eine weitere Stunde, ehe sie wirklich aufgeholt hatten.

Als sie nah genug herangekommen waren, erhob sich vom Deck des

Piratenschiffes eine Wolke dunkler, huschender Schatten, beschrieb einen steilen Halbkreis und senkte sich wieder herab. Das Wasser hinter dem Schiff spritzte auf wie bei einem Platzregen, und plötzlich hörte Ulrich eine Folge dumpfer, halblauter Schläge. Einer der schlanken Schatten huschte dicht an seinem Gesicht vorbei, und ein Pfeil bohrte sich mit einem schmetternden Schlag in die Tür.

Ulrich sprang hastig vom Fenster zurück, als die Bogenschützen ihre Waffen ein zweites Mal sirren ließen. Diesmal traf keines der Geschosse ins Fenster, aber er hörte sie wie Hagelschlag auf das Deck niederprasseln und wußte, daß diese zweite Salve besser gezielt gewesen war. Maliks Hoffnung, einen Kampf vermeiden zu können, hatte sich nicht erfüllt.

Plötzlich erbebte das Schiff unter einem ungeheuren Schlag. Ulrich wurde von den Füßen gerissen, prallte mit schmerzhafter Wucht gegen den Tisch und kollerte hilflos über den Boden, bis ihn die gegenüberliegende Wand unsanft aufhielt.

Ein zweiter, noch heftigerer Schlag traf das Schiff, Ulrich wurde abermals herumgeworfen, klammerte sich an den Beinen des im Boden verschraubten Tisches fest und hörte das dumpfe Splittern von Holz, als die Ruder brachen, gefolgt von einem Chor gellender Schmerzens- und Schreckensschreie. Das Zittern und Beben des Schiffsrumpfes hielt an, noch immer splitterte Holz, und jetzt begannen Waffen zu klirren. Ulrich begriff, daß der zweite Pirat Maliks Schiff einfach gerammt haben mußte.

Auf dem Deck über ihm brach die Hölle los. Der Lärm schwoll brausend an, in dem sich das Klirren von Waffen und die Schreie der Männer entsetzlich vermischten. Ein dunkler Körper huschte an Ulrichs Fenster vorbei und klatschte ins Wasser. Ein riesiger, finsterer Schatten verdunkelte plötzlich alles, als das Piratenschiff mit einer schwerfälligen Bewegung herumschwenkte, um seinem Opfer die Breitseite zuzudrehen. Ein Hagel von Pfeilen prasselte auf das Deck herab, und dann prallten die beiden Schiffe gegeneinander, mit solcher Wucht, daß Ulrich von dem Tisch losgerissen und mit solcher Gewalt gegen die Wand geschleudert wurde, daß er benommen liegenblieb.

Brandgeruch und das rote Glühen von Flammen schlugen ihm entgegen, als er die Augen öffnete. Vor dem Fenster ragte die Flanke des riesigen Piratenschiffes wie eine schwarzbraun gefleckte Mauer empor, so nahe, daß er sie hätte berühren können, und über seinem Kopf waren das Trampeln zahlloser Füße und die gellenden Schreie der Männer, die ihr Schiff enterten, zu hören. Ein Teil der letzten feindlichen Pfeilsalve mußte genau auf Ulrichs Kabinenluke gezielt worden sein – und drei oder vier der Pfeile waren mit brennenden Tuchstreifen umwickelt gewesen!

Ulrich sprang erschrocken hoch, riß einen brennenden Pfeil aus der Wand über seinem Kopf und trat die Flammen aus, zerrte einen zweiten Pfeil aus dem Tisch, warf ihn aus dem Fenster und fuhr erschrokken herum, als er sah, daß einer der Pfeile in sein Bett gefahren war und die Kissen in Brand zu setzen drohte. Mit fliegenden Fingern riß er das Geschoß aus der mit Stroh gefüllten Matratze. Aber die Flammen hatten bereits um sich gegriffen und schossen plötzlich mit der Wucht einer Explosion in die Höhe. Ulrich wich mit einem erschrokkenen Keuchen zurück, hob schützend die Hände vor das Gesicht und sah sich verzweifelt nach irgend etwas um, womit er die Flammen ersticken konnte.

Das Feuer breitete sich rasch aus. Schon stand sein gesamtes Bett in Flammen, die Hitze wurde unerträglich. Schwarzer Rauch quoll auf und nahm ihm den Atem. Ulrich wich hustend zur gegenüberliegenden Wand zurück, begann mit den Fäusten gegen die Tür zu hämmern und schrie lauthals nach Hilfe. Die glühende Hitze stieg immer mehr an. Der Rauch trieb ihm die Tränen in die Augen und nahm ihm den Atem. Ulrich begriff plötzlich, daß er ersticken würde, lange bevor ihn die Flammen erreichten.

Angst und Verzweiflung gaben ihm noch einmal neue Kraft. Obwohl die Luft wie flüssiges Feuer in seiner Kehle brannte, atmete er tief ein, fuhr herum und kämpfte sich zum Bett vor. Verzweifelt ergriff er das lichterloh brennende Kissen, riß es in die Höhe und versuchte, die Flammen auszuschlagen, die aus dem Strohsack schossen und bereits am Holz des Bettgestelles leckten.

Da wurde die Tür hinter ihm aufgerissen, und Yussuf stürzte herein. Sein Gesicht war blutverschmiert, und in seiner Hand schimmerte die lange Klinge seines Frankenschwertes. Mit einem Schritt war er bei Ulrich und streckte die Hand aus, um ihn zurückzureißen.

Doch statt Yussufs rettende Hand zu ergreifen, tauchte Ulrich unter dessen ausgestrecktem Arm hindurch, riß das brennende Kissen in die Höhe – und schlug es Yussuf mit aller Macht ins Gesicht! Der Krieger schrie auf, ließ seine Waffe fallen und taumelte zurück Das Kissen stob in einer Wolke aus glühenden Daunenfedern und brennenden Fetzchen auseinander. Schreiend prallte Yussuf gegen die Wand und begann wie rasend auf die kleinen Flämmchen einzuschlagen, die plötzlich aus seinem Haar schlugen. Ulrich setzte mit einem verzweifelten Sprung an ihm vorbei und aus der Tür. Auf dem Gang vor seinem Gefängnis lag ein Toter. Der Mann trug zerfetzte, schäbige Kleider und war mit Krummsäbel, Rundschild und einem spitzen Eisenhelm bewaffnet. Ulrich sprang über den Leichnam hinweg, warf einen hastigen Blick über die Schulter und sah, wie Yussuf brüllend vor Wut und mit haßverzerrtem Gesicht unter der Tür erschien.

Immer drei, vier Stufen auf einmal nehmend, rannte er die Treppe hinauf, duckte sich unter der Tür hindurch – und fand sich unversehens inmitten eines tobenden Hexenkessels wieder!

Die beiden riesigen Piratenschiffe hatten Maliks Schiff eingekeilt, wobei sie mit solcher Wucht dagegengeprallt waren, daß ein Teil der Reling eingedrückt und sämtliche Ruder zerbrochen waren. Der Hauptmast war gebrochen und niedergestürzt, wobei das Segel des längsseits gegangenen Piratenschiffes zerfetzt und sich unentwirrbar in sein Tauwerk verstrickt hatte. Auf dem mit Trümmern und zerfetztem Segeltuch übersäten Deck herrschte ein unglaubliches Gedränge. Die Piraten waren Maliks Männern weit überlegen, und von den höher gelegenen Decks der beiden angreifenden Schiffe strömten noch immer Männer herab, abenteuerliche Gestalten in zerrissenen Lumpen, die sich mit gellendem Geschrei in die Schlacht warfen. Ulrich wunderte sich, woher die Männer überhaupt den Platz zum Kämpfen nahmen, denn das Schiff schien geradezu aus den Nähten zu platzen vor ineinander verkeilten, aufeinander einschlagenden Leibern. Maliks Männer hielten sich erstaunlich gut. Trotz ihrer zahlenmäßigen Unterlegenheit waren bisher sehr wenige von ihnen gefallen, wogegen zahllose Piraten bereits tot oder verwundet am Boden lagen.

Hinter Ulrich erscholl ein gellender Schrei und brachte ihm die Tatsache zu Bewußtsein, daß er weder unsichtbar noch unberührbar war. Ganz instinktiv ließ er sich zur Seite fallen, sah einen blitzenden

Schatten an sich vorbeihuschen und fühlte den schmetternden
Schlag, mit dem sich das Schwert neben ihm in das Deck bohrte. Erschrocken sprang er auf, wich einem zweiten Hieb des Angreifers gerade noch rechtzeitig aus und prallte gegen die Reling. Das Gesicht
des Piraten, der auf ihn eindrang, verzerrte sich zu einer triumphierenden Grimasse, als er sah, daß er sein Opfer in die Enge getrieben
hatte. Doch plötzlich wurde ein Ausdruck des Schmerzes daraus.
Seine Augen wurden dunkel vor Pein. Er ließ Schild und Schwert fallen, taumelte einen Schritt auf Ulrich zu und versuchte mit den Händen eine Stelle zwischen seinen Schulterblättern zu erreichen, ehe er
stocksteif zu Boden fiel.
Hinter ihm stand Yussuf. Sein Gesicht war von häßlichen roten Flek-
ken verunziert, und seine Augen blitzten vor Haß. Einen Moment
lang fürchtete Ulrich, daß er nun sein Schwert nehmen und auch ihn
erschlagen würde, aber dann packte er ihn statt dessen nur grob bei
der Schulter und riß ihn von der Reling fort.
Ein zweiter Pirat sprang auf sie zu. Ohne sichtliche Anstrengung
schwang Yussuf seine Klinge in einem gewaltigen Hieb, erschlug den
Angreifer und machte so für sich und Ulrich den Weg zurück frei.
Aber so gewaltig seine Hiebe auch waren, die Übermacht der Piraten
war zu groß. Yussuf und Ulrich wurden abgedrängt und fanden sich
plötzlich an der Reling wieder, eingekreist von fast einem halben
Dutzend Piraten, die den riesigen Krieger als einen ihrer gefährlich-
sten Gegner erkannt hatten. Yussuf versetzte Ulrich einen Stoß, der
ihn gegen die Reling prallen ließ, stellte sich breitbeinig vor ihm auf
und schwang seine Klinge mit beiden Händen. Der tödliche Stahl
zerschmetterte Schilde und Helme und ließ mehrere Piraten nahezu
gleichzeitig zu Boden sinken, aber für jeden Angreifer, den er erschlug, schienen drei neue aufzutauchen – und der Strom von Männern, den die beiden Piratenschiffe ausspien, nahm noch immer nicht
ab.
Yussuf verschaffte sich mit einem gewaltigen Rundschlag für einen
Moment Luft, stieß Ulrich grob voran und deutete mit einer Kopfbewegung auf die kurze Treppe, die zum Achteraufbau hinaufführte,
ehe er sich mit einem gellenden Schrei auf die Piraten warf.
Ulrich rannte los. Obwohl es nur wenige Schritte waren, wurde er
mehrmals von Piraten erspäht und angegriffen, und es glich einem

Wunder, daß er die Treppe überhaupt erreichte, ohne getötet zu werden. Verzweifelt hastete er hinauf, spürte einen harten Ruck am Fuß, der ihn fast aus dem Gleichgewicht brachte, und trat ganz instinktiv zurück. Er traf. Ein gellender Schrei erscholl, und die Hand, die sein Fußgelenk gepackt hatte, verschwand. Ulrich taumelte weiter, übersprang mit einem verzweifelten Satz die letzten Stufen und sah, daß auch auf dem Achterdeck ein gnadenloser Kampf tobte. Es war Malik selbst, der sich zusammen mit drei seiner schwarzgekleideten Krieger gegen eine vielfache Übermacht von Piraten zur Wehr setzte, doch die Überlegenheit der Piraten war einfach zu gewaltig. Letztendlich würden sie Maliks Krieger einfach durch ihre bloße Zahl erdrükken.

Maliks Blick fiel auf Ulrich. Seine Augen weiteten sich vor Schrekken, als er Ulrich erkannte. Mit einem wütenden Hieb stieß er gleich zwei der Piraten zu Boden, rannte im Zickzack über das Deck und auf Ulrich zu und stellte sich schützend vor ihn. Drei Piraten griffen Malik Pascha gleichzeitig an, und vom höher gelegenen Deck des feindlichen Schiffes sprangen noch immer Männer in unerbittlicher Überzahl herab.

»Spring!« schrie Malik. »Spring über Bord, Ulrich!« Eine Klinge durchbrach seine Deckung und bohrte sich tief in seinen Arm. Malik schrie vor Schmerz und Zorn, wechselte sein Schwert blitzschnell in die andere Hand und tötete den Mann mit einem raschen Hieb. Aber sofort war ein anderer Pirat da, ein Riese, womöglich noch größer als Yussuf, der ihn mit fürchterlichen Hieben vor sich hertrieb, bis sie beide gegen die Reling prallten. Malik wehrte sich verbissen, aber seine Verletzung behinderte ihn, und das Deck war so mit Menschen überfüllt, daß er kaum Platz fand, mit seiner Waffe auszuholen.

Dann traf ihn ein schrecklicher Schlag. Die Klinge des Riesen prallte an seiner eigenen ab und gegen Maliks Schläfe, zwar nur mit der stumpfen Breitseite, aber mit solcher Wucht, daß er mit einem seufzenden Laut zur Seite kippte und sich nicht mehr rührte.

Ulrich duckte sich verzweifelt unter dem niedersausenden Schwert des Riesen hindurch. Die Klinge fuhr dicht neben ihm in die Reling und verkeilte sich, aber der Pirat versuchte gar nicht erst, seine Waffe hervorzuzerren, sondern schlug mit der geballten Faust nach ihm. Der schmetternde Hieb streifte nur Ulrichs Schulter, doch das allein reichte, ihn gegen die Reling und zu Boden zu schleudern. Benommen richtete Ulrich sich wieder auf, sah etwas Kleines, Blitzendes vor sich liegen und griff rasch danach. Es war ein Dolch, den einer der Kämpfenden verloren hatte; eine jämmerliche Waffe, aber immer noch besser als gar keine.

Er kam nicht dazu, den Gedanken auch nur zu Ende zu denken, denn der riesige Pirat hatte ihn keineswegs vergessen. Mit einem brutalen Ruck zerrte er ihn wieder auf die Füße, hielt ihn auf Armeslänge von sich und holte mit der geballten Faust zu einem vernichtenden Schlag aus.

Ulrich schrie auf, warf sich zurück und stieß blindlings mit dem Dolch zu. Die Waffe traf den Arm des Piraten, und die Wucht seines eigenen Schlages trieb den Stahl bis ans Heft in sein Fleisch. Der Mann brüllte vor Schmerz und ließ Ulrich los. Seine Faust, aus der das Blut troff, öffnete sich, und aus dem tödlichen Hieb, der zweifellos Ulrichs Gesicht zerschmettert hätte, wurde eine klatschende Ohrfeige.

Ulrich taumelte und hatte das Gefühl, schwerelos in der Luft zu hängen. Dann kippte der Himmel über ihm zur Seite, das Piratenschiff drehte sich um die eigene Achse und stand plötzlich kopf. Einen halben Atemzug später klatschte Ulrich ins Wasser.

Verzweifelt versuchte er seinen Sturz aufzufangen, kam mit hilflos rudernden Armen und Beinen an die Wasseroberfläche und schrammte mit dem Gesicht an der rauhen Flanke des Piratenschiffes entlang. Rings um ihn herum schien das Wasser zu kochen. Tote und Sterbende trieben auf den Wellen, und von den beiden ineinandergekeilten Schiffen regneten unentwegt Trümmerstücke und brennendes Holz und Tauwerk herab. Maliks Schiff brannte. Wenn die Flammen auch noch nicht sehr hoch schlugen, so breiteten sie sich doch unerbittlich aus und ergriffen dabei nicht nur Holz und Segeltuch, sondern auch Freund und Feind, denn es gab nichts, wohin sie vor dem Feuer hätten ausweichen können. Ein Mann mit brennendem Haar stürzte schreiend dicht neben Ulrich ins Wasser und versank, ohne wieder aufzutauchen, und plötzlich, mit einem einzigen krachenden Schlag, fing auch das Segel des Angreifers Feuer. Die Piraten mochten den Sieg davontragen, aber es war ein Sieg, den sie teuer erkauften.

Ulrich blickte noch kurz hinauf auf das brennende Schiff und versuchte, Malik oder Yussuf inmitten der Kämpfenden zu entdecken, aber er sah keinen von beiden. Im Wasser tretend, drehte er sich herum, trieb, die linke Hand haltsuchend am Holz des Schiffsrumpfes, um das Piratenschiff herum und blickte zum Ufer hinüber. Es schien ihm unendlich weit entfernt.

Er atmete tief ein, stieß sich von der Flanke des Piratenschiffes ab und schwamm, so gut er konnte, los.

7

Die Sonne berührte den Horizont, als Ulrich das Ufer erreichte. Er wußte nicht mehr, wie es ihm gelungen war, hierher zu kommen, woher er die Kraft genommen hatte, Arme und Beine immer wieder und wieder zu bewegen. Zwar hatte er daheim im Rheintal manchmal mit anderen Kindern im Wasser gespielt und dabei gelernt, sich über Wasser zu halten, doch so weit war Ulrich noch nie geschwommen. Außerdem war er während der letzten halben Stunde mehr bewußtlos als bei klarem Verstand gewesen. Die ineinandergekeilten Schiffe waren zu kleinen, glühenden Flecken auf der weiten Wasserfläche des Nils geworden, und nach einer Weile hatte er nicht einmal mehr die Kraft aufgebracht, sich nach ihnen herumzudrehen.

Irgendwann spürte Ulrich plötzlich schlammigen Grund unter den Füßen und zwang seine verkrampften Muskeln, sich noch einmal zu bewegen. Dann zog er sich in den Uferschlamm hinauf, kroch ein Stück weit auf dem Bauch dahin und blieb regungslos liegen.

Er war so erschöpft, daß er sich erbrach und nicht einmal die Kraft hatte, sich den Mund sauber zu wischen. Es war schon lange dunkel, als er endlich imstande war, den Kopf zu heben und sich umzusehen. Rings um ihn herum herrschte tiefste Nacht. Der Himmel war bewölkt, so daß nicht einmal der Mond ein wenig Licht spendete.

Ulrich fror erbärmlich, denn er lag noch immer bis an die Hüften im Wasser. Sein Gesicht war klebrig von Erbrochenem und vom Schlamm, in den er gesunken war.

Mühsam stemmte er sich hoch und drehte sich zum Fluß um. Noch immer brannten die verkeilten Schiffe und hockten auf dem Wasser wie ein rotes Auge, das ihm höhnisch zuzublinzeln schien. Wieder staunte Ulrich, wie in Gottes Namen er es geschafft hatte, bis hierher zu schwimmen.

Er stand auf und wandte sich zurück zum Ufer, besann sich dann noch einmal und watete wieder ein Stück ins Wasser zurück, um sich das Gesicht und die Hände zu waschen. Er klapperte dabei vor Kälte mit den Zähnen, aber das Wasser verscheuchte seine Benommenheit.

Erst jetzt merkte Ulrich, daß er verwundet war.

Ein Teil seiner alten Verletzungen war wieder aufgebrochen und blutete, in seinem rechten Unterarm klaffte ein neuer, häßlicher Riß, nicht wirklich gefährlich, aber schmerzhaft. Schon wollte Ulrich einen Streifen aus seinem Hemd reißen, um ihn als Verband zu benutzen, überlegte es sich aber wieder. Obwohl seine Kleider arg mitgenommen waren, waren sie noch immer kostbar. Allein die Stiefel stellten einen Wert dar, von dem er zuvor nicht einmal zu träumen gewagt hätte. Die Wunde in seinem Arm würde von selbst heilen; das Hemd nicht, wenn er es zerriß.

Als er die Böschung erreicht hatte, wandte er sich ein letztes Mal um und blickte zu den brennenden Schiffen hinüber.

Er hoffte inbrünstig, daß die Flammen auf den zweiten Piraten übergegriffen hatten und auch er sinken würde. Zum ersten Mal verspürte Ulrich einen tiefen Groll auf die Piraten, die sie so sinn- und grundlos angegriffen hatten. Und jetzt, da er endlich frei war, betete er im stillen für Malik Paschas Leben. Erstaunt merkte er, daß er trotz allem angefangen hatte, Malik zu mögen, auch wenn er ihn zugleich fürchtete.

Dieser Gedanke brachte Ulrich wieder vollends in die Wirklichkeit zurück. Mit einem Male spürte er den eisigen Wind wieder, die Kälte, die sich mit der Nacht über das Land gesenkt hatte, und den seltsamen, sumpfigen Geruch, der ihn umgab.

Noch war er unschlüssig, was er tun sollte. Das Klügste wäre zweifellos gewesen, sich gleich hier am Ufer eine Stelle zum Schlafen zu suchen, aber plötzlich erinnerte er sich mit Schrecken daran, was man ihm von den Nilkrokodilen erzählt hatte. Zum anderen war es sehr wahrscheinlich, daß er nicht der einzige Überlebende des Kampfes war, und er hatte keine besondere Lust, sich unvermittelt einem Piraten gegenüberzusehen.

Außerdem war er sicher, daß Malik nach ihm suchen würde, falls er den Kampf überlebt hatte.

So drehte er sich nach abermaligem kurzem Zögern endgültig herum und entfernte sich vom Fluß. Lange stapfte er durch Unterholz und Gestrüpp. Dahinter begann die gleiche eigenartige Landschaft, die er schon vor den Toren Alexandrias gesehen hatte – eine merkwürdige Mischung aus Wüste und überaus fruchtbarem Land, die schließlich in braune Öde überging.

Ulrich begann stärker zu frieren, als er aus dem Schutz der Dattelpalmen heraustrat und dem Wind nun stärker ausgeliefert war. Die Nacht erschien ihm dunkler denn je, und wieder spürte er, wie müde und erschöpft er nach all dem ausgestandenen Schrecken war. Er wollte nichts wie schlafen, aber in ihm war eine dünne, drängende Stimme, die ihm zuflüsterte, daß er möglicherweise nie wieder erwachen würde, wenn er sich jetzt niederlegte.

Immer weiter entfernte er sich vom Fluß, bis er anhielt und sich endlich dort, wo er war, in den Sand sinken ließ. Seine Kleider waren vollkommen durchnäßt, und er fror. Der Wind, der staubfeinen Sand mit sich herantrug und Geschichten von versunkenen Völkern und fremden Welten erzählte, war eisig. Fröstelnd zog Ulrich die Knie an den Körper, umschlang sie mit den Armen und rollte sich eng zusammen, um dem Wind möglichst wenig Angriffsfläche zu bieten. Trotzdem zitterte er vor Kälte, und seine Finger und Zehen schienen allmählich zu erstarren.

Sein letzter Gedanke war, wie seltsam es doch sei, in der Wüste zu erfrieren – dann schlief er ein.

Ulrich schlief tief in dieser Nacht. Es war die Sonne, die ihn am nächsten Morgen wachkitzelte, und das erste, was er spürte, war eine wohltuende Schwere in den Gliedern. Wie ein rotglühender Ball stand die Sonne im Osten über den Dünen, und es zeigte sich, daß er Glück gehabt hatte bei der Wahl seines Schlafplatzes, denn er lag im Schatten einer riesigen Sanddüne. Auch war er rechtzeitig aufgewacht, und seine Haut war noch nicht von den sengenden Strahlen der Sonne verbrannt.

Ulrich gähnte, setzte sich umständlich auf und blinzelte den Schlaf aus den Augen. Einen Augenblick lang genoß er es, einfach dazusitzen und das allmählich in seine Glieder zurückkriechende Leben zu fühlen, dann stand er auf, ging mit noch unsicheren Schritten die Düne hinauf, in deren Schutz er die Nacht verbracht hatte, und sah sich um.

Der Strom lag wie ein gewaltiges Band aus Silber vor ihm, nicht halb so weit entfernt, wie es in der Dunkelheit ausgesehen hatte. Von den drei Schiffen war keine Spur mehr zu sehen.

Der Nil bot ein Bild des Friedens, und es schien, als ob alles nur ein böser Traum gewesen sei.

Unschlüssig sah sich Ulrich um, blickte noch einmal auf den Strom hinaus und hielt nach Verfolgern Ausschau. Dann machte er sich auf den Weg zurück zum Ufer.

Das Wasser, das ihm am Abend zuvor so kalt vorgekommen war, erwies sich nun als sehr erfrischend. Er trank, wusch sich gründlich – ganz gegen seine sonstige Gewohnheit – und trank nochmals, ehe er die Böschung wieder hinaufstieg.

Der Hunger meldete sich. Doch in all dem üppigen Grün der Uferlandschaft konnte Ulrich nichts Eßbares entdecken, abgesehen von den Datteln, die jedoch unerreichbar hoch in den Palmen wuchsen. Ulrich überlegte angestrengt. Es war beinahe lächerlich – jetzt, da er die Freiheit, nach der er sich so lange und verzweifelt gesehnt hatte, endlich erlangt hatte, wußte er nicht, was er tun sollte. All seine Gedanken waren immer nur darum gekreist, wie er Paltieri – und später Malik – entkommen konnte, was er hinterher tun würde, hatte er nicht überlegt. An die Möglichkeit, sich nach seiner Flucht so fern von allen Menschen wiederzufinden, hatte er niemals gedacht.

Doch Ulrich erinnerte sich, daß er vom Schiff aus Städte und Dörfer gesehen hatte. Wenn er nur lange genug marschierte, mußte er bis dorthin gelangen. Die größte Gefahr der Wüste – der Durst – galt für ihn nicht, denn wenn er sich am Ufer hielt, hatte er immer genug zu trinken, und der Hunger ... nun, Ulrich hatte bereits eine gewisse Übung darin, zu hungern. Er wußte, daß er es eine ganze Weile ohne Essen aushalten konnte; auf jeden Fall lange genug, bis er auf eine menschliche Ansiedlung traf, wo er um Essen bitten – oder es, wenn es sein mußte, stehlen – konnte.

So kam es, daß Ulrich sich hoffnungsvoll auf den Weg zurück nach Norden machte.

Die Sonne stieg höher. Selbst hier am Fluß wurde es unerträglich heiß. Immer öfter mußte Ulrich hinunter ans Wasser gehen, um zu trinken. Immer schwerer fiel ihm das Gehen, denn der Boden war hier, dicht am Ufer, sumpfig, und mehrmals versank er bis an die Waden in zähem Morast, aus dem er sich nur unter großer Mühe wieder herauskämpfen konnte.

Die Krokodile, von denen die Kreuzfahrer in seiner Heimat berichtet hatten, sah Ulrich nun wirklich – häßliche, schuppige Ungeheuer mit Zähnen, so lang wie seine Finger, und kleinen tückischen Augen. Sie waren nicht halb so groß, wie Ulrich sie sich nach all diesen Geschichten vorgestellt hatte. Wie sie träge im Uferschlamm lagen oder wie borkige Baumstämme durch das Wasser glitten, wirkten sie schwerfällig und beinahe behäbig – aber Ulrich hatte keine besondere Lust, auszuprobieren, ob sie es auch wirklich waren.

Gegen Mittag wich er ein Stück weit vom Ufer ab und verbrachte die heißesten Stunden des Tages im Schutz einiger Palmen. Er schlief ein wenig, wachte erschrocken wieder auf und stellte erleichtert fest, daß er noch immer allein war.

Den ganzen Nachmittag hindurch wanderte Ulrich weiter nach Norden, während sein Hunger immer quälender wurde.

Die Sonne sank. Noch während er darüber nachdachte, wo er die Nacht verbringen sollte, hörte er plötzlich Hufschlag, und kurz darauf die Stimmen von Menschen. Erschrocken duckte sich Ulrich im Schilf.

Keinen Augenblick zu früh, denn einen Atemzug später teilte sich das Unterholz nur wenige Schritte vor ihm, und die Gestalten von drei Reitern wuchsen vor dem rot gewordenen Abendhimmel empor.

Ulrichs Herz schlug ihm bis zum Halse, als er den Mann erkannte, der die kleine Gruppe anführte. Es war niemand anders als Yussuf, Maliks riesenhafter Leibwächter!

Ulrich duckte sich angstvoll tiefer in seine Deckung und hielt vor Schreck den Atem an, denn Yussuf und die beiden anderen ritten so nahe an ihm vorüber, daß er sie fast berühren konnte. Das vernarbte Gesicht des Riesen war gerötet und von häßlichen, feucht glänzenden Brandblasen entstellt. Ein halb durchgebluteter Verband war lose um seine linke Hand gewickelt.

Auch seine beiden Begleiter waren verletzt. Malik und seine Männer hatten also den Kampf gegen die Piraten überlebt.

Und jetzt waren sie hier, um ihn zu suchen . . .

Ulrich beobachtete die drei schwarzgekleideten Krieger mit klopfendem Herzen. Sie bewegten sich nicht sehr leise, und Yussuf redete sogar von Zeit zu Zeit mit dem Mann an seiner Seite, was darauf hinwies, daß sie sich sehr sicher zu fühlen schienen. Trotzdem saßen nur Yussuf und der Mann zu seiner Rechten ab und gingen zum Fluß hinunter, um zu trinken, während der dritte Krieger, scheinbar nachlässig im Sattel sitzend, aber die Hand auf dem Säbel, Wache hielt und geduldig wartete, bis auch er an der Reihe war. Dann ritten sie weiter.

Ulrich kroch vorsichtig aus seinem Versteck, richtete sich lautlos auf und huschte davon, sich immer wieder angstvoll umsehend. Der sumpfige Boden, der ihm am Tage so viele Schwierigkeiten bereitet hatte, kam ihm nun zugute, denn er dämpfte seine Schritte.

Er war sicher, daß Yussuf und seine Begleiter nicht die einzigen waren, die nach ihm suchten – Malik selbst hatte ihm ja gesagt, daß er ihn lieber töten als zulassen würde, daß er entkam. Er würde jeden Mann, der den Kampf gegen die Piraten überlebt hatte, auf seine Spur setzen.

Malik Pascha war ein mächtiger Mann, und noch mächtiger war der Alte, dem er diente. Ulrich war sicher, daß die schwarzgekleideten Krieger die Ufer des Nils so lange absuchen würden, bis sie ihn gefunden hatten.

Blind vor Angst lief er immer weiter vom Fluß weg, stolperte, fiel nieder, stürmte vorwärts und blieb erst stehen, als sein Herz zum Zerreißen schlug und er einfach nicht mehr weiter konnte. Obwohl der Wind schon wieder kalt zu werden begann, war er in Schweiß gebadet, und sein Atem ging so schnell, daß seine Lungen schmerzten. Keuchend drehte er sich herum und ließ sich auf Hände und Knie herabsinken.

Er war nicht halb so weit vom Fluß entfernt, wie er gehofft hatte. Voll Angst blickte er in den Himmel hinauf. Die Sonne stand schon sehr niedrig, und er wußte bereits, wie rasch die Dunkelheit hereinbrach. Ulrichs Gedanken überschlugen sich. Er wußte, wie gefährlich es war, sich allein in die Wüste hinaus zu wagen, zumal für ihn, der hier fremd war und nichts von den Dingen wußte, die für ein Überleben in diesem Sandmeer nötig waren. Aber er konnte es auch nicht wagen, zum Fluß zurückzukehren; die Gefahr, Yussuf oder einem anderen von Maliks Häschern in die Arme zu laufen, war zu groß. Also blieb ihm nur eine einzige Möglichkeit – sich so weit und so schnell es ging von den drei Kriegern zu entfernen und dabei so dicht am Fluß zu bleiben, wie er nur konnte; ein Vorhaben, das weitaus leichter gefaßt als in die Tat umgesetzt war.

Behutsam kroch Ulrich ein Stück zurück, richtete sich auf und blickte hinaus in die endlosen braungelben Sandwellen, die sich vor ihm erstreckten.

Wenn er zwischen ihnen hindurch ging, würde das Gehen nicht allzu anstrengend sein, und er nahm sich vor, immer wieder nach dem Fluß Ausschau zu halten, um nicht die Orientierung zu verlieren. Er war müde, aber die Angst gab ihm Kraft, und mit etwas Glück würde der Wind seine Spuren verwehen. Am nächsten Morgen konnte er schon weit fort sein; weit genug zumindest, um Yussuf nicht in die Arme zu laufen.

Er sah noch einmal zum Nil zurück, dann wandte er sich um und machte sich auf den Weg.

8

Ulrich wanderte die ganze Nacht hindurch, ohne auch nur einmal anzuhalten. Seine Glieder wurden vor Müdigkeit schwer wie Blei, und mit der Zeit wurde jeder Schritt zur Qual. Aber die Furcht trieb ihn weiter. Wie er es sich vorgenommen hatte, kletterte er immer wieder auf eine der mächtigen Sanddünen, zwischen denen er hindurchging, um nach dem Fluß Ausschau zu halten.

Ein paarmal geschah es, daß er dem Strom gefährlich nahe kam, dann wieder entfernte er sich viel zu weit davon, so daß Ulrich so lange die Richtung ändern mußte, bis er den Nil wieder wie ein breites Band aus mattem Silber vor sich sah. Er verlor dabei sehr viel Zeit und vor allem Kraft, aber die Angst, sich in der Wüste zu verirren, war stärker als seine Müdigkeit.

Gegen Morgen verfiel er in einen Dämmerzustand, in dem er zwar noch einen Fuß vor den anderen setzte, im Grunde aber gar nicht mehr wußte, was er eigentlich tat. Mühsam erklomm er die Dünen, blickte auf den Fluß hinunter und schleppte sich wieder zurück, um seinen Weg fortzusetzen.

Obwohl Ulrich jeden einzelnen der zahllosen Schritte, zu denen er sich zwang, quälend spürte, hatte er das Gefühl, nicht von der Stelle zu kommen. Alles um ihn herum sah immer gleich aus. Die vielen Dünen schienen alle aus einer einzigen gigantischen Form gegossen. Ulrich wußte zwar, daß er sich weiterbewegte und mit jedem Schritt mehr Entfernung zwischen sich und Yussuf brachte, aber er *sah* es nicht, und das war entmutigend.

Als die Sonne schließlich aufging, war er so erschöpft, daß er zusammenbrach, während er eine Düne erklomm. Der Fluß, nach dem er Ausschau hielt, verschwamm vor seinen Augen. Übelkeit erfaßte ihn und das Verlangen zu schlafen. Nichts anderes wollte er mehr, als zum Ufer zurückzugehen und sich unter einer Palme zusammenzurollen. Noch siegte die Angst vor Yussuf und seinen Begleitern, aber Ulrich wußte, daß er nicht mehr lange durchhalten würde. Er begann sich bereits zu fragen, ob es wirklich so schlimm war, Maliks Gefangener zu sein, und ob es sich lohnte, all dies auf sich zu nehmen, ja vielleicht sogar sein Leben aufs Spiel zu setzen.

Er verscheuchte diese Gedanken, raffte noch einmal alle Kraft zusammen und drehte sich herum, um wieder in das Dünental hinabzusteigen.

In diesem Moment sah er den See. Es war nur ein Blitzen am Horizont, ein silberner Splitter, der in die Gleichförmigkeit der Wüste eingebettet war, aber er war doch zu deutlich, um bloße Einbildung sein zu können. Als Ulrich sich aufrichtete und genauer hinsah, erkannte er einen blassen grünen Streifen, der ihn wie ein ungleichmäßiger Ring umgab.

Ein See! Ein See und Bäume, abseits vom Nil, und damit abseits der Strecke, auf der Maliks Männer nach ihm suchten! Plötzlich war Ulrich hellwach. All seine Müdigkeit und Schwäche waren vergessen. Jetzt, als er sich anstrengte, sah er den See ganz deutlich, fast als wäre er näher gekommen. Er flimmerte in der heißen Luft, aber er war da und schien nicht einmal besonders weit. Ulrich schätzte, daß er ihn in längstens zwei Stunden erreichen konnte.

Natürlich würde Malik ihn auch dort suchen lassen. Aber die ungeheure Größe dieses Landes, die er noch am Tage zuvor von Herzen verflucht hatte, schützte ihn nun. Denn so viele Männer, um überall zugleich nach ihm Jagd zu machen, konnte Malik gar nicht haben. Der See bedeutete zumindest eine Atempause, in der er schlafen und neue Kräfte sammeln konnte. Und mit etwas Glück traf er dort sogar auf Menschen, die ihm helfen würden.

Die Hitze begann unerträglich zu werden. Ulrich verspürte brennenden Durst, und der Hunger war zu einem beständigen Wühlen und Bohren in seinem Magen geworden. In seinem Mund war ein schlechter Geschmack. Sehnsüchtig blickte er zu dem grüngesäumten See hinüber, dann zum Fluß und wieder auf den See, wandte sich schließlich schweren Herzens um und machte sich auf den Weg zurück zum Nil. Er mußte trinken, so viel trinken, wie er nur konnte, wenn er durchhalten wollte. Er wußte, wie schwer der Weg zum See werden würde – zwei Stunden in der unbarmherzigen Sonnenglut der Wüste waren eine lange Zeit.

Kurze Zeit später erreichte er den Fluß. Das Ufer war an dieser Stelle flach; die Palmen wuchsen fast bis ans Wasser heran, so daß Ulrich den Nil erreichte, ohne weithin sichtbar zu sein. Trotzdem zögerte er lange, ehe er aus seiner Deckung heraustrat und sich zum Wasser niederbeugte, um zu trinken. Aber das Glück, das ihn so lange Zeit verlassen zu haben schien, war ihm nun hold – Ulrich stillte seinen Durst, ohne auch nur die Spur anderer Lebewesen zu entdecken, abgesehen von einem Krokodil, das ihn aus einiger Entfernung beäugte und dann zu dem Schluß zu kommen schien, daß es sich nicht lohnte, Jagd nach diesem Opfer zu machen. Ulrich trank und trank, so lange, bis er das Gefühl hatte, das Wasser käme ihm an den Ohren wieder heraus. Dann kämpfte er sich zurück, erklomm die erste Sanddüne und blickte nach Westen, voll Angst, der See könnte einfach verschwunden sein. Aber er war noch da, und nun, da der Durst gestillt war und das helle Licht des Morgens die Müdigkeit wenigstens scheinbar vertrieb, fühlte sich Ulrich auch kräftig genug, sich auf den Weg zu machen.

Eine Stunde später war er jedoch dem See nicht näher gekommen. Die Hitze stieg immer weiter und weiter. Ulrich war am Ende seiner Kräfte.

Er hatte sich geirrt. Die klare Luft über der Wüste hatte ihn genarrt und ihm eine falsche Nähe vorgespiegelt. Der See war nicht zwei Stunden Fußmarsch, sondern mindestens fünf entfernt, und es war ein Weg durch eine hitzeglühende Wüste, zu Fuß, verwundet und ohne Wasser.

Ulrich wußte längst nicht mehr, wo er war. Er wußte nur, daß er sterben würde, wenn kein Wunder geschah, und der Gedanke erfüllte ihn gar nicht mit Schrecken, sondern mit Bitterkeit und Zorn. Es war ungerecht. Er hatte die Hälfte der bekannten Welt durchquert, nur um hier in der Wüste jämmerlich zu verdursten.

Ulrich schleppte sich durch den staubfeinen Sand. Bei jedem Schritt sank er bis über die Knöchel ein, und jedes Mal schien es ihm mehr Mühe zu bereiten, den Fuß wieder aus dem Sand zu ziehen und sich zu einem neuen Schritt zu zwingen. Die Sonne stand wie ein kleines böses Auge am Himmel, und die Luft zitterte in der Hitze. Jeder Atemzug wurde zur Qual, und der Wind, der den Sand immer wieder aufwirbelte, blies ihm heiß und böig ins Gesicht.

Selbst wenn er noch die Kraft gehabt hätte, umzukehren und sich zurückzuschleppen, er hätte den Weg nicht mehr gefunden. Das gewaltige Sandmeer hatte den Nil längst verschlungen.

Anfangs hatte er noch die riesigen Sanddünen erstiegen, um sich auf kürzestem Weg dem See zu nähern, aber schon bald war das blausilberne Blitzen am Horizont hinter einem Vorhang flirrender Hitze verschwunden, und kurze Zeit später hatte er darauf verzichtet, sich die Dünen hinauf- und auf der anderen Seite wieder hinabzuquälen. Er hatte nicht mehr die Kraft dazu, auf diese mühselige Weise Ausschau zu halten. Der Sand war locker und fein wie Staub, und für jeden Schritt, den er einen Dünenkamm hinaufkroch, rutschte er einen halben zurück.

Aber das schien Ewigkeiten her. Jetzt gelang es ihm kaum mehr, sich zwischen den braungelben Dünen hindurch zu schleppen.

Da bewegte sich etwas vor ihm. Zuerst bemerkte es Ulrich nicht einmal. Sein Herz schlug so laut und heftig, daß er meinte, es müßte bis nach Alexandria zu hören sein. Der Schweiß lief in seine Augen, so daß alles davor zu verschwimmen schien. Aber dann sah er etwas wie dunkle Flecken auf- und abtanzen, und er hörte ein dumpfes Dröhnen. *Hedschins,* dachte er. Das waren *Hedschins!* Und die Flecken, die er gesehen hatte, waren die Schatten von Reitern, die sich geradewegs auf ihn zu bewegten!

Bald darauf tauchten die Reiter wieder vor ihm auf, wie Schiffe, die auf einem stürmischen Meer auf- und abwogten, und Ulrich erkannte ihre schwarzen wallenden Gewänder, die schwarzen Turbane und Tücher, hinter denen sich die Gesichter verbargen . . .

Voll Panik sah sich Ulrich um. So weit er nur sehen konnte, erstreckten sich die gleichförmigen Sanddünen wie die Wogen eines erstarrten Ozeans. Nirgendwo gab es ein Versteck, das groß genug gewesen wäre, auch nur eine Katze zu verbergen. Und seine Spur war so breit, daß die Männer schon blind sein mußten, sie zu übersehen!

Verzweifelt drehte sich Ulrich um seine Achse. Alle Müdigkeit und aller Schmerz waren vergessen. Er fuhr herum, stolperte ein paar Schritte auf seiner eigenen Spur zurück und blieb wieder stehen. Es konnte nur noch Augenblicke dauern, bis die Männer auf dem Kamm der nächsten Düne auftauchten und ihn sahen.

Der Hufschlag kam näher, wuchs – und brach ab.

Verblüfft blickte Ulrich aus zusammengekniffenen Augen in die Richtung, in der er die Reiter gesehen hatte, und wartete mit klopfendem Herzen darauf, einen Schatten mit drohend gezogener Waffe vor sich zu sehen.

Aber die Männer kamen nicht. Das Wunder, um das er gebetet hatte, war geschehen. Aber es dauerte lange, bis er begriff, daß er – zumindest im Augenblick – gerettet war.

Ulrichs Gedanken überschlugen sich. Was sollte er tun? Die Reiter mußten ganz in seiner Nähe sein, und warum immer sie angehalten hatten, sie würden irgendwann weiterreiten und unweigerlich auf seine Spur stoßen.

Allein der Gedanke trieb ihm schon den Angstschweiß auf die Stirn. Ulrich wartete, bis sein Herz aufgehört hatte, wie wild zu hämmern, fuhr sich noch einmal mit dem Handrücken über die Stirn und begann vorsichtig, die nächste Sanddüne zu erklimmen. Das letzte Stück legte er kriechend zurück, obwohl der staubfeine Sand in den zahllosen kleinen Schürfwunden brannte, mit denen seine Hände übersät waren. Aber er vergaß den Schmerz, als er den Dünenkamm erreicht hatte.

Die Reiter waren keine zwanzig Schritte mehr von ihm entfernt – drei Krieger, und jeder von ihnen trug ein gewaltiges Krummschwert am Gürtel und den typischen, mit einem nadelscharfen Dorn versehenen Rundschild der Muselmanen auf dem Rücken. Unter den schwarzen Turbanen blitzte das schwarzlackierte Metall ihrer Helme. An den Sätteln ihrer Tiere hingen Lanzen, die Männer selbst waren abgestiegen.

Ulrich konnte nicht genau erkennen, was sie taten; der eine machte sich bei den Tieren zu schaffen, während die beiden anderen ein Stück abseits standen und miteinander redeten. Sie erinnerten Ulrich an Malik und seine Krieger. Etwas... *Beunruhigendes* umgab sie, das nicht in Worte zu fassen war.

Aber was *taten* sie? dachte Ulrich verwirrt. Warum hielten sie an, hier, mitten in der Wüste, Stunden von der nächsten Quelle und der nächsten menschlichen Ansiedlung entfernt?

Während er in den Anblick der drei schwarzgekleideten Krieger vertieft war, spürte Ulrich plötzlich, wie der Sand unter seinem Gewicht nachgab – und er rutschte mit haltlos rudernden Armen und einem erstickten Schrei die Düne hinab, direkt vor die Füße der drei Muselmanen.

Es war schwer zu sagen, wer wohl überraschter war – Ulrich oder die Männer, vor deren Füßen er in einer stiebenden Sand- und Staubwolke zu liegen kam. Aber die drei überwanden ihre Überraschung schneller, denn Ulrich fand nicht einmal mehr Zeit, sich auf Hände und Knie hochzustemmen und den Sand auszuspucken, da spürte er schon den eisigen Stahl eines Sarazenenschwertes im Nacken.

Ulrich erstarrte. Für die Dauer eines Herzschlages hockte er einfach da, preßte die Lider zusammen und wartete auf den reißenden Schmerz, der allem ein Ende machen würde.

Aber er kam nicht. Statt dessen packte eine harte Hand seine Schulter, riß ihn in die Höhe und schlug ihm gleich darauf so kräftig über den Mund, daß er wieder zu Boden fiel und seine Lippe aufplatzte. Für einen Moment schien er fast das Bewußtsein zu verlieren. Schwarze Schleier wogten vor seinen Augen, und die Gestalten der drei Männer begannen sich zu verzerren und zu biegen. Er hörte, wie ihn einer der drei ansprach, aber er verstand die Worte nicht, und er war auch zu schwach, um darauf zu reagieren. Mühsam hob er die Hand, wischte sich das Blut von seiner aufgeplatzten Unterlippe und versuchte den Fremden mit Gesten zu verdeutlichen, daß er sich ergab und keinen Widerstand leisten wollte.

Zum Dank wurde er abermals in die Höhe gerissen und bekam einen zweiten Hieb ins Gesicht; noch härter als der erste. Diesmal verlor er wirklich das Bewußtsein.

Als er nach einer geraumen Weile erwachte, lag er auf dem Bauch, das Gesicht so in den weichen Sand gepreßt, daß er kaum noch Luft bekam. Er war nackt. Seine Hände waren auf den Rücken gefesselt, und als er versuchte, die Beine zu bewegen, spürte er, daß auch sie mit einem harten Seil zusammengebunden waren. Sein Rücken und seine Oberschenkel brannten in der Sonne. Schwindel und Übelkeit erfaßten den ungeschützten Körper. Der staubfeine Sand war in Mund und Nase gekrochen, so daß Ulrich glaubte, jeden Moment ersticken zu müssen, und seine Zunge lag angeschwollen und heiß wie ein pelziger Fremdkörper in seinem Mund. Er wußte, daß er sterben würde, wenn er auch nur eine einzige weitere Stunde so dalag. Und wahrscheinlich hatte man genau das mit ihm vor.

Ulrich drehte mühsam den Kopf. Schon diese kleine Bewegung kostete ihn unendlich viel Kraft, aber er konnte seine Peiniger jetzt wenigstens wieder sehen.

Zwei von ihnen hatten in wenigen Schritten Entfernung von ihm einen Teppich ausgerollt und sich mit untergeschlagenen Beinen darauf niedergelassen, während der dritte die nächstgelegene Düne erklommen hatte und reglos nach Westen starrte. Die beiden, die neben ihm saßen, unterhielten sich leise; Ulrich konnte die Worte nicht verstehen, denn sie bedienten sich dabei einer Sprache, die er noch nie zuvor gehört hatte, aber manchmal lachten sie, und mehr als einmal wandte einer von ihnen den Blick und starrte zu ihm herüber.

Lag es vielleicht nur an seiner Angst und seiner Erschöpfung, daß ihm die Männer eher wie große finstere Dämonen denn wie muselmanische Krieger vorkamen?

Sie trugen schwarze, vielfach gewickelte Kaftane, die ihre Gestalten vom Hals bis zu den Knöcheln herab verbargen, und es war ein Schwarz von unglaublicher Tiefe. Schwärzer noch als Pech, dunkler selbst als das, was man sah, wenn man die Augen schloß. Ein Schwarz, das jedes bißchen Licht aufsaugte. Auch ihre Gesichter verbargen sich unter solch schwarzen Tüchern.

Ihre Sprache war anders als jene, die Ulrich in den letzten Wochen gehört hatte. Sie klang seltsam. Auch ihre Waffen glichen zwar jenen, wie sie die meisten Muselmanen trugen – Krummsäbel und Rundschild, dazu kunstvoll gearbeitete Dolche und in den Sattelgurten lange Bögen, an deren Schäfte eine Anzahl schlanker schwarzer Pfeile gebunden waren. Und doch wirkten sie anders.

Etwas an ihnen war einfach falsch.

Sein Starren schien den beiden Muselmanen nicht zu gefallen, denn einer von ihnen stand auf, schrie ihn an und versetzte ihm einen heftigen Tritt in die Seite. Ulrich stöhnte auf und krümmte sich im Sand. Der Mann brach in ein rauhes Gelächter aus und trat ihn noch einmal. Benommen sank Ulrich in den Sand zurück, während sich sein Peiniger abwandte.

Noch einmal blickte er zu Ulrich, drehte sich dann um und ging zu seinem *Hedschin,* um den Wasserschlauch von seinem Sattel zu lösen. Umständlich knotete er ihn auf und kniete neben Ulrich nieder.

Ulrich schluckte gierig, als der Schwarzgekleidete den Schlauch schräg hielt, so daß ein dünner Wasserstrahl in seinen Mund floß. Es war nicht sehr viel, was er bekam, und sein Mund war so ausgetrocknet, daß die Tropfen darin zu versickern schienen, ehe sie seine Kehle erreichten. Trotzdem war es köstlich.

»Ich ... danke Euch ... Herr«, krächzte er. Das Sprechen tat ihm so
weh, daß er am liebsten geschrien hätte, und er bezweifelte, daß der
Schwarzgekleidete seine Worte überhaupt verstand. Trotzdem verzogen sich die Augen des Muslims zu einem Lächeln, als er die Grimasse sah, die Ulrich beim Reden zog, und er nahm den Schlauch
auch nicht fort, sondern drehte Ulrich wieder auf den Bauch und
tröpfelte ihm ein wenig Wasser auf Rücken und Beine. Im ersten Moment brannte die Flüssigkeit wie Säure in seiner aufgesprungenen
Haut, aber dann brachte sie wunderbare Linderung.
Ulrich seufzte dankbar, und wie zur Antwort nickte der Schwarzgekleidete, und wieder erschien ein Netzwerk feiner Fältchen rings um
seine Augen, als sich das Gesicht unter dem schwarzen Tuch zu
einem Lächeln verzog. Aber es war ein grausames, böses Lächeln.
Dann stand er auf, band den Schlauch wieder an den Sattelgurt und
ging zu seinem Gefährten zurück, während Ulrich mit einem neuerlichen erleichterten Seufzen die Augen schloß.
Aber die wenigen Tropfen, die ihm der Mann zugestanden hatte, hielten nicht lange vor. Schon nach kurzem spürte er wieder Durst,
schlimmer noch als zuvor, und auch das Wasser auf seinem Rücken
trocknete unter den unbarmherzigen Strahlen der Sonne rasch ein,
und die verbrannte Haut schmerzte um so mehr.
Mühsam hob Ulrich den Kopf und blickte zu den beiden Männern
hinüber, in der Hoffnung, daß sie sein Leiden sehen und ihm noch
einmal zu trinken geben würden. Aber als er das böse Lächeln des
einen und das boshafte Kichern des anderen sah, verstand Ulrich
endlich.
Was er für Barmherzigkeit gehalten hatte, war nichts als eine grausame Folter, um sein Sterben in die Länge zu ziehen. Der Durst und
die Sonnenglut würden ihn binnen einer halben Stunde umbringen,
hilflos, wie er dalag, aber das war ein Tod, der seinen Bewachern zu
gnädig erschien. Sie würden ihm weiterhin Wasser geben, immer gerade genug, ihn am Leben zu erhalten, aber nicht mehr. Ulrich erkannte mit Schrecken, daß sie sein Sterben auf diese Weise den ganzen Tag hindurch verlängern konnten.
Als der Schwarzgekleidete das nächste Mal kam, um ihm Wasser zu
geben, nahm er sich fest vor, den Mund nicht zu öffnen und das Wasser zu verweigern.

78

Natürlich tat er es nicht. Sein Durst und sein Wille, zu leben, waren stärker als seine Vernunft, die ihm vergeblich zu sagen versuchte, daß er ohnehin sterben und seine Qualen so nur unnötig verlängern würde. Er trank; auch das nächste Mal, als der Muselmane kam, und das nächste Mal. Irgendwann hörte er auf zu zählen, wie oft der Mann gekommen war, um ihm Wasser zu bringen. Es mußten Stunden sein, die er so in der Sonne lag, hilflos und selbst zu schwach, um zu weinen.

In seinem Kopf drehte sich alles, und wo seine Gedanken sein sollten, war nichts mehr als ein finsterer Sumpf, in den er tiefer und tiefer hinabgezogen wurde. Plötzlich hörte er die Stimmen der Sarazenen, und irgend etwas darin hatte sich geändert. Sie klangen aufgeregt.

Mit einer Kraft, von der er selbst nicht wußte, woher er sie nahm, hob er den Kopf.

Der Mann, der oben auf der Düne stand, gestikulierte aufgeregt mit den Armen und deutete immer wieder nach Westen. Es war die Richtung, in die er die ganze Zeit über gestarrt hatte. Die beiden anderen waren von ihrem Teppich aufgesprungen und schrien wild durcheinander. Der eine hatte sein Schwert gezogen, während der andere zu seinem *Hedschin* eilte, den Bogen vom Sattelgurt löste und mit raschen Bewegungen die darangeknüpften Pfeile losband. Sie benahmen sich nicht so, als erwarteten sie einen Freund, dachte Ulrich matt.

Nach einer Weile glaubte er Hufschlag zu hören, den Hufschlag eines einzelnen Pferdes, weich und gedämpft, wie er nur auf feinem Sand zu hören war, und der Mann oben auf der Düne wandte sich um und kam mit raschen Schritten zurück. Der Hufschlag kam näher, und schon nach wenigen Augenblicken hörte Ulrich das schrille Wiehern eines Pferdes. Wenig später erschien der Reiter oben auf dem Hügelkamm, an der gleichen Stelle, an der der Schwarzgekleidete gestanden und Ausschau gehalten hatte.

Ulrich konnte ihn nicht genau erkennen, denn sein Blick verschleierte sich jetzt immer mehr, aber er sah, daß es ebenfalls ein Muselmane war, wie die drei anderen ganz in fließendes Schwarz gekleidet und auf einem gewaltigen, schwarzen Schlachtroß sitzend. Aber sein Gesicht war unverhüllt, und als er nach kurzem Zögern die Hand hob und sein Pferd schräg den Hügel hinabgehen ließ, sah Ulrich, daß das Schwarz seiner Kleidung matter war als jenes, in das die drei Krieger gehüllt waren.

Der Reiter kam langsam näher, wechselte ein paar Worte mit den drei Kriegern und schwang sich mit einer kraftvollen Bewegung aus dem Sattel. Einer der drei ging ihm entgegen, während die beiden anderen in einigen Schritten Abstand stehenblieben. Die Hand des einen lag auf dem Schwert, und der andere hatte, wie durch Zufall, einen Pfeil auf den Bogen gelegt, die Sehne aber noch nicht gespannt. Aus tränenden Augen sah Ulrich, wie die vier Männer dastanden und aufgeregt miteinander sprachen. Sie redeten jetzt in einer Sprache, die Ulrich schon einmal gehört hatte.

Was immer der Fremde sagte, schien die drei Krieger doch zu beruhigen, denn ihre Haltung entspannte sich allmählich. Das Gespräch wurde immer ruhiger.

Nach einer Weile wandte sich der Reiter um und deutete mit einer fragenden Geste auf Ulrich. Einer der drei Krieger antwortete mit einem einzigen, abfällig hervorgestoßenen Wort, woraufhin alle vier ein rauhes Gelächter anstimmten. Aber das schien dem Fremden noch nicht Antwort genug, denn nach einem weiteren, kurzen Zögern drehte er sich herum, kam auf Ulrich zu und ging vor ihm in die Hocke. Seine Hand schob sich unter Ulrichs Kinn und zwang seinen Kopf in den Nacken, damit er sein Gesicht ansehen konnte.

Ulrich seinerseits blickte in ein Gesicht, in dem fast ... ja, dachte Ulrich erstaunt – fast glaubte er so etwas wie Mitleid darin zu erkennen.

Der Mann sagte ein paar Worte, die dem Krieger hinter ihm galten, richtete sich auf und zeigte mit der Linken auf Ulrich, während sich seine andere Hand um den Schwertgriff in seinem Gürtel legte. Der Krieger antwortete, und seine Stimme klang zornig, aber der Fremde wiederholte seine Worte, zog seine Waffe mit einem schnellen Ruck aus der Scheide und blickte noch einmal auf Ulrich herab.

Ulrich begriff, daß er jetzt sterben mußte – jetzt wirklich. Auch wenn er die Worte des Fremden nicht verstand, war ihm doch klar, daß er hierhergekommen war, um die drei zu treffen, und was immer der Grund dafür war, sie hatten keine Zeit, sich mit einem halbtoten Christen zu vergnügen. Seine Qual würde endlich ein Ende haben. Ulrich war fast dankbar, als er sah, wie der Mann sein Schwert mit beiden Händen ergriff und zum Hieb ausholte.

Aber er schlug noch nicht zu, denn einer der drei fiel ihm mit einer zornigen Bewegung in den Arm und hielt ihn zurück. Seine Stimme klang aufgebracht. Er machte eine wütende Bewegung zu Ulrich herab, deutete nach Westen und anschließend nach Norden und legte drohend die Hand auf das Schwert in seinem Gürtel.

Es war die letzte Bewegung seines Lebens.

Der andere stieß ihn zurück, holte noch einmal weit aus und schlug mit aller Gewalt zu. Aber im letzten Moment, als Ulrich schon glaubte, den tödlichen Stahl auf seiner Haut zu spüren, riß er die Klinge herum. Der abwärts geführte Schlag verwandelte sich in einen rasenden Bogen aus silbernen Blitzen, der nur eine Handbreit über Ulrichs Gesicht hinwegsauste – und den Krieger traf.

Der Mann starb so rasch, daß er wahrscheinlich nicht einmal mehr begriff, was ihn getötet hatte, und noch bevor sein plötzlich kopfloser Leib in den Wüstensand fiel, wirbelte der Angreifer bereits zu dem zweiten Krieger herum und stieß ihm die Klinge fast bis ans Heft in die Brust.

Der dritte Krieger stieß einen ungläubigen Schrei aus und zerrte seine Waffe hervor. Sein Schwert züngelte mit einer gleitenden, auf- und abhüpfenden Bewegung nach dem Schädel des Angreifers, so schnell, daß Ulrich die Bewegung kaum mehr sah.

Doch der Fremde war schneller. Seine Klinge parierte den Hieb und stach sofort wieder zu; wenn auch nur, um nun ihrerseits aufgefangen und halb beiseite geschleudert zu werden.

Die beiden Gegner prallten aufeinander. Funken stoben zwischen ihren Klingen hoch. Die beiden ringenden Körper schienen zu einem einzigen, unentwirrbaren schwarzen Knoten zu werden. Ihr Kampf glich einem tödlichen Tanz. Die beiden Männer taumelten auseinander, blieben reglos stehen, um sich gegenseitig zu mustern, und stürzten sich abermals aufeinander.

Es war ein merkwürdiger Kampf. Die beiden Männer fochten auf eine Art, die mit nichts zu vergleichen war, was Ulrich jemals gesehen hatte. Es war kein zähes Ringen gleichwertiger Gegner, wie er es oft auf Turnierplätzen gesehen hatte, auch keine wilde Prügelei, die den anderen auf jede nur erdenkliche Art zu treffen und zu verwunden suchte, sondern beinahe so etwas wie ein Ritual, ein Totentanz, ein blitzschnelles Zustoßen und Parieren, bei dem Arme und Beine seltsam gleitende, unglaublich schnelle Bewegungen machten, die in harten Hieben oder Tritten endeten, ein immer schneller werdendes Kreisen und Gleiten, das fast schwerelos aussah, aber ungeheure Kraft kosten mußte.

Der Kampf endete so schnell, wie er begonnen hatte. Der Krieger täuschte einen geraden Stich vor, wandelte die Bewegung aber im allerletzten Augenblick in einen seitwärts geführten Hieb um und trat gleichzeitig nach den Beinen seines Gegners. Dieser doppelte Angriff war zuviel. Der andere sprang zwar im letzten Moment in die Höhe und entging so dem Tritt, der ihn ansonsten von den Beinen gefegt hätte, dem Schwerthieb aber vermochte er nicht mehr auszuweichen. Der Krieger stieß einen triumphierenden Schrei aus, als seine Klinge die Seite des anderen dicht unterhalb der Achsel traf.

Daß sein Gegner einen Kettenpanzer unter dem Burnus trug, bemerkte er zu spät.

Seine Klinge zerschnitt den schwarzen Stoff, prallte auf silberblitzendes Metall und wurde ihm aus der Hand geprellt. Der Fremde taumelte, von der Wucht des Hiebes aus dem Gleichgewicht gebracht, aber seine Klinge fand trotzdem mit tödlicher Sicherheit ihr Ziel. Der Krieger erstarrte mitten in der Bewegung, ließ sein Schwert fallen, hob die Hände an den Hals und starrte aus ungläubig geweiteten Augen das Blut an, das plötzlich an seinen Fingern klebte. Dann starb er.

Sein Gegner blieb einen Moment stehen. Er taumelte, denn der Kampf mußte unglaubliche Anstrengung von ihm gefordert haben. Ulrich sah, wie sich seine Hand öffnete, als hätten die Finger plötzlich nicht mehr die Kraft, die Klinge zu halten. Das Schwert fiel mit einem dumpfen Laut in den Sand. Mit mühsamen, schleppenden Schritten kam der Fremde auf Ulrich zu. Sein Gesicht glänzte vor Schweiß, und als er neben Ulrich niederkniete und nach seinen gefesselten Händen griff, zitterten seine Finger so stark, daß er alle Mühe hatte, die Knoten überhaupt zu lösen.

Als Ulrich frei war, vermochte er sich nicht zu rühren. Seine Hände und Füße waren wie abgestorben, denn die Fesseln waren sehr fest angelegt gewesen. Wie eine finstere Woge brodelten Schwäche und Übelkeit plötzlich in ihm hoch. Sein Blick begann sich abermals zu verschleiern. Alles wurde unwirklich, und mit einem Male fühlte er sich sonderbar leicht; jeder Schmerz war wie weggeblasen. Er spürte kaum, wie ihn der Fremde behutsam auf den Rücken drehte, und er hatte kaum mehr die Kraft, den Mund zu öffnen, als der Mann ihm aus einem Wasserschlauch zu trinken gab.

»Du brauchst keine Angst mehr zu haben, mein Junge«, sagte der Mann leise in Ulrichs Sprache. Seine Stimme war sehr dunkel und hatte einen angenehmen, samtenen Klang. Trotz der Anstrengung, die sein Gesicht verzerrte, lächelte er. »Du bist in Sicherheit. Niemand wird dir etwas zuleide tun.«

»Wer ... seid ... Ihr, Herr?« stöhnte Ulrich. Seine eigene Stimme klang fremd in seinen Ohren. Das Sprechen tat weh.

»Das ist eine lange Geschichte«, antwortete sein Retter. Er lächelte wieder. »Ich erzähle sie dir, aber jetzt trink erst.« Er beugte sich vor, schob behutsam die Hand unter Ulrichs Nacken und hob seinen Kopf an, damit er ein paar Schlucke machen konnte. Dann sank Ulrich erschöpft in den Sand zurück. Eine tiefe Müdigkeit breitete sich in ihm aus und griff mit bleiernen Fingern nach seinen Augenlidern.

Bevor ihm endgültig die Sinne schwanden, sah er noch, wie sich sein Retter aufsetzte, um nun selbst einen tiefen Schluck aus dem Wasserschlauch zu nehmen. Anschließend bespritzte er sich das Gesicht mit Wasser, fuhr sich mit der Hand über die Augen und legte den Schlauch vorsichtig neben sich in den Sand. Dann zog er den schwarzen Burnus aus.

Ulrichs letzter Blick fiel auf das zerfetzte weiße Gewand, das der Fremde darunter trug, noch über dem Kettenhemd. Es war überall eingerissen und voll Blut und Schmutz, aber es hätte gar nicht so zerschlissen sein können, daß Ulrich ein Hemd wie dieses nicht erkannt hätte: Ein weißes Hemd mit halblangen Armen, auf dessen Brust und Rücken ein flammendrotes Kreuz mit gespaltenen Enden aufgenäht war.

Das Ordenshemd eines Tempelherrn.

9

Es war noch immer Tag, aber die Sonne stand bereits tief, als Ulrich erwachte. Das erste, was er fühlte, war brennender Durst und dann den glatten Stoff eines Mantels, mit dem er bis an den Hals zugedeckt war. Als er versuchte, sich aufzusetzen, ging es erstaunlich gut. Doch gleich darauf begann sich die Wüste vor seinen Augen zu drehen. Er kippte mit einem hilflosen Keuchen zur Seite und fiel mit dem Gesicht in den Sand.

Hinter ihm erscholl ein dunkles, gutmütiges Lachen; Schritte näherten sich ihm, dann griffen starke Hände unter seine Achseln, richteten ihn auf und legten ihn behutsam wieder zurück. Ein braungebranntes Gesicht tauchte über ihm auf.

»Übertreib es nicht, Bursche«, sagte der Fremde mit einem neuerlichen leisen Lachen. »Einer, der gerade von den Toten auferstanden ist, sollte mit seinen Kräften haushalten. Warte – ich hole dir Wasser. Du mußt durstig sein.«

Ulrich wollte antworten, aber alles, was er zustande brachte, war ein angedeutetes Nicken. Seine Lippen waren geschwollen und unbeweglich. Der ausgetrocknete Gaumen war wie verklebt.

Der Mann stand auf, ging zu seinem Pferd hinüber und kam Augenblicke später mit einem Wasserschlauch zurück, den er an Ulrichs Lippen setzte, jedoch rasch wieder herunternahm, als Ulrich viel zu schnell und zu gierig zu schlucken begann. »Nicht so hastig«, sagte er. »Du mußt langsam trinken, sonst wird dir schlecht, und du brichst alles wieder aus. Keine Sorge – es ist genug Wasser da.«

Ulrich gehorchte, obwohl er am liebsten den Schlauch aus den Händen des Mannes gerissen und mit einem einzigen Zug geleert hätte. Aber er beherrschte sich und trank mit langsamen Schlucken, was seinen Retter zu einem zufriedenen Nicken veranlaßte.

Während er trank, besah sich Ulrich den Fremden genauer. Sein Gesicht war eindeutig das eines Sarazenen, und wenn er fränkisch sprach, dann hörte man einen fast unmerklichen, dunklen Akzent. Und jetzt erinnerte sich Ulrich auch wieder der sonderbaren Weise, auf die er gekämpft hatte. Es war sicher nicht die Art gewesen, auf die Tempelherren kämpften.

»Ich danke Euch, Herr«, sagte er schwach, nachdem der Templer den Wasserschlauch vollends fortgenommen und sorgsam wieder zugebunden hatte. »Ihr habt mir das Leben gerettet.« Der Mann nickte. »Das ist richtig«, sagte er. »Aber bilde dir nicht zuviel darauf ein – ich hätte es für jeden anderen auch getan, den ich in der Gewalt dieser Teufel gefunden hätte. Ganz egal ob nun Christ oder Heide.« Seine Stimme klang haßerfüllt.

»Ich danke Euch trotzdem«, sagte Ulrich leise. »Wenn Ihr nicht zufällig gekommen wäret...«

»Das war kein Zufall«, unterbrach ihn sein Retter. »Ich habe dich gesucht.«

»Mich?« Ulrich setzte sich ein wenig auf.

Der Templer nickte. »Ich fand Spuren, die in die Wüste führten.« Er schüttelte den Kopf. »Das war ziemlich leichtsinnig von dir.«

»Wer seid Ihr?« fragte Ulrich schüchtern.

Der Fremde lachte, aber es klang nicht sehr belustigt, sondern eher bitter. Er deutete auf das zerfetzte Gewand, das er über dem Kettenhemd trug. »Sieht man das nicht?« fragte er. »Ich bin ein Tempelherr. Mein Name ist Sarim de Laurec.«

»Aber Ihr seid...«

»Ich bin der Sohn eines fränkischen Kreuzfahrers«, fiel ihm de Laurec ins Wort, hörbar schärfer als bisher; fast zornig. Es war der Ton eines Mannes, der das, was er sagte, schon zu oft hatte erklären müssen. »Aber meine Mutter stammt aus Damaskus – wenn es das ist, was du hören willst. Und du solltest froh sein, daß ich so aussehe, wie ich aussehe. Wäre es nämlich anders, dann wärst du jetzt tot.«

Ulrich senkte betreten den Blick. »Verzeiht, Herr«, sagte er. »Ich... ich wollte Euch nicht verletzen.«

»Das hast du auch nicht«, antwortete Sarim de Laurec in einem Ton, der Ulrich sehr deutlich sagte, daß er es doch getan hatte. »Es tut mir leid, daß ich so heftig war«, fuhr Sarim de Laurec fort. Plötzlich lächelte er wieder. »Sprechen wir lieber über dich. Wer bist du, und was tust du hier?«

»Mein Name ist Ulrich«, antwortete Ulrich. »Ich bin...« Er zögerte einen Moment, lächelte verlegen und begann von neuem. »Ich glaube, ich bin ein entflohener Sklave.«

»Ein Sklave?« De Laurec runzelte mit unverhohlenem Mißtrauen die

Stirn, griff hinter sich und hob Ulrichs Seidenhemd und die Stiefel in die Höhe. »Für einen Sklaven trägst du sehr wertvolle Kleider, Bursche. Wer bist du? Der Sohn eines Edelmannes?«

Ulrich nickte, schüttelte gleich darauf den Kopf und fuhr sich beunruhigt mit der Zungenspitze über die Lippen. De Laurecs Blicke wurden hart, und Ulrich war sich wohl darüber im klaren, daß er das Mißtrauen des Tempelherrn mit seinen Worten noch mehr schürte. Er lächelte matt, blickte sehnsüchtig auf den Wasserschlauch, den sich Sarim de Laurec lässig über die Knie gelegt hatte, und trank einen großen Schluck, als der Templer ihm den Schlauch reichte. Dann begann er zu erzählen.

Es dauerte lange, bis er fertig war, denn erst während er sprach, fiel ihm nach und nach selbst auf, wieviel während der recht kurzen Zeitspanne geschehen war, seit er in Pisa nichtsahnend an Bord von Paltieris Schiff gegangen war. Zu seiner eigenen Überraschung unterbrach ihn de Laurec nicht ein einziges Mal, sondern hörte schweigend und mit steinernem Gesicht zu und gab ihm sogar zu trinken, als sein Mund vom Sprechen trocken zu werden begann. Als Ulrich endlich mit seinem Bericht zu Ende gekommen war, starrte der Templer ihn mit einem Ausdruck an, von dem Ulrich nicht zu sagen wußte, ob de Laurec ihm nun glaubte oder nicht.

»Das . . . das ist die Wahrheit, Herr«, sagte er unsicher. »Ich schwöre, daß es genau so war.«

»Wer sagt, daß ich dir nicht glaube?« gab Sarim de Laurec zurück, noch immer mit steinerner Miene, aber einem Blick, in dem sich jetzt wohl eher Sorge als Mißtrauen abzeichnete. »Ich habe davon gehört, daß es einen Kampf auf dem Nil gegeben hat. Andererseits«, fügte er mit ganz leicht erhobener Stimme hinzu, »könntest natürlich auch du davon gehört oder es beobachtet haben und dir diese Geschichte dazu ausgedacht.«

»Aber warum sollte ich das tun?« fragte Ulrich.

De Laurec zuckte mit den Achseln. »Was weiß ich?« fragte er. »Um dich wichtig zu machen, möglicherweise. Vielleicht suchst du auch nur einen, der dich sicher nach Jerusalem bringt.«

»Aber es ist die Wahrheit!« sagte Ulrich verzweifelt. »Bitte, Herr – Ihr müßt mir glauben! Ich verstehe es ja selbst nicht, aber genau so ist es gewesen!«

Der schwarzhaarige Tempelherr starrte ihn durchdringend an. »Und dann bist du einfach in die Wüste hinausgelaufen«, murmelte er kopfschüttelnd. »Erzähle weiter.«

»Da ist nichts mehr«, antwortete Ulrich. »Die drei hatten mich gefangen, und dann kamt Ihr und habt mich befreit. Ohne Euch wäre ich jetzt wohl schon tot.«

»Nein«, sagte Sarim. Mit einem Male war der Ausdruck auf seinen Zügen sehr ernst. »Sie wollten dich nicht töten. Der, mit dem ich sprach, sagte mir, daß du dein Gewicht in Gold wert bist. Das ist auch der Grund, aus dem ich dir diese verrückte Geschichte überhaupt glaube, Bursche. Aber ich verstehe sie nicht.« Er senkte den Blick, starrte nachdenklich zu Boden und hob eine Handvoll Sand auf, um sie wie Wasser durch die Finger gleiten zu lassen. »Paltieri«, murmelte er.

»Ihr kennt ihn?« fragte Ulrich.

Sarim de Laurec nickte, ohne ihn anzusehen. »Nicht persönlich«, sagte er, »aber ich habe von ihm gehört. Er ist ein einflußreicher Mann und sehr reich. Ein Sklavenhändler. Bisher wußte ich allerdings nicht, woher er seine Ware bezieht.«

»Aber warum tut man nichts dagegen, wenn man weiß, daß . . .«

Sarim unterbrach Ulrich mit einem leisen Lachen. »Ich fürchte, du mußt noch eine Menge lernen, mein Junge«, sagte er. »Die Welt ist voll von Paltieris, und nicht nur hier. Er ist ein Verbrecher, aber er ist ein nützlicher Verbrecher. Für beide Seiten. Er handelt mit uns und mit den Sarazenen.« Er seufzte. »Irgendwann wird ihm jemand die Kehle durchschneiden, da bin ich sicher. Aber solange er nützlich ist, drückt man eben beide Augen zu. So ist die Welt. Und du bist sicher, dieser Malik hat wirklich tausend Dinare für dich bezahlt?«

»Ganz sicher«, bestätigte Ulrich. »Schon, weil es Paltieri zu wenig war und er das Doppelte fordern wollte.«

Sarim de Laurec starrte ihn an. »Zweitausend Dinare«, murmelte er. »Das ist genug Geld, um ein ganzes Heer aufzustellen, weißt du das?«

Ulrich wußte es nicht, aber er nickte trotzdem. Er war enttäuscht. Seine Hoffnung, daß Sarim de Laurec wenigstens ein bißchen Licht in all die Geheimnisse und Rätsel bringen würde, hatte sich nicht erfüllt. Im Gegenteil – der Templer schien so ratlos wie er.

»Wohin seid Ihr unterwegs, Herr?« fragte Ulrich schließlich, schon allein, um das immer unangenehmer werdende Schweigen zu brechen. De Laurec schrak aus seinen Gedanken hoch, blickte ihn verwirrt an und lächelte dann.

»Im Grunde nirgendwohin«, antwortete er. Ulrich sah ihn fragend an, und Sarim fügte mit einer erklärenden Geste hinzu: »Dieses Land ist so groß, daß es keine Rolle spielt, wohin man sich wendet, Junge. Aber ich denke, ich werde nach Akkon reiten.« Plötzlich klang seine Stimme sehr ernst. »Es wird Krieg geben.«

»Krieg?« Ulrich runzelte die Stirn. »Aber herrscht denn der nicht schon seit hundert Jahren?«

»Nicht diese Art von Krieg, Ulrich«, antwortete Sarim de Laurec. »Ich fürchte, diesmal ist es das Ende. Saladin hat ein gewaltiges Heer zusammengezogen, im Osten. Er wird Jerusalem nehmen.«

»Aber zwischen Saladin und König Guido . . .«

»Herrscht Frieden, ich weiß«, unterbrach ihn Sarim. »Jedenfalls bisher. Du kannst es nicht wissen, aber dieser Frieden geht zu Ende.«

Ulrich blickte erschrocken zu den drei toten Sarazenen hinüber, aber wieder schüttelte Sarim de Laurec nur den Kopf. »Nicht wegen ihnen«, sagte er. »Es war Rainald von Châtillon, der den Sultan herausforderte. Er überfiel eine Karawane, bei der sich Saladins Mutter befand. Saladin verlangt nun die Bestrafung des Verbrechers, aber so, wie ich König Guido einschätze, wird er unklug genug sein, aus falschem Stolz zu Ritter Rainald zu halten.«

Sarim de Laurec sprach in sehr abfälligem Ton von seinem König, fand Ulrich, behielt aber diese Meinung für sich. »Rainald von Châtillon?« fragte er. »Wer ist das?«

»Ein Idiot«, sagte Sarim ruhig. »Du würdest ihn wohl einen Raubritter nennen, aber er ist nicht einmal das. Er ist einfach ein gieriger Verbrecher, und dumm dazu. Er vertraut auf die Macht des Kreuzes und darauf, daß Saladin es nicht wagt, nur um seinetwillen einen neuen Krieg gegen Jerusalem zu beginnen. Dieser Narr! Saladin wartet nur auf einen Grund, Guido von Lusignan endlich aus dem Land zu jagen. Und Rainald von Châtillon hat ihm einen gegeben, wie er ihn sicher nicht besser wünschen kann.« Sein Gesicht verdüsterte sich. »Vielleicht bist du gerade zurecht gekommen, unser aller Ende mitzuerleben, Junge«, flüsterte er mit ernster Stimme.

Eine Weile saßen sie schweigend da, dann deutete Ulrich mit einer Kopfbewegung auf die drei toten Sarazenen, die noch immer so dalagen, wie sie gestürzt waren. »Haßt Ihr sie deshalb so?« fragte er.

»Sie?« Sarim de Laurec drehte sich halb herum und blickte die drei reglosen Gestalten an. Er wirkte so verwirrt, als wäre er unversehens aus einem tiefen Schlaf erwacht und hätte Mühe, in die Wirklichkeit zurückzufinden. Dann schüttelte er den Kopf. »Nein«, sagte er. »Sie gehören nicht zu Saladins Heer. Nicht einmal zu seinen Verbündeten.«

»Wer sind sie dann?«

Der Templer zögerte mit der Antwort, nicht aus Unwissenheit, sondern weil er darüber nachdachte, ob die gewünschte Antwort auch gut für Ulrichs Ohren war. Das kränkte Ulrich ein wenig, als er es merkte.

»Sie gehören nicht zu Saladin«, sagte Sarim de Laurec noch einmal. »Nicht einmal er würde sich mit diesen Teufeln einlassen, Ulrich. Es sind drei von Sabbahs *Haschischin*.«

»*Haschischin?*« Ulrich blinzelte verwirrt. »Das habe ich noch nie gehört.«

De Laurec gab einen schnaubenden Laut von sich, stand auf und ging zu einem der Toten hinüber. Ulrich sah, wie er sich bückte, unter sein Gewand langte und mit einem raschen Griff etwas vom Hals des Toten riß. Als er zurückkam, schimmerte ein schmales goldenes Kettchen in seiner Hand, an dessen Ende ein münzgroßes Amulett aus reinem Gold blinkte. Es hatte die Form eines Drachen. Augen, Zunge und Krallen waren aus roten Rubinsplittern gefertigt, und es sah auf die gleiche unangenehme Weise fremd und falsch aus wie alles, was die drei Männer bei sich getragen hatten.

Ulrich erstarrte, als er das Amulett sah. Er kannte diesen Drachen! Er hatte auf dem Siegelring geblinkt, den Malik Pascha in Alexandria getragen und später auf dem Schiff abgelegt hatte!

»Was hast du?« fragte Sarim, dem sein Erschrecken keineswegs entgangen war.

»Ich ... nichts«, sagte Ulrich ausweichend. Es war ihm fast unmöglich, weiterzusprechen. Plötzlich hatte er Angst, die Gespenster der Vergangenheit allein dadurch heraufzubeschwören, daß er über sie redete.

Aber Sarim de Laurec ließ nicht locker. Zornig beugte er sich vor, packte Ulrich bei der Schulter und schüttelte ihn grob. »Rede, Kerl!« befahl er. »Was weißt du über dieses Zeichen? Du hast es schon einmal gesehen! Wo?«

Ulrich versuchte, Sarims Hand von seinem Arm zu lösen, aber der Griff des Templers war zu stark für ihn. Er tat weh. »In Alexandria, Herr!« wimmerte er. »Ich habe Euch von Malik Pascha erzählt, dem Mann, der mich gekauft hat. Er ... er trug einen Ring mit demselben Bildnis.«

Sarim ließ seine Schulter los und prallte so erschrocken zurück, als hätte er einen Schlag erhalten. Seine Augen wurden groß vor Staunen. Plötzlich schrie er auf, hob den Arm und schloß die Faust so fest um das Amulett, als wolle er es zermalmen. »Ich Narr!« schrie er. »Die Sonne muß mir das Gehirn herausgebrannt haben, daß ich es nicht gleich bemerkt habe. Sein Name war Malik, sagst du? Malik Pascha?«

»Ja, Herr«, sagte Ulrich hastig.

»Ein großer, dunkelhaariger Mann, sehr schlank und mit einer gebrochenen Nase?«

Ulrich nickte abermals. »Ihr kennt ihn?« fragte er schüchtern.

Sarim lachte böse. »Kennen? Nein.« Er schüttelte heftig den Kopf. »Aber ich habe von ihm gehört, viel mehr, als mir lieb ist. Er ist Hasan as-Sabbahs rechte Hand. Ein Teufel, der fast schlimmer ist als das Ungeheuer, dem er dient.«

Ulrich erschrak neuerlich, als er Sarim de Laurecs Worte hörte – und gleichzeitig taten sie ihm weh. Zwar hatte er sich immer vor Malik gefürchtet, trotzdem hatte er mit der Zeit den Sarazenen gern gehabt.

»Der Alte«, fuhr Sarim erregt fort. »Der alte Mann, den du getroffen hast, Ulrich – erinnere dich an ihn. Wie war er? Ist dir an ihm etwas aufgefallen?«

Ulrich nickte. Es war unmöglich, diesen Mann zu vergessen, wenn man ihm einmal begegnet war. Aber es schien ihm genauso unmöglich, ihn zu beschreiben. Die körperlose Kälte, die ihn wie einen unsichtbaren Mantel umgeben hatte, war schwer in Worte zu fassen. »Er war ...« Er stockte, blickte sich hilflos um und deutete schließlich auf die toten *Haschischin*. »... wie sie. Nur schlimmer.«

Sarim de Laurec erbleichte. »Und er war uralt, nicht wahr?« fragte er. Seine Stimme war fast nur noch ein Flüstern. »So alt wie kein Mann, den du zuvor gesehen hast.«

Ulrich nickte.

»Großer Gott, Ulrich – weißt du, wem du begegnet bist?« fragte Sarim de Laurec mit bebender Stimme. »Dieser Alte war Hasan as-Sabbah! Der *Alte vom Berge* selbst!«

Ulrich hatte diesen Namen niemals zuvor gehört, aber allein sein Klang war unheimlich und schien von düsteren, bösen Dingen zu flüstern, von denen Ulrich nichts wissen wollte.

»Der Alte vom Berge...« wiederholte er, und selbst aus seinem Mund hatte das Wort einen unheimlichen, finsteren Klang. »Wer ist das?«

»Hasan as-Sabbah«, antwortete Sarim grimmig. »Der Führer der Ismailiten und Herr der *Haschischin*. Manche behaupten, er wäre der Teufel persönlich. Und alle, die ihn gesehen und dieses Treffen überlebt haben, bestätigen dies«, fügte er hinzu. »Allmächtiger Herr, jetzt glaube ich deine Geschichte. Ich verstehe sie nicht, aber ich glaube sie.«

»Ihr haßt diesen Mann«, stellte Ulrich leise fest.

»Ja«, sagte Sarim kalt. »Seine *Haschischin* haben viele meiner Freunde getötet. Aber das ist nicht der einzige Grund. Wo sie auftauchen, hinterlassen sie Tod und Verderben. Auch die anderen Muselmanen fürchten sie. Fast noch mehr als uns.«

»Ihr... Ihr redet, als würdet Ihr diese Männer sehr genau kennen.« Ulrich flüsterte fast.

Sarim de Laurec nickte. »O ja, Ulrich. Ich kenne sie. Und wie ich sie kenne, vielleicht besser als irgendein anderer. Ich kämpfe seit zehn Jahren gegen sie, und diese drei da sind nicht die ersten, die ich in die *Dschehenna* geschickt habe, wo sie hingehören. Ich hätte sie auch getötet, wärest du nicht dagewesen. Aber ich frage mich, was sie wohl hier gesucht haben«, fügte er mit deutlich veränderter Stimme hinzu. »Sie kommen sonst nie so weit in den Westen. Die meisten ihrer heidnischen Brüder würden ihnen mit Freude die Kehlen durchschneiden, ließen sie sich hier blicken. Und dann die Geschichte, die du erzählt hast...«

»Ich hatte den Eindruck, daß sie jemanden erwarten«, sagte Ulrich.

»Vielleicht Malik und Yussuf. Oder sie haben sich einfach verirrt.«

»Kaum«, antwortete der Templer. »Es sei denn, sie ...« Er brach ab, zog nachdenklich die Unterlippe zwischen die Zähne und blickte Ulrich an, als stünde die Antwort in seinem Gesicht geschrieben. Aber dann schüttelte er den Kopf. »Wir werden es wohl nie herausfinden«, sagte er. »Und ich habe auch keine große Lust, hierzubleiben und darauf zu warten, daß vielleicht ein ganzes Dutzend von ihnen auftaucht.« Er seufzte, stand auf und deutete auf sein Pferd. »Es wird uns beide tragen müssen.«

»Komm«, fuhr Sarim fort. »Ich helfe dir in den Sattel. Noch bevor die Nacht um ist, liegst du in einem sauberen Bett und kannst eine Woche lang schlafen, wenn du willst.«

»Und ... Malik?« fragte Ulrich zögernd.

Sarim de Laurec schürzte grimmig die Lippen. »Um den werde ich mich kümmern«, versprach er. »Keine Angst, mein Junge.«

Tatsächlich fürchtete sich Ulrich plötzlich – aber nicht vor Malik und seinen Häschern, sondern vor dem schlanken Tempelritter, der vor ihm stand.

10

Sarim de Laurec hatte die drei Toten begraben, nicht aus christlicher Nächstenliebe, wie er ausdrücklich betonte, sondern nur, damit man ihre Leichen nicht fand und etwa dadurch auf ihre Spur gelenkt wurde, dann hatte er die Dromedare davongejagt und war mit Ulrich davongeritten. Sie wandten sich nicht nach Westen, dem See zu, den sie jetzt zu Pferde sicher in kurzer Zeit erreicht hätten, sondern geradewegs nach Norden. Als Ulrich dies bemerkte, fragte er Sarim de Laurec, warum sie nicht den kürzeren Weg nahmen, um wenigstens die Nacht im Schutze des Seeufers verbringen zu können. Als Antwort lächelte der Tempelritter nur, schwang sich noch einmal aus dem Sattel und hieß den verwirrten Ulrich, ihm zu folgen. Mit weit ausgreifenden Schritten eilte er die Düne hinauf und blieb stehen, um auf Ulrich zu warten. Seine Hand wies nach Westen, wo der See wie eine vergessene Münze im Gelb der Wüste blinkte.

»Diesen See dort meinst du?« fragte er.

Ulrich nickte verstört. »Gibt es denn noch einen anderen?«

Sarim de Laurec lächelte, legte ihm die Hand auf die Schulter und deutete mit einer neuerlichen Kopfbewegung nach Westen. »Wie weit, glaubst du, ist er entfernt?« fragte er. »Eine Stunde? Zwei? Drei?«

Ulrich wollte antworten, aber dann besann er sich, wie grausam er sich schon einmal getäuscht hatte, was das Schätzen von Entfernungen hier in der Wüste anging. »Drei ... Stunden?« fragte er vorsichtig und fügte hinzu: »Zu Pferde?«

Sarim lachte. »Du würdest ihn nicht einmal erreichen, wenn du drei Tage reiten würdest«, behauptete er. »Leg dich hin.« Ulrich verstand überhaupt nichts mehr, aber er widersprach auch nicht, sondern ließ sich ächzend auf den Bauch sinken und sah zu dem Templer hoch.

»Und jetzt sieh den See an«, befahl Sarim.

Ulrich gehorchte abermals – und stieß einen kleinen, ungläubigen Schrei aus!

Der See und die Palmen, die ihn umgaben, hatten sich ein kleines Stück in die Luft erhoben und schwebten jetzt eine Handbreit über der Wüste!

»Das ist Zauberei!« keuchte er. »Das . . das ist Hexenwerk, Herr!«
Sarim lachte. »Nun steh auf«, sagte er. »Aber langsam.«
Wieder gehorchte Ulrich, ohne den schwebenden See aus den Augen
zu lassen. Da geschah etwas Unvorstellbares. Während er sich erhob,
sanken der blinkende Spiegel und die braungrünen Palmen wieder
auf den Boden herab, bis nichts mehr an das unglaubliche Bild erinnerte, das er noch vor Augenblicken gesehen hatte.
Verblüfft ließ sich Ulrich abermals herabsinken. Wieder stieg der See
zitternd in die Höhe und verharrte eine Handbreit über dem Horizont. Und als er aufstand, senkte er sich ebenso lautlos und langsam
wieder herab.
»Was . . . was ist das, Herr?« stammelte er fassungslos.
»Etwas, das schon so manchem den Tod gebracht hat, Ulrich«, antwortete Sarim de Laurec ernst. »Was du zu sehen glaubst, existiert
nicht.«
»Aber ich sehe es doch ganz deutlich!« rief Ulrich.
»Und trotzdem gibt es den See nicht«, antwortete Sarim. »Jedenfalls
nicht hier. Es ist ein Trugbild. Vielleicht gibt es ihn, Hunderte von
Meilen entfernt, vielleicht gab es ihn einmal, vor tausend oder mehr
Jahren. Dort, wo du einen See zu erkennen glaubst, ist nichts als Wüste, die dich töten würde. Man nennt dies eine Fata Morgana. Sie ist
schon so manchem Reisenden zum Verderben geworden. Und nun
komm.«
Sie ritten in den Abend hinein. Mit der Dunkelheit hielt die Kälte
über der Wüste Einzug. Ulrich war nun froh über den schwarzen
Mantel, den Sarim de Laurec einem der Toten abgenommen und ihm
über die Schultern gelegt hatte, obgleich sich irgend etwas noch immer gegen die Berührung des glatten Stoffes sträubte, denn wie seine
Farbe war auch seine Berührung unangenehm. Ulrich fragte den
Templer, was es mit dem sonderbaren Äußeren der *Haschischin* auf
sich hatte, aber er erhielt keine Antwort, und er wagte es nicht, ein
zweites Mal zu fragen.
Es war schon lange dunkel, und noch immer ritten sie nach Norden.
Die Wüste wechselte ihre Farben und glänzte jetzt im schwachen
Sternenschein. Schweigend ritten sie dahin. Obwohl Ulrich genau
wußte, daß sie allein in dieser Weite waren, schien es, als würden sie
aus tausend unsichtbaren Augen angestarrt und belauert.

Sarim de Laurec mußte Ulrichs Unruhe wohl bemerkt haben. »Was hast du?« fragte er nach einer Weile.

Ulrich antwortete nicht gleich. Sein Blick glitt unstet über die Wüste, und abermals spürte er etwas Unheimliches, das unsichtbar, aber da war. Die Wüste schien sich zu bewegen. Es war, als lebten die Schatten.

»Ich weiß nicht«, antwortete Ulrich mit einiger Verspätung. »Es ist...« Er sprach nicht weiter, sondern zuckte hilflos mit den Schultern, und Sarim de Laurecs Stimme wurde wärmer.

»Du spürst es auch, nicht wahr?« fragte er.

»Was?«

Der Tempelherr machte eine weit ausholende Bewegung mit dem Arm. »Die Wüste«, sagte er. »Sie lebt.«

Ulrich drehte sich um und starrte den Tempelritter verwirrt an.

»Sie lebt«, fuhr de Laurec fort. »Die meisten Menschen halten sie einfach für ein Stück nutzloser Erde, auf dem nur Sand und Steine und allenfalls ein paar giftige Spinnen und Skorpione leben, aber das stimmt nicht. Die Wüste lebt. Und sie weiß sehr genau, wer sie betritt und was man tut.« Ulrich antwortete noch immer nicht, aber er sah de Laurec sehr aufmerksam an. Obwohl sie sich sehr nahe waren, konnte er das Gesicht des schlanken Templers nicht richtig erkennen, denn die Nacht war sehr finster. Er war nicht sicher, ob er wirklich verstanden hatte, was ihm Sarim de Laurec mit seinen Worten sagen wollte. Aber er war auch nicht sicher, daß er es überhaupt verstehen wollte. Und der Tempelritter schien auch nicht auf eine Antwort zu warten, denn er fuhr nach kurzem Schweigen fort: »O ja, sie lebt, Ulrich, und manchmal glaube ich sogar, daß sie denkt.«

»Und wißt Ihr auch, was sie denkt?« fragte Ulrich leise. Erschrocken fiel ihm ein, daß de Laurec diese Frage ganz gut als bösen Hohn auffassen mochte, aber der Templer nickte nur mit großem Ernst.

»Manchmal schon«, antwortete er. Seine Worte erinnerten Ulrich an Maliks Antworten, und plötzlich glaubte er zu spüren, daß sich die beiden Männer – obwohl Todfeinde – im Grunde sehr ähnlich waren. »Das muß man, Ulrich«, fuhr Sarim fort. »Wenn man lernt, die Wüste zu verstehen, dann lernt man auch, in ihr zu überleben. Irgendwann einmal...«

Er brach ab. »Was ist los?« fragte Ulrich erschrocken

Sarim gebot ihm mit einer unwilligen Geste, zu schweigen, legte den Kopf auf die Seite und lauschte einen Moment mit angehaltenem Atem.

»Jemand kommt«, stieß er schließlich hervor. »Reiter. Sehr viele!« Ulrich hörte nichts, aber er zweifelte nicht daran, daß Sarim de Laurec sich nicht getäuscht hatte. Mit einem Ruck zügelte der Templer das Pferd und sah sich hastig nach beiden Seiten um, dann deutete er mit einer knappen Geste auf eine Düne zur Linken. »Dahinter!« befahl er. »Rasch!«

Sie sprengten los, umrundeten die doppelt mannshohe Sandwelle und sprangen aus dem Sattel, kaum daß das Pferd zum Stehen gekommen war – das hieß, Sarim de Laurec sprang mit einem federnden Satz zu Boden, während Ulrich mehr vom Rücken des Pferdes fiel. Rasch fing ihn der Templer auf und bewahrte ihn vor einem bösen Sturz. Ulrich wollte sich bedanken, aber de Laurec gebot ihm mit einer unwilligen Bewegung, zu schweigen, zeigte auf den Kamm einer Düne hinauf und begann auf Händen und Knien loszukriechen.

Nach kurzem Zögern folgte ihm Ulrich. Er war sicher, daß der Templer davon nicht begeistert war, aber der Gedanke, tatenlos hier unten zu warten, war ihm unerträglich.

Tatsächlich warf ihm Sarim de Laurec einen halb zornigen, halb warnenden Blick zu, als er neben ihm anlangte, sagte aber kein Wort, sondern legte nur mahnend den Zeigefinger über die Lippen und gebot ihm mit Gesten, sich flach in den Sand zu pressen und nur keinen Laut von sich zu geben. Ulrich gehorchte.

Mit angehaltenem Atem lauschte er. Im ersten Moment hörte er noch immer nichts, außer dem rasenden Hämmern seines eigenen Herzens und dem leisen Rascheln und Schaben des Sandes, den der Wind über die Wüste trug. Aber dann spürte er ein leichtes Vibrieren, es wurde stärker und kam näher, und schließlich hörte auch Ulrich das dumpfe Dröhnen von Pferdehufen.

Endlich erschienen die Reiter. Es ging so schnell, daß selbst der Templer sichtlich zusammenfuhr. Der Hufschlag schwoll an, und die Reiter – mehr als drei Dutzend – erschienen wie nächtliche Gespenster in der Biegung des Dünentales. Sie ritten sehr schnell, aber Ulrich konnte trotzdem erkennen, daß es Krieger waren, angeführt von einem Mann, der als einziger einen goldfarbenen Helm trug.

Der kleine Trupp sprengte an ihrem Versteck vorüber. Noch lange danach blieben Ulrich und Sarim de Laurec reglos liegen, eng gegen den Sand gepreßt und jederzeit darauf gefaßt, neue Reiter aus der Nacht auftauchen zu sehen.

Als sie es schließlich wagten, sich aufzurichten, war das Gesicht des Tempelherrn erstarrt. Sein Blick war ungläubig nach Süden gewandt, in die Richtung, in der die Reiter verschwunden waren.

»Was habt Ihr, Herr?« fragte Ulrich.

Sarim de Laurec schluckte. »Saladin«, murmelte er. »Das . . . das war Saladin, Ulrich!«

»Saladins Krieger?« wiederholte Ulrich verwirrt. »Ihr glaubt, sie suchen uns?«

»Nicht nur Saladins Krieger!« antwortete der Templer. »Er selbst.« Mühsam löste er seinen Blick von den jetzt wieder still daliegenden Dünen im Süden und starrte Ulrich an. Seine Augen waren dunkel und groß vor Schrecken. »Der Mann an ihrer Spitze, Ulrich. Das war Saladin selbst. Ich bin ganz sicher!«

Ulrich starrte ihn an. »Saladin selbst?« murmelte er. »Hier?«

Der Templer nickte. »Ich würde ihn unter Tausenden erkennen. Keiner, der diesem Mann jemals begegnet ist, vergißt ihn wieder. Aber was tut er hier?« Plötzlich fuhr er zusammen. »Großer Gott!« murmelte er. »Sie . . . sie reiten in die Richtung, aus der wir gekommen sind, Ulrich! Erinnerst du dich, was du mir erzählt hast? Über die drei *Haschischin?* Du hattest das Gefühl, als ob sie auf jemanden warteten!«

»Sicher«, bestätigte Ulrich. »Aber Ihr selbst habt doch gesagt, daß . . .«

»Ich weiß, was ich gesagt habe«, unterbrach ihn Sarim de Laurec ungeduldig. »Aber es gibt keine andere Erklärung. Sie haben auf ihn gewartet, auf Saladin selbst! Großer Gott!«

Seine Hände begannen zu zittern. »Sabbah und Saladin zusammen – das ist unvorstellbar!«

Mit einem Male fuhr er herum, stürmte die Düne hinab, sprang mit einem Satz auf den Rücken seines Pferdes und wurde ungeduldig, als Ulrich ihm nicht schnell genug folgte. Sein ausgestreckter Arm wies nach Norden.

»Du gehst allein weiter!« befahl er. »Es ist nicht mehr weit. Nach

97

einer Stunde triffst du auf eine Oase. Dort fragst du nach Nassir, nennst ihm meinen Namen und erzählst ihm, was geschehen ist. Aber kein Wort von Saladin und seinen Begleitern, hast du verstanden?«
Ulrich nickte. »Eine Stunde nach Norden, und dann frage ich nach Nassir«, wiederholte er. »Aber Herr, Ihr wollt ihnen doch nicht wirklich nach? Es waren mindestens dreißig!«
»Eher fünfzig«, antwortete Sarim ungeduldig. »Ich habe auch nicht vor, sie zum Kampf zu fordern. Aber ich werde ihnen folgen. Ich muß wissen, wohin sie reiten!«
»Dann komme ich mit«, sagte Ulrich heftig. »Ihr habt Euer Leben für mich eingesetzt, dann ist es nur gerecht, wenn ich Euch jetzt helfe.«
»Das einzige, was gerecht wäre, ist eine gehörige Tracht Prügel, Bursche, wenn du nicht gehorchst«, sagte der Templer grob. »Außerdem wärest du mir nur im Wege. Du gehst nach Norden und wartest bei Nassir auf mich. Er ist ein Freund und wird gut für dich sorgen. Du wartest eine Woche. Wenn ich bis dahin nicht zurück bin, geh deiner Wege. Versuche dich nach Akkon durchzuschlagen und frage nach dem Großmeister des Templerordens. Wenn du meinen Namen nennst, wird man dich zu ihm bringen. Ihm erzählst du alles, was geschehen ist, aber keinem sonst!« Und damit riß er sein Pferd herum, stieß ihm wuchtig die Absätze in die Flanken und sprengte los.
Ulrich blickte ihm nach, bis die Nacht ihn verschluckt hatte. Dann ging er los, immer dem funkelnden Polarstern nach.

11

Ulrich erreichte die Oase kurz bevor die Sonne aufging. Er sah das schwache Glitzern von Wasser und die schlanken Schatten kümmerlicher Dattelpalmen, die es im Halbkreis umstanden. Wenige Schritte nördlich des winzigen Sees erhob sich ein brauner Lehmziegelbau, der im schwachen Licht der Nacht eher wie ein kantiger Felsklotz wirkte als ein von Menschen erbautes Haus. Müde klopfte Ulrich an die Tür, ehe drinnen schlurfende Schritte und ein unwilliges Keifen laut wurden.

Ein kleiner Mann mit einem runzligen Gesicht öffnete. Ulrich fragte nach Nassir. Der Mann nickte immer wieder und deutete mit dem Zeigefinger auf seine Brust. »Ich bin Nassir«, sagte er in Ulrichs Sprache. Ulrich atmete auf. Wie de Laurec ihm aufgetragen hatte, nannte er den Namen des Templers. Wieder nickte der Alte und führte Ulrich in eine kleine Kammer, in der ein mit Stroh bedecktes Bett stand.

An alles, was danach geschah, erinnerte sich Ulrich später nur noch wie an einen Traum. Er schlief den ganzen Tag, die Nacht und noch bis weit in den darauffolgenden Tag hinein, und erst als er erwachte, wußte er, daß er ein schweres Fieber hinter sich hatte. Sein Rücken und all die Wunden an Armen und Beinen waren sauber verbunden, und auf dem Boden neben seinem Bett stand eine Schale mit wohlriechender, gelber Flüssigkeit, in die saubere Tücher getaucht waren. Jeder einzelne Knochen im Leib schmerzte, und er vermochte sich im ersten Moment kaum zu bewegen. Doch war er sehr gut versorgt worden, während er schlief und gegen das Fieber kämpfte.

Vorsichtig schwang er die Beine aus dem Bett, setzte sich aufrecht hin und wartete darauf, daß sich sein Kopf wieder zu drehen begann. Aber das Schwindelgefühl kam nicht mehr, und auch die Übelkeit, die ihm in den letzten Tagen der Erschöpfung ein treuer Begleiter gewesen war, blieb diesmal aus. Was immer man mit ihm gemacht hatte, es schien wahre Wunder gewirkt zu haben.

Er blieb noch eine ganze Weile auf der Bettkante sitzen und sah sich in seinem Zimmer um, ehe er endgültig aufstand. Viel zu sehen gab es allerdings nicht. Die Kammer war winzig. Neben dem Bett war gerade genug Platz, um sich an- und ausziehen zu können. Die Wände bestanden aus braunem unverputztem Lehm, ebenso der Boden, von zahllosen Füßen festgestampft. Dem Bett gegenüber gab es ein schmales Fenster, das auf einen Innenhof hinausführte. Er war von mannshohen Lehmmauern umschlossen und bot einen langweiligen Anblick.

Ulrich drehte sich herum, bückte sich nach seinen Kleidern, die in einem ordentlichen Stapel unter dem Bett lagen, und zog sich an. Fürsorgliche Hände hatten sie gereinigt und sogar die ärgsten Risse geflickt, während er geschlafen hatte. Trotzdem waren sie im Grunde nur noch Lumpen. Ihr Anblick machte Ulrich traurig. Für kurze Zeit hatte er die Kleider eines Königs getragen, aber nun waren sie dahin, wie alles, was er jemals besessen hatte. Auch der schwarze Mantel des *Haschischin* lag bei seinen Kleidern, ebenso sauber gewaschen und zusammengefaltet. Aber den wollte er nicht anziehen. Er war ihm immer noch unheimlich – jetzt, da Ulrich in Sicherheit war, sogar noch mehr als jemals zuvor. Ulrich stieß den Mantel mit dem Fuß tiefer unter das Bett und sah rasch weg. Dann wandte er sich um und verließ die Kammer.

Der kurze Gang, durch den er kam, endete in einem überraschend großen, sehr hellen Raum, der wohl den größten Teil des gesamten Gebäudes einnehmen mußte. Was er von der Tür aus überblicken konnte, schien eine Mischung aus Küche, Wohn- und Schlafraum zu sein. Es gab sehr wenige Möbel, und anstelle von Betten lagen nur dünne Bastmatten auf dem Boden. Unter einem runden Rauchabzug in der Decke befand sich eine offene Feuerstelle, in der noch ein wenig dunkelroter Glut war, und ein leiser Geruch wie von Anis lag in der Luft. Es war niemand zu sehen, aber durch die offenstehende Tür drang eifriges Hantieren und das helle Echo einer Kinderstimme herein.

Als sich Ulrich von seinem Platz löste und auf die Tür zugehen wollte, erschien eine Gestalt unter der Öffnung. Im ersten Moment glaubte er, es wäre Sarim de Laurec, denn im grellen Gegenlicht der Sonne konnte er den Mann nur als schattenhaften Umriß erkennen. Er war sehr groß und hell gekleidet. Erst als er sich bewegte, erkannte Ulrich, daß es ein Unbekannter war.

Er ging auf Ulrich zu, dann blieb er stehen, blickte ihn aufmerksam an und sagte ein Wort, das Ulrich nicht verstand. Er war nur wenig älter als Ulrich selbst, aber viel größer und kräftiger.

Ulrich versuchte zu lächeln. »Ich ... ich bin Ulrich. Wer bist du?« Der andere schien seine Worte nicht zu verstehen, denn zwischen seinen schwarzen, wie mit dünnen Tuschestrichen gezogenen Brauen erschien eine tiefe Falte, und sein Blick wurde fragend. Aber zumindest lächelte er.

»Du verstehst mich nicht, wie?« fragte Ulrich. Er fühlte sich hilflos, und die unverhohlene Neugier des anderen war ihm unangenehm. »Ist ... Sarim gekommen?« fragte er schließlich. »Sarim de Laurec? Der Tempelritter?«

»Sarim!« Der Bursche nickte, machte eine umständliche Bewegung mit der Linken und legte die rechte Hand auf die Brust.

Ulrich seufzte. »Nein«, sagte er. »Ich meine nicht dich. Ich meine den Tempelritter. Sarim de Laurec. Der Mann, der mich hierher geschickt hat.«

Wieder nickte der andere, und wieder legte er die Hand auf die Brust und sagte ein paarmal hintereinander: »Sarim.«

»Dein Name ist auch Sarim?« vermutete Ulrich. Der andere nickte, und Ulrich schüttelte abermals den Kopf. »Aber ich meine dich nicht«, sagte er langsam und deutlich. »Ich meine den Tempelritter. Sarim de Laurec, verstehst du?« Er hob die Hand, strich sich damit über das Gewand und zeichnete die Umrisse des roten Kreuzes auf seiner Brust nach, das das Gewand des Tempelherrn zierte. »Sarim de Laurec«, sagte er noch einmal, wobei er den Nachnamen des Tempelherrn sehr viel lauter aussprach.

Der Bursche grinste breit und deutete auf seine eigene Brust. »Sarim!« Ulrich verdrehte in gespielter Verzweiflung die Augen.

Hinter ihnen erscholl ein leises, belustigtes Lachen. Ulrich drehte sich erschrocken herum und erkannte den kleinwüchsigen Mann mit dem runzligen Gesicht. Er trug einen dunklen, bis auf den Boden reichenden Kaftan, von vielen Jahren zerschlissen und an zahllosen Stellen geflickt, und auf seinem Kopf saß der mächtigste Turban, den Ulrich jemals gesehen hatte.

Es war Nassir. Ulrich erinnerte sich an das zerknitterte Gesicht, das ihn mit einer Mischung aus Mißtrauen und Mitleid gemustert hatte, als der Mann ihm bei seiner Ankunft die Tür geöffnet hatte.

»Sein Name ist Anwar, nicht Sarim«, sagte er lachend. »Er will dir nur sagen, daß Sarim sein Freund ist.«

Ulrich war erleichtert, als er Nassir reden hörte. Endlich konnte er sich verständigen.

»Du bist wach«, fuhr Nassir mit einem zufriedenen Nicken fort und kam auf ihn zu, um ihm die Hand auf die Schulter zu legen. »Und gesund und guter Dinge, wie ich sehe. Das ist gut. Wie fühlst du dich?«

»Ich . . . bin ein wenig hungrig«, antwortete Ulrich.

»Kein Wunder, nach dem, was du durchgemacht hast«, sagte Nassir kopfschüttelnd. »Sarim ist inzwischen angekommen und hat mir erzählt, was dir zugestoßen ist. Du hast Glück, daß du noch am Leben bist, Bursche.« Er seufzte, trat einen Schritt zurück und machte eine rasche Geste zu dem schwarzhaarigen Jungen, der ihrer Unterhaltung mit großem Interesse gefolgt war, ohne jedoch ein Wort zu verstehen. »Was reden wir? Du sollst zu essen und zu trinken bekommen. Zum Reden ist später Zeit genug. Rasch, Anwar – geh und sage Bescheid, daß unser Gast zu speisen wünscht.«

Die Worte waren offensichtlich für Ulrichs Ohren bestimmt, denn Nassir wiederholte sie kurz darauf in seiner eigenen Sprache, woraufhin sich Anwar umwandte und eilig verschwand.

»Gleich bekommst du zu essen«, erklärte Nassir. »Und danach zeige ich dir das Haus und den Hof.«

»Wo ist der Tempelherr de Laurec?« fragte Ulrich.

Nassir zog eine Grimasse, als hätte er unversehens in eine saure Zitrone gebissen. »Sage Sarim, wenn du von ihm sprichst«, sagte er. »Den Tempelherrn hört er nicht gerne. Er ist nicht hier. Er ist wieder fortgeritten, schon gestern morgen.«

»Fort?« wiederholte Ulrich erschrocken. »Wohin? Wann kommt er zurück?«

Nassir lächelte. »Sarim ist unser Freund, Christenjunge. Er kann kommen und gehen, wann immer es ihm beliebt.«

Ulrich sah fragend auf den kleinen Mann, und Nassir erwiderte seinen Blick ruhig und mit einem Lächeln. Ulrich verstand wohl, was Nassir ihm mit diesen Worten sagen wollte – nämlich daß es ihn ganz und gar nichts anginge, wohin der Tempelherr geritten war, und daß er es ihm auch dann nicht sagen würde, wenn er es wüßte.

»Er wird wiederkommen«, fügte Nassir freundlich hinzu. »Morgen, spätestens übermorgen. Bis dahin bist du mein Gast. Du wirst noch eine Weile brauchen, bis du dich richtig erholt hast.«

Nassir sollte recht behalten. Als Nassirs Frau, bis an die Nasenspitze verhüllt und ganz in Schwarz gekleidet, das Essen auftrug, war er so müde, daß er sich mit aller Macht zusammenreißen mußte, um nicht mitten im Gespräch einzuschlafen.

Nassir war von allen, die um den Tisch saßen, der einzige, mit dem Ulrich reden konnte. Der Gastgeber stellte eine Unzahl neugieriger Fragen, aber wenn es umgekehrt darum ging, daß er auf Ulrichs Fragen antworten sollte, verstummte er meist wie ein Fisch auf dem Trockenen oder tat so, als hätte er nicht verstanden.

Ulrich war müde, sein Rücken und seine zerschundenen Hände begannen wieder stärker zu schmerzen, so daß er dankbar war, als Nassir ihn nach einer Weile fragte, ob er sich nicht ein wenig hinlegen und ausruhen wollte.

Auch am nächsten Tag fühlte sich Ulrich so matt, daß es ihm genügte, in einer Ecke des weitläufigen Gebäudes zu sitzen und vor sich hin zu dösen. Anwar, Nassirs ältester Sohn, und Elayni, seine Schwester, brachten ihm von Zeit zu Zeit Wasser.

Im allgemeinen aber ließ man Ulrich in Ruhe und tat so, als wäre er gar nicht da – was ihm nur recht war. Er brauchte viel Zeit, um wieder zu Kräften zu kommen.

Eines Tages gegen Mittag näherte sich dumpfer Hufschlag dem Haus. Ulrich, Nassir und Anwar saßen gerade beim Essen. Ulrich beachtete den Klang der schnell näher kommenden Pferde zuerst gar nicht. Nassir hingegen fuhr hoch, als hätte er eine Klapperschlange unter seinem Sitzkissen entdeckt. Mit einem Satz war er bei der Tür und starrte hinaus.

»Reiter kommen!« rief er. »Krieger! Du mußt dich verbergen, Christ. Rasch!«

Das letzte Wort sprach er mit einem solchen Nachdruck, daß Ulrich erschrocken aufsprang und ohne nach dem Warum zu fragen in die Richtung lief, in die Nassirs ausgestreckter Arm zeigte.

Auch Anwar sprang hoch, wechselte ein paar rasche Worte mit seinem Vater und begann dann in fliegender Hast eine der Bastmatten aufzurollen, die ihm und seiner Familie als Schlafstätten dienten. Ulrich sah jetzt, daß sich unter der Matte eine hölzerne Klappe verbarg, die Anwar hastig hochstemmte. Darunter kam eine schmale, steil in die Tiefe führende Holzleiter zum Vorschein.

»Dort hinein!« befahl Nassir aufgeregt. »Schnell! Und ja keinen Laut, oder wir sind alle verloren!« Seine Stimme klang jetzt schrill. Ulrich gehorchte. So schnell er konnte, stieg er die wackelige Leiter herunter und fand sich plötzlich in einem überraschend großen, aber bis zum Bersten mit Kisten, Bündeln und großen tönernen Töpfen vollgestopften Keller wieder.

»Versteck dich irgendwo!« schrie Nassir von oben herab. »Kriech unter einen Teppich oder in einen Krug oder sonstwas! Und keinen Laut! Unter keinen Umständen!«

Ulrich blieb nicht viel Zeit, sich in dem niedrigen Kellergewölbe umzusehen, dann warf Nassir die Klappe hastig zu, und es wurde dunkel hier unten. Durch die Ritzen zwischen den morschen Brettern sickerte noch kurz ein blasser Schein, dann rollte Nassir den Teppich wieder über die Klappe, und die letzte Helligkeit erstarb um Ulrich.

Jetzt erst begann er allmählich zu begreifen, was geschehen war. Die Angst in den Gesichtern Nassirs und seines Sohnes war nicht zu übersehen gewesen.

Ulrich hockte im Dunkeln und lauschte auf das Pochen seines eigenen Herzens und die dumpfen Geräusche aus dem Haus über sich.

Wer immer die Männer waren, die da kamen, sie würden Nassir und seiner Familie große Schwierigkeiten bereiten, ihn sogar töten, wenn sie Ulrich bei ihnen fanden.

Sein Herz begann bei dieser Vorstellung wie rasend zu hämmern, so hart und laut, daß er meinte, das dumpfe Dröhnen müßte überall im Hause deutlich zu hören sein. Obwohl es in dem Kellerloch kalt war, war Ulrich in Schweiß gebadet.

Dann wurden über ihm Schritte laut, er hörte Nassir sprechen, dann die lauten und befehlenden Stimmen fremder Männer. Regungslos saß Ulrich da und lauschte.

Er wußte nicht, wie lange er atemlos und aus weit aufgerissenen Augen in die Dunkelheit hineinstarrte. Es kam ihm vor wie eine Ewigkeit. Die Geräusche über ihm verrieten, daß die Fremden das Haus gründlich durchsuchten. Nach einer Weile entfernten sich die Schritte. Dann wurde es still. Endlich wurde die Bastmatte zurückgerollt, und Ulrich vernahm Nassirs Stimme, der ihm dabei beruhigende Worte zurief. Aber Ulrich blieb bewegungslos sitzen, so lange, bis Nassir selbst die Leiter hinuntergestiegen kam und ihn an der Schulter packte. »Es ist vorbei, Ulrich«, sagte er unwirsch. »Sie sind fort. Du kannst heraufkommen.«

Ulrich sah auf. Er starrte zuerst auf die Hand, die auf seiner Schulter lag, dann in Nassirs Gesicht

»Das ... das habe ich nicht gewußt, Nassir«, flüsterte er. »Ich wußte es nicht, glaube mir. Wenn ... wenn ich es gewußt hätte, wäre ich schon längst wieder gegangen.« Seine Stimme zitterte.

»Wenn du was gewußt hättest?« fragte Nassir unwirsch und machte eine ungeduldige Bewegung mit der freien Hand. Er begann die Leiter hinaufzuklettern. »Komm erst einmal nach oben.«

Ulrich gehorchte stumm. Als er aus seinem Kellerversteck nach oben kam, fand er Nassirs ganze Familie vor: sein Weib, Anwar und seine Schwester und die vier kleinen Kinder, deren Namen Ulrich noch immer durcheinanderbrachte. Sie alle blickten ihn an. In ihren Augen standen Sorge und Furcht – aber der Vorwurf, nach dem er suchte, war nicht da.

»Also?« fragte Nassir noch einmal, nachdem er das Kellerloch geschlossen, die Schlafmatte sorgsam wieder darüber ausgerollt und mit dem Fuß glattgestrichen hatte. »Was hast du nicht gewußt?«

»Daß ihr in Gefahr seid, meinetwegen«, antwortete Ulrich zögernd und blickte in die bangen Gesichter.

Nassir sah ihn verblüfft an. Dann lachte er, und das verwirrte Ulrich.

»Es sind gefährliche Zeiten, Junge«, sagte Nassir.

»Diese Männer waren meinetwegen hier, oder ...«

Nassir brachte Ulrich mit einer zornigen Handbewegung zum Verstummen, drehte sich zu seiner Familie herum und klatschte in die Hände. Mit Ausnahme seines Sohnes Anwar verließen alle das Haus. Einen Augenblick später hörte Ulrich die kleineren Kinder draußen wieder unbeschwert lärmen und spielen, als wäre nichts geschehen. Nassir sagte noch immer nichts, sondern schaute ihn nur eine Weile sonderbar an, ehe er den Kopf schüttelte und auf eine der Schlafstellen deutete.

Ulrich setzte sich gehorsam, während Nassir und Anwar ihm gegenüber Platz nahmen.

Wieder blickte Nassir ihn an, dann, als Ulrich schon glaubte, er wolle gar nicht mehr reden, hob er den Arm und schnippte mit den Fingern. Anwar stand auf, entfernte sich rasch und kam wenige Augenblicke darauf mit einer reich verzierten Wasserpfeife zurück, die sich Nassir umständlich anzündete, ehe er das unangenehme Schweigen endlich brach.

»Die Männer, die gerade hier waren, gehörten zu Saladins Heer«, begann er. »Du glaubst also tatsächlich, daß sie deinetwegen hier waren?«

Ulrich nickte. »Vielleicht nicht meinetwegen«, murmelte er. »Aber sie ... sie suchen welche wie mich, oder? Christen.«

Nassir nahm einen tiefen Zug aus seiner Wasserpfeife und nickte. »Und?«

»Und?« wiederholte Ulrich verwirrt. »Sie ... sie hätten dich getötet, wenn sie entdeckt hätten, daß du mich versteckst. Vielleicht deine ganze Familie, Nassir!«

Der kleine Mann lachte leise, stieß eine blaue Qualmwolke aus und nahm einen neuerlichen, tiefen Zug aus dem Schlauch der Wasserpfeife.

»Ich fürchte, ich muß dich enttäuschen«, sagte Nassir, nachdem er sich eine Weile an Ulrichs verstörtem Gesichtsausdruck geweidet hatte. Er beugte sich vor und deutete mit dem Mundstück der Wasserpfeife wie mit einem zusätzlichen metallenen Finger auf Ulrich. »Ganz zweifellos hätten sie *dich* getötet, aber mich? Warum sollten sie mir etwas antun? Ich gehöre zu ihnen, nicht zu euch. Ich weiß nicht, wie das bei euch Christen ist, aber bei uns tötet der Bruder nicht den Bruder.«

»Aber ich ... ich bin doch ein Christ«, widersprach er. »Ich gehöre zum Feind. Bei ... bei uns werden die bestraft, die dem Feind Unterschlupf gewähren.«

Nassir zuckte die Achseln. »Das mag sein. Möglich sogar, daß ich mir ein paar Peitschenhiebe eingehandelt hätte. Nein, nein – ich habe dich nicht aus Furcht um unser Leben verborgen, sondern nur, um das deine zu retten. Sarim wäre nicht erfreut, käme er zurück, und ich müßte ihm berichten, daß du von Saladins Kriegern verschleppt worden bist.«

»Aber der Krieg ...«, murmelte Ulrich.

»Papperlapapp, Krieg«, unterbrach ihn Nassir. »Was geht er mich
an, euer Krieg? Ich und die Meinen leben schon so lange hier, daß
ich die Kriege schon gar nicht mehr zählen kann, die dieses Land ver-
wüstet haben. Kleine und große, gerechte und ungerechte...« Er
seufzte. »Was kümmert es mich? Niemand tut mir etwas zuleide.«
»Aber ... wieso?« wunderte sich Ulrich.
Nassir lächelte. »Wasser, Christenjunge. Es ist das Wasser. Ich selbst
bin unwichtig. Was zählt, ist allein das Wasser. Ich sorge dafür, daß
es fließt.« Er sog an seiner Pfeife, und wie um seine Worte zu bestätigen, erscholl ein leises Gurgeln und Plätschern aus dem Bauch der
Wasserpfeife.
»Dort, wo du herkommst«, fuhr er fort, »wißt ihr den Wert des Wassers nicht zu schätzen. Sarim hat mir von euren Ländern erzählt, Ländern, in denen das Wasser vom Himmel fällt und in manchen Jahren
das Meer bis weit ins Land hineinkriecht, so daß ihr vor ihm fliehen
müßt. Es fällt mir schwer, dies zu glauben, aber ich weiß, daß Sarim
mich niemals belügen würde. Hier ist das anders, Junge. Wasser ist
Leben, und wir schätzen es hoch. Diese Quelle dort draußen«, er deutete mit der freien Hand hinter sich, »ist die einzige Wasserstelle im
Umkreis eines Tagesrittes. So mancher wäre gestorben, gäbe es sie
nicht. Und ich bin ihr Hüter. Ich und meine Familie.«
Ulrich blickte verständnislos in das faltige Gesicht gegenüber.
»Ja glaubst du, das Wasser erhält sich von selbst?« lachte Nassir
kopfschüttelnd. »Es ist launisch, mein Junge. Es kennt seinen Wert
und will sorgsam betreut werden, und mit der ihm zustehenden Ach-
tung. Wie viele Male haben wir den Teich gereinigt, wie viele Male
seine Ufer neu befestigt, wenn die Wüste über unsere kleine Oase hin-
wegkroch? Wie viele Male haben wir das Wasser freigegraben, mit
unseren bloßen Händen, nach einem Sandsturm? Wir sind wichtig,
Ulrich. Wir leben von diesem Wasser, und es lebt durch uns. Und wir
machen keinen Unterschied unter denen, die kommen und Durst haben. Es ist gleich, ob einer von euch kommt oder einer von uns – oder
beide zusammen. Hier draußen in der Wüste zählen solche Unter-
schiede nicht. Der Durst macht alle gleich. Es gibt nur Leben oder
Tod.«
»Und deshalb verschont dich Saladin?«
Nassir nickte. »Er und auch deine Leute. Euer Krieg hat hier keine

107

Bedeutung, Ulrich. Nur das Wasser zählt, und ohne uns würde es diese Quelle bald nicht mehr geben. Die Wüste würde sie verschlingen, wie sie so viele verschlungen hat. Saladin weiß das.«

»Aber warum hast du dann vorhin gesagt, ihr wäret alle verloren, wenn ich auch nur einen Ton von mir gäbe?«

Nassir lachte. »Es war das einfachste«, sagte er zwischen zwei Zügen aus seiner Pfeife. »Ich mußte etwas sagen, das rasch wirkte. Ich kenne dich nicht so gut, und wer weiß, vielleicht hättest du Schwierigkeiten gemacht.« Nassir grinste. »Und mir scheint, ich hatte nicht so ganz unrecht.«

Ulrich war zutiefst überrascht. Er begann sich mit jedem Augenblick alberner zu fühlen. Was hatte Sarim ganz am Anfang ihrer Bekanntschaft gesagt? Du mußt noch eine Menge lernen, mein Junge.

»Wann kommt Sarim zurück?« fragte er plötzlich.

»Morgen«, antwortete Nassir und zog an seiner Pfeife.

12

Ritter de Laurec kam am nächsten Tag nicht zurück; auch nicht am übernächsten. Ulrich begann sich zu langweilen, denn so gesprächig Nassir auch war, seine Welt war klein. Alles, was jenseits seiner Oase lag, schien ihn nichts anzugehen. Es hätte die Welt jenseits der Wüste genausogut gar nicht geben brauchen – für Nassir machte es keinen Unterschied, ob hinter der nächsten Sanddüne das Nichts oder noch hundert mal tausend Meilen bewohntes Land waren. Er war hier geboren und aufgewachsen und hatte die Quelle nur ein einziges Mal verlassen, um bei einem Nomadenstamm im Süden seine Frau zu kaufen. Nur als Ulrich ihn einmal geradeheraus fragte, was es mit Hasan as-Sabbahs *Haschischin* auf sich hatte, gelang es ihm, den gleichmütigen Mann mit dem zerknitterten Gesicht aus der Fassung zu bringen. Nassir erbleichte, sah ihn erschrocken an und wechselte rasch das Thema. Danach versuchte Ulrich nicht noch einmal, ihn nach den geheimnisvollen schwarzen Männern zu fragen.
Eines Morgens weckte ihn Nassir vor Sonnenaufgang. Ulrich merkte sofort, daß irgend etwas nicht stimmte. Nassir wirkte ungewohnt ernst; das freundliche Lächeln, das zu seinem Gesicht gehörte wie die Falten und die sonnenverbrannte dunkle Haut, war verschwunden und hatte einem besorgten Ausdruck Platz gemacht.
»Zieh dich an, schnell«, sagte er. »Du mußt fort.«
Der drängende Ton in Nassirs Stimme machte Ulrich klar, daß jetzt nicht der Augenblick war, Fragen zu stellen. Rasch stand er auf und bückte sich nach seinen Kleidern, aber Nassir hielt ihn zurück, als er nach Hemd und Hose greifen wollte.
»Nicht diese Kleider«, sagte er bestimmt. »Sie sind zu auffällig. Hier – nimm das.« Er reichte Ulrich einen weißen Kaftan, der wohl Anwar gehörte, dazu einen Turban in der gleichen Farbe, den er schon gebunden hatte, so daß Ulrich ihn nur noch wie eine Mütze aufzusetzen und ein wenig festzuziehen brauchte. Der Verlust seiner kostbaren Kleider schmerzte Ulrich, aber Nassir blieb hart; einzig die Stiefel gestattete er ihm anzuziehen, und auch das erst nach langem Zögern. Zum Abschluß reichte er Ulrich einen gebogenen, beidseitig geschliffenen Dolch und einen kleinen Lederbeutel, in dem Münzen klimper-

ten. Ulrich verstaute beides unter seinem Kaftan und sah Nassir erstaunt an.

»Was bedeutet das alles?« fragte er endlich. »Habt ihr Nachricht von Sarim?«

»Ja«, antwortete Nassir. »Er kann selbst nicht kommen, aber er wartet auf dich, nicht sehr weit von hier. Anwar wird dich hinbringen. Und jetzt komm; die Zeit ist kostbar.«

Sie verließen das Haus. Es war noch nicht hell draußen, und die Wüste empfing Ulrich mit einem kalten Hauch, der ihn trotz des dicken wollenen Kaftans frösteln ließ. Anwar saß bereits im Sattel und erwartete ihn am Ufer des kleinen Sees. Er hielt einen schwarzen Hengst am Zügel neben sich. Nassir half Ulrich in den Sattel, sagte ein paar Worte zu Anwar und lächelte aufmunternd, als Anwar antwortete. Obwohl Ulrich nicht verstand, was sie sagten, spürte er doch den Ernst, der beide ergriffen hatte. Die Tiere schnaubten unruhig.

»Was ist geschehen, Nassir?« fragte Ulrich noch einmal. »Seid ihr in Gefahr?«

»Wir nicht, aber du«, antwortete Nassir knapp, und noch bevor Ulrich weitere Fragen stellen konnte, trat Nassir plötzlich zurück, holte mit der Hand aus und versetzte Ulrichs Pferd einen kräftigen Hieb auf die Hinterbacken, so daß das Tier mit einem erschrockenen Satz lossprang und Ulrich alle Hände voll zu tun hatte, um nicht aus dem Sattel geworfen zu werden. Als er endlich einigermaßen festen Halt gefunden hatte, waren die Oase und Nassirs Haus bereits in der Nacht verschwunden. Besorgt drehte er sich zu Anwar um. Der junge Sarazene lächelte, aber auch er konnte seine Unruhe kaum verbergen. Immer wieder sah er sich um, und jetzt erst bemerkte Ulrich, daß Anwar ein Schwert im Gürtel trug.

Sie ritten schnell. Als die Sonne aufging, wußte Ulrich längst nicht mehr, wo sie waren.

Sie rasteten eine Weile, um zu trinken und die Pferde verschnaufen zu lassen, dann ging es weiter. Warum war Sarim de Laurec nicht selbst gekommen, um ihn abzuholen? Ulrich versuchte Anwar danach zu fragen, bekam aber nur ein freundliches Lächeln und ein Schulterzucken zur Antwort. Es war natürlich sinnlos, den Jungen mit Fragen zu bestürmen, die er nicht verstand. Ulrich war plötzlich sicher, daß Nassir ihm gerade aus diesem Grund Anwar mitgegeben hatte, statt ihn selbst zu Sarim zu bringen. Ging etwas in der Oase vor, das er nicht wissen sollte?

Gleichförmig zog die Wüste an ihnen vorüber. Die Dünen wurden allmählich flacher, und immer öfter stießen sie jetzt auf Felsbrocken und Steine, die wie Riffe aus dem Sandmeer aufragten, bis sie schließlich durch eine öde Fels- und Steinlandschaft ritten.

Plötzlich hielt Anwar an, gebot Ulrich mit einer Geste, still zu sein, und legte den Kopf schräg, um zu lauschen. Ulrich tat es ihm gleich, aber alles, was er hörte, war das Pochen seines eigenen Herzens und die schnaubenden Atemzüge der Pferde. Anwar indes hatte ein weitaus schärferes Gehör, und er machte erneut eine rasche, warnende Geste, schwang sich aus dem Sattel und löste das Schwert von seinem Gürtel. Ulrich beobachtete ihn eine Zeitlang, dann stieg er ebenfalls vom Pferd, ohne Anwars beschwörende Gesten zu beachten. Anwar starrte ihn zornig an, dann zuckte er resignierend mit den Schultern, forderte ihn mit einer Handbewegung auf, seinen Dolch zu ziehen, und ging weiter. Ulrich folgte ihm mit einem Schritt Abstand.

Vor ihnen lag ein mächtiger, halbrunder Fels, groß wie ein Haus und von einem Netzwerk handbreiter Risse und Sprünge durchzogen. Anwar näherte sich der Kante dieses Felsens beinahe auf Zehenspitzen, gebot ihm zurückzubleiben und lugte vorsichtig um die Ecke. Einen Moment lang stand er vollkommen reglos da, dann entspannte sich seine Haltung. Er drehte den Kopf, grinste Ulrich erleichtert an und ging mit weit ausgreifenden Schritten um den Felsen herum, dicht gefolgt von Ulrich.

Vor ihnen lag ein flacher, von schräg aufragenden Felsen umgebener Talkessel, dessen Boden von Felstrümmern übersät war. Auf einem dieser Steine saß, mit dem Rücken zu ihnen, ein Tempelritter, leicht nach vorne gebeugt und die Unterarme auf den Knien liegend, als döse er in der Sonne vor sich hin.

Genau das schien er auch zu tun, denn obwohl Anwar und Ulrich sich nun keine Mühe mehr gaben, leise zu sein, sah er nicht auf, als sie sich ihm näherten. Sein Pferd, ein kleiner brauner Schecke mit der weißen Satteldecke der Templer, blinzelte ihnen träge entgegen und sah dann wieder weg.

Anwar blieb stehen. Die Erleichterung auf seinen Zügen wich einem jäh aufflammenden Mißtrauen. Sie waren dem Templer bis auf drei

Schritte nahe gekommen, und er mußte sie einfach hören – aber er regte sich noch immer nicht. Ulrichs Hand kroch abermals zu dem Dolch, den er vorhin wieder in den Gürtel geschoben hatte.

»Herr?« sagte er. Seine Stimme war leise und zitterte vor Aufregung, aber das Echo der Felswände warf sie hundertfach zurück und verebbte in einem unheimlichen Wispern und Flüstern, das den steinernen Kessel ausfüllte. Der Templer regte sich noch immer nicht. Ulrich tauschte einen raschen, besorgten Blick mit Anwar, fuhr sich beunruhigt mit der Zunge über die Lippen und streckte den Arm aus. Mit klopfendem Herzen berührte er von hinten die Schulter des reglos sitzenden Tempelritters.

Das Eisengeflecht seines Kettenhemdes war glühend heiß. Ulrich schrie erschrocken auf und sprang einen Schritt zurück.

Langsam, wie eine große Stoffpuppe, rutschte der Tempelherr nach vorne. Seine Arme glitten von den Knien, pendelten einen Moment haltlos, dann beugte sich sein Oberkörper zur Seite, vollführte eine halbe Drehung, und die ganze Gestalt fiel seitwärts zu Boden.

Der Ritter war tot. Sein Gesicht, weiß wie sein Wappenhemd, war zu einer schrecklichen Grimasse erstarrt. Der Mund war halb geöffnet wie zu einem Schrei, den er nicht mehr hatte ausstoßen können, und ein Schnitt in seiner Kehle grinste wie ein zweiter, entsetzlicher Mund. Der Brustteil seines weißen Wamses war mit Blut durchtränkt und ließ die Umrisse des roten Templerkreuzes kaum mehr erkennen. Entsetzt taumelte Ulrich ein paar Schritte zurück, stolperte über einen Stein und schlug rücklings hin. Er prallte mit dem Hinterkopf gegen den steinigen Boden und blieb benommen liegen.

Irgendwo erklang ein Schrei, und plötzlich bemerkte er einen huschenden, finsteren Schatten, der über ihn hinwegsetzte. Dann hörte er ein Klatschen und einen zweiten, schmerzerfüllten Schrei.

Zwei *Haschischin* waren wie aus dem Nichts zwischen den Felsen erschienen. Der eine hatte Anwar niedergeschlagen und stand breitbeinig mit drohend geballten Fäusten über ihm, den Fuß auf das Schwert gesetzt, das Anwar noch immer umklammerte; der zweite stand dicht neben Ulrich, ebenfalls waffenlos und in drohender Haltung. Langsam hob Ulrich den Kopf. Er sah, wie auch Anwar am Boden lag, und über ihnen die verhüllten Gesichter der *Haschischin*. Dann irrte sein Blick zu dem toten Templer und glitt über die erstarrten, fremden Züge. Nein, es war nicht Sarim de Laurec, wie er befürchtet hatte. In Ulrichs lähmendes Entsetzen mischte sich unendliche Erleichterung. Der Mann war jünger als de Laurec, auch ein wenig größer und von kräftigerem Wuchs. In seinem Gürtel steckte ein gewaltiges Schwert. Offensichtlich hatte er nicht einmal Gelegenheit gefunden, seine Waffe zu ziehen.

Sehr vorsichtig, um seinen Bewacher nicht zu reizen, stand Ulrich auf, ging zu Anwar hinüber und kniete neben ihm nieder. Der *Haschischin,* der Anwar niedergeschlagen hatte, trat ein Stück beiseite, schleuderte aber vorher dessen Schwert mit dem Fuß davon. Das Klirren der Waffe hallte wie höhnisches Gelächter von den Felswänden wider.

Anwar blinzelte benommen, als Ulrich ihn aufsetzte. Sein Gesicht hatte alle Farbe verloren, und sein rechtes Auge war verquollen. Er schien noch gar nicht richtig begriffen zu haben, was überhaupt geschehen war.

Ulrich wollte dem taumelnden Anwar auf die Beine helfen, aber einer der *Haschischin* versetzte ihm einen Stoß, der sie beide abermals zu Boden fallen ließ, drehte Ulrich mit dem Fuß herum und zeigte befehlend auf das jenseitige Ende des Talkessels. Ulrich nickte hastig, stemmte sich abermals auf Hände und Knie und kroch ein Stück davon, ehe er sich aufrichtete. Er befand sich jetzt nur einen Schritt von dem toten Tempelherrn entfernt. Sein Blick fiel auf das Schwert im Gürtel des Toten.

Er ließ sich zur Seite fallen, heulte laut auf, als er sich auf dem steinigen Boden die Knie aufschürfte, und kam halb auf dem toten Tempelritter zu liegen. Seine Hände schlossen sich um den Griff des Schwertes. Der *Haschischin* war mit einem Satz über ihm und beugte sich herab, um ihn in die Höhe zu zerren. Doch er sollte die Bewegung nicht zu Ende führen.

Noch immer beide Hände um den Schwertgriff gekrampft, warf sich Ulrich herum. Die Waffe kippte mitsamt der Hülle nach oben und ragte plötzlich dem schwarzverhüllten Mann entgegen. Das alles war blitzschnell vor sich gegangen. Seine Bewegung war so rasch gewesen, daß der Angreifer mit dem ganzen Schwung seines Körpers gegen die Schwertscheide prallte. Ulrich spürte, wie die scharfe Klinge die lederne Hülle zerschnitt und in den Leib des *Haschischin* eindrang.

Aus dem Wutschrei des Mannes wurde ein schmerzerfülltes Seufzen. Seine Augen, die gerade noch über dem Gesichtstuch zornig gefunkelt hatten, verdunkelten sich vor Schmerz. Reglos, in gekrümmter Haltung stand er einen Moment lang da, die Hände um die lederne Schwerthülle gekrampft, dann richtete er sich mit einem Ruck auf, taumelte zurück und brach zusammen.

Ulrich sprang auf, zog das Schwert aus der Scheide und wich rückwärtsgehend vor dem zweiten *Haschischin* zurück. Der Mann war verblüfft dagestanden. Jetzt ging er langsam auf Ulrich zu, zog sein eigenes Schwert aus dem Gürtel und fuhr damit so blitzschnell durch die Luft, daß Ulrich nicht einmal die Klinge sah. Dann streckte er fordernd die freie Hand aus.

Es war nicht schwer, die Bedeutung dieser Geste zu erraten. Ulrich war sich darüber im klaren, daß der *Haschischin* ihn in Scheiben schneiden konnte, ohne sich dabei auch nur anzustrengen. Der Tod seines Gefährten war ja mehr ein Unfall gewesen, der auf seine Sorglosigkeit zurückzuführen war.

Doch Ulrich schüttelte entschlossen den Kopf, wich einen weiteren Schritt zurück und suchte breitbeinig nach festem Stand, während er das schwere Schwert mit beiden Händen hielt. Er war entschlossen, lieber zu sterben, als sich abermals in die Gewalt dieser Männer zu begeben.

Aber diesen Gefallen schien ihm der *Haschischin* nicht tun zu wollen. Statt Ulrich anzugreifen, schüttelte er den Kopf, schob sein Schwert in den Gürtel zurück und ging ganz langsam weiter auf ihn zu.

Schritt für Schritt wich Ulrich vor ihm zurück, bis er mit dem Rücken an eine heiße Felswand stieß. Der *Haschischin* lächelte, aber sein Blick blieb aufmerksam, und nicht die mindeste Kleinigkeit entging ihm. Seine Hände pendelten locker, scheinbar entspannt neben dem Körper. Ulrich wußte, daß ihm der Mann das Schwert rascher abnehmen würde, als er es überhaupt bewegen konnte.

Verzweifelt sah er sich nach einem Fluchtweg um und preßte sich so dicht gegen den heißen Fels, als wollte er hineinkriechen. Immer näher kam der *Haschischin* und hob langsam die Arme.

Verzweifelt ließ Ulrich das Schwert fallen, zog mit einer blitzschnellen Bewegung den Dolch aus seinem Gürtel und setzte die Spitze der Waffe auf sein Herz.

»Keinen Schritt mehr!« sagte er. »Oder ich stoße zu.«
Natürlich verstand der *Haschischin* die Worte nicht; aber er begriff
die Geste und die Entschlossenheit in Ulrichs Stimme. Mitten im
Schritt verharrte er, starrte Ulrich aus weit aufgerissenen Augen an
und hob dann langsam die Hände bis in Schulterhöhe, um ihm zu be-
deuten, daß er nicht angreifen würde. Er wich sogar etwas zurück, als
Ulrich ihn mit einer Kopfbewegung dazu aufforderte.
»Bleib, wo du bist!« sagte Ulrich drohend. »Ich töte mich, wenn du
mir auch nur nahe kommst. Ich meine es ernst!«
Der *Haschischin* zögerte. Sein Blick irrte zwischen dem Dolch und
Ulrichs Gesicht hin und her. Dann nahm er die Arme herunter und
wich noch ein Stück zurück.
Ganz langsam folgte ihm Ulrich. Ohne den Mann auch nur einen Moment aus den Augen zu lassen, wandte er sich an Anwar und zeigte
mit einer Hand in die Richtung, in der sie die Pferde zurückgelassen
hatten – ein Fehler, wie sich schon im nächsten Augenblick heraus-
stellte. Der *Haschischin* erwachte plötzlich aus seiner Starre, fuhr
herum und riß den Jungen mit einem harten Ruck an sich. In seiner
Hand blitzte ein Dolch, dessen Spitze er so heftig gegen Anwars
Kehle drückte, daß ein Blutstropfen aus seiner Haut quoll. Anwar
schrie gellend auf und erstarrte, als der *Haschischin* seinen Griff noch
verstärkte. Höhnisch drehte sich der Mann um und sah Ulrich an.
»Eine nicht uninteressante Stellung«, ertönte es über ihnen. »Im
Schach nennt man so etwas ein *Patt* – falls du Schach spielst.«
Ulrichs Herz machte einen Satz, als er die Stimme hörte. Um ein
Haar hätte er seinen Dolch fallen gelassen. Erschrocken wandte er
sich um, legte den Kopf in den Nacken und blinzelte zu der Gestalt
hinauf, die sich auf dem Felsen oben wie ein mit kräftigen schwarzen
Strichen gemalter Schatten gegen die Sonne abhob.
»Aber ich glaube, du spielst viel lieber Verstecken als Schach«, fuhr
Malik Pascha lächelnd fort. Er trat ganz dicht an die Kante des Fel-
sens heran und beugte sich vor, um Ulrich anzusehen. In seinem
Blick lag eine Mischung aus Spott und Unmut. Dann richtete er sich
auf, holte Schwung und sprang mit einem federnden Satz von dem
Felsen herunter. »Kommt nicht näher!« sagte Ulrich warnend. »Ich
… ich meine es ernst. Eher erdolche ich mich, bevor ich mich noch
einmal in Eure Hand gebe.«

»Ach?« sagte Malik spöttisch. Er lachte, hörte aber trotzdem auf Ulrichs Warnung und blieb stehen. Sein Blick huschte über Ulrichs Gesicht und fiel dann auf Anwar. »Aber dann müßte er sterben, Ulrich«, sagte er ernst. »Das weißt du doch, oder? Ein Junge, der freundlich zu dir war und sein Leben aufs Spiel gesetzt hat, um dir zu helfen. Von seinen Eltern ganz zu schweigen.« Er lachte leise, entfernte sich ein paar Schritte und ließ sich in nachlässiger Haltung auf den Felsen sinken, auf dem zuvor der tote Tempelritter gesessen hatte. »Den hast du auch auf dem Gewissen«, sagte er beiläufig und stieß den Leichnam mit dem Fuß an.

Ulrich erschrak. Sollten auch Nassir und seine Frau in Gefahr sein? Er schüttelte den Kopf. »Das stimmt nicht«, sagte er schwach. »Es waren Eure Leute, die...«

»Und trotzdem ist es deine Schuld«, unterbrach ihn Malik ungehalten. Sein Blick wurde hart. »Du bereitest mir Sorgen, Junge, weißt du das? Schwere Sorgen. Haben wir dich denn so schlecht behandelt? Du hast mich drei...« Er brach ab, blickte auf den toten *Haschischin* herab und verbesserte sich: »... vier meiner besten Leute gekostet. Jeder andere würde einen entsetzlichen Tod sterben als Strafe dafür. Aber du bist ein Kind und wußtest es nicht besser. Außerdem brauchen wir dich. So will ich noch einmal Gnade vor Recht ergehen lassen. Genug jetzt mit dem Unsinn!« Er stand auf und streckte die Hand aus. »Gib mir das Messer!«

»Nein«, wimmerte Ulrich. »Geht weg. Ich... ich will nicht.«

Malik runzelte verärgert die Stirn. »Du willst doch nicht, daß dein Freund da stirbt, oder?« Er lächelte, aber es war ein böses Lächeln.

»Das... das wagt Ihr nicht«, stammelte er.

»Bist du sicher?« fragte Malik kalt. »So sicher, daß du sein Leben darauf verwetten würdest?«

Ulrich antwortete nicht, und Malik wartete auch gar nicht darauf, sondern wandte sich im gleichen Atemzug um und machte eine befehlende Geste. »Töte ihn.«

»Nein!« Ulrich schrie gellend auf, aber es war zu spät. Der Dolch in der Hand des *Haschischin* machte eine blitzschnelle Bewegung. Anwar bäumte sich auf, stieß einen hohen, gurgelnden Schrei aus und erschlaffte in den Armen des Mannes.

Ulrich taumelte zurück. Malik hatte keine Bewegung gemacht, obwohl es in diesem Moment ein leichtes gewesen wäre, Ulrich den Dolch abzunehmen und ihn zu überwältigen. Aber Malik stand einfach weiter da und lächelte. Ulrichs Augen füllten sich mit Tränen. Alles war so schnell gegangen.

Tiefer Haß stieg in Ulrich auf; Haß auf den schwarzverhüllten *Haschischin*, aber viel mehr noch auf Malik Pascha, der den Befehl zu dieser furchtbaren Tat gegeben hatte. Der Dolch in Ulrichs Hand begann zu zittern, aber seine Spitze ruhte weiter auf seinem Herzen. Er war entschlossen zuzustoßen, wenn Malik auch nur eine verdächtige Bewegung machte.

»Mörder«, stammelte er. »Ihr ... Ihr elender Mörder, Malik. Sarim hatte recht. Ihr ... Ihr seid ein Ungeheuer!«

»Zuviel der Ehre«, antwortete Malik spöttisch. »Und was den Mörder angeht«, er deutete auf Anwar, der nun regungslos auf dem steinigen Boden lag, »die Verantwortung für seinen Tod trägst du. Hättest du aufgegeben, dann wäre er noch am Leben.«

Ulrich starrte ihn an. Seine Augen füllten sich immer mehr mit Tränen, aber es waren jetzt eher Tränen der Wut als des Schmerzes. »Ihr habt einen Fehler begangen, Malik Pascha«, sagte er plötzlich ruhig.

»Habe ich das?« Malik lachte leise.

»Ja.« Ulrich nickte. »Ihr habt jetzt nichts mehr, womit Ihr mich erpressen könntet.«

»Da wäre ich nicht so sicher«, antwortete Malik gelassen. Er machte eine Kopfbewegung auf den Dolch in Ulrichs Hand. »Warte noch einen kleinen Moment, ehe du etwas tust, was zu bedauern du keine Gelegenheit mehr hättest«, sagte er. »Möglicherweise gibt es noch etwas, was ich dir im Tausch gegen dein Leben anbieten kann.«

Er trat ein Stück zurück und klatschte in die Hände. Einen Augenblick später lösten sich die schattenhaften Gestalten zweier weiterer *Haschischin* aus dem Felsen. Die beiden Krieger schleiften eine reglose Gestalt zwischen sich.

Ulrichs Herz stockte, als er den Mann in dem weißen Templergewand erkannte.

Es war Sarim de Laurec.

Er war am Leben und bei Bewußtsein, aber an seiner Stirn klaffte eine häßliche, blutende Wunde, und sein Gesicht war schmerzverzerrt. So, wie ihn die beiden *Haschischin* hielten, mußte ihr Griff ihm entsetzliche Qualen bereiten. Er sah auf und erkannte Ulrich, und für einen Moment überlagerte Schrecken den Ausdruck von Pein in seinen Augen.

»Nun?« sagte Malik kalt. »Willst du dich immer noch töten, bevor du mit uns kommst?«

Ulrich schwieg.

»Entscheide dich«, sagte Malik hart. »Stoß zu, und du bist frei. Aber ich schwöre dir, daß dieser Mann einen qualvollen Tod erleiden wird.«

»Laßt Ihr ... laßt Ihr ihn am Leben, wenn ... wenn ich aufgebe?« stieß Ulrich hervor.

Malik überlegte kurz, dann nickte er. »Warum nicht?«

»Und Ihr laßt ihn frei?« Der Dolch in Ulrichs Hand zitterte immer mehr.

Diesmal schüttelte Malik den Kopf. »Nein. Jedenfalls jetzt noch nicht. Er weiß zuviel. Vielleicht später, wenn alles vorüber ist.«

»Er lügt!« flüsterte Sarim. »Glaube ihm nicht! Er ist...«

Malik fuhr herum, riß Sarims Kopf in den Nacken und schlug ihm ins Gesicht.

»Nun?« wandte sich Malik wieder an Ulrich, als sei nichts geschehen.

Ulrichs Blick fiel auf Anwar, und er wußte, daß Malik seine Drohung wahrmachen würde.

Ohne ein weiteres Wort ließ er den Dolch fallen.

13

Scharf bewacht von Malik Pascha und seinen Männern ritten sie aus
dem steinigen Tal, das für drei Menschen zum Grab geworden war.
Sarim de Laurec, der auf ein Pferd geworfen und festgebunden worden war, erlangte während des Rittes das Bewußtsein nicht wieder.
Nur einmal schlug er die Augen auf und stöhnte leise. Noch vor Anbruch der Dunkelheit erreichten sie den Nil, wo ein Schiff auf sie
wartete. Es war viel größer als jenes, das im Kampf gegen die Piraten
verbrannt war. Ulrich wurde in eine kleine, fensterlose Kabine tief im
Inneren des Schiffes gesperrt, und kaum war der Riegel eingerastet,
als sich das Schiff auch schon in Bewegung setzte. Diesmal sollte Ulrich nicht so großzügig behandelt werden wie beim ersten Mal. Die
Tür seines Gefängnisses blieb verschlossen; zwei Tage lang bekam er
weder zu essen noch zu trinken. Endlich ließ ihn Malik zu sich rufen.
Er war noch immer verstimmt. In seinem Blick war nichts mehr von
der Freundlichkeit, mit der er Ulrich früher einmal betrachtet hatte.
Es hätte auch nichts genützt, denn immer noch hatte Ulrich vor
Augen, wie kaltblütig Malik den jungen Anwar hatte umbringen las-
sen.
»Setz dich«, befahl Malik knapp und schickte den *Haschischin,* der
Ulrich begleitet hatte, mit einer Handbewegung aus dem Raum.
»Du hast uns eine Menge Ärger bereitet, Ulrich«, begann Malik.
»Ich hoffe, die letzten beiden Tage waren dir eine Lehre. Wir haben
dich immer gut behandelt, aber du hast jetzt erlebt, daß es auch an-
ders geht.«
»Das wäre nicht nötig gewesen«, antwortete Ulrich trotzig. »Ich war
Paltieris Gast, bevor ich zu Euch kam – habt Ihr das vergessen?«
Malik preßte wütend die Lippen zusammen und atmete scharf ein.
Aber der Zornesausbruch kam nicht. Statt dessen deutete er nur ein
Kopfschütteln an. »Nein«, sagte er. »Aber mir scheint, du hast es ver-
gessen. Nun, ich hoffe, wir haben dein Gedächtnis ein wenig aufge-
frischt, und eine zweite Lektion wird nicht nötig sein.«
»Wie geht es Sarim de Laurec?« fragte Ulrich. »Lebt er?«
»Natürlich lebt er«, antwortete Malik ungehalten »Du hast mein
Wort, Ulrich.«

»Das Wort eines Mörders, ja«, antwortete Ulrich. Erneut blitzte es in Maliks Augen zornerfüllt auf, und Ulrich fragte sich insgeheim, woher er den Mut nahm, in einem solchen Ton mit Malik zu reden. Aber es war zu spät, die Worte zurückzunehmen, und er war froh, sie ausgesprochen zu haben.

»Mörder, so«, sagte Malik nachdenklich. »Dafür hältst du mich also.« Er lächelte auf eine Art, die Ulrich nicht gefiel. »Sagst du das nur, um mich zu reizen, oder ist das deine Überzeugung?« fragte er. Ulrich schwieg. Ihn kümmerten Maliks Spitzfindigkeiten nicht.

»Nur zu«, sagte Malik. »Antworte ehrlich. Ich werde dich nicht bestrafen. Du hältst mich also für einen Mörder?«

»Ja«, antwortete Ulrich.

»Wenn es so ist, befinde ich mich in guter Gesellschaft«, fuhr Malik ruhig fort. »Denn auch du bist nichts anderes.«

»Das ist nicht wahr!« begehrte Ulrich auf. »Ich habe niemanden ermordet!«

»Erzähle das der Witwe des Kriegers, der durch dein Schwert gestorben ist«, sagte Malik hart.

Ulrich starrte ihn an. Erst jetzt begriff er, was Malik überhaupt meinte. »Das ... das war etwas anderes!« stammelte er.

»Warum?« fragte Malik hart. »Weil es ein *Haschischin* war? Weil dir dieser Hund von Tempelherr erzählt hat, daß wir Mörder sind? Woher willst du wissen, daß das wahr ist? Du hast diesen Mann erstochen, mit deinen eigenen Händen, und du nennst *mich* einen Mörder.«

»Aber das ... das war etwas ganz anderes«, stammelte Ulrich, der sich plötzlich in die Ecke gedrängt fühlte.

»Und er ist tot, ja«, unterbrach ihn Malik hart. »Das Warum zählt nicht, Ulrich. Tot ist tot. An deinen Händen klebt jetzt das Blut eines Menschen. Auch die Schuld am Tod der drei Krieger, die Sarim de Laurec erschlug, trifft dich, denn all das wäre nicht geschehen, hättest du nicht versucht, zu entkommen.«

Ulrich sah das vor Schrecken verzerrte Gesicht Anwars, und die gebrochenen Augen des Tempelherrn, dessen Leiche sie gefunden hatten. Ja, er fühlte sich verantwortlich, und es war ein entsetzliches Gefühl.

»Aber vielleicht ist es gut, so wie es gekommen ist«, fuhr Malik unvermittelt fort. »Möglicherweise erspart mir dies endlose Stunden voller Erklärungen, die du doch nicht verstanden hättest. Erinnerst du dich an das Gespräch, das wir geführt haben – über den Krieg?« Ulrich nickte.

»Nun, auch das ist der Krieg«, sagte Malik leise. »Welche Vorstellungen du auch immer gehabt hast, bevor du hierher gekommen bist, vergiß sie. Krieg wird nicht nur in offener Feldschlacht entschieden, er ist überall.« Stille breitete sich nach diesen Worten im Raum aus. Draußen schlug das Wasser gegen die Bordwände.

»Und dabei war alles so überflüssig«, fuhr Malik nach langem und genau berechnetem Schweigen fort. »Hast du denn wirklich alles vergessen, Junge? Gleichgültig, was die anderen über uns sagen: es ist das Ziel meines Herrn, den Krieg zu beenden, nicht irgendwann und irgendwie, sondern jetzt und hier. Und du kannst uns dabei helfen.«

»Ich?« murmelte Ulrich. »Aber wie... wie sollte ich etwas ändern können? Ich bin nur ein einfacher Junge!«

»Es sind fast immer die Einfachen und Unbedeutenden, die die bedeutenden Dinge tun, Ulrich«, antwortete Malik. Er stand auf, ging zu einem Schrank und kam mit einem Bastkorb voller Fladenbrot wieder, den er wortlos vor Ulrich auf den Tisch stellte. Ulrich griff mit beiden Händen zu und begann heißhungrig zu essen.

»Bald wirst du verstehen«, fuhr Malik fort. »In einer Stunde erreichen wir unser Ziel, und dann werde ich dir alles erklären. Du wirst sehen, wie unklug du gehandelt hast.« Ulrich fuhr indessen fort, gierig Brot zu verschlingen. Malik lächelte plötzlich, stellte ihm noch einen Becher mit verdünntem Wein daneben und sah zu, bis Ulrich den Brotkorb geleert hatte. »Mehr?« fragte er.

Ulrich hätte gerne genickt, aber er hatte zwei Tage lang nicht gegessen, und er wußte, daß ihm übel werden würde, wenn er jetzt den Magen überfüllte. So schüttelte er nur still den Kopf.

»Gut«, sagte Malik. »Sobald wir angekommen sind, wirst du genug zu essen bekommen; und Besseres, als ich dir hier bieten kann. Wenn du willst, kannst du jetzt deinen Freund besuchen, den Templer.«

Ulrich sah überrascht auf. Er hatte nicht gewagt, um die Erlaubnis zu bitten, Sarim de Laurec sehen zu dürfen. Er sprang erfreut auf und wartete voll Ungeduld, bis sich Malik ebenfalls erhob und die Tür öffnete. Ein riesiger Kerl im schwarzen Umhang der *Haschischin* schloß sich ihnen an, als sie zum Deck hinaufgingen. Erst als sie ins helle Sonnenlicht heraustraten, erkannte Ulrich, daß es Yussuf war. Er sah rasch weg, als ihn der Blick des Riesen traf. Trotz allem tat ihm plötzlich leid, was er Yussuf angetan hatte.

Sie überquerten das Deck und stiegen über eine schmale Holzleiter wieder in den Bauch des Schiffes herab. Durch einen Gang, der so niedrig war, daß sich selbst Ulrich bücken mußte, um nicht mit dem Kopf an die Decke zu stoßen, erreichten sie einen fensterlosen Raum, der tief im Bug des Schiffes liegen mußte, denn seine Wände liefen spitz zusammen, und unter dem hölzernen Gitter, das den Boden bedeckte, schwappte Wasser.

Sarim de Laurec lag in Ketten auf einer hölzernen Pritsche. Seine Wunden waren mit alten Lappen verbunden, und ein unangenehmer Geruch von Fieber und Krankheit schlug Ulrich entgegen, als er sich über ihn beugte. Der Templer war bei Bewußtsein, aber seine Augen waren verschleiert; zuerst erkannte er Ulrich nicht einmal. Seine Lippen waren aufgeplatzt und eiterten.

Ulrichs Herz zog sich bei diesem Anblick zusammen. Heftig drehte er sich zu Malik herum. »Was habt Ihr ihm angetan?« fragte er zornig. »Ihr habt versprochen...«

»Ihn am Leben zu lassen, mehr nicht«, unterbrach ihn Malik kalt. »Was erwartest du? Dieser Mann ist unser Feind.«

Ulrich sagte nichts mehr. Mehr als die Worte Maliks ließ ihn der Ton erschauern, in dem sie vorgebracht wurden. In Maliks Augen war nicht die Spur irgendeines Gefühls. Nicht einmal Haß.

Behutsam beugte sich Ulrich nochmals über den Tempelritter und streckte die Hand aus, um ihn an der heißen Stirn zu berühren.

Die Berührung durchbrach den Schleier, der sich über Sarims Sinne gelegt hatte. Mühsam hob er den Kopf und blickte Ulrich an. Diesmal erkannte er ihn: »Du... lebst«, flüsterte er. »Das ist gut. Aber du hättest nicht... nicht mit ihm gehen dürfen, Ulrich.«

»Dann hätten sie dich getötet«, antwortete Ulrich traurig. Sarims Lippen verzogen sich zu einer Grimasse, die Ulrich erst nach einigen Augenblicken als ein Lächeln erkannte. »Das... das tun sie... sowieso«, flüsterte er. »Sie werden auch... auch dich umbringen, glaub mir. Wenn du getan hast, was man von dir will, dann werden sie uns... uns beide töten. Sie...«

»Genug!« sagte Malik zornig. Er packte Ulrich grob bei der Schulter, stieß ihn zurück und gab Yussuf einen Wink, die Tür freizugeben. Ulrich wich widerwillig zurück, aber Yussuf schob ihn einfach aus dem Raum und machte eine befehlende Bewegung, zu schweigen. Erst als auch Malik Pascha ihnen nachkam, ließ der Riese Ulrichs Arm wieder los.

»Was soll das, Malik?« fragte Ulrich zornig. »Habt Ihr Angst, Sarim de Laurec könnte mir die Wahrheit sagen, so daß ich nicht mehr auf Eure Lügen hereinfalle?«

»Die Wahrheit?« Malik lachte abfällig. »Die Fieberphantasien eines todkranken Mannes, Ulrich, mehr nicht.«

»Sagt er die Wahrheit?« beharrte Ulrich.

Zu seiner eigenen Überraschung überging Malik seine Frage nicht, sondern schwieg einen Augenblick und nickte dann. »Er sagt das, was er für die Wahrheit hält«, antwortete er schließlich. »Sicher. Er glaubt, daß wir ihn töten werden, und dich auch. Wie soll er es auch anders wissen?« Er schüttelte den Kopf. »Sarim de Laurec ist unser Feind, Ulrich, aber das bedeutet nicht, daß ich ihn verachte – im Gegenteil. Er ist ein tapferer Mann, der niemals lügen würde, ebensowenig wie ich. Er irrt sich. Wenn wir Erfolg haben, wird es nicht mehr nötig sein, ihn zu töten.«

»Dann sagt mir endlich, was Ihr vorhabt!« verlangte Ulrich. »Vielleicht glaube ich Euch dann.«

Malik schaute ihn verdutzt an, lachte leise und schüttelte den Kopf. »Du lernst schnell«, sagte er anerkennend. »Das ist gut. Und du sollst alles erfahren.«

»Jetzt?«

Malik lächelte noch immer. »Bald«, sagte er. »Noch heute. Sobald wir an Land gegangen sind.«

»Und wann wird das sein?« beharrte Ulrich.

Malik seufzte. »Komm mit an Deck«, sagte er, »dann wirst du es selbst sehen, du Sohn der Ungeduld.«

Dicht hinter Malik und gefolgt von Yussuf stieg Ulrich die Leiter zum Deck wieder hinauf. Neugierig blickte sich Ulrich um. Er sah, daß sich das Schiff mehr und mehr von der Flußmitte entfernte und sich langsam dem westlichen Nilufer zu nähern begann.

»Siehst du die Felsen dort vorne?« fragte Malik.

Ulrich blickte in die Richtung, in die Maliks ausgestreckter Arm wies, und Malik fuhr fort: »Dort liegt unser Ziel. Die letzte Stunde werden wir reiten müssen.«

Ulrich nickte nur wortlos und trat ein wenig näher an die Reling heran. Wie von selbst wanderte sein Blick an der Bordwand entlang und über das braungrüne Wasser des Nils. »Nur zu«, sagte Malik gelassen. »Wenn dir nach einer Abkühlung zumute ist, spring ruhig. Darin hast du ja Übung.«

Ulrich drehte sich um und sah zu Malik auf. »Ihr selbst habt mir doch damals befohlen, über Bord zu springen – nicht wahr?« sagte er.

Malik seufzte, dann schwiegen beide gedankenversunken, bis sie das Ufer erreichten und von Bord gingen.

Sie wurden bereits von Maliks Männern erwartet, die Reittiere für sie bereithielten. Ulrich merkte mit Erleichterung, daß es sich nicht um hochbeinige, schwankende *Hedschin* handelte, die vielleicht schneller und ausdauernder als Pferde, aber nicht annähernd so bequem zu reiten waren, sondern um ein Dutzend schwarzer Hengste, die bereits fertig gesattelt und aufgezäumt waren.

Wie Malik gesagt hatte, erreichten sie nach einer Stunde ihr Ziel, und vor ihnen lag . . .

Ja – was eigentlich? dachte Ulrich schaudernd.

Sie waren dem Ufer Richtung Süden gefolgt, und als sie sich den Felsen näherten, auf die Malik vom Schiff aus gezeigt hatte, glaubte Ulrich eine Festung zu sehen. Aber das stimmte nicht. Was er sah, war ein gewaltiges Bauwerk, aus Fels gemeißelt. Es schien, als sei es mit dem Felsen verschmolzen und ebenso zeitlos.

Riesig und ehrfurchtgebietend ragte es vor ihnen auf.

Je näher sie kamen, desto langsamer ritten sie, so als wollte Malik die Wirkung noch steigern. Staunend betrachtete Ulrich die steinernen Kolosse, die aus der Felswand gehauen waren und den Eingang bewachten. Majestätisch und angsteinflößend saßen sie da, und die Menschen wurden winzig wie Ameisen vor ihnen. Selbst die Figuren dazwischen, die sich neben diesen Giganten so klein ausmachten, waren größer als jeder Mann.

So weit Ulrich blicken konnte, war die Felswand mit kunstvollen Schriftzeichen und geheimnisvollen Bildern übersät, die Menschen und Tiere, Kreise und Linien, große, wachsam geöffnete Augen und immer wieder Schlangen- und Vogelsymbole zeigten. Zu Füßen der sitzenden Steinriesen sah Ulrich mannsgroße, kunstfertig aus dem Felsen herausgearbeitete Vogelfiguren, die Falken oder Habichte darstellen mochten. All diese rätselhaften Figuren und Bilder waren ausnahmslos von großer, sonderbar strenger Klarheit. Die Menschen, die dieses Bauwerk errichtet hatten, mußten über einen großen Schönheitssinn verfügt haben.

»Hast du jemals etwas gesehen, das großartiger gewesen wäre, Christenjunge?« fragte Malik mit gedämpfter Stimme.

Aber Ulrich achtete kaum auf seine Worte. Die geheimnisvolle Magie dieses Ortes hatte ihn bis in sein Innerstes erfaßt, und was er dabei empfand, konnte er unmöglich in Worte fassen.

»Was... was ist das?« flüsterte er stockend, als spürte er, daß selbst der Klang einer menschlichen Stimme an diesem Ort fehl am Platze war.

»Ein Heiligtum«, antwortete Malik Pascha, ohne den Blick von den sitzenden Giganten in der Felswand zu nehmen. Auch er sprach leise und ehrfürchtig. »Einst war es ein Tempel, den der Herrscher dieses Landes errichten ließ, zu seinen eigenen und den Ehren seiner Götter.« Er wandte nun doch den Blick und sah Ulrich an. In seinen Augen stand ein sonderbarer Glanz. »Es ist sehr alt«, fuhr er fort. »Es war schon alt, als euer Christengott geboren wurde.«

Der Tag neigte sich seinem Ende zu, und die schräg einfallenden Strahlen der Sonne ließen die in den Fels geschlagenen Schriftzeichen in tiefem Schwarz hervortreten. Schatten huschten über die steinernen Gesichter und schienen sie zum Leben zu erwecken. Es war, als würden sie sich gleich von ihren riesigen Sitzen erheben und aufstehen.

»Sind das die Götter, die angebetet wurden?« fragte er.

Malik schüttelte den Kopf. »Nein«, sagte er mit einem verzeihenden Lächeln. »Sie stellen den König dar, der diesen Tempel errichten ließ.«

»Es muß... ein sehr mächtiger König gewesen sein«, murmelte Ulrich ungläubig.

»Das war er«, bestätigte Malik, »wie auch seine Vorfahren. Ihre Herrschaft währte länger, als es euer Christentum überhaupt gibt,

sehr viel länger. Und doch ging sie verloren.« Er sah Ulrich bedeu-
tungsvoll an, schwang sich aus dem Sattel und streckte ihm die Arme
entgegen, um ihm ebenfalls vom Pferd zu helfen. Dann legte er ihm
beide Hände auf die Schultern und drehte ihn so herum, daß er wieder auf den mächtigen Tempel blicken konnte. Es gab nur einen einzigen Eingang, der zwischen den kolossalen Königsfiguren beinahe
verschwand.
»Sieh es dir an«, fuhr Malik fort, noch immer in diesem leisen, ehr-
furchtsvollen Ton. »Sieh es dir ganz genau an, Ulrich. Ich erzähle dir
dies alles nicht, um dich zu beeindrucken, sondern um dir zu zeigen,
wie wenig die weltliche Macht im Grunde zählt.«
Ulrich sah verwirrt auf. Was er beim Anblick des Felsentempels empfand, war genau das Gegenteil. Er fühlte sich überwältigt, winzig und
unwichtig.
»Du verstehst mich nicht«, stellte Malik fest. »Das macht nichts. Ich
werde es dir erklären. Was du hier siehst, sind nur die letzten steinernen Zeugen einer versunkenen Kultur. Ihre Könige wurden geehrt
wie Götter, und sie geboten über ein riesiges Reich, das keinen Feind
zu fürchten brauchte. Und doch sind sie verschwunden. Ihr Reich
zerfiel, und die Zeit deckte ihre Spuren zu.«
»Warum . . . sagt Ihr mir das alles?« murmelte Ulrich.
Malik lächelte sanft. »Damit du verstehst, warum wir deine Hilfe
brauchen«, antwortete er. »Damit du begreifst, daß es falsch ist, was
ihr tut. Ihr seid mit dem Schwert hierher gekommen und glaubt, dieses Land erobern zu müssen. Vielleicht könntet ihr uns sogar besiegen, denn euer Glaube gibt euch Kraft. Aber sieh dir dies hier an, Ulrich. Auch dieses Volk glaubte, nur seinen Göttern zu dienen, mit
allem, was es tat. Aber seine Macht ist vergangen, wie alle irdische
Macht. Wozu dieser sinnlose Krieg? Wozu all diese Opfer, die Toten,
die Verwaisten, die Vertriebenen? Wozu, Ulrich, wenn die Zeit doch
alles auslöschen wird?« Er stand auf, legte Ulrich wieder die Hand
auf die Schulter und schob ihn mit sanfter Gewalt vor sich her.
»Denk darüber nach, Ulrich«, sagte er. »Vielleicht wird es dir helfen,
zu einem Entschluß zu gelangen, wenn du vor meinem Herrn stehst.«

14

Sie betraten den Felsentempel durch das Tor, das sich zwischen den sitzenden Steinriesen befand und im Vergleich zu ihnen so winzig gewirkt hatte. Als sie hindurchschritten, merkte Ulrich jedoch, wie groß es in Wirklichkeit war. Daran schloß sich ein langer Gang, dessen Wände ebenfalls mit Symbolen und Zeichen übersät waren. Obwohl – oder gerade weil – die Sonne schon niedrig stand, drangen ihre Strahlen bis tief in das Innere des Ganges. An seinem Ende konnte Ulrich überraschenderweise weder eine Abzweigung noch eine Treppe entdecken, sondern nur eine massive, vollkommen ebene Felsplatte, in der nicht der winzigste Riß oder Spalt das Vorhandensein einer verborgenen Tür verriet. Davor blieben sie stehen, und Malik rief ein einziges, nicht einmal lautes Wort. Plötzlich begann sich der schwere Block, wie von Geisterhand bewegt, zu heben und in der niederen Decke zu verschwinden. Dahinter setzte sich der Gang fort, ein wenig höher und von düster-rotem Fackellicht erfüllt, in dem sich die schwarzverhüllten Gestalten der *Haschischin* wie unheimliche Schatten bewegten.
Ulrich sah sich mit klopfendem Herzen um. Der Gang führte geradewegs in den Berg hinein und endete jäh vor einer gewaltigen Treppe, die steil in die Tiefe hinabführte. Die Luft roch feucht, und Ulrich fiel mit jähem Schrecken ein, daß der Tempel am Ufer des Nil lag und sie sich wohl längst unter dem Strom befinden mußten. Malik hatte ihm gesagt, daß dieser Tempel seit Tausenden von Jahren existierte, und er glaubte ihm. Doch wurde er den unheimlichen Gedanken nicht los, das gewaltige Bauwerk könnte gerade jetzt unter dem Druck der Zeit und der Wassermassen nachgeben.
Mit aller Macht versuchte Ulrich diese Vorstellung zu verscheuchen und sich statt dessen den Weg einzuprägen, den sie nun gingen. Doch die unterirdische Anlage des Felsentempels erwies sich als ein wahres Labyrinth einander kreuzender Gänge und Flure, Treppen und jäh aufklaffender Schächte, in dem er sich ohne Begleitung nur hoffnungslos verirrt hätte. Selbst Malik und seine Begleiter bewegten sich sehr vorsichtig, und Ulrich bemerkte, daß sie immer wieder zögerten und sich aufmerksam umsahen, wenn sie an eine Abzweigung oder Kreuzung kamen.

Schließlich begannen die Gänge höher und breiter zu werden und waren auch besser beleuchtet; überall an den Wänden knisterten Fakkeln, und Becken voll glühender Kohlen sorgten für Helligkeit und Wärme. Malik ließ Ulrich in der Obhut zweier schweigender *Haschischin* zurück, die ihn in eine winzige Kammer führten.

Neben einer Waschschüssel mit duftendem Wasser lagen prächtige Kleider bereit, wie Ulrich sie schon einmal auf dem Schiff bekommen hatte. Er zögerte kurz, all diese Kostbarkeiten zu benutzen, doch schließlich wusch er sich und zog sich um. Als er damit fertig war, wurde Obst, gebratenes Fleisch und süßes weißes Brot gebracht, dazu wohlschmeckender, leichter Wein.

Eine Stunde verging, dann eine weitere, und Ulrich begann allmählich müde zu werden. Da es in seiner Kammer kein Bett gab, hockte er sich auf den Boden und lehnte den Kopf gegen die Wand. Es dauerte nicht lange, und er schlief tief und fest.

In wirren Träumen erschienen ihm ein gesichtsloser alter Mann und ein Tempelritter in einem blutbesudelten Gewand. Eine düstere, hohl klingende Stimme prophezeite ihm ein schreckliches Schicksal, als ihn jemand grob bei der Schulter packte. Ulrich erwachte erschrokken und wußte zuerst gar nicht, wo er war. Malik zog ihn unsanft in die Höhe und schüttelte ihn so lange, bis er zu sich gekommen war. »Komm«, sagte er knapp. »Aber wasch dir vorher noch einmal das Gesicht. Und ordne deine Kleider.«

In seiner Stimme war ein strenger Ton, der Ulrich gehorchen ließ, ohne auch nur nach dem Warum von Maliks plötzlicher Sorgfalt zu fragen.

Das eiskalte Wasser vertrieb auch den letzten Rest von Müdigkeit. Ulrich wusch sich gründlich, trocknete sich mit einem duftenden Tuch ab, das Malik ihm reichte, und strich sich glättend über die Kleider. Aber Malik schien dies allein nicht genug, denn er hielt ihn noch einmal zurück und zupfte an ihm herum, ehe er mit einem halbwegs zufriedenen Nicken zur Tür deutete.

Als Ulrich seine Kammer verließ, sagte ihm eine bange Ahnung, daß Hasan as-Sabbah auf ihn wartete. Voll Angst erinnerte er sich, daß es bereits das zweite Mal war, daß er dem geheimnisvollen *Alten vom Berge* gegenüberstehen sollte, als er – mehr von Malik Pascha geschoben als aus eigener Kraft – durch eine Tür trat und sich unversehens in einer gewaltigen, taghell erleuchteten Halle wiederfand.

Ihre Wände waren, wie alle Wände hier, mit Bildern und Schriftzeichen übersät. Der Boden bestand aus kostbarem Mosaik, längs der Wände standen lebensgroße tönerne Statuen, die Tiere darstellten, Krieger in unbekannten Rüstungen, sogar einen zweispännigen Wagen, dessen Pferde so lebendig erschienen, daß Ulrich bei ihrem Anblick zusammenfuhr. Alles blitzte vor Gold, Silber und kostbaren Steinen. In der Mitte des Raumes jedoch saß hoch aufgerichtet Hasan as-Sabbah, zu deinen Füßen lagen wieder die beiden unheimlichen Hunde, und ihm zur Seite standen zwei Fremde, die Ulrich und Malik entgegensahen.

As-Sabbahs Gesicht war wie beim ersten Mal verhüllt, so daß nur seine Augen über dem schwarzen Tuch zu sehen waren. Und wieder spürte Ulrich die furchterregende Ausstrahlung des Alten, die sich wie ein kalter Hauch auf Körper und Geist legte. Die Angst schnürte ihm die Kehle zu, so daß er nur mit Mühe atmen konnte. Sein Herz hämmerte.

Malik schob ihn mit sanfter Gewalt auf die wartenden Männer zu, und Ulrich spürte, daß auch Maliks Hände kalt und feucht waren. Sein Griff war etwas fester als nötig.

As-Sabbah schaute Ulrich lange an, ruhig und wortlos, ja selbst ohne die Lider zu bewegen. Obwohl Ulrich all seine Willenskraft aufbot, um den Kopf zu senken, gelang es ihm nicht. Hasan as-Sabbahs Augen bannten ihn, vor diesem Blick gab es kein Entkommen. Ulrichs Hände und Knie begannen zu zittern. Schließlich war es der Mann rechts neben dem Alten, der das Schweigen brach.

»Das ist er also«, sagte er so, daß Ulrich ihn verstand. »Ich sehe, Ihr habt nicht übertrieben, Scheik.« Er trat auf Ulrich zu und griff ihn grob an der Schulter. Obwohl die Berührung weh tat, brach sie doch den Bann, den as-Sabbahs Blick über ihn geworfen hatte; endlich war es Ulrich möglich, den Kopf zu wenden und den Mann anzusehen, der ihn so heftig gepackt hatte.

Ulrich konnte sein Gesicht ebensowenig erkennen wie das des Alten, denn er trug einen mächtigen Helm, der an einen eisernen Topf erinnerte und in dem nur ein schmaler Sehschlitz war.

Der Mann trug einen Mantel, der seine Gestalt fast bis auf die Knöchel verhüllte, aber es war nicht der schwarze Mantel der *Haschischin,* sondern ein weißes Prachtgewand, über der rechten Schulter wie zu einer Schärpe hochgesteckt. Darunter blitzten ein silbernes Kettenhemd und eng anliegende Hosen aus feingewobenen Metallringen. In seinem Gürtel steckte ein gewaltiges Schwert mit vergoldetem Griff, und auf dem Brustteil seines Wamses – ebenso wie auf der linken Seite seines Mantels, direkt über dem Herzen – prangte ein flammendrotes Kreuz mit gespaltenen Enden.

Vor ihm stand ein Tempelritter!

Das ist unmöglich! dachte Ulrich. Vollkommen unmöglich! Die Templer waren Todfeinde der *Haschischin*. Er erinnerte sich noch genau des Hasses, den er in Sarim de Laurecs Stimme gehört hatte, als er von ihnen sprach und sagte, daß er lieber gestorben wäre, als sich in ihre Gewalt zu begeben.

Und doch stand der Tempelritter vor ihm, hoch aufgerichtet und majestätisch anzusehen in seinem strahlendweißen Mantel, und blickte ihn prüfend durch den schmalen Sehschlitz seines Helmes an. Sein Blick war beinahe ebenso unangenehm wie der des Greises, obwohl Ulrich seine Augen hinter dem Helm kaum erkennen konnte.

Die Musterung schien endlos zu dauern. Der Templer blickte ihm lange und prüfend ins Gesicht, hob schließlich sein Kinn an und zwang ihn, den Kopf nach rechts und links zu drehen, um ihn auch von der Seite zu betrachten. Schließlich forderte er ihn auf, ein paar Schritte zu gehen. Ulrich gehorchte, und wieder spürte er, wie ihn die unsichtbaren Augen unter dem Helm gebannt anstarrten. Endlich nickte der Mann zufrieden und drehte sich wieder zu as-Sabbah um.

»Ihr habt nicht übertrieben, Scheik«, sagte er noch einmal. »Die Ähnlichkeit ist in der Tat verblüffend. Nicht vollkommen, aber sie wird ausreichen. Schließlich hat Guido ihn seit Jahren nicht mehr gesehen. Aber ich frage mich, ob es ausreichen wird, trotz allem.« Er wandte sich an Malik. »Ich höre, er ist nichts als ein Betteljunge, der weder lesen noch schreiben kann. Es wird nicht lange dauern, bis Guido ihn entlarvt hat.«

Guido? dachte Ulrich verwirrt. Sprach der Templer etwa von König Guido? *Guido von Lusignan,* dem König von Jerusalem?

»Wir wissen all das«, antwortete Malik ruhig. »Und wir haben es in unseren Plan einbezogen, keine Sorge.« Er lächelte dünn. »Guido wird den Betrug nicht erkennen, mein Wort darauf. Nicht, bevor wir unser Ziel erreicht haben.«

Der Mann im Templermantel machte eine abfällige Bewegung. »Verzeiht, Malik Pascha«, sagte er, »wenn ich Eure Worte bezweifle. Guido ist vielleicht ein Schwächling, aber er ist nicht blind. Wenn ihr diesen Knaben als Druckmittel gegen ihn einsetzen wollt, so mag dies noch angehen. Und verzeiht auch Ihr mir, Scheik«, fügte er mit einer nur angedeuteten Verbeugung in as-Sabbahs Richtung hinzu, »wenn ich Bedenken habe, Eurem Plan zuzustimmen. Aber für mich und meine Brüder steht viel auf dem Spiel. Mehr als nur unser Leben. Wenn unser Plan mißlingt, kann dies das Ende unseres Ordens bedeuten.«

»Er wird nicht mißlingen«, fuhr ihm Malik ins Wort. Sein Ärger war jetzt nicht mehr zu überhören. »Scheut Ihr das Risiko, Templer? Bedenkt, was Ihr gewinnen werdet.«

Ulrich sah, wie der Mann im weißen Mantel fast unmerklich zusammenfuhr, denn Malik hatte das Wort *Templer* so verächtlich ausgesprochen, daß es einer Beschimpfung gleichkam. Aber die scharfe Antwort, auf die Ulrich wartete, blieb aus. »Ich kenne den Preis«, sagte der Fremde statt dessen. »Und er allein ist der Grund, aus dem ich mich auf dieses Intrigenspiel einlasse, Malik. Aber Ihr gestattet, wenn ich zu bedenken gebe, daß Guido von Lusignan wohl seinen eigenen Sohn erkennen wird, wenn er ihm gegenübersteht. Selbst nach fünf Jahren.«

»Die Verträge werden dann unterschrieben und der Friede besiegelt sein«, antwortete Malik kühl.

Der Templer lachte, aber unter dem schweren Helm klang es eher wie ein Schrei. »Verträge?« wiederholte er. »Und Ihr glaubt, er wird sich an Verträge halten, die durch Betrug zustande gekommen sind?«

»Vielleicht nicht«, antwortete Malik unwillig. »Doch dann wird es für ihn zu spät sein.« Er lachte leise, trat hinter Ulrich und legte ihm beide Hände auf die Schultern. »Dies hier ist der neue König von Jerusalem. Botho von Lusignan, Guidos Sohn und Nachfolger.«

Ulrich erstarrte. Um ihn herum herrschte Schweigen.

»Mord...?« flüsterte der Tempelritter schließlich. »Ihr... Ihr wollt den König...«

»Spielt nicht den Überraschten, Templer«, unterbrach ihn Malik. »Wir tun nichts anderes als das, was auch Ihr schon lange im stillen wünscht.«

»Das ist gelogen!« empörte sich der Templer. Seine Hand klatschte erzürnt auf das Schwert, aber Malik zeigte sich weder von seinem scharfen Ton noch von der Geste im mindesten beeindruckt.

»Ihr habt ihn am Leben gelassen, weil alle Nachfolger noch schädlicher für eure Pläne gewesen wären, und das ist der einzige Grund«, sagte er ruhig. »Wen hättet Ihr wohl als Nachfolger krönen sollen? Etwa Rainald von Châtillon, diesen gefährlichen Hitzkopf?« Er schüttelte heftig den Kopf. »Ihr solltet nicht versuchen, uns etwas vorzumachen, Templer«, fuhr er fort. »Ihr behauptet von Euch, nur für die Kirche und Euren Gott zu kämpfen, aber Ihr seid nicht ganz der Heilige, als den Ihr Euch gerne feiern läßt. Warum seid Ihr wohl sonst hierher gekommen, Herr, wo Ihr Euch sonst keine Gelegenheit entgehen läßt, uns Mörder und Teufel zu nennen?«

Die Haltung des Templers versteifte sich, und Ulrich merkte, daß er sich nur noch mit äußerster Macht beherrschte. Mit einer zornigen Bewegung wandte er sich an as-Sabbah.

»Ich bin Eurer Einladung nicht gefolgt, um mich beleidigen zu lassen, Scheik«, sagte er. »Ich...«

»Bemüht Euch nicht, Templer«, unterbrach ihn Malik. »Wenn Ihr Antworten wollt, so müßt Ihr schon mit mir vorliebnehmen. Und jetzt sollten wir aufhören, und gegenseitig zu beleidigen. Wollt Ihr nun reden oder nicht?«

Der Templer drehte sich langsam wieder herum. Seine Hand lag noch immer auf dem Schwert, aber Ulrich spürte, daß der gefährliche Augenblick vorüber war. Sabbah hatte nicht mit der Wimper gezuckt, aber sein Schweigen bewies deutlicher als alles, daß Malik in seinem Sinne sprach. Der Templer nickte unwillig.

»Gut«, fuhr Malik fort. »Dieser Knabe also wird die Stelle Bothos einnehmen, aber Ihr habt recht – dies allein reicht nicht aus, Guido zu überzeugen. Wir brauchen Eure Hilfe, wenn unser Plan aufgehen soll. Ihr habt einen Mann Eures Vertrauens in Bothos Eskorte eingeschleust, wie wir es verlangt haben?«

Der Templer nickte. »Einen meiner engsten Vertrauten«, sagte er. »Es ist der Ritter Guilleaume de Saint Denis. Ihr erkennt ihn daran, daß er als einziger nicht das Wappen unseres Ordens auf dem Schild trägt, sondern die gebrochene Rose seiner Familie.«

»Alle anderen werden wir töten müssen«, sagte Malik.

»Der Krieg verlangt Opfer«, erwiderte der Templer kalt. »Tut, was getan werden muß, Malik. Ich habe die Eskorte persönlich ausgesucht. Es sind Männer, um die es nicht schade ist.«

»Und die Euch vermutlich schon lange im Wege stehen«, fügte Malik mit einem bösen Lächeln hinzu.

»Aber sie sind keine Schwächlinge«, fuhr der Templer ungerührt fort. »Seid gewarnt, Malik Pascha – sie werden kämpfen wie die Löwen, denn sie beschützen den Sohn ihres Königs. Aber das ist Euer Problem.« Er machte eine abwinkende Handbewegung, um zu zeigen, daß er das Thema damit für abgeschlossen hielt, und wies dann auf Ulrich. »Was ist mit diesem Burschen? Vertraut Ihr ihm?«

»Glaubt Ihr, wir würden ihn auf den Thron von Jerusalem setzen, wenn wir ihm nicht vertrauten?« fragte Malik beleidigt.

»Vielleicht ist es gerade das, was ich befürchte«, antwortete der Ritter. »Daß er Euer Vertrauen zu sehr genießt.«

Maliks Augen wurden schmal. »Was soll das heißen?« fragte er scharf.

»Das soll heißen, daß Ihr genau die Frage ausgesprochen habt, die mir nicht aus dem Sinn geht, seit ich Eure Einladung angenommen habe, Malik Pascha. Ich frage mich, was Ihr und Eure *Haschischin* für einen Nutzen davon habt, einen König in Jerusalem zu wissen, der mir Gehorsam schuldet. Und ich frage mich, ob er am Ende vielleicht mehr unter Eurem Einfluß steht als unter meinem.«

Malik erbleichte. Die Worte des Templers – zumal so offen in Hasan as-Sabbahs Anwesenheit ausgesprochen – waren mehr als nur eine Beleidigung. Seine Hand glitt zum Gürtel, wo er üblicherweise das Schwert trug. Dann entspannte er sich wieder, und plötzlich lächelte er sogar. »Ihr habt recht, Templer«, sagte er. »Ich an Eurer Stelle hätte wohl die gleiche Frage gestellt. Aber Eure Sorge ist unberechtigt. Mit diesem Knaben als offiziellem König und Euch als dem wahren Herrscher über Jerusalem ist uns genug gedient. Wir streben nicht nach Macht.«

»Oh«, höhnte der Templer. »Das ist mir neu.«

»Nicht nach dieser Art von Macht«, fügte Malik zornig hinzu. »Glaubt Ihr wirklich, mein Herr könnte nicht längst König in diesem Teil der Welt sein, wenn er es wollte?« Er schnaubte. »Wir wollen nichts als den Frieden. Dieser unselige Krieg muß endlich aufhören, denn er stört unsere Pläne.«

»Und macht Saladin stärker, als Euch lieb ist, nicht?« fügte der Templer spöttisch hinzu.

»Auch das«, gestand Malik nach kurzem Zögern. »Aber unsere Beweggründe gehen Euch nichts an. Wir versprechen Euch, diesen Knaben an Guidos Stelle auf den Thron zu setzen. Er wird für Frieden sorgen – und so ganz nebenher auch noch dafür, daß der Orden der Tempelherren zum mächtigsten christlichen Orden im Orient wird.«

»Ein Betteljunge«, sagte der Templer kopfschüttelnd, »auf dem Thron von Jerusalem.« Er seufzte. »Ich weiß nicht, ob mir dieser Gedanke gefällt.« Er trat wieder auf Ulrich zu und blickte auf ihn herab. »Kannst du wenigstens so reden, daß man deine Herkunft nicht beim ersten Wort hört?« fragte er böse.

»Das kann ich, Herr«, antwortete Ulrich zögernd. »Wenigstens... kann ich es lernen.«

»Er ist kein Betteljunge«, sagte Malik rasch. »Ulrich ist der Sohn eines Adeligen. Sein Geschlecht ist verarmt und wohl auch ausgestorben, bis auf ihn.«

»Das sagt er«, versetzte der Templer.

»Es ist die Wahrheit«, erwiderte Malik. »Habt Ihr vergessen, daß man mich nicht belügen kann?« Seine Lippen verzogen sich zu einem dünnen Lächeln. »Glaubt mir, er ist genau der Richtige. Niemand wird ihn in seiner Heimat vermissen. Und seine Ähnlichkeit mit Botho ist groß genug, selbst die zu täuschen, die ihn als Kind gekannt haben.«

»Und dieser Sklavenhändler, von dem Ihr ihn gekauft habt?« fragte der Templer.

»Lebt nicht mehr«, erwiderte Malik kalt. »Er starb, bevor wir Alexandria verließen. Seine Gier war zu groß, als daß wir ihn am Leben lassen konnten.«

»Und du?« Der Templer wandte sich abermals an Ulrich. »Was ist mit dir, Bursche?«

»Was... soll mit mir sein, Herr?« fragte Ulrich erschrocken. Er war der Unterhaltung der beiden feindlichen Verbündeten mit wachsendem Entsetzen gefolgt. Nur mit großer Mühe konnte er glauben, was er hörte und sah.

»Bist du bereit zu tun, was man von dir verlangt, Bursche?« fragte der Templer.

»Ich... weiß es nicht, Herr«, antwortete Ulrich stockend.
»Wie ist dein Name?« fragte der Templer.
»Ulrich«, antwortete er. »Ulrich von Wolfen...«
Der Templer schlug ihn; rasch, beinahe beiläufig und trotzdem so
hart, daß er rücklings in Maliks Arme taumelte und gestürzt wäre,
hätte Malik ihn nicht aufgefangen.
»Falsch«, sagte der Ritter. »Dein Name ist Botho von Lusignan,
merk dir das. Du bist der Sohn König Guidos.«
»Aber ich...«
Wieder holte der Templer aus, um ihn zu schlagen, aber diesmal fiel
ihm Malik in den Arm. »Was soll das, Herr«, fragte er scharf.
»Das kann ich Euch sagen«, fauchte der Templer. »Dieser Knabe ist
unfähig. Seht ihn Euch an! Ein paar Schläge, ein scharfes Wort, und
er wird zusammenbrechen. Was glaubt Ihr wohl, wen er täuschen
könnte? Nicht einmal den dümmsten Bettler in Jerusalem.«
»Er wird es lernen«, sagte Malik. »Laßt das nur unsere Sorge sein. Es
ist noch Zeit.«
»Zeit?« Der Templer lachte böse. »Drei Wochen, Malik, das ist nicht
genug Zeit. Und Ihr gestattet, daß ich mir Sorgen mache, wenn mein
Leben und das meiner Brüder in die Waagschale geworfen wird.«
»Er wird alles lernen, was nötig ist«, beharrte Malik. »Vertraut uns.
Auch für uns steht viel auf dem Spiel.«
»Aber der Tempelherr hat recht, Herr«, sagte Ulrich schüchtern.
»Ich... ich kann es nicht. Ich kann keinen König spielen. Und
ich... ich will es auch nicht«, fügte er schließlich hinzu.
Hasan as-Sabbah fuhr mit einer schlangengleichen Bewegung herum
und starrte ihn an; auch der Templer versteifte sich. Ulrichs Herz be-
gann zu rasen. Er begriff, daß er sich mit diesen Worten möglicher-
weise um den Kopf geredet hatte. Trotzdem war er erleichtert, sie aus-
gesprochen zu haben.
»Du *willst nicht, Kerl?*« fauchte der Templer. »Was soll das heißen?
Ich denke, Ihr seid Euch seiner sicher?«
Die letzten Worte galten Malik, der als einziger nicht bei Ulrichs
Worten zusammengefahren war. Auch jetzt blieb er ruhig und be-
dachte den Templer nur mit einem fast mitleidigen Blick, ehe er sich
an Ulrich wandte.
»Du willst also nicht«, sagte er.

Ulrich nickte. Die Bewegung kostete seine gesamte Kraft. Obwohl er nicht hinsah, glaubte er Sabbahs Blick wie glühende Dolche im Rükken zu spüren.

»Warum nicht?« fragte Malik ruhig.

Ulrich zögerte. Es fiel ihm schwer zu sprechen. »Weil ... weil ich es nicht könnte«, sagte er schließlich. »Der Tempelherr hat recht. Ich bin ein Betteljunge, egal, ob ich nun adeliger Abstammung bin oder nicht. Ich habe nie gelernt, mich bei Hofe zu bewegen. Ich würde versagen und getötet werden und alle anderen mit ins Verderben reißen, das weiß ich.«

»Du hast also Angst«, sagte Malik. »Das macht nichts. Du wärst ein Narr, hättest du keine Angst. Und wenn ich dir verspreche, daß du alles lernen wirst, was nötig ist?«

Ulrich schüttelte abermals den Kopf. »Ich kann nicht, Herr«, sagte er leise, aber mit großer Entschlossenheit. »Ihr ... Ihr sprecht von Dingen, von denen ich nichts wissen will.«

»Verstehst du sie denn?« fragte Malik. Ulrich überging seine Worte.

»Ihr verlangt von mir, den König von Jerusalem zu verraten«, fuhr er fort, »den Mann, der das Heilige Land für die Christenheit erobern will. Ich kann das nicht. Ich bin vielleicht nur ein dummer Junge für Euch, aber mit Euren Intrigen kann und will ich nichts zu tun haben.«

Seltsamerweise schienen seine Worte Malik eher zu erfreuen als zu erzürnen, denn er lächelte plötzlich wieder und wandte sich an den Templer: »Seht Ihr nun, daß er der Richtige ist?« fragte er triumphierend. Der Templer schwieg. »Deine Worte ehren dich, Ulrich«, fuhr er fort. »Sie sind genau das, was zu hören ich gehofft habe. Aber niemand verlangt von dir, deine christlichen Brüder zu verraten. Ganz im Gegenteil, Ulrich – wenn du tust, was wir von dir wollen, wirst du ihnen einen großen Dienst erweisen.«

»Einen ... Dienst?«

Malik nickte ernsthaft. »Einen gewaltigen Dienst«, sagte er. »Ich verlange nicht, daß du jetzt schon verstehst, worum es geht, denn wir sprechen hier über schwierige Fragen.«

»Ihr sprecht über Betrug«, sagte Ulrich, »über Betrug an einem König.«

»Das stimmt«, sagte Malik. »Aber es ist anders, als du denkst. König

Guido ist ein Mann, den niemand liebt, und ein König, den niemand achtet. Er ist ein Narr und ein Schwächling, der mehr Schaden über seine und unsere Völker gebracht hat als alle seine Vorgänger zusammen. Und wir sprechen darüber, daß *du* König sein wirst, Ulrich. Überlege dir deine Antwort gut, ehe du dich entscheidest.«

»Aber es ... es ist nicht ... nicht richtig«, murmelte Ulrich.

»Sicher nicht«, antwortete Malik. »Doch es gibt Augenblicke, in denen man sich nicht entscheiden kann zwischen richtig und falsch, Junge. Erinnerst du dich, was ich dir über den Krieg gesagt habe? Nun, ein solcher Krieg wird losbrechen. Sultan Saladin hat das gewaltigste Heer zusammengezogen, das dieses Land jemals gesehen hat, und auf der anderen Seite sammelt Guido seine Männer um sich. Schon in wenigen Wochen werden diese Heere aufeinanderprallen, und dieses Land wird ein Blutbad erleben, wie es die Sonne noch nicht gesehen hat. Zehntausende von Menschen werden sterben – auf welcher Seite sie immer stehen, Ulrich. Und gleich, wer gewinnt, der Sieg wird einen schrecklichen Preis kosten. Es liegt in deiner Macht, dieses Blutbad zu verhindern.«

»Aber ... aber wie?« murmelte Ulrich verstört. Er verstand das alles nicht.

»Es gibt in unseren beiden Völkern Männer, die den Frieden wollen«, sagte Malik ernst. »Mein Herr und ich gehören dazu, und auch dieser Tempelritter, den du jetzt wahrscheinlich für einen Verräter hältst. Aber das ist er nicht. Er ist hier, um ein entsetzliches Unglück von seinen Brüdern fernzuhalten, so wie wir von den unseren. König Guido ist verblendet, Ulrich. Nichts wird ihn davon abhalten können, Saladins Heer anzugreifen und die Entscheidung mit Waffengewalt zu erzwingen. Gelingt es uns aber, ihn zu Verhandlungen zu zwingen, so wird es nicht zum Krieg kommen.«

»Es klingt so, als würdet *Ihr* in Jerusalem regieren«, sagte Ulrich. Malik lachte leise. »Klug überlegt. Aber um das zu verhindern, ist ja der Templer hier. Nein, Ulrich – die Verträge, die unterzeichnet werden, sollen deinem Volk keinen Fußbreit Boden kosten. Wir wollen nur Frieden. Die Waffen sollen für immer schweigen, und unsere Völker werden lernen, in Frieden mit- und nebeneinander zu leben.« Er schwieg, um seinen Worten Bedeutung zu geben, und obwohl Ulrich sich dagegen wehrte, verfehlten sie ihre Wirkung nicht ganz.

»Auch Saladin ist ein Mann, der den Sieg lieber am Verhandlungstisch als auf dem Schlachtfeld herbeiführt«, fuhr Malik fort. »Aber dazu ist deine Hilfe nötig. Ich weiß, daß du es ablehnst, bei einem Betrug mitzuhelfen, aber Zehntausende müßten sterben, kommt es zur Schlacht. Wir haben keine Wahl.«

»Aber es ist Betrug«, beharrte Ulrich.

Maliks Worte klangen überzeugend, und doch konnten sie Ulrichs Mißtrauen nicht restlos beseitigen. Plötzlich mußte er wieder daran denken, wie kaltblütig Malik den Befehl zu Anwars Ermordung gegeben hatte, und in welch beiläufigem Ton er von Paltieris Ende berichtet hatte.

»Unser Plan ist einfach«, fuhr Malik fort. »König Guido ließ seinen Sohn auf Malta von den Brüdern des Johanniterordens aufziehen und hat ihn seit Jahren nicht mehr gesehen. Jetzt aber ist er zu dem Schluß gekommen, daß es an der Zeit ist, ihn zu sich zu rufen und mit den zukünftigen Aufgaben eines Nachfolgers des Königs von Jerusalem vertraut zu machen. Botho von Lusignan ist bereits in Askalon eingetroffen, um von dort aus mit einer Eskorte aus Tempelherren und Sklaven nach Jerusalem gebracht zu werden. Aber zuvor werden wir Guido eine Botschaft senden, wonach Saladin seinen Sohn gefangengesetzt hat. Guido wird den Friedensvertrag unterzeichnen, wenn er annehmen muß, das Leben seines Sohnes stünde auf dem Spiel.

Bedenke, Ulrich, du wirst sein Nachfolger sein, aber das ist nicht alles. Du wirst etwas viel Wertvolleres bekommen als nur eine Krone.«

Er schwieg lang, ehe er fortfuhr: »Es wird in deiner Hand liegen, die Leiden unserer Völker zu beenden. Du wirst es sein, der ihnen Frieden bringt.«

Du wirst der Nachfolger sein.

Obwohl Ulrich mit aller Willenskraft versuchte, nicht daran zu denken, klangen die Worte Maliks immer und immer wieder in ihm nach. *König. Der König von Jerusalem.*

Er war wieder in sein fensterloses Gefängnis gebracht worden, in dem sich nun ein strohgefüllter Sack zum Schlafen und eine schon halb heruntergebrannte Fackel fand, die düsteres Licht und ein wenig Wärme verbreitete. Aber Ulrich fand in dieser Nacht keinen Schlaf, obwohl er so müde war, daß er kaum mehr die Augen offenhalten konnte. Stunde um Stunde lag er wach und versuchte zu begreifen, was er gehört hatte.

Es gelang ihm nicht. Er wußte nicht einmal, was ihn mehr bedrohte: die Ungeheuerlichkeit des Planes oder die Tatsache, daß ein Tempelritter mit den *Haschischin* gemeinsame Sache machte.

Als Ulrich am nächsten Morgen abgeholt und wieder zu Sabbah gebracht wurde, war er so wirr, daß er sich kaum mehr auf seinen eigenen Namen besann. Er stolperte müde zwischen den Wächtern einher, einmal fiel er hin und schürfte sich die Hände blutig.

Der *Alte vom Berge* und Malik Pascha erwarteten ihn in einer kleinen, verschwenderisch mit Teppichen und kostbarem Zierat ausgestatteten Kammer, nicht weit von seiner eigenen entfernt. Sabbah saß auf einem thronartigen Stuhl, der ihn mächtig wie einen Herrscher wirken ließ und – flankiert von den beiden großen, schwarzen Hunden – seine furchteinflößende Erscheinung nur noch mehr zur Geltung brachte. Malik stand hoch aufgerichtet und mit hinter dem Rükken gefalteten Händen neben ihm und blickte Ulrich ruhig entgegen. Auf seinem Gesicht war nicht die kleinste Regung abzulesen.

Wie schon die beiden Male zuvor gab Hasan as-Sabbah auch diesmal keinen Laut von sich, und es schien, als liehe er Malik seine Stimme. Sein durchdringender Blick war wie immer unverwandt auf Ulrich gerichtet und zog ihn mit aller Macht in seinen Bann.

»Ich sehe, du hast nicht geschlafen«, begann Malik das Gespräch, ohne sich mit den Förmlichkeiten einer Begrüßung aufzuhalten. Er runzelte die Stirn. »Das ist nicht gut. Du mußt lernen, deinen Körper zu schonen. Er ist dein Werkzeug, und er will gut behandelt werden, denn du hast nur diesen einen.«

»Ich war . . . aufgeregt, Herr«, antwortete Ulrich eingeschüchtert.

»Das ist verständlich«, erwiderte Malik, »wenn auch ganz und gar unnötig.« Er trat einen Schritt auf Ulrich zu und sah forschend auf ihn herab, »Nun, du hattest Zeit, über das Gehörte nachzudenken. Bist du zu einem Entschluß gekommen?«

Ulrich zögerte, sah voller Furcht zu Sabbah hinüber und blickte dann wieder Malik an. Schließlich zuckte er hilflos die Achseln. »Es war alles so . . . so verwirrend«, murmelte er. »Ich weiß nicht, He . . . Malik«, verbesserte er sich rasch.

»Was weißt du nicht?« fragte Malik scharf. »Ob du der Aufgabe gewachsen sein wirst, oder ob du uns trauen kannnst?« Er lächelte, als er sah, wie sehr die zweite Frage Ulrich aus der Fassung brachte. »Du wirst keine andere Wahl haben, als uns zu trauen, Ulrich«, fuhr er fort. »Und was deine Ausbildung angeht – überlaß das ruhig uns. Du hast genügend Zeit, um viel zu lernen, und du wirst gute Lehrmeister haben.«

»Das ist es nicht«, antwortete Ulrich stockend. »Ich ... ich habe Angst, Malik. König ... Ich ... ich will das nicht. Ich kann es nicht.«

»Du willst nicht König sein?« Malik schüttelte den Kopf und seufzte tief. »Das ist erstaunlich. Alle Jungen träumen davon, König zu sein.«

»Ich auch«, gestand Ulrich. »Aber das hier ist ... etwas anderes. Ich weiß, daß ich dieser Aufgabe nicht gewachsen bin. Ich werde versagen und ...«

»Unsinn«, unterbrach ihn Malik. »Laß das unsere Sorge sein und zerbrich dir darüber nicht den Kopf.«

»Aber was geschieht mit Botho, dem Sohn des Königs?« fragte Ulrich. »Ihr werdet ihn doch nicht ...«

»Schweig!« unterbrach ihn Malik zornig. Er tauschte einen raschen, fragenden Blick mit dem Alten, wandte sich mit einem Ruck um und trat an einen kleinen Tisch, der neben Sabbahs Thron aufgebaut war. Als er sich wieder zu Ulrich umdrehte, hielt er eine flache Tonschale, in der eine farblose Flüssigkeit schwappte.

»Trink!« befahl er.

Ulrich zögerte, doch da er keine Wahl hatte, nahm er die Schale von Malik entgegen. Die ölige Flüssigkeit schmeckte bitter und hinterließ eine Übelkeit, die sich wie dünne klebrige Fäden in Ulrichs Magen hinab spann. Gleichzeitig breitete sich eine seltsame Wärme in seinem Bauch aus.

»Was war das, Malik?« fragte Ulrich, nachdem er die Schale geleert hatte.

»Ein Trank, der dafür sorgen wird, daß deine Kräfte zurückkehren«, antwortete Malik. »Nichts, was dir Sorgen bereiten müßte. Und nun komm her.« Er winkte Ulrich gebieterisch zu sich heran, ergriff ihn an der Schulter und schob ihn auf Sabbahs Thron zu. Ulrich hätte sich gerne gewehrt, doch er wußte, daß es zwecklos war.

Endlos lange stand er vor dem Alten, der ihn mit seinen geheimnisvollen Augen gefangennahm. Die Wärme in seinem Leib verging, aber dafür begann sich ein Kribbeln und Prickeln in Ulrichs Kopf breitzumachen, als stiegen tausend winzige Luftblasen hinter seiner Stirn empor. Ein Schwindel ergriff ihn, und plötzlich fühlte er sich leicht und schwerelos. Seine Gedanken begannen abzuschweifen und eigene Wege zu gehen, und alles, was ihn bisher bedrückt hatte, erschien ihm mit einem Male sonderbar unwichtig und klein.

Schließlich stand Hasan as-Sabbah auf und hob den Arm unter dem Mantel hervor. Seine welke Hand näherte sich Ulrichs Gesicht. Sein Mittelfinger preßte sich auf seine Nasenwurzel, Zeige- und Ringfinger senkten sich auf seine Lider und drückten so fest zu, daß flimmernde Kreise vor Ulrichs Augen tanzten, während Daumen und kleiner Finger seine Schläfen zu umfassen suchten. Mit magischer Kraft brach der Alte vom Berge den Willen Ulrichs und gewann so die Herrschaft über ihn.

»Hör mir zu«, sagte Malik, und seine Stimme drang fremd und überdeutlich an Ulrichs Ohr, während die dürren Finger des Alten weiter seinen Kopf umklammerten. »Du kennst nun unseren Plan, und du wirst uns dabei helfen. Du wirst es sein, der diesem Land den Frieden bringt. Du wirst Guido von Lusignan ablösen, denn du bist Botho, sein Sohn. Du wirst mit niemandem über das reden, was du hier gesehen und gehört hast, aber du wirst es auch niemals vergessen. Du wirst stets tun, was wir von dir verlangen, denn du weißt, daß es zum Nutzen deines eigenen Volkes ist. Du heißt dies gut. Hast du das verstanden?«

Ulrich nickte. »Ich werde Euch gehorchen«, antwortete er. Seine Stimme erschreckte ihn, denn sie klang flach und ausdruckslos. Voll jähem Entsetzen erkannte Ulrich, was mit ihm geschehen war. Er war dabei, zu einer willenlosen Marionette zu werden, deren unsichtbare Fäden in Sabbahs Händen endeten.

Endlich lösten sich Sabbahs Finger von seinem Gesicht. Ulrich taumelte mit einem erschöpften Keuchen zurück, hob angstvoll die Arme und sah Malik und Sabbah erschrocken an. Der Alte erwiderte seinen Blick ungerührt, aber in Maliks Augen glomm ein böses, zufriedenes Lächeln auf.

»Das mag genügen für heute«, sagte er. »Jetzt geh und schlafe ein paar Stunden. Ich lasse dich rufen, wenn ich dich brauche.«

Ulrich nickte stumm, wandte sich um und folgte seinen beiden Bewachern den kurzen Weg zurück in seine Kammer. Wie Malik es befohlen hatte, ließ er sich auf sein Lager sinken und schlief auf der Stelle ein.

Als er erwachte, war seine Fackel heruntergebrannt, und über ihm stand die finstere Gestalt eines Mannes, der ihn wachrüttelte – ein flackernder Schatten in dem trüben Licht, das vom Gang hereinfiel. Ein dumpfer Druck war in seinem Kopf, und ein schlechter Geschmack in seinem Mund. Benommen glaubte er sich an einen bösen Traum zu erinnern, in dem Malik ihn gezwungen hatte, einen Zaubertrank zu trinken, und Hasan as-Sabbah mit Spinnenfingern in seinen Gedanken gewühlt und sie so lange verdreht hatte, bis er selbst nicht mehr wußte, wer er war. Dann begriff er, daß dies kein Traum gewesen war, und mit einem Male war all sein Entsetzen wieder da, das immer größer wurde, während er zu Malik geführt wurde. Verzweifelt beschloß er, den ungleichen Kampf aufzunehmen und seinen Willen zurückzugewinnen.

Malik war allein, und auf dem Tisch, zu dem Ulrich angstvoll hinüberblickte, stand keine Schale mit Zaubertrank, sondern nur ein Korb voll Obst.

Malik lächelte, als er seinen Blick bemerkte, sagte aber vorerst kein Wort, sondern schickte die beiden Wachen mit einer Handbewegung aus dem Raum, ehe er Ulrich zu sich heranwinkte.

Das Gespräch, das er nun begann, unterschied sich in nichts von jenen Unterhaltungen, die Malik einmal *Unterricht* genannt hatte – er redete über den Krieg und die vielen Opfer, auch über die Vorteile, die Sabbah und er aus einem möglichen Frieden ziehen konnten, und vergaß auch nicht, Ulrich in vorsichtigen, aber wirkungsvollen Worten die Annehmlichkeiten zu schildern, die er als Königssohn genießen würde. Wie er es sich vorgenommen hatte, versuchte Ulrich sich anfangs zu weigern, ihm auch nur zuzuhören, aber nach einer Weile spürte er, wie sein Widerstand zu zerbröckeln begann, unmerklich zuerst, aber unaufhaltsam. Als Malik ihn nach zwei Stunden entließ, war Ulrich auf dem besten Wege, ihm Glauben zu schenken. Und wie sehr er auch in seinem Inneren versuchte, sich dagegen zu wehren – es nützte nichts. Gar nichts.

Noch am selben Tag verließen sie den Felsentempel, der nicht – wie

Ulrich schließlich angenommen hatte – Hasan as-Sabbahs Hauptquartier war, sondern nur ein Treffpunkt, den der Alte vom Berge gewählt hatte, weil niemand sonst die verborgenen Gänge kannte. Selbst die Bevölkerung floh diesen Ort, denn es ging das Gerücht um, er sei von Geistern und bösen Dämonen bewohnt.

Diesmal zogen sie nicht zu Pferde weiter, sondern traten im letzten Licht des Tages zwischen den steinernen Königsfiguren heraus und näherten sich einem flachrümpfigen Boot, das am Ufer festgemacht hatte. Über eine bedrohlich wippende Planke gelangten sie an Bord; das Schiff legte ab, kaum daß Ulrich, Malik und das Dutzend Männer, das sie begleitete, sein Deck betraten. Ein dreieckiges Segel blähte sich, als sich das kleine Schiffchen zur Flußmitte hin drehte und Fahrt aufnahm.

Noch während Ulrich sich fragte, welche Richtung sie wohl nehmen würden, kreuzte es geradewegs die Strömung, und Ulrich erkannte, daß es eine Fähre war. Tatsächlich erreichten sie – es war mittlerweile dunkel geworden, und die Kälte hatte über der Wüste Einzug gehalten – nach kaum einer halben Stunde das jenseitige Ufer, wo Männer mit Pferden und hochbeladenen Lastkamelen auf sie warteten. Ulrich erkundigte sich nach Sarim de Laurec, erhielt aber nur eine ausweichende Antwort. Ohne ein weiteres Wort stieg er auf das *Hedschin,* das Malik ihm zuwies. Kurz darauf brachen sie auf und ritten nach Osten. Sie ritten die ganze Nacht hindurch und weit in den nächsten Tag hinein, bis die Hitze so groß wurde, daß Malik befahl, anzuhalten und im Schatten einiger Felsen zu rasten.

Ulrich war todmüde, aber Malik gönnte ihm noch keinen Schlaf, sondern rief ihn zu sich. Wieder führte er ein langes Gespräch mit ihm, in dem er Ulrich auf geduldige Weise zu überzeugen suchte. Und wie am Tag zuvor spürte Ulrich, wie sein Widerstand langsam nachgab. Danach schlief er ein wenig, bis Malik ihn weckte und sie weiterritten.

Auf diese Weise vergingen drei Tage. Sie bewegten sich fast unentwegt nach Osten und wichen nur vom Kurs ab, um Siedlungen auszuweichen oder Karawanen, die ihren Weg kreuzten. Bei jeder Rast setzte Malik seinen *Unterricht* fort, und immer wieder gelangte Ulrich an den Punkt, an dem er nachzugeben begann. Sein Widerstand hielt immer kürzere Zeit vor, und schließlich ertappte er sich dabei, wie er allmählich Maliks Argumenten Glauben schenkte. Er kam sich zunehmend vor wie ein Lehmklumpen in Maliks Händen, den dieser ganz nach Belieben formen und verändern konnte.

Am Abend des vierten Tages erreichten sie ihr vorläufiges Ziel – ein kleines Zeltlager, das verborgen in einem kargen Felsental lag. Sein Eingang war so sorgfältig mit Buschwerk und dornigen Sträuchern verdeckt, daß Ulrich ihn nicht einmal dann sah, als Malik ihn ausdrücklich darauf aufmerksam machte. Die Umgebung hatte sich im Laufe ihrer Reise beständig geändert, bis die Sand- und Steinwüsten endgültig hinter ihnen zurückgeblieben waren und sie durch ein zwar noch immer karges, aber doch schon ab und zu begrüntes Land ritten.

Ulrich war so erschöpft von der Reise, daß er sich nicht einmal die Mühe machte, sich im Lager umzusehen. Erleichtert atmete er auf, als man ihm ein Zelt anwies und er sich zum Schlafen niederlegen konnte.

Am nächsten Morgen wurde er zum ersten Mal nicht aus dem Schlaf gerissen, sondern erwachte erst, als ihn die Sonnenstrahlen in seiner Nase kitzelten. Müde richtete er sich auf, blinzelte sich den Schlaf aus den Augen und sah sich in seiner neuen Umgebung um. Sein Zelt war klein – gerade hoch genug, daß er gebückt darin stehen konnte. Es bot gerade genügend Platz für den strohgefüllten Sack, auf dem er geschlafen hatte, und ein kleines dreibeiniges Tischchen, auf dem sich Wasser zum Waschen, Brot und Obst befanden. Ulrich blieb noch eine Weile schlaftrunken auf seinem Lager sitzen, dann wusch er sich, aß etwas und trat dann gebückt aus dem Zelt.

Der Morgen empfing ihn mit gleißendem Licht und beginnender Hitze. Ulrich blinzelte abermals, hob schützend die Hand vor die Augen und sah sich neugierig in seiner neuen Umgebung um.

Das Lager lag in einem tiefen, steinernen Kessel, dessen Wände bis in halbe Höhe mit wucherndem Gestrüpp bewachsen waren, während darüber nur kahler, fast lotrecht aufstrebender Fels zu sehen war. Die Gestalten zweier Wachen hoben sich hart gegen den Morgenhimmel ab. Vor dem schmalen Talausgang entdeckte Ulrich ebenfalls einen Wachposten. An Flucht war also nicht zu denken. Dafür sah sich Ulrich mit wachsender Neugier im Lager um, das überraschend groß war. Es zählte fast zwei Dutzend Zelte, manche davon nur kleine weiße Dreiecke wie sein eigenes, manche aber auch groß wie ein Haus. Im hintesten Teil des Lagers befand sich eine Koppel, in der mehr als fünfzig Pferde standen. Nun verstand Ulrich auch, warum dieses Lager so gut versteckt war. Denn fünfzig *Haschischin* an einer Stelle hätten für unliebsamen Aufruhr gesorgt, wären sie entdeckt worden.

Als Ulrich sich herumdrehte, stand er Malik gegenüber. Er erschrak, als er ihn so unvermittelt vor sich sah, Malik nickte nur und forderte ihn mit einer stummen Geste auf, ihm zu folgen.

Sie betraten das größte der Zelte, einen gewaltigen Rundbau von gut zehn Schritten Durchmesser, dessen Inneres durch quer gespannte Tuchbahnen in zwei Hälften geteilt war. Malik stellte ihm zwei Männer vor, die als einzige nicht die schwarzen Gewänder der *Haschischin* trugen. »Das sind Yaccur und Selim«, sagte er, »deine neuen Lehrer. Selim« – er deutete auf den kleineren der beiden, einen schmalwüchsigen Mann mit freundlichen Augen und einem blassen, edel geschnittenen Gesicht – »wird dich in höfischer Etikette und im Lesen und Schreiben unterweisen. Höre gut auf das, was er dir sagt, denn jedes Wort könnte lebenswichtig sein. Yaccur wird dein Lehrer im Reiten und Kämpfen sein.«

»Kämpfen?« wiederholte Ulrich, ein wenig erschrocken.

Malik nickte. »Ja. Botho von Lusignan ist trotz seiner vierzehn Jahre als guter Schwertkämpfer bekannt. Und es geziemt sich für einen König, mit dem geringsten seiner Soldaten mithalten zu können, wenn es zur Schlacht kommt.«

»Und ... Ihr?« fragte Ulrich vorsichtig.

Malik lächelte. »Oh, keine Sorge – wir werden noch viel Zeit haben, miteinander zu reden. Früher oder später wirst du begreifen, daß ich es gut mit dir meine.«

Ulrich überhörte die Drohung, die in diesen Worten schwang, keineswegs. Trotzdem schüttelte er den Kopf. »Erst will ich Ritter de Laurec sehen«, sagte er. »Ist er hier?«

Malik nickte. »Ja«, antwortete er. »Aber du kannst nicht zu ihm. Er ist ... krank.«

»Krank?« wiederholte Ulrich mißtrauisch. »Ihr habt ihn umgebracht.«

»Narr«, erwiderte Malik zornig. »Glaubst du, ich hätte es nötig, dich zu belügen? Du wirst ihn sehen, wenn die Zeit gekommen ist, keine Sorge. Er ist krank. Seine Wunden haben sich entzündet, und der Weg hierher war fast zuviel für ihn. Aber er lebt, und unser Arzt wird ihn gesundpflegen.«

»Ich glaube Euch nicht«, erwiderte Ulrich.

Malik seufzte, setzte zu einer geharnischten Antwort an und schüttelte dann nur den Kopf. »Nun gut«, murmelte er. »Ich verspreche dir, daß du ihn wiedersehen wirst, ehe wir dieses Lager wieder verlassen. Und er wird am Leben und gesund sein – reicht dir das?«

Ulrich wollte unwillkürlich den Kopf schütteln, aber dann sagte er sich, daß er schon mehr erreicht hatte, als er eigentlich hatte hoffen können. Maliks Angebot war ein großes Entgegenkommen, denn er hatte es zweifellos nicht nötig, sich von ihm irgendwelche Bedingungen stellen zu lassen. So nickte er nur, drehte sich schweren Herzens herum und trat auf Selim zu, um seine erste Unterrichtsstunde in höfischem Leben zu nehmen.

15

Ulrich erinnerte sich nicht, in den fünfzehn Tagen, die er in dem Lager verbrachte, irgendwann untätig gewesen zu sein. Malik bestand
darauf, daß er neun Stunden jede Nacht schlief und sich gebührend
Zeit ließ, seine Mahlzeiten einzunehmen; die Zeit aber war genaue-
stens verplant – entweder mit den Unterrichtsstunden bei Yaccur, die
er genoß, mit den Unterweisungen Selims, die er eifrig aufnahm, oder
mit endlosen Gesprächen mit Malik Pascha, die er von Anfang an
fürchtete, denn er wußte, wie sein Widerstand dahinschmolz.
Aber er machte enorme Fortschritte, und er spürte es selbst. Selim
brachte ihm bei, sich wie ein Adeliger zu benehmen; wie er zu reden,
zu essen und sich zu bewegen hatte; er lehrte Ulrich Lesen und
Schreiben und vielerlei Wissenswertes, das Ulrich in Erstaunen versetzte und das er begierig aufnahm. Selim war wirklich ein guter Lehrer, und er hatte einen willigen Schüler, der bisher keine Gelegenheit
gehabt hatte zu lernen. Ulrichs Wissensdurst besiegte sogar sein Mißtrauen, und in seinem Lerneifer vergaß er meist den Zweck seiner
Übungen.
Auch Yaccur zeigte sich mit seinem Schüler höchst zufrieden, denn Ulrich war nicht ungeschickt, und es zeigte sich rasch, daß er eine Art natürlicher Begabung im Umgang mit Waffen aller Art hatte, desgleichen
mit Pferden. Seine Kunstfertigkeit im Schwertfechten und Bogenschie-
ßen überraschte selbst seinen Lehrer. Natürlich mußte Ulrich sich noch
lange hüten, eine Waffe zu ziehen, um damit einen Kampf auf Leben
und Tod auszutragen – aber wenn er vorsichtig war und seine Übungen
auch später fortsetzte, würde er mit Sicherheit ein gefürchteter Schwertkämpfer werden, wenn er erwachsen war. Jedenfalls war es das, was
Yaccur bei jeder sich bietenden Gelegenheit sagte.
Im Grunde begann Ulrich die Zeit im Berglager zu genießen. Er
lernte so viel Neues, daß er beinahe vergaß, daß er trotz allem ein Gefangener war. Die Ketten, die ihn nun hielten, waren unsichtbar, und
Malik ließ sie sehr locker.
Es war am Morgen des sechzehnten Tages, seit sie das Bergversteck
erreicht hatten, als Malik ihn zu sich rufen ließ, obgleich auf seinem
sonst so strengen Tagesplan gerade eine Stunde mit Yaccur stand.

Ulrich war enttäuscht, als er Maliks Zelt betrat. Es war noch früh. Die Sonne war gerade aufgegangen, und unter den Zeltbahnen herrschte noch dämmriges Halbdunkel, so daß er den Mann, der mit Malik auf ihn wartete, im ersten Moment nur als verschwommenen Umriß wahrnahm. Da bewegte sich die schemenhafte Gestalt, ein verirrter Sonnenstrahl glitzerte auf feinem silbernem Kettengewebe, Ulrichs Herz machte einen freudigen Sprung, als er erkannte, daß es niemand anders als Sarim de Laurec war, der ihm gegenüberstand – noch ein wenig blaß und gezeichnet von der schweren Zeit, die er hinter sich hatte, aber eindeutig gesund und sogar guter Laune. Er lächelte erfreut, als er Ulrich erkannte, und deutete eine Verbeugung an. »Mein König«, sagte er spöttisch.

Ulrich blieb mitten im Schritt stehen. Seine Freude schlug in jähen Schrecken um, als er begriff, was Sarim de Laurec gerade gesagt hatte. Verwirrt suchte er in Sarims Blick nach einem verschwörerischen Funkeln, nach einer raschen, unmerklichen Geste, einem warnenden Stirnrunzeln vielleicht – aber da war nichts. Der Tempelritter lächelte weiter, aber sein Blick war leer, das Lächeln maskenhaft. Sein Gesicht wirkte seltsam leblos.

»Du siehst, Ulrich«, begann Malik, »ich halte mein Versprechen. Der Ritter Sarim de Laurec steht geheilt vor dir. Bist du zufrieden?« Der Spott in seiner Stimme war nicht zu überhören. Es war ein böser, höhnischer Ton, der Ulrich verletzen sollte und es auch tat. Maliks Augen glitzerten wie die einer Schlange, als er abwechselnd Sarim und Ulrich betrachtete.

»Ich . . . sehe es«, antwortete Ulrich stockend. Noch immer starrte er Sarim de Laurec an und suchte vergeblich nach einem Zeichen, daß der Templer seine Gefühle verstand und erwiderte. Aber sein Gesicht blieb starr, das Lächeln wie aufgemalt. Wenn er all dies nur spielte, dann war er der beste Schauspieler, dem Ulrich jemals begegnet war. »Wie fühlt Ihr Euch, Sarim?« fragte er vorsichtig.

»Gut«, antwortete Sarim de Laurec. »Noch ein bißchen wackelig auf den Beinen, aber ich lebe. Das habe ich dir zu verdanken, Ulrich. Ich werde es nicht vergessen.« Seine Worte klangen unecht und paßten so gar nicht zu dem Templer, wie Ulrich ihn gekannt hatte.

»Ihr wart etwas anderer Meinung, als wir uns das letzte Mal gesehen haben«, sagte Ulrich zögernd. Malik runzelte kaum merklich die

Stirn, und für einen kurzen Augenblick schien sich seine Haltung zu versteifen. Aber Sarim de Laurec lachte nur und legte Ulrich freundschaftlich die Hand auf die Schulter.

»Ich weiß«, sagte er. »Die Schmerzen brachten mich an den Rand des Wahnsinns, und ich war verbittert – eine Verfassung, in der man keine Entscheidungen treffen sollte, wie ich jetzt weiß. Außerdem wußte ich damals noch nicht, worum es geht.«

»Ihr . . . wißt?« murmelte Ulrich verwirrt. »Malik hat Euch gesagt, was . . .«

»Ja«, unterbrach ihn Sarim de Laurec. »Er hat es mir gesagt, Ulrich.«

»Und Ihr seid damit einverstanden?« fragte Ulrich ungläubig. Sarim de Laurec nickte. »Selbstverständlich«, sagte er, als sei dies die natürlichste Sache der Welt. »Jetzt, da ich alles weiß, heiße ich seinen Plan gut.«

»Aber noch vor zwei Wochen habt Ihr mir erzählt, daß die *Haschischin* Eure Todfeinde sind!« begehrte Ulrich auf. Er konnte kaum glauben, daß dieser Mann vor ihm wirklich Sarim de Laurec war. Er sah aus wie Sarim, er redete wie Sarim, er bewegte sich wie Sarim – aber er *war* es nicht. Irgend etwas stimmte nicht.

»So war es«, antwortete Malik an Sarims Stelle. »Und ich glaube auch nicht, daß wir den Ritter de Laurec dazu bewegen können, dem Kreuz abzuschwören und in unsere Dienste zu treten«, fügte er mit einem spöttischen Seitenblick auf Sarim hinzu. »Aber er hat eingesehen, daß unser Plan die einzige Möglichkeit darstellt, ein Blutbad unter seinen und unseren Brüdern zu vermeiden. Und letztlich ist er ein Templer und seinem Orden zu Gehorsam verpflichtet.«

»Aber Euer Orden . . .«, begann Ulrich, wurde aber sofort wieder von Sarim unterbrochen.

»Es ist gerade der Gehorsam gegenüber unserem Orden, der mich zwingt zu tun, was zu tun ist, Ulrich.«

»Das . . . das verstehe ich nicht.« Ulrich wurde immer ratloser. »Ihr habt dem König Treue geschworen!«

»Und meinem Ordensherrn«, fügte Sarim ernst hinzu. »Wenn ich wählen muß, wem ich gehorche, so steht mein Meister an erster Stelle, gleich nach Gott dem Herrn, Ulrich.«

»Aber Euer Meister . . .«

»Es war der Templermeister Gerhard selbst, du Narr, den du in jener

Nacht zusammen mit Hasan as-Sabbah und mir gesehen hast«, unterbrach ihn Malik. »Wer sonst, glaubst du, könnte einen Plan wie den unseren durchführen?«

»Der Templermeister?« keuchte Ulrich. »Gerhard, der Ordensherr aller Templer?«

»Kein anderer«, bestätigte Sarim.

»Aber er dient dem König!«

»Er dient auch Gott«, beharrte Sarim de Laurec. »Und Gott sagt, du sollst nicht töten, hast du das vergessen?« Für einen Moment flammte Zorn in seinem Blick auf, erlosch aber sofort wieder. Er schüttelte den Kopf und beugte sich zu Ulrich herab. »Malik hat mir erzählt, wie schwer es dir fällt, seinen Worten zu glauben, aber glaube mir – was er vorhat, nützt uns allen. Du weißt, daß es die Aufgabe der Tempelritter ist, dafür zu sorgen, daß die Pilger unbehelligt das Heilige Grab in Jerusalem erreichen. Es ist unsere Pflicht, den Christen sicheres Geleit zu geben, und das können wir am besten, wenn Frieden herrscht.«

»Genug«, sagte Malik, nicht besonders laut, aber in strengem Ton. »Ihr werdet später Gelegenheit genug haben, miteinander zu reden. Wir müssen aufbrechen. Bringt das Schlachtroß des Königssohns!«

Die letzten Worte galten den beiden *Haschischin,* die Ulrich hierhergebracht hatten. Sie entfernten sich gehorsam, und Ulrich blickte ihnen mit wachsender Verwirrung nach.

»Es ist soweit«, wandte sich Malik an Ulrich. »Heute morgen kamen Boten, die uns berichteten, daß sich Bothos Eskorte nähert. Sie werden um die Mittagsstunde Nur-Ad-Din erreichen, eine Oase zwei Stunden nördlich von hier.«

»Wir werden eher da sein«, fügte Sarim de Laurec hinzu.

»Aber es sind Templer!« sagte Ulrich in einem letzten, verzweifelten Versuch, Sarim de Laurec aus dem schrecklichen Zustand herauszureißen, in den er geraten war. »Seine Eskorte besteht aus Tempelrittern! Es sind deine Brüder, Sarim, die getötet werden!«

»Verräter und Feiglinge«, sagte Sarim de Laurec hart. »Männer, die Gerhard eigens ausgesucht hat.«

»Wozu?« fragte Ulrich böse. »Zum Sterben?«

Sarim runzelte die Stirn, atmete hörbar ein und setzte zu einer zornigen Antwort an, aber wieder unterbrach ihn Malik: »Es ist genug, habe ich gesagt! Ulrich ist noch nicht ganz soweit, de Laurec. Er ist noch ein Kind und braucht mehr Zeit, die Dinge zu begreifen.« Damit drehte er sich um und verließ das Zelt. Wenigstens für einen Augenblick waren sie allein.

Ulrich sah sich rasch um, trat ganz dicht an Sarim de Laurec heran und flüsterte: »Das ist nicht dein Ernst, Sarim! Du spielst das alles nur, um Maliks Vertrauen zu gewinnen, nicht wahr? Das ist doch nur eine Täuschung? Wir ... wir werden zusammen fliehen, später, wenn wir unterwegs sind!« Er sprach so schnell, daß er sich fast verhaspelte und de Laurec sichtlich Mühe hatte, seine Worte zu verstehen.

Die Antwort des Templers fiel jedoch ganz anders aus, als Ulrich gehofft hatte.

»Ich habe gefürchtet, daß du so etwas sagst, Junge«, seufzte Sarim. »Und Malik auch. Aber du irrst dich. Malik hat mich nicht gezwungen, so wenig wie er dich zwingt, irgend etwas gegen deinen Willen zu tun.«

»Aber das ist unmöglich!« jammerte Ulrich nun so laut, daß die Worte zweifellos auch draußen vor dem Zelt zu hören waren. »Was ist mit dir geschehen, Sarim? Was ist aus dem Mann geworden, der die *Haschischin* mit jeder Faser seiner Seele haßt?«

»Haß ist niemals gut«, antwortete Sarim de Laurec lächelnd. In seiner Stimme war ein sachter Tadel. »Ich habe viel Zeit gehabt nachzudenken, Ulrich, und ich habe erkannt, daß ich Fehler begangen habe; schwere Fehler. Ja, ich habe die *Haschischin* gehaßt, und ich habe viele von ihnen getötet. Möge Gott mir verzeihen, daß ich es tat. Aber ich habe eingesehen, daß das Töten nichts ändert.«

»Aber ...«

»Wir können nicht so fortfahren, Ulrich«, fuhr Sarim unbeeindruckt fort. »Wir müssen aufhören, einander zu hassen und zu töten. Gerhards und Maliks Plan können diesem Land den Frieden bringen, nach dem es sich seit einem Jahrhundert sehnt.«

»Ihr ... Ihr wollt mithelfen, Euren *König* zu hintergehen?« murmelte Ulrich ungläubig.

»Nicht meinen König«, antwortete Sarim de Laurec ruhig. »Einen unfähigen Mann, der sich anschickt, das Heilige Land in einen See von Blut zu verwandeln.«

Ulrich erstarrte. Wie ein Blitz aus heiterem Himmel traf ihn die Erkenntnis, was geschehen war. Das waren nicht die Worte von Sarim de Laurec; Hasan as-Sabbah hatte dasselbe mit dem Templer getan, was er auch mit ihm, Ulrich, versucht hatte, nur offensichtlich war er bei dem Templer sehr viel gründlicher gewesen. Sarim de Laurec war eine leere Hülle, die noch lebte, aber zur Gänze einem fremden Willen gehorchte. Ulrich schauderte, als er in die leeren Augen des Tempelritters blickte. War es das, was ihn erwartete? dachte er. Würde er, wenn Malik seinen letzten Widerstand gebrochen hatte, wie der Templer sein, ein hohles Wesen, das Sabbahs Gedanken dachte und Maliks Worte sprach?

»Bitte, Sarim!« murmelte er. »Besinnt Euch! Das ... das ist nicht das, was Ihr wirklich denkt! Es ist Sabbahs Magie, die Euch verwirrt. Kämpft dagegen! Er hat auch versucht, meinen Willen zu brechen, aber es ist ihm noch nicht gelungen!«

»Du dummer kleiner Narr«, sagte Sarim, aber in sehr freundlichem, beinahe väterlichem Ton. »Glaubst du wirklich, du hättest ihm länger widerstehen können, als er es wollte? Einem Mann wie Hasan as-Sabbah?« Er schüttelte überzeugt den Kopf. »Nein, du irrst dich, Ulrich – er hat mich nicht verhext oder gefügig gemacht. Er hat mich überzeugt. Ich habe begriffen, daß sein Weg der richtige ist – so wie auch du es begreifen wirst, glaube mir.«

Ulrich wollte widersprechen, aber ein einziger Blick in Sarims Augen sagte ihm, wie sinnlos das wäre. Der Templer war längst nicht mehr Herr seiner Sinne. Die magische Kunst des Alten vom Berge hatte seinen Willen ausgelöscht, vielleicht für immer.

Ohne ein weiteres Wort fuhr Ulrich herum und stürmte aus dem Zelt. Draußen wurde er schon erwartet. Zwei *Haschischin* hatten einen gewaltigen, schneeweißen Hengst herbeigeführt, der ein prachtvolles Zaumzeug und einen ebensolchen Sattel trug. Auf einem zweiten, kaum weniger schönen, rabenschwarzen Pferd saß Yaccur, sein Waffenmeister, und blickte mit leuchtenden Augen auf Ulrich herab.

»Komm«, sagte er auf seine schwerfällige, schleppende Art, denn er war die fremde Zunge nicht gewohnt, in der er mit Ulrich reden mußte. »Heute ist der Tag, an dem du beweisen kannst, was ich dich gelehrt habe.«

Ulrich schenkte ihm einen bösen Blick, schwang sich mit einer einzigen Bewegung in den Sattel und riß dem *Haschischin* grob die Zügel

152

aus der Hand. Das Tier scheute, als es die Gereiztheit seines Reiters spürte, aber Ulrich hatte mittlerweile genügend Erfahrung im Umgang mit Pferden, um es rasch wieder unter Kontrolle zu haben.

Yaccurs Augen leuchteten vor Stolz, als er sah, wie geschickt Ulrich das Tier zur Räson brachte, ohne dabei wirklich Gewalt anzuwenden. Er wollte etwas sagen, aber Ulrich riß an den Zügeln, lenkte das Pferd herum und sprengte ein paar Schritte davon, ehe er den Hengst wieder zum Stehen brachte.

Hinter seiner Stirn tobte ein wahrer Sturm. Er war verwirrt, aufgewühlt und zornig – und vor allem enttäuscht. Obwohl es ihm bis zu diesem Augenblick nicht richtig bewußt war, war Sarim de Laurec doch seine letzte Hoffnung auf eine Flucht gewesen. Wenn er an den Tempelritter gedacht hatte, sah er in ihm einen Verbündeten, auf dessen Kraft – und dessen Haß! – Verlaß war und der ihm schon irgendwie hier heraushelfen würde. Sarim de Laurec war schon einmal wie ein rettender Engel im allerletzten Moment erschienen, und Ulrich hatte ganz selbstverständlich angenommen, daß er es auch ein zweites Mal tun würde, wenn die Not am größten war. Jetzt begriff er, daß er sich getäuscht hatte. Ulrich war wütend, ungeheuer wütend auf Malik, der dies alles die ganze Zeit über genau gewußt hatte. Und plötzlich erkannte Ulrich, daß Sarim de Laurecs schreckliche Veränderung nur einem einzigen Zweck diente – nämlich dem, ihm zu zeigen, wie lächerlich sein Widerstand war. Wenn es Sabbah gelungen war, den Willen des Templers zu brechen, wie konnte er sich da noch einbilden, ihm in irgendeiner Form widerstehen zu können?

Hinter Ulrich erklang Hufschlag, und als er den Kopf wandte, erkannte er Malik im Sattel eines weißen Pferdes. Er war mit Speer und Krummschwert bewaffnet. Quer vor ihm über dem Sattel lag ein armlanges Kreuzfahrerschwert, dessen Griff von Gold und eingelegten Edelsteinen blitzte. Malik nahm es mit einem auffordernden Lächeln bei der Spitze und hielt es Ulrich hin.

Ulrich zögerte, und als er endlich danach griff, mußte er mit aller Gewalt gegen den Wunsch ankämpfen, es Malik bis ans Heft zwischen die Rippen zu schieben, statt in den Gürtel.

»Was hast du?« fragte Malik mit freundlicher Ironie.

»Das wißt Ihr ganz genau«, antwortete Ulrich gepreßt. »Was habt Ihr Sarim de Laurec angetan?«

Statt Ärger spiegelte sich Trauer auf Maliks Zügen. Aber er antwortete nicht gleich, sondern beugte sich zur Seite und löste einen dreieckkigen Schild vom Sattel, den er Ulrich reichte. »Du verstehst noch immer nicht, wie?« sagte er enttäuscht. »Ich habe ihm nichts angetan, so wenig wie dir. Ich habe ihn überzeugt, das ist alles. Manchmal ist es hart, die Wahrheit einzusehen.«

Ulrich starrte ihn an, und wieder hatte er ein unbändiges Verlangen, sich auf Malik zu stürzen und so lange mit den Fäusten auf sein Gesicht einzuschlagen, bis das falsche Lächeln daraus verschwand. »Lügt mich nicht an, Malik«, sagte er gepreßt. »Ich bin Euer Sklave, und Ihr könnt mit mir machen, was Ihr wollt – aber belügt mich nicht.«

Malik lächelte. »Das sind große Worte«, sagte er. »Ich sehe, unsere Gespräche haben doch einen gewissen Erfolg gehabt. Aus dir spricht bereits der Stolz eines Königs.«

Ulrich ballte in hilfloser Wut die Faust. Aber er sprach nichts von alledem aus, was er in diesem Augenblick spürte. Mit einem Ruck wandte er sich im Sattel um und starrte ins Leere, während sich rings um sie die anderen Reiter zu sammeln begannen.

16

Die Luft über der Wüste flimmerte, und die Hitze ließ einen silbernen Schimmer über dem Boden tanzen, so daß es aussah, als schritte die Karawane, die sich der Oase von Norden her näherte, über Wasser. Ulrich und Sarim de Laurec warteten im Schatten einer Handvoll halbverkümmerter Dattelpalmen. Der Wind hatte sich gelegt, und die Hitze war unbarmherzig gestiegen. Die kleine Wasserstelle, kaum fünf Schritte im Durchmesser und an ihrer tiefsten Stelle einem Mann nicht einmal bis an die Knie reichend, lag ruhig wie eine Scheibe aus Silber da. Das Wasser war warm und brackig und roch schlecht. Ulrich hatte davon getrunken, aber nur, um es sofort wieder auszuspucken.

Jetzt bereute er es fast, denn der Durst quälte ihn. Das frische Quellwasser, das sie aus dem Lager mitgebracht hatten, hing unerreichbar am Sattelgurt von Maliks Pferd, hundert Schritt entfernt und versteckt hinter einer Barriere aus mächtigen, vielfach geborstenen Felsen, die die Oase nach Süden hin wie eine natürliche Wehrmauer umgaben. Ulrich wunderte sich, wie Malik und die dreißig *Haschischin* die Mittagssonne dort draußen hinter den Felsen ertrugen. Selbst hier, im Schatten der Dattelpalmen, war die Hitze kaum auszuhalten.

Ulrich sah auf, blickte kurz zu Sarim de Laurec hinüber und senkte rasch wieder den Kopf, als der Templer seinen Blick spürte und sich zu ihm umwandte. Sarim hockte mit untergeschlagenen Beinen da, den Rücken gegen den rauhen Stamm einer Palme gelehnt und die Augen halb geschlossen: die Haltung eines Mannes, der friedlich in der Sonne vor sich hin döste.

Ulrich hätte gerne gewußt, ob dieser Eindruck täuschte und Sarim innerlich nicht ähnlich aufgewühlt war wie Ulrich selbst. Doch es war nichts zu entdecken, das darauf hinzudeuten schien.

Sie hatten kaum ein Wort miteinander gesprochen während des zweistündigen Rittes hierher, und das, obwohl sie nebeneinander geritten waren. Malik hatte sie sogar auffällig genug allein gelassen und war von Zeit zu Zeit geschäftig vorausgeritten oder ans Ende der kleinen Kolonne zurückgefallen; vorgeblich, um nach dem Rechten zu sehen. Ulrich hatte nicht mehr versucht, Sarim de Laurec zur Vernunft zu bringen. Was immer an klarem Denken im Kopf des Templers gewesen war, es war wie ausgelöscht. Es war genauso, dachte Ulrich betrübt, als hätte man Sarim de Laurec getötet. Er verscheuchte den Gedanken, beugte sich vor und betrachtete aufmerksam sein Spiegelbild in der stillen Oberfläche des Wassers. Auf den ersten Blick schien er sich nicht im geringsten verändert zu haben, sah man von der kostbaren Kleidung und seinen jetzt ordentlich geschnittenen und gekämmten Haaren ab. Und doch...

Etwas war anders. Ulrich hätte nicht sagen können, was es war, fast unmerklich spiegelte sich etwas Neues in seinen Zügen, das vor wenigen Wochen noch nicht dagewesen war, ein kleiner herrischer Zug um den Mund, der dem Gesicht etwas Hartes gab. Lange betrachtete er seine Augen, suchte nach der gleichen stumpfen Leere, die er im Blick von Sarim de Laurec entdeckt hatte, aber was er statt dessen darin fand, war etwas, das beinahe wie Hochmut aussah.

Ja – er begann sich zu wandeln. Maliks Einfluß zeigte auch bei ihm bereits Wirkung, wenn auch auf andere Art als bei Sarim. Das Verwirrende war, daß Ulrich allem, was Malik über den Krieg zu sagen hatte, über die Leiden seines Volkes, über die Grausamkeit der Schlachten, zustimmen mußte. Aber warum waren die *Haschischin* dann so verhaßt? Und war nicht Malik selbst grausam genug? Wieso trauten ihm die Tempelherren plötzlich? Fragen über Fragen stürmten wieder einmal auf Ulrich ein, Freund und Feind kamen ihm durcheinander. Richtig und Falsch.

Mit einem Male packte ihn Wut; er hob den Arm und schlug die geballte Faust in sein Spiegelbild im Wasser, daß es in tausend kleine glitzernde Spritzer zerbarst. Dann sprang er auf, wandte sich mit einer ruckhaften Bewegung um und erblickte die näher kommenden Reiter.

Sarim de Laurec hatte bei seinem plötzlichen Aufbegehren die Augen geöffnet und sah ihn mit einer Mischung aus Tadel und Mitleid an, sagte aber kein Wort, sondern erhob sich nach einer Weile ebenfalls und trat an seine Seite.

Die Karawane war mittlerweile näher gekommen. Ulrich sah ein knappes Dutzend Tempelritter in langen weißen Mänteln, ebenso viele Sarazenen und sieben oder acht schwankende, hoch beladene Lastkamele, aber Botho konnte er nicht entdecken.

»Das sind sie«, flüsterte Sarim. »Geh und setz deinen Helm auf – rasch.«

Ulrich gehorchte aufgeregt. Mit schnellen Schritten eilte er zu seinem Pferd zurück, löste den wuchtigen Helm vom Sattelgurt und streifte ihn über. Das Visier, das sein Gesicht zur Hälfte verbarg, rastete mit einem hörbaren Schnappen ein. Sie mußten vorsichtig sein. Wenn die Männer dort erkannten, wie ähnlich Ulrich dem Sohn des Königs sah, dann war vielleicht alles verloren. Wenn sie gewarnt waren ...

Plötzlich hatte Ulrich das Bedürfnis, zu schreien und zu winken. Er wollte herumfahren, den Helm vom Kopf reißen und davonschleudern und den Rittern dort draußen entgegenrennen, um ihnen eine Warnung zuzurufen. Doch statt dessen drehte er sich gehorsam um, trat wieder an Sarims Seite und blickte den sich nähernden Reitern entgegen. Er wußte, damit hatte er sich seinem Schicksal gefügt, das nun seinen Lauf nehmen sollte.

Die kleine Karawane begann sich zu spalten. Der größere Teil blieb zurück, während ein Trupp von drei Tempelrittern seinen Tieren die Sporen gab und rasch auf Ulrich und Sarim zusprengte, die an der Wasserstelle auf sie warteten. Die Hände der drei Templer lagen auf den Waffen. Von Malik und seinen *Haschischin* war weit und breit nichts zu sehen.

Sarim de Laurec trat ihnen ruhig entgegen und hob die rechte Hand zum Gruß. Ein Reiter blieb daraufhin knapp vor ihm stehen, während die beiden anderen rechts und links von Ulrich und Sarim mißtrauisch Aufstellung nahmen.

»Seid gegrüßt, Brüder im Glauben«, begann Sarim de Laurec. Er lächelte, wenn auch mit verkniffenem Gesicht, denn der Reiter hatte sein Pferd so angehalten, daß Sarim in die Sonne blicken mußte, um ihn anzusehen.

»Wer seid Ihr?« erwiderte der Mann schroff.

»Seht Ihr denn nicht, ich bin ein Tempelherr wie Ihr«, antwortete Sarim und wies mit der Hand auf Ulrich. »Dies ist Ulrich, ein Knabe, der mich um Schutz gebeten hat, auf dem Weg nach Jerusalem. Und Ihr, Bruder? Erklärt Euch – und verratet mir, was dieser kriegerische Auftritt zu bedeuten hat.«

»Das geht Euch nichts an, Bruder«, antwortete der Reiter. Er kam ein wenig näher, drängte sein Pferd an Sarim vorbei, so daß er einen hastigen Schritt zur Seite tun mußte, und beugte sich im Sattel zu Ulrich vor. »Wieso trägst du einen Helm bei dieser Hitze?« fragte er. »Hast du Angst, daß dir der Himmel auf den Kopf fällt, Bursche?« Seine Worte ärgerten Ulrich. »Vielleicht aus dem gleichen Grund wie Ihr, Herr«, antwortete er wütend.

Der Tempelritter zog hörbar die Luft ein, beugte sich noch weiter vor und hob die Hand, wie um ihn zu schlagen. »Werd nicht frech, Bursche«, fauchte er.

»Wartet, Bruder«, sagte Sarim rasch. »Der Junge hat viel hinter sich, das ist alles. Als ich ihn fand, wurde er von zwei Sklavenjägern verfolgt, die ihn seit Tagen jagten. Er fürchtet sich. Er schläft sogar mit Helm und Schwert«, fügte er mit einem verzeihenden Lächeln hinzu.

»Sklavenjäger?« Der Templer musterte Sarim mit eindeutigem Mißtrauen. »Hier?«

»Nicht mehr«, erwiderte Sarim de Laurec. »Sie sind tot. Ich muß diesen Knaben nach Jerusalem bringen. Er behauptet, der Neffe des Grafen von Tripolis zu sein, und seinem Aussehen nach zu schließen...« Er sprach nicht weiter, sondern zuckte nur die Achseln und wechselte das Thema. »Aber nun sagt mir – wer seid Ihr, und wieso reitet Ihr in Waffen und voller Rüstung?«

»Wie ich schon einmal sagte, Bruder«, antwortete der Templer grob, »das geht Euch nichts an. Ihr seid unterwegs nach Jerusalem, sagt Ihr?«

Sarim nickte erleichtert – zumindest für den Augenblick hatte er die Aufmerksamkeit des Reiters von Ulrich abgelenkt. Der Haupttrupp, der Botho von Lusignan bewachte, war der Oase schon bis auf ein paar Dutzend Schritte nahe gekommen. Ulrich mußte sich mit aller Macht beherrschen, nicht zu den Felsen hinüberzusehen, hinter denen Malik und seine *Haschischin* warteten.

»Dann könnt ihr mit uns reiten«, fuhr der Reiter fort. »Auch wir sind auf dem Weg nach Jerusalem, und die Zeiten sind gefährlich. Saladins Heer ist nicht sehr weit von hier entfernt.« Er wartete Sarims Antwort nicht ab, sondern hob den Arm und gab den anderen damit Zeichen, endgültig näher zu kommen.

Ulrich wich ein paar Schritte zurück, als sich der Platz um die Quelle mit Menschen und Tieren zu füllen begann. Für einen Moment schien ein heilloses Chaos loszubrechen, aber Ulrich sah, daß das nicht stimmte – die Templer ließen zuerst ihre Pferde saufen, ehe sie einer nach dem anderen aus den Sätteln stiegen, die Helme abstreiften und sich selbst zum Trinken niederbeugten. Danach kamen die Lasttiere an die Reihe, und erst ganz zum Schluß durften die Muslims trinken.

Ulrich drehte sich um und hielt in dem allgemeinen Durcheinander nach Sarim de Laurec Ausschau. Er konnte ihn nirgends entdecken. Verstohlen streifte sein Blick die Felsen im Süden, doch auch dort rührte sich nichts.

Ulrich begann herumzuschlendern. Noch immer hoffte er, Botho zu entdecken und einen Blick auf ihn werfen zu können. Ein Templer, der als einziger immer noch zu Pferde saß, hielt ihn aber auf. »Was treibst du dich hier herum?« fuhr er Ulrich an. Ulrich schwieg erschrocken.

»Warum du hier herumschleichst, habe ich gefragt!« Ulrich antwortete noch immer nicht. Dieser unerwartete Zwischenfall brachte ihn ganz durcheinander.

Mit einem wütenden Laut riß der Templer sein Pferd herum, trabte auf ihn zu und streckte die Hand aus. »Runter mit dem Helm!« befahl er. »Wer bist du überhaupt, Kerl!«

Ulrich wollte zur Seite treten, aber er war nicht schnell genug. Die Hand des Tempelritters klatschte gegen seinen Helm, und der Hieb war so heftig, daß Ulrich strauchelte und rücklings in den Sand fiel. Der Sturz war nicht sehr heftig, aber die Erschütterung reichte, ihm den Helm vom Kopf zu schleudern. Benommen blieb er hocken, richtete sich auf – und starrte in die ungläubig aufgerissenen Augen des anderen.

»Was…«, stammelte der Templer, »Was… bedeutet das?« Er wurde bleich. »Du bist…« Er brach ab, schluckte heftig und fuhr mit einem Ruck im Sattel herum. »Ritter de Saint Denis!« rief er schrill. »Kommt hierher! Das müßt Ihr Euch ansehen!«

Ulrich schluckte einen Fluch hinunter und bückte sich hastig nach seinem Helm, der ein Stück weit davongekollert war. Aber es war zu spät; der Schaden war nun einmal angerichtet und konnte nicht wiedergutgemacht werden. Zwei, drei Tempelritter in seiner unmittelbaren Nähe waren schon aufmerksam geworden und herbeigeeilt, noch ehe Ulrich seinen Helm wieder aufsetzen konnte. Auch auf ihren Gesichtern erschien ein Ausdruck ungläubigen Staunens, als sie die Ähnlichkeit mit Botho bemerkten.

»Was bedeutet das?« fragte einer der Männer. Er packte Ulrich grob beim Arm und riß ihn in die Höhe. »Was soll das heißen? Da stimmt doch etwas nicht! Bruder Guilleaume! Hierher!«

Irgendwo, unter dem Stimmengewirr und den Lauten der Pferde und Kamele fast unhörbar, erklang ein helles Peitschen. Für einen Bruchteil eines Atemzuges glaubte Ulrich ein Geräusch wie das Summen einer riesigen, zornigen Hornisse zu hören, und plötzlich bäumte sich der Tempelritter, der ihn gepackt hatte, auf, ließ Ulrichs Arm los und griff sich mit einem gurgelnden Laut an den Hals. Aus seiner Kehle ragte die Spitze eines Pfeiles.

Ulrich sprang rasch beiseite, um nicht von dem zusammenbrechenden Mann begraben zu werden. Abermals erklang das boshafte Peitschen von Bogensehnen, und plötzlich war die Luft erfüllt von flirrendem, rasendem Geprassel, Männer brachen mit gellenden Schreien getroffen zusammen, und die Oase erzitterte unter dem Gebrüll der verwundeten Tiere. Ein Tempelritter sprang mit haßverzerrtem Gesicht auf Ulrich zu, das Schwert in der Hand, dann bohrte sich ein Pfeil in seinen Rücken und warf ihn im vollen Lauf zu Boden.

Mit schrillem Geheul brachen von Süden Maliks *Haschischin* hinter ihren Felsen hervor und galoppierten der Oase zu; eine weit auseinandergezogene, rasende Linie wehender schwarzer Gestalten. Noch immer sirrten Pfeile heran und trafen mit tödlicher Sicherheit ihr Ziel, aber die Templer hatten die erste Überraschung überwunden; die meisten Pfeile fuhren in ihre hochgerissenen Schilde, wenn sie nicht Tiere oder schutzlose Sklaven trafen, die in heller Panik davonliefen und ihr Heil in der Flucht suchten; hilflose Zielscheiben für Maliks gnadenlose Bogenschützen.

»Dieser Kerl da!« schrie eine Stimme über den Kampflärm. »Packt ihn! Das ist eine Falle!«

Zu spät begriff Ulrich, daß niemand anderer als er gemeint war. Er prallte zurück, doch schon rannte ein Tempelritter mit gezückter Waffe auf ihn zu, und diesmal schwirrte kein Pfeil herbei, um den Angreifer aufzuhalten.

Ulrich zog hastig sein eigenes Schwert aus dem Gürtel, suchte mit gespreizten Beinen nach festem Stand, ganz wie es ihm Yaccur gezeigt hatte – und starrte verwirrt auf seine Hände, die plötzlich leer waren, als der Templer eine blitzartige Bewegung mit dem Schwert machte. Der Mann ergriff ihn grob beim Wams und zerrte ihn zu sich heran. Ulrich stieß ihm das Knie zwischen die Schenkel, aber der Ritter nahm den Hieb ohne mit der Wimper zu zucken hin und versetzte Ulrich eine schallende Ohrfeige, die ihn abermals zu Boden schleuderte. Mit einem Tritt fegte der Templer Ulrichs Schwert außer Reichweite und setzte gleichzeitig die Spitze seiner eigenen Klinge auf Ulrichs Kehle.

Verzweifelt drehte Ulrich den Kopf, um nach Malik Ausschau zu halten. Die *Haschischin* waren höchstens noch zehn, zwölf Pferdelängen von der Oase entfernt, ehe sie den verlorenen Haufen übriggebliebener Tempelritter durch ihre Übermacht niederwalzten. Aber vorher würde Ulrich tot sein.

Da senkte sich ein ganzer Hagel von Pfeilen auf den Tempelritter herab, der über Ulrich stand. Der Mann schrie auf, stolperte einen Schritt nach vorne und brach zusammen, wobei er noch einmal mit dem Schwert nach Ulrichs Kehle stieß. Blitzschnell drehte sich Ulrich zur Seite, und die Klinge bohrte sich dicht neben seinem Hals tief in den Boden, während ihn der Templer unter sich begrub.

Mit verzweifelter Kraft versuchte Ulrich, unter dem Templer hervorzukriechen, aber der Tote schien mit einem Male schwer wie ein Pferd. Ulrichs Hand fuhr durch den Sand, ertastete etwas Hartes und schloß sich darum – das Schwert des Mannes.

Ein weiterer Tempelritter sah dies, trat ihm die Waffe aus den Fingern und holte mit seiner eigenen Klinge zu einem fürchterlichen Hieb aus. Da vertrat ihm ein Mann den Weg. Das Schwert des Templers sauste mit einem dumpfen Laut gegen den hochgerissenen Schild des anderen und federte zurück. Der Tempelherr verlor das Gleichgewicht und fiel nach hinten. Mit einem Schritt war der andere über ihm, nagelte seinen Schildarm mit dem Fuß zu Boden – und stieß ihm das Schwert ins Herz!

Der Mann starb ohne einen einzigen Laut, ja, wahrscheinlich, ohne überhaupt zu begreifen, was wirklich geschehen war, aber Ulrich blickte mit Grauen auf diesen kaltblütigen Mord.

Sein Retter drehte sich zu ihm herum. Im ersten Moment hatte Ulrich geglaubt, es wäre Sarim de Laurec, der ihm beigesprungen wäre, aber jetzt erkannte er, daß es der Reiter war, der anfangs mit ihnen gesprochen hatte. An seinem linken Arm hing ein dreieckiger Schild, auf dem eine blutrote, gebrochene Rose prangte, wo eigentlich das Kreuz der Templer sein sollte.

»Ihr?« murmelte Ulrich verstört. »Ihr... Ihr seid Guilleaume de Saint Denis?«

Der Templer beugte sich mit einem zornigen Knurren zu ihm herab, hob den Leichnam des Tempelherrn von Ulrich herunter und zog ihn unsanft auf die Füße. »Verdammter Narr!« schimpfte er. »Wer hat dir gesagt, daß du dich in solche Gefahr begeben sollst? Um ein Haar hättest du alles verdorben!«

Ulrich antwortete nicht. Aus ungläubig aufgerissenen Augen starrte er auf den Toten herab, der in einer Blutlache dalag, mit weiten blinden Augen, den Mund zu einem Schrei geöffnet, zu dem er keine Zeit mehr gefunden hatte. Jetzt erst, bei diesem Anblick, wurde Ulrich klar, was hier vor sich ging – mit seiner Hilfe. Es war gemeiner, hinterhältiger Mord, an Sklaven, die nicht einmal wußten, warum sie sterben mußten, und an den Templern, die skrupellos geopfert worden waren, von ihrem eigenen Ordensherrn!

Ulrich riß sich los und stolperte einen Schritt von Guilleaume de Saint Denis zurück. »Mörder!« keuchte er. »Verdammter feiger Mörder! Ich werde nie tun, was ihr von mir verlangt. Niemals! Eher lasse ich mich töten!«

Guilleaume de Saint Denis versetzte ihm einen Schlag ins Gesicht. Ulrich fiel, preßte die Hand auf die brennende Wange und kämpfte die Tränen zurück, die der Schmerz in seine Augen treiben wollte. Rings um ihn herum endete der Kampf so schnell, wie er begonnen hatte. Die Templer, die den Pfeilregen überlebt hatten, wurden von Maliks *Haschischin* niedergeritten. Nur ein einziger der Angreifer fiel aus dem Sattel und blieb liegen, und auch das war wohl eher ein Unfall. Aber Ulrich achtete nicht mehr auf das Gemetzel. Ohnmächtige Wut erfüllte ihn.

»Steh jetzt auf!« fuhr ihn de Saint Denis an. »Es ist vorbei.« Er packte Ulrich und stieß ihn vor sich her zu Malik hinüber.

»Ritter Guilleaume«, begann Malik mit einem nur angedeuteten Nikken. »Ihr habt Ulrich das Leben gerettet. Ich danke Euch.«

Guilleaume schnaubte. »Behaltet Euren Dank, Sarazene«, sagte er wütend. »Um ein Haar hätte sich dieser Dummkopf selbst umgebracht – ist das die Art von gründlicher Ausbildung, die Ihr uns versprochen habt?«

»Er ist ein Junge«, antwortete Malik ruhig. »Kein Krieger. Was verlangt Ihr? Und er lebt ja noch, oder?«

»Aber das ist nicht Euer Verdienst«, fauchte Guilleaume. Er fuhr herum und deutete wütend auf Sarim de Laurec, der ein Stück abseits stand und die Arme vor der Brust verschränkt hatte. Sein Schwert steckte noch immer in der Scheide, als hätte er es gar nicht gezogen, und Ulrich hoffte inbrünstig, daß es so war. Die Vorstellung, daß Sarim de Laurec die Waffen gegen seine eigenen Brüder geführt haben könnte, war ihm unerträglich.

»Und wer ist das?« fuhr Guilleaume aufgebracht fort. »Was bedeutet das? Dieser Mann ist...«

»Der Tempelherr Sarim de Laurec«, unterbrach ihn Malik lächelnd. »Ich nehme an, Ihr kennt den Ruf, der ihm vorauseilt?«

»Wer kennt ihn nicht?« fragte Guilleaume. »Er allein hat mehr *Haschischin* getötet als der Rest unseres Ordens zusammen.«

»Dann müßte er doch Euer Vertrauen haben«, sagte Malik lächelnd. »Was macht er bei Euch? Ist er eingeweiht?«

»Das ist er«, bestätigte Malik. »Und er steht auf unserer Seite, Ritter Guilleaume.« Er lachte wieder. »Könnt Ihr Euch einen besseren vorstellen als ihn, Saladin von der Ernsthaftigkeit unseres Angebots zu überzeugen? Ritter Sarims Ruf ist zweifellos auch bis ins Zelt des Sultans gedrungen. Wenn er mit uns gemeinsame Sache macht, wird selbst Saladin glauben, daß wir es ernst meinen.«

»Das paßt mir nicht«, sagte Guilleaume. »Es ist nicht gut, wenn zu viele in unseren Plan eingeweiht sind.«

»So?« fragte Malik spöttisch. »Ist es vielleicht nicht eher so, daß Ihr fürchtet, Sarim de Laurec könnte Euch den Ruhm streitig machen?« Er winkte hastig ab, als Guilleaume de Saint Denis auffahren wollte, und wies auf die Pferde. »Genug jetzt. Wir reiten zurück ins Lager. In einer Stunde wird eine Karawane hier sein, wie meine Späher mir berichten. Sie dürfen uns nicht sehen. Aber sie werden zweifellos berichten, daß sie ein Dutzend erschlagener Tempelritter gefunden haben.« Damit wandte er sich um und stieg wieder in den Sattel. Auch Guilleaume ging nach kurzem Zögern davon und fing eines der herrenlosen

163

Pferde ein. Malik winkte Ulrich, ebenfalls wieder in den Sattel zu steigen.

Sie warteten, bis die *Haschischin* die Toten nach Wertsachen durchsucht und die Lastkamele eingefangen hatten, um sie mitzunehmen, dann ritten sie zurück nach Süden, dem versteckten Berglager zu.

17

Sie wurden erwartet, als sie ins Lager zurückkehrten. Ein Bote kam ihnen entgegen, der leise, aber sehr aufgeregt mit Malik sprach. Obwohl Ulrich kein Wort verstand, spürte er doch die Unruhe, die kurz darauf von Malik – und bald auch von Sarim de Laurec und Guilleaume de Saint Denis – Besitz ergriff. Trotz der Hitze, die jede normale Bewegung zur Qual machte, legten sie das letzte Stück bis zum Lager in vollem Galopp zurück, und Ulrich war nicht der einzige, der vor Erschöpfung nahezu aus dem Sattel sank, als sie das verborgene Tal schließlich erreichten.

Als sie durch den getarnten Eingang ritten, sahen sie eine hochgewachsene Gestalt, die ungeduldig vor Maliks Zelt auf und ab ging.

Es war ein Tempelritter – und nicht irgendeiner, sondern der Mann, den Ulrich im unterirdischen Saal des Felsentempels mit dem Alten vom Berge getroffen hatte: Bruder Gerhard, das Oberhaupt aller Templer. Wie damals trug der Templermeister auch jetzt trotz der unbeschreiblichen Hitze einen metallenen Helm, der sein Gesicht vollkommen verbarg. Doch Ulrich erkannte ihn an seiner Haltung und seiner raschen, zielsicheren Art, sich zu bewegen. Er war viel größer als alle anderen, und auch seine Kleidung unterschied ihn von den übrigen.

Malik, Sarim und de Saint Denis ritten schneller, als sie die hohe Gestalt vor dem Zelt erblickten, und Gerhard blieb stehen, um ihnen entgegenzusehen. Sie ritten ganz nahe an ihn heran, und Ulrich sah, wie er unmerklich zusammenzuckte, als er Sarim de Laurec erblickte. Fragend wandte sich Gerhard an Malik, der inzwischen vom Pferd gesprungen war. Er antwortete mit atemlosen, knappen Worten, und Gerhard nickte, drehte sich herum und verschwand in Maliks Zelt, ohne eine Einladung dazu abzuwarten. Malik und Guilleaume de Saint Denis folgten ihm, während Sarim de Laurec zwar ebenfalls absaß, sich aber auf der Stelle herumdrehte und wartete, bis Ulrich herangekommen war.

»Bruder Gerhard«, sagte er knapp zu ihm.

Ulrich nickte. »Ich weiß. Ich bin ihm schon begegnet. Was ist geschehen? Was tut er hier?«

»Das weiß ich nicht«, antwortete Sarım de Laurec, »aber es muß von großer Wichtigkeit sein, daß er das Wagnis auf sich nimmt, hierher zu kommen, noch dazu am hellichten Tage.« Er machte eine auffordernde Handbewegung, schlug die Zeltplane vor dem Eingang zur Seite und winkte Ulrich abermals.

Im Inneren des Zeltes war es kühl und dunkel. Erst allmählich gewöhnten sich Ulrichs Augen an das Dämmerlicht. Hinter ihm schlug Sarim de Laurec die Zeltplane wieder zu und trat zu den anderen. Unsicher blickte Ulrich von Malik zu Sarim, de Saint Denis und Gerhard. Mit Ausnahme des Templermeisters hatten jetzt alle ihre Kopfbedeckungen abgenommen; selbst Malik zog mit einem erleichterten Seufzen das schwarze Tuch herunter, das sein Gesicht bisher verborgen hatte. Nur Gerhard machte keine Anstalten, den Helm abzusetzen, obwohl die Hitze darunter unerträglich sein mußte.

»Nun sprecht, Gerhard«, begann de Saint Denis. Offensichtlich hatten sie auf Sarim de Laurec und Ulrich gewartet. »Was treibt Euch hierher, gegen unsere Verabredung? Die Gefahr, daß man Euch entdeckt . . .«

»Ist groß, ich weiß«, unterbrach ihn Gerhard mit hörbarer Ungeduld. »Aber es mußte sein. Es ist etwas geschehen, das all unsere Pläne zunichte machen kann. Wir müssen schnell reagieren. Jede Stunde kann kostbar sein.«

»Was ist geschehen?« fragte nun auch Sarim de Laurec. »Ist unser Plan entdeckt worden?«

Ulrich fuhr zusammen. Er hatte gesagt: *unser* Plan. Die winzige Hoffnung, daß sich Sarim vielleicht doch nur verstellt hatte, schmolz dahin.

Gerhard schüttelte heftig den Kopf. »Das nicht«, antwortete er. »Aber es kann sein, daß wir damit zu spät kommen. Saladin hat Tiberias angegriffen und genommen. Die Zitadelle hält seinen Angriffen noch stand, aber es kann sich nur noch um Tage handeln, bis sie fällt.«

Sarim de Laurec fuhr zusammen. »Und Guido?« murmelte er.

»Was erwartest du, Bruder?« fragte Gerhard wütend. »Dieser Schwachkopf hat natürlich genau das getan, was Saladin mit seinem Angriff erreichen wollte – er hat Akkon verlassen und zieht ihm entgegen. Wenn kein Wunder geschieht, trifft er in zwei, spätestens drei Tagen mit seinem Heer zusammen.«

»Großer Gott«, stöhnte Guilleaume de Saint Denis. »Wie viele Männer hat er bei sich?«

»Alle«, antwortete Gerhard. »An die zwölftausend Ritter, viertausend leichte Reiter und sicherlich zehntausend Mann Fußvolk – jeder Mann, der in der Lage ist, eine Waffe zu führen. Akkon und Jerusalem sind nahezu allen Schutzes beraubt. O dieser Verblendete! Saladin muß ihn nur weit genug in die Wüste hinauslocken, um Jerusalem in aller Ruhe einnehmen zu können. Sein Heer ist dem unseren zahlenmäßig unterlegen, es ist jedoch viel schneller und wendiger.«

»Aber wie konnte das geschehen?« fragte Sarim de Laurec aufgebracht. »Wieso habt Ihr nicht versucht...«

»Ihn aufzuhalten?« unterbrach ihn Gerhard. Er lachte, aber es klang bitter. »Du bist ein tapferer Mann, Bruder Sarim, aber du kennst Guido nicht – er ist ein Narr, der nicht auf die Stimme der Vernunft hört, sondern auf die, die ihm am besten zu schmeicheln weiß. Er hat sich vorgenommen, Saladin in offener Feldschlacht zu stellen und zu schlagen – und jetzt fragt mich nicht, warum, denn ich weiß es nicht. Vielleicht will er als der Mann in die Geschichte eingehen, der Saladin besiegte.«

»Er wird es als der tun, der Saladin den Sieg schenkte«, knurrte de Saint Denis. »Unsere Truppen sind den muslimischen Reitern nicht gewachsen – nicht hier in der Wüste. Wo, sagt Ihr, werden sie zusammentreffen?«

»Nicht sehr weit von hier«, antwortete Gerhard. »Irgendwo an den Ufern des Sees Genezareth.« Er ballte zornig die Faust und schüttelte den Kopf. »Vielleicht können wir noch das Schlimmste verhindern, aber meine Hoffnung ist nicht sehr groß. Ich bin vorausgeritten, angeblich, um mit Euch und Botho zusammenzutreffen, Bruder Guilleaume. Heute abend wird das Heer in der Nähe von Sephoria lagern, und Guido erwartet mich und seinen Sohn.«

»Und Saladin?«

»Steht nahe genug, uns noch im Laufe der Nacht angreifen zu können«, murmelte Gerhard finster. »Aber das wird Saladin nicht tun.«

»Und warum nicht?« fragte Sarim.

»Weil er zu klug ist«, antwortete Gerhard gereizt. »Warum sollte er ein Heer von sechsundzwanzigtausend Männern angreifen, das noch stark und ausgeruht ist? Der Weg war anstrengend, und die Hitze zehrt an den Kräften der Männer, aber noch sind sie frisch und voller Kampfeslust. Laßt sie nur einen weiteren Tag durch die Sonne marschieren, Durst und Hitze leiden, und dann sieht die Sache anders aus. Nein – Saladin ist schlau genug, dies zu wissen, und wird den Angriff verschieben.«

»Dann haben wir noch Zeit«, sagte Malik. »Wenn Ihr zurückreitet und ihm berichtet, daß sein Sohn in Saladins Hand gefallen ist...«

»Das war mein Plan«, bestätigte Gerhard. »Aber was ist mit Euch? Ist alles so gelaufen, wie wir gehofft haben? Und was ist mit ihm?« Er deutete auf Ulrich. »Ist er bereit?«

»Ja«, antwortete Malik.

Sarim de Laurec und Guilleaume de Saint Denis sagten wie aus einem Mund: »Nein.«

»Ja – nein ... was soll das heißen?« fragte Gerhard gereizt. »Ist er bereit oder nicht?«

»Nein«, sagte Guilleaume bestimmt. »Er ist ein unvorsichtiger Junge, Bruder. Hätte ich nicht eingegriffen, wäre er schon tot, aus purer Nachlässigkeit. Und wie mir Bruder Sarim bestätigt, ist er auch nicht bereit zu tun, was wir von ihm verlangen.«

»Er hat versucht, mich zur Flucht zu überreden«, bestätigte Sarim. »Noch heute, kurz bevor wir das Lager verließen.«

Gerhard fuhr mit einer wütenden Bewegung herum und wandte sich an Malik. »Wie kommt das?« wollte er wissen. »Wie stellt Ihr Euch vor, soll er Bothos Rolle spielen, falls der Austausch noch klappen sollte?«

»Er wird es tun«, versicherte Malik, der nun doch deutliche Spuren von Beunruhigung zeigte. Wütend starrte er de Laurec und Guilleaume an und fuhr dann fort: »Ich rechnete mit mehr Zeit, seine Ausbildung zu beenden. Aber Ihr wißt, daß es noch andere Mittel und Wege gibt, ihn gefügig zu machen.«

»Die uns nichts nützen«, fauchte Gerhard. »Was soll ich mit einem ausgebrannten Wrack auf dem Thron Jerusalems. Ich weiß sehr wohl, was Ihr unter gefügig machen versteht, Malik. Ich brauche keinen König, der nach fünf Jahren so weit ist, daß er nicht einmal mehr seinen eigenen Namen kennt!«

»Keine Sorge!« gab Malik zurück. Er war nun ebenso gereizt wie Gerhard. »Er ist jung genug, es unbeschadet zu überstehen. Und wenn er erst einmal in Jerusalem und unter Eurer Kontrolle ist, werdet Ihr vollenden, was wir angefangen haben.«

»Das war nicht vereinbart!« sagte Gerhard.

Malik erhob unwillig die Hand. »Es war auch nicht vereinbart, daß Euer leichtsinniger König sein Heer nimmt und Saladin entgegenzieht«, sagte er wütend. »Ihr habt uns eine Frist von weiteren drei Wochen versprochen, nicht drei Stunden, Gerhard! Und wenn die Zeit, die uns bleibt, wirklich so kurz ist, wie Ihr behauptet, sollten wir sie nicht damit vergeuden, uns zu streiten.« Er fuhr herum, ohne Gerhards Antwort abzuwarten, und klatschte in die Hände. Ein *Haschischin* steckte den Kopf zum Zelt herein und sah ihn fragend an. Malik sagte ein einziges Wort, und der Mann verschwand wieder, nicht ohne vorher Ulrich einen unheilvollen Blick zuzuwerfen.

»Wie wollt Ihr vorgehen?« fragte Malik.

»Wie wir es versprochen haben«, antwortete Gerhard nach kurzem Zögern. »Nur leider sehr viel überhasteter und nicht halb so gut vorbereitet, wie mir lieb wäre. Aber mit Gottes Hilfe wird es gelingen – oder wir sind alle tot, noch ehe die Sonne das nächste Mal aufgeht.« Er schwieg einen Augenblick und sah Sarim de Laurec nachdenklich an. »Vorhin, als ich dich sah, war ich verärgert, Bruder Sarim«, sagte er, »aber bei rechtem Überlegen ist es vielleicht ein Glücksfall, daß du bei uns bist. Du kennst Saladin?«

»Ich bin ihm einmal begegnet«, bestätigte Sarim de Laurec. »Ja, ich kenne ihn...«

»Du kennst deinen Ruf, Bruder«, unterbrach ihn Gerhard. »Saladin weiß, wer du bist, auch wenn er sich vielleicht nicht an dein Gesicht erinnert. Also paß auf: du wirst diesen Jungen zu ihm bringen, zusammen mit einer Abordnung von Maliks Leuten. Du wirst ihm die Wahrheit sagen, wenigstens bis zu dem Punkt, an dem die Rückgabe des Jungen stattfindet – daß wir Templer des Kämpfens müde sind und daß wir ihm diesen Knaben als Unterpfand für den Frieden übergeben.«

»Saladin wird mich in Stücke hacken lassen«, sagte Sarim ruhig. »Er weiß, wie viele seiner Krieger ich getötet habe.«

»Um so eher wird er glauben, daß du die Wahrheit sprichst«, sagte Gerhard ungehalten. »Er ist kein Leichtfuß, sondern ein Mann, der einen Sieg am Verhandlungstisch dem auf dem Schlachtfeld allemal vorzieht. Aber er muß glauben, daß dieser Knabe wirklich Botho von Lusignan ist, hörst du?«

An Guilleaume gewandt, fuhr Gerhard fort: »Du, Bruder, wirst mich nach Sephoria begleiten. Du wirst Guido berichten, daß ihr von Kriegern Saladins überfallen worden seid und daß du einen Schlag gegen den Helm bekommen hast und bewußtlos liegengeblieben bist. Ich werde bestätigen, daß ich dich bewußtlos fand und außer dir alle Krieger und Sklaven tot waren. Botho war nicht unter den Toten. Selbst ein Mann wie Guido wird daraus folgern, daß Saladin seinen Sohn entführt hat.«

»Und sich mit noch größerer Wut auf die muslimischen Heere stürzen«, sagte Sarim.

Gerhard nickte. »Diese Gefahr besteht«, sagte er. »Ich werde alles in meiner Macht Stehende versuchen, ihn dazu zu überreden, einen Unterhändler zu Saladin zu schicken – entweder Bruder Guilleaume oder mich selbst. Mein Vorschlag wird sein, daß wir Saladin einen Frieden zu Bedingungen anbieten, die beide akzeptieren können – wir behalten Akkon, Askalon und die anderen Burgen, Jerusalem wird beiden Völkern gleichermaßen offenstehen, und die Waffen werden schweigen. Mehr ist es nicht, was Saladin will, und Guido weiß das. Deine Aufgabe, Bruder Sarim, besteht darin, Saladin dazu zu bringen, den Jungen an den von uns dafür vorgesehenen Ort zu bringen.«

»Und wo soll das sein?« erkundigte sich Sarim de Laurec.

»Ein kleines Dorf am See Genezareth, einen halben Tagesmarsch von Sephoria entfernt«, antwortete Gerhard. »Sein Name ist Hattin. Wenn Guido einwilligt, sollen die Verträge dort unterzeichnet und der vermeintliche Königssohn zurückgegeben werden.«

»Und dann?« forschte Sarim weiter.

»Dann wird endlich Frieden sein, so Gott will«, sagte Gerhard seufzend.

»Das meine ich nicht«, beharrte Sarim. »Was wird geschehen, wenn Guido den Schwindel bemerkt?«

»Der Ärmste wird vielleicht einen Unfall erleiden«, sagte Gerhard kalt. »Guido ist kein besonders guter Reiter, das ist bekannt. Er kann vom Pferd stürzen und sich das Genick brechen.«

Sarim lachte unsicher. »Wer soll Euch das glauben, Gerhard?« fragte er.

»Niemand wird es wagen, an meinen Worten zu zweifeln«, antwortete Gerhard überzeugt. Er breitete seufzend die Hände vor dem Körper aus. »Ich weiß, daß es ein verzweifelter Plan ist, aber er kann gelingen. Wir müssen es einfach versuchen.«

»Ihr wißt, was geschieht, wenn er mißlingt«, sagte Sarim de Laurec ernst.

»Selbstverständlich«, antwortete Gerhard, und es klang eher traurig als wütend. »Aber es muß getan werden.«

»Ihr setzt mehr als Euer Leben aufs Spiel, Bruder«, murmelte Sarim. »Es ist Euer Seelenheil, das Ihr riskiert.«

»Für das Leben von Tausenden unserer Brüder, ja«, sagte Gerhard. »Und noch einmal der gleichen Anzahl Muslims, die auf Saladins Seite stehen. Auch sie sind Kinder Gottes. Und sie...«

Er brach unvermittelt ab, als die Zeltplane aufgestoßen wurde und zwei *Haschischin* hereinkamen. Einer von ihnen trug einen mit rotem Wachs versiegelten Tonkrug und eine hölzerne Schale in den Händen, während der andere, ohne daß es eines Befehls Maliks bedurft hätte, mit einem raschen Schritt hinter Ulrich trat und ihn so mit den Armen umschlang, daß er sich nicht mehr rühren konnte. Ulrich war der verschwörerischen Unterhaltung bisher stumm gefolgt. Nun schrak er auf und begann sich mit verzweifelter Kraft zu wehren, doch der Mann hielt ihn mit eisernem Griff fest. Nun wußte Ulrich auch, was Maliks Befehl und der unheilvolle Blick vorhin zu bedeuten hatten.

Malik nahm dem zweiten *Haschischin* Schale und Krug ab, erbrach das Siegel des Tongefäßes und goß etwas von seinem Inhalt in die Schale. Ulrich begann schreiend um sich zu treten, als Malik die Schale mit beiden Händen ergriff und auf ihn zukam.

Der Mann hinter ihm hielt ihn nur noch fester, klemmte Ulrichs strampelnde Beine zwischen seinen kräftigen Oberschenkeln ein und bog seinen Kopf zurück. Ulrich wand sich noch immer, zugleich preßte er mit aller Macht die Kiefer zusammen, so fest, daß seine Zähne zu schmerzen begannen.

Sarim de Laurec trat mit einem ungeduldigen Knurren heran, legte die Hand auf Ulrichs Kehle und drückte zu.

Sein würgender Griff war nicht so fest, daß Ulrich das Bewußtsein verlor, aber vor seinen Augen tanzten dunkle Flecken. Sein Herz schlug wie wild. Gerade, als Ulrich zu ersticken glaubte, ließ Sarims Hand seine Kehle los.

Keuchend rang Ulrich nach Luft – und schluckte die bitter schmekkende Flüssigkeit hinunter, die Malik rasch zwischen seine Lippen drängte. Ulrich würgte, hustete, rang neuerlich verzweifelt nach Luft und schluckte wieder, und immer wieder, nur um dazwischen ein wenig Atemluft in seine stechenden Lungen zu pumpen. Schließlich war die Schale geleert, und Malik trat zurück. Der Mann, der Ulrich bisher festgehalten hatte, gab ihn frei. Ulrich taumelte, fiel auf die Knie und hustete qualvoll. Der ganze Körper tat ihm entsetzlich weh. In seinem Bauch begann sich wieder diese seltsame Wärme auszubreiten.

Es war wie damals im Felsentempel, als Malik ihm den magischen Trank verabreichte, nur schlimmer, hundertfach schlimmer. Ulrichs Magen schien in Flammen zu stehen. Seine Gedanken begannen sich zu verwirren. Sein Kopf wurde leicht und schwerelos. Dumpfe Gelassenheit machte sich in Ulrich breit; selbst die stechenden Schmerzen in seiner Lunge störten ihn nicht mehr.

»Steh auf«, sagte Malik leise.

Ulrichs Arme und Beine bewegten sich fast ohne sein Zutun. Langsam stemmte er sich in die Höhe, drehte sich zu Malik um und sah zu ihm auf.

»Hör mir zu«, sagte Malik. »Du bist Botho von Lusignan, der Sohn des Königs von Jerusalem. Du warst auf dem Wege zu deinem Vater, als deine Karawane überfallen wurde. Deine Begleiter sind getötet worden, nur du bliebst am Leben. Hast du das verstanden?«

»Mein Name ist Botho von Lusignan«, wiederholte Ulrich langsam. »Ich war auf dem Wege nach Jerusalem, als meine Karawane überfallen wurde. Alle außer mir sind tot.«

Malik nickte zufrieden. »Du wirst nichts anderes sagen, ganz gleich, wer dich fragt. Du wirst schweigen, auch wenn man dir zusetzt.«

»Ich werde schweigen«, murmelte Ulrich halblaut.

»Zauberei«, ließ sich Gerhard düster vernehmen.

»Wißt Ihr einen anderen Weg?« Malik wandte sich scharf um.

»Wie lange wird es anhalten?« fragte Gerhard ungerührt. »Was, wenn Saladin ihn eines gründlichen Verhörs unterzieht? Er ist noch jung. Er wird nicht lange standhalten.«

»Saladin wird ihm nichts zuleide tun, Templer«, antwortete Malik abfällig. »Ihr solltet nicht glauben, daß die schlechten Gewohnheiten Eures Volkes überall Schule machen. Und was die Wirkung der Droge angeht – sie wird lang genug anhalten. Ich möchte dem Jungen nicht zuviel davon geben«, fügte er hinzu, »Ihr wißt, wie gefährlich sie ist.«

Gerhard blickte nachdenklich. »Morgen abend muß alles geschehen sein, denn Ihr werdet kaum länger als bis Sonnenuntergang brauchen, Saladins Lager zu erreichen.«

»Länger darf es ohnehin nicht dauern«, bestätigte Malik.

»Die beiden Heere stehen sich gegenüber, vergeßt das nicht.« Gerhard schenkte Ulrich einen letzten, sehr langen und besorgten Blick »Gut«, sagte er. »So sei es. Wir sehen uns – morgen bei Sonnenuntergang in Hattin.«

»Oder in der *Dschehenna*«, fügte Malik hinzu.

18

Das Heerlager – eine ungeheure Ansammlung von Zelten in allen Farben, Formen und Größen – breitete sich vor ihnen aus. Das Summen unzähliger Stimmen erfüllte bedrohlich wie ein gewaltiger Bienenstock die Luft. Von der Anhöhe aus, von der sie herabblickten, sah alles winzig wie Spielzeug aus. So weit das Auge reichte, reihte sich Zelt an Zelt. Dazwischen wimmelte es von Menschen, Pferden und Kamelen.

Ulrich richtete sich im Sattel auf, so gut er konnte. Hinter seiner Stirn drehte sich noch alles. Sein Kopf fühlte sich taub an wie eine pralle, mit Luft gefüllte Schweinsblase, in der kleine Sandkörnchen rieselten. Er war benommen, als hätte er zuviel Wein getrunken. Der bittere Geschmack des Zaubertrankes lag noch auf seiner Zunge. Wie von weit her glaubte er noch einmal Maliks Worte zu hören, daß es gefährlich sei, wenn er zuviel davon einnahm. Zum wiederholten Male bemühte sich Ulrich, seine Gedanken zu ordnen, doch es gelang ihm nicht.

Saladins Lager erstreckte sich vor ihnen wie ein bunter Flickenteppich über das gesamte Tal, verschmolz im Osten mit dem blauen Spiegel des Sees Genezareth und schob sich diesseits den Hügel hinauf, auf dem sie standen. Eine gewaltige Glocke aus Staub lag über dem Land, Staub, der von Tausenden und Tausenden von Füßen und Hufen aufgewirbelt worden war, und der Boden, über den sie ritten, schien vor Erregung zu vibrieren.

Obwohl sich Ulrich gelähmt fühlte, spürte er doch die Anspannung, die von Sarim de Laurec ebenso Besitz ergriffen hatte wie von Malik Pascha und seinen Männern. Sie wurden beobachtet, seit sie den Fluß überschritten und in Richtung Saladins Lager geritten waren. Ulrich war vermutlich der letzte gewesen, der die Schatten bemerkt hatte, die ihnen lautlos folgten, die unsichtbaren Augen, die hinter Felsen und Dornengebüsch lauerten.

Langsam und vorsichtig, denn der Hang war steil und mit losem Geröll übersät, ließen sie ihre Pferde hinabsteigen. Am Fuße des Hügels entstand Bewegung, Männer strömten ihnen aus verschiedenen Richtungen entgegen. Ulrich bemerkte, wie sich Sarim de Laurecs Finger fester um das Zaumzeug schlossen. Ein Ausdruck der Entschlossenheit lag auf seinem Gesicht, und plötzlich wurde sich auch Ulrich des Umstandes bewußt, daß der Ausblick auf das gewaltige Heerlager und den stillen blausilbernen See dahinter gut das Letzte sein konnte, was er in seinem Leben überhaupt sah.

»Sie kommen«, sagte Sarim überflüssigerweise. Seine Stimme klang gepreßt. In seinen Augen war ein fiebriger Glanz.

Malik nickte kurz, verhielt sein Pferd und gab auch den anderen ein Zeichen, anzuhalten. Zweihundert Schritte vor den ersten Zelten und Lagerstellen kam die kleine Gruppe zum Stehen: Ulrich, Sarim de Laurec, Malik Pascha und fünf ausgesuchte *Haschischin,* die sie eskortierten. Ulrich hatte sich anfangs ein wenig gewundert, daß Malik nur so wenig Männer mitnahm; jetzt verstand er, daß es schon fast zu viele waren. Saladins Krieger waren mittlerweile bedrohlich nahe gekommen.

»Kein Wort, Botho«, befahl Malik knapp. »Auch Ihr schweigt, Sarim, solange Ihr nicht gefragt werdet. Das Reden übernehme ich.«

Sarim de Laurec nickte fahrig. Seine Hand kroch ein Stück auf sein Schwert zu, zuckte aber sofort wieder zurück. Noch immer näherten sich die Männer Saladins und begannen sie zu umzingeln. Ulrich spürte die Feindseligkeit, die den *Haschischin* entgegenschlug, während Sarim und Ulrich wohl eher mit einer Mischung aus Neugier, Staunen und Verachtung betrachtet wurden.

Malik ritt auf einen der Männer zu, beugte sich im Sattel vor und sagte ein paar Worte zu ihm. Der Muslim antwortete, und die Umstehenden brachen in rauhes, drohendes Gelächter aus. Malik blieb ruhig, wiederholte seine Worte und deutete dabei zuerst auf Ulrich und Sarim, dann auf das Lager. Endlos schien die Zeit, während Malik mit dem Krieger sprach. Die Menschenmenge um sie wuchs beständig. Immer mehr Männer strömten herbei. Als Malik sich endlich mit dem Krieger einigte, war die Lage äußerst bedrohlich geworden. Ein falsches Wort, ja, eine falsche Bewegung nur von einem von ihnen ... Ulrich mochte diesen Gedanken gar nicht zu Ende denken.

Aber das Wunder geschah – die Krieger stürzten sich nicht auf sie, sondern die Menge teilte sich und gab den Weg frei. Doch willkommen waren sie im Lager der Sarazenen nicht. Nur widerwillig wichen die dicht an dicht stehenden Männer zurück, keine gezückte Waffe senkte sich, und jede Bewegung der Fremden wurde mißtrauisch aus vielen Augen beobachtet.

So ritten sie langsam in das feindliche Lager ein. Es dauerte lange, bis sie an einen kreisförmigen Platz kamen, in dessen Mitte ein prächtiges, von einer doppelten Reihe finsterer Wachen umstelltes Zelt aufgeschlagen war. Sie waren bei Sultan Saladin angelangt, den Malik zu sprechen verlangt hatte. Boten waren ihnen vorausgeeilt, so daß der Sultan schon von ihrer Ankunft wissen mußte, aber noch schien nichts darauf hinzudeuten.

Die Krieger hießen sie absitzen. Die Pferde wurden weggeführt, kaum daß sie aus den Sätteln gestiegen waren. Als Ulrich einen Blick auf Maliks *Haschischin* warf, sah er erstmals Panik in ihren Augen. Auch Malik wirkte mehr als beunruhigt. Sein Gesicht glänzte vor Schweiß, und seine Augen flitzten wachsam umher. Wieder verlangte er mit Nachdruck, Saladin zu sprechen.

Doch es verging noch eine geraume Weile, bis der Eingang des Zeltes endlich zurückgeschlagen wurde und ein riesiger Mann heraustrat. Seine breiten Schultern waren in wallendes Schwarz gehüllt, wie es die *Haschischin* trugen. Ruhig trat er Malik entgegen, scheuchte die Krieger, die ihn umringten, mit einer Handbewegung beiseite und deutete fragend auf Ulrich und Sarim. Malik setzte zu einer Antwort an, doch der Riese schnitt ihm unwillig das Wort ab.

Hilflos stand Ulrich da und sah ihnen zu. Wenn er wenigstens verstanden hätte, was die beiden Männer sprachen!

Endlich schien es Malik gelungen zu sein, dem Mann, der offenbar zur Leibwache Saladins gehörte, sein Anliegen vorzutragen. Dieser wies abermals auf die beiden und drehte sich mit einem Ruck um. Ulrich bekam einen Stoß in den Rücken, der ihn auf Saladins Zelt zustolpern ließ. Auch Sarim und Malik wurden vorwärts gestoßen, während die *Haschischin* von Saladins Kriegern eingeschlossen und weggeführt wurden. Ulrich sollte sie niemals wiedersehen.

Saladins Zelt war von einer Anzahl kleiner Öllampen hell erleuchtet. In der Luft hing der Geruch von Rosenwasser und anderen duftenden Essenzen. Boden und Wände waren mit kunstvollen Teppichen ausgestattet. Prächtige Kissen luden zum Sitzen ein. Auf einem gewaltigen, mit goldglänzenden Stoffen bezogenen Diwan thronte der Sultan selbst. Er trug denselben goldglänzenden spitzen Helm wie damals, als er in der nächtlichen Wüste an ihnen vorbeigejagt war. Die Haltung, in der er auf dem Diwan saß, war eine beeindruckende Mischung aus Gelassenheit und gewaltiger, angespannter Kraft.

Saladin war ein kräftig gewachsener, nicht übermäßig großer Mann. Sein Alter war schwer zu schätzen – er konnte ebensogut dreißig wie auch fünfzig Jahre sein. Gekleidet war er eher wie ein gemeiner Krieger, abgesehen von dem goldenen Helm. Sein Gesicht war schmal und dunkel, ohne düster zu wirken, und wurde von einem gewaltigen, zweigeteilten Spitzbart beherrscht, dessen Ende er nachdenklich zwirbelte, während er seine drei Besucher aufmerksam betrachtete. Er wirkte so gar nicht wie der Mann, den Ulrich nach allem, was er über ihn gehört hatte, erwartete. Saladin, der Christenschlächter...? Kaum. Vor ihm saß ein entschlossener und starker, aber auch edler Mann. Ulrich konnte sich gut vorstellen, daß Saladin einen Frieden ausschlug, den er nur durch Betrug und Mord erringen konnte.

Malik verbeugte sich tief und begann zu sprechen, aber Saladin schnitt ihm das Wort ab, kaum daß er begonnen hatte.

»Schweigt, Malik Pascha«, sagte er deutlich in Ulrichs Sprache. »Oder redet so, daß Eure Begleiter Euch verstehen – es sei denn, Ihr wollt nicht, daß sie unser Gespräch mit anhören.«

Malik fuhr zusammen, fügte sich aber rasch wieder nach dieser Zurechtweisung und verbeugte sich tief. »Wie Ihr wünscht, Sultan«, antwortete er.

Saladin nickte. »In der Tat, ich wünsche es«, sagte er in einem Ton, der keine Widerrede duldete. Seine Aufmerksamkeit wandte sich von Sarim und Ulrich vollends Malik zu. »Ebenso wie ich eine Erklärung von Euch wünsche, Malik Pascha. Ich erinnere mich, vor vier Wochen ein Treffen mit Euch vereinbart zu haben, und zwar gegen meine innere Stimme, die mir riet, sich nicht mit Euch einzulassen. Es geschah auf ausdrücklichen Wunsch Eures Herrn, Hasan as-Sabbahs.«

»Ich weiß«, begann Malik, wurde aber abermals von Saladin unterbrochen.

»Ich habe Euch vermißt, in jener Nacht in der Wüste, Herr«, sagte er. »Dafür kam ein Mann in der Kleidung der Christen und schlich um unser Lager.« In seinen Augen glomm ein dünnes, wissendes Lächeln auf, als er Sarim de Laurec ansah. »Wenn mich nicht alles täuscht, steht dieser Mann vor mir – nicht wahr? Es hat mich eine Menge Überredungskunst gekostet, meine Krieger davon abzuhalten, Euch einzufangen und aufzuschlitzen.«

»Ihr... wußtet, daß ich da war?« Sarim de Laurec war sichtlich überrascht.

Saladin lachte leise. »Wofür haltet Ihr mich, Ritter de Laurec? Natürlich wußte ich es.«

»Aber warum habt Ihr mich gehen lassen, wenn Ihr mich bemerktet?« wunderte sich Sarim.

»Nun, vielleicht wollte ich auf diese Weise herausfinden, was der berüchtigte Tempelherr Sarim de Laurec so weit weg von Jerusalem zu suchen hatte, noch dazu an einem Ort, an dem ich mich mit meinem Erzfeind treffen wollte. Sagt mir, Ritter de Laurec, wie kommt es, daß Ihr und dieser...« er wies mit der Hand auf Malik und verzog angewidert das Gesicht, »... *Haschischin* zusammen hier auftaucht. Und wer ist dieser Knabe?«

»Dieser Knabe ist der Grund unseres Hierseins, Sultan«, mischte sich Malik eilig ein. Ulrich sah beim Klang seiner Stimme verwundert auf. Nie zuvor hatte er eine so unverhohlene Angst darin gehört; ja, bis dahin schien es, als kannte Malik dieses Gefühl überhaupt nicht. »Ihr erinnert Euch, daß mein Herr ein Treffen mit Euch wünschte, um Euch ein Angebot zu unterbreiten, wie der Krieg mit den Franken beizulegen wäre.«

»Natürlich«, sagte Saladin ungeduldig.

»Es ging um diesen Knaben«, antwortete Malik. »Wir.. hatten vor, Euch in der gebührenden Ausführlichkeit und Ruhe zu unterrichten, aber dieser Kriegszug... ändert alles.«

»Und doch ist es vielleicht noch nicht zu spät«, warf Sarim de Laurec ein.

»Zu spät?« Saladin drehte langsam den Kopf und blickte den Templer durchdringend an. »Wofür, Christ?« fragt er betont.

»Das Schlimmste zu verhindern, Sultan Saladin«, antwortete Sarim Er deutete eine Verbeugung an und trat ein kleines Stück auf Saladin zu, blieb aber mitten im Schritt stehen, als dessen Leibwächter eine drohende Bewegung machte. »Euer Heer steht bereit, Guidos Ritter anzugreifen, und ich zweifle nicht daran, daß Ihr siegen werdet, Sultan.«

»So?« fragte Saladin spitz. »Habt Ihr Euch deshalb entschlossen, rasch noch die Seiten zu wechseln?«

»Wollt Ihr mich beleidigen?« antwortete de Laurec. »Ich bin Euer Feind, Sultan, aber kein Verräter.«

Saladin runzelte ob seines scharfen Tones die Stirn, sagte aber kein Wort, sondern forderte ihn nur mit einer Handbewegung auf, weiterzureden.

»Dieser Kampf darf nicht stattfinden«, fuhr Sarim de Laurec fort. »Ihr würdet siegen, aber was wäre das für ein Sieg, Saladin? Er wäre mit dem Leben Zehntausender erkauft, und er würde nicht von langer Dauer sein, das wißt Ihr. Ihr könnt uns schlagen, aber nach uns würden andere kommen, und der Krieg ginge weiter.«

»Warum sagt Ihr das nicht dem Narren, der auf dem Thron Jerusalems sitzt, Ritter de Laurec?« fragte Saladin. »Er ist es, der seine Vasallen nicht zu zügeln weiß.«

»Ihr sprecht von Rainald von Châtillon, dem Fürsten von Transjordanien«, stellte der Templer betrübt fest. »Auch ich verurteile seine kriegerischen Überfälle auf Euer Volk. Aber schließt nicht vom Tun eines hitzköpfigen Raubritters auf uns alle, großmächtiger Sultan. Viele von uns sind des Kämpfens müde und würden lieber heute als morgen einen Vertrag mit Euch unterzeichnen, der beiden Seiten den Frieden garantiert. Und vielleicht...« bei diesen Worten deutete er auf Ulrich, »... vermag uns dieser Knabe dabei zu helfen.«

»Dieses Kind?« Saladin wandte sich zweifelnd Ulrich zu, der sich unter dem forschenden Blick des Sultans unbehaglich fühlte. Saladins kluge Augen verrieten ihm, daß der Sultan ein Mann war, dem man wohl nur schwer etwas vormachen konnte. »Wer bist du, Bursche?« fragte er.

»Mein Name ist Botho«, antwortete Ulrich gehorsam. Seine Lippen formten die Worte beinahe ohne sein Zutun. »Botho von Lusignan.«

»Botho von *Lusignan?*« wiederholte Saladin erstaunt. Seine Überraschung war nicht zu übersehen. »Was soll das heißen?«

»Dieser Knabe ist König Guidos Sohn«, erklärte Sarim. »Sein einziger Sohn, wohlgemerkt.«

Saladin schwieg einen Moment und sah Ulrich an. Dann wanderte sein Blick über den Templer zu Malik und schließlich wieder zu Ulrich. Ungläubig schüttelte er den Kopf. »Unsinn«, sagte er, und es klang verärgert.

»Botho wurde in Malta von den Brüdern des Johanniterordens erzogen und unterrichtet«, erklärte Sarim. »Nun aber, da er alt genug ist, hat Guido sich entschlossen, ihn zu sich zu rufen«, schloß er ernst. »Ihr kennt die Situation, Saladin – Guido ist ein umstrittener König. Kaum einer würde ihm eine Träne nachweinen, stieße ihm etwas zu. Humfried wurde als Gegenkönig aufgestellt – auch wenn er nicht viel besser ist als Guido selbst. Es fehlt ein kluger Kopf im Königtum Jerusalem.« Er schüttelte heftig den Kopf. »Nein, Saladin – Guidos Thron in Jerusalem steht nicht sehr fest, und das weiß er. Also läßt er seinen Sohn rufen, um seine Position zu stärken und die Nachfolge zu sichern.«

»Guidos Sohn...«, wiederholte Saladin zweifelnd. »Das ist...« Er brach ab und fuhr sich mit der Hand über die Augen. Ulrich sah, daß seine Finger schwer von goldenen Ringen waren. »Warum bringt Ihr ihn mir, Ritter de Laurec?« fragte er unvermittelt. »Und was habt Ihr mit Malik und seinen *Haschischin* zu schaffen?«

»Manchmal muß sich die Antilope mit dem Leoparden verbünden, um dem Feuer zu entkommen«, antwortete Sarim. »Wir bieten Euch diesen Knaben als Unterpfand an und erflehen von Euch nichts als Frieden.«

Der Sultan lehnte sich auf seinem Diwan zurück und schwieg nachdenklich.

»Guido wird verhandeln«, fügte Sarim rasch hinzu. »Zweifellos weiß er, daß Ihr seinen Sohn in Eurer Gewalt habt, mächtiger Sultan. Er wird Boten zu Euch schicken, um über seine Herausgabe zu verhandeln.«

»Und was wollt Ihr, Ritter de Laurec?« erkundigte sich Saladin mit unbeweglichem Gesicht. »Die Hälfte des Lösegeldes? Oder freies Geleit für den Rest Eures Lebens?«

»Guido wird Euch Lösegeld bieten, das steht außer Zweifel«, antwortete Sarim ungerührt. »Schlagt es aus und verlangt statt dessen den Frieden. Das ist es, was meine Brüder und ich wollen. Verlangt, daß er sich zurückzieht und einen Vertrag unterzeichnet, bevor es zur Schlacht kommt, Sultan. Er wird zustimmen, wenn Ihr ihm Bedingungen nennt, die er annehmen kann.«

»Und wie, Ritter, sollten diese Bedingungen aussehen, Eurer bescheidenen Meinung nach?« fragte Saladin spöttisch.

180

»Ich bin ein Mann des Schwertes, nicht des Wortes, Sultan«, antwortete Sarim, »aber ich vertraue auf Eure Weisheit und Euren Großmut. Laßt Guido genug, daß er nicht das Gesicht verliert und als Besiegter heimkehrt, aber verlangt, was Euch zusteht.«

»Etwa Rainalds Kopf«, bemerkte Saladin.

»Selbst den«, ergriff nun Malik das Wort. »Er wird ihn Euch geben, wenn auch nicht sofort. Auch Guido ist froh, diesen unberechenbaren Haudegen loszuwerden.«

Saladin beugte sich stirnrunzelnd zu Ulrich vor, dann wandte er sich Malik zu.

»Ich habe die Worte des Templers nun gehört, Malik Pascha«, sagte er hart. »Auch, wenn es mich überrascht, daß hier ein Christ im Begriff steht, mir seinen König zu verkaufen. Immerhin, der Preis ist hoch genug. Aber welche Rolle spielt Ihr dabei? Welche Ziele verfolgt Ihr, Malik Pascha?«

»Der Plan entsprang der reiflichen Überlegung meines Herrn, großmächtiger Sultan«, antwortete Malik. »Der Krieg schadet auch uns, mehr und nachhaltiger, als uns recht sein kann. Auch wir wollen das Töten beenden.«

»Das ist mir neu«, versetzte Saladin scharf, »und was Ihr vorzubringen habt, klingt nicht sehr überzeugend. Solange ich zurückdenken kann, galt für Euch und Euren Herrn stets das Gegenteil und hat mir oft genug großen Ärger bereitet.« Er seufzte, ließ sich wieder in die schwellenden Kissen seines Diwans zurücksinken und sah abwechselnd Sarim de Laurec und Malik an, ehe er sich erneut an Ulrich wandte.

»Was habt Ihr zu sagen, Botho von Lusignan?« fragte er.

»Ich werde diesem verräterischen Hund de Laurec eigenhändig die Augen ausstechen, wenn ich wieder frei bin«, knurrte Ulrich. »Und du, Sarazene«, fügte er drohend im Tonfall eines Kindes hinzu, das zwischen Angst und Trotz hin und her gerissen war, »solltest dir merken, daß mein Vater dich bei lebendigem Leib häuten lassen wird, wenn du mir auch nur ein Haar krümmst!«

Sarim starrte ihn aus aufgerissenen Augen an, aber Saladin lachte nur. »Wahrhaftig, Ihr klingt ganz so, als wärt Ihr wirklich der, der zu sein Ihr vorgebt.«

»So ist es«, sagte Malik rasch. »Glaubt uns, großmächtiger Sultan –

noch ehe die Nacht vorüber ist, wird ein Bote von Guidos Heer bei Euch erscheinen. Hört ihn wenigstens an, bevor Ihr entscheidet.«

»Guido weiß also schon, daß er bei uns ist?« überlegte Saladin laut.

»Wir ließen einen Mann seiner Eskorte entkommen«, bestätigte Sarim de Laurec. »Er wird berichten, was er gesehen hat.«

»Und was?« fragte Saladin lauernd, »soll das gewesen sein?«

»Männer Eures Heeres, die die Eskorte angriffen und Botho in ihre Gewalt brachten«, antwortete Sarim.

Saladins Augen wurden schmal, und ein neues, hartes Glitzern erschien in ihnen. »Ihr scheint Euch Eurer Sache sehr sicher zu sein, Ritter de Laurec«, sagte er mit gefährlicher Ruhe. »Aber ich schätze es nicht, wenn andere meine Entscheidungen fällen.«

»Wir hatten keine Wahl«, verteidigte sich Sarim. »Die Zeit drängte.« Plötzlich wurde seine Stimme drängend. »Ich flehe Euch an, Sultan – bedenkt, daß Ihr mit einem Federstrich erreichen könnt, was sonst das Leben Tausender kosten würde, auf beiden Seiten.«

Nach neuerlichem, langem Überlegen antwortete Saladin: »Ihr wißt, daß Ihr Euer eigenes Leben damit verwirkt habt, de Laurec? Der Knabe wird seinem Vater verraten, welche Rolle Ihr gespielt habt. Ihr werdet ein Ausgestoßener, ein Gejagter sein, für den Rest Eures Lebens.«

»Ich weiß«, antwortete Sarim ernst. »Aber diesen Preis zahle ich, wenn ich damit den Krieg verhindern kann.«

Saladin seufzte. »Ich weiß nicht, was ich von Euch halten soll, Ritter de Laurec. Man hat Euch als einen tapferen Mann geschildert, dem nichts heiliger ist als die Wahrheit und die Ehre. Und nun sehe ich Euch in Begleitung Malik Paschas, und ich höre Dinge aus Eurem Mund, die ungeheuerlich sind.« Er stand mit einem Ruck auf und klatschte in die Hände. Ein halbes Dutzend bewaffneter Männer betrat das Zelt und nahm hinter Sarim und Malik Aufstellung.

»Ich habe gehört, was Ihr zu sagen hattet, und werde darüber nachdenken«, sagte Saladin. »Betrachtet Euch einstweilen als meine Gäste.« Zu den Wachen gewandt fuhr er fort: »Bringt den Knaben in das Zelt meines Sohnes. Ich werde später mit ihm sprechen.«

19

Ulrich hatte mit einem Knaben seines Alters gerechnet, allenfalls ein wenig älter, aber El-Afdal, Saladins Sohn, war ein erwachsener Mann, kräftig wie sein Vater und gekleidet wie ein Krieger. Der Blick, mit dem er Ulrich empfing, war ernst, aber nicht unfreundlich. Anders als sein Vater beherrschte er Ulrichs Sprache nicht. Mit Gesten und Handzeichen forderte er Ulrich auf, sich zu setzen. Er schien bereits von der Ankunft seines Gastes zu wissen.

Ulrich versuchte erst gar nicht zu widersprechen, sondern ließ sich gehorsam auf einem flachen Diwan nieder, streifte Helm und Handschuhe ab und legte beides griffbereit neben sich; ebenso das Schwert, das man ihm zu seiner größten Verwunderung bisher gelassen hatte. El-Afdal beobachtete ihn dabei aufmerksam, sagte aber nichts, sondern wandte sich nach einer Weile um und wechselte ein paar Worte mit einem Mann, der draußen vor dem Zelt wartete. Kurze Zeit später wurde die Plane zurückgeschlagen, und mehrere Diener kamen herein, hochbeladen mit Speisen und Getränken, die sie zwischen El-Afdal und Ulrich auf ein niederes Tischchen stellten.

Saladins Sohn wartete, bis sie wieder allein waren, dann lächelte er Ulrich freundlich zu und lud ihn mit einer Handbewegung ein, sich zu bedienen.

Ulrich zögerte nicht lange. Auf dem Weg zu Saladins Lager hatten sie nicht viel Zeit zum Essen gefunden, und der Tag war anstrengend gewesen. Unter El-Afdals aufmerksamen Blicken verzehrte er die dargebotenen Speisen und trank von dem süßen Tee, den es dazu gab. Trotz seines Heißhungers bemühte er sich, das Essen nicht in sich hineinzuschlingen, sondern so zu essen, wie man es von einem Königssohn erwarten konnte. Als er sein Mahl beendet hatte, tupfte er sich mit einem bereitliegenden Tuch affektiert die Lippen und lehnte sich zurück. Am liebsten wäre er sofort eingeschlafen.

El-Afdal schien mit Ulrichs Darbietung sehr zufrieden zu sein, denn er lächelte, klatschte abermals in die Hände und wartete geduldig, bis die Diener die Speisen abgeräumt hatten. Dann stand er auf und bedeutete seinem Gast höflich, sich ebenfalls zu erheben.

Ulrich gehorchte, aber als er sich nach seinen Handschuhen und dem

Schwert bücken wollte, schüttelte El-Afdal verneinend den Kopf. Da kam es Ulrich wieder zum Bewußtsein, daß er weniger Gast als Gefangener war.

Sie verließen das Zelt. Draußen war es mittlerweile dunkel geworden. Im Lager brannten unzählige Feuerstellen, die in der Finsternis rauchig flackerten. Unheimliche Schatten huschten die Zeltwände entlang.

Benommen und müde ging Ulrich neben El-Afdal einher, ohne die geringste Ahnung zu haben, wohin man ihn brachte. Immer mehr verlor er das Gefühl dafür, wer er nun wirklich war. Er dachte wie Ulrich, aber er handelte wie Botho. Und was immer er sich auch vornehmen mochte, wenn es darauf ankam, sagte und tat er das, was Malik von ihm erwartete. Voller Qual dachte er an Sarim de Laurec, dem es wohl ebenso erging, und welche Höllenqualen der Templer erdulden mußte – zuzusehen, wie sein König verraten und seine Ordensbrüder ermordet wurden, und dabei noch lächeln und mit den Verrätern gemeinsame Sache machen zu müssen; ein hilfloser Gefangener in seinem eigenen Geist. Die Vorstellung war so schrecklich, daß Ulrich übel wurde. Er schwankte, stolperte, fiel auf ein Knie herab und stand so hastig wieder auf, daß ihn ein Schwindelgefühl erfaßte. El-Afdal blieb stehen und sah ihn stirnrunzelnd und fragend an. Ulrich lächelte verkrampft.

Dann zuckte El-Afdal die Achseln und deutete auf ein großes rundes Zelt, dem sie sich genähert hatten, ohne daß Ulrich bisher darauf geachtet hätte. Es war von Wachen umgeben, die respektvoll beiseite traten, als sie den Sohn des Sultans und seine Begleiter erkannten.

Im Zelt war es dunkel und still. Zwar brannte neben dem Eingang eine winzige Öllampe, aber ihr flackernder Lichtkreis schien die Dunkelheit dahinter nur noch zu betonen.

El-Afdal legte Ulrich die Hand auf die Schulter und schob ihn mit sanfter Gewalt weiter, bis allmählich die verschwommenen Umrisse zweier Männer erkennbar wurden, die mit untergeschlagenen Beinen auf dem nackten Boden saßen und ihm aufmerksam entgegensahen.

Einer davon war Saladin, nun barhäuptig und in ein dunkles, lang wallendes Gewand gekleidet. Die linke Hand lag reglos auf dem Griff des Krummsäbels, den er quer über die Knie gelegt hatte, während die Rechte geistesabwesend seinen Bart zwirbelte.

Daneben saß ein faltiger Greis, der einen bunten Kaftan trug, auf dem geheimnisvolle Zeichen kunstvoll aufgestickt waren. Der mächtige Turban, der sein schmales Gesicht beinahe zu erdrücken schien, war mit einem großen Rubin geschmückt, als prangte ein drittes, rotleuchtendes Auge über der Stirn. Und sein Gesicht...

Sein uraltes Gesicht war von Falten und Runzeln durchzogen, tief und dunkel, wie mit dünnen Messern geschnitzt. Die Augen darin waren von den Jahren trüb geworden, blickten Ulrich aber wach und gutmütig an. Der zahnlose Mund war schmal und eingefallen. Der Greis trug wie Saladin einen zweigeteilten Spitzbart, der aber nur noch aus wenigen bleichen Strähnen bestand. Auf dem Boden vor ihm standen eine Anzahl Töpfe und Tiegel und mit rotem Siegelwachs verschlossene Flaschen.

»Komm her und setz dich«, brach Saladin das Schweigen. »Wir wollen mit dir reden.« Der Sultan hatte die höfliche Form der Anrede fallengelassen.

Ulrich rührte sich nicht von der Stelle, bis El-Afdal ihm einen kräftigen Stoß in seinen Rücken gab und Ulrich mehr vor dem Alten und Saladin auf die Knie fiel, als er sich setzte. Er wollte sich sofort wieder erheben, aber El-Afdal stieß ihn derb zurück.

Der Alte beugte sich vor, um ihn genauer betrachten zu können, berührte ihn flüchtig mit der Hand an der Stirn und murmelte ein paar Worte, die Saladin zu einem ärgerlichen Stirnrunzeln veranlaßten.

»Was... was wollt Ihr von mir, Herr?« stammelte Ulrich. »Der Ritter de Laurec hat Euch doch...«

»Schweig!« herrschte ihn Saladin an. Mehr und mehr erinnerte der Alte ihn an Hasan as-Sabbah. Abermals beugte sich der Greis vor und hob die Hände.

Aber diesmal berührten ihn seine Finger nicht. Gespreizt, wie ein kleiner Korb aus grau gewordenem Fleisch, unter dem sich die Knochen hart und weiß wie Narben abhoben, verharrten sie reglos vor seinem Gesicht, lange, unendlich lange, wie es Ulrich vorkam. Sein Herz begann zu hämmern, Schweiß brach ihm aus allen Poren, und er zitterte so heftig, daß er sich kaum mehr aufrecht erhalten konnte. Schließlich nahm der Alte die Hände herunter, lehnte sich zurück und wackelte deutlich sichtbar mit dem Kopf unter dem großen Turban. Seine blutleeren Lippen formten Worte, die Ulrich nicht verstand. Saladin fuhr erschrocken auf. Seine Hand spannte sich fester um den Griff seiner Waffe.

Der alte Mann redete bedächtig weiter, hob dann plötzlich den Arm und machte eine besänftigende Handbewegung. Saladin fegte mit einem zornigen Ausruf seinen Arm beiseite und zog sein Schwert halb aus der Hülle. Wutentbrannt starrte er Ulrich an.

Wieder fuhr der Greis unbeirrt fort, und seine Worte schienen Saladin tatsächlich ein wenig zu beruhigen, denn er ließ sich wieder zurücksinken, ohne jedoch das Schwert in seine Hülle zurückzuschieben.

»Wer bist du, Bursche?« wandte er sich drohend an Ulrich. »Sprich! Und ich rate dir, sage die Wahrheit.«

Ulrich erstarrte. Er spürte, wie alle Farbe aus seinem Gesicht wich. Er wollte antworten, aber seine Kehle war wie zugeschnürt.

»Wer bist du, habe ich gefragt!« schrie Saladin. »Antworte, Kerl!«

»Mein ... mein Name ist Botho«, stieß Ulrich mühsam hervor.

»Botho von Lusignan.« Alles hätte Ulrich in diesem Augenblick dafür gegeben, endlich die Wahrheit sagen zu können, selbst wenn es sein Leben gekostet hätte. Aber er konnte Sabbahs Zauberkraft nicht durchbrechen.

»Lüg mich nicht an, Bursche!« sagte Saladin heftig. »Ich weiß nicht, wer du bist, aber du bist ganz gewiß *nicht* Guidos Sohn, sollte er überhaupt einen haben. Ich frage dich zum letzten Mal – wer bist du, und warum hat man dich geschickt?«

Ulrich schwieg. Mit leiser Stimme sprach der Greis auf den Sultan ein. Saladin wandte mit einem Ruck den Kopf und starrte den Alten an. Seine Augen flammten. Aber der alte Mann redete ungerührt weiter, dabei deutete er immer wieder mit der Hand auf Ulrich und auf sich.

Schließlich nickte Saladin, wenn auch mit sichtbarem Widerwillen. Unverwandt ruhte sein Blick auf Ulrich, während die Zeit stillzustehen schien.

Ein lautloser Kampf uralter Mächte begann. Reglos wie Statuen hockten sich der Greis und der Knabe gegenüber. Langsam, doch unaufhaltsam drang die magische Kraft des Alten in den Zauberbann Hasan as-Sabbahs vor, Ulrich spürte, wie sich die klebrigen Fäden, die der Alte vom Berge wie eine Spinne in seinem Inneren gewoben hatte, zu lockern begannen.

»Jetzt sprich, Junge«, sagte Saladin schließlich. Seine Stimme drang wie von weit, weit her an Ulrichs Ohren und hallte in seinem Kopf mit unheimlichen Echos nach. »Wer bist du?«

»Mein... mein Name ist... ist... ist Ulrich«, stöhnte Ulrich. Ein Faden des Spinnennetzes in seinem Kopf zerriß mit einem peitschenden Knall, ein winziger Teil seines Geistes war frei. »Ulrich von... von Wolfenstein.«

»Ulrich also«, murmelte Saladin. Ulrich wollte ihn ansehen, aber er konnte sich nicht von dem alten Mann abwenden. Sein Blick schien in den trüben Augen des Greises zu ertrinken. Ihm schwindelte. Immer noch tobte der Kampf in seinem Inneren.

»Ich... ich kann nicht, Herr«, brachte Ulrich mühsam hervor. »Was kannst du nicht?« fragte Saladin. »Die Wahrheit sagen?« Ulrich hatte nicht einmal die Kraft zu nicken. »Ich... will... ja«, stammelte er, »aber es... es geht... nicht. Sabbah...«

Er sah aus den Augenwinkeln, wie sich Saladin beim Klang dieses Namens versteifte. Aber er sagte nichts, sondern gab dem Alten nur einen Wink, weiterzumachen.

Und der lautlose Kampf dauerte an. Ulrich wußte nicht mehr, wie lange er dauerte – sicher waren es Stunden, aber sein Zeitgefühl war erloschen. Es gab nur noch ihn und den Alten und die klebrige Spinne in seinem Kopf, die sich mit aller Kraft wehrte und nicht weichen wollte vor der magischen Kraft, die sie nun im zähen Ringen langsam, aber unaufhaltsam zurückdrängte. Noch war nicht entschieden, welcher der beiden Greise mit seiner Zauberkraft der stärkere war. Noch war Ulrichs Geist, um den sie rangen, nicht befreit.

Erst sehr viel später sollte Ulrich begreifen, daß er großes Glück gehabt hatte, den stummen Kampf zu überleben. Mehr als einer, so erfuhr er, der Sabbahs Magie erlegen war, war als sabbernder Idiot wieder aufgewacht, wenn überhaupt. Aber von alledem wußte er noch nichts.

Irgendwann spürte er, wie Sabbahs Zauberbann in ihm zu erlahmen begann. Wieder zerriß ein Teil seines Netzes, und wieder war ein winziges Stückchen seines Geistes frei, wenn auch noch lange nicht genug.

Nach einer Weile begann Saladin abermals zu fragen, und Ulrich antwortete: stockend, schwerfällig und von langen, qualvollen Pausen unterbrochen, in denen der Alte vor ihm den Druck auf seinen Willen beständig erhöhte, bis er glaubte, sein Schädel müsse platzen. Aber Ulrich redete, und Saladin fragte. Stunde um Stunde redeten sie, und nach und nach erzählte Ulrich dem Sultan alles, was er wissen wollte, und zwar von Anfang an. Und endlich ließ der Mann in dem bunten Kaftan und dem großen Turban von ihm ab, langsam und vorsichtig, damit Ulrichs Geist sich nicht in der Leere verlor, die nach der Vernichtung der schwarzen Spinne in seinem Kopf herrschte.

Ulrich sank mit einem Seufzer nach vorne, krümmte sich auf dem Boden und begann vor Erschöpfung zu weinen. Alle Kraft war aus seinem Körper gewichen. Sabbahs gefährliche Macht über ihn war besiegt, aber er, Ulrich, war verloren. Und doch war es gut so. Trotz allem war Ulrich erleichtert, endlich die Wahrheit gesagt zu haben. Wahrscheinlich mußte er jetzt sterben, aber danach würde Frieden sein, zumindest für ihn.

Saladin ließ ihm Zeit, sich zu beruhigen. Nach einer Weile beugte er sich vor, berührte ihn beinahe sanft an der Schulter und gab seinem Sohn ein Zeichen, ihm beim Aufstehen zu helfen. Sein Blick war sehr ernst, als Ulrich ihn durch einen Schleier von Tränen ansah.

Er seufzte. »Es ist gut, daß du die Wahrheit gesagt hast«, sagte der Sultan. »Vieles wird mir nun klar, und ein großes Unrecht konnte verhindert werden.«

»Werdet Ihr ... mich töten?« fragte Ulrich stockend.

Saladin lächelte. »Warum sollte ich das tun?« fragte er erstaunt. »Du bist unschuldig an dem, was geschehen ist. Im Gegenteil, Ulrich – du tust mir leid. Aber nun ist alles vorbei, wenigstens für dich.«

»Und ... Sarim?« fragte Ulrich stockend. »Der Ritter Sarim de Laurec, Herr ...«

»Was soll mit ihm sein?« Die Stimme des Sultans verhärtete sich.

»Er ist so unschuldig wie ich. Malik hat ihn gezwungen, Euch zu belügen.«

»Ich weiß.« Saladin wirkte irgendwie betrübt. »Aber er ist unser Feind, vergiß das nicht, Ulrich. Trotzdem wird ihm Gerechtigkeit widerfahren. Und nun geh. Mein Sohn wird dir ein Zelt zuweisen, in dem du schlafen kannst. Später werde ich dir meine Entscheidung mitteilen, was deinen Freund, den Ritter, angeht. Bis dahin jedoch«,

fügte er etwas lauter hinzu, »wirst du schweigen. Für alle hier im Lager bist du weiterhin Botho, der Sohn Guidos, vor allem für Malik
und den Templermeister Gerhard, sollte er wirklich kommen. Hast
du das verstanden?«
Ulrich nickte. Er hätte gerne noch mehr gesagt, noch einmal um Sarims Leben gebeten, aber seine Stimme versagte, und eine große Müdigkeit überfiel ihn.
Er spürte nicht einmal mehr, wie er in El-Afdals Armen zusammen-
sank und ihn Saladins Sohn schlafend aus dem Zelt trug.

20

Er schlief den tiefen und traumlosen Schlaf vollkommener Erschöpfung. Aber die Nacht war noch nicht um, als er grob in die Wirklichkeit zurückgeschüttelt wurde. Das Licht, das flackernd und rot durch die dünnen Stoffbahnen seines Zeltes hereindrang, kam nicht von der Sonne, sondern von zahllosen Fackeln und Feuern. Dem Mann, der ihn weckte, schien sein Erwachen nicht schnell genug zu gehen, denn er zerrte ihn auf die Füße und zog ihn aus dem Zelt heraus, ehe Ulrich wach genug war, aus eigener Kraft hinter dem Krieger herzustolpern.

Schlaftrunken wankte Ulrich durch das ungeheure Gewirr von Zelten, vor denen die Feuer knisterten und Männer eilig umherliefen. Eine ungreifbare Erregung lag in der Luft, eine zitternde Spannung, die aus dem Klang der zahllosen Stimmen und den flinken Bewegungen der umherhuschenden Schatten sprach. Alles deutete darauf hin, daß etwas Unvorhergesehenes geschehen war, während Ulrich wie ohnmächtig im Tiefschlaf gelegen hatte. Mit ungeduldigen Püffen trieb ihn der Mann, der ihn abgeholt hatte, vor sich her.

Beinahe im Laufschritt erreichten sie den freien Platz in der Mitte des Lagers, auf dem das Zelt des Sultans stand, und Ulrich begriff schlagartig, was der Grund für die allgemeine Aufregung war. In dichten Reihen umstanden die Wachen Saladins Zelt – und die beiden gewaltigen schneeweißen Pferde, die davor abgestellt waren. Die prachtvollen Tiere peitschten unruhig mit den Schwänzen und scharrten mit den Hufen im Boden. Auf ihren Sätteln und Decken prangte das Kreuz der Christen. Guidos Unterhändler waren angekommen.

Überrascht blickte Ulrich in den Himmel empor. Von der Morgendämmerung war noch keine Spur zu sehen. Der Templermeister schien mit seinem Plan weniger Schwierigkeiten gehabt zu haben, als er befürchtet hatte. Wenn Sarims Schätzung, was die Entfernung des christlichen Heeres anbelangte, auch nur annähernd richtig war, dann mußten die beiden Unterhändler wie die Teufel geritten sein.

Der Krieger stieß Ulrich noch einmal vorwärts, schlug die Zeltplane beiseite und beförderte ihn unsanft in Saladins Zelt hinein. Wie am Abend zuvor war es von zahllosen Fackeln und Lampen erleuchtet, und wieder saß Saladin – in der Kleidung eines Kriegers und mit seinem spitzen goldenen Helm – in gelassener Haltung auf dem Diwan, flankiert von seinem riesenhaften Leibwächter, der mit verschränkten Armen und leicht gespreizten Beinen drohend neben ihm stand. Auf der anderen Seite stand Sarim de Laurec. Vor Saladin, stolz aufgerichtet und in ihren bodenlangen weißen Mänteln fast ebenso drohend und ehrfurchtgebietend wirkend wie der schweigende Riese hinter dem Sultan, standen die zwei Fremden.

Während Ulrich in das Zelt stolperte, wandten sich beide um und blickten ihn an. Auf dem Gesicht des einen erschien ein überraschter Ausdruck, während die Züge des zweiten Ritters unbewegt blieben. Beide waren älter als Sarim de Laurec – an die vierzig Jahre – und zeigten deutliche Spuren von Erschöpfung und Müdigkeit. Ulrich kannte sie nicht. Gerhard hatte sein Versprechen, selbst zu kommen oder wenigstens seinen Vertrauten Guilleaume de Saint Denis zu schicken, nicht eingehalten.

»Kommt näher, Botho von Lusignan«, sagte Saladin freundlich und erinnerte Ulrich damit an sein Versprechen, nicht zu verraten, daß der Sultan die Wahrheit kannte. Der letzte Rest von Ulrichs Schläfrigkeit verflog, und alles fiel ihm wieder ein, was geschehen war. Er mußte sich mit aller Macht beherrschen, um sich seinen Schrecken nicht allzu deutlich anmerken zu lassen. Seine Hände begannen vor Aufregung so heftig zu zittern, daß er die Daumen hinter den Gürtel hakte. Unsicher näherte er sich dem Sultan.

Wenn die beiden Ritter seine Aufregung überhaupt bemerkten, so schrieben sie sie sicher dem Umstand zu, daß er sich in Saladins Gefangenschaft befand. Auch sein erschöpftes und mitgenommenes Äußeres führten sie wohl darauf zurück.

»Ist dies der Knabe?« fragte Saladin. Er deutete mit der Hand auf Ulrich.

Der größere der beiden Ritter nickte. »Das ist er, Sultan.« Er sah Ulrich durchdringend an, dann wandte er sich wieder an Saladin. »Ihr solltet besser wissen als wir, wer er ist, Sultan«, fuhr er verärgert fort. »Ihr wart es, der ihn gefangennehmen ließ.«

»So sagt man, ja«, antwortete Saladin zweideutig, beugte sich ein wenig vor und winkte Ulrich noch näher heran. »Ihr habt Glück«, sagte er. »Die Nachricht von Eurer Gefangennahme hat Euren Vater schneller erreicht, als ich zu hoffen wagte. Diese beiden Herren sind gekommen, um über Eure Freilassung zu verhandeln. König Guido muß wahrlich eine Menge an Euch liegen«, fuhr er mit einem zweideutigen Lächeln fort, dessen wahre Bedeutung wohl nur Ulrich und er selbst verstanden, »zwei so bedeutende Herren zu schicken. Es sind die Grafen Raimund von Tripolis und Bohemund von Antiochia, zwei große Stützen seines Heeres.« Er lächelte, und Ulrich fand, daß es ein böses Lächeln war, eines, das so gar nicht zu dem Mann passen wollte, als den er Saladin kennengelernt hatte. »Oder habt Ihr Euch gar freiwillig gemeldet, Ihr Herren?« fragte er spöttisch. »Mir scheint, es ist nicht das erste Mal, daß wir uns sehen.«

»Wir sind in der Tat aus freiem Willen hier, Sultan«, sagte einer der Ritter scharf. »Gibt es eine höhere Zier für uns, als den Sohn unseres Königs zu retten?«

»Ihr seid ein Narr, Graf Raimund«, antwortete Saladin kühl, ohne sich indes die Mühe zu machen, seine Bemerkung näher zu erklären. Statt dessen stand er mit einer sehr kraftvollen Bewegung auf, wechselte ein paar Worte mit seinem Leibwächter und wartete, bis der Mann das Zelt verlassen hatte, ehe er – mit einer Geste auf Ulrich – fortfuhr: »Genug der sinnlosen Zeitverschwendung, edle Herren. Ihr seid gekommen, um das Leben dieses Knaben zu verhandeln, Botho von Lusignan, des Sohnes und Thronfolgers Eures Königs?«

Raimund von Tripolis nickte, während Bohemund den Sultan nur verwirrt anblickte. Er schien zu spüren, daß irgend etwas nicht stimmte. Ulrich fragte sich, ob Bohemund in Gerhards Intrigenspiel eingeweiht war oder vielleicht wirklich glaubte, daß er Guidos Sohn war; ein weiteres, unwissendes Opfer dieses grausamen Spieles.

»Dann macht Euer Angebot«, fuhr Saladin fort. »Und macht es gut – Christenfleisch ist nicht billig, wie Ihr wißt. Vor allem nicht von so hoher Abkunft.«

Graf Bohemund erbleichte bei diesen Worten sichtlich, schwieg aber noch immer. Offensichtlich war es Raimund, der die Rolle des Sprechers übernommen hatte. Ulrichs Gedanken überschlugen sich. Was hatte Saladin vor? Ulrich hatte den Sultan als großmütigen Mann kennengelernt – aber es war auch derselbe Saladin, der das Heilige Land von den Christen zu säubern und seinen Boden mit Frankenblut zu tränken geschworen hatte. Was würde mit den beiden fränkischen Grafen geschehen, die ihn – wissentlich oder nicht – hinters Licht zu führen versuchten?

Verzweifelt drehte sich Ulrich zu Sarim de Laurec herum und sah zu ihm auf. Aber das Gesicht des Ritters blieb starr. Sein Blick schien geradewegs durch Ulrich hindurch zu gehen.

»Eure Worte entsprechen der Wahrheit«, antwortete Raimund nach einer Weile. »Die Zeit ist knapp, großmächtiger Sultan, deshalb gestattet, daß wir Euch unverzüglich Guidos Angebot unterbreiten.«

»Ich bitte darum«, sagte Saladin. In seiner Stimme war ein lauernder Ton, der den beiden Rittern unmöglich entgehen konnte.

»Unser Herrscher, der König von Jerusalem, läßt Euch seine Grüße ausrichten und Euch seiner Hochachtung versichern, Sultan Saladin«, begann Raimund. Seine Stimme hatte von ihrer Festigkeit verloren, und er sah jetzt immer öfter zu Ulrich hinüber. Vielleicht verstand er das stumme Flehen in dessen Blick sogar, denn Ulrich meinte, Spuren von wachsender Unruhe in seinem Gesicht zu erkennen. Aber dann straffte sich Raimund und fuhr in stolzem Ton fort: »Es war Gottes Wille, das Blatt zu Euren Gunsten zu wenden, Sultan, und Euch König Guidos Sohn zum Gefangenen zu geben. Das Kind, an dem das Herz unseres Herrn hängt, denn es ist sein Blut, das in seinen Adern fließt. Er macht Euch daher das Angebot, Euren Forderungen auf friedlichem Wege zu entsprechen.«

»Große Worte«, sagte Saladin. »Aber was bedeuten sie? Nehmt Ihr Euer verfluchtes Kreuz und fahrt nach Hause?«

In Raimunds Gesicht zuckte es, aber er schluckte auch diese neuerliche Herausforderung herunter, ohne darauf zu entgegnen. »Mein König läßt Euch dies sagen: Gebt ihm seinen Sohn zurück, und er ist bereit, mit Euch zusammenzutreffen, um über die Bedingungen eines Friedensvertrages zu verhandeln. Vorab dies: Die Waffen sollten schweigen, auf beiden Seiten, und wenn Ihr wollt, für immer, und der Zugang nach Jerusalem soll auch den Männern und Frauen Eures Glaubens wieder gestattet sein. König Guido bietet Euch an, sein Heer auf der Stelle nach Akkon zurückzuführen, sobald die Verträge unterzeichnet sind. Zu Bedingungen, die er akzeptieren kann, natürlich.«

»Natürlich«, höhnte Saladin. »Ist es nicht vielmehr so, daß Euer König zu begreifen beginnt, daß er diesen Krieg nicht gewinnen kann,

und nun einen Weg sieht, seiner unvermeidlichen Niederlage zuvorzukommen?« Er lachte leise. Es klang nicht sonderlich humorvoll.
Raimund schwieg einen Moment. Er wirkte ein wenig betroffen. Sein Blick irrte unstet durch den Raum, und wieder versuchte Ulrich, ihn mit Blicken zu warnen. Aber Raimund verstand nicht, was er meinte. »Möglicherweise ist es so«, sagte er mit erstaunlicher Offenheit. »Und wenn – was wäre schlecht daran, Sultan? Weder Ihr noch wir wollen den Tod unserer Ritter. Vielleicht habt Ihr recht, und wir können diesen Krieg nicht gewinnen, aber wenn Ihr siegt, so wird es ein sehr teurer Sieg sein. Ihr könnt ihn billiger haben. Um den Preis eines Federstriches.«
»Und dieser Federstrich – wo soll er stattfinden?« fragte Saladin. »Ich nehme an, auch daran habt Ihr bereits gedacht.«
Raimund nickte. »Guido schlägt das Dorf Hattin vor«, sagte er. »Es liegt auf halber Strecke zwischen Sephoria und Eurem Lager, und es ist klein und übersichtlich genug, einen Hinterhalt für beide Seiten unmöglich zu machen. Der Templermeister Gerhard und hundert ausgesuchte Ritter, darunter auch ich, werden Guido begleiten, niemand sonst, und auch Ihr sollt hundert der Euren mitbringen. Das Treffen soll zur Mittagsstunde des übernächsten Tages stattfinden.«
Saladin nickte. »Ein guter Plan. Ich kenne den Ort – er eignet sich wirklich nicht für einen Hinterhalt; ebensowenig wie ich . . .«
Der Sultan hob kaum merklich die Hand, da wurde der Eingang aufgerissen, und mehr als ein Dutzend Krieger stürmten in das Zelt. Angeführt von Saladins Leibwächter umringten sie die beiden Ritter und richteten ihre Waffen drohend auf sie.
Alles war blitzschnell vor sich gegangen. Bohemund versuchte trotz der erdrückenden Übermacht sein Schwert zu ziehen, doch er erhielt einen solchen Schlag auf den Schädel, daß er halb benommen auf die Knie sank. Erschrocken prallte Ulrich zurück.
Eine Hand legte sich auf seine Schulter und drückte zu. Eine vertraute Stimme raunte an seinem Ohr: »Still. Es wird alles gut. Wir sind nicht in Gefahr.«
Es dauerte einen Moment, bis Ulrich begriff, daß es Sarims Stimme war, die er hörte, und daß es Sarims Hand war, die seine Schulter berührt hatte. Da wurde ihm plötzlich klar, daß auch der Templer endlich nicht mehr unter dem Einfluß Malik Paschas stand. Auch er war

von der schwarzen Spinne befreit worden, mit der Sabbah seinen
Geist beherrscht hatte!

Nur mühsam widerstand Ulrich der Versuchung, sich einfach umzudrehen und Sarim de Laurec zu umarmen. Am liebsten hätte er vor
Freude laut aufgejauchzt.

Aber schon Saladins nächste Worte rissen ihn in die Wirklichkeit zurück. Der Sultan näherte sich den beiden Rittern, riß Bohemund grob
am Kragen in die Höhe und stieß ihn von sich, daß er erneut gefallen
wäre, hätten ihn nicht Saladins Krieger aufgefangen. Bohemund
stöhnte leise. Blut sickerte aus seinem Haar und malte ein Muster auf
sein Gesicht. Seine Augen waren verschleiert. »Und wozu das alles?«
sagte Saladin verächtlich. Er wandte sich von Bohemund ab und
drehte sich zu Raimund. »Doch nicht gar wegen eines Betteljungen
aus Franken, Graf Raimund?«

Raimunds Augen wurden groß vor Schrecken. Er starrte Ulrich mit
dem Ausdruck größten Entsetzens an. Er wollte etwas sagen, aber aus
seinem Mund kam nur ein hilfloses Krächzen.

»Leugnet es nicht, Graf Raimund«, sagte Saladin hart. »Erspart uns
die Demütigung, Euch einer Lüge überführen zu müssen, die so fa-
denscheinig wäre, daß es eine Schande ist.« Er lachte böse, blickte
Raimund und Bohemund triumphierend an und wandte sich mit
einem Ruck um. »Bringt diesen *Haschischin*!« rief er.

Schon wurde das Zelt abermals geöffnet, und zwei seiner Krieger traten ein, eine schlaffe, ganz in Schwarz gekleidete Gestalt zwischen
sich herschleifend. Auf einen Wink Saladins hin warfen sie den
Mann grob auf den Boden und drehten ihn mit ihren Füßen herum.
Ulrich fuhr erschrocken zurück, als der Mann stöhnend den Kopf
hob.

Es war niemand anders als Malik Pascha – aber wie hatte er sich verändert! Sein Gesicht war dunkel verfärbt von Schlägen und bis zur
Unkenntlichkeit geschwollen. Sein rechtes Auge war geschlossen und
schien blind zu sein, und sein Mund war eine einzige klaffende
Wunde. Seine Hände, die mit kleinen fahrigen Bewegungen über den
Boden tasteten, waren zu blutigen Krallen verkrümmt. Saladins Männer hatten ihm jeden einzelnen Fingernagel ausgerissen.

»Nun, Graf Raimund?« fragte Saladin kalt. »Wollt Ihr immer noch
leugnen? Malik Pascha war ein harter Mann – härter als Ihr, denke

ich. Und doch haben meine Männer auch ihn zum Reden gebracht. Erspart mir die Demütigung, einen Edelmann wie Euch quälen zu lassen.«

»Ihr... Ihr habt uns freies Geleit garantiert«, murmelte Raimund. Der Blick seiner entsetzt geweiteten Augen war unverwandt auf die stöhnende Gestalt am Boden gerichtet.

»Freies Geleit«, antwortete Saladin, »garantierte ich den Grafen Raimund von Tripolis und Bohemund von Antiochia, zwei tapferen Edelmännern, die ich als Feinde fürchte, aber als Ritter achte. Vor mir aber stehen zwei Betrüger, die sich zum Werkzeug einer niederträchtigen Verschwörung machten.«

Seine Worte bewirkten eine sonderbare Veränderung in Raimunds Gesicht. Zuerst las Ulrich noch grenzenlose Angst darin, aber dann wich alles Gefühl aus seinem Blick. Er straffte sich

»Ihr habt recht, Sultan«, sagte er leise. »Es wäre sinnlos, weiter zu leugnen. Und ich bin bereit, die Strafe zu erdulden, die Ihr mir auferlegen werdet. Aber verschont Graf Bohemund. Er folgte mir treuen Glaubens und weiß nichts von unserem Plan. Und verschont auch den Knaben. Er ist der Unschuldigste von uns allen.«

»Verschonen?« fragte Saladin. »Höre ich recht, Graf? Ihr kommt hierher, mit der frechsten Lüge, die ich jemals gehört habe, beleidigt mich und spuckt auf meine Gastfreundschaft – und wagt es noch, um etwas zu bitten?« Er lachte schrill, fuhr herum und versetzte Malik einen Tritt, der diesen sich stöhnend zusammenkrümmen ließ. Dann wandte er sich wieder zu Raimund.

Seine Augen flammten vor Zorn. »Ich hätte Euch eine Kriegslist verziehen, Raimund. Auch ich kämpfe lieber mit den Waffen des Geistes als dem Schwert. Ich hätte Euch vielleicht sogar bewundert, wäre Euer Plan aufgegangen, denn er war klug durchdacht. Aber was ich Euch nicht verzeihe, ist, daß Ihr Euch der Hilfe dieser... Meuchelmörder bedient habt! Ihr habt Euch damit besudelt, und mich ebenso!«

Saladin fuhr mit einer wütenden Bewegung herum und starrte den Liegenden so haßerfüllt an, daß Ulrich schauderte. Wie sehr mußte Saladin den *Alten vom Berge* und seinen Gehilfen verabscheuen, daß er sich so gehenließ, dachte Ulrich entsetzt.

»Du denkst, du hättest gewonnen«, stöhnte Malik. Er versuchte den

196

Kopf zu heben, aber seine Kraft reichte nicht mehr. Er krümmte sich auf dem Boden und spuckte Blut. Erneut stöhnte Malik auf, wälzte sich herum und begann wie ein großer, mißgestalteter Wurm auf Ulrich zuzukriechen. Seine verstümmelten Hände verursachten schreckliche schleifende Geräusche auf dem Boden. Eine Spur dunklen Blutes blieb zurück, wo er entlangkroch. Kurz bevor er Ulrich erreicht hatte, blieb er liegen und hob noch einmal den Kopf.

Ein Schrei entfuhr Ulrich, als er in sein Gesicht sah.

Malik Pascha war dem Tode nahe, und nur die unselige Magie seines Herrn hielt ihn noch am Leben. Aber auch sie wich so rasch, daß man zusehen konnte. Malik Paschas Gesicht zerfiel vor Ulrichs Augen.

Etwas Entsetzliches geschah: Malik *alterte*...

Während er mit dem Tode rang, holte sich die Zeit zurück, was ihr Sabbahs Magie und Zauberkraft gestohlen hatten – Maliks Haut wurde grau und faltig, sein rabenschwarzer Bart färbte sich weiß und begann in häßlichen Strähnen auszufallen. Seine Augen schienen wie kleine ängstliche Tierchen in ihre Höhlen zurückzukriechen, und Ulrich konnte sehen, wie seine Zähne binnen kurzem verfaulten und zu unansehnlichen braunen Stümpfen wurden, ehe sie gänzlich ausfielen. Plötzlich begriff er, daß Malik niemals der junge Mann gewesen war, als den er ihn kennengelernt hatte. Er war ein Greis, hundert oder mehr Jahre alt, und im Augenblick seines Todes zeigte er sich in seiner wahren Gestalt.

Aber noch war Leben in ihm. Mit einer Kraft, die schier unvorstellbar schien, bäumte er sich ein letztes Mal auf. Seine verstümmelten Hände – wie die Klauen eines Raubvogels verkrümmt und mit verschwollenen Gelenken – krallten sich in Ulrichs Wams.

»Du!« krächzte er, mit einer Stimme, die nicht mehr wie die eines Menschen klang. »Du! Du bist schuld, daß... daß alles verloren ist! Du bist schuld! Du wirst bezahlen, Christenhund!«

Ulrich überwand die Lähmung, mit der das Entsetzen ihn erfüllt hatte. Mit einem Schrei stieß er Malik von sich, taumelte zurück und flüchtete sich in Sarim de Laurecs Arme. Aber Malik lebte noch immer. Sein Körper hatte ein Alter erreicht, das kein Mensch jemals erreichen konnte. Sein Gesicht war ein grinsender Totenschädel, die Augen darin blinde leere Kugeln, seine Haut wie Pergament, grau und zerrissen und so trocken, daß sie raschelte, wenn er sich bewegte.

»Ich verfluche dich, Ulrich«, krächzte er. »Ich verfluche dich im Namen meines Herrn Hasan as-Sabbah, dem Herrn aller *Haschischin*. Ich verfluche dich dazu, zu leben, lange und qualvoll zu leben. Du sollst niemals Frieden finden, gleich, wohin du dich wendest! Was du tust, soll Böses gebären. Deine Freunde sollen verderben, und deine Liebe soll Tod und Leiden bringen! Ich ...«

Saladin fuhr auf, riß seinen Säbel aus dem Gürtel und schlug Malik mit einem einzigen furchtbaren Hieb den Kopf von den Schultern. Es wurde still. Ulrich preßte sich verängstigt an Sarims Brust, und der Ritter umschlang ihn fest mit den Armen. Saladins Krieger waren erstarrt, als das Furchtbare geschah, und auch Graf Raimund gab keinen Laut von sich, sondern starrte Maliks abgeschlagenes Haupt aus schreckgeweiteten Augen an, so als fürchtete er, daß es noch weiter sprechen könnte. Einzig Graf Bohemund regte sich. Er schlug das Kreuzzeichen vor Stirn und Brust, immer und immer wieder.

Schließlich war es Saladin, der als erster das Schweigen brach. Angewidert, als hätte er sich durch die bloße Berührung besudelt, schleuderte er seinen Säbel von sich, drehte sich mit einer erzwungen ruhigen Bewegung zu Raimund um und gab dessen Bewachern ein Zeichen, ihn loszulassen. Doch Raimund rührte sich nicht. Sein Blick flackerte wie der eines Wahnsinnigen, als er den Kopf hob und Saladin ansah.

»Das ... das wußte ich nicht«, stammelte er. »Ich schwöre bei Gott dem Herrn, ich wußte es nicht, Sultan! Dieser Mann war ...«

Saladin unterbrach ihn. Seine Stimme bebte. »Das müßt Ihr mit Eurem Gewissen abmachen – und Eurem Gott.« Raimunds Lippen begannen zu zittern.

»Vergebt mir, Sultan«, flüsterte er. »Ich schwöre Euch, daß weder ich noch die anderen von dem wußten, was wir hier sehen mußten Wenn Ihr mich töten wollt, so tut es, aber ich flehe Euch an, glaubt mir!«

»Töten?« Saladin lachte hart. »O nein, mein lieber Graf. Ich werde Euch nicht töten – weder Euch noch Graf Bohemund noch diesen Knaben, den Ihr für Euren schändlichen Verrat benützt habt. Ich bin es nicht, der Euch richten wird.« Er wies mit einer befehlenden Geste zum Ausgang. »Bringt sie hinaus! Und sattelt zwei Pferde!«

Seine Krieger gehorchten und drängten Raimund und Bohemund

aus dem Zelt. Raimund wehrte sich und flehte den Sultan noch einmal aus Leibeskräften an, ihm zu glauben. Aber Saladin achtete nicht mehr auf seine Worte, sondern wartete geduldig, bis er mit Sarim und Ulrich allein war. Ohne Maliks Leichnam noch eines weiteren Blickes zu würdigen, trat er auf die beiden zu und gab Sarim einen Wink, Ulrich loszulassen.

Ulrich blickte unsicher zu ihm hinauf. Mit Saladin war abermals eine Veränderung vonstatten gegangen. Noch lag ein harter Ausdruck in seinen Augen, aber es war nicht mehr dieser gnadenlose Haß, den er gezeigt hatte, als er mit Malik sprach, und auch nicht die Verachtung, die Raimund und Bohemund gegolten hatte. Ulrich drückte sich fester an Sarim, doch der Templer schob ihn mit sanfter Gewalt von sich.

»Was geschieht mit ihnen?« fragte Sarim und nickte mit dem Kopf in Richtung Zeltausgang. In seiner Stimme war eine Ruhe, die Ulrich nicht verstand. »Ihr laßt sie wirklich gehen?«

Saladin nickte vielsagend. »Sie werden ihrer Strafe nicht entgehen«, sagte er.

»Und er?« Sarim legte behutsam die Hand auf Ulrichs Schultern. »Ihn trifft keine Schuld, Sultan.«

Saladin lächelte. »Ich weiß«, sagte er. »Im Gegenteil, Ritter de Laurec – dieser Knabe hat mir einen weit größeren Dienst erwiesen, als Ihr ermessen könnt. Aber Ihr versetzt mich in Erstaunen, Ritter de Laurec. Ihr bittet um das Leben dieses Knaben und sorgt Euch um das des Verräters Raimund – nur nicht um Euer eigenes. Wie kommt das? Seid Ihr Euch meiner Gnade so sicher? Oder ist Euch Euer eigenes Leben so wenig wert?«

»Mein Leben liegt in Gottes Hand«, antwortete Sarim mit einem Ernst, der nicht nur Ulrich, sondern auch Saladin sichtlich betroffen machte. Der Sultan schwieg lange, dann kam er näher und legte beide Hände auf Ulrichs Schultern. Seine Stimme wurde mit einem Male weich, und er sprach zu Ulrich nicht wie ein Feind, sondern wie ein gütiger Vater.

»Du bist frei, Ulrich«, sagte er. »Ich lasse dich gehen, und deinen tapferen dummen Freund Sarim de Laurec auch. Und ich werde Allah bitten, Eure Leben zu schonen.«

»Ich ... danke Euch«, stotterte Ulrich. Die Angst schnürte ihm noch immer die Kehle zu, aber es war nicht Saladin, vor dem er sich fürchtete.

Fast gegen seinen Willen fiel Ulrichs Blick auf den Leichnam von Malik Pascha, und wieder lief ein kalter Schauer durch seinen Körper. Er zitterte.

Saladin bemerkte seinen Blick. »Sieh nicht hin«, sagte er, und in seiner Stimme schwangen Sorge und Mitgefühl. »Er ist nicht mehr gefährlich.«

»Und ... sein Fluch?« murmelte Ulrich. Nun, da es ausgesprochen war, spürte Ulrich noch einmal, mit welch eisigem Schrecken ihn Maliks Worte erfüllten.

»Nichts als Worte eines schlechten Mannes, der wußte, daß er sterben muß und noch im Tode um sich schlägt wie ein verwundetes Raubtier«, antwortete Saladin, aber noch im gleichen Moment spürte Ulrich, daß ihn Saladin bloß beschwichtigte. Maliks Worte waren mehr als eine leere Drohung gewesen.

»Sein Fluch wird sich nicht erfüllen, wenn du es nicht willst«, sagte Saladin ernst. »Vielleicht verstehst du jetzt noch nicht, was ich meine, aber so ist es. Wenn du schwach bist, wird sich sein Fluch erfüllen, aber nur dann. Kämpfe dagegen, und du wirst siegen, Ulrich. Allah ist mit den Tapferen.« Er lächelte, richtete sich wieder auf und trat mit einer Handbewegung zum Ausgang. »Und nun kommt. Es wird Zeit.«

Zögernd folgte ihm Ulrich, wobei er einen möglichst großen Bogen um Maliks Leichnam machte.

Die beiden Grafen saßen schon zu Pferde, als sie aus dem Zelt traten. Wie es Saladin befohlen hatte, waren zwei weitere Pferde für Sarim und Ulrich gebracht worden, edle und kostbar aufgezäumte Tiere. Auf einen Wink des Sultans half der Templer Ulrich in den Sattel, ehe er sich selbst auf das zweite Pferd schwang und nach den Zügeln griff. Noch ritten sie nicht los. Mit gemessenen Schritten kam Saladin auf sie zu und blieb so stehen, daß er die beiden fränkischen Grafen gleichermaßen im Auge halten konnte.

»Ihr seid frei, Graf Raimund von Tripolis und Graf Bohemund von Antiochia«, sagte er mit klarer, weithin schallender Stimme. »Den Schutz des Gastrechts, den ich Euch gewährte, habt Ihr gebrochen, trotzdem schenke ich Euch das Leben, denn nicht ich werde es sein, der über Euch richtet, sondern Euer eigener König. Ihr seid frei, doch nicht, zu gehen, wohin es Euch beliebt. Eine Eskorte meiner Krieger wird Euch zurück zu Eurem Heer und Eurem König geleiten. Dieser Knabe und der Tempelritter Sarim de Laurec werden dafür sorgen, daß König Guido von Eurem schändlichen Verrat erfährt. Möge Euer Gott Euren Seelen gnädig sein, denn Euer König wird es nicht sein.« Er lächelte kalt, trat einen halben Schritt zurück und wandte sich an Sarim de Laurec. »Und Ihr, Ritter de Laurec, merkt Euch folgendes: Ich schenke Euch heute zum zweiten Mal das Leben, weil ich Euch diesen Christenjungen anvertraue. Doch wißt, wenn wir uns zum dritten Mal begegnen, werden wir uns als Feinde gegenüberstehen, und Ihr habt keine Gnade von mir zu erwarten.« Damit trat der Sultan zurück und machte eine gebieterische Geste. Die Reihen seiner Krieger teilten sich, und der kleine Trupp setzte sich langsam in Bewegung.

Aber als auch Ulrich seinem Pferd die Sporen geben wollte, trat Saladin noch einmal auf ihn zu und hielt ihn zurück. Und dann tat er etwas, das Ulrich niemals in seinem Leben vergessen sollte: Sultan Saladin hob seine Rechte, ergriff Ulrichs Hand und drückte sie warm und voll Freundschaft. »Gib gut auf dich acht, mein Junge«, sagte er leise. Dann trat er zurück und versetzte Ulrichs Pferd einen so kräftigen Hieb gegen die Flanken, daß es erschrocken davonschoß.

21

Sie entfernten sich in westlicher Richtung von Saladins Lager und dem See, begleitet von sechs schweigsamen, schwerbewaffneten Kriegern, die in zwei Pferdelängen Abstand vor und hinter ihnen ritten. Nach einer Stunde begann der Tag über den Horizont zu kriechen Es wurde warm, noch bevor es hell wurde. Mit der Morgenröte erhob sich ein heißer Wind, der die Feuchtigkeit aus ihren Körpern zu saugen schien. Man hatte ihnen einen ausreichenden Vorrat an Wasser mitgegeben, aber der Schlauch an Ulrichs Sattel wurde rasch dünner, und sooft er auch trank, schien das Wasser irgendwo auf dem Wege zwischen seiner Zunge und seiner Kehle verlorenzugehen. Ihre Pferde, die zu Anfang rasch und kraftvoll ausgegriffen hatten, verloren jetzt zusehends an Schwung, und aus dem schnellen, gleichmäßigen Trab der kleinen Kolonne wurde bald ein mühsames Dahinschleppen. Weder Raimund noch Bohemund sprachen ein einziges Wort, und auch Ulrich war viel zu müde, um seine Kräfte mit Reden zu vergeuden

Im Grunde war er dankbar für das Schweigen. So konnte er in Ruhe seinen Gedanken nachhängen und sie etwas ordnen – soweit ihm dies möglich war.

Wie oft hatte er sich nach diesem Augenblick gesehnt? Wie viele Male hatte er versucht, ihn sich vorzustellen, sich auszumalen, wie es sein mußte, endlich frei und nicht mehr allein zu sein; was es für ein Gefühl sein mußte, zu wissen, daß der Schrecken endlich ein Ende hatte?

Aber hatte er das wirklich?

Saladin hatte ihm zwar Leben und Freiheit geschenkt, aber war er denn frei? Und wie lange er noch am Leben blieb, wußte nur Gott, und vielleicht nicht einmal er. Sie befanden sich in einem Land, dem ein schrecklicher Krieg bevorstand, und sie waren auf dem Wege zu einem der beiden feindlichen Heere, die nun unausweichlich aufeinanderprallen mußten, wahrscheinlich schon in wenigen Tagen. Nein – Ulrich war nicht sicher, daß das Geschenk, das Saladin ihm gemacht hatte, von langer Dauer war.

Eine Stunde nach Sonnenaufgang ritten sie über eine flache Hügelkuppe, und unter ihnen tauchte unvermittelt ein Dorf auf – klein und rund und aus braunen Lehmhütten erbaut, wie die meisten Dörfer hier, aber eingebettet in grüne Wiesen und fruchtbare Äcker, die sich bis zum Ufer des vier oder fünf Meilen entfernten Sees dahinzogen. Es wirkte sonderbar verschlafen und leer, wie es so im Licht der Morgensonne dalag. Nirgends war auch nur eine Spur von Leben zu sehen, aber das mochte an der Entfernung liegen. Vielleicht hatten seine Bewohner es auch in aller Hast verlassen, um nicht zwischen den beiden feindlichen Heeren zermahlen zu werden. »Hattin«, sagte Sarim und zeigte auf das Dorf hinab. »Seht Ihr, Graf Raimund? Der Schauplatz Eurer Intrige ist vorbereitet. Nur wird sie jetzt leider nicht stattfinden.«

Der Graf schenkte ihm einen bösen Blick und starrte dann wieder nach vorne, als hätte er seine Worte gar nicht gehört, aber Sarim de Laurec schien es darauf angelegt zu haben, den Ritter zu reizen, denn er fuhr fort: »Ich bin wirklich neugierig, Raimund, wie Ihr dem König erklären wollt, daß Ihr nicht seinen Sohn, sondern einen wildfremden Knaben aus Saladins Lager zurückbringt.«

»Ihr seid ein Narr, de Laurec«, sagte Raimund, ohne auch nur den Kopf zu drehen.

»So?« fragte Sarim de Laurec spöttisch. »Bin ich das?«

»Das seid Ihr«, bestätigte Raimund ruhig. »Ihr ahnt ja gar nicht, was Ihr verdorben habt – Ihr und dieser dumme Betteljunge, den Ihr aus irgendeinem Grunde in Euer Herz geschlossen zu haben scheint.« Er schnaubte und ritt ein wenig schneller, um den Abstand zwischen sich und dem Templer zu vergrößern. Sofort schloß sich der Kreis ihrer Bewacher ein wenig dichter zusammen und machte ihnen so schmerzhaft deutlich, wie eng die Grenzen ihrer vermeintlichen Freiheit waren.

Langsam zog das Dorf unter ihnen vorüber. Die Sonne brannte unbarmherzig herab, und das Glitzern des Sees schien ihnen höhnisch zuzublinzeln. Unter den Hufen ihrer Pferde stob feiner grauer Staub empor, der sich wie eine zweite Haut auf sie niedersenkte, in den Augen brannte und zum Husten reizte. Ulrichs Kehle war wie ausgedörrt.

Ganz allmählich kam der Hügel näher. Die Pferde wurden noch langsamer, als sie sich die steile Anhöhe emporquälen mußten, und die Formation ihrer Wachen kam ein wenig durcheinander, weil eines ihrer Tiere auf einem losen Stein ausglitt und fast gestürzt wäre. Ulrich beobachtete die Krieger und Sarim de Laurec mit wachsender Unruhe. Er zweifelte nicht daran, daß Sarims Pferd noch Kraft und auch Ausdauer genug hatte, es mit den Tieren ihrer Eskorte aufzunehmen, aber er hatte selbst erlebt, wie gut die Sarazenen mit Pfeil und Bogen umzugehen wußten, und er zweifelte nicht daran, daß Saladins Befehle eindeutig waren, sollte einer von ihnen auszubrechen wagen. Auch schien eine Flucht so sinnlos. Warum wollte Sarim de Laurec sein Leben gefährden, wenn Saladins Krieger sie sicher zum Heer zurückgeleiteten?

Sie erreichten den Hügel, und Ulrich zwang sich mit aller Kraft, nicht in Sarims Richtung zu blicken, sondern zurück zum See, der jetzt schon langsam außer Sicht geriet. Aber die Schreie und das Stampfen von Hufen, auf das er wartete, blieben aus. Ruhig ritten sie weiter, trabten auf der anderen Seite des Hanges wieder herab und folgten dem gewundenen Trampelpfad, der nach Westen führte.

»Was ist los, Bruder Sarim?« fragte Raimund spöttisch. »Hat Euch Euer Mut verlassen?«

»Nein«, antwortete Sarim de Laurec gelassen. »Ich wollte nur ausprobieren, ob unsere Bewacher verstehen, was wir reden. Offensichtlich tun sie es nicht.«

»Oder sie sind schlauer, als Ihr annehmt«, fügte Raimund hinzu.

»Möglich oder auch nicht«, sagte Sarim kurz.

Unter den eisernen Kettenpanzern der Ritter mußte glühende Hitze herrschen. Ulrich glaubte nun besser zu begreifen, was Sarim gemeint hatte, als er sagte, in diesem Gelände sei jeder Kampf gegen Saladins leichte Reiter aussichtslos.

Nach einer Weile kam eine Bergkuppe vor ihnen in Sicht, auf der sich zwei gewaltige, buckelige Felsen erhoben. Sie ritten daran vorbei, aber Ulrich sah sich noch mehrmals nach den Felsbuckeln um. Der Hügel erinnerte ihn an einen ungeheuerlichen Schädel, von zwei Teufelshörnern gekrönt.

»Seht Ihr den nächsten Hügel?« sagte Sarim plötzlich. »Wenn wir auf seiner Kuppe angekommen sind, versuche ich zu fliehen. Mischt Euch nicht ein, aber wenn sie mich verfolgen, versucht ebenfalls zu fliehen. Sie müssen sich teilen.«

204

Ulrich und Bohemund sahen den Templer überrascht an, während
Raimund nur weiter starr ins Leere blickte.
»Fliehen?« fragte Ulrich verstört. »Aber ... warum? Sie geleiten uns
sicher zu Guidos Heer. Wir haben Saladins Ehrenwort!«
Sarim de Laurec verzog abfällig die Lippen. »Bist du so dumm, oder
stellst du dich nur so an?« fragte er zornig. »Natürlich geleiten sie
uns sicher zurück. Das ist es ja gerade, was ich fürchte.«
Er sprach nicht weiter, und noch ehe Ulrich eine weitere Frage stellen
konnte, drehte er auffällig den Kopf zur Seite und blickte aus zusammengekniffenen Augen in die Sonne hinauf.
Raimund antwortete nichts mehr, und wieder ritten sie in unangeneh-
mem Schweigen nebeneinander her. Ulrich verstand nichts von alledem, und ein Blick auf Bohemund überzeugte ihn davon, daß auch
dieser mehr als verwirrt war. Offensichtlich hatte Raimund in Saladins Zelt die Wahrheit gesagt, als er erklärte, Bohemund wäre ebenfalls getäuscht worden.
Behutsam lenkte Ulrich sein Pferd näher an das Sarims heran und
sah fragend zu dem Templer auf. »Was bedeutet das alles, Sarim?«
fragte er. »Warum sollen wir fliehen?«
»Weil du den Sonnenuntergang sonst nicht mehr erlebst, du gutgläu-
biger Tropf«, antwortete Sarim de Laurec. Er deutete mit einer zornigen Kopfbewegung auf Raimund. »Hast du Saladins Worte schon
vergessen? Seine Krieger werden dafür sorgen, daß wir unbeschadet
in Guidos Zelt ankommen.«
»Aber war es denn nicht das, was du wolltest?«
»Ich schon«, antwortete Sarim. Er lächelte bitter. »Aber glaubst du
wirklich, Gerhard und Raimund würden zulassen, daß du Guido ge-
genübertrittst? Welche Erklärung hätten sie wohl dafür, daß du nicht
Botho bist, sondern ein wildfremder Junge, der ihm nur ein wenig
ähnlich sieht? Unsere verschwörerischen Freunde sind so gut wie tot,
wenn wir das Lager gemeinsam erreichen.« Er lachte leise. »Es sei
denn, dir und mir stieße unterwegs etwas Unerwartetes zu – verstehst
du jetzt?«
Und wie Ulrich verstand! Was war er für ein blinder Narr gewesen,
sich einzubilden, alles wäre vorüber! Das Gegenteil war der Fall! Sarim hatte recht, tausendfach recht! Der Templermeister Gerhard und
seine Mitverschwörer konnten es gar nicht zulassen, daß Sarim und

er vor dem König sprachen, denn ihr Leben wäre im gleichen Moment verwirkt!

»Ihr redet über Dinge, von denen Ihr nichts wißt«, mischte sich Raimund unvermutet ein. »Aber wenn es Euch beruhigt – ich versichere Euch, daß weder Euer noch das Leben dieses Knaben in Gefahr ist. Ich gebe Euch mein Ehrenwort.«

»Das Ehrenwort eines Verräters«, sagte Sarim böse.

Aber nicht einmal diese neuerliche Beleidigung brachte Raimund aus der Fassung. Er lächelte nur abfällig, schüttelte den Kopf und wischte sich den Schweiß aus dem Gesicht. »Dann flieht doch und laßt Euch töten, wenn Ihr es unbedingt wollt«, sagte er. »Ich für meinen Teil denke nicht daran, meinen Hals zu riskieren.«

Sarim blickte ihn verwirrt an, sagte aber nichts mehr. Auf seinen Zügen erschien ein nachdenklicher Ausdruck. Vielleicht wäre es zum Streit zwischen den beiden Männern gekommen, doch da geschah etwas Unerwartetes. Der Mann an der Spitze ihrer kleinen Kolonne stieß einen scharfen Ruf aus und deutete nach Westen, in die Richtung, in die sie ritten, und als Ulrichs Blick seinem ausgestreckten Arm folgte, sah er eine graue Staubwolke, die zwischen den Hügeln emporstieg, und kurz darauf die winzigen Gestalten von Reitern, die sich ihnen in rasendem Galopp näherten.

Sie hielten an. Die Eskorte schloß sich enger um sie zusammen und griff zu ihren Waffen, und auch die Ritter sahen den Näherkommenden mit wachsender Besorgnis entgegen.

Nach einer Weile erkannten sie, daß es zwei Sarazenen waren, und die Haltung ihrer Bewacher entspannte sich ein wenig. Aber sie blieben mißtrauisch, und auch die Ritter blieben angespannt.

Die beiden Reiter kamen rasch näher. Der eine hob die Hand zum Gruß und sprengte kurzerhand an ihnen vorbei, so dicht, daß Ulrich sehen konnte, wie sein Pferd nahezu vor Erschöpfung zusammenbrach, während der andere sein Tier mit einem harten Ruck am Zügel riß, so daß es tänzelnd vor dem Anführer der Eskorte zum Stehen kam.

Die Männer begannen einen aufgeregten Wortwechsel, wobei der Fremde immer wieder mit der Hand in die Richtung wies, aus der er gekommen war. Obwohl Ulrich kein Wort verstand, glaubte er doch zu spüren, daß es keine guten Nachrichten waren, die der atemlose Reiter brachte.

Sarim hingegen, der ihre Sprache beherrschte wie seine eigene, fuhr sichtlich zusammen. Ulrich sah, daß er bleich wurde.

»Was ist geschehen?« fragte er besorgt. Und auch Raimund und Bohemund wandten sich in den Sätteln um und sahen den Templer fragend an.

»Dieser Narr!« murmelte Sarim. »Dieser gottverdammte Narr Guido!«

»Was zum Teufel ist geschehen?« herrschte Raimund den Templer an. »Sprecht!«

Sarim wollte antworten, aber in diesem Moment brach unter den Sarazenen ein heftiger Streit los; der Anführer brüllte den Fremden an, worauf dieser zornig seine Waffe hob, ihn aber nicht angriff, sondern wütend auf Raimund und Bohemund deutete.

»Wenn Ihr jetzt sterben müßt, dann habt Ihr das König Guido zu verdanken«, sagte Sarim zornig. »Dieser Reiter ist ein Bote, der zusammen mit dem anderen auf dem Weg zu Saladins Lager ist. Er berichtet, daß Guidos Heer Sephoria verlassen und sich in Marsch gesetzt hat. Sie sind auf dem Wege hierher, Raimund! In wenigen Stunden werden sie hier sein!«

»Sie sind...« Raimund schüttelte den Kopf, als könne er einfach nicht glauben, was er gehört hatte. »Sie marschieren *hierher*?« keuchte er. »Bei Tage und in dieser Hitze? Das ... das werden sie nicht überleben!«

»So ist es«, sagte Sarim finster. »König Guido hat sein Wort gebrochen. Und unsere Bewacher streiten sich jetzt, ob sie uns gleich hier die Kehle durchschneiden sollen. Dieser Narr! Dieser gottverdammte Narr! Das ist das Ende!«

»Vielleicht«, sagte Raimund, plötzlich von einer sonderbaren Ruhe erfüllt. Sein Blick streifte die Muslims. Offensichtlich gelang es ihrem Anführer nur noch mit Mühe, den Boten zurückzuhalten, der sich auf die verhaßten Franken stürzen wollte, um diesen neuerlichen Wortbruch ihres Königs auf der Stelle mit ihrem Blut zu rächen.

»In einem Punkt«, fuhr Raimund, noch immer in dem gleichen, sehr ruhigen Ton fort, »habt Ihr recht, Bruder de Laurec. Jetzt werden wir kämpfen müssen, um zu überleben.« Und im gleichen Moment zog er sein Schwert aus dem Gürtel. Es war eine Bewegung, wie Ulrich sie niemals zuvor gesehen hatte. Raimund zog nicht einfach seine Waffe, sondern riß sie mit aller Gewalt aus der Hülle, streckte gleichzeitig den Arm und beugte sich weit zur Seite, so daß der tödliche Stahl noch in der gleichen Bewegung den neben ihm befindlichen Reiter traf und aus dem Sattel schleuderte.

Sofort brach die Hölle los. Auch Bohemund und Sarim zogen ihre Waffen und drangen auf die vollkommen überraschten Reiter Saladins ein. Schon ihr erster Angriff fegte zwei weitere Männer aus den Sätteln. Rasch hatten die übrigen Krieger ihre Überraschung überwunden und begannen sich zu wehren. Sarim trieb gleich zwei von ihnen mit wuchtigen Schwertstreichen vor sich her, und auch die anderen beiden zeigten sich den Sarazenen weit überlegen. Ihre schwere Panzerung machte sie gegen die Stiche und Hiebe der Muslims nahezu unempfindlich, während ihre eigenen Klingen die leichten Burnusse ihrer Gegner mühelos zerschnitten und ihnen tiefe, blutende Wunden zufügten. Einer der Krieger stürzte aus dem Sattel und versuchte wieder aufzuspringen, aber sofort war Raimund über ihm und durchbohrte ihn von der Höhe seines Pferdes aus. Dann fuhr er herum und kam Sarim zu Hilfe.

Der letzte überlebende Sarazene suchte sein Heil in der Flucht, aber er kam nicht einmal fünf Schritte weit – Bohemund hob sein Schwert und schleuderte es ihm nach. Die Waffe traf den Mann mit tödlicher Genauigkeit und riß ihn in vollem Galopp aus dem Sattel.

Ulrich hatte sich die ganze Zeit über nicht gerührt, sondern nur wie gelähmt im Sattel gesessen. Was er gesehen hatte, erschütterte ihn bis ins Innerste. Das war kein ritterlicher Kampf gewesen, sondern ein bloßes Niedermachen, ohne Saladins Kriegern auch nur Gelegenheit zu einer Gegenwehr zu geben.

Aber noch war nicht alles vorbei. Während Bohemund losritt, um sein Schwert zurückzuholen, riß Sarim de Laurec sein Pferd herum, drängte es zwischen Ulrich und Raimund und hob drohend die Waffe.

»Jetzt kämpft, Graf Raimund!« sagte er herausfordernd. »Kämpft um Euer Leben!«

Raimund rührte sich nicht. Das blutige Schwert in seiner Hand war noch immer halb erhoben, aber er machte keine Anstalten, Sarims Herausforderung anzunehmen. In seinen Augen erschien ein Ausdruck, der irgendwo zwischen Verachtung und Spott angesiedelt war.

»Warum sollte ich so etwas Dummes tun, de Laurec?« fragte er kalt.
»Ich bin nicht Euer Feind.«

»Lügner!« schrie Sarim de Laurec und griff an. Sein Pferd schoß mit einem schrillen Wiehern auf Raimund zu, als er ihm derb die Absätze in die Flanken trieb, aber der Graf stellte sich dem Angriff nicht, sondern wich mit einer fast eleganten Bewegung zur Seite und duckte sich unter Sarim de Laurecs Schwert hindurch. Der Templer schrie wütend auf, riß sein Pferd herum und drang zum zweiten Mal auf den Grafen ein, aber wieder stellte sich Raimund nicht zum Kampf, sondern wich aus – und ebenso beim dritten Mal.

»Stellt Euch endlich, Ihr verdammter Feigling!« rief Sarim wütend. »Was seid Ihr? Bloß ein Verräter, oder auch noch eine feige Memme, die nur hinterhältig morden kann?«

Raimunds Gesicht zuckte bei diesen Worten vor Zorn, aber er griff Sarim noch immer nicht an, sondern zwang sein Pferd im Gegenteil, ein paar Schritte rückwärts zu gehen. Sarim brüllte vor Zorn auf, sprengte auf ihn zu und schwang seine Klinge mit beiden Händen.

Jetzt mußte Raimund handeln, wollte er nicht in Stücke gehackt werden. Im letzten Moment riß er sein Schwert in die Höhe, parierte den Hieb und trat gleichzeitig nach Sarim de Laurec. Er traf ihn nicht, aber Sarims Pferd bäumte sich mit einem schmerzerfüllten Wiehern auf. Der Templer geriet aus dem Gleichgewicht und kämpfte kurz mit dem widerspenstigen Tier. Raimund nutzte die Gelegenheit und versetzte ihm einen fürchterlichen Hieb mit der Breitseite der Klinge, der Sarim vollends aus dem Sattel warf.

Als der Templer sich erhob, sprang auch Raimund von seinem Pferd und trat auf ihn zu. »Hört auf, de Laurec«, sagte er drohend. »Ich bin nicht Euer Feind, begreift das endlich. Zwingt mich nicht, Euch zu verletzen!«

Sarim de Laurec schien blind vor Zorn. Mit einem gellenden Schrei drang er auf Raimund ein und trieb ihn mit wuchtigen, blitzschnellen Schwerthieben vor sich her, so daß der Graf alle Mühe hatte, seine Angriffe zu parieren. Aber es zeigte sich, daß er Sarim de Laurec zumindest ebenbürtig war.

Nachdem die erste Wucht seines Ansturms gebrochen war, ging Raimund seinerseits zum Angriff über und trieb nun Sarim vor sich her, bis auch er wieder zum Stehen kam. Es war ein Ringen vollkommen gleichwertiger Gegner. Und schließlich war es Bohemund, der den Kampf entschied, denn er kam zurück und sprang Raimund zu Hilfe, wenn auch – wie Ulrich vermutete – wohl eher aus alter Gewohnheit denn aus Überzeugung.

Den beiden Männern zugleich war Sarim de Laurec nicht gewachsen. Schritt für Schritt wich er zurück, bis Bohemund mit einem blitzschnellen Hieb seine Deckung durchbrach und Sarim eine tiefe Wunde auf dem Handrücken zufügte. Gleichzeitig war Raimund mit einem Satz neben ihm, stieß ihm den Schwertknauf in die Rippen und trat in seine Kniekehlen, als er wankte. Sarim de Laurec stürzte mit hilflos rudernden Armen nach hinten, blieb einen Moment benommen liegen und versuchte sich wieder aufzurichten. Sofort war Raimund über ihm und setzte sein Schwert auf Sarims Kehle.

»Stoßt zu!« keuchte Sarim. »Stoßt doch zu, feiger Verräter! Und dann ermordet noch diesen Jungen, wenn das alles ist, was Ihr könnt!«

In Raimunds Augen flammte der Zorn. Seine Hand schloß sich so fest um den Schwertgriff, daß die Waffe zitterte. Aber er stieß nicht zu.

Statt dessen trat er einen Schritt zurück, schob sein Schwert wieder in den Gürtel und starrte zornig auf Sarim de Laurec herab. »Ihr verdammter Hitzkopf!« sagte er gepreßt. »Was muß noch geschehen, bis Ihr begreift, daß nichts so ist, wie Ihr glaubt? Jetzt steht auf und nehmt Euer Schwert.«

Sarim de Laurec erstarrte. Dann erhob er sich langsam auf die Beine, wobei er die verletzte Hand eng gegen den Leib gepreßt hielt. Ungläubig blickte er von Raimund zu Bohemund und wieder zurück, ehe er sich – ohne die beiden dabei aus den Augen zu lassen – nach seinem Schwert bückte und es mit der linken Hand in den Gürtel schob.

»Ihr ... laßt mich am Leben?« murmelte er fassungslos.

Raimund nickte heftig. »Natürlich. Aber wenn Ihr mich dazu zwingt, werde ich Euch quer über Euer Pferd gebunden zu Guido bringen.«

»Guido?« murmelte Sarim. »Aber Ihr ...«

»Ihr werdet alles verstehen, de Laurec«, unterbrach ihn Raimund ungehalten. »Aber nicht jetzt, und nicht hier. Steigt auf Euer Pferd. Wenn der Bote die Wahrheit gesagt hat, werden wir das Heer in we-

nigen Stunden erreichen. Dann werdet Ihr erfahren, was wirklich geschehen ist. Aber nur«, fügte er düster hinzu, »wenn wir nicht noch
mehr Zeit damit verschwenden, uns gegenseitig zu bekämpfen. Der
zweite Bote ist entkommen, und das heißt, daß es in wenigen Stunden
hier von Saladins Kriegern wimmeln wird. Ich weiß nicht, wie Ihr es
seht, Sarim de Laurec – aber ich für meinen Teil möchte dann möglichst weit weg sein.«

Plötzlich schien es Sarim de Laurec sehr eilig zu haben, auf sein Pferd
zu kommen und weiterzureiten.

22

Die Sonne stand im Zenit, als sie die Staubwolke sahen und kurz darauf das Heer.

Sie hatten einen weiteren der vielen kahlen, zerborstenen Felsbuckel überwunden und kurz angehalten, um ihren Pferden und sich selbst nach dem mörderischen Aufstieg eine Ruhepause zu gönnen. Ulrich wußte nicht mehr, wie er die letzten Stunden überhaupt durchgestanden hatte. Die Hitze hatte die Grenzen des Vorstellbaren erreicht und überstiegen, und ihre Tiere hatten längst nicht mehr die Kraft, sie zu tragen; sie waren abgesessen und führten die Pferde nun am Zügel hinter sich her.

Jeder einzelne Schritt war zur Qual geworden.

Ulrichs Wasserschlauch war längst leer, und er litt entsetzlichen Durst. Aber schlimmer noch war die Angst. Immer wieder hatte er sich umgesehen, ständig mit klopfendem Herzen darauf gefaßt, eine gewaltige Staubwolke am Horizont zu erblicken und kurz darauf Saladins Reiter, die ihnen folgten und sie einholen würden, lange bevor sie das fränkische Heer erreichten.

Aber nun lag Guidos Armee unter ihnen wie ein gewaltiges, grauschwarzes Tier, das aus der Erde gekrochen war und sich langsam über Hügel und Ebenen und ausgetrocknete Flußläufe schob wie ein Farbfleck im Wasser, der sich ausbreitete und dabei wuchs und wuchs und die Luft mit einem beständig lauter werdenden, unruhigen Summen und Raunen erfüllte.

Trotz seiner Erschöpfung nahm ihm der Anblick dieser ungeheuren Menge von Menschen und Tieren den Atem. An die fünfundzwanzigtausend Männer, zwanzigtausend davon zu Pferde, dazu noch der Troß mit Wagen und Karren und Hunderten hochbeladener Lastkamele – das war mehr, als er sich vorstellen konnte, selbst jetzt, als er es *sah*. Zweifellos war es das gewaltigste Heer, das die Christenheit jemals in diesem Teil der Welt aufgestellt hatte. Mit einem Male erschien ihm der Gedanke, daß es irgendeine Macht auf der Welt geben sollte, die dieser ungeheuren Armee gefährlich werden konnte, einfach lächerlich.

Und doch verdüsterte sich Sarims Gesichtsausdruck eher noch, als er auf das langsam näherkriechende Heer herabblickte. Wie Ulrich und die beiden Grafen wirkte auch Sarim zum Umfallen erschöpft; sein Gesicht war kreidebleich, seine Hände zitterten, und sein Atem ging in raschen, ungleichmäßigen Stößen. Aber mehr noch als die Erschöpfung zeichneten Sorge und grenzenlose Verwirrung seine Züge. Immer wieder während der vergangenen Stunden hatte er Raimund und Bohemund angesehen, aber der Ausdruck von Verstörtheit in seinem Blick war nur gewachsen. Raimund hatte es bei seinen geheimnisvollen Andeutungen belassen, während Bohemund offensichtlich gar nicht wußte, was überhaupt vorging. Es waren nicht nur die Hitze und der anstrengende Weg gewesen, die sie so schweigsam hatten werden lassen.

Aber all dies bemerkte Ulrich nur am Rande, denn er hatte nur Augen für das Heer, das sich wie eine Lawine unter ihnen durch das Tal schob, langsam, aber unaufhaltsam. Eine gigantische Glocke aus Staub hing über der riesigen Menschenmenge, und aus dem anfangs beinahe leisen Summen und Raunen des Heeres wurde rasch ein gewaltiges Brausen und Dröhnen, das nicht nur die Luft, sondern selbst den massiven Fels unter ihren Füßen erzittern ließ.

Erst als Sarim ihn an der Schulter berührte und mit der anderen Hand nach Westen wies, erwachte er aus der sonderbaren Mischung aus Staunen und Furcht, mit der ihn der Anblick der vereinigten christlichen Heere erfüllt hatte. Ulrich sah beinahe schuldbewußt auf. Sarims Hand wies auf eine Gruppe von Reitern, die sich von der Hauptmasse des Heeres gelöst hatte und ihnen in scharfem Galopp entgegenkam. Der Mann an ihrer Spitze trug den weißen Mantel eines Tempelritters, und als er näher kam, erkannte Ulrich voll Schrecken, daß es kein anderer als Gerhard war, der Ordensherr der Templer – und Anführer der Intrige, der er und Sarim um ein Haar zum Opfer gefallen wären. Neben Gerhard ritt kein anderer als Guilleaume de Saint Denis, wie Ulrich an der gebrochenen Rose auf seinem Wappenschild erkannte. Es waren die beiden Männer, deren Leben wie das Raimunds auf der Stelle verwirkt waren, wenn er und Sarim lebend das Lager erreichten!

Sarim de Laurec schien ähnlichen Gedanken nachzuhängen, denn auch er straffte sich spürbar, und sein Blick glitt fahrig hierhin und dorthin, als suche er einen Fluchtweg oder ein Versteck.

»Tut jetzt nichts, was Euch später leid täte«, sagte Raimund warnend. Auch ihm war Sarims Erregung nicht entgangen. »Ich gebe Euch mein Ehrenwort, daß Ihr nicht in Gefahr seid.«

Sarim schwieg, aber sein Gesichtsausdruck sagte deutlich genug, wie wenig Glauben er Raimunds Worten schenkte. Trotzdem sagte er kein Wort, sondern trat nur ein kleines Stück näher an Ulrich heran und legte wie durch Zufall die rechte Hand, um die er einen Stoffstreifen gebunden hatte, auf den Schwertgriff. Der primitive Verband war mittlerweile durchgeblutet, und darunter war seine Hand unförmig angeschwollen. Ulrich bezweifelte, daß er damit ein Schwert auch nur ziehen konnte, geschweige denn damit kämpfen. Aber irgendwie beruhigte es ihn, den Templer hinter sich zu wissen.

Auch Raimund war Sarims Bewegung nicht entgangen, aber er runzelte nur die Stirn und schüttelte den Kopf; dann lenkte er seine Aufmerksamkeit wieder auf die sich nähernden Reiter.

Es waren mehr als fünfzig, das erkannte Ulrich, als sie sich aus der gewaltigen Staubwolke des Heeres lösten und in raschem Ritt den Berg hinaufgaloppierten. Die Gruppe teilte sich, kurz bevor sie die vier erschöpften Ankömmlinge erreicht hatte – der größere Teil schwenkte nach beiden Seiten aus und galoppierte an ihnen vorüber, wohl, um ihren Rücken zu decken und nach Männern Saladins Ausschau zu halten, die den vier Reitern gefolgt sein mochten, während Gerhard zusammen mit Guilleaume de Saint Denis und einigen weiteren Templern geradewegs auf sie zugesprengt kam.

Bohemund trat dem Templermeister einen Schritt entgegen und hob die Hand, aber wenn Gerhard seinen Gruß überhaupt bemerkte, so beachtete er ihn nicht. Mit einer Bewegung, aus der die Wut sprach, brachte er sein Pferd zum Stehen, sprang aus dem Sattel und eilte mit weit ausgreifenden Schritten auf Raimund von Tripolis zu, der ihm ernst entgegenblickte.

»Was bedeutet das?« fragte er grob, ohne sich mit Förmlichkeiten wie etwa einer Begrüßung aufzuhalten. Seine Hand deutete anklagend auf Ulrich und Sarim. »Was tut Ihr hier, Graf? Und wieso sind diese beiden bei Euch? Seid Ihr etwa...«

»Es ist alles verloren, Gerhard«, unterbrach ihn Raimund. Plötzlich klang seine Stimme müde. »Saladin weiß alles.«

»Saladin ... weiß ...?« wiederholte Gerhard ungläubig.

»Er weiß, daß dieser Knabe nicht Botho ist«, bestätigte Raimund.
»Wir sind nicht geflohen, Bruder Gerhard, wenn es das ist, was Ihr
befürchtet. Er hat uns gehen lassen. Es tut mir leid.« Er schüttelte
traurig den Kopf. »Der Plan ist nicht gelungen. Wir haben es ver-
sucht, aber das Schicksal war gegen uns.«
»Aber wie ... konnte das geschehen?« fragte Gerhard. Er schien
Raimunds Worte noch immer nicht ganz verdaut zu haben, denn er
kämpfte sichtlich um seine Fassung. Dann blickte er Ulrich an.
»Es war nicht seine Schuld, Gerhard«, sagte Raimund.
Ulrich sah überrascht auf, und auch Gerhard drehte sich wieder zu
dem Templer um und sah ihn fragend an.
»Malik«, erklärte Raimund. »Es war dieser verfluchte *Haschischin.*
Saladin hat ihn vor unseren Augen erschlagen. Er hat alles verraten.
Alles«, fügte er hastig hinzu, »was er wußte.«
»Malik Pascha«, murmelte Gerhard. Einen Moment lang wirkte er
betroffen, dann seufzte er, machte eine rasche, heftige Handbewe-
gung und wandte sich wieder an Raimund. »Hasan as-Sabbah
scheint seine Macht ein wenig überschätzt zu haben. Aber wie kommt
Ihr hierher, Graf? Saladin hat Euch gehen lassen, sagt Ihr?«
Raimund nickte. »Ja. Aber das ist wohl eher das Verdienst dieses
Knaben, Gerhard.« Er deutete auf Ulrich. »Bedankt Euch bei ihm.
Wäre er nicht gewesen, hätte Saladin uns nicht anders behandelt als
Malik. Der einzige Grund, aus dem er uns am Leben ließ, war der,
daß wir den Jungen in Guidos Zelt geleiten sollten.«
»Was Euer sicheres Todesurteil gewesen wäre, wie Saladin anneh-
men mußte«, sagte Gerhard. Er lächelte. »Saladin ist für seinen feinen Sinn für Humor bekannt, nicht wahr? Aber nun erzählt – was ist
geschehen? Ihr habt kämpfen müssen, wie ich sehe?«
»Gegen die Begleiter, die Saladin uns mitgab, ja«, bestätigte Raimund.
Er sah Sarim an, verzichtete aber vorerst darauf, von dem Zwischenfall
mit ihm zu berichten, sondern fuhr statt dessen fort: »Auf halbem Wege
hierher kamen uns Boten entgegen, die berichteten, daß das Heer Sephoria verlassen habe. Daraufhin fühlten sich unsere Bewacher wohl
nicht mehr an Saladins Wort gebunden und versuchten uns zu töten.«
»Was ihnen nicht gelang«, sagte Gerhard.
»Gefällt Euch das nicht?« mischte sich Sarim ein, in so scharfem
Ton, daß Gerhard herumfuhr und ihn verwundert ansah.

»Wie soll ich das verstehen, Bruder Sarim?« fragte er.

»Nennt mich nicht Euren Bruder«, antwortete Sarim scharf. »Ich will nichts mit Betrügern zu schaffen haben. Nicht einmal, wenn sie den Mantel meines Ordensherrn tragen.«

Gerhard setzte zu einer wütenden Antwort an, aber Raimund trat rasch dazwischen und hob besänftigend die Hand. »Verzeiht ihm, Gerhard«, sagte er hastig. »Er kennt die Wahrheit nicht. Leider ist bei ihm viel zu gut gelungen, was bei Saladin nicht aufging. Ich konnte ihn nur mit Mühe und Not davon abhalten, Bohemund und mich kurzerhand zu erschlagen, weil er um sein und das Leben des Jungen fürchtete«, fügte er nun doch mit einem spöttischen Seitenblick auf Sarim hinzu.

Gerhard runzelte die Stirn. »Ich verstehe.« Dann wandte er sich an Sarim de Laurec. »Du glaubst, wir hätten all dies wirklich vorgehabt? Kennst du mich wirklich so schlecht, Bruder, daß du mir eine derart schändliche Tat zutraust?«

Sarim war verwirrt, aber noch nicht überzeugt. »Was ... soll das heißen?« fragte er stockend. Sein Blick irrte zwischen Gerhard und Raimund hin und her.

»Jetzt ist keine Zeit, Euch alles zu erklären«, antwortete Gerhard. »Laßt uns zurückreiten. Unser Plan ist mißlungen, aber du und dieser Junge könntet euch doch noch als wertvoll erweisen. Ihr wart in Saladins Lager. Was habt ihr dort gesehen?«

»Seine Krieger«, antwortete Sarim in gewohntem Gehorsam, runzelte die Stirn und fügte zornig hinzu. »Sehr viele Krieger, Bruder Gerhard. Mehr, als ich zählen konnte. Aber was ...«

»Dann ist es um so wichtiger, daß wir hier keine Zeit mehr verschwenden«, unterbrach ihn Gerhard. »Kommt mit und berichtet Guido, was Ihr gesehen habt. Vielleicht könnt Ihr ihn zur Vernunft bringen. Mir ist es nicht gelungen.«

»Was tut der König überhaupt hier?« fragte Raimund, als wäre dies etwas, was ihm erst bei den Worten Gerhards wieder eingefallen wäre. »Es war vereinbart, daß das Heer in Sephoria lagert, bis wir zurückkehren.«

»Seit wann hält sich Guido an Vereinbarungen?« fragte Gerhard wütend. »Ich bin froh, daß Ihr zurück seid, Graf Raimund. Ihr habt großen Einfluß auf den König, und Ihr habt Saladins Heer gesehen.

Vielleicht gelingt es Euch, ihn zum Umkehren zu bewegen. Kommt.«
Er winkte seinen Begleitern, aus den Sätteln zu steigen und Ulrich
und den anderen die noch frischen Tiere zu überlassen, machte auf
der Stelle kehrt und wartete ungeduldig, bis Ulrich mühsam als letzter
aufgesessen war. Ulrich fuhr zusammen, als der Templermeister sein
Tier dicht neben das seine lenkte und freundschaftlich die Hand ausstreckte. Gerhard führte die Bewegung nicht zu Ende.
»Du hast Angst vor mir«, stellte er fest.
Ulrich war viel zu müde, um zu leugnen. Er nickte.
»Ich kann dich verstehen, Junge«, sagte Gerhard. »Immerhin hast du
mich zusammen mit dem Manne gesehen, den wir fast ebenso hassen
wie Saladin und seine Heiden. Aber manchmal muß man sich mit
dem Teufel verbünden, weißt du?« Er schüttelte den Kopf, um seine
eigene Frage zu beantworten. »Nein, du weißt es nicht«, sagte er.
»Wie auch.« Damit drehte er sich wieder um und sprengte los, und
Ulrich und die anderen folgten ihm.
Ulrich hielt sich so dicht an Sarims Seite, wie es nur ging, während sie
den ausgetrockneten Hang hinuntersprengten. Das Heer kam näher
und schien mit einem Male die ganze Welt auszufüllen, von einem
Ende zum anderen. Die Männer wichen respektvoll beiseite, um den
in scharfem Tempo reitenden Rittern Platz zu machen; trotzdem kamen sie nicht mehr so rasch vorwärts, bis sie sich schließlich nur noch
sehr vorsichtig durch die dichtgedrängte Masse von Fußvolk und
Reitern bewegen konnten. Ulrich kam sich vor wie in einem kleinen
Boot, das sich verzweifelt gegen die Strömung eines ungeheuren Flusses vorwärtsquälte, nur daß es ein Strom von Menschen war, den sie
in gegensätzlicher Richtung zu durchwaten versuchten. Die Männer,
die Gerhard und seine Begleiter erkannten, versuchten ihnen Platz zu
machen, aber das nützte in dem allgemeinen Gedränge wenig, und
mehr als einmal kam ihr Vormarsch gänzlich zum Stehen. Es kam sogar vor, daß Ulrich mitsamt seinem Pferd einfach einige Schritte in
die Richtung zurückgedrängt wurde, aus der er gekommen war, und
um ein Haar Sarim und die anderen verloren hätte.
Panik drohte ihn zu übermannen. Die ungeheure Menschenmenge,
deren Anblick ihn aus der sicheren Höhe des Hügels gebannt hatte,
schien ihn nun zu erdrücken. Er kam sich klein und verwundbar
darin vor. Er war sicher, daß er Sarim und die anderen nicht wieder-

finden konnte, falls sie getrennt wurden. In diesem brodelnden Meer aus Menschen mußte er ertrinken.

Aber sie wurden nicht getrennt. Gerhard und die anderen, die sein Zurückbleiben bemerkt hatten, hielten an und warteten, bis er sich mühsam zu ihnen vorgekämpft hatte, dann griff Sarim kurzerhand nach den Zügeln seines Pferdes und hielt sie fest. Das Reiten wurde zwar unbequemer auf diese Weise, denn Ulrichs Bein scheuerte schmerzhaft am Harnisch von Sarims Schlachtroß, aber er fühlte sich nun sicherer.

»Werden wir wirklich Guido sehen?« fragte er Sarim. »Guido von Lusignan, den König von Jerusalem?«

Sarim zuckte mit den Achseln. »Du hast Gerhard doch gehört«, antwortete er ausweichend.

»Du auch«, sagte Ulrich. »Aber du glaubst ihm nicht, wie?«

Sarim antwortete nicht gleich. Einen Moment lang sah er Ulrich mit undeutbarem Blick an, dann seufzte er, ballte die unverletzte Hand zur Faust und hob den Arm, wie um sie auf den Sattel herabklatschen zu lassen. Aber statt dessen seufzte er erneut. »Ach, zum Teufel, ich weiß überhaupt nicht mehr, was ich glauben soll«, sagte er.

Ulrich schaute den Templer betroffen an. Er spürte die Verzweiflung, die aus Sarims Worten sprach.

Mühsam kämpften sie sich weiter. Sie näherten sich jetzt der Mitte des gewaltigen Heeres, und die Rüstungen der Männer, die ihnen entgegenkamen, wurden immer prachtvoller. Es waren jetzt fast ausnahmslos Ritter, die ihnen begegneten und wohl einen inneren, lebenden Schutzwall um den König und sein Gefolge bildeten – Templer und Johanniter, Normannen und Franken: ein eigenes glänzendes Heer, das nur aus Edelleuten bestand, für sich allein schon groß genug, eine Armee genannt zu werden.

Aber Ulrich sah auch, daß all der strahlende Glanz und die Pracht, in die sich die Männer hüllten, ihre Erschöpfung nicht zu überdecken vermochte. Die Schritte der Pferde waren schleppend, und die Haltung ihrer Reiter nicht ganz so hoheitsvoll, wie es ihre Erscheinung forderte. Die Gesichter, in die Ulrich blickte, wirkten erschöpft und ausgebrannt, und so mancher Reiter schien sich eher am Zaumzeug seines Pferdes festzuklammern, als er es damit führte. Da spürte Ulrich plötzlich mit aller Macht auch seinen eigenen Durst und seine eigene Erschöpfung wieder.

Gerhard hielt plötzlich an und begann mit einem Mann zu reden, der ihm mit quergehaltener Lanze den Weg verwehrte. Rings um sie herum kam in die Aufstellung der Ritter ein wenig Unordnung, dann teilte sich der Strom aus Eisen, Menschen und Pferden wie Wasser, das um einen Felsen herumspült, und schloß sich wieder hinter ihnen.

»Was ist?« fragte Ulrich.

Sarim de Laurec zuckte die Achseln. »Er läßt ihn nicht durch«, antwortete er. »Ich kann nicht alles verstehen, aber es scheint, daß König Guido im Augenblick keine Audienz zu geben geneigt ist.«

Der bittere Spott in seiner Stimme entging Ulrich keineswegs. Unsicher sah er den Templer an. »Du magst König Guido nicht besonders, wie?« fragte er.

Sarim lächelte flüchtig. »Niemand *mag* ihn«, antwortete er. »Aber das ist auch nicht nötig, weißt du? Er ist unser König. Auch wenn er viele Fehler hat«, fügte er hinzu, sehr leise, damit keiner der Vorüberreitenden seine Worte verstehen konnte.

»Warum folgst du ihm dann?« fragte Ulrich.

Sarim runzelte ärgerlich die Stirn, lächelte plötzlich und fuhr Ulrich mit einer fast väterlichen Geste durch das Haar. »O kindliche Unschuld«, seufzte er. »Manchmal wünsche ich sie mir zurück, weißt du das?«

Ulrich schob seine Hand verärgert zur Seite. Er mochte es nicht, wenn man ihn wie ein kleines Kind behandelte; nach allem, was geschehen war, schon gar nicht mehr. »Das ist keine Antwort auf meine Frage«, sagte er.

Sarim nickte. »Ich weiß. Aber es ist eine Frage, die man nicht beantworten kann, Ulrich. Guido ist unser König, und wir folgen ihm, so muß es sein.«

»Auch wenn er Euch in den Tod führt?« fragte Ulrich.

»Auch dann«, antwortete Sarim mit großem Ernst. »Irgendwann wirst du verstehen, warum es so ist. Und nun still – Gerhard kommt zurück.«

Tatsächlich hatte der Templermeister sein Pferd gewendet und ritt auf Sarim und ihn zu, mit einem so finsteren Gesichtsausdruck, daß Ulrich erschrak.

»Er empfängt uns nicht«, sagte er wütend. »Die Kundschafter melden Saladins Krieger in großer Zahl, die sich von Osten nähern, und der König braucht seine Zeit, sich auf den Kampf vorzubereiten.« Er ballte zornig die Fäuste.

»Aber das ist doch unmöglich!« entfuhr es Ulrich. »Wir sind dem Heer um Stunden voraus, Gerhard!«

Der Templermeister blickte ihn an, als überlege er ernsthaft, ob er ihn überhaupt zur Kenntnis nehmen sollte. Aber dann lächelte er. »Natürlich nicht Saladins Hauptheer«, antwortete er. »Aber das ist auch nicht nötig. Es gehört wahrlich nicht viel Scharfsinn dazu, sich den Weg auszurechnen, den wir nehmen müssen, um nach Tiberias zu gelangen. Saladin weiß das längst. Er hat Krieger hier in den Bergen versteckt. Und die werden angreifen«, murmelte er düster. »Sie werden uns ununterbrochen angreifen, bis wir nicht die Kraft haben, uns zu wehren, wenn das Hauptheer kommt. Und das ist meine Schuld.«

»Eure Schuld?« wiederholte Ulrich. »Wieso?«

Gerhard setzte zu einer Antwort an, blickte aber dann statt dessen nur finster über die Schulter zu den Rittern zurück, die den Troß des Königs umgaben.

»In einer Stunde werden wir rasten«, sagte er. »Wenn Gott uns gnädig ist und die Sarazenen bis dahin nicht angegriffen haben, gelingt es mir dann vielleicht, zu Guido vorzudringen.«

»Meint Ihr nicht, daß Ihr uns bis dahin eine Erklärung schuldig seid?« sagte Sarim de Laurec. »Mir und vor allem diesem Knaben?« Er deutete mit einer Kopfbewegung auf Ulrich.

Gerhard schwieg eine Weile, in der er Sarim und Ulrich abwechselnd und mit immer noch finsterer Miene ansah. Dann nickte er. »Ihr habt recht, Bruder Sarim«, sagte er, »laßt uns einen Ort suchen, an dem wir sprechen können.«

Aber Gott – und vor allem Saladins Truppen – waren ihnen nicht gnädig. Gerhard führte sie weiter zurück zum Ende des gewaltigen Heerwurmes, wo die gepanzerten Gestalten der Krieger mehr und mehr hochbeladenen Wagen, Lastpferden, Kamelen und Eseln wichen. Der Lärm war hier kaum weniger groß als weiter vorne an der Spitze des Heeres, aber Ulrich vermutete, daß es Gerhard wohl darum ging, nicht belauscht zu werden; und wenn, dann von Kamelen und Eseln, die tatsächlich auf vier Beinen liefen.

Doch sie kamen nicht zum Reden. Gerhard hatte wohl vorgehabt, die kleine freigebliebene Lücke zwischen dem Troß und der Nachhut zu erreichen, die aus schwergepanzerten Reitern bestand, aber sie hatten noch nicht die halbe Strecke zurückgelegt, als sich am vorderen Ende des Heeres, schon fast jenseits des Hügels, den Ulrich und die anderen vor Stundenfrist überschritten hatten, ein Chor gellender Schreie erhob, und gleich darauf ein ungeheures Dröhnen und Krachen, dann Waffengeklirr.

Die Ritter fuhren erschrocken in den Sätteln herum und sahen nach Osten. Der jäh ansteigende Felsenkamm verwehrte ihnen den Blick auf das Geschehen, aber der Lärm schwoll weiter an, und über den Felsen hing plötzlich eine dichte, brodelnde Staubwolke, hin und wieder durchbrochen von huschenden, rasend schnell hin und her flitzenden Schatten. Eine Bewegung breitete sich von der Spitze des Heeres her in der gewaltigen Menschenmenge aus, und plötzlich erhoben sich überall Schreie und Lärm; Ulrich sah sich plötzlich von verzerrten Gesichtern und panisch hin und her hastenden Menschen umringt.

»Sie greifen an!« schrie Gerhard. »Zurück!«

Mit diesen Worten riß er sein Pferd herum und wollte lossprengen, aber das Gedränge war zu groß; er blieb in der Masse aus Männern und Pferden stecken, fluchte ungehemmt und verlangte mit überschnappender Stimme, daß man ihm und den anderen Rittern Platz mache.

Seine Worte verhallten ungehört. Schon verwandelte sich das Heer, das gerade noch ruhig und gleichmäßig über das Land gekrochen war, in einen Haufen kopflos durcheinanderrennender Männer. Aufregung griff um sich, und Ulrich mußte erkennen, daß er mit seiner Angst nicht allein war. Der Moment, auf den alle gewartet und den sie, mit wenigen Ausnahmen vielleicht, gefürchtet hatten, war gekommen; der Kampf begann. Zwar war es noch nicht mehr als ein Vorgeplänkel, doch der Überraschungseffekt, auf den Saladin gesetzt hatte, war gelungen.

Fast gleichzeitig wurden auch die Nachhut und die Flanken des Heeres angegriffen.

Ulrich sah entsetzt, wie sich zwischen den Felsen die braun und schwarz gekleideten Gestalten erhoben, Speere und Bögen schwingend, und mit gellendem Kriegsgeheul auf das Heer zurannten, das ihnen an Zahl hundertfach überlegen war. Ein ganzer Hagel von Wurfgeschossen senkte sich herab, Pfeile und Speere oder auch einfach geschleuderte Steine, und wenn auch keines davon auch nur in Ulrichs Nähe kam, so schrak er doch zusammen und sah sich nach Deckung um.

Die Salve prasselte auf die Flanke des Heeres herab, und die Wirkung war furchtbar. Männer und Tiere bäumten sich auf, brachen zusammen und rissen dabei andere mit ins Verderben; Pferde gingen durch und trampelten Menschen und andere Tiere nieder, Reiter wurden aus den Sätteln geschleudert und starben unter den Hufen der außer Rand und Band geratenen Pferde. Panik machte sich unter den Rittern breit, und sie allein kostete wohl mehr Männern das Leben als die Pfeile und Speere der Muselmanen. Aber schließlich besannen sich die überrumpelten Männer. Als die zweite Salve aus Speeren und Pfeilen heranraste, fuhren die meisten Geschosse harmlos in die hochgerissenen Schilde der Ritter, und die Angreifer sahen sich plötzlich einem Wald aus drohend vorgereckten Speer- und Schwertspitzen entgegen, in den viele von der Wucht der nachdrängenden Kämpfer hineingetrieben und hilflos aufgespießt wurden. Dann setzten die Ritter zum Gegenangriff an.

Es waren etwa hundert Reiter, die aus der Masse des Heeres ausscherten und sich den Muselmanen entgegenwarfen. Trotz seines lähmenden Entsetzens verspürte Ulrich widerwillige Bewunderung, als er sah, wie sich die gepanzerten Reiter in Bewegung setzten und auf die Angreifer zuwalzten. Die Pfeile und Speere der Muslims gingen plötzlich ins Leere, als die Reiter nicht mehr hilflos eingeklemmt waren, sondern nun mit ihren Pferden ausweichen konnten.

Der Vormarsch der Sarazenen kam ins Stocken. Plötzlich klang der Chor ihrer Schreie eher erschrocken als triumphierend. Viele fuhren herum und suchten ihr Heil in der Flucht. Aber die Ritter waren auf ihren Pferden schneller. Lange, ehe die Muslims die rettenden Felsen erreichen konnten, prallten die beiden ungleichen Gegner aufeinander.

Die Wirkung war unbeschreiblich. Die christliche Reiterei rammte wie eine eiserne Faust in die feindlichen Reihen, zersprengte sie und ritt mit ihren riesigen, gepanzerten Pferden einen Großteil der Sarazenen nieder. Schwerter und Morgensterne wirbelten, als die Muslims sich verzweifelt zu wehren versuchten. So rasch, wie der Gegenangriff begonnen hatte, endete er auch schon wieder; auf einen Befehl ihres Anführers hin rissen die Ritter ihre Pferde herum und sprengten zum Heer zurück.

Dort, wo der Kampf stattgefunden hatte, war der Boden übersät mit Toten und Sterbenden, von denen nur wenige das kreuzgeschmückte Weiß der christlichen Kämpfer trugen. Lediglich eine Handvoll Sarazenen hatte den mörderischen Angriff überlebt und verschwand hastig zwischen den Felsen.

Auf das christliche Heer hatte dieser überraschende Erfolg eine ungeheure Wirkung.

Ulrich konnte spüren, wie die anfängliche Angst der Männer in jähen Triumph umschlug, und mit einem Male erhob sich ein brüllendes Siegesgeschrei. Eine Woge vorwärtsdrängender Bewegung durchlief das Heer, und plötzlich setzte sich die ganze riesige Menschenmenge mit einem Ruck in Bewegung und schwappte wie eine braun-weiße Woge über den Felsengrat, hinter dem Saladins Krieger gelauert hatten. Ulrich und die anderen wurden einfach mitgerissen, ob sie wollten oder nicht. Das Heer wälzte sich voran, überwand den Felsen und ergoß sich auf der anderen Seite wieder herab, von seinem eigenen Schwung vorwärtsgetragen und alles zermalmend, was sich ihm in den Weg stellte.

Als Ulrich und Sarim de Laurec den Felsgrat erstiegen, gab es längst niemand mehr, der sich dem Heer entgegenstellte. Die wenigen Überlebenden, die nach dem wütenden Ansturm der Christen in den Felsen Schutz gesucht hatten, ergriffen verzweifelt die Flucht, doch sie kamen nicht weit. Ulrich sah mit Grauen, wie sie einzeln verfolgt und niedergemacht wurden.

Der große Heerzug fächerte auseinander wie ein Ameisenschwarm, breitete sich unübersehbar in weitem Umkreis aus und kam nur langsam zur Ruhe.

Doch da setzte ein neuerlicher Angriff der im Verborgenen lauernden Sarazenen ein. Wieder sirrten Pfeile und Speere auf die Reiter an den Flanken des Heeres herunter. Die Sarazenen hatten aus ihrer ersten Niederlage gelernt – sie kamen vorerst den Rittern nicht mehr nahe, sondern beschossen sie aus sicherer Entfernung heraus, um sich gleich darauf wieder hastig zurückzuziehen, noch ehe die Reiterei zum Schlag ausholen konnte. Immer mehr der weißgekleideten Kämpfer sanken getroffen von den Pferden oder zogen sich schwer verwundet zurück und krümmten sich vor Schmerz in den Sätteln.

Unaufhaltsam wurden Ulrich und Sarim de Laurec an die Spitze des Heereszuges geschoben, wo der Kampf nach wie vor mit unverminderter Wucht tobte. Ulrich wußte, daß er sich in wenigen Augenblikken inmitten eines gnadenlosen Kampfes auf Leben und Tod befinden mußte, ohne daß er etwas dagegen tun konnte – er wurde einfach von der Masse der vorwärts drängenden Krieger mitgerissen, ob er nun wollte oder nicht.

Außerdem hätte er kaum den Mut gefunden, allein zurückzubleiben. Noch mehr Angst als vor dem Kampf hatte er davor, von Sarim de Laurec getrennt zu werden und im Getümmel verlorenzugehen.

Um ihn herum erhob sich jetzt ein dröhnendes, an- und abschwellendes Kriegsgeschrei, immer wieder die gleichen, aufpeitschenden Worte, mit denen sich die Männer selbst Mut zuschrien: »*Gott will es! Gott will es! Gott will es!*« – der im Orient gefürchtete Schlachtruf der Christen, der schon den Untergang so manchen muslimischen Heeres grauenvoll begleitet hatte.

Und dann waren sie mitten drin. Alles ging plötzlich so schnell, daß Ulrich zuerst nicht einmal begriff, was geschah – gerade war er noch hilflos zwischen schreienden, waffenschwingenden, blindwütig vorwärts stürmenden Männern eingeklemmt gewesen, da fand er sich in einem tobenden Hexenkessel kämpfender Krieger wieder, Saladins Männer auf der einen und Guidos Ritter auf der anderen Seite, nun so eng und wütend ineinander verbissen, daß er manchmal nicht einmal zu sagen wußte, wer nun Freund und wer Feind war. Dichter Staub wirbelte auf und ließ die Männer im Kampfgewühl nur noch schattenhaft erkennen. Und in den Schlachtlärm drang noch immer der Schrei aus unzähligen Kehlen: »Gott will es!«

Plötzlich bemerkte Ulrich, daß Sarim verschwunden war. Er hielt sein Pferd erschrocken an und sah sich nach dem Templer um. Er entdeckte ihn nur wenige Schritte vor sich, trotz seiner verwundeten Hand in einen verbissenen Kampf mit drei Muselmanen verstrickt, die ihn mit langen Spießen vom Rücken seines Pferdes herunterzustoßen versuchten. Dann sah Ulrich eine in einen weißen Burnus gehüllte Gestalt auf sich zurennen und zog sein Schwert. Der Sarazene schwang mit gellendem Kriegsgeheul seine eigene Waffe, stolperte plötzlich und fiel der Länge nach hin; zwischen seinen Schulterblättern zitterte der Schaft eines Pfeiles. Aber Ulrich war keineswegs in Sicherheit. Der Boden war hier mit zahllosen, manchmal mannsgroßen Felstrümmern übersät, zwischen denen sich die Sarazenen verschanzt hatten, um der christlichen Reiterei auf diese Weise ihren Stachel zu nehmen. Noch waren die Reiter im Kampf Mann gegen Mann den Sarazenen überlegen, aber die Übermacht der Muselmanen schien erdrückend. Für einen Erschlagenen tauchten drei neue Krieger auf, und noch immer senkten sich von der Berghöhe aus Pfeile und Steine wie tödlicher Hagel auf Guidos Heer herab. Viele davon trafen nicht oder durchbohrten statt dessen einen muslimischen Krieger, wie jenen, der Ulrich angegriffen hatte. Die Geschosse, die ihr Ziel erreichten, prallten oft an den Kettenpanzern der Ritter ab, ohne sie zu verletzen. Aber die meisten trafen doch verwundbare Stellen, und die Zahl der Verletzten und Toten wuchs.

Verzweifelt versuchte Ulrich erneut, an Sarims Seite zu gelangen, doch es glückte nicht. Eine riesige Gestalt tauchte wie ein Dämon aus dem brodelnden Staub auf, schlug mit einem Krummsäbel nach ihm und traf sein Pferd. Das Tier bäumte sich auf und brach zusammen. Ulrich rutschte ungeschickt über seine Kruppe zu Boden, strauchelte und fiel hin. Blitzschnell rollte er herum, um aus der Reichweite der im Todeskampf zuckenden Hufe zu kommen, sprang auf die Füße und riß sein Schwert in die Höhe, als der Muslim mit einem gellenden Schrei über das Pferd hinwegsetzte und nach ihm schlug.

Es war Yaccurs unbarmherzige Schulung, die Ulrich das Leben rettete. Er wußte im Grunde selbst nicht so recht, was er tat – aber bei jedem Angriff auf ihn schienen seine Arme und Beine wie selbständige Lebewesen Bewegungen zu vollziehen, zu denen sie Yaccur so oft gezwungen hatte, bis sie ihnen in Fleisch und Blut übergegangen waren. Mehr als einmal stand nur noch Ulrichs Klinge zwischen ihm und dem Tod, und mehr als nur einmal traf Ulrichs Schwert einen Angreifer und schmetterte ihn zu Boden.

Der Kampf tobte mit unverminderter Wucht weiter. Die Muslims zogen sich tiefer in den Schutz der Felsen zurück, aber Guidos Ritter ließen nicht von ihnen ab; die Feinde hatten sich ineinander verbissen wie tollwütige Hunde – und so kämpften sie auch.

In den wenigen kostbaren Augenblicken, in denen Ulrich um sich blicken konnte, sah er Bilder unvorstellbaren Schreckens. Diese Schlacht war nicht so, wie er sie sich vorgestellt hatte, früher, wenn er dasaß und den Berichten aus dem Heiligen Lande lauschte, die von glorreichen Siegen über die Heiden erzählten. Dies war kein ritterlicher Kampf, sondern ein Gemetzel, in dem es den Sieg um jeden Preis zu erringen galt. Und plötzlich begriff er, daß das Wort *Schlacht* von *schlachten* herrührte, und daß es ganz genau diese Bedeutung hatte. Der Krieg war schmutzig und widerwärtig und grausam. Und er selbst tat Dinge, die ihm noch vor Stundenfrist unvorstellbar gewesen wären. Das begann Ulrich zu verändern, jäh und schmerzhaft. Bisher war er noch immer ein Kind gewesen, den Kopf voller Ideale und Träume, aber jetzt, als er auf dem Feld der Ehre, das in Wahrheit ein Feld des Grauens war, um sein Leben kämpfte und dabei tötete, wurde er schlagartig erwachsen.

Längst war Ulrich über und über mit Blut besudelt, das aus fremden und eigenen Wunden stammte. Doch der Schrecken nahm kein Ende. Immer, wenn Ulrich hoffte, der Kampf erlahme endlich, tauchten neuerliche Feinde zwischen den Felsen auf, als ob sie die Erde in unerschöpflicher Zahl ausspie, und immer wieder kam aus Guidos Heer Verstärkung herbei, um die gelichteten Reihen der Ritter zu schließen. Und noch immer erscholl der rauhe Schrei des christlichen Heeres: »Gott will es!«

Plötzlich sah sich Ulrich von mehreren Sarazenen umringt. Pfeile prasselten aus der Luft, und die Sarazenen rissen ihre Waffen in die Höhe und drangen auf ihn ein. Ulrich sprang hastig zurück, parierte den Schwerthieb des einen, duckte sich unter einem Lanzenstich des zweiten hindurch und wäre dabei prompt in die Klinge des dritten hineingerannt, hätte der Mann nicht in genau diesem Moment einen Schwerthieb in die Seite bekommen und wäre schreiend zusammengebrochen.

Ulrich hieb blindlings um sich, verschaffte sich für einen Moment Luft und warf seinem überraschend aufgetauchten Retter einen kurzen, dankbaren Blick zu. Es war ein einfacher Krieger aus Guidos Heer, ein Mann des Fußvolkes, kaum gepanzert und nur mit einem rostigen Schwert bewaffnet. Er war über und über mit Blut bespritzt. Während er angriff, schrie er immer und immer wieder aus Leibes-

kräften dieses eine, schreckliche: »Gott will es!« Sein Gesicht war zu
einer abstoßenden Grimasse aus Blut und Haß verzerrt, und es
schien, als könnte er seine Gegner allein durch seine schreckliche Erscheinung in die Flucht schlagen.

Doch die Sarazenen hatten ihren Schrecken rasch überwunden. Der
Franke wurde einfach niedergerannt und konnte, von Schwerthieben
und -stichen getroffen, Ulrich nicht mehr helfen, der sich zwei neuen
Angreifern gegenübersah.

Da erzitterte die Erde unter dem Dröhnen von Hufen. Ulrich und
seine beiden Feinde fuhren gleichzeitig herum. Erschrocken heulten
sie auf, als sie das doppelte Dutzend gepanzerter Reiter erblickten,
das wie eine tödliche Lawine heranrollte. Ulrichs Gegner ließen unvermittelt von ihm ab und suchten das Weite, aber die Reiter rasten
heran, überrannten sie und sprengten vorbei. Vier von ihnen jedoch
rissen ihre Tiere herum, kamen zurück und sprangen aus den Sätteln,
um mit gezückten Schwertern einen Kreis um Ulrich zu bilden. Erst
jetzt erkannte Ulrich die Ritter. Es waren keine anderen als Sarim de
Laurec, der Templermeister Gerhard und Guilleaume de Saint Denis
sowie Graf Raimund von Tripolis. Vor kurzem noch verfeindet, waren sie jetzt zusammengeschweißt gegen einen übermächtig erschei-
nenden Gegner.

Sarim kniete keuchend vor Ulrich nieder. Seine rechte Hand blutete
heftig, so daß er die Waffe in der linken führte. Das Blut auf ihrer
Klinge bewies, daß er auch damit zu kämpfen wußte.

»Bist du verwundet?« fragte er.

Ulrich schüttelte mühsam den Kopf. Sein Atem ging so schnell, daß
er nicht antworten konnte. Alles drehte sich um ihn herum, obwohl er
spürte, daß die Wunden, die er abbekommen hatte, nicht sehr tief waren.

»Was ist in dich gefahren, Bursche, dich einfach in den Kampf zu
stürzen?« fauchte Sarim, plötzlich wütend. »Willst du dich umbringen? Das hier ist Männersache!«

»Ich ... ich hatte Angst, von dir getrennt zu werden«, murmelte Ulrich.

Sarim setzte zu einer geharnischten Antwort an, beließ es aber dann
nur bei einem Kopfschütteln und stand wieder auf. »Wo hast du
kämpfen gelernt, Ulrich?« fragte Raimund verwundert. »Du hast das

Zeug zu einem Ritter, weißt du das? Wer hat dir beigebracht, mit dem Schwert umzugehen? Dein Vater?«

»Yaccur«, antwortete Ulrich kopfschüttelnd. »Ein Mann Maliks.«

»Ein *Haschischin*?« wiederholte Raimund überrascht. »Nun, dann wundert mich nichts mehr. Wenn wir das hier überleben, machen wir einen Schwertkämpfer aus dir, wie ihn die Welt noch nicht gesehen hat.«

Ulrich war nicht mehr so sicher, ob er das wirklich wollte. Noch bis vor wenigen Wochen hatte er stets davon geträumt, ein Ritter zu werden, ein Mann, dessen Name mit Bewunderung ausgesprochen wurde und dessen Klinge man überall fürchtete. Aber jetzt war alles anders. Die Grausamkeit dieses Kampfes hatte etwas in ihm zerstört. Und es war erst der Anfang.

23

Bis in die späten Nachmittagsstunden hinein griffen die Sarazenen ununterbrochen an, aber sie änderten ihre Taktik. Nach ihrer ersten, vernichtenden Niederlage versuchten sie nicht mehr, Guidos Heer, das ihnen an Zahl insgesamt überlegen war, offen anzugreifen, sondern beschränkten sich auf blitzartige Überfälle aus der Deckung der Felsen heraus; ein kurzer Pfeilhagel hier, ein rasch geschleuderter Speer dort, ein paar Steine da, die Menschen und Tiere trafen, und sofort zogen sie sich wieder zurück. Fast alle Gegenangriffe der Franken liefen ins Leere oder – schlimmer – in sorgsam vorbereitete Fallen, in denen sich die Männer plötzlich in engen Felsenschluchten wiederfanden, hilflos eingeklemmt zwischen ihren eigenen Gefährten und Felswänden, von denen der Tod auf sie herabregnete. Einmal, als sie ein schmales Felsental durchquerten, lösten die Sarazenen eine Steinlawine aus, die sich donnernd und krachend auf das Heer zuwälzte und unzählige Männer mitsamt ihren Tieren unter sich begrub; die daraufhin ausbrechende Panik kostete sicherlich noch einmal der gleichen Anzahl Ritter und Fußvolk das Leben. Und zwei Stunden, bevor die Sonne sank, griff ein gewaltiger Haufen die Nachhut des Heeres an und rannte sie nieder, ohne auf die eigenen Verluste zu achten, die größer waren als die der gepanzerten Ritter. Die Nachhut wurde niedergemacht, und die Sarazenen fielen wie ein Heuschreckenschwarm über den Troß her, viele Lasttiere und Wagen gingen verloren, ehe das christliche Heer in der Lage war, die Feinde zu vertreiben. In Anbetracht der ungeheuren Größe des Heeres konnten zwar all die Gefahren keinen ernsten Schaden anrichten, ja nicht einmal den Vormarsch entscheidend verzögern; aber sie schmerzten und begannen die Männer – auch jene, die nicht unmittelbar in den Kampf hineingezogen wurden – nach und nach zu zermürben.

Vor allem aber gab es einen Feind, der noch härter und erbarmungsloser war als die Muselmanen: die Hitze.

Der Tag kühlte nicht ab, auch nicht, als die Sonne das letzte Drittel ihres Weges in Angriff zu nehmen begann und sich langsam dem westlichen Horizont zuneigte. Der Wind, der bisher wenigstens noch eine Linderung vorgespiegelt hatte, legte sich vollkommen. Nach und nach begann der Horizont hinter einer trüben Wand aus Staub und flimmernder Hitze zu verschwinden, als schrumpfe die Welt unter den sengenden Strahlen der Sonne zusammen. Nirgendwo gab es Wasser – die Brunnen, an denen sie vorüberkamen, waren versandet, vielleicht auch von Saladins Männern zugeschüttet, und die wenigen kümmerlichen Rinnsale, auf die sie stießen, reichten kaum aus, den Durst der ersten hundert Männer und Tiere zu löschen, ehe auch sie erschöpft waren. Ulrich sah Männer, die sich halb wahnsinnig vor Durst auf die Knie fallen ließen und den feuchten Morast in die Münder stopften, um ihn hinterher qualvoll zu erbrechen oder daran zu ersticken. Es war ein Vorhof der Hölle, durch den sie sich schleppten, kahl und tödlich, nur hier und da lugten noch ein vertrockneter Busch oder die gelb gewordenen Halme von verdorrtem Gras aus dem Boden, der vor Hitze geborsten und von Rissen durchzogen war, so daß es aussah, als hätten Spinnen das Land mit einem ungeheuerlichen Netz überzogen – und es war heiß, heiß, *heiß*. Eine lange Spur aus toten und verendenden Tieren, aus liegengebliebenen Männern markierte ihren Weg. Ihre Verluste stiegen, je weiter sie sich nach Osten bewegten. Die Muselmanen griffen immer wieder an, rasenden Schemen gleich, die das sich dahinschleppende Heer auf ihren leichten Pferden umtanzten wie die Bienen den Bären und mit Pfeilen überschütteten. Irgendwann hörten die Christen auf, mit Gegenangriffen zu antworten, und beschränkten sich darauf, sich hinter ihre Schilde zu ducken und Gott darum anzuflehen, sie am Leben zu lassen.

Eine Stunde vor Sonnenuntergang erreichten sie das Felsplateau mit den zwei Buckeln, das Ulrich am Morgen gesehen hatte – die *Hörner von Hattin* hatte Sarim es genannt. Von oben betrachtet, war es weitaus größer, als Ulrich am Morgen geglaubt hatte, eine riesige Felsplatte, als wäre das obere Drittel des Berges einfach abgeschnitten worden, ausgedehnt genug, das gesamte Heer aufzunehmen. Es wurde von den beiden hohen Felsbuckeln gekrönt wie von zwei Wachtürmen. Sarim erklärte, daß es dort oben einen Brunnen gab, groß und tief genug, selbst in der heißesten Zeit des Jahres niemals ganz auszutrocknen, und die nach allen Seiten steil abschüssigen Hänge des Plateaus waren geradezu ein natürlicher Schutz gegen die Sarazenen und versprachen wenigstens die Nacht über etwas Sicherheit. Trotzdem hatte Ulrich ein mehr als ungutes Gefühl bei dem Gedanken, auf dieser finsteren Höhe zu rasten. Aber niemand fragte ihn nach seiner Meinung.

Die letzte halbe Stunde wurde die schwerste, denn auch Saladins Krieger, deren Zahl beständig wuchs, schienen sich über den Vorteil im klaren zu sein, den das christliche Heer erlangen mußte, wenn es sich zwischen den Hörnern verschanzen konnte. Noch einmal kam es zum Kampf, an dem aber Ulrich und die anderen keinen Anteil mehr hatten. Nach dem Gemetzel am Mittag hatten sie sich zu Guidos Troß zurückgezogen und ritten an seiner westlichen Flanke. Aber allein der Kampflärm und das entsetzliche, in Ulrichs Ohren nun wie höhnischer Spott klingende *»Gott will es!«* der Krieger erfüllte ihn mit Grauen.

Der Widerstand der Muslims war erbittert, aber er vermochte das Heer nicht aufzuhalten. Der Gedanke an den Schutz der Hochebene – und vor allem das Wasser, das er versprach! – gab den Männern noch einmal neue Kraft. Wie eine lebende Springflut bewegte sich das Heer voran, fegte die Sarazenen einfach beiseite und breitete sich auf dem Felsplateau aus. Ulrich stöhnte erschöpft auf, als auch er auf die steinerne Plattform hinausritt. Der Fels glühte wie eine Herdplatte, und die Hitze hatte noch immer nicht abgenommen. Ulrichs Zunge war geschwollen vor Durst. Seine Augen tränten, und er wußte längst nicht mehr, woher er noch die Kraft nahm, sich überhaupt im Sattel zu halten. Nur noch der Gedanke an Wasser und einige Stunden Schlaf hielt ihn aufrecht.

Es war ein grausamer Trugschluß. Lange, ehe sich das Heer weit genug auf das Plateau hinausgeschoben hatte, daß auch er den Brunnen erreichte, hörte er das entsetzte Geheul der Männer, die Schreie, und er spürte die bittere Enttäuschung, die sich wie eine unsichtbare Woge im Heer ausbreitete.

Ein Reiter tauchte vor ihnen auf, sein Pferd rücksichtslos durch die Menge treibend. Sein Gesicht war verzerrt vor Schrecken. »Der Brunnen!« schrie er immer und immer wieder. »Der Brunnen ist versandet! Er ist trocken! Diese verfluchten Heiden haben ihn zugeschüttet!«

Die Wirkung eines neuerlichen, jähen Pfeilhagels der Sarazenen hätte kaum größer sein können. Die Männer schrien, zahllose Ritter brachen in ihren Sätteln zusammen, zu Tode erschöpft und kraftlos, als sie sich ihrer letzten Hoffnung beraubt sahen. Einer versuchte gar, sein Schwert zu ziehen und den Mann, der die Unglücksbotschaft brachte, zu erschlagen. Bevor er ihn aber erreichte, sank er erschöpft vom Pferd.

Auch Gerhard, der wie Sarim neben Ulrich ritt, brüllte vor Wut, hatte sich aber gleich darauf wieder in der Gewalt und drängte sein Pferd mit roher Gewalt herum, um zum König zu reiten. Als ihm diesmal einer der Krieger den Weg verwehren wollte, schlug ihn der Tempelmeister nieder.

Ulrich wollte ihm folgen, aber Sarim de Laurec hielt ihn mit einer groben Bewegung am Arm zurück. »Nicht«, sagte er. »Es hat keinen Sinn.« Seine Stimme klang müde, aber in seinen Augen glitzerte es vor Zorn. »Ich habe es geahnt«, murmelte er.

»Was?« fragte Ulrich.

Sarim sah ihn an, lächelte traurig und bedeutete ihm, mitzukommen. Sie kämpften sich durch die verzweifelte Menschenmenge, bis sie an eine Stelle kamen, die ihnen Ausblick auf das Tal gewährte. Dort hielten sie an.

Ulrich blinzelte in das grellrote Licht der untergehenden Sonne, als Sarim nach Osten wies. Unter ihnen lag Hattin, das Dorf, das sie am frühen Morgen passiert hatten, Hattin mit seinen grünen Weiden und Bäumen, mit seinen schattigen Häusern und wassergefüllten Brunnen, und dahinter, nur noch wenige Meilen entfernt, und doch unerreichbar, erstreckte sich der blaue Spiegel des Sees Genezareth.

Aber zwischen Hattin und dem See erstreckte sich ein steil abfallender, mit Geröll und Felsen übersäter Hang, und er war schwarz vor Saladins Kriegern. Keiner der Männer kam dem Heer auch nur auf Pfeilschußweite nahe. Sie waren einfach da, Tausende von Kriegern, wie kleine Ameisen über die große Entfernung. Und plötzlich begriff Ulrich.

Das war kein verborgener Trupp mehr, dem sie gegenüberstanden, keine der einzelnen Einheiten, die Saladin versteckt hatte, um dem christlichen Heer schmerzhafte Nadelstiche zu versetzen und es auszubluten, lange bevor es zur Schlacht kam, sondern Saladins gesamtes Heer, Tausende und Tausende von Kriegern, die das Felsplateau umringt hatten.

Und es war auch kein Zufall, daß es Guidos Männern letztlich gelungen war, auf diese Anhöhe hinaufzugelangen, dachte Ulrich düster. Sie waren ganz genau dort, wo Saladin sie haben wollte – zwischen den Hörnern von Hattin und einem mit Sand vollgekippten Brunnen eingepfercht, wie Schlachtvieh in der Koppel. Das Felsplateau war eine Falle. Und sie waren blind hineingetappt.

»Und ... jetzt?« fragte er nach einer Weile leise und ohne Sarim anzusehen. Aber er spürte, wie der Ritter mit den Achseln zuckte, und er hörte sein Seufzen – ein Laut, der gleichermaßen hoffnungslos wie erschöpft klang.

»Wir ... könnten versuchen, zum See durchzubrechen«, murmelte Sarim, aber Ulrich hörte, noch während er die Worte sprach, daß es eigentlich mehr die Gewohnheit des Kriegers war, die den Templer diesen Vorschlag machen ließ. Er selbst glaubte längst nicht mehr an diesen Ausweg. Trotzdem fuhr er fort: »Es wäre eine Möglichkeit. Ein geballter Angriff direkt auf das Herz von Saladins Heer ... die Verluste wären sicher entsetzlich, aber wir könnten es schaffen. Wenigstens einige von uns.«

Einige von uns, wiederholte Ulrich in Gedanken. Sarim dachte schon lange nicht mehr über einen Sieg der Christen nach, sondern einzig über die Möglichkeit, einige wenige von ihnen zu retten.

»Ist es wirklich so schlimm?« fragte Ulrich.

Sarim nickte. »Es ist vorbei, Junge«, sagte er. »Du bist gerade zurechtgekommen, das Ende der Christenheit im Morgenland mitzuerleben. Aber vielleicht ist es gut so.« Er wandte sich um und wollte zurückgehen, aber diesmal war es Ulrich, der ihn zurückhielt. Aus einem Grund, den er selbst nicht ganz verstand, versetzte ihn Sarims Wort in Zorn.

»Das kann nicht dein Ernst sein, Sarim!« sagte er. »Du gibst auf? Du?« Er packte den Ritter an der Hand und zerrte ihn mit erstaunlicher Kraft herum. »Wozu haben wir all diese Gefahren und Abenteuer überstanden, Sarim? Wozu haben wir Hasan as-Sabbah besiegt und sind selbst aus Saladins Lager unversehrt entkommen? Wozu hast du dein Leben riskiert, um mich vor den *Haschischin* zu retten? Nur um jetzt *aufzugeben?*«

Aber seine Worte zeigten nicht die gehoffte Wirkung. Sarim lächelte nur, löste seine Hand mit sanfter Gewalt aus Ulrichs festem Griff und schüttelte abermals den Kopf. »Es ist vorbei, Ulrich«, sagte er. »Sie werden angreifen, das ist so sicher, wie ich hier stehe, und sie werden siegen, und das ist ebenso sicher.«

»Aber du hast doch selbst gesagt, daß ein Durchbruch –«

»Vielleicht ein Weg wäre«, unterbrach ihn Sarim und nickte. »Sicher. Und wahrscheinlich ist es genau das, was Bruder Gerhard und die anderen Guido vorschlagen werden. Und wer weiß – vielleicht gelingt er sogar. In diesem Fall werde ich dafür sorgen, daß du bei ihnen bist; vielleicht bleibst du auf diese Weise am Leben.«

»Aber du kommst nicht mit«, stellte Ulrich leise fest.

Sarim nickte. »Ich bin müde, Ulrich. Und ich bin verletzt.« Er hielt seine bandagierte Hand in die Höhe. »Ich wäre keine große Hilfe bei einem solchen Kampf. Und ich will auch nicht mehr.«

»Du ... gibst auf?« flüsterte Ulrich ungläubig. Sarim antwortete nicht mehr, aber Ulrich fragte sich plötzlich, ob er das wahre Ausmaß des Schreckens überhaupt schon begriffen hatte. Wie schlimm, wie aussichtslos mußte die Lage sein, wenn selbst diesen großen Ritter, den er bisher stets für unbesiegbar gehalten hatte, der Mut verließ? Und der Gedanke führte einen zweiten, sehr viel schlimmeren im Geleit, nämlich den, ob Sarim de Laurec nicht vielleicht sogar recht hatte. Selbst wenn Ulrich überlebte – was erwartete ihn? Wenn dies wirklich das Ende der christlichen Herrschaft im Heiligen Land war, würde er sich als ein Fremder in einem feindlichen Land wiederfinden, als ein Gejagter, der die Sprache nicht sprach, sich nicht auskannte, der vogelfrei war, schlimmer dran als ein Tier, denn das hatte wenigstens seine Instinkte, auf die es sich verlassen konnte. Für einen ganz kurzen Moment fragte er sich, ob es nicht vielleicht besser war, es Sarim gleichzutun und hierzubleiben, und – wenn es schon sein mußte – in Ehre zu sterben, mit der Waffe in der Hand.

Als wäre dieser Gedanke ein Auslöser gewesen, erschien ein Bild vor seinem inneren Auge: das Bild des fränkischen Kriegers, der ihm im Kampf gegen die Muselmanen beigesprungen war, sein haßverzerrtes, blutiges Gesicht, und plötzlich schämte er sich seiner eigenen Gedanken. Es gab keinen ehrenvollen Tod, schon gar nicht auf dem Schlachtfeld. Für niemanden.

»Komm«, sagte Sarim matt. »Laß uns zurückgehen. Vielleicht hat Bruder Gerhard etwas erreicht.«

Die Hochebene hatte sich inzwischen noch mehr mit Menschen gefüllt, und Ulrich wäre kaum bis zu Guidos Garde durchgestoßen,
hätte nicht Sarim mit seinen breiten Schultern für sie beide einen
Weg durch die Menschenmenge gebahnt. Ulrich konnte die blauen
Flecken und Kratzer, die er sich in dem Gedränge und Gestoße ein-
handelte, gar nicht zählen.

Gerhard und Guilleaume de Saint Denis erwarteten sie bereits. Die
fränkischen Ritter und Edelleute, die Guidos Leibgarde bildeten, waren abgesessen und bewachten das Zelt des Königs, das bereits in der
Mitte des Plateaus aufgeschlagen worden war. Die weißgekleidete
Gestalt des Templermeisters, die sonst alle überragte, nahm sich zwischen den gepanzerten Riesen der königlichen Garde klein aus, um
so mehr, als er unruhig auf und ab lief. Nur manchmal reckte er sich
hoch auf, um über die Köpfe der Menschenmenge hinwegzusehen.
Als er Sarim erblickte, hob er winkend beide Arme und rief ihn laut
beim Namen. Sarim winkte zurück und ging schneller, wobei er Ulrich am Arm hinter sich her zog, um ihn in dem Gewühl nicht zu verlieren.

Gerhard deutete ihnen ungeduldig, schneller zu gehen, was ihnen allerdings in dem Gedränge kaum möglich war. Schließlich kam der
Ordensherr Sarim und Ulrich entgegen und zog den Templer ungeduldig am Arm zu sich heran. »Da seid ihr ja«, sagte er. »Ich habe
euch überall gesucht.«

»Ihr habt mit Guido gesprochen?« fragte Sarim.

Gerhard nickte. Sein Gesicht umwölkte sich. »Ja«, antwortete er.
»Kurz. Er beharrt darauf, hier zu lagern, um morgen früh mit frischen Kräften anzugreifen, und Rainald de Châtillon, dieser Hitzkopf, bestätigt ihn noch in dieser Meinung. Aber das tut jetzt nichts
mehr zur Sache. Er will Euch sehen, Bruder Sarim. Und dich auch,
Ulrich.«

»Mich?« wiederholte Ulrich überrascht. »Aber was ... was sollte der
König von Jerusalem von mir wollen?«

»Ihr wart in Saladins Lager«, erinnerte Gerhard. »Möglich, daß er
sich wertvolle Einzelheiten von euch verspricht. Obgleich ich nicht
glaube, daß uns das jetzt noch irgend etwas nützen kann. Aber jetzt
kommt. Guido ist kein geduldiger Mann.«

»Aber ... aber weiß er, wer ich bin?« fragte Ulrich, ohne sich von der Stelle zu rühren. »Ich . . . ich meine, *weiß* er, daß ich nicht Botho bin?«

Für einen Moment blickte ihn Gerhard verwirrt an, als verstünde er gar nicht, was Ulrich meinte. Dann lächelte er plötzlich. »Natürlich«, sagte er. »Botho von Lusignan ist bald nach seiner Ankunft in Askalon gestorben, Ulrich. König Guido hat keinen Sohn mehr.«

»Und Euer Bund mit Sabbah?« fragte Sarim ungläubig. »Die Verschwörung, Gerhard!«

»Dies alles war eine List«, antwortete Gerhard ernst, »dazu gedacht, Saladin bei der Übergabe des vermeintlichen Königssohnes in eine Falle zu locken. Mit dem Sultan als Gefangenen hätten wir den Frieden erzwingen und diese furchtbare Schlacht verhindern können. Aber es ist mißlungen.« Er fuhr herum, ohne Sarim Gelegenheit zu einer weiteren Frage zu geben, und stürmte mit weit ausgreifenden Schritten auf das Zelt des Königs zu. Ulrich und Sarim de Laurec folgten ihm.

Wie vor dem Zelt Saladins standen auch vor Guidos Zelt Wachen, die den Templermeister und seine beiden Begleiter mißtrauisch beäugten, den Weg aber ohne ein weiteres Wort freigaben. Auch Guidos Zelt war geräumig und durch quergespannte Stoffbahnen in mehrere Räume unterteilt. Aber mehr Ähnlichkeit konnte Ulrich nicht entdecken. Hatte Ulrich im Zelt des Sultans kostbare Schätze gesehen, deren Kunstfertigkeit und Schönheit ihn beeindruckt hatten, herrschte in Guidos Residenz ein geradezu barbarischer Pomp. Ohne daß Ulrich den Unterschied in Worte fassen konnte, kam ihm alles, was er sah, deutlich gröber – ja: *unzivilisierter* – vor. Möbel, Waffen, Geschirr und Teppiche waren von geschmacklosem Prunk, protzig und aufdringlich. Ulrich hatte schon viel über Guido gehört, und nichts davon hatte ihm gefallen, aber er war bisher in seinem Urteil vorsichtig geblieben, da er selbst den König nicht kennengelernt hatte. Aber allein der Anblick dieses Zelts reichte aus, Ulrich auf der Stelle gegen den König von Jerusalem einzunehmen.

Da trat Gerhard zur Seite, und Ulrich stand König Guido gegenüber. Nein, auch König Guido war kein majestätischer Anblick.

Guido von Lusignan war nur eine knappe Handspanne größer als Ulrich, allerdings breiter in den Schultern. Sein Gesicht war schmal und bleich, und die wässerigen Augen, jetzt rot vor Hitze und Müdigkeit, blickten Ulrich herablassend an. Sein Hemd hing in Fetzen und war mit großen dunklen Flecken besudelt. Unter seinem Wams blitzte ein Kettenhemd, und an seinem Gürtel hing ein Schwert von solcher Größe, daß sich Ulrich unwillkürlich fragte, wie der kleine Mann es handhaben wollte.

»Du bist also der Bursche, der meinen Sohn gespielt hat«, sagte Guido, nachdem er ihn eine Weile aus seinen unangenehmen Augen betrachtet hatte. Er hatte eine hohe, nicht besonders wohlklingende Stimme, die jetzt noch zusätzlich von Mattigkeit und Schwäche verzerrt wurde.

»Hättet Ihr nicht einen etwas ansehnlicheren Knaben heraussuchen können, Gerhard?«

Ulrich fuhr zusammen. Eine innere Stimme mußte ihn warnend daran erinnern, daß der Mann vor ihm der König, jetzt auch *sein* König war, aber es fiel ihm schwer, auf sie zu hören. Maliks Schulung war zu gut gewesen. Sie hatte ihn gelehrt, nicht um jeden Preis gehorsam zu sein.

»Es ... war nicht anders möglich, mein König«, antwortete Gerhard eilig und mit einem warnenden Seitenblick zu Ulrich. »Nicht in der zu Gebote stehenden Eile. Immerhin ist die Ähnlichkeit sehr groß. Zu viele haben Botho seit seiner Ankunft in Askalon schon gesehen, und wir wußten nicht, ob nicht auch jemand aus Saladins Gefolgschaft darunter war.«

Guido rümpfte die Nase und seufzte. »Sicherlich«, sagte er. »Trotzdem scheint er mir ein wenig gewöhnlich dafür, einen Lusignan abzugeben.« Er zuckte die Achseln. »Sei's drum. Aber nun zu Wichtigerem. Ihr seid der Tempelherr Sarim de Laurec, wie ich höre?« wandte er sich an Sarim.

Der Templer nickte steif. Sein Gesicht war ausdruckslos, aber Ulrich glaubte zu spüren, welche Überwindung ihn seine Höflichkeit kostete.

»Ihr wart also in Saladins Lager«, fuhr Guido fort, als der Templer keine Anstalten machte, von sich aus zu berichten, »und was habt Ihr dort gesehen?«

»Krieger«, antwortete Sarim steif. »Sehr viele Krieger, Majestät. Wäre ich eher zu Euch gestoßen, hätte ich Euch dringend von diesem Feldzug abgeraten.«

Guidos Blick wurde kalt. »Wie gut, daß ich Euch nicht um Eure Meinung gefragt habe«, sagte er. »Denn sonst würdet Ihr mich in die peinliche Lage versetzen, Euch belehren zu müssen, daß wir diesen Krieg gewinnen werden – mit Gottes Hilfe.«

Er schenkte Gerhard einen spöttischen Seitenblick. »Euer Ordensbruder kam mit den gleichen unsinnigen Bedenken, noch vor keiner Stunde.«

»Und er hat recht«, sagte Sarim. »Dieses Plateau ist eine Falle, mein König – mit allem Respekt bemerkt.«

Guidos Gesicht verfinsterte sich, dann fing er sich und lächelte wieder. »Sicher«, antwortete er. »Es fragt sich nur, für wen, de Laurec. Ihr wißt sicher, daß wir in Begleitung des Bischofs von Akkon hier sind – und des wahren Kreuzes Christi?«

Sarim schwieg, und Guido fuhr fort: »Wieso also glaubt Ihr, wir könnten diese Schlacht verlieren, wo wir doch auf Gottes Hilfe vertrauen können? Nein, verehrter Ritter – Ihr werdet sehen, daß es Saladin ist, der als der Geschlagene aus dieser Schlacht herausgeht.«

»Dann versucht wenigstens, bis zum See durchzubrechen, Majestät«, sagte Gerhard. »Noch haben die Männer Kraft, den Belagerungsring zu durchbrechen, den Saladins Krieger bilden.«

»Mit Verlaub, Gerhard, aber Ihr seid ein Narr«, antwortete Guido. »Schaut Euch um – Eure Ritter sind so erschöpft, daß sie sich kaum mehr auf den Beinen halten können. Und Ihr redet von Kämpfen?«

»Das wird morgen früh nicht anders sein«, widersprach Gerhard. »Im Gegenteil – halten wir jetzt still, so geben wir Saladin die Zeit, die er braucht, seine Falle in aller Ruhe zuschnappen zu lassen.«

»Genug!« sagte Guido scharf. »Wir lagern hier, und damit Schluß! Die Männer brauchen Schlaf. Morgen bei Sonnenaufgang werden wir die Heiden niederrennen.« Er brach ab, schüttelte noch einmal bekräftigend den Kopf und klatschte in die Hände. Ein Diener erschien aus dem mit Tüchern abgeteilten Raum des Zeltes und verbeugte sich. »Bring Wasser für mich und meine Gäste«, befahl Guido.

Der Mann zögerte. Auf seinem Gesicht spiegelte sich Unsicherheit, aber auch Furcht.

»Was ist?« herrschte Guido ihn an. »Bist du taub, Bursche? Du sollst Wasser bringen!«

»Verzeiht, Majestät«, sagte der Diener. »Aber es ... es ist keines mehr da.«

»Keines mehr da?« wiederholte Guido ungläubig. »Was soll das heißen?«

»Unsere Wasservorräte sind erschöpft«, antwortete der Diener, so leise, daß Ulrich seine Worte kaum verstand. »Schon seit Stunden. Alle Quellen, an denen wir vorüberkamen, waren verödet, Majestät.«

»Du willst mir sagen, daß du kein Wasser mehr für deinen König hast, Kerl?« brüllte Guido. Er hob die Hand, wie um den armen Burschen zu schlagen, aber Gerhard vertrat ihm rasch den Weg – eine unerhörte Respektlosigkeit, die Guido in seiner Wut aber nicht einmal wahrzunehmen schien. »Genau das ist es, warum ich Euch zu einem Ausbruchsversuch riet, mein König«, sagte er. »Begreift doch – die Nacht wird den Männern keine Erquickung bringen, sondern nur weiter an ihren Kräften zehren. Ich beschwöre Euch, laßt uns einen Durchbruch versuchen. Der See ist nur wenige Meilen entfernt!«

Für einen Moment schien Guido unsicher. Aber dann schüttelte er heftig den Kopf. »Nein«, sagte er. »Wer bin ich, daß ich vor diesen Heiden fliehe? Wir lagern hier, das ist entschieden.«

»Saladin wird uns einschließen«, beharrte Gerhard.

»Und wir werden seinen Ring durchbrechen«, gab Guido zurück, in einem Ton, der eher zu einem störrischen Kind gepaßt hätte als zu einem König. Plötzlich lächelte er. »Aber gut, ich will Euch entgegenkommen, Gerhard – sucht fünfhundert Eurer tapfersten Ritter heraus. Morgen, ehe die Schlacht beginnt, sollen sie zum See durchbrechen und versuchen, Jerusalem oder Akkon zu erreichen, um uns Verstärkung zu schicken.«

»Verstärkung, Majestät?« wiederholte Gerhard. »Aber woher denn? Jeder Mann, der fähig ist, eine Waffe zu führen, ist...«

»Ihr habt meine Worte gehört, Templermeister Gerhard!« unterbrach ihn Guido hart.

Gerhard erstarrte. Einen Moment lang blickte er Guido eisig an, dann verbeugte er sich übertrieben tief. »Zu Befehl, mein König Aber gestattet mir eine Bitte.«

Guido hob theatralisch die Hand. »Bitte.«

»Dieser Junge da.« Gerhard deutete auf Ulrich. »Er ist von uns allen hier der Unschuldigste. Gestattet, daß er die Männer begleitet, die den Ausbruch versuchen.«

Guido überlegte einen Moment, und wieder lag sein Blick während dieser Zeit unangenehm auf Ulrich. Dann schüttelte er den Kopf. »Nein«, sagte er. »Nicht, daß mir sein Schicksal am Herzen liegt oder von irgendeiner Bedeutung wäre. Aber Ihr wißt, wie wenig einverstanden ich mit Eurem hinterhältigen Plan war, Saladin eine Falle zu stellen. Ich möchte den Burschen bei mir haben, wenn der Heide vor mir kniet. Schon damit er mir glaubt, daß ich nichts mit diesen feigen Plänen zu schaffen habe. Auch der Tempelritter Sarim de Laurec wird bleiben. Und ich warne Euch, laßt Euch nicht einfallen, meinen Befehlen zuwiderzuhandeln. Und nun geht – meine Zeit ist kostbar.«

Gerhard starrte den König von Jerusalem noch einen Moment lang an, und Ulrich sah, daß er mit letzter Kraft um Selbstbeherrschung rang.

Schließlich senkte er höflich das Haupt und entfernte sich aus dem Zelt.

24

Spät an diesem Abend kam Gerhard noch einmal zu ihnen. Irgendwie hatte es der Templermeister zuwege gebracht, ein Zelt für Ulrich und Sarim de Laurec aufbauen zu lassen, obwohl in dem Lager eine so drückende Enge herrschte, daß die Männer kaum Platz fanden, sich zum Schlafen auszustrecken. Es war auch nur ein Notbehelf, und Ulrich fragte sich, wozu sie überhaupt hineingekrochen waren – schlafen mußten sie ohnehin auf dem nackten Felsboden, und gegen die Hitze, die noch des Nachts wie eine unsichtbare, erstickende Decke über dem Land hängenblieb, schützten die dünnen Stoffbahnen nicht. Sie sperrten im Gegenteil das bißchen Wind noch aus, das aufgekommen war und wenigstens den Anschein von Erleichterung brachte.

Trotzdem schlief Ulrich ein, kaum daß er sich auf dem harten Stein ausgestreckt hatte, und als Sarim ihn nach einer Weile wachrüttelte, spürte er, daß er sogar recht lange geschlafen hatte – länger jedenfalls, als es ihm in den vergangenen Tagen möglich gewesen war. Benommen setzte er sich auf, versuchte sich zu strecken und stieß prompt mit dem Kopf gegen die Zeltstange.

Als er endlich so weit in die Wirklichkeit zurückgefunden hatte, daß die verschwommenen Farbflecken vor seinen Augen zu menschlichen Gestalten gerannen, erkannte er, daß Sarim und er nicht mehr allein waren. Obwohl das Zelt so klein war, daß die Besucher nur dichtgedrängt und in äußerst unbequemer Haltung nebeneinander sitzen konnten, waren Gerhard, Raimund und Guilleaume de Saint Denis zu ihnen hereingekommen. Durch die dünnen Zeltbahnen, durch die das rötliche Licht der Feuer hindurchschien, konnte Ulrich die Schatten zweier weiterer Männer erkennen, die vor dem Eingang Wache standen.

»Bist du wach?« fragte Gerhard, als Ulrich ihn müde anblinzelte. »Wach genug, mir zuhören zu können?« In seiner Stimme war ein so freundlicher Ton, daß Ulrich unwillkürlich nickte, obwohl er nicht ganz sicher war, daß er wirklich schon ganz begriff, was um ihn herum vorging. Auch war sein Mißtrauen Gerhard und de Saint Denis gegenüber noch immer nicht vollkommen geschwunden.

»Graf Raimund und ich haben beraten«, begann Gerhard. »Und wir sind zu einem Entschluß gekommen. Einem Entschluß, der dich betrifft, Ulrich.«

»Oh, und Ihr seid wirklich gekommen, ihm mitzuteilen, was Ihr beschlossen habt, Bruder Gerhard?« höhnte Sarim. Seine Stimme zitterte leicht vor Feindseligkeit, die Ulrich erschreckte. Auch der Templermeister konnte den gehässigen Ton in de Laurecs Stimme nicht überhören.

»Dein Spott ist verständlich, Bruder«, sagte er geduldig. »Aber unberechtigt. Nichts war so, wie du geglaubt hast. Wir haben uns an Sabbah und Malik gewandt, weil die Zeit drängte.«

»Natürlich«, antwortete Sarim zornig. »Ihr habt sie bloß benutzt...«

»Das haben wir«, sagte Gerhard, aber Sarim fuhr unbeeindruckt und in immer schärferem Tonfall fort:

»...so, wie Ihr mich und diesen Jungen benutzt habt. Ihr habt uns mißbraucht, Bruder. Ihr habt in Kauf genommen, daß wir zu Werkzeugen des Bösen gemacht werden. Ihr habt uns glauben lassen, daß wir unser eigenes Volk verraten, und Ihr habt tatenlos zugesehen, wie unsere Brüder in jener Karawane in der Wüste starben, ja, Ihr habt uns gezwungen, sie selbst zu töten.«

Gerhard schwieg eine ganze Weile, nachdem Sarim geendet hatte. »Und dafür haßt du mich jetzt, Bruder«, sagte er schließlich.

Sarim ballte zornig die Faust. »Hassen?« wiederholte er, plötzlich verwirrt durch Gerhards unerwartet offene Frage. »Ich... ich glaube nicht. Aber ich glaube auch nicht, daß ich Euch jemals vergeben kann.«

»Was fällt dir ein, Bruder Sarim?« fragte de Saint Denis scharf. »Du sprichst mit deinem Ordensherrn! Du hast ihm nichts zu vergeben.«

Sarim wollte auffahren, aber Gerhard hob rasch und besänftigend die Hand. »Laßt, Brüder. Keinen Streit mehr, jetzt. Ich verstehe deine Gefühle, Bruder Sarim, aber glaube mir, ich handelte in gutem Glauben.« Er seufzte schwer. »Es ist mißlungen, und die Strafe dafür ist schrecklich. Es ist meine Schuld, daß es so weit gekommen ist.«

»Eure Schuld?« fragte Sarim mißtrauisch. »Was soll das heißen?«

»Ich hätte es dir schon früher gesagt, wäre der Angriff der Sarazenen nicht dazwischengekommen«, antwortete Gerhard. »Ich weiß, daß ich mich vor dir und dem Jungen nicht verantworten muß, aber möglicherweise werdet ihr beiden die einzigen sein, die der Welt die Wahrheit berichten können. Es ist meine Schuld, daß Guido so unvermittelt die Quellen von Sephoria verließ und das Heer hierher führte, Bruder Sarim. Wie wir es verabredet hatten, ging ich zu ihm und berichtete ihm, daß Saladin den Jungen gefangengesetzt hatte.«

»So?« fragte Sarim böse. »Wann habt Ihr ihm denn erklärt, daß Saladin einen Sohn zum Unterpfand hat, der schon gestorben ist?«

»Erst vor kurzem«, sagte Raimund von Tripolis an Gerhards Stelle. »Gerhard und ich gingen zu ihm und weihten ihn in unseren Plan ein.«

»Soll ... soll das heißen, Guido wußte es nicht einmal?« fragte Sarim ungläubig.

Gerhard nickte. »Das soll es heißen. Wir hielten es für besser, ihn nicht einzuweihen, ehe nicht alles vorbereitet war. Wenn es etwas gibt, das Guidos Unfähigkeit noch übertrifft, dann ist es seine Schwatzhaftigkeit, wie jedermann weiß. Es wäre unmöglich gewesen, den Plan geheimzuhalten. Saladins Ohren sind groß und überall.«

»Und was hat König Guido gesagt?« fragte Ulrich.

Gerhard lächelte matt. »Nicht das, was ich gehofft habe«, gestand er. »Vielleicht war es die Strafe Gottes dafür, daß ich versuchte, mich mit den Mächten des Bösen einzulassen, um dem Guten zum Sieg zu verhelfen. Er nannte mich und Raimund feige Intriganten und beschimpfte uns. Er sagte, daß er niemals sein Einverständnis zu diesem unwürdigen Lügenspiel geben würde. Raimund und ich drangen in ihn und versuchten ihn zu überzeugen, daß auf diesem Wege vielleicht das Allerschlimmste zu verhindern wäre – Saladin als unser Gefangener wäre von unschätzbarem Wert. Aber er blieb hart und schrie uns an, daß er sich mit Saladin treffen würde, an dem von uns bestimmten Ort, aber mit seinem ganzen Heer, und daß er es vorzöge, den Sieg mit dem Schwert zu erringen als mit der Waffe der Lüge.« Er lachte bitter. »Gott verzeihe mir, daß ich es versuchte, aber es schien ... so sicher. Zum ersten Male im Leben habe ich versucht, Guido nicht als König zu sehen, sondern als den leicht zu beeinflussenden Narren, der er ist. Und zum ersten Mal in seinem Leben hat er sich nicht wie ein Kind benommen, das sich nur auf den Thron verirrt hat, sondern wirklich wie ein König.«

»Man kann nicht mit Schmutz werfen, ohne schmutzige Finger zu bekommen«, sagte Sarim grimmig.

Gerhard lächelte milde. »Vielleicht habt Ihr recht«, sagte er. »Ich dachte, der Gewinn rechtfertige den Einsatz.«

»Euer Seelenheil, Bruder?« fragte Sarim. »Ihr habt Euch mit dem Teufel persönlich eingelassen.«

»Du meinst Sabbah.« Gerhard schüttelte den Kopf, plötzlich verärgert. »Unsinn. Dieser Mann ist nicht der Teufel.«

»Seid Ihr sicher, Bruder?« fragte Sarim. Er deutete auf Graf Raimund. »Dann fragt Raimund – er hat gesehen, was geschah, als Malik Pascha getötet wurde.«

»Er hat es mir erzählt«, sagte Gerhard, beinahe eine Spur zu rasch, wie Ulrich fand. Und einen Moment lang glaubte er Schrecken auf den Zügen des Templermeisters zu erkennen. Aber Gerhards Stimme klang wieder fest, als er weitersprach: »Trotzdem. Sabbah ist ein Zauberer, und zweifellos ist er mit dämonischen Mächten verbündet. Aber wäre er das, wofür du ihn hältst, Bruder, wäre es uns kaum gelungen, uns in sein Vertrauen zu schleichen und ihn zur Mithilfe an unserem Plan zu bewegen.«

»Wer sagt, daß es Euch gelungen ist?« fragte Sarim ungerührt. »Wer sagt, daß nicht ganz genau das geschehen ist, was Sabbah wollte? Vielleicht unterschätzt Ihr ihn ein wenig.«

»Unsinn!« mischte sich de Saint Denis ein. »Malik Pascha ist tot, oder?«

»Und?« Sarim zuckte mit den Achseln. »Offenbar war dieser Preis dem Alten vom Berge nicht zu hoch. Er würde auch seinen eigenen Sohn opfern, wäre es seinen Plänen zuträglich. Nein, Bruder Guilleaume – jetzt, wo ich alles weiß, scheint es mir sehr wahrscheinlich, daß Sabbah mit euch nichts anderes tat als ihr mit uns. Er hat euch für seine Pläne benutzt. Und er war darin um etliches geschickter als ihr.«

»Genug«, sagte Gerhard scharf. »Für das, was geschehen ist, werde ich mich vor Gott verantworten müssen, nicht vor dir. Und er wird entscheiden, ob es richtig war oder nicht.«

»Dann bereitet Euch darauf vor, ihm gegenüberzutreten, Bruder« sagte Sarim böse. »Denn ich glaube nicht, daß einer von uns den nächsten Sonnenuntergang erlebt.«

»Einige schon«, antwortete Gerhard. »Und das ist der Grund, aus dem ich hier bin.« Er deutete auf Ulrich. »Es gibt einen Weg, sein Leben zu retten. Und deines, Bruder Sarim.«

»Und wie?«

»Saladin wird nicht angreifen, ehe der Abend kommt«, antwortete Raimund anstelle des Templermeisters. Er beugte sich ein wenig vor, um Ulrich und Sarim bei seinen Worten gleichermaßen ansehen zu können. Plötzlich war alle Bedrückung und alle Furcht aus seiner Stimme gewichen, und aus ihm sprach die lange kämpferische Erfahrung, mit der er die Lage kühl und ohne jegliches Gefühl einschätzte. »Guido rechnet damit, daß die Entscheidungsschlacht am Morgen beginnt«, fuhr er fort, »aber das glaube ich nicht, und Bruder Gerhard auch nicht. Zweifellos werden uns seine Männer angreifen, sobald die Sonne aufgeht, aber mit dem Hauptsturm ist nicht zu rechnen, ehe die heißesten Stunden des Tages vorüber sind. Er wäre ein Schwachkopf, würde er nicht in aller Ruhe abwarten, bis wir einen weiteren Tag Hitze und Durst erduldet haben. Die wenigen, die dann noch in der Lage sind, sich auf den Beinen zu halten, werden ihm kaum mehr ernstzunehmenden Widerstand leisten können. Uns verschafft diese Gnadenfrist vielleicht Zeit, das Leben einiger weniger zu retten.«

»Der Ausbruch, den Guido befohlen hat«, vermutete Sarim. »Ihr werdet ihn leiten?«

Raimund nickte. »Ja, gemeinsam mit Balian von Ibelin und Reinold von Sidon, die beide wie ich den alten Familien angehören, dazu fünfhundert unserer besten Ritter«, bestätigte er. »Und Ihr und dieser Knabe.«

Sarim starrte ihn an. Es wurde sehr still im Zelt, und Ulrich konnte direkt sehen, wie es hinter Sarims Stirn arbeitete. Dann schüttelte er den Kopf. »Nein«, sagte er. »Ich bleibe. Außerdem war dies der Wunsch des Königs, wie Ihr wißt.«

»Ich könnte dich zwingen, mitzugehen«, sagte Gerhard.

Sarim antwortete nicht darauf, und auch Gerhard ging nicht noch einmal darauf ein. Er mußte wissen, wie leer seine Worte waren. Er konnte Sarim de Laurec zu nichts mehr zwingen. Zwar war Sarim noch immer ein Templer, und er würde es bleiben, denn die einzige Möglichkeit, aus dem Orden auszuscheiden, war der Tod. Aber Gerhards Verhalten hatte alles zerstört, was Sarim jemals mit den Tempelrittern verbunden hatte.

»Dann wird uns der Knabe allein begleiten«, sagte Raimund. »Werft

Euer Leben fort, wenn Ihr wollt, Sarim – das des Knaben gehört Euch nicht.«

»Und wenn ich nicht will?« fragte Ulrich.

Raimund runzelte die Stirn, und auch Gerhard sah ihn betroffen an, aber keiner der beiden kam dazu, irgend etwas zu sagen, denn Sarim de Laurec fuhr mit einer fast wütenden Bewegung herum und packte ihn grob bei der Schulter. »Willst du wohl den Mund halten, du dummes Kind?« fauchte er. »Wenn es eine Möglichkeit gibt, dein Leben zu retten, wirst du sie ergreifen, hörst du?« Er machte eine zornige Handbewegung zum Zeltausgang. »Dort draußen lagern Tausende Narren, die Dummheit mit Heldenmut verwechseln! Wir brauchen nicht noch einen mehr.«

Ulrich machte sich mit einer zornigen Bewegung los. »Ich gehe nicht ohne dich!« sagte er. Sarims Blick verdüsterte sich weiter, und Ulrich fügte hastig hinzu: »Es ginge ja auch gar nicht. Guido hat gesagt...«

»Ich weiß, was Guido gesagt hat«, unterbrach ihn Gerhard ungeduldig. »Ich war noch einmal bei ihm und habe um dein Leben gebeten, aber er hat rundheraus abgelehnt und mich schwören lassen, daß nur Ritter den Trupp begleiten. Aber es gibt einen Weg, und der König hat ihn mir mit seinen eigenen Worten gezeigt: noch in dieser Nacht werde ich dich zum Ritter des Templerordens schlagen.«

»Aber das ist unmöglich!« entfuhr es Ulrich. »Es dauert Jahre, bis...«

»Ich weiß, ich weiß«, sagte Gerhard. Plötzlich lächelte er wieder. »Aber noch bin ich Herr der Tempelritter. Ich werde eine Ausnahme machen. Du wirst zum Tempelherrn gemacht, Ulrich. Du bekommst Rüstung und Schwert und Wappenhemd der Templer, und nicht einmal Guido von Lusignan wird es wagen, dich dann noch zurückzuhalten.«

»Er wird Euch dafür zur Verantwortung ziehen, Gerhard«, sagte Sarim.

Gerhard schnaubte. »Er wird niemanden mehr für irgend etwas zur Verantwortung ziehen«, sagte er. »Und wenn, es wäre mir gleich. Es ist wichtig, daß dieser Junge entkommt, verstehst du? Vielleicht wichtiger als unser aller Überleben.«

»Wieso?« fragte Ulrich. »Wieso habt Ihr das alles getan! Erklärt es mir, Gerhard.«

»Dazu ist keine Zeit«, antwortete der Großmeister des Templerordens sanft. »Und ich fürchte, du würdest es nicht verstehen.«

»Dann bleibe ich«, sagte Ulrich, sehr leise, aber sehr entschlossen. »Ich ... ich kann nicht mit Euch gehen, wenn ich glauben muß, Ihr wäret ein Verräter, Gerhard.«

Gerhard schwieg einen Moment, aber dann, ganz unvermittelt, nickte er. »Ja«, seufzte er, »das verstehe ich.« Er lächelte bitter. »Es muß dir wie ein Verrat vorkommen, nach allem, was du erlebt hast. Aber es war keiner.« Er seufzte erneut, schloß für einen Moment die Augen und blickte dann zu Boden, auf eine sehr traurige, tief enttäuschte Weise.

»Unser Vorhaben war gut«, sagte er, »aber Gott hat entschieden, daß es anders kommen soll.«

»Welches Vorhaben?« fragte Sarim zornig. »Guido zu hintergehen oder gar zu ermorden?«

»Das war der Plan der *Haschischin*«, antwortete Gerhard ruhig. »Unser Ziel, Bruder Sarim, war es, Saladin gefangenzusetzen oder zu töten, wenn es anders nicht ginge.«

»Und alles andere?« fuhr de Laurec auf. »Der verräterische Pakt mit Sabbah? Der Mord an den Templern?«

»Das ist der Krieg«, unterbrach ihn Gerhard kalt. »Und Sabbah brauchten wir, denn nur mit seiner Hilfe konnten wir rasch genug einen Doppelgänger für Botho finden. Malik kannte alle Sklavenhändler. Und der Junge konnte nur mit der Zauberkunst des Alten in kurzer Zeit soweit gebracht werden, daß er mitspielt, Bruder.« Er lächelte matt. »Es war mein Einfall, und ich allein trage auch die Verantwortung. Vielleicht hat es so kommen müssen. Man kann sich nicht mit dem Bösen verbünden, um das Böse zu bekämpfen.«

»Das ... verstehe ich nicht«, murmelte Ulrich, dem alles zu schnell ging. »Warum das alles. Malik und meine Ausbildung und...«

»Er wollte ein Eisen im Feuer haben, falls sein Plan fehlschlägt und Guido doch ums Leben kommt«, sagte Sarim.

Gerhard sah ihn mit einem Blick an, der bewies, wie dicht der Tempelritter mit seiner Vermutung an die Wahrheit herangekommen war. »Vielleicht«, gestand er schließlich. »Aber nicht gleich. Der Sultan mußte davon überzeugt sein, einen Königssohn vor sich zu haben. Als ich erfuhr, daß Botho von Lusignan nach seiner Ankunft im Heiligen Land an Typhus gestorben war, sah ich die Möglichkeit, alles zu ändern. Unser Feind sind nicht die Sarazenen, Bruder de Laurec. Es ist Saladin. Er allein hält sie zusammen. Ist er tot oder gefangen, so wird ihr Bündnis zerfallen, so schnell, wie es gekommen ist.«

»Und Sabbah hat bei diesem Spiel mitgemacht?«

»Sabbah«, antwortete Gerhard, »ist ein Fanatiker. Er glaubte alles, was ich ihm erzählte. Und ich tat so, als ginge ich auf seine Pläne ein. Ich brauchte seine Mithilfe. Er wußte nicht, daß der wahre Botho schon tot war. Er war nicht in jener Karawane. Aber der Überfall mußte sein, damit niemand davon erfuhr. Ich wollte nicht Gefahr laufen, daß Sabbah etwas verrät. Die Aussicht auf Macht hat ihn blind gemacht.«

»Euch wohl auch«, brummte Sarim.

»Als Botho starb, auf dem Weg hierher«, antwortete Gerhard müde, als hätte er Sarim nicht gehört, »wußte es niemand, und ich sorgte dafür, daß die Botschaft Guido erst vor kurzem erreichte. Alles schien so ... so sicher. Wir wollten erzwingen, daß Saladin mit Guido zusammentrifft, um ihm seinen vermeintlichen Sohn zu übergeben. Es sollte ein Hinterhalt sein, in den der Sultan gelockt worden wäre, und endlich hätten wir ihn in unsere Gewalt bekommen.«

»Und Ulrich sollte der Königssohn sein, den ihr Saladin und Sabbah präsentieren könnt«, sagte Sarim.

Gerhard nickte. »Ja. Du mußt mir glauben, daß ich nie etwas anderes im Sinn hatte, als Sultan Saladin auszuschalten. Nicht einmal Guido wußte von meinem Plan. Alles wäre gutgegangen, wenn ...«

»Wenn Saladin sich nicht als edler herausgestellt hätte, als Ihr glaubtet«, sagte Ulrich leise, als er nicht weitersprach.

»Und klüger«, bestätigte Gerhard. »Es war alles falsch, Ulrich. Jetzt bist nur noch du da. Wirst du uns helfen?«

»Warum ich?« flüsterte Ulrich verstört. »Warum ausgerechnet ich, Gerhard. Ich ... ich bin ein Nichts!«

»Weil ich glaube, daß du es schaffen wirst«, antwortete Gerhard sehr ernst. »Und weil ich dir etwas mitgeben werde. Etwas, das wertvoller ist als alles, und das nicht in die Hände der Heiden fallen darf.« Er schwieg einen Moment, tauschte einen langen, sorgenvollen Blick mit Raimund und griff unter sein Wams. Als er die Hand wieder hervorzog, lag eine runde, münzgroße Metallscheibe darauf.

Ulrich blickte die Scheibe verständnislos an, aber Sarim de Laurec –
und auch der Ritter de Saint Denis – fuhren mit deutlichem Erschrek-
ken zusammen. Selbst im Halbdunkel des Zeltes war zu erkennen,
wie Guilleaume erbleichte. Sarim wollte etwas sagen, aber Gerhard
brachte ihn mit einem raschen, fast entsetzten Blick zum Verstummen.

»Nimm«, sagte er, als Ulrich noch immer zögerte, nach der Münze
zu greifen.

Langsam streckte Ulrich die Hand aus, nahm die Metallscheibe an
sich und drehte sie hilflos zwischen den Fingern. Es schien nichts Ungewöhnliches daran, sah er davon ab, daß sie für eine Münze doch zu
groß und zu schwer war und aus einem Metall bestand, das er nicht
kannte. Ihre Rückseite zeigte das Bildnis eines ihm unbekannten
Mannes, die vordere das bekannte Symbol der Tempelherren – ein
Pferd, das zwei Reiter trug, die die Hände im Gebet gegeneinanderge-
legt hatten. Und doch sagte ihm ihre Wirkung auf Sarim und de Saint
Denis, daß die harmlose Metallscheibe von großer Bedeutung sein
mußte.

»Was ... ist das?« fragte er ratlos.

»Unser wertvollster Besitz«, antwortete Gerhard ernst. »Wertvoller
noch als das wahre Kreuz Christi, das der Bischof von Akkon mit
sich führt. Dies hier ist für uns kostbarer als alle Schätze des Heiligen
Landes, ja sogar der ganzen Welt.«

Ulrich lächelte unsicher. Gerhards Worte ließen ihn erschauern, und
die Ehrfurcht der Tempelherren um ihn zeigte ihm deutlich, daß sie
alles andere als leeres Gerede waren. »Aber was ist es?« fragte er.

»Es ist das Siegel der Tempelritter, Ulrich«, antwortete Gerhard.
»Das einzige und wahre Siegel unseres Ordens. Wer es besitzt und
vorzeigt, dem werden alle Türen offenstehen. Für seinen Träger gibt
es keine Geheimnisse, keine Verbote. Was du da in Fingern hältst, ist
die Seele unseres Ordens. Hüte sie wie dein Leben.«

Ulrich erstarrte. Er blickte auf die Münze in seiner Hand und
horchte, wie Gerhards Worte in seinem Kopf nachklangen. Aber alles, was er verstand, war, daß der Templermeister ihm etwas gegeben
hatte, das für ihn kostbarer als alles auf der Welt war; und nicht nur
für ihn, wie die ungläubigen Blicke von Sarim und Guilleaume zeigten.

»Und Ihr ... Ihr gebt es *mir*?« fragte er ungläubig.

»Niemand wird das Siegel bei dir vermuten; bei jedem anderen von uns ja, aber nicht bei einem Jungen wie dir«, erklärte Gerhard. »Es darf nicht in die Hände der Heiden fallen. Niemals, hörst du? Vernichte es, ehe du es einem Ungläubigen auslieferst.«

»Das werde ich tun«, versprach Ulrich. »Aber was ... was soll ich damit?«

»Hüte es«, antwortete Gerhard. »Behüte es, bis ein neuer Ordensherr der Templer gewählt wurde. Ihm gibst du das Siegel. Er wird es erkennen.«

»Und Ihr?« fragte Ulrich. »Ich meine, Ihr ... Ihr lebt doch noch, Gerhard. Ihr sprecht, als wäret Ihr bereits tot! Wenn ich entkommen sollte, und wenn Ihr die Schlacht überlebt und ... und ich Euch wiedersehe, soll ich es Euch dann wiedergeben?«

»Nein«, antwortete Gerhard, beinahe erschrocken. »Ich habe meinen Anspruch, es zu tragen, verwirkt, Ulrich. Ich will es nicht mehr. Aber es darf nicht in falsche Hände geraten, auch nicht, wenn es christliche Hände sind. Nur wenige Eingeweihte wissen, daß es dieses Siegel überhaupt gibt, und niemand außer uns hier weiß jetzt noch, wo es sich befindet. Sorge dafür, daß es so bleibt. Willst du mir das versprechen?«

Ulrich nickte zögernd. Eine sonderbare Erregung hatte ihn ergriffen — eine Erregung, die er sich nicht erklären konnte und die immer stärker wurde, während er die kleine Metallscheibe unsicher in seiner Hand hin und her wendete.

Es war, als hätte er glühendes Eisen berührt. Es tat nicht wirklich weh, vielmehr war es ein Gefühl von körperlich schmerzhafter Intensität. Und er wußte im selben Moment, daß ihm Gerhard vieles verschwiegen hatte. Er spürte, daß das Siegel mehr war als nur ein Symbol. Was er verspürte, war das atemraubende Gefühl von Macht.

»Was hast du?«

Seine Gefühle mußten sich auf seinem Gesicht widergespiegelt haben, denn Gerhard sah ihn erschrocken und neugierig an.

»Nichts.« Ulrich schloß hastig die Hand um das Siegel und ließ die kleine Metallscheibe in einer Tasche seines Wamses verschwinden. »Es ist nichts, Herr«, sagt er noch einmal.

Gerhard schwieg, aber in seinen Augen glomm Mißtrauen auf. Und erst in diesem Moment begriff Ulrich, daß Gerhard von der wahren Macht des Siegels nichts wußte. Für ihn war dieses Siegel ein Symbol, sicher auch ein Ding von großer magischer Bedeutung, soweit sein Glaube den Begriff Magie überhaupt zuließ – aber seine wirkliche Macht, diese ungeheure Kraft, von der ein Hauch Ulrichs Seele berührt hatte, von der wußte Gerhard nichts.

»Es ist wirklich nichts, Herr«, wiederholte Ulrich und straffte sich. »Es kam nur alles ... ein wenig überraschend.«

»Du wirst darauf achtgeben?« fragte Gerhard ernst.

»Ich verspreche es«, sagte Ulrich feierlich.

Gerhard lächelte, aber Ulrich vermeinte Tränen in den Augen des Templermeisters zu erkennen. Dann stand Gerhard mit einem Ruck auf, soweit das in dem engen Raum überhaupt möglich war, und schlug die Plane vor dem Ausgang beiseite. »Kommt jetzt«, sagte er. »Es ist nicht mehr viel Zeit bis Sonnenaufgang. Und wir haben noch viel zu tun.«

Zwei Stunden vor Sonnenaufgang frischte der Wind ein wenig auf, aber er brachte keine Linderung, sondern tödliche Gefahr. Westlich des Felsplateaus hatten Saladins Krieger begonnen, Buschwerk und Gras in Brand zu setzen. Der Wind trug Schwaden von heißem, schwarzem, stickigem Qualm heran, in dessen Schutz sich die feindlichen Bogenschützen an die Schlafenden anpirschten und zu schießen begannen. Es war für sie gar nicht nötig zu zielen, denn Guidos Männer lagerten so dicht gedrängt, daß jeder Pfeil traf. Wieder wurde die trügerische Ruhe, die sich über die Hörner von Hattin ausgebreitet hatte, von gellenden Angst- und Schmerzensschreien durchbrochen. Als das Feuer endlich erlosch – auf dem ausgedörrten Boden hatten nur wenige Pflanzen Halt gefunden, die von den Flammen rasch verzehrt waren, gab es im christlichen Lager mehr Tote und Verletzte als am Abend zuvor.

Langsam kroch das Mondlicht wieder durch die auseinandertreibenden Rauchschwaden und offenbarte den erschöpften Männern einen Anblick neuerlichen Schreckens: Saladins Truppen hatten die Zeit genutzt, den Hang zu erklimmen und das Lager nunmehr vollends einzuschließen. Sie griffen nicht an, sondern warteten, und gerade das machte ihren Anblick so entsetzlich. Wie eine endlose Kette aus tiefem Schwarz standen sie vor dem Nachthimmel, Tausende und

Tausende schweigender Krieger, ganz nahe. Niemand rührte sich während der Zeit bis zum Sonnenaufgang, weder die Christen noch die Sarazenen. Der letzte Kampfgeist, der noch in dem einen oder anderen Ritter gewesen war, erlosch vollkommen, und als die Sonne schließlich aufging, da waren sie nur noch eine ungeheure Masse zu Tode erschöpfter, verängstigter Männer. Wahrscheinlich war genau dies die Wirkung, die Saladin erreichen wollte, als er seine Krieger rings um das Lager herum Aufstellung nehmen ließ.

Ulrich indes erfuhr von alledem nur aus Berichten, denn Gerhard hatte ihn und die anderen gleich nach ihrem Gespräch in sein eigenes Zelt geführt, wo er Ulrich auf die wahrscheinlich seltsamste Weise zum Tempelritter machte, die es in der Geschichte des Ritterordens jemals gegeben hatte. Alles ging schnell und ohne jegliche Feierlichkeit; es gab keine großen Worte, keine feierlichen Zeremonien, keine Ansprachen – Gerhard nahm sein Schwert, hieß Ulrich vor ihm niederknien und schlug ihn ohne viele Umstände zum Ritter. Danach sprachen sie ein schlichtes Gebet, und Ulrich gelobte bei seinem Seelenheil, stets für die Ziele des Templerordens und der Christenheit zu kämpfen und eher zu sterben, als eines von beiden zu verleugnen oder gar zu verraten. Als er sich erhob, war er der jüngste Tempelherr des Ordens.

Anschließend wurde er neu eingekleidet. Das alberne grüne Wams, das ohnehin schon in Fetzen hing, verschwand und machte Kettenhemd und -hosen der Templer Platz. Dazu bekam er schwere lederne Stiefel und ebenso schwere Handschuhe, schließlich Waffengurt, Schwert und Helm des Ritterordens und das weiße Wams mit dem roten Kreuz der Templer.

In all der Eile wußte Ulrich gar nicht, wie ihm geschah. Er fühlte sich wie in einem Traum gefangen, und er wußte noch nicht, ob es nun ein guter oder ein böser Traum war. Die Rüstung und das Schwert waren schwer und drückten und zerrten überall, und schon jetzt begann er die Hitze zu spüren, die unter dem eisernen Gewand herrschte. Er fragte sich, wie er in all dem kämpfen sollte, so eingeengt und unbeweglich fühlte er sich.

Obwohl Gerhard das Zeremoniell in aller Eile vorgenommen hatte, ging die Sonne auf, als sie das Zelt des obersten Tempelherrn verließen, und auch Ulrich sah nun die Reihen von Saladins Kriegern –

wie eine lebende Burgmauer umgaben sie das Plateau, zahllose finstere Schatten gegen das rote Licht des Morgenhimmels, nahe und drohend in ihrer schweigenden Anwesenheit.

Ulrichs Mut sank, als er die unzähligen Krieger sah. Seine Gefühle mußten sich ziemlich deutlich auf seinem Gesicht abzeichnen, denn Gerhard legte ihm rasch die Hand auf die Schulter und versuchte beruhigend zu lächeln. »Keine Angst, Bruder Ulrich«, sagte er. »Dir wird nichts geschehen.«

Bruder Ulrich. Das Wort hatte einen fremden Klang in Ulrichs Ohren. Er schauderte. Noch immer hatte er nicht ganz begriffen, was geschehen war. Aber er war nun ein Ritter.

Sonderbar, solange er sich zurückerinnern konnte, hatte er wie jeder Knabe davon geträumt, ein Ritter zu werden. In seinen Träumen hatte er sich selbst gesehen, in eine weiße Rüstung gehüllt, auf einem gigantischen schneeweißen Schlachtroß, ein blitzendes Schwert in der Hand und von Sieg zu Sieg reitend – wie ein Junge es eben träumte, der in einer Welt aufwuchs, die außer Hunger, Kälte und Angst nicht sehr viel für ihn bereithielt. Und nun hatte er es geschafft. Er hatte vollbracht, was nur wenigen Menschen gelang – er hatte seine Träume wahrgemacht.

Aber diese Tatsache bedrohte ihn nun.

Er ahnte, daß das Ritterleben nicht das war, was er sich darunter vorgestellt hatte. Was er sehen und erleben mußte, hatte nichts mit seinen Träumen gemein, überhaupt nichts, und die Schrecken und Entbehrungen, die nun auf ihn warteten, würden nicht geringer, sondern nur anders sein als die, die er bereits kannte. Enttäuschung machte sich in Ulrich breit. Es war, als hätte man ihn um seine Träume betrogen. Am liebsten hätte er sich Wams und Kettenhemd vom Leibe gerissen und Gerhard gesagt, daß er dies alles nicht wollte, und noch lieber wäre er schutzsuchend in Sarim de Laurecs Arme geflüchtet. Aber natürlich tat Ulrich beides nicht. De Laurec war überhaupt nicht da. Er hatte das Zelt irgendwann gegen Ende der Nacht verlassen und war bisher nicht wiedergekommen.

»Du hast das Siegel noch?« fragte Gerhard leise.

Ulrich nickte. Unwillkürlich senkte er die Hand auf seinen breiten Gürtel, unter dessen Metallschuppen sich eine geheime Tasche verbarg, in der die kleine Metallscheibe aufbewahrt war.

Gerhard lächelte zustimmend. Sie gingen wieder zurück zur Mitte des Plateaus, wo sich Guidos Zelt wie ein kleiner weißer Berg erhob. Vor den dichtgereihten Wachen, die das königliche Zelt umgaben, begannen sich Reiter zu versammeln, wohl die Männer, die Raimund und die beiden anderen Grafen bei ihrem Ausbruchsversuch begleiten sollten. Die Schar der Ritter wuchs rasch an, und dann begriff Ulrich, daß fünfhundert Männer mehr waren, als er sich vorzustellen vermochte. Die ungeheure Menschenmenge, in deren Mitte er sich seit Tagen bewegte, hatte ihm eine solche Zahl als gering erscheinen lassen. Erst jetzt, als er die Reiter sah, die sich langsam vor Guidos Zelt zu sammeln begannen, verstand er, wie beeindruckend schon dieser eine – im Vergleich winzige – Teil des Heeres war.

»Wo ist Sarim?« fragte er.

»Er kommt nicht mit«, antwortete Gerhard, ohne ihn anzusehen. »Hast du das schon vergessen?«

Ulrich schüttelte traurig den Kopf. Natürlich hatte er es nicht vergessen – wie konnte er. Der Gedanke, daß Sarim de Laurec, eigentlich der einzige Freund, den er jemals besessen hatte, freiwillig zurückblieb, den sicheren Tod vor Augen, saß wie ein glühender Stachel in seinem Herzen. Er erfüllte ihn mit Trauer und Schmerz, aber auch ein wenig mit Zorn. Er fühlte sich von dem Templer verraten. Und er war enttäuscht, denn er hätte sich gerne noch von ihm verabschiedet.

»Warum ... warum befehlt Ihr ihm nicht, mitzugehen?« fragte er stockend.

Gerhard blieb stehen, sah einen Moment stirnrunzelnd auf ihn herab und seufzte. »Wenn du es willst, tue ich es«, sagte er. »Aber nur, wenn du es wirklich willst. Überlege dir deine Antwort gut.«

Ulrich schwieg. Die Versuchung, Gerhards Angebot anzunehmen, war stark, aber etwas sagte ihm, daß er kein Recht dazu hatte. Sarim de Laurec war sein Freund, aber nicht sein Besitz. Er konnte ihn zwingen, ihn zu begleiten, und er konnte ihn zwingen, weiterzuleben. Aber durfte er es? Nach allem, was geschehen war, war diese Entscheidung vielleicht das letzte, was de Laurec blieb. Der Verrat seines Ordensherrn – denn nichts anderes war trotz allem Gerhards Plan – mußte seine Welt zerstört haben, und plötzlich glaubte Ulrich zu wissen, daß de Laurec sterben *wollte*. Sein Leben hatte keinen Sinn mehr für ihn. Der Tod auf dem Schlachtfeld war ihm willkommen.

»Nein«, sagte er leise.

Gerhard lächelte. »Das ist gut. Ich habe gehofft, daß du so entscheidest. Und nun komm. Wir haben nicht mehr viel Zeit.«

Aber Ulrich blieb stehen. »Was . . . was ist, wenn ich falle«, fragte er, »oder in Gefangenschaft gerate?« Seine Hand berührte das Siegel unter seinem Gürtel.

Gerhards Blick folgte der Geste. »Das wirst du nicht«, sagte er.

»Was macht Euch so sicher, Gerhard? Ihr vertraut mir das Kostbarste an, das Ihr besitzt. Was macht Euch so sicher, daß ich dieses Vertrauens würdig bin?«

»Mein Glaube«, antwortete der Templer. »Und die Tatsache, daß du nun zu uns gehörst. Unterschätze nicht, was heute nacht geschehen ist, Ulrich. Du glaubst vielleicht, dies alles hier wäre nur ein Mummenschanz, dazu gedacht, dich sicher aus dem Lager zu bringen. Und ein wenig stimmt das auch. Aber trotzdem bist du nun einer der Unseren. Du bist ein Tempelherr, ganz gleich, wie jung du bist und *wer* du bist. Du gehörst jetzt zu uns. Und du wirst sehen, daß die Bande unseres Ordens stark sind.«

Das war keine Antwort auf seine Frage, dachte Ulrich. Aber gleichzeitig spürte er auch, daß er diese Antwort nicht bekommen würde. Gerhard hatte ihm nicht die ganze Wahrheit gesagt. Da war noch irgend etwas, etwas ungemein Wichtiges, das der Templermeister wußte und ihm verschwieg. Aber statt weiter in Gerhard zu dringen, ging Ulrich weiter, so schnell, daß sich nun Gerhard anstrengen mußte, um mit ihm Schritt zu halten.

25

Er sah Sarim de Laurec nicht wieder. Gerhard brachte ihn direkt zu Graf Raimund, der bereits in voller Rüstung dastand und mit zwei anderen Rittern sprach, die Ulrich weder namentlich noch vom Ansehen her bekannt waren. Raimund stellte sie ihm als die Grafen Balian und Reinold vor, die beiden Männer, die er schon des Nachts in Ulrichs Zelt erwähnt hatte. Balian blickte Ulrich gleichgültig an, während Reinold kurz lächelte. Gerhard übergab ihn den drei Männern und verabschiedete sich von Raimund auf eine Weise, die Ulrich zutiefst betroffen machte. In dem Händedruck der beiden Männer lag etwas, das endgültig wirkte. Dann befahl Raimund seinen Rittern, aufzusitzen und Schlachtordnung einzunehmen. Alles ging jetzt so schnell, daß es Ulrich eher wie eine Flucht denn wie ein geplantes Vorgehen vorkam. Trotz Furcht und Erschöpfung spürte Ulrich eine starke Bewunderung für diese Männer. Er begriff, daß Raimund für diese schwierige Aufgabe die stärksten und tapfersten Männer herausgesucht hatte. Ulrich war – zum ersten Male – stolz. Stolz, daß er zu diesen Männern gehören durfte, einer der Ihren war.

Als die Reihe an Ulrich kam, aufzusitzen und sich unter die Ritter einzureihen, hatte er zwar noch immer Angst, aber schon nicht mehr in dem Maße wie zuvor. Der Anblick all dieser gepanzerten Ritter, das aufgeregte Stampfen und Schnauben der Pferde, das Klirren der Rüstungen und Waffen – all dies übte eine erregende Wirkung auf ihn aus. Er fühlte sich stark und zugleich geborgen inmitten dieser fünfmal hundert eisernen Kämpfer. Als Raimund dazu ansetzte, das Zeichen zum Losreiten zu geben, lächelte Ulrich sogar.

Aber der geplante Ausbruchsversuch fand nicht statt, jedenfalls jetzt noch nicht. Denn gerade, als Raimund das endgültige Zeichen geben wollte, drangen vom westlichen Ende der Hochebene her plötzlich Schreie und Schlachtenlärm. Ulrich fuhr – wie alle anderen – im Sattel herum. Da sah er, wie die wartenden Krieger Saladins rings um das Lager unter gellendem Geschrei den Angriff eröffneten. Das christliche Heer bewegte sich träge, wie ein riesiges, finsteres Tier, und bald darauf waren die Sarazenen einfach verschwunden, wie aufgesaugt von der gewaltigen Menge, gegen die sie angerannt waren.

Aber die Bewegung des Heeres hörte nicht auf; ganz im Gegenteil. Voll Schrecken sah Ulrich, wie Hunderte, dann Tausende von Männern jäh vorwärts drängten. Wie eine schwarzbraune Woge rannten sie gegen die Mauer der Muslims an – und zerbrachen sie! Ein ungläubiger Schrei aus Zehntausenden von Kehlen zerriß die Luft über dem Plateau, als das Unvorstellbare geschah. Der Belagerungsring, der so fest, unüberwindlich und todbringend erschienen war, brach schon unter dem ersten Ansturm der christlichen Fußtruppen! Die Reihen der Sarazenen wurden zurückgetrieben, barsten auseinander, als wäre ein Sturm in sie gefahren, und die Männer, die während der Nacht so bedrohlich um das Lager gestanden hatten, suchten ihr Heil in der Flucht. Saladins Heer spaltete sich, floß wie eine gewaltige zähe Masse zurück und bildete eine immer breiter werdende Lücke, durch die mehr und mehr Christen stürmten. Viele von ihnen begriffen wohl nicht einmal, was sie taten, sondern rannten einfach los, vorwärts gerissen von der allgemeinen Bewegung, angefeuert vom gellenden, an- und abschwellenden *»Gott will es!«*, das sich wieder wie ein fürchterlicher Todesgesang über der Steinplatte ausbreitete. Viele wurden auch einfach vorwärts geschoben von den Nachdrängenden, die hier plötzlich eine verzweifelte Möglichkeit sahen, den Würgegriff Saladins zu sprengen und zum rettenden Wasser durchzubrechen.

Nicht einer von ihnen erreichte es.

Zu spät mußten sie erkennen, daß das scheinbare Zurückweichen der Muslims nichts als eine Falle war. Tausende von Guidos Männern stürmten den Berg hinab – zuerst das Fußvolk, hinter ihnen gepanzerte Ritter, alle halb von Sinnen vor Durst und Erschöpfung und keinem anderen Gedanken folgend, als den See zu erreichen. Und plötzlich hörte der Rückzug der Muselmanen auf, so unvermittelt, wie er begonnen hatte. Ein Hagel von Pfeilen und Speeren flog den Reitern entgegen und fegte die erste Reihe aus den Sätteln. Die Nachfolgenden versuchten ihre Tiere herumzureißen oder ihre Schilde zu heben, aber auch sie entgingen ihrem Schicksal nicht – wessen Tier nicht ausbrach, über ein gestürztes Pferd oder einen Toten fiel oder auf dem abschüssigen, mit Felsen übersäten Hang den Halt verlor, der wurde von unzähligen Pfeilen oder zielsicher geschleuderten Speeren tödlich getroffen. Die Ritter kamen ins Stocken, an der

Spitze rascher als hinten, was ein neuerliches Chaos aus ineinander-
krachenden Pferden und stürzenden Rittern zur Folge hatte. Die
nächste Pfeilsalve der Sarazenen wäre kaum mehr nötig gewesen, die
Reiter zurückzuwerfen. Wer nicht ohnehin verletzt oder aus dem Sattel gestürzt war, der riß sein Tier herum und galoppierte zurück, so
schnell es nur ging.
Währenddessen stürmten die Fußtruppen weiter, erreichten nach wenigen Augenblicken den Fuß des Hanges und begannen sich zu sammeln. Allmählich zehrte sich der Schwung ihrer Bewegung selbst auf;
sie kamen nicht zur Ruhe, aber sie wurden langsamer, und ihr gellender Ruf verlor an Lautstärke.
Da begannen sich Saladins Männer in einer gewaltigen, nur anscheinend schwerfälligen Zangenbewegung hinter ihnen zu schließen...
Ulrich war dankbar, daß er nicht mit ansehen mußte, was weiter geschah.
»Was habt Ihr, Ritter Ulrich?« fragte eine Stimme neben ihm. Ulrich
fuhr herum und blickte in Raimunds Gesicht. Im ersten Augenblick
glaubte er, daß sich der Graf mit dieser Anrede einen bösen Scherz
erlaubte, aber als er in seine Augen sah, erkannte er, daß Raimund
seine Worte ernst meinte. Ja – Ulrich *war* nun ein Ritter, auch wenn
alles sehr rasch und ungewöhnlich vor sich gegangen war.
»Es ist ... nichts«, sagte Ulrich ausweichend. »Ich...« Er deutete
nach unten. »Hört Ihr sie?« fragte er.
Raimund schwieg. Eine Antwort wäre auch nicht nötig gewesen. Der
Schlachtenlärm war unüberhörbar.
»Gott will es«, murmelte Ulrich. »Sagt mir, Graf Raimund – glaubt
Ihr wirklich, daß es *das* ist, was Gott...«
Raimund schnitt ihm mit einer herrischen Geste das Wort ab.
»Schweigt!« sagte er. »Ihr wißt nicht, was Ihr redet, Bruder. Diese
Worte könnten Euch auf den Scheiterhaufen bringen, wenn sie in fal-
sche Ohren gelangen.«
Ulrich erschrak. Das hatte er nicht gewußt.
»Seid vorsichtiger, Bruder«, fuhr Raimund fort, etwas sanfter, aber
trotzdem in warnendem Ton. »Ihr müßt lernen, Euch zu beherrschen.
Ich habe Euch beobachtet. Der Tod dieser Männer geht Euch nahe.«
»Sollte er das nicht?« erwiderte Ulrich heftig.
»Nein!« Raimund schrie fast. »Merkt Euch eines, Ritter Ulrich, und

258

merkt es Euch gut, sonst werdet Ihr nicht sehr lange leben: Unter dem Gewand, das Ihr jetzt tragt, ist kein Platz für Mitleid.« Er deutete mit einer zornigen Kopfbewegung nach Westen, wo das Sterben der Männer weiterging. Nichts mehr davon war zu sehen, aber die Schreie und der Schlachtenlärm legten ein beredtes Zeugnis von dem ab, was geschah. Es war beinahe schlimmer, nur diesen Lärm zu hören, ohne Teil des Geschehens zu sein. »Das waren Hohlköpfe! Sie haben die Falle nicht durchschaut. Saladin hat ihnen einen Köder hingeworfen, und sie haben danach geschnappt wie die Hyänen nach einem Stück Aas! Sie sind blindlings in ihr Verderben gelaufen!«

»Es waren zu Tode erschöpfte Männer, Raimund«, antwortete Ulrich leise. »Sie...«

»Zu Tode erschöpfte Männer?« wiederholte Raimund hart. »Sicher. Aber sind wir das nicht auch, Ritter Ulrich? Und trotzdem behalten wir einen klaren Kopf.«

Ulrich antwortete nicht mehr. Noch vor Tagesfrist hätten ihn die Worte des Grafen angewidert, ihn in Zorn oder Schrecken versetzt. Jetzt spürte er nichts von alledem.

Warum? dachte er fröstelnd. Begann er sich bereits zu verändern? Hatte das weiße Gewand der Templer genügt, ihn in so kurzer Zeit schon hart und mitleidlos werden zu lassen?

Er fand keine Antwort auf diese Frage, und im Grunde wollte er sie auch nicht wissen.

Unterhalb des Plateaus ging das Töten weiter. Saladins Krieger, die die Anhöhe einschlossen, ließen weiterhin Pfeile und Speere herabregnen, um die Christen an einem neuerlichen Ausbruchsversuch zu hindern. Nur dann und wann erhob sich eine Pfeilsalve wie ein Schwarm zerfließender Schatten in den Himmel und prasselte ungezielt auf das Lager herab. Die Wirkung dieser Angriffe war zermürbend – sie versetzte Guidos Heer in beständige Anspannung und Furcht. Der Kampf unten in der Ebene und der dünne, aber unberechenbare Pfeilregen oben auf dem Plateau kam den Männern vor wie eine Ewigkeit. Viele gaben einfach auf, sanken erschöpft in den Sätteln zusammen oder legten sich hin, um zu sterben, wo sie gerade standen. Manche rannten absichtlich in den Tod, sehenden Auges hinein in den Wald aus Speeren und Schwertern, den die Sarazenen ihnen entgegenstreckten.

Schließlich ebbte der Kampflärm unten im Tal allmählich ab. Die Schlacht tobte wohl noch immer, aber Ulrich und die anderen hörten, wie der christliche Schlachtruf erlahmte, und sie begriffen, daß es nun vorbei war. Wer von den Christen noch lebte, der wehrte sich nicht mehr, ihre Kraft war aufgebraucht, und was jetzt dort unten noch stattfinden mochte, mußte ein Gemetzel sein.

»Jetzt!« sagte Raimund.

Sie ritten los. So lange hatten sie darauf warten müssen, doch nun ging alles blitzschnell. Ulrich fuhr auf, blickte sich um, griff wie die anderen rings um ihn herum nach den Zügeln, trieb dem Pferd die Absätze in die Flanken und sprengte los. Wie auf ein unhörbares Zeichen hin teilte sich das Heer vor ihnen, eine schmale, schnurgerade Gasse entstand, an deren Ende Saladins Krieger warteten, Speere, Schwerter und Schilde drohend erhoben.

Die Ritter wurden schneller und schneller, und wieder, wie schon einmal, breitete sich diese sonderbare erschreckende Erregung in Ulrich aus. Das rasende Hämmern der Pferdehufe verschmolz mit seinem Pulsschlag, seinem Atem, ja selbst mit seinen Gedanken. Er spürte ungeahnte Kräfte in sich und das Gefühl, unverwundbar zu sein. Der Gedanke, daß ihm inmitten dieser Walze aus Eisen und Fleisch und Haß, die auf die Sarazenen zuraste, auch nur das geringste zustoßen könne, kam ihm einfach nicht mehr.

Dann prallten hundert Schritte vor ihm die ersten Reiter gegen die Sarazenen, und Ulrichs Höhenflug war zu Ende: schlagartig und heftig war die Angst da.

Aber es gab kein Zurück mehr.

Die Reiter jagten weiter, von ihrem eigenen Schwung vorwärts gerissen und gar nicht mehr in der Lage, anzuhalten oder gar umzukehren. Die Männer an der Spitze rannten Saladins Krieger einfach nieder, tief über die Hälse ihrer Schlachtrosse gebeugt, die Schilde gehoben und die wuchtigen, tödlichen Lanzen schräg nach vorne gestreckt. Sie fegten die Sarazenen beiseite, und nur wenige Templer wurden getroffen und aus den Sätteln gehoben. So preschten sie unaufhaltsam vorwärts, durch Saladins Heer hindurch, das den Steilhang wie schwarzer Hagel bedeckte und im ersten Schrecken den heranstürmenden Rittern Platz machte.

Die Überrumplung war gelungen. Niemand von Saladins Männern

hatte damit gerechnet. Und diesmal war es kein kopfloser Haufen verängstigter Männer, der das Plateau verließ, sondern entschlossene Reiter, die schneller waren als die überraschten Sarazenen und in gerader Linie auf Hattin zusprengten, dessen Dächer und Palmen hinter einem dichten Staubschleier verborgen waren.

Raimunds Ritter begingen nicht den Fehler, sich in zermürbende Einzelgefechte einzulassen oder Flüchtenden nachzujagen. Auf ihren gepanzerten Pferden, unter dem Schutz ihrer Rüstungen und Schilde, rasten sie unbeirrbar dahin. Die Speere der Muslims brachen an den Schilden der Ritter, die ihre Schwerter und Lanzen schwangen.

Schon hatten sie die halbe Strecke bis Hattin überwunden. In heller Panik flohen Saladins Krieger vor den heranrasenden Dämonen auf ihren scheinbar unverwundbaren Pferden. Immer näher kam der See. Auch aus den Reihen von Raimunds Kriegern erhob sich nun der Schrei »*Gott will es!*«, und niemand konnte sie mehr aufhalten. Der Weg war frei. Vor ihnen lag das Dorf Hattin und dahinter der See mit seinem rettenden Wasser. Die Erde erzitterte unter dem Donnern der Hufe.

Der Sieg machte Ulrich berauscht, trunken vor Macht und dem Wunsch, unbesiegbar zu sein, ja unsterblich.

Doch da zerriß der schwarzgraue Staubschleier über dem Dorf, und mit einem Male sah Ulrich, was seine Ursache war – nicht der Wind, nicht die Laune der Natur, sondern eine ungeheure Masse von Kriegern, in schwarzen und braunen Burnussen auf kräftigen Pferden, Tausende muselmanische Reiter, viele davon so schwer gepanzert wie er selbst, eine drückende Übermacht, die ihren Ansturm reglos erwartete, in Schlachtordnung aufgestellt und mit gesenkten Speeren!

Raimund gab einen gellenden Befehl, und der Reitertrupp schwenkte herum – geradewegs auf das Herz des muselmanischen Heeres zu! Durch die Reihen der Sarazenen ging eine rasche, ruckende Bewegung. Speere und Lanzen wurden gesenkt, Schilde gehoben, Pfeile auf die Bögen aufgelegt. Der Abstand zwischen den beiden ungleichen Gegnern schmolz zusammen.

Und dann geschah etwas Unglaubliches.

An der Spitze des muselmanischen Heeres erschien eine aufrechte, ganz in Schwarz gekleidete Reitergestalt. Auf ihrem Kopf blitzte ein goldfarbener Helm – *Saladin*!

Ulrich war nicht der einzige, der den Sultan erkannte. Wieder erhob sich das gellende »Gott will es!« aus den Reihen der dahinrasenden Ritter, und abermals schwenkten sie herum, nun direkt auf Saladin zu. Und einen Herzschlag lang begegneten sich Saladins und Ulrichs Blicke.

Ulrich wußte wohl, daß dies im Grunde nicht möglich war – und doch war er sicher, daß der Sultan ihn erkannte, trotz des weißen Templergewandes, das er trug, und des schweren Helmes. Ungläubige Überraschung blitzte in Saladins Augen auf.

Der Sultan hob plötzlich die Hand und fuhr damit durch die Luft. Daraufhin teilten sich seine Männer.

Noch bevor die beiden Gegner aufeinanderprallen konnten, wichen die Sarazenen zur Seite und bildeten eine breite, vollkommen leere Gasse, durch die Raimunds Reiter hindurchsprengten.

Die Waffen schwiegen. Nicht ein einziger Speer wurde geschleudert, kein Schwert gehoben, obwohl die Gegner nur eine Armeslänge voneinander entfernt waren. Die Sarazenen gehorchten dem Befehl ihres Sultans – keiner der Reiter wurde angegriffen, obgleich sie sich plötzlich im Herzen des feindlichen Heeres befanden, ein verlorener kleiner Haufen, der im Nu hätte niedergemacht werden können.

Aber nichts dergleichen geschah. Die Muslims wichen weiter zurück, machten den Reitern Platz und schlossen sich erst wieder zusammen, nachdem auch der letzte ihre Reihen passiert hatte.

Und dann lag Hattin hinter ihnen, das freie Land breitete sich vor ihnen aus – und der rettende See, kaum eine Meile entfernt.

Die Geschwindigkeit des Reitertrupps wuchs. Wie von Sinnen jagten die Männer ihre Tiere dem ersehnten Wasser entgegen, hielten auch am Ufer nicht an, sondern sprengten geradewegs hinein, bis ihre Tiere im Wasser standen und sich die Männer erschöpft aus den Sätteln sinken ließen. Auch Ulrich kippte mehr vom Rücken seines Pferdes, als er absaß. Die schwere Rüstung zog ihn sofort unter Wasser, aber selbst das war ihm gleich – in seinem Denken war für nichts anderes mehr Platz als die erquickende Frische des Wassers. Ungeschickt wälzte er sich auf dem feinen Sand des Seegrundes herum, trank mit gewaltigen, gierigen Schlucken und stand erst auf, als seine Lungen zu platzen drohten.

Als er sich endlich aufrichtete und bis zur Brust im Wasser stehend wiederfand, schwindelte ihn. In seinen Ohren war ein dumpfes Rauschen und Hämmern, und plötzlich war ihm kalt. Er taumelte, griff blindlings nach dem Sattelzeug seines Pferdes, das neben ihm stehengeblieben war und mit gierigen Zügen soff, und zog sich mit allerletzter Kraft auf seinen Rücken hinauf. Sein Herz hämmerte, und Schwäche überfiel ihn. Erst jetzt dämmerte es Ulrich, daß er sich um ein Haar selbst umgebracht hätte, als er sich, vor Hitze glühend, in das kalte Wasser stürzte, so wie er war. Und manch einer von den anderen Rittern, die es eigentlich besser wissen mußten, hatte den Sturz in das so lange entbehrte Wasser tatsächlich mit dem Leben bezahlt. Seltsamerweise empfand Ulrich kein Mitleid mit ihnen; nicht einmal Bedauern.

Nur ganz allmählich wich das Schwindelgefühl aus seinem Kopf. Mühsam richtete er sich im Sattel auf, griff nach der Geheimtasche in seinem Gürtel und spürte, daß das Siegel noch an seinem Platz war. Erst dann hielt er nach Raimund Ausschau, wendete umständlich sein Pferd und ritt zu ihm zurück. Der Graf gehörte zu jenen, die einen kühlen Kopf behalten hatten und sich nicht kurzerhand in den See gestürzt hatten. Aber auch er war abgesessen und hatte sich bäuchlings im Ufersand ausgestreckt, um mit gierigen Zügen seinen Durst zu stillen. Ulrich sah sich um. Von dem gewaltigen Trupp, der sie noch vor Augenblicken gewesen waren, war nichts mehr geblieben – die Männer waren auf ein Gebiet von sicherlich einer halben Meile ausgeschwärmt und lagen oder knieten am Seeufer, um zu trinken, sofern sie nicht bis zu den Hälsen im Wasser standen. Saladins Krieger hätten in diesem Moment leichtes Spiel mit ihnen gehabt.

Aber Saladin griff nicht an.

Eine große Zahl von Sarazenen war ihnen gefolgt, aber keiner von ihnen kam näher heran; sie standen einfach da, dunkle Gestalten, die im grellen Licht der Mittagssonne auf- und abzuhüpfen schienen, als betrachtete man sie durch einen flatternden Schleier.

Plötzlich erkannte Ulrich, was ihre Anwesenheit zu bedeuten hatte. Sie waren ihnen nicht aus Neugier gefolgt, oder etwa, weil sie nachholen wollten, was sie versäumt hatten. Saladin hatte sie geschickt, und die Botschaft, die sie brachten, war eindeutig: *Kommt nicht zurück,* sagten ihre stummen Blicke. Wir haben euch das Leben geschenkt, aber kommt nicht zurück. *Niemals!*

Ulrich schien nicht der einzige zu sein, der die lautlose Warnung verstand, denn als er sich nach einer Ewigkeit umwandte und Raimund ansah, erkannte er in dessen Augen das gleiche ungläubige Staunen, das er selbst verspürte.

»Warum ... warum haben sie das getan?« murmelte Raimund.

Ulrich schwieg. Langsam löste er seinen Blick von den stummen Kriegern und blickte nach Westen, zu den Hörnern von Hattin hinauf. Über dem Berg hing Staub in schweren, schwarzen Wolken, so daß nur noch die beiden Felsbuckel sichtbar waren, die Ulrich nun wieder an zwei Teufelshörner erinnerten. Die Schreie waren selbst über die große Entfernung zu hören. Noch immer tobte die Schlacht dort oben weiter, und Ulrich fielen wieder die Worte von Sarim de Laurec ein: Er sei gerade rechtzeitig gekommen, das Ende mitzuerleben. Die Niederlage würde vollkommen sein. Vielleicht – oder wahrscheinlich – war Saladin großmütig genug, Guido selbst und einige seiner Ritter am Leben zu lassen, sollten sie die Schlacht überleben, aber die Herrschaft der Christen in Jerusalem war mit dem heutigen Tage unwiderruflich beendet. Vielleicht waren Ulrich und die anderen Ritter um ihn wirklich die einzigen, die davonkommen sollten, aus einem Grund, der den meisten für immer rätselhaft bleiben mußte.

Aber Ulrich wußte die Antwort, und er vermutete, daß Raimund sie im Grunde seines Herzens ebenso wußte, auch wenn er es vielleicht nicht wahrhaben wollte.

Der Grund war er, Ulrich. Der Tempelritter Ulrich von Wolfenstein, der vor knapp einem halben Jahr hierher gekommen war, als Betteljunge und Sklave, und der nun Wappenhemd und Schwert der Tempelherren trug, um einen wichtigen Auftrag zu erfüllen.

Sultan Saladin hatte ihn freigelassen. Gerhard, der Ordensherr, vertraute gerade ihm das Siegelwappen der Tempelherren an, einem Jungen, der ihm vollkommen fremd war und der wohl eher zu seinen Feinden als zu seinen Freunden zählte.

Ulrichs Hand kroch zum Gürtel und legte sich um die kleine runde Metallscheibe, die sich deutlich unter dem weißen Leder abhob. Mit einem Male empfand er dies alles als Bürde, die er am liebsten abgeworfen hätte. Aber er wußte, daß es sinnlos war, sich gegen das Schicksal wehren zu wollen. Wer war er, sich dagegen aufzulehnen?

Es war Maliks Fluch, der ihn – und die fünfhundert Reiter – am Ende gerettet hatte. Er wußte es nun. Und Maliks Fluch würde sich weiterhin erfüllen. Er würde leben, ganz gleich, was geschah, leben und leiden. Gerhard hatte es gewußt, Sarim de Laurec und Saladin – nur er selbst hatte bis zum Schluß die Augen vor der Wahrheit verschlossen. Malik hatte ihn verflucht, und es waren mehr als bloße Worte, mehr als die leere Drohung eines Sterbenden gewesen, auch wenn ihn Saladin etwas anderes hatte glauben machen wollen. Deshalb hatte Gerhard ihn auserkoren, das Siegel zu nehmen, Raimund zu begleiten.

Ulrichs Hand schloß sich fester um das Siegel. Und ganz plötzlich wußte er, daß sein Abenteuer noch lange nicht zu Ende war, sondern vielmehr gerade erst begonnen hatte. Nach einer Weile wendete er sein Pferd und begann langsam am Ufer des Sees Genezareth entlangzureiten. Niemand hielt ihn zurück.

Noch am selben Tag ritten sie weiter und schlugen ihr Lager etwa zehn Meilen vor Tiberias auf.

26

»Du reitest in den Tod«, sagte Raimund. »Das ist dir doch klar, oder?«

Ulrich sah den Grafen ernst an, antwortete aber nicht, sondern wandte sich statt dessen zur Seite, um in den kleinen Talkessel hinabzusehen, in dem sie ihr Nachtlager aufgeschlagen hatten. Aus der Höhe der Felsen herab betrachtet, wirkte das Lager winzig: ein etwas eckig geratenes Halbrund aus kleinen weißen Zelten, zum Talausgang hin offen und mit einer Barrikade aus schräg in den Boden gerammten und mit Steinen abgestützten Schilden abgeschirmt, die eigentlich nur symbolischen Charakter hatte, das Lager aber wenigstens vor dem Überraschungsangriff einer berittenen Truppe schützen konnte.

»Überlege es dir, Ulrich«, drang Raimunds Stimme in seine Gedanken, noch immer leise, aber viel eindringlicher als beim erstenmal.

Sie waren nicht weit von Tiberias' Mauern entfernt. Ein Hügel noch, und die Stadt würde vor ihnen liegen. Raimund hatte Balian die Befehlsgewalt übergeben und ihn angewiesen, im Lager zu warten, bis er und Ulrich wieder zurück wären.

»Nein«, sagte Ulrich laut. »Ich gehe, Graf Raimund. Ich bin es Sarim schuldig. Ich ... hätte niemals zulassen dürfen, daß er zurückbleibt.«

»Du hättest es nicht verhindern können«, fuhr Raimund auf. »Du weißt ja nicht einmal, ob er noch lebt!«

»Ich gehe«, beharrte Ulrich.

Raimund preßte ärgerlich die Lippen aufeinander.

»Ich gehe«, sagte Ulrich noch einmal.

Raimund sah ihn ernst an. »Und ich komme mit dir.«

Ulrich war überrascht, daß gerade Raimund ihn beschützen wollte. Doch dann begriff er. Es war gar nicht er, dem Raimunds Sorge galt. Es war das Siegel, das Raimund beschützen wollte.

Der See lag wie eine Ebene aus geschmolzenem und erst halb wiedererstarrtem Pech vor ihnen. Der Himmel hatte sich mit schweren, tiefhängenden Wolken überzogen. Weder Mond noch Sterne waren zu sehen. Wären nicht die Feuer gewesen, die vor den Toren Tiberias' brannten und die Stadt schattenhaft ahnen ließen, man hätte nichts von ihr wahrgenommen.

Ulrichs Herz begann zu hämmern, als sie weiterritten und sich aus dem Dunkel das Heerlager Saladins heraushob, das die Ebene vor Tiberias bedeckte. Er wußte zwar, daß Raimunds Vorgehen, ın aller Offenheit durch die muselmanische Armee zu reiten, nicht halb so gefährlich war, wie es schien – denn wer würde in den beiden dunkelgekleideten Reitern Tempelritter vermuten –, aber eine einzige falsche Handbewegung konnte zur Entdeckung führen.

Langsam, ganz wie zwei Männer, die nach einem langen Ritt erschöpft waren, näherten sie sich dem Tor. Ein Teil der Stadt mußte noch immer brennen, obwohl ein Tag und eine halbe Nacht vergangen waren, seit die Zitadelle aufgegeben hatte und das Kreuz über ihren Zinnen dem Halbmond der Muselmanen gewichen war. Trotzdem schwebten über dem westlichen Teil Tiberias' noch schwere, fettig-schwarze Rauchwolken, die sich gegen den Nachthimmel abzeichneten, und der kühle Hauch, der vom nahen See heraufwehte, wurde mehr und mehr von der Hitze der Feuerstellen verdrängt, je näher sie dem Tor kamen. Ein unangenehmer Geruch ging von den Flammen aus, und Ulrich erkannte Dutzende von Gestalten, die mit mannsgroßen Bündeln aus der Stadt kamen und sie in die Feuer warfen. Entsetzt riß er die Augen auf – es waren Tote, die hier verbrannt wurden, die Feuerstellen waren nichts anderes als Scheiterhaufen. Und die Toten waren nicht nur Krieger, es waren auch Frauen, Kinder ..

Raimund ritt ein wenig langsamer, so daß Ulrichs Pferd zu ihm aufschließen konnte. »Gib acht jetzt«, flüsterte er, ohne ihn anzusehen. »Tu genau dasselbe wie ich. Und sprich nicht, kein Wort, hörst du? Ganz egal, was geschieht – überlaß mir das Reden.«

Raimund saß ab und ließ die Zügel seines Pferdes los. Das Tier, durch die Nähe des Feuers und den Leichengeruch unruhig geworden, warf den Kopf zurück und verschwand mit einem erleichterten Schnauben in der Dunkelheit, ebenso wie das Ulrichs, kaum daß er aus dem Sattel gestiegen war.

»Komm«, flüsterte Raimund. »Und keinen Laut.«

Ulrich hätte ohnehin kein Wort hervorgebracht, die Angst schnürte ihm die Kehle zu. Ihr Weg führte sie so dicht an einem der lodernden Scheiterhaufen vorbei, daß ihn der Qualm zum Husten reizte.

Raimund ergriff ihn am Arm, zerrte ihn ein Stück weit vom Feuer fort und schlug ihm kräftig mit der flachen Hand zwischen die Schulterblätter. Ulrich hustete qualvoll, wobei er den Kopf senkte, so daß niemand sein Gesicht sehen konnte. Trotzdem bemerkte er voller Schrecken, daß ein paar Muselmanen zu ihm und Raimund herübersahen.

Raimund versetzte ihm einen weiteren Hieb zwischen die Schultern, so hart diesmal, daß Ulrich taumelte und beinahe auf die Knie gefallen wäre.

Ein Muslim trat auf Raimund zu, deutete auf Ulrich und stellte eine Frage auf arabisch. Raimund lachte rauh, antwortete in derselben Sprache und versetzte Ulrich einen dritten, noch heftigeren Hieb. Der Muslim lachte ebenfalls, schüttelte den Kopf und entfernte sich wieder. Ulrich hörte, wie er das Wort wiederholte, das Raimund gesagt hatte, worauf auch die anderen Muslims in schadenfrohes Gelächter ausbrachen.

Ulrich atmete erleichtert auf, hielt aber weiterhin den Blick gesenkt und die Hand gegen Mund und Nase gepreßt, als Raimund ihn am Arm ergriff und grob mit sich zerrte.

»Was . . . habt Ihr ihnen gesagt?« flüsterte er atemlos.

Raimund lachte leise. »Willst du das wirklich wissen?« fragte er.

Sie näherten sich rasch dem Tor, und obwohl Ulrich längst ahnte, auf welche Weise Raimund in die Stadt zu gelangen dachte, begann sein Herz schmerzhaft zu rasen.

Aber so unglaublich es schien – Raimunds Plan gelang.

Unter dem schadenfrohen Gelächter der Sarazenen reihten sie sich in die Kette derer ein, die in die Stadt zurückgingen, und plötzlich war unter seinen Füßen nicht mehr die harte Erde der Hochebene von Genezareth, sondern das glatte Kopfsteinpflaster der Stadt, und das Prasseln der Flammen und das Summen und Raunen des Heerlagers machten den vielfältigen Geräuschen der Stadt Platz.

Der Druck von Raimunds Hand verstärkte sich ein wenig, und Ulrich hob vorsichtig den Blick, um unter dem Rand der tief in die Stirn gezogenen Kapuze hervorsehen zu können.

Überall waren Krieger in den bunt zusammengewürfelten Kleidern des muslimischen Heeres, und trotz der Dunkelheit erkannte er die Spuren der Kämpfe, die noch vor wenigen Stunden in den Mauern der Stadt getobt hatten. Häuser waren eingestürzt oder zu schwarz-verkohlten Ruinen geworden, Gassen von den Trümmern zusammengebrochener Wände verstopft, und unweit des Tores lag ein fast mannsgroßer Felsbrocken, offenbar ein fehlgeleitetes Wurfgeschoß von Saladins Belagerungsmaschinen

»Wohin?« flüsterte Ulrich.

Raimund deutete mit einer Kopfbewegung nach rechts. Ulrich erkannte im ersten Moment nichts als Schatten. Dann sah er, daß einer dieser Schatten eine Gasse war, die tiefer in die Stadt und den Schutz der Dunkelheit hineinführte.

Sie waren keine zehn Schritte mehr von der Gasse entfernt, als hinter ihnen ein scharfer Ruf erklang, den Ulrich nicht verstand, an dessen Bedeutung es jedoch keinen Zweifel gab. Raimund fuhr erschrocken zusammen, sah jedoch nicht zurück, sondern ging weiter. »Ruhig«, flüsterte er. »Behalte die Nerven.«

Wie zur Antwort wiederholte sich der Ruf. Einen Augenblick später fielen eine zweite, dritte und vierte Stimme in das Geschrei ein; Metall klirrte, und etwas in den Bewegungen der Schatten hinter ihnen änderte sich.

»Lauf!« schrie Raimund. Er versetzte Ulrich einen Stoß, der ihn vorwärtstaumeln ließ, griff mit der rechten Hand unter seinen Mantel und zog sein Schwert, während er ebenfalls losstürmte. Das Schreien hinter ihnen wuchs zu einem Chor wütender Stimmen an, und plötzlich erklangen hastige Schritte, die schnell näher kamen.

Ulrich sah sich im Laufen um. Raimund war zwei, drei Schritte zurückgefallen. Sein Mantel klaffte weit auseinander, so daß man das blitzende Kettenhemd sehen konnte, das er darunter trug. Die Verfolger waren nur wenige Schritte hinter ihm – und es waren ein gutes Dutzend waffenschwingender Sarazenen, allen voran ein riesenhafter Mann in einem nachtschwarzen Burnus, dessen Gesicht fast völlig hinter einem Tuch verborgen war. In seiner rechten Hand blitzte ein Krummsäbel; die andere schwang eine gewaltige Peitsche, deren Schnur gerade in diesem Moment wie eine Schlange nach Raimunds Gesicht züngelte.

Ulrich schrie erschrocken auf, aber Raimund duckte sich im letzten Moment und schlug einen Haken. Die Peitsche zischte ins Leere, und der Sarazene verlor durch den Schwung seines eigenen Hiebes das

Gleichgewicht. Er stolperte und stürzte der Länge nach zu Boden. Zwei oder drei der Sarazenen, die ihm folgten, fielen über ihn, und als der Riese wieder auf die Füße zu kommen versuchte, riß er einen weiteren Mann zu Boden, der mit einem Satz über ihn hinwegspringen wollte. Binnen kurzem herrschte hinter ihnen ein heilloses Durcheinander aus stürzenden Männern, Flüchen und Schmerzensschreien. Und so kurz diese Gnadenfrist war, sie reichte, Raimund und Ulrich die Gasse erreichen zu lassen. Raimund zerrte ihn mit sich, ohne darauf zu achten, daß Ulrich und auch er selbst immer wieder gegen die Wände oder Trümmerstücke prallten, die jäh aus der Dunkelheit auftauchten. Die Gasse flog nur so an ihnen vorüber, und das wütende Geschrei der Sarazenen schien zurückzubleiben.

Dann hatten sie das Ende der Gasse erreicht und fanden sich unversehens auf einer breiteren, nicht so sehr belebten Straße wieder. Raimund stürmte mit unverminderter Geschwindigkeit weiter und zerrte ihn mit sich, aber Ulrich fand Gelegenheit, kurz zurückzublicken.

Was er sah, erfüllte ihn mit Schrecken. Die Krieger waren zurückgefallen, verfolgten sie aber weiter. An ihrer Spitze stürmte der riesige Mann in Schwarz, der mit wütendem Gebrüll seine Peitsche schwang – was in der Enge der Gasse allerdings eher seine Begleiter in Gefahr brachte als Raimund oder Ulrich; überhaupt stellte sich der Riese derart ungeschickt an, daß ihr Vorsprung mit jedem Atemzug wuchs.

Dann überquerten sie die Straße, tauchten in eine andere finstere Gasse ein und rannten weiter. Obwohl es auf Mitternacht zugehen mußte, waren fast alle Straßen voller Menschen; Krieger Saladins zum größten Teil, aber auch Bewohner der Stadt, die sich mit erstaunlicher Selbstverständlichkeit zwischen den buntgekleideten muslimischen Soldaten bewegten. Ulrich spürte wenig von der Angst, die zu einer besetzten Stadt gehörte; allenfalls eine gewisse Erregung, die verständlich war – schließlich war noch vor Tagesfrist in dieser Stadt gekämpft worden. Die Tiberianer begegneten den neuen Herren mit Respekt, doch da war nichts von der Todesangst, die anzutreffen er erwartet hatte. Es war, als wüßte jedermann, daß von den muslimischen Eroberern nichts zu befürchten war, solange man tat, was sie verlangten, und sich nicht offen gegen sie stellte.

Ulrich überlegte einen Moment, ob es im umgekehrten Falle wohl auch so gewesen wäre, hätte ein Kreuzfahrerheer eine muslimische

Stadt – noch dazu im eigenen Lande! – erobert. Aber wie auch immer, der Großmut, den die Sarazenen unter der andersgläubigen Bevölkerung Tiberias' walten ließen, war für Raimund und ihn in dieser Situation von großem Vorteil.

Stunden schienen vergangen zu sein, seit sie um ihr Leben gelaufen waren. Sie waren nicht mehr weit von der Zitadelle entfernt, und es gab kaum ein Haus, das nicht beschädigt oder ganz zerstört war.

Auch das Gebäude, vor dem Raimund stehenblieb, war in Mitleidenschaft gezogen. Wie alle Häuser hier war es aus Lehmziegeln errichtet und nicht höher als zwei Stockwerke, aber das obere Drittel war nur mehr Ruine.

Raimund bedeutete ihm mit einer Geste, zurückzubleiben, ehe er an die Tür trat und klopfte. Sofort wurden Schritte laut, begleitet vom flackernden Licht einer Öllampe, das durch die Ritzen der Tür schimmerte. Eine dunkle Stimme rief etwas auf arabisch. Raimund antwortete. Augenblicke später hörte Ulrich das Geräusch eines Riegels, dann schwang die Tür auf, und eine untersetzte Gestalt in einem braunweißgestreiften Kaftan wurde sichtbar. Dicht hinter Raimund betrat Ulrich das Haus. Der Sarazene schloß die Tür wieder, reichte Raimund die Öllampe und legte den Riegel vor. Erst dann wandte er sich um und begann Raimund mit einem wahren Redeschwall zu überschütten, freilich in seiner Muttersprache, so daß Ulrich nicht ein Wort verstand.

Raimund unterbrach ihn. »Sprecht in unserer Zunge, Salamir«, sagte er sanft. »Mein Begleiter versteht die deine nicht. Es ist umständlich, jedes Wort übersetzen zu müssen.«

»Wie Ihr wollt, Raimund«, sagte Salamir. »Aber was macht Ihr hier? Sie werden Euch töten, wenn sie Eurer habhaft werden. Und den Jungen da gleich mit.«

»Und dich auch«, sagte Raimund ernst. »Wir bringen dich in Gefahr, wenn wir hierbleiben. Wenn du willst, gehen wir auf der Stelle.«

»Unsinn«, unterbrach ihn Salamir. »Ihr seid willkommen, Raimund. Mein Haus ist Euer Haus und das Eurer Freunde.« Er trat an Raimund vorbei, um sie weiter ins Haus zu geleiten.

Spuren der Kämpfe waren auch hier drinnen deutlich: In der Luft hing ein schwerer, brandiger Geruch, und ein Teil der Südwand des Zimmers, in das Salamir sie führte, war behelfsmäßig mit Balken abgestützt worden, um sie am Zusammenbrechen zu hindern. Auf dem Boden lagen Lehm- und Steinbrocken, die aus der Decke gestürzt waren. Ulrich sah all dies mit einem raschen Blick und auch, daß sie allein waren, obwohl es drei Schlafstellen gab.

Salamir deutete auf einen unordentlich ausgerollten Teppich, auf dem eine Anzahl buntbestickter Kissen lag, setzte die Öllampe behutsam zu Boden und wartete, bis Raimund und Ulrich mit untergeschlagenen Beinen Platz genommen hatten. Erst dann setzte er sich zu ihnen, blickte einen Moment lang sehr ernst in Ulrichs Gesicht und wandte sich schließlich wieder an Raimund.

»Es ist gefährlich für Euch, hier zu sein«, sagte er. »Das wißt Ihr. Wer ist der Knabe?«

»Der Knabe«, antwortete Raimund betont, »ist der Tempelritter Ulrich von Wolfenstein, Salamir.«

»Ein Tempelherr?« Salamir runzelte die Stirn. »Um so gefährlicher für Euch, ihn mitzubringen. Saladin läßt alle gefangenen Templer hinrichten.«

»Ich weiß«, antwortete Raimund. »Das ist der Grund, weshalb ich hier bin. Einer meiner Gründe«, fügte er hinzu. »Es ist jemand unter den Gefangenen, den wir befreien müssen.«

»Befreien?« Salamir starrte Raimund an. »Das ist unmöglich!«

»Nichts ist unmöglich«, sagte Raimund, aber er erntete damit nur ein neuerliches, noch heftigeres Kopfschütteln des Sarazenen.

»Die Gefangenen wurden in die Zitadelle gebracht«, sagte Salamir. »Und sie werden strengstens bewacht. Die Hinrichtung ist für morgen angesetzt, sobald die Sonne aufgeht.«

»Er läßt sie *alle* töten?« fragte Ulrich erschrocken.

»Alle Tempelherren«, bestätigte Salamir. »Saladin haßt euch, Ritter von Wolfenstein, wußtet Ihr das nicht? Die übrigen Gefangenen werden nach Alexandria gebracht, um dort auf dem Sklavenmarkt verkauft zu werden, soviel ich gehört habe. Die Templer aber läßt er töten.«

Ulrich wollte weitersprechen, aber Raimund warf ihm einen mahnenden Blick zu, und so verstummte er.

»Es sind ... noch mehr Gefangene in der Stadt«, begann Raimund zögernd.

»König Guido und Gerhard, der Templermeister.« Salamir nickte

»Falls Ihr hier seid, diese beiden zu befreien, so schlagt Euch das aus dem Kopf, Raimund. Saladins eigene Leibgarde bewacht den König. Nicht einmal eine Armee könnte ihn befreien.«

»Um so mehr vielleicht ein einzelner Mann«, beharrte Raimund.

Ulrich traf es wie ein Schlag. Hatte er sich wirklich eingebildet, Raimund riskierte sein Leben, um ihm dabei zu helfen, einen beliebigen Tempelritter wie Sarim de Laurec zu befreien? Was für ein Narr er doch gewesen war – Raimund war hier, um den König zu retten!

»Es ist unmöglich«, beharrte Salamir. »Ich verstehe und respektiere Eure Gefühle, Raimund, aber wenn Ihr es versucht, findet Ihr nur den Tod. Saladin hat einen hohen Preis auf Euren Kopf gesetzt. Und auf die der anderen Grafen und Herzöge«, fügte er hinzu. »Eure Anwesenheit allein ist gefährlicher, als Ihr glaubt. Und erwartet keine Großmut von Saladin.« Er schwieg einen Moment. Als er weitersprach, hatte sich etwas in seiner Stimme verändert. Ulrich wußte nicht was, aber es war keine Veränderung zum Guten, das spürte er. Und Raimund schien es ebenso deutlich zu fühlen wie er, denn auch seine Haltung wurde steif.

»Das Leben eines Christen gilt nicht mehr viel in Tiberias«, sagte Salamir. »Schon gar nicht das eines Ritters. Jedermann darf Euch töten, ohne Grund und ohne bestraft zu werden, wißt Ihr das?«

Raimund schüttelte den Kopf. »Du willst sagen, er hat uns für vogelfrei erklären lassen?« fragte er ungläubig.

»So nennt Ihr es wohl, ja«, bestätigte Salamir. »Ich weiß, es paßt nicht zu Saladin, und ich denke, es gefällt ihm selbst nicht. Aber er hat keine Wahl. Das Volk hat zu viel von Euch und Euren Landsleuten erdulden müssen. Ihr habt zu lange geherrscht und zu grausam. Es will Blut sehen.«

Es wurde still.

Schließlich sagte Salamir: »Ich kann Euch aus der Stadt bringen, Raimund, Euch und Euren Freund da. Ich kenne einen Weg, auf dem Ihr Tiberias ungesehen verlassen könnt, noch ehe die Sonne aufgeht.«

»Nein«, sagte Raimund. »Wir sind nicht hergekommen, um mit leeren Händen wieder zu gehen. Aber ich verlange nicht von dir, daß du uns hilfst. Wir bleiben, ob hier oder in einem anderen Haus, das spielt keine Rolle.«

Salamir seufzte. »Dann wählt Ihr den Tod«, sagte er. »Aber ich bin Euer Freund, und ich werde Euch helfen, auch wenn ich es wider besseres Wissen tue. Mein Haus gehört Euch. Was kann ich für Euch tun, außer Euch Dach, Speise und Trank zu bieten?«

»Wir bringen dich in Lebensgefahr, Salamir«, sagte Raimund. »Es wäre besser, wir gingen.«

Salamir lächelte. »Das wäre es«, bestätigte er. »Aber da Ihr nun einmal nicht das tun wollt, was klüger wäre, bleibt ruhig. Niemand wird Euch hier suchen.« Er lachte. »Jedermann in Tiberias weiß, wie sehr ich die Christen hasse.«

Raimund nickte, ohne weiter auf Salamirs Worte einzugehen. »Ich muß wissen, wo Guido gefangengehalten wird«, sagte er. »Wie viele Wachen es gibt, wann und wie oft sie abgelöst werden ... eben alles. Kannst du das herausfinden?«

»Das ist schwierig«, sagte Salamir, nickte aber gleich darauf. »Aber ich denke, wenn Ihr mir bis zum Morgengrauen Zeit gebt, kann es gelingen.« Er stand auf. »Seid Ihr hungrig?«

Ulrich nickte, während Raimund den Kopf schüttelte. Salamir lächelte, fuhr sich mit der linken Hand über einen nicht vorhandenen Bart und deutete mit der anderen zum Ausgang. »Mein Weib und meine Söhne sind nicht in der Stadt«, sagte er. »Ich habe sie fortgeschickt, bevor der Sturm auf die Zitadelle begann. Aber ich werde sehen, was ich Euch bringen kann. Außerdem«, fügte er hinzu, »sind ein paar Botengänge vonnöten. Es wird nicht leicht sein, die Auskünfte zu erlangen, die Ihr braucht.«

»Geh ruhig«, sagte Raimund. »Ritter von Wolfenstein und ich werden auf dich warten.«

Salamir wandte sich um, blieb dann aber noch einmal stehen und bückte sich nach der Lampe. »Es ist besser, ich lösche das Licht«, erklärte er. »Meine Nachbarn wissen, daß ich allein bin. Sie könnten mißtrauisch werden, wenn sie mich fortgehen sehen, und das Licht brennt weiter. Sprecht wenig, und wenn, dann nicht zu laut. Ich werde dreimal klopfen, wenn ich zurückkomme.«

Er ging ohne ein weiteres Wort. Ulrich hörte, wie der Riegel abermals zurückgeschoben wurde und die Tür leise knarrte, dann stand Raimund auf und legte den Riegel wieder vor.

»Wer ist dieser Mann?« fragte Ulrich.

»Salamir? Ein Freund.«

»Ein Freund? Aber er hat gesagt, daß er die Christen haßt!«

»Das stimmt auch«, sagte Raimund. »Es waren Christen wie wir, die seine erste Frau und seine Söhne getötet haben. Tempelritter, wenn du es genau wissen willst.«

»Und Ihr traut ihm?« fragte Ulrich ungläubig. »Was, wenn er geradewegs zu Saladin läuft und uns verrät?«

»Niemals«, widersprach Raimund. »Er wird uns nicht verraten.«

»Seid Ihr Euch dessen ganz sicher?« fragte Ulrich.

»Ja, zum Teufel, das bin ich«, antwortete Raimund barsch. »Ich habe ihm das Leben gerettet und er mir. Wenn er gewollt hätte, hätte er mich ein dutzendmal umbringen können seit damals. Und jetzt genug. Leg dich hin und schlaf ein wenig. Wir müssen früh wieder los.«

Der Lärm wies ihnen den Weg, lange bevor sie sich dem Marktplatz näherten: ein tiefes, an- und abschwellendes Raunen, fast wie das Geräusch ferner Meeresbrandung, das die alltäglichen Laute der Stadt übertönte und in dem etwas Bedrohliches lag. Manchmal war ein beifälliges Johlen zu hören, ein Händeklatschen und Schreien und Trampeln, das Ulrich mit Entsetzen erfüllte. Er konnte sich den Grund nur zu deutlich vorstellen. Salamir hatte ihnen erzählt, daß jeder Mann, jede Frau und jedes Kind von Tiberias auf Saladins Befehl hin zum Marktplatz kommen mußte, gleich welchem Glauben sie angehörten. So waren sie nicht die einzigen, die sich durch die engen Gassen nach Norden bewegten, auf die Festung und das entsetzliche Schauspiel zu, das sich an ihrem Fuße zutrug: die Massenhinrichtung, die Saladin angeordnet hatte, um dem Volk das Blut zu geben, nach dem es schrie. Das Blut der Tempelherren.

Vielleicht auch das Sarim de Laurecs. Vielleicht starb der Mann, den zu befreien Ulrich hergekommen war, gerade in diesem Moment unter dem Schwert eines muslimischen Scharfrichters.

Ulrich verscheuchte den Gedanken und schritt schneller aus, um den Abstand zwischen Salamir, Raimund und sich nicht zu groß werden zu lassen.

Salamirs Ziel war nicht der Marktplatz selbst, sondern ein halbzerstörtes, zweigeschoßiges Gebäude auf der der Zitadelle zugewandten Straßenseite. Wortlos betraten sie es. Salamir blieb dicht hinter der

Tür stehen, wartete, bis Raimund und Ulrich an ihm vorbeigetreten waren, und warf einen raschen Blick auf die Straße hinaus, ehe er gebückt weiterging.

Er führte sie zu einer rechteckigen Öffnung im Boden. Eine Leiter verlor sich nach wenigen Sprossen in ungewisser Dunkelheit, aus der feuchtwarme Luft zu ihnen heraufwehte. Ulrich zögerte. Er hatte kein gutes Gefühl. Die Öffnung mit der hastig hineingelehnten Leiter kam ihm vor wie das aufgerissene Maul eines Ungeheuers. Eine Falle, die nur darauf wartete, daß sie hineintappten.

»Was ist das?« fragte er.

Salamir machte eine ungeduldige Handbewegung. »Es gibt einen geheimen Gang in die Festung«, sagte er. »Er endet hier. Wenn wir überhaupt eine Möglichkeit haben, zu den Gefangenen vorzudringen, dann durch ihn. Saladins Krieger kennen ihn nicht.«

»Ein Geheimgang?« fragte Ulrich überrascht.

»Kaum einer weiß davon«, bestätigte Salamir. »Er endet irgendwo in den Katakomben unter der Festung; wo genau, weiß ich nicht.«

»Und der König?«

Salamir blickte Raimund einen Moment nachdenklich an. »Es war nicht leicht, das herauszubekommen«, anwortete er schließlich. »Aber man sagt, daß er und Meister Gerhard im Turm gefangengehalten werden.«

»Wie viele Wachen gibt es?« fragte Raimund.

»Nicht viele«, erwiderte Salamir. »Niemand rechnet damit, daß jemand ihn befreien will. Aber auch wenige Wachen«, fügte er hastig und mit leicht erhobener Stimme hinzu, als Raimund antworten wollte, »können viele sein, Raimund. Wir sind nur drei.«

»Zwei«, verbesserte ihn Raimund. »Du bleibst hier, Salamir. Du hast dich schon mehr in Gefahr gebracht, als ich hätte zulassen dürfen.«

»Unsinn«, widersprach Salamir. »Ihr allein würdet den Weg nicht finden. Und selbst wenn es Euch gelänge, Euren König zu befreien, kämt Ihr niemals wieder heraus, ohne meine Hilfe. Kennt Ihr die Zitadelle?«

Raimund schüttelte wortlos den Kopf.

»Ich war oft in der Festung«, sagte Saladin. »Ich kenne jeden Stein.«

Er sah erst Ulrich und dann Raimund an.

»Es ist der sichere Tod, der Euch erwartet, Raimund. Und auch dich, du junger Narr«, fügte er, zu Ulrich gewandt, hinzu. »Selbst, wenn es euch gelingt, euren König zu befreien ... Glaubt ihr wirklich, Saladin wird tatenlos zusehen, wie ihr mit ihm flieht? Seine Krieger werden euch jagen wie wilde Tiere ...«

Er brach ab, griff nach der Leiter und stieg rasch in die Tiefe.

Der feuchtwarme Hauch wurde stärker, als Ulrich hinter Raimund und dem Sarazenen hinunterstieg. Hatte im Hause schon trübes Dämmerlicht geherrscht, so blieb nun rasch auch der letzte Lichtschimmer über ihnen zurück, und als Ulrich die Leiter hinabgestiegen war, stand er fast bis zu den Knöcheln in übelriechendem Wasser.

»Folgt mir«, wisperte Salamir irgendwo vor ihnen in der Dunkelheit. »Und kein Wort mehr, jetzt.«

Ulrich ließ die Leiter los, streckte die Hand aus und fühlte rauhen, glitschigen Stein unter den Fingern, als er Salamir folgte.

Der Weg war nicht sehr weit, aber er kam Ulrich vor wie eine Ewigkeit. Es war völlig dunkel. Erst allmählich gewahrte er weit vor ihnen einen blassen Lichtschimmer. Das Licht fiel in schrägen Strahlen durch einen vergitterten Schachtdeckel, drei oder vier Manneslängen über ihnen, und als Ulrich einen Moment lauschte, hörte er entfernt menschliche Stimmen.

Gebannt sah er zu, wie der Muslim mit erstaunlicher Geschicklichkeit an der scheinbar glatten Wand hinaufstieg und sich mit der linken Hand am Gitter festhielt, während er sich mit der anderen daran zu schaffen machte. Nach einer Weile erscholl ein metallisches Klicken, und plötzlich sprang Salamir zu ihnen herab und brachte sich mit einem jähen Satz in Sicherheit, um nicht von dem nachstürzenden Gitter getroffen und erschlagen zu werden.

Das Platschen, mit dem das schwere schmiedeeiserne Gitter ins Wasser fiel, hallte laut in dem niedrigen Gang wider. Ulrich starrte mit angehaltenem Atem nach oben.

Nichts geschah.

Salamir bedeutete ihnen, sich still zu verhalten, und kletterte zum zweitenmal zum Ausgang hinauf. Einen Moment lang verschwand er aus ihrem Sichtfeld, dann erschien sein Schatten wieder im rechteckigen Umriß des Schachtes. Augenblicke später fiel ein Seil zu ihnen herab, in das in regelmäßigen Abständen Knoten gebunden waren. Ohne auch nur eine Sekunde zu zögern, griff Raimund danach und stieg in die Höhe. Ulrich folgte ihm wenige Augenblicke später, etwas langsamer und mit beständig wachsender Unruhe.

Sie gelangten in ein niedriges, weitläufiges Gewölbe, auf dessen Boden faulendes Stroh und Abfälle lagen. Zwei kleine, vergitterte Fenster unter der Decke führten offensichtlich zum Hof hinaus, denn sie sahen Schatten und hörten aufgeregte Stimmen, dann und wann auch das Knallen einer Peitsche. Sie konnten nicht sehr weit vom Marktplatz entfernt sein, denn das Lärmen der Menge war auch hier zu vernehmen. Soweit Ulrich erkennen konnte, gab es nur einen einzigen Ausgang: eine gewölbte, nicht sehr hohe Öffnung, hinter der die ersten ausgetretenen Stufen einer Steintreppe sichtbar waren.

»Wartet hier«, wisperte Salamir. »Ich bin gleich zurück.« Er drehte sich um und huschte geduckt zur Türöffnung zurück.

Raimund sah ihm mit gerunzelter Stirn nach. Seine Hand lag auf dem Griff des Schwertes, das sich deutlich unter seinem durchnäßten Burnus abzeichnete.

»Er ist hier«, murmelte Raimund. »Ich spüre es. Guido ist hier.«

»Ihr habt das vorher gewußt, nicht?« sagte Ulrich leise.

»Ja«, sagte Raimund. »Schon bevor wir losgeritten sind.«

»Ihr wolltet von Anfang an nur Guido befreien«, sagte Ulrich. »Warum?«

»Er ist mein König«, antwortete Raimund.

»Euer König? Wart Ihr es nicht, der ihn noch vor wenigen Tagen einen Narren genannt hat? Und trotzdem riskiert Ihr Euer Leben, um ihn zu retten? Warum?«

»Er ist der König«, antwortete Raimund ernst. »Ich habe ihm Treue geschworen. Es ist nicht die Person, die auf dem Thron sitzt, Ulrich. Es ist der Thron selbst, dem der Schwur gilt.«

»Ihr wollt mir sagen, daß ich Sarim opfern soll, um Euren König zu retten?«

»Ja«, sagte Raimund. »Ich würde nicht anders entscheiden, wenn Sarim de Laurec mein Freund wäre.« Er lächelte traurig und sagte dann: »Du solltest gehen.«

Es dauerte einen Moment, bis Ulrich begriff. »Gehen?«

Raimund nickte. »Salamir hat recht«, sagte er ernst. »Die Wahrscheinlichkeit, den König zu befreien, ist gering. Eher wird es kommen, daß sie uns gefangennehmen und ebenfalls töten. Du findest

den Weg allein zurück. Ich bin sicher, daß du aus der Stadt herauskommst. Ich entbinde dich von deinem Eid«, sagte Raimund und hob die Stimme, als Ulrich etwas einwenden wollte. »Du bist frei.«
»Das könnt Ihr ja gar nicht«, sagte Ulrich bitter.
»Ich kann«, behauptete Raimund. »Gerhard ist wahrscheinlich tot. Es war falsch, was er getan hat. Du bist kein Ritter, ganz gleich, wie gut du mit dem Schwert umgehen kannst. Du bist nicht dazu geboren. Geh.«
Ulrich schüttelte den Kopf. »Nein«, sagte er. »Vielleicht habt Ihr recht, Raimund. Möglicherweise verdiene ich die Kleider nicht, die ich trage. Aber auch ich habe mein Wort gegeben, wißt Ihr? Ich habe versprochen, Sarim zu retten.«
»Wem?« fragte Raimund zornig.
»Mir«, antwortete Ulrich.
Raimund preßte die Lippen aufeinander, setzte zu einer Antwort an – und beließ es bei einem Kopfschütteln. »Dann stirb doch, du Narr«, flüsterte er. Vielleicht wären sie wirklich noch in Streit geraten, wäre nicht in diesem Moment Salamir zurückgekehrt. »Was treibt Ihr hier?« keuchte er, noch bevor er vollends durch die Tür war. »Man hört Euch in der halben Festung! Wollt Ihr Saladin nicht gleich Euer Kommen melden lassen?«
»Was hast du herausgefunden?« fragte Raimund.
»Euer König ist hier«, sagte Salamir. »Im Turm, wie ich vermutete. Nicht einmal weit entfernt. Aber er wird scharf bewacht. Ich sah allein ein Dutzend Krieger auf dem Gang, der zu seinem Gemach führt.«
»Zeig uns den Weg«, verlangte Raimund.
Salamir zögerte ein letztesmal. »Ihr seid sicher, daß Ihr es tun wollt?« fragte er.
Raimund nickte. »Vollkommen.«
Salamir drehte sich um und deutete auf die Treppe. »Folgt mir. Und keinen Laut mehr.«
Die Treppe führte steil in die Höhe, und der Sand, der unter Ulrichs Stiefeln knirschte, zeigte, daß sie lange nicht mehr benutzt worden war. Salamir huschte lautlos wie ein Schatten vor ihnen dahin, blieb auf der obersten Stufe stehen und gab ihnen zu verstehen, daß sie zurückbleiben sollten. Leise öffnete er die schwere Bohlentür, vor der

die Stufen endeten, schlüpfte hindurch und verschwand aus ihrem Blickfeld. Kurz darauf folgte ihm Raimund, und auch Ulrich preßte sich mit angehaltenem Atem durch den schmalen Spalt. Vor ihnen lag die gewaltige Eingangshalle der Festung, ein Saal von gut fünfzig Schritten im Quadrat, in den zahllose Treppen und Türen mündeten. Durch den weit offenstehenden Eingang fiel grelles Sonnenlicht, und der Lärm der muslimischen Krieger war deutlich zu hören. Ulrich sah mindestens zehn Gestalten, die sich in unmittelbarer Nähe der Tür aufhielten, durch die sie gekommen waren. Was sie rettete, war allein der Umstand, daß deren Aufmerksamkeit scheinbar vollends von dem in Anspruch genommen wurde, was sich draußen auf dem Hof abspielte.

Aber wie lange noch?

Und dann begriff er.

»Raimund!« keuchte er. »Zurück! Das ist eine Falle!«

Die Tür, durch die sie gekommen waren, schlug mit einem dumpfen Geräusch ins Schloß, und plötzlich waren auch hinter ihnen Krieger – schwerbewaffnete Sarazenen, deren Lanzenspitzen sich drohend in ihre Richtung senkten.

Die Wachen, die eben noch auf den Hof hinausgesehen hatten, drehten sich blitzschnell zu Raimund und ihm herum.

Ulrich zog sein Schwert, aber er wußte, wie lächerlich diese Geste war. Sie waren von gut fünfzig Kriegern umringt, die Männer, die binnen weniger Augenblicke vom Hof hereinstürmen konnten, nicht mitgerechnet.

Trotzdem war er mit ein paar raschen Schritten bei Raimund, schlug seinen Mantel zurück und stellte sich Rücken an Rücken mit ihm, das Schwert schräg vor die Brust gehalten, die Beine leicht gespreizt, um festen Stand zu haben, den linken Arm ein wenig vom Körper abgewinkelt, wie er es gelernt hatte. Und er spürte, daß Raimund dasselbe tat.

Sie waren beide gute Schwertkämpfer, die auch einen zahlenmäßig überlegenen Gegner nicht fürchteten – aber ein Verhältnis von eins zu fünfzig war selbst für sie zuviel.

Die Sarazenen schienen das ebenfalls zu wissen, denn sie machten keinerlei Anstalten, sie anzugreifen. Aber der Kreis aus Schwert- und Lanzenspitzen zog sich enger zusammen.

Ulrich hob sein Schwert.

»Das würde ich nicht tun«, sagte eine Stimme hinter ihm. Ulrich wandte den Kopf.

Die Gestalt, die hinter Salamir im Schatten gestanden hatte, war ins Licht hinausgetreten, so daß Ulrich ihr Gesicht erkennen konnte.

»Ihr?« murmelte er.

Saladin lächelte. Er kam mit gemessenen Schritten näher, blieb aber stehen, ehe er in die Reichweite von Raimunds oder Ulrichs Schwert gelangte. In seiner rechten Hand blitzte ein gewaltiger Krummsäbel mit edelsteinbesetztem Griff. »Ich wollte es nicht glauben«, sagte er, »aber jetzt sehe ich, daß es wahr ist. Also sehen wir uns zum drittenmal innerhalb weniger Tage wieder.« Er wandte sich an Raimund. Das Lächeln in seinen Augen erlosch. Ulrich schauderte, so schnell und unheimlich war die Veränderung.

»Und Ihr, Graf Raimund?« sagte Saladin. »Was ist in Euch gefahren, hierher zu kommen? Hat es Euch nicht gereicht, daß ich Euch einmal das Leben geschenkt habe?«

Raimund antwortete nicht.

»Nun, ich werde Euch kein zweitesmal davonkommen lassen, Graf«, fuhr Saladin fort. »Ich könnte es nicht einmal, wenn ich wollte. Ihr hättet niemals hierherkommen dürfen. Ich habe Euch für klüger gehalten.«

»Ich hätte dir nicht trauen sollen«, sagte Raimund bitter. Aber die Worte galten nicht Saladin, sondern Salamir, der jetzt hinter dem Sultan stand. Der Sarazene fuhr zusammen. »Ich hatte keine Wahl, Raimund«, stammelte er. »Bitte glaubt mir, Herr! Sie ... sie haben meinen Sohn, und ...«

»Schweig«, sagte Saladin, aber Salamir gehorchte nicht, sondern trat einen weiteren Schritt auf Raimund und Ulrich zu und hob die Hände.

»Bitte glaubt mir, Herr!« sagte er. »Ich wollte Euch nicht verraten, aber ich mußte es tun. Ihr ... Ihr seid gesehen worden, gestern abend, als Ihr zu mir gekommen seid. Sie haben meinen Sohn und mein Weib gefangen. Sie hätten sie getötet, wenn ich Euch nicht hierher gebracht hätte. Ihr ...«

»Es ist gut, Salamir«, sagte Raimund leise.

»Nein«, flüsterte Salamir. »Es ist nicht gut. Ich habe ...« Und dann tat er etwas, womit niemand rechnete. Er schrie auf, fuhr herum und warf sich auf Saladin. In seiner rechten Hand blitzte ein Dolch. Der Säbel in Saladins Hand machte eine blitzschnelle, kreiselnde Bewegung und bohrte sich in Salamirs Brust. Fast im selben Moment trafen drei Lanzenspitzen seinen Rücken.

»Verdammter Narr«, sagte Saladin kalt. Er wischte die blutige Klinge an Salamirs Gewand sauber und machte eine befehlende Handbewegung, den Toten wegzuschaffen.

»Nun«, sagte Saladin ruhig, »senkt die Waffe, Graf, ehe ich gezwungen bin, auch Euch zu töten.«

»Wird das nicht ohnehin geschehen?« fragte Raimund.

Saladin nickte. »Sicher. Aber Ihr seid ein Mann von Rang und Ehre, kein Verräter wie dieser da...«

Raimund senkte seine Waffe. »Ihr seid tatsächlich hier, um Euren König zu befreien?« fragte Saladin. »Ich verstehe Euch nicht. Nach allem, was Guido Euch und Euren Landsleuten angetan hat, solltet Ihr Euch freuen, ihn los zu sein, scheint mir.«

»Er ist mein König«, sagte Raimund.

Saladin machte eine ärgerliche Handbewegung. »Er ist ein Schwächling!« sagte er. »Was ist in Euch gefahren, Raimund, Euer Leben wegzuwerfen? Ihr hättet Guidos Nachfolge antreten können. Der Thron gehört Euch. Ihr hättet nur die Hand danach auszustrecken brauchen. Warum habt Ihr es nicht getan?«

»Vielleicht, weil es doch einen Unterschied zwischen Euch und mir gibt«, erwiderte Raimund.

Saladin lachte. »So, glaubt Ihr? Ich bin nicht sicher, Raimund. Im Gegenteil – mir scheint, wir sind uns ähnlicher, als ich bisher angenommen habe. Es tut mir fast leid, Euch töten zu müssen. Und du, Ulrich? Hast du meine Warnung schon vergessen, oder hattest du solche Sehnsucht, mich wiederzusehen?«

»Laßt ihn in Ruhe«, sagte Raimund barsch. »Der Junge hat nichts damit zu schaffen.«

»Er ist hier«, sagte Saladin mit absichtlich übertriebener Verwunderung. »Oder täusche ich mich?«

»Aus einem anderen Grund«, beharrte Raimund. »Er kam, um einen Freund zu befreien. Nicht den König.«

»Einen Freund? Einen Tempelritter, nehme ich an. Dann ist er ein noch größerer Narr als Ihr, Raimund.« Er schwieg einen Moment, sah Ulrich nachdenklich an und nickte plötzlich. »Den Tempelherrn, der mit ihm in meinem Zelt war, nicht? Wie war gleich sein Name?«

»Sarim«, sagte Ulrich zögernd. »Sarim de Laurec.«

»Richtig«, sagte Saladin. »Der Mann, der sich nicht entscheiden konnte, zu welchem Volk er gehört ...« Wieder schwieg er einen Moment, dann drehte er sich um und winkte einen der Krieger herbei.

»Geh und laß den Tempelherrn Sarim de Laurec herbringen«, befahl er. »Falls er noch lebt.«

Der Mann entfernte sich, und Saladin wandte sich wieder zu Ulrich.

»Mach dir keine falschen Hoffnungen«, sagte er. »Euer Leben ist verwirkt. Ihr werdet sterben, wahrscheinlich sogar noch heute.«

»Warum laßt Ihr ihn dann erst herbringen?« fragte Ulrich bitter. »Nur um ihn noch mehr zu quälen?«

»Du tust mir unrecht, Christenjunge«, sagte Saladin. »Ich quäle niemanden aus Willkür. Ich bin kein Christ.«

»O ja«, antwortete Ulrich zornig. »Ich habe es gesehen, Sultan. Habt Ihr sehr gelitten, als Ihr den Befehl gabt, Tausende von wehrlosen Männern abzuschlachten wie Vieh?«

»Ja«, antwortete Saladin ernst, »das habe ich.«

Es war seltsam – aber Ulrich glaubte ihm. Er spürte, daß dem Sultan dieses sinnlose Töten so zuwider war wie ihm. Er hatte Saladin als großherzigen, edlen Mann kennengelernt, als einen Krieger und Feldherrn, der vielleicht mit einer Handbewegung über das Schicksal einer Stadt, eines Heeres oder sogar eines ganzen Landes entschied, aber trotz allem noch immer ein Mensch geblieben war.

»Dann hört damit auf«, sagte er, obwohl er wußte, wie sinnlos es war. »Gebt den Befehl, mit dem Töten aufzuhören. Ihr könnt es.«

»Nein, Christenjunge, das kann ich nicht«, sagte Saladin leise. »Glaube mir, ich täte es, stünde es in meiner Macht. Aber ich muß es tun. Das Volk verlangt danach. Es hat zu lange unter euch Christen gelitten. Fast hundert Jahre lang habt ihr uns geknechtet und unser Blut vergossen. Jetzt vergießen wir eures.«

Ulrich fuhr auf. »Aber das ist ...«

»Besser, ich vergieße jetzt das Blut von Kriegern als später das von Frauen und Kindern«, unterbrach ihn Saladin. »Aber vielleicht ist es zu viel von dir verlangt, das zu verstehen.«

Ulrich wollte abermals widersprechen, aber Saladin ließ ihn nicht
mehr zu Wort kommen. »Genug jetzt«, sagte er herrisch. »Ich werde
später entscheiden, was mit euch zu geschehen hat. Bindet diese beiden«, fuhr er mit erhobener Stimme und an die Krieger gewandt fort,
»und bringt sie weg. Aber behandelt sie gut. Bis sie sterben, sind sie
meine Gäste.«

27

Zu Ulrichs Überraschung wurden sie nicht getrennt, wohl aber so gründlich nach Waffen und Wertgegenständen untersucht wie nie zuvor – Raimund und er mußten sich vollkommen ausziehen, und einer von Saladins Kriegern untersuchte jedes Fetzchen, das sie am Leib getragen hatten. Sie fanden alles – sowohl den kleinen Beutel mit Gold- und Silbermünzen, den Raimund eingesteckt hatte, als auch den schmalen Dolch, den er in einer geheimen Tasche in seinem Stiefel bei sich trug.

Ulrichs Herz begann zu rasen, als er sah, wie sich der Krieger nach seinem Gürtel bückte, ihn aufhob und einen Moment lang stirnrunzelnd betrachtete. Das Siegel! Er mußte es finden, denn das Geheimfach vermochte es zwar vor neugierigen Blicken, nicht aber vor den kundigen Fingern eines so erfahrenen Mannes wie ihm zu verbergen!

Aus den Augenwinkeln sah er, wie Raimund bleich wurde. Für einen Moment war Ulrich entschlossen, sich auf den Sarazenen zu stürzen und ihm den Gürtel zu entreißen, ungeachtet der vielen Speerspitzen, die sich auf ihn und Raimund richteten.

Doch dann geschah etwas, das Ulrich nicht verstehen konnte: Der Sarazene drehte den Schuppengürtel ein paarmal in den Händen hin und her, betrachtete ihn unschlüssig, als wisse er nicht genau, was er damit anfangen sollte – und warf ihn achtlos vor Ulrichs Füße!

Ulrich mußte sich mit aller Macht beherrschen, um nicht aufzuschreien und den Gürtel an sich zu reißen, und auch Raimunds Augen weiteten sich ungläubig. Der Sarazene hatte das Siegel nicht gefunden.

Aber das ist doch unmöglich, dachte Ulrich verwirrt. Er bückte sich, hob den Gürtel auf und band ihn sich um die Taille. Selbst jetzt, als er nicht einmal danach suchte, ertastete er die schmale Rundung des goldenen Siegels unter den dünnen Metallschuppen.

Er schloß die silberne Fibel des Gürtels, schlüpfte in Beinkleider und Sandalen und wartete, bis der Sarazene mit der Untersuchung seines Umhangs fertig war und ihm das Kleidungsstück zuwarf. Sein Blick begegnete dem Raimunds. Erst als die muslimischen Krieger die Kammer verlassen hatten und sie das Geräusch des Riegels hörten, der auf der anderen Seite der massiven Holztür vorgelegt wurde, wagte er zu sprechen.

»Was bedeutet das?« sprudelte er hervor. »Warum hat er mir das...«

»Still! Wir reden später.«

Ulrich sah ihn stirnrunzelnd an. Es würde kein Später für sie geben, das wußte Raimund so gut wie er. Es war nicht sehr wahrscheinlich, daß sie den nächsten Sonnenaufgang noch erlebten. Doch Raimund hatte sich an der Wand hingekauert und starrte an Ulrich vorbei ins Leere. So setzte sich Ulrich ebenfalls auf den Boden und ließ den Blick durch den kleinen Raum mit dem vergitterten Fenster gleiten. Und in der Stille, die nur durch entferntes Geschrei durchbrochen wurde, drang es ihm klar ins Bewußtsein, daß er den kommenden Tag nicht mehr erleben würde.

Ulrich schauderte.

Länger als eine Stunde saßen sie schweigend da, bis draußen auf dem Gang Schritte laut wurden und die Tür ihres Gefängnisses aufgestoßen wurde. Ulrich sah auf und sprang mit einem Aufschrei in die Höhe, als er den Mann erkannte, den Saladins Krieger hereinbrachten.

»Sarim!« schrie er. »Sarim de Laurec – du lebst!«

Er wollte auf den Tempelritter zustürmen, aber einer der Sarazenen versetzte ihm einen derben Stoß vor die Brust, der ihn rücklings gegen die Wand taumeln ließ, und hob drohend sein Schwert. Dann versetzte er Sarim de Laurec einen nicht minder heftigen Stoß in den Rücken und verließ rückwärtsgehend die Kammer.

Ulrich wartete nicht ab, bis die Tür vollends geschlossen war, sondern eilte auf Sarim de Laurec zu.

»Du?« murmelte Sarim. »Bist ... bist du das, Ulrich?«

»Du lebst! Gott sei Dank!«

»Du?« sagte Sarim noch einmal. »Was tust du hier? Wie kommst du hierher?« Er brach ab, sah auf Raimund herab und stieß die Luft zwischen den Zähnen aus, als er ihn erkannte. »Und Ihr? Was bedeutet das?«

Raimund stand auf, trat auf den Tempelritter zu und maß ihn mit einem langen, sorgenvollen Blick. »Wir wollten nicht, daß Ihr alleine sterben müßt, mein Freund«, sagte er. »Saladin hat uns erlaubt, Euch Gesellschaft dabei zu leisten.«

Sarim de Laurec tauschte einen Blick mit Ulrich, schwieg aber, und plötzlich begann Raimund zu lachen, ganz leise und in einer Art, die Ulrich einen eisigen Schauer über den Rücken jagte.

»Keine Sorge, Ritter de Laurec«, sagte er. »Ich bin nicht verrückt. Nur ein wenig tollkühn, wie mir scheint – oder dumm, das bleibt sich gleich.« Er deutete auf Ulrich. »Bruder Ulrich und ich, wir hatten den gleichen Weg. Ich kam hierher, um den König zu befreien, und er, Euch das Leben zu retten. Wie Ihr seht, waren wir beide gleich erfolgreich.«

»Befreien?« Sarim de Laurec schien erst einen Moment über die Bedeutung dieses Wortes nachdenken zu müssen, ehe er es verstand »Aber das ist Wahnsinn!«

Raimund nickte. »Treffender hätte ich es auch nicht ausdrücken können«, sagte er ungerührt. »Aber nun erzählt – was ist nach der Schlacht von Hattin geschehen?«

Sarim de Laurec starrte ihn an. Er schien die Frage gar nicht gehört zu haben. Plötzlich fuhr er herum und packte Ulrich so grob bei der Schulter, daß dieser vor Schmerz aufstöhnte. »Was ist in dich gefahren, hierherzukommen? Ist dir dein Leben so wenig wert, daß du es wegwirfst?«

Ulrich schüttelte seine Hand ab und wich einen Schritt zurück. »Ich werfe es nicht weg«, antwortete er zornig. »Ich bin gekommen, um Euch zu befreien!«

»Das sehe ich. Aber hast du dir wirklich eingebildet, einen Tempelritter aus den Kerkern Sultan Saladins befreien zu können? Ganz allein, und noch dazu am hellichten Tag?«

»Ja!« erwiderte Ulrich kaum weniger heftig. »Wenn Ihr Freundschaft und Mut als Dummheit bezeichnet, dann war es das wohl!«

»Mut!« Sarim schüttelte zornig den Kopf und deutete auf Raimund. »Bei ihm kann ich es verstehen, Ulrich – er ist es seiner Ritterehre schuldig, seinen König zu befreien oder bei dem Versuch umzukommen. Aber du?«

»Ich war es meiner Freundschaft schuldig«, antwortete Ulrich.

Sarim deutete zum Fenster hinauf. »Deiner Freundschaft, so?« sagte er. »Dann hör dir an, was sie dir einbringen wird, deine Freundschaft! Hörst du sie schreien? Jeder Schrei ist ein Kopf, der abgeschlagen wird, du Narr. Vielleicht werden sie ganz besonders applaudieren, wenn dein Kopf fällt.«

»Laßt ihn, Bruder de Laurec«, sagte Raimund leise. »Wenn überhaupt, dann trifft mich die Schuld. Ich hätte es nicht zulassen dürfen. Erzählt uns lieber, wie es Euch ergangen ist nach unserer Flucht.«

»Wir sahen, wie Ihr entkamt«, berichtete de Laurec. »Danach schloß sich der Ring wieder um das Heer. Und eine Stunde später begann der Sturm. Das Ergebnis kennt Ihr.«

»Wie viele Männer sind entkommen?« fragte Raimund zögernd. »Außer uns?«

»Entkommen?« Sarim schüttelte den Kopf. »Keiner. Die Sarazenen haben jeden getötet, der sich nicht ergeben hat. Wir Templer und Hospitaliter wurden hierhergebracht. Was mit den anderen geschah, weiß ich nicht. Uns jedenfalls werden sie töten!«

»Ich verstehe das nicht«, sagte Ulrich. »Saladin ist...«

»Der Sultan der vereinigten arabischen Stämme«, unterbrach ihn Raimund. »Fast ein König, aber nicht ganz. Er ist ihr Kriegsherr – aber sie dienen ihm nicht umsonst. Ab und zu muß er ihnen etwas geben, damit sie ihm treu bleiben. Er hat die Wahrheit gesagt vorhin, Ulrich. Er leidet so sehr unter diesem sinnlosen Morden wie wir. Aber er hat keine Wahl.«

Draußen auf dem Gang wurden wieder Schritte laut, und alle drei drehten sich herum, als die Tür erneut geöffnet wurde und der Mann eintrat, der Sarim de Laurec gebracht hatte. Mit einer Bewegung befahl er ihnen, die Kammer zu verlassen, und hob drohend sein Schwert.

Draußen auf dem Gang erwartete sie ein weiteres halbes Dutzend muslimischer Krieger, die sie wortlos zwischen sich nahmen.

Ulrich ging zwischen Raimund und Sarim de Laurec, die ihrerseits von vier Sarazenen flankiert wurden.

Sie erreichten den Treppenschacht und mußten nun zu zweit hintereinandergehen. Das Johlen und Grölen der Menge draußen wurde lauter, und Ulrichs Angst kehrte wieder. Er hoffte nur, daß er die Kraft aufbringen würde, nicht zu schreien, wenn sie ihn auf den Richtplatz führten.

Am Fuß der Treppe stand ein Mann, ein riesenhafter, von Kopf bis Fuß in schwarze Tücher gehüllter Muselmane, der ihnen neugierig entgegenblickte. An seinem Gürtel baumelte ein ellenlanges Krummschwert, und in der rechten Hand trug er ein zusammengerolltes Seil.

Da erkannte ihn Ulrich – es war der Krieger, der am vergangenen Abend die Jagd auf Raimund und ihn angeführt und durch seine eigene Ungeschicklichkeit ihre Gefangennahme vereitelt hatte.

Als hätte er seine Gedanken gelesen, drehte sich der schwarzvermummte Riese in diesem Moment herum und sah zu ihnen hinauf. Hinter ihm trat eine weitere, auf gleiche Art gekleidete Gestalt aus einer Nische. Ulrichs Blick begegnete dem des Kriegers.

Und im selben Augenblick wußte er, wer dieser Mann war.

Plötzlich ging alles sehr schnell. Der Riese riß den Arm in die Höhe, und die aufgerollte Peitschenschnur in seiner rechten Hand verwandelte sich in eine lederne Schlange, die mit tödlicher Sicherheit nach dem Hals des an der Spitze gehenden Sarazenen züngelte; gleichzeitig machte der Mann hinter dem Riesen eine blitzschnelle Handbewegung, und etwas Kleines, Silbernes zischte durch die Luft, fegte eine Handbreit an Ulrichs Gesicht vorbei und traf den hinter ihm gehenden Krieger in die Brust.

Blitzschnell warf sich Ulrich zur Seite, trat dem Wächter neben ihm mit aller Kraft in die Kniekehlen und klammerte sich gleichzeitig mit beiden Händen an ihn, damit er seine Waffe nicht ziehen konnte. Aneinandergeklammert kollerten sie die Treppe hinunter.

Ulrich hörte Schreie, das Klirren von Waffen und dazwischen wieder das helle, gefährliche Knallen der Peitsche. Dann zuckte ein scharfer Schmerz durch seinen Nacken, als sein Hinterkopf unsanft auf einer steinernen Stufe aufschlug. Für einen Moment wurde ihm schwarz vor den Augen; sein Griff lockerte sich, und er spürte, wie der Sarazene seine Hände losriß und nach seiner Waffe griff.

Ein hünenhafter Schatten erschien über Ulrich, versetzte dem Krieger einen Tritt, der ihn von der Brust seines hilflos daliegenden Opfers herunterkollern ließ, und schwang ein gewaltiges Schwert.

Der Kampf war vorbei, noch ehe Ulrich seine Benommenheit vollends abgeschüttelt hatte. Der letzte von Saladins Kriegern starb lautlos, von einem der schrecklichen Zwölf-Klingen-Dolche getroffen, die die Männer in Schwarz mit so fürchterlicher Geschicklichkeit warfen, dann senkte sich unheimliche Stille über den Treppenschacht.

Ulrich stemmte sich in die Höhe, taumelte und fühlte sich von einer schwieligen Hand gepackt und sanft, aber mit großer Kraft auf die

Füße gestellt. Er wollte sich bedanken – aber dann sah er auf, und die Worte blieben ihm im Hals stecken.

In den Augen des Riesen stand ein schwaches, spöttisches Glitzern, während er auf ihn heruntersah. Ulrich konnte nicht sehr viel mehr als diese Augen erkennen, sie und den schmalen Streifen seines Gesichts, der nicht von schwarzem Tuch verhüllt war. Aber es gab keinen Zweifel: Dieser Mann war Yussuf!

»Aber das ist doch ... un ... unmöglich!« stammelte Ulrich.

Yussuf machte eine rasche, befehlende Geste, und Ulrich verstummte mitten im Wort.

Ein lautstarkes Klirren riß ihn in die Wirklichkeit zurück. Erschrokken fuhr er herum und sah Raimund, der sich nach dem Schwert eines Sarazenen gebückt hatte. Er wies Ulrich und Sarim mit einem Blick an, sich ebenfalls zu bewaffnen, und deutete dann mit einer fragenden Geste nach unten.

Yussuf beantwortete die unausgesprochene Frage auf die gleiche Weise – lautlos und nur mit einem Achselzucken; gleichzeitig hob er die Hand und legte den ausgestreckten Zeigefinger an die Lippen. Raimund nickte. Er hatte verstanden. Und auch Ulrich atmete erleichtert auf, nachdem er kurz gelauscht hatte. Vom Hof her drang noch immer das Johlen und Lärmen der Menge herauf, aber das hastige Trappeln von Füßen, das Geschrei von Kriegern und das Klirren von Metall, auf das sie warteten, ertönte nicht. Der Kampf war nicht gehört worden.

»Rasch jetzt!« flüsterte Raimund. »Nimm dir ein Schwert, Ulrich, und dann nichts wie raus hier. Weißt du einen Weg?« Die letzte Frage galt Yussuf, der schweigend nickte und sich umwandte, mit einer so geschmeidigen Bewegung, wie sie seine Statur nicht vermuten ließ. Ulrich bückte sich nach dem Schwert des Sarazenenkriegers, der ihn um ein Haar getötet hätte, nahm es auf und huschte geduckt hinter Raimund und Yussuf her.

Sarim de Laurec, der Raimunds Aufforderung nicht gefolgt und unbewaffnet war, bildete den Abschluß. Die drei Krieger, die in Yussufs Begleitung gewesen waren, verschwanden so lautlos, wie sie aufgetaucht waren. Wie Schatten, dachte Ulrich schaudernd, die es gar nicht wirklich gab.

Sie erreichten das Ende der Treppe. Zwei erschlagene Muselmanen lagen auf den untersten Stufen, wie zum Beweis, daß Yussufs Krieger alles andere als Gespenster waren, ein dritter auf der anderen Seite der niedrigen Tür, durch die Yussuf hindurchschlüpfte.

Sie benötigten nicht lange, um das Erdgeschoß zu erreichen, aber Ulrich kam der Weg endlos vor. War es schon ein Wunder, daß niemand den Lärm gehört haben sollte, den ihre Befreiung verursacht hatte, so erschien es ihm unmöglich, daß sie die große Halle unbehelligt erreichen sollten – aber genau das geschah. Trotz des Lärms und der zahllosen Stimmen, die ihnen jetzt immer lauter entgegenschlugen, begegnete ihnen keine Menschenseele. Dieser Teil der Zitadelle – der Teil, in dem der König des Kreuzfahrerstaates eingekerkert war – schien ausgestorben zu sein. Dann dachte er an die drei erschlagenen Wachen, die sie gesehen hatten, und mit einemmal erschien ihm das Wunder schon gar nicht mehr so groß.

Sie kamen zur Eingangshalle, und Yussuf blieb noch einmal stehen, um sich umzublicken. Wieder war keine Menschenseele zu sehen, aber Ulrich erschrak, als er sah, daß das große Tor noch immer offenstand. Mehr als hundert muslimische Krieger standen einzeln oder in Gruppen draußen auf dem Hof, und in einiger Entfernung trieb eine fast ebensogroße Zahl Sarazenen die Kolonne der todgeweihten Tempelritter auf das Burgtor zu. Wenn sich auch nur einer, nur ein einziger dieser Männer herumdrehte und zum Haus zurücksah, dachte er entsetzt, waren sie verloren.

Aber sie hatten keine Wahl. Yussuf zögerte, dann machte er eine befehlende Geste, und sie rannten los.

Ihr Ziel war dieselbe Tür, durch die sie die Halle vor ein paar Stunden betreten hatten; knappe zwei Dutzend Schritte, die kein Ende zu nehmen schienen.

Und das Wunder wiederholte sich. Keuchend vor Anstrengung und in Schweiß gebadet, aber unbehelligt, erreichten sie den rettenden Ausgang, huschten hindurch und blieben stehen, nachdem Yussuf die Tür hinter ihnen zugedrückt und den Riegel vorgelegt hatte.

Ulrich lehnte sich zitternd gegen die Wand. Sein Atem ging so schnell, daß er kaum sprechen konnte, und für einen Moment begann sich der Treppenschacht um ihn zu drehen. Er spürte erst jetzt, welche Kraft ihn ihre Flucht die Treppe hinunter und durch die Halle gekostet hatte, und nicht nur körperlich.

Yussuf wollte weitergehen, aber Raimund ergriff ihn am Arm und hielt ihn zurück. »Der König«, sagte er. »Guido ist hier im Turm.« Yussuf sah ihn einen Moment lang an, dann schüttelte er den Kopf und wandte sich abermals um.

Aber wieder hielt Raimund ihn zurück, ein wenig gröber als beim erstenmal. »Nicht so schnell, Freund«, sagte er. »Ich danke dir für unsere Rettung – aber wer bist du?«

Yussuf riß seinen Arm los und lief zwei Stufen nach unten. Sein Gesicht befand sich jetzt auf gleicher Höhe mit dem Raimunds. Seine Augen blitzten. Jeden anderen Mann hätte wahrscheinlich schon dieser Blick eingeschüchtert, aber Raimund zögerte nur kurz, dann hob er herrisch sein Schwert und sagte noch einmal: »Wer du bist, will ich wissen!«

Auch Yussuf spannte sich; ganz leicht nur, aber doch so, daß Ulrich und auch Raimund es sahen.

»Laßt ihn, Raimund«, sagte Ulrich hastig. »Er kann Euch nicht antworten – selbst wenn er wollte. Er ist stumm.«

Raimund schwieg eine Sekunde. »Ist das wahr?« fragte er schließlich, noch immer an den schwarzgekleideten Riesen gewandt. Yussuf nickte. »Aber du verstehst, was ich sage?« fragte Raimund. Wieder nickte Yussuf.

»Dann bring uns hier heraus«, sagte Raimund. »Und danach möchte ich mit dir reden. Du wirst sehen, daß das auch ohne Worte ganz gut geht.«

Ulrichs Vermutung schien sich zu bestätigen, als sie weitergingen – Yussuf führte sie auf demselben Weg wieder aus der Zitadelle hinaus, auf dem sie eingedrungen waren. Sie betraten den Gewölbekeller, und Yussuf wies auf den Schacht. Frischer Mörtel und lose Steine an seinem Rand zeigten, daß er vor kurzem zugemauert und danach wieder aufgebrochen worden war, und wo sie sich auf dem Weg herein mühsam an einem Seil hinaufgezogen hatten, baumelte jetzt eine Strickleiter, die Yussuf mit beiden Händen ergriff. Er trat einen halben Schritt vom Schacht zurück, spreizte die Beine, um festen Stand zu haben, und machte eine Kopfbewegung in die Tiefe.

Raimund zögerte. »Du willst die Leiter allein festhalten?« fragte er ungläubig.

Yussuf nickte und wiederholte ungeduldig seine Kopfbewegung.

»Er schafft es«, sagte Ulrich hastig. »Glaubt mir, wenn es jemand schafft, dann er.«

Raimund warf ihm einen mißtrauischen Blick zu. »Du scheinst diesen schwarzen Mann ja bestens zu kennen«, sagte er. Aber er ging zu Ulrichs Erleichterung nicht weiter darauf ein, sondern schob das Schwert mit einer heftigen Bewegung unter seinen Gürtel, griff nach der Strickleiter und begann rasch in die Tiefe zu klettern. Yussufs Gesicht verzerrte sich vor Anstrengung, und Ulrich konnte sehen, wie sich die mächtigen Muskeln unter seinem schwarzen Burnus spannten. Aber er wankte kein bißchen. Auch nicht, als nach Raimund Sarim de Laurec und als letzter Ulrich in die Tiefe kletterten.

Wie auf dem Weg herein stand er bis zu den Knöcheln in übelriechendem Wasser. Rasch trat er ein paar Schritte zurück, drehte sich herum und wartete, daß Yussuf zu ihnen herunterklettern würde. Statt dessen flog ein zusammengerolltes Bündel zu ihnen herunter, das Ulrich verblüfft als nichts anderes als die Strickleiter erkannte – und als er den Kopf hob, sah er gerade noch, wie Yussuf ein paar Bretter über den Schacht legte. Mit einem Schlag senkte sich Dunkelheit auf sie herab.

»Verdammt!« rief Raimund neben ihm. »Was bedeutet das?«

»Er ... er kommt nicht mit«, antwortete Ulrich stockend. Er war nicht überrascht – im Gegenteil. Er begriff es erst im nachhinein, aber er wäre eher überrascht gewesen, hätte Yussuf sie begleitet.

»So, er kommt nicht mit!« äffte Raimund seine Worte nach. Ulrich hörte seine Schritte im Wasser, und plötzlich fühlte er sich grob an der Schulter gepackt und herumgerissen. »Jetzt reicht's mir«, flüsterte Raimund gereizt. »Du wirst mir sofort sagen, was hier vor sich geht! Wer war dieser Mann, und wieso hat er uns gerettet?«

Ulrich wollte sich losreißen, erreichte aber nur, daß Raimund seinen Griff verstärkte und ihn ärgerlich gegen die Wand drückte. »Antworte!«

»Ich ... ich weiß nicht, warum sie uns befreit haben«, keuchte Ulrich. Raimunds Griff war so fest, daß er ihm fast den Atem abschnürte. »Aber Ihr habt recht – ich kenne diesen Mann. Ich bin ihm schon früher begegnet!«

»Wer ist er?«

»Sein ... sein Name ist Yussuf«, antwortete Ulrich mühsam. »Und er gehört zu Hasan as-Sabbahs Männern.«

Raimund schwieg, aber sein Griff lockerte sich nicht. Ulrich mußte sein Gesicht jedoch nicht sehen, um seine Überraschung zu spüren – und seinen Unglauben.

»Du ... du willst sagen«, flüsterte Raimund heiser, »daß dieser Mann ...«

»Er ist ein *Haschischin*«, sagte Ulrich, als Raimund nicht weitersprach. »Und seine Kameraden ebenfalls.«

»Ein *Haschischin*?« Raimund ließ Ulrichs Schulter los. »Aber das ... das kann nicht sein«, murmelte er. »Hasan as-Sabbah haßt uns Christen. Und nach dem, was Gerhard und ich getan haben –«

»Der Junge hat recht«, mischte sich Sarim de Laurec ein. »Und Ihr wißt das. Ihr erkennt einen *Haschischin* so gut wie ich, wenn Ihr einen seht.«

Ulrich hörte, wie sich Raimund zu dem Templer herumdrehte. »Das kann nicht sein!« widersprach er. »Sabbah hat jedem einzelnen von uns den Tod geschworen!«

»Und trotzdem sagt Ulrich die Wahrheit«, beharrte Sarim. »Ich weiß es. Ich erkenne einen *Haschischin,* ganz gleich, wie gut er sich verkleidet.« Er sprach ruhig, aber in seiner Stimme war wieder der alte, tiefsitzende Haß, den Ulrich schon so lange an ihm kannte und der ihn immer noch erschauern ließ, wie beim allererstenmal.

»Aber das ... das ist nicht alles«, sagte er leise.

»Nicht alles?« Raimund drehte sich zu ihm herum. »Was soll das heißen?«

Ulrich wollte antworten, aber es fiel ihm schwer. Aufgeregt fuhr er sich mit der Zungenspitze über die Lippen und wünschte sich, die letzten Worte nicht gesagt zu haben.

»Was soll das heißen?« fragte Raimund noch einmal, als er nicht antwortete.

»Der ... der Mann, der uns gerettet hat, Herr«, sagte Ulrich mühsam. »Yussuf.«

»Was ist mit ihm?«

»Er ... er ist tot, Raimund«, sagte Ulrich leise. »Ich war dabei, als er starb.«

Raimund sagte eine ganze Weile gar nichts.

»Wo hast du ihn gesehen?« fragte er dann ruhig.

»Bei Malik«, antwortete er. »Er war ...« Er suchte einen Moment

nach Worten, ». . . so etwas wie Malik Paschas Leibwächter, glaube
ich. Und mein Bewacher.«

»Das kann nicht sein!« widersprach Raimund. »Nichts und niemand
auf der Welt kann *Tote zum Leben erwecken!*«

»Doch, Raimund«, antwortete Sarim leise. »Vergeßt nicht – Sabbah
ist ein Mann von großer Zauberkraft. Ein Magier.«

»Auch er ist nicht Herr über Leben und Tod«, unterbrach ihn Raimund erregt. »Wäre er es, beherrschte er längst die ganze Welt, nicht
nur seine verfluchte Zauberfestung. Aber es kann nicht sein. Wißt
Ihr, was es bedeuten würde, Bruder de Laurec?«

»Das Ende der Welt«, sagte Sarim. »Zumindest der Welt, wie wir sie
kennen.«

Ulrich wollte eine Frage stellen, aber Raimund ließ ihm keine Zeit
mehr dazu. Grob packte er ihn am Arm, drehte sich auf der Stelle
herum und zog ihn mit sich.

28

Es war Abend, als sie sich wieder dem schmalen Felsental wenige Meilen südlich von Tiberias näherten. Im nachhinein kam es Ulrich geradezu lächerlich vor, wie leicht es ihnen gefallen war, die Stadt zu verlassen, aber sie hatten viel Zeit dabei verloren, den gewaltigen Bogen nach Osten zu schlagen, auf dem Raimund bestanden hatte, um mögliche Verfolger in die Irre zu führen.

Raimund hatte für Sarim de Laurec einen Burnus gekauft, bevor sie aus der Stadt gegangen waren. Wieder einmal waren sie gefährlich nahe daran gewesen, erkannt und festgenommen zu werden, aber Sarim brauchte diese Verkleidung, wollten sie entkommen.

Und das Glück war ihnen auch weiterhin treu geblieben. Ihre Flucht schien nicht bemerkt worden zu sein. Keine halbe Stunde nach ihrer Befreiung durch Hasan as-Sabbahs *Haschischin* gingen sie ganz offen durch das Tor, ohne von den Wachen aufgehalten zu werden.

Ulrich nahm nicht an, daß alles wirklich nur Glück war; offensichtlich hatte da jemand kräftig nachgeholfen – ein stummer Riese zum Beispiel, dessen Gesicht hinter einem schwarzen Tuch verborgen war. Er verstand nicht, warum die *Haschischin* ihm und Raimund das Leben gerettet hatten. Nach allem, was geschehen war, mußte der Alte vom Berge ihnen geradezu den Tod geschworen haben . . .

Die schmale Schlucht, hinter deren Biegung das Felsental mit dem Lager der Tempelritter lag, wirkte in der hereinbrechenden Dämmerung tief und finster wie ein Schacht, der geradewegs in die Nacht hineinführte. In der schattenerfüllten Dämmerung der Felsenschlucht klangen ihre Schritte und Atemzüge überlaut, und irgendwo vor ihnen fing Gestein die Geräusche auf und warf sie verzerrt zurück. Aber das waren die einzigen Laute, die er hörte.

Es war zu still. Man hörte kein Geräusch von den Männern und Pferden, die doch ganz in der Nähe sein mußten. Ulrich und seine Begleiter vernahmen keinen Laut. Weder das Rauschen des Windes, der sich an Felsvorsprüngen und Graten brach, noch das Wispern der Sandkörner, die der Wind aus der nahen Wüste herantrug, war zu hören. Es war so vollkommen still, als wäre die Zeit stehengeblieben.

»Was bedeutet das?« murmelte Raimund.

Ulrich wartete vergeblich auf das Echo seiner Worte. Die Dunkelheit vor ihnen schien ihre Stimmen jetzt zu verschlucken.

»Wir sollten ... umkehren«, sagte Sarim de Laurec leise. Raimund antwortete nicht. Auch Sarim wiederholte seinen Vorschlag nicht. Wahrscheinlich, dachte Ulrich, hatte er nur gesprochen, um die entsetzliche Stille zu durchbrechen.

Vorsichtig gingen sie weiter.

Kurz bevor sie die letzte Biegung der Schlucht erreichten, hielten sie noch einmal an. Raimund zog sein Schwert, und auch Ulrich zückte die gebogene Klinge. Das Geräusch, mit dem der Stahl aus den ledernen Hüllen glitt, hallte von den unsichtbaren Felswänden wider. Ulrichs Blick tastete über die Schwärze, in die sich die Schlucht vor ihnen verwandelt hatte. Obwohl sie kaum zehn Meter von der Felswand entfernt waren, sah er den Stein nicht. Vor ihm lag nur Finsternis. Wie ein Loch, dachte er, das in die Wirklichkeit gebrannt worden war, ein nicht klar umrissener Bereich noch tieferer Schwärze im Dunkel der Nacht.

Es war vollends dunkel geworden, während sie in die Schlucht eingedrungen waren. Die Dämmerung war mit jener Schnelligkeit gekommen, wie sie im Morgenland üblich war. Scharf hoben sich die Umrisse der schmalen Klamm vom Samtblau des Nachthimmels ab, und nicht die kleinste Bewegung war zu sehen. Wo waren die Wachen, die sie zurückgelassen hatten?

Raimund fluchte. Wieder kam kein Echo auf seine Worte. Irgend etwas in der Dunkelheit schien sie aufzusaugen wie ein Schwamm einen Wassertropfen. Raimund deutete mit dem Schwert auf die Biegung. »Gehen wir«, sagte er und fügte mit einem Blick auf Sarims leere Hände hinzu: »Ihr hättet besser auf mich hören und eine Waffe nehmen sollen, Bruder de Laurec.«

»Ich kämpfe nicht mehr«, antwortete Sarim. Raimund gab Ulrich mit einer Kopfbewegung zu verstehen, den Templer zwischen sich und ihn zu nehmen, um ihn schützen zu können.

Nebeneinander gingen sie auf die Biegung zu. Ihre Schritte verursachten jetzt nicht das allerkleinste Geräusch, obwohl der Boden mit Sand und Geröll übersät war. Sie gingen um die Biegung der Schlucht, und der kleine Talkessel lag vor ihnen.

Raimund wies zur gegenüberliegenden Seite des Tales.

Einer der Schatten vor dem lotrecht aufstrebenden Felsen bewegte sich, dann ein zweiter, dritter ... und Ulrich ahnte, wem sie gegenüberstanden. Er hob sein Schwert, als eine der schwarzgekleideten Gestalten auf sie zutrat, aber er wußte, wie sinnlos diese Bewegung war. Es mußten an die dreißig *Haschischin* sein, die den Kessel besetzt hielten, und Ulrich brauchte sich nicht umzudrehen, um zu wissen, daß auch hinter ihnen Sabbahs Männer standen. Und selbst wenn dieser eine Krieger allein gewesen wäre – Ulrich war nicht sicher, daß Raimund und er ihn hätten besiegen können. Der *Haschischin* beachtete die Waffe in seiner Hand nicht, trat ruhig auf Raimund zu und machte eine Geste, ihm zu folgen. Raimund zögerte einen Moment, dann senkte er die Waffe und bedeutete Ulrich, das gleiche zu tun. Die Dunkelheit wich wie ein unsichtbares Tier mit schwarzen Flügeln vor ihnen zurück, als sie dem *Haschischin* folgten, aber sie schloß sich auch ebenso lautlos wieder hinter ihnen. Es war ein Kreis aus fahlgrauem Licht, in dem sie gingen und der ihnen immer nur die nächsten drei oder vier Schritte zu sehen erlaubte, während der Rest der Schlucht in vollkommener Dunkelheit dalag.

Ihr Führer blieb stehen und hob die Hand, und auch Ulrich verharrte mitten im Schritt. Vor ihnen klapperten Pferdehufe, aber da war auch noch etwas anderes, ein Hecheln und das Tappen großer Pfoten auf hartem Fels. Ulrichs Augen begannen zu schmerzen, so angestrengt starrte er in die Dunkelheit.

Schatten begannen sich aus der Schwärze zu schälen. Ein gewaltiges Schlachtroß erschien. Die Schatten links und rechts von ihm hielten an, bevor sie vollends in den Kreis aus Dämmerung gelangten. Sie waren nur als verschwommene Umrisse zu sehen, doch glühende Augen und hechelnde Laute sagten ihm deutlich, daß es sich um riesige Hunde handeln mußte, um Hunde, die ...

Da kam das Pferd näher, und jetzt erkannte Ulrich die schmale Gestalt, die auf seinem Rücken saß.

Vor ihm stand Hasan as-Sabbah, *der Alte vom Berge,* Herrscher der Assassinen, der *Haschischin.*

Er beugte sich im Sattel vor, streckte die Hand aus und deutete mit einem dürren Zeigefinger wie mit einem Dolch auf Ulrich.

»Hast du gedacht, du entkommst mir so leicht, du kleiner Verräter?« sagte er mit hohler Stimme.

Ulrich erstarrte. Es war das erste Mal, daß er den Alten sprechen hörte.

Sarim de Laurec stieß einen heiseren Schrei aus und sprang vor.

Yussuf vertrat ihm blitzschnell den Weg und schlug ihm die flache Hand gegen die Kehle.

»Töte ihn nicht«, sagte Sabbah. »Vielleicht brauchen wir ihn noch.«

»Was habt Ihr mit meinen Männern gemacht, Hasan as-Sabbah?« fragte Raimund scharf. »Wo sind Balian von Ibelin und Reinold?«

»Eure Freunde hielten uns wohl für Sarazenen und flüchteten. Wir ließen sie gehen.«

»Was willst du von uns?« fragte Raimund. »Uns umbringen?«

Sabbah schüttelte den Kopf. »Wahrhaftig, du bist ein guter Schüler«, sagte er kalt. »Du beherrscht deine Angst – gut. Und du versuchst, mich wütend zu machen, damit ich dich schnell töte und du nicht leiden mußt. Aber glaubt ihr wirklich, ich habe den weiten Weg hierher nur gemacht, um euch zu töten?« Er wandte sich an Ulrich. »Du besitzt etwas, was ich haben möchte, dem ich schon lange nachjage.«

»Was ... was meinst du?« fragte Ulrich, und eine schreckliche Ahnung stieg in ihm auf.

Sabbah beugte sich vor. Seine dürre Klaue streckte sich gebieterisch in Ulrichs Richtung. »Das Siegel! Gib es mir!«

Ulrich fuhr zusammen. Im allerletzten Moment erst konnte er seine Hand davor zurückhalten, wie von selbst zum Gürtel zu fahren. Das Siegel? Wie konnte Hasan as-Sabbah davon wissen?

»Ich ... verstehe nicht, was du meinst«, versuchte er auszuweichen.

»Überlege es dir gut«, sagte Sabbah. »Es ist mir gleich, ob du mir das Siegel gibst oder ob Yussuf deinen Leichnam danach durchsucht.«

Ulrich sah sich verzweifelt um. Um sie herum war nur Dunkelheit, in der sich Dutzende von *Haschischin* verborgen halten konnten.

Sabbah sah seinen Blick. »Gib dir keine Mühe«, sagte er böse. »Die Zeit der wundersamen Rettungen ist vorbei. Gib mir das Siegel heraus! Es gehört mir!«

»Ich weiß nicht, wovon du redest!« sagte Ulrich und versuchte seiner Stimme Festigkeit zu verleihen. Er wich einen Schritt zurück und blieb stehen, als er spürte, wie Yussuf hinter ihn trat.

Aus den Augenwinkeln sah er die beiden nachtschwarzen Schatten, die lautlos hinter Raimund aus der Dunkelheit getreten waren. Sarim de Laurec rührte sich noch immer nicht. Ulrich hatte plötzlich Angst, daß er tot war.

»Ich weiß nichts von irgendeinem Siegel«, beharrte er tapfer.

Wie zur Antwort knurrten die Hunde, und Sabbah nickte. »Yussuf – durchsuch ihn!« befahl er kalt.

Ulrich hörte, wie Raimund aufschrie und sich auf Yussuf zu stürzen versuchte, einen dumpfen Schlag, dem der Sturz eines schweren Körpers folgte, und dann fühlte er sich von starken Händen gepackt. Er wußte, Widerstand war sinnlos. Nichts konnte das Siegel vor der Entdeckung und ihn und seine Freunde vor dem Tod bewahren. Hoch aufgerichtet ließ er alles über sich ergehen.

Yussuf durchsuchte ihn schnell und gründlich. Er entriß ihm die Waffe, durchsuchte die lederne Scheide und den schmalen Gürtel, warf sie achtlos beiseite und zerrte ihm den Burnus über den Kopf. Sabbahs Augen flammten auf, als er den metallenen Schuppengürtel sah, den Ulrich darunter trug.

»Gib ihn mir!« schrie er. »Gib ihn her!«

Yussuf nahm ihm den Gürtel ab, richtete sich auf und reichte ihn Sabbah, der ihn ihm ungeduldig aus den Händen riß. Ulrich verfolgte mit verzweifeltem Blick jede Bewegung des Alten. Sabbahs Finger tasteten über den Gürtel, einmal, zweimal, er bog die kleinen silbernen Metallschuppen hoch, um darunterzusehen...

Es geschah dasselbe, was auch Saladins Kriegern widerfahren war. Ulrich sah, wie Sabbahs Finger über die kleine runde Erhebung unter den Metallschuppen glitten, doch der Alte vom Berge fand das Siegel nicht!

Sabbah schleuderte den Gürtel zu Boden. »Wo ist das Siegel? Gib es mir! Ich weiß, daß du es hast!«

Ulrich erschrak, als er aufsah und den flammenden Ausdruck erblickte, der in Sabbahs Augen lag. »Du hast es versteckt, nicht wahr? Ich werde dich foltern lassen – oder nein, besser erst deine Freunde, hier, vor deinen Augen.«

»Laßt ihn in Ruhe, Sabbah«, sagte Raimund. »Er weiß nicht, wo das Siegel ist. Niemand weiß das. Gerhard hat ihn getäuscht.«

»Du lügst!« schrie Sabbah. »Ich weiß, daß er es hat. Ich spüre es!«

Aus der Dunkelheit jenseits des Felsentales erklang ein schriller Laut, wie das Schreien eines Nachtvogels. Sabbah brach ab und fuhr

herum, die Hunde liefen unruhig hin und her. »Was ıst das?« fragte
Sabbah. »Wen habt ihr mitgebracht, Christenhunde?« Wie zur Antwort erscholl der schrille Ruf zum zweitenmal, und dann hörte Ulrich
deutlich das dumpfe Hämmern von Pferdehufen, die schnell näherka-
men. »Verrat!« schrie Hasan as-Sabbah. »Zurück! Das ist eine Falle!«
Finsternis und Schweigen schien sich von dem kleinen Tal zu heben,
und plötzlich konnte Ulrich wieder hören und sehen, wie er es gewohnt war. In die *Haschischin* kam Bewegung, und auch Sabbah riß
sein Pferd herum und sprengte los. Dann ertönte ein Knall, und als
Ulrich den Kopf wandte und zum Talausgang blickte, sah er gerade
noch die Gestalt eines *Haschischin,* der kopfüber den Felsen herab-
stürzte, beide Hände um den Schaft eines Pfeiles geklammert, der aus
seiner Brust ragte.
Zwischen den steil aufragenden Felswänden erschienen Reiter. Und
in dem kleinen Felsental brach die Hölle los.
Ulrich hörte einen Schrei, sah Raimund aus den Augenwinkeln auf
sich zuspringen und fühlte sich herumgerissen, knapp ehe Yussufs
Schwert klirrend auf dem Felsen aufprallte, auf dem er gerade noch
gelegen hatte. Raimund schrie abermals, sprang in die Höhe und
schwang seine Klinge nach Yussufs Kopf. Der *Haschischin* parierte
seinen Hieb, machte eine Bewegung zur Seite und schlug mit der bloßen Faust nach Raimund. Er traf. Raimund taumelte, verlor das
Gleichgewicht und war für einen Moment schutzlos, als er mit wild
rudernden Armen um sein Gleichgewicht kämpfte. Yussufs Säbel
zielte auf seine Brust.
Ulrich warf sich mit aller Kraft vor, umklammerte Yussufs Beine und
brachte ihn aus dem Gleichgewicht. Der Riese wankte. Sein Hieb ver-
fehlte Raimund um Haaresbreite. Raimund sprang vor, unterlief Yussufs Deckung – und stieß ihm die Klinge zwei Handbreit tief in den
Leib. Der *Haschischin* erstarrte. Unbeweglich stand er da, das
Schwert halb erhoben, die linke Hand um die Klinge gekrampft, die
aus seiner Brust ragte, dann ließ er sein Schwert fallen, griff mit beiden Händen zu – und zog Raimunds Klinge langsam aus der tödlichen Wunde heraus. An der Klinge klebte kein Blut.
Yussuf bückte sich nach seiner eigenen Waffe und wandte sich um.
Seine Bewegungen waren ungelenk wie die einer Puppe, die an unsichtbaren Fäden gehalten wurde, aber gleichzeitig sehr schnell.

Ulrich starrte ihm nach. Er hatte alles genau gesehen und wußte doch, daß es nicht wahr sein konnte.

»Tötet sie!« kreischte der Alte.

Ulrich sprang hoch und griff nach seinem Schwert, als zwei schwarzverhüllte Gestalten auf ihn und Raimund zustürmten. Es gelang ihm, den ersten Hieb des Kriegers abzuwehren und sich mit einem Satz in Sicherheit zu bringen.

Zu einem zweiten Angriff kam der *Haschischin* nicht mehr. Ein Pfeil sirrte heran und traf seine Schulter, und plötzlich sah Ulrich einen gewaltigen Schatten daherjagen, dann einen zweiten, dritten ...

»Ulrich!« Ulrich fuhr herum, als er Raimunds Schrei hörte. Der Graf war neben Sarim de Laurec niedergekniet und versuchte ihn hochzuziehen. Der *Haschischin,* der ihn angegriffen hatte, lag reglos neben ihm, von drei Pfeilen in Brust und Hals getroffen, aber auch auf Raimunds Gesicht war Blut, und sein linker Arm hing kraftlos herab. Ulrich war mit einem Sprung bei ihm, griff nach Sarims rechtem Arm und zog ihn in die Höhe. De Laurec war bei Bewußtsein, bewegte sich aber kaum. Sein Blick war verschleiert.

Während sie auf die Schlucht zutaumelten, erreichte die Schlacht um sie herum ihren Höhepunkt. Die angreifenden Sarazenen waren den schwarzen Mördern Hasan as-Sabbahs im Kampf Mann gegen Mann unterlegen, aber sie waren in der Überzahl; sicherlich zweihundert Mann, die hoch zu Roß auf die *Haschischin* eindrangen. Und für jeden, den Sabbahs Männer erschlugen, tauchten drei neue aus der Schlucht auf. Sabbahs Krieger wurden durch die Übermacht zurückgedrängt. Aber der Blutzoll, den sie forderten, war groß. Kaum einer der Toten und Verwundeten, die schon nach Augenblicken den Boden bedeckten, trug das lichtschluckende Schwarz der *Haschischin*.

»Christenjunge!« Die Stimme war selbst über dem Schlachtenlärm noch deutlich zu hören. Es war eine Stimme, die Ulrich nur zu gut kannte. Er sah auf, drehte sich herum und blickte zu der aufragenden Gestalt mit dem Goldhelm hinüber, die zwischen den Kämpfenden aufgetaucht war.

»Hierher!« schrie Saladin. »Raimund! Ritter Ulrich – zu mir!«

Sie versuchten es, aber es war aussichtslos. Immer mehr Sarazenenkrieger strömten in das Tal, und schon bald standen die Kämpfenden so dicht, daß ein Durchkommen unmöglich schien. Sabbahs *Haschi-*

schin hatten sich zu einem lebenden Wall um ihn und seine beiden Hunde formiert und leisteten erbitterten Widerstand – aber die Übermacht war zu groß. Zehn, vielleicht fünfzehn von Saladins Reitern kamen auf einen von ihnen, und die kleine Truppe wurde weiter und weiter zurückgedrängt.

Dann geschah etwas Entsetzliches. Ulrich konnte hinterher nicht sagen, was es war – aber mit einemmal riß der Alte beide Arme in die Höhe und stieß einen Laut aus, wie Ulrich ihn niemals zuvor gehört hatte. Irgend etwas raste wie eine unsichtbare Sense durch die Masse der Sarazenenreiter, schmetterte Menschen und Tiere wie Strohhalme beiseite und schlug eine schmale, schnurgerade Bresche mitten durch Saladins Mannen. Sie reichte von einem Ende des Felsentales bis zur Schlucht. Durch diese schmale Gasse sprengten Sabbah und die *Haschischin* heran, die das Gemetzel überlebt hatten. Für einen Sekundenbruchteil trafen sich ihre Blicke, und Ulrich erkannte einen solchen Haß in den Augen des Alten, daß ihn schauderte.

»Der Christenhund!« schrie Sabbah. »Tötet ihn!«

Die Zeit schien stehenzubleiben. Ulrich versuchte sich zur Seite zu werfen, aber er war nicht schnell genug. Yussufs Arm machte eine ausholende, schnelle Bewegung, etwas Kleines, Silbernes mit einem Dutzend rasiermesserscharfen Klingen fegte wie ein Blitz auf Ulrich zu, und dann spürte er einen Schlag vor die Brust und unmittelbar darauf, noch ehe er zu Boden fiel, einen schrecklichen Schmerz.

29

»Er wacht auf!«

Die Stimme durchschnitt wie ein Messer die Schwärze hinter Ulrichs Augen. Er spürte einen leichten Schmerz irgendwo in der Brust, dann Durst, und plötzlich wurde er sich seiner Umgebung bewußt: Er ruhte auf einem weichen Lager, und der dunkelblaue Himmel über ihm bestand aus den Stoffbahnen eines Zeltes. Das warme gelbe Licht von Öllampen vertrieb die Dunkelheit, und ein fremder, aber sehr angenehmer Geruch drang in seine Nase. Als er den Kopf heben wollte, wurde der Schmerz in seiner Brust stärker.

»Beweg dich nicht«, sagte dieselbe Stimme, und dann noch etwas, was Ulrich nicht verstand, schließlich hörte er Schritte, die sich rasch entfernten. Augenblicke später vernahm er das Schlagen einer Zeltbahn. Ein hochgewachsener Sarazene trat in sein Gesichtsfeld und blickte auf ihn herab. Das Antlitz des Mannes war ernst, aber er hatte freundliche Augen. Er trug einen kurzgeschnittenen Bart, und seine Hände waren schmal und sehnig.

»Wie fühlst du dich?« fragte der Muslim.

»Schlecht«, antwortete Ulrich.

Sein Mund war trocken, und als er mit der Zunge über seine Lippen fuhr, merkte er, daß sie ausgetrocknet und rissig waren wie nach einem tagelangen Marsch durch die Wüste. Jeder Atemzug tat seinem Hals weh. »Hier, trink.« Der Mann hob eine Schale mit einer nach Anis riechenden Flüssigkeit an Ulrichs Mund und zwang ihn mit sanfter Gewalt, die Lippen zu öffnen. Ulrich schluckte gehorsam. Der Trank schmeckte fremdartig, aber nicht schlecht.

»Das wird dir helfen«, sagte der Mann, nachdem Ulrich die Schale bis auf den letzten Tropfen geleert hatte. »Es lindert den Schmerz ein wenig, hält aber nur kurze Zeit an.«

»Seid Ihr Arzt?« fragte Ulrich leise. »Werdet Ihr mich heilen?«

Der Sarazene antwortete nicht. Ulrich hatte das Gefühl, ihn mit seiner Frage in Verlegenheit gebracht zu haben. Dann nickte der Mann, schüttelte aber gleich darauf den Kopf. »Ja«, sagte er. »Mit Gottes Hilfe.«

»Wessen Gottes?« fragte Ulrich. »Eures – oder unseres?«

»Das ist vielleicht kein so großer Unterschied, wie du glaubst, Christenjunge.«

Es dauerte einen Moment, bis Ulrich begriff, daß es nicht der muslimische Arzt gewesen war, der seine Frage beantwortete. Er drehte den Kopf, stemmte sich ein wenig hoch und sank mit einem überraschten Laut zurück, als er den Mann erkannte, der das Zelt betreten hatte.

»Und wenn es tatsächlich zwei Götter gibt«, fuhr Saladin fort, »dann haben sie dir wohl gemeinsam beigestanden – sonst wärst du wohl kaum mehr am Leben.«

Er kam näher, blieb knapp vor Ulrichs Lager stehen und bedeutete dem Arzt mit einer Geste, hinauszugehen. Der Mann nickte und entfernte sich.

»Danke nicht El Kabir für dein Leben, Christenjunge«, fuhr Saladin fort, als sie allein waren. »Er ist mein Leibarzt und wahrscheinlich der beste Arzt, den es diesseits des Meeres gibt. Aber nicht einmal zehn Männer seines Könnens hätten dich ohne Gottes Hilfe retten können.« Er griff unter seinen Gürtel und zog etwas heraus, das Ulrich im ersten Moment für ein Amulett hielt, bis er erkannte, was es wirklich war.

»Das hier«, sagte Saladin und warf den Zwölf-Klingen-Dolch auf Ulrichs Bett, »steckte in deiner Brust, als wir dich herbrachten. Einen Fingerbreit unter deinem Herzen. Du müßtest tot sein.«

Ulrich griff mühsam nach der fürchterlichen Waffe und nahm sie auf. Erst jetzt bemerkte er, daß er einen Verband trug, der seinen Leib bis zur Hüfte einhüllte. Neugierig drehte er die Waffe der *Haschischin* in der Hand. Wenn er die zwölf dreieckigen Klingen abrechnete, war sie nicht sehr viel größer als eine Münze, wenn auch schwerer.

»Ein hübsches Spielzeug, nicht?« fragte Saladin stirnrunzelnd. »Vielleicht kannst du meinen Männern beibringen, wie man damit umgeht. Die Waffe ist sehr wirkungsvoll. Zwei Dutzend meiner besten Krieger sind tot.«

»Sabbahs Männer haben mich kämpfen gelehrt«, sagte Ulrich. »Aber nur mit Schwert und Speer. Nicht damit.«

»Oh.« Saladin verzog spöttisch die Lippen. »Ich verstehe. Das ist eine Waffe, die eines Ritters unwürdig ist, wie?«

»Ja«, antwortete Ulrich ernst. Saladin nahm ihm die Waffe wieder aus der Hand und warf sie mit einem bösen Lächeln weit fort, bis in die Ecke des Zeltes.

»Du bist ein Narr, Christenjunge«, sagte er ruhig. »Du bist tapfer, aber ein Narr.«

»Habt Ihr mich gesundpflegen lassen, um mir das zu sagen?« fragte Ulrich.

Saladin lächelte. Er kam näher und setzte sich ans Fußende des Lagers. »Wie geht es dir?« fragte er unvermittelt.

Ulrich blickte auf seine verbundene Brust hinunter. Unter dem Verband pochte ein scharfer Schmerz, aber es war zu ertragen. Schlimmer war seine Mattigkeit.

»Besser, glaube ich«, antwortete er zögernd. »Jedenfalls, wenn ich wirklich so schwer verwundet war, wie Ihr sagt.«

»Du warst so gut wie tot«, antwortete Saladin. »El Kabir wollte dich aufgeben – und die anderen Ärzte auch, die ich kommen ließ.«

»Das ist ... sehr freundlich von Euch, Herr«, antwortete Ulrich leise.

Saladin lächelte.

»Ich frage mich nur, warum Ihr Euch all die Mühe mit mir macht«, fuhr Ulrich fort. »Nur um mich gesund und munter hinrichten zu lassen?«

Seine Worte taten ihm sofort wieder leid, aber es war zu spät, sie zurückzunehmen. Saladin runzelte ärgerlich die Stirn.

»Du bist ein Kindskopf, Christenjunge«, sagte er. »Glaubst du wirklich, du wärst noch am Leben, wenn ich deinen Tod im Sinn hätte?«

Er stand auf und begann mit langsamen Schritten im Zelt auf und ab zu gehen. »Dreimal«, fuhr Saladin nach einer Weile fort, »habe ich dir jetzt das Leben geschenkt. Glaubst du, ich hätte das getan, nur um dich dann im Staub verbluten zu lassen?«

»Dreimal?« fragte Ulrich. »Dann hattet Ihr auch in Tiberias nicht vor .. «

»Euch hinrichten zu lassen?« unterbrach ihn Saladin kopfschüttelnd. »Natürlich nicht. Warum glaubst du wohl, habe ich den Ritter de Laurec zu dir und Raimund bringen lassen? Du solltest mich besser kennen, Christenjunge. Unnötige Grausamkeiten sind mir zuwider.«

»Aber Ihr habt selbst gesagt ...« begann Ulrich, wurde aber von Saladin unterbrochen: »Ich weiß, was ich gesagt habe. Was hätte ich tun sollen, als Salamir zu mir kam und erzählte, daß zwei Kreuzritter ın die Stadt eingedrungen seien, um ihren König zu befreien? Ich hatte keine andere Wahl. Aber ich hatte niemals vor, euch zu töten. Wäret ihr nicht geflohen, wärst du jetzt vielleicht schon auf dem Weg in dein Heimatland.«

»Wir wollten nicht fliehen«, sagte Ulrich. »Das heißt – natürlich wollten wir fliehen, aber nicht auf diese Art und Weise.«

»Ich weiß«, antwortete Saladin. »Wüßte ich es nicht ganz genau, wärst du jetzt mit Sicherheit tot, Christenjunge. Hasan as-Sabbahs Männer haben ein Dutzend meiner Wachen getötet, als sie euch befreiten. Ich kann mir vorstellen, was passiert ist – schließlich war ich beim Ende dabei. Ich habe nur eine einzige Frage, und ich möchte, daß du sie mir ehrlich beantwortest.«

»Und ... welche?« fragte Ulrich stockend. Er ahnte, wie Saladins Frage lauten würde.

Saladins Augen wurden schmal. »Das Siegel«, sagte er. »Hast du es Sabbah gegeben?«

»Welches Siegel meint Ihr, Sultan?«

»Spiel nicht mit mir, Christenjunge«, antwortete Saladin ärgerlich. »Ich will gar nicht wissen, wo es ist, ich will nur wissen, ob Sabbah es hat.«

»Ob er was hat?« fragte Ulrich.

Saladin starrte ihn an. »Wie du willst«, sagte er dann, fuhr herum und verließ das Zelt.

Ulrich sank in die Kissen zurück. Er schloß die Augen, das kurze Gespräch mit dem Sultan hatte ihn erschöpft. Doch mit dem Schlaf, in den er fiel, kam das Fieber wieder, und auch die Wunde schmerzte stärker als je zuvor. Krämpfe und Fieberphantasien schüttelten ihn, gewaltige schwarze Hunde drangen auf ihn ein, und hinter ihnen tauchte riesengroß ein dunkler Schatten auf, drohend, tödlich, eine hohle Stimme verlangte das Siegel von ihm, und ein uraltes, zerfurchtes Antlitz schob sich näher und näher ...

Ulrich schrak auf. Er war in Schweiß gebadet, und die Stimme Sabbahs war in seine eigenen Schreie übergegangen. Doch das Gesicht, das sich über ihn beugte, gehörte El Kabir, der ihn forschend ansah und ihm wieder eine Schale an die Lippen führte. Gierig trank Ulrich die nach Anis schmeckende Flüssigkeit. Sein Körper war wie ausgedörrt nach den zehrenden Fieberanfällen.

El Kabir drückte ihn sanft auf das Lager zurück, als er ausgetrunken hatte, und kühlte ihm mit einem feuchten Tuch die Stirn.

Ulrich wollte sich bedanken, doch nur ein heiserer Laut entrang sich seiner wunden Kehle. El Kabir nickte, und Ulrichs Lider senkten sich müde. Doch bevor er die Augen schloß, sah er eine Gestalt hinter El Kabir auftauchen. Es war Saladin, und er blickte ihn ernst und gütig an.

Das nächstemal, als Ulrich erwachte, fühlte er sich frei von Fieber und Schmerzen, aber noch lähmte eine große Mattigkeit seine Glieder. Es vergingen fünf weitere Tage, ehe er soweit bei Kräften war, daß er aufstehen und im Zelt herumgehen konnte.

Am Abend des fünften Tages ließ ihn Saladin zu sich rufen.

Der Diener schlug die Zeltbahn zurück, und Ulrich betrat das Zelt des Sultans.

Saladin saß zurückgelehnt auf einem geschnitzten Stuhl und blickte ihm entgegen. Links und rechts von ihm standen zwei Männer in dem weißen und roten Gewand der Tempelritter – Gerhard und Sarim de Laurec. Ulrich stieß einen überraschten Ruf aus.

»Gerhard! Sarim! Ihr lebt!«

»Wie du siehst«, antwortete der Templermeister. »Saladin hat uns das Leben geschenkt, wie dir und Raimund. Ich bin froh, dich wiederzusehen, Ulrich.«

»Genug«, unterbrach ihn Saladin ungeduldig. »Ihr habt später Zeit genug, euer Wiedersehen zu feiern. Jetzt befehlt diesem jungen Narren, daß er meine Frage nach dem Siegel beantwortet, Templer!«

Gerhard wandte sich an Ulrich und sah ihn ernst an. »Tu es«, sagte er.

Ulrich erschrak. »Aber Ihr selbst . . .«

»Habe dich schwören lassen, das Siegel mit deinem Leben zu verteidigen, ich weiß«, schnitt ihm Gerhard das Wort ab. »Und daran hat sich nichts geändert. Saladin trachtet nicht nach dem Besitz des Siegels, sowenig wie ich. Ich will auch nicht wissen, wo es sich befindet. Alles, was wir wissen wollen, ist, ob Hasan as-Sabbah es hat.«

»Ich weiß nicht, wovon Ihr redet«, antwortete Ulrich dickköpfig.

Gerhard seufzte, Sarim setzte an zu reden, aber Saladin sprang auf, öffnete den Deckel einer Truhe und riß den schmalen Metallgürtel heraus, in dem sich das Siegel verbarg.

»Hier!« rief er zornig. »Damit du mir glaubst, du Narr. Gerhard und Raimund haben mir gesagt, wo das Versteck des Siegels ist. Hier drinnen war es. Aber es ist nicht mehr da! Hast du es Sabbah gegeben?« Ulrich streckte die Hand nach dem Gürtel aus. Saladin wollte ihn zurückreißen, aber dann fing er einen Blick von Gerhard auf und händigte Ulrich das schmale Silberband aus.

Das Siegel war noch an Ort und Stelle.

Ulrich widerstand im letzten Moment der Versuchung, die kleine Geheimtasche zu öffnen und die münzgroße Goldscheibe herauszunehmen – er fühlte sie ganz deutlich! Ein eisiger Schauer durchfuhr ihn, als er den Gürtel fallen ließ. Was ging hier vor? Es war doch nicht möglich, daß außer ihm niemand das Siegel sehen oder fühlen konnte! Sogar Gerhard nicht, der ihm selbst diesen Gürtel gegeben hatte!

»Nun?« fragte Gerhard nach einer Weile.

Ulrich sah auf. Der Blick des Templermeisters war klar und ernst auf ihn gerichtet.

»Nein«, antwortete Ulrich leise. »Sabbah hat es nicht. Das Siegel ist noch in meinem Besitz.«

Gerhard atmete hörbar auf, und auch Raimund und Saladin entspannten sich. Ulrich fiel erst jetzt auf, daß die Hände des Templers zitterten.

Eine Weile sprach niemand ein Wort, schließlich erhob sich Saladin.

»Wie fühlst du dich, Ulrich?«

»Gesund«, antwortete Ulrich. »Euer Arzt hat gute Arbeit geleistet, Saladin. Ich danke Euch.«

Ein leichtes Lächeln spielte um Saladins Lippen. »Fühlst du dich kräftig genug für einen langen Tagesritt?« fragte er.

Ulrich nickte. »Ja. Wohin?«

»Nach Jerusalem«, antwortete Gerhard an Saladins Stelle. »Bruder de Laurec und du, ihr werdet nach Jerusalem reiten.«

»Nach Jerusalem?« wiederholte Ulrich überrascht. »Aber wir sind doch Gefangene!«

»Mit denen ich verfahren kann, wie es mir beliebt«, antwortete Saladin gelassen. »Und im Augenblick beliebt es mir, dich und deinen Freund nach Jerusalem zu schicken.« Er wurde ernst. »Es hängt viel davon ab, Christenjunge, daß du Jerusalem lebend und mit dem Siegel erreichst.«

»Und warum soll ich nach Jerusalem reiten?« fragte Ulrich.

Saladin blickte auf den Templermeister. »Das wird dir Gerhard . . .«

»Nein!« wurde er scharf unterbrochen. »Vorerst reicht es, wenn du Bruder Sarim nach Jerusalem begleitest und ohne zu fragen tust, was er dir sagt!«

Sarim de Laurec trat neben Ulrich und legte ihm den Arm um die Schultern.

»Sagt es ihm«, forderte er Gerhard auf. »Er hat ein Recht, es zu erfahren.«

»Schweigt, Bruder«, antwortete Gerhard mit einer ärgerlichen Bewegung. »Meine Entscheidungen treffe ich immer noch selbst!«

»In diesem Fall habt Ihr nicht allein zu entscheiden«, fiel Saladin mit ruhiger Stimme ein. »Vergeßt nicht, es liegt auch in meinem Interesse, daß das Siegel nach Jerusalem gebracht wird. Und ich denke, Ulrich hat zur Genüge bewiesen, daß er kühl und überlegt handeln kann, deshalb können wir ihm vertrauen.«

Gerhard preßte die Lippen aufeinander. Ulrich sah, wie sich seine Hände zu Fäusten schlossen und wieder öffneten.

»Gut, gut«, sagte der Templermeister dann mit mühsam beherrschter Stimme. »Aber du wirst bei deinem Leben schwören, Ulrich, daß du zu niemandem über das reden wirst, was du hier und jetzt von mir erfahren wirst!«

»Ich schwöre es«, antwortete Ulrich fest.

»Das Siegel, das ich dir anvertraut habe«, begann Gerhard, »ist mehr als nur ein Symbol. Es ist wichtiger als das heilige Kreuz, wichtiger als Jerusalem.«

»Was ist es dann?« fragte Ulrich.

Gerhard ging auf ihn zu und bückte sich, so daß sich seine Augen in der gleichen Höhe wie Ulrichs befanden.

»Das Siegel kann das Schicksal der Welt bestimmen. Es ist unser wertvollster Besitz, aber in den falschen Händen kann es zu einer Waffe werden. Zu einer Waffe von solch entsetzlicher Macht, daß es sich keiner von uns auch nur vorzustellen vermag.«

»Eine Waffe?« murmelte Ulrich ungläubig.

»Ja«, sagte Sarim, der zu den beiden getreten war. »Es verleiht seinem Besitzer Macht über Leben und Tod. Und das kann gefährlich werden für uns alle. Deshalb muß das Siegel wieder an seinen Platz in Jerusalem zurück. Ist es einmal dort, kann es niemand mehr entfernen.«

»Über Leben und Tod, hörst du, Ulrich«, erklang die Stimme Saladins neben dem Knaben. Er legte seine Hand auf seinen Arm. »Hasan as-Sabbah würde keinen Augenblick zögern und sich die Welt untertan machen. Begreifst du nun, warum Gerhard mir vertraute? Christen und Muslims, sie haben einen gemeinsamen Feind, und der macht sie augenblicklich zu Verbündeten. Es geht hier nicht mehr um die Frage, welches unserer Völker in Zukunft über das Morgenland herrschen wird.« Er beugte sich vor. »Es geht um die Frage, ob es noch so etwas wie eine Zukunft gibt, Christenjunge – nicht nur für euch.«

In Ulrich stieg eine gräßliche Vision auf: Er sah Sabbah, umgeben von einer gewaltigen Heerschar schwarzgekleideter, stummer Krieger, gefeit gegen Pfeil und Speer und Schwert, Kreaturen, die nur wie Menschen aussahen, aber keine waren, sondern willenlose Puppen, die jeden Befehl ihres Herrschers ausführten ...

»Wann brechen wir auf?« fragte er laut.

Gerhard und Sarim lächelten. Saladin drückte für einen Moment Ulrichs Arm, dann zog er schnell seine Hand zurück. »Noch heute«, antwortete er. »Zwei schnelle Pferde stehen für euch bereit, und hier habe ich einen von mir unterzeichneten Brief, der euch freies Geleit nach Jerusalem sichert, falls ihr auf Krieger meines Heeres stoßen solltet.«

Er griff unter seinen Mantel, zog eine schmale Pergamentrolle hervor, die von einem roten Siegelband zusammengehalten wurde, und reichte sie Sarim.

»Noch eine Frage«, begann Ulrich. »An welchen Platz in Jerusalem soll ich das Siegel bringen?«

Das Lächeln verschwand von Gerhards Gesicht. »Das weiß ich nicht«, sagte er langsam. »Das weiß niemand. Aber ich bin sicher, auf irgendeine Art und Weise wird dich das Siegel führen. Denk daran, daß es bisher nur für dich sicht- und fühlbar war. Wie auch immer, wichtig ist, daß ihr so rasch wie möglich nach Jerusalem kommt!«

Ulrich schluckte. »Was ist, wenn Sabbah ... wenn er schneller ist als wir und versucht, das Siegel in seine Gewalt zu bringen?«

Gerhard fuhr herum. »Das darf niemals geschehen«, sagte er leise und eindringlich.

»Und wenn doch?« flüsterte Ulrich.

Gerhard zögerte, und als er sprach, war seine Stimme tonlos.

»Dann mußt du es zerstören, Ulrich«, sagte er.

30

Sie ritten in derselben Stunde los. Ulrich sah Raimund nicht wieder. Er erfuhr von Sarim de Laurec, daß der Graf schon vor Wochenfrist als freier Mann das Lager verlassen und sich auf den Weg nach Kerak gemacht hatte, seiner uneinnehmbaren Wüstenfestung, wo er das Ende des Krieges in aller Ruhe abzuwarten gedachte.

Für den Weg nach Jerusalem – für einen schnellen Reiter ein Ritt von drei, allenfalls vier Stunden – brauchten sie die ganze Nacht und noch einen Teil des darauffolgenden Morgens. Ohne Saladins Schutzbrief wären sie wohl nur wenige Meilen weit gekommen: allein bis Sonnenaufgang wurden sie viermal von muslimischen Kriegern angehalten. Ulrich bekam in dieser Nacht eine tiefe Ahnung von der Welt, wie sie in Zukunft hier sein würde.

Sie hatte keinerlei Ähnlichkeit mehr mit der, die er bei seiner Ankunft im Heiligen Land kennengelernt hatte. Alles war auf den Kopf gestellt, aus den Jägern waren Gejagte geworden, aus Beherrschten Herrscher... er wagte es nicht, den Gedanken laut auszusprechen, aber er wußte plötzlich, daß es nie wieder anders werden würde. Aus dem wenigen, das er von El Kabir und Sarim erfahren hatte, ergab sich ein Bild, das eine zu eindeutige Sprache sprach: Ulrich hatte zwei Wochen gebraucht, um sich von seiner Verwundung zu erholen; und das Königreich der Christen im Heiligen Land dieselbe Zeit, um zugrunde zu gehen. Hattin war nur der Anfang gewesen; die erste Schlacht in einem Krieg, der nichts anderes war als ein einziger, gewaltiger Siegeszug der Muselmanen. Akkon war gefallen, Beirut, und schließlich – gerade gestern, ehe Saladin ihn rufen ließ, um mit ihm zu reden – selbst Askalon, diese gewaltige Festung, die immer für uneinnehmbar gehalten worden war. Und auch Jerusalem würde fallen. Saladin hatte keine Zweifel daran gelassen, daß er nicht eher ruhen würde, bis auch die Stadt des Herrn wieder in seiner Gewalt war.

Erst eine Stunde vor Mittag tauchten die Mauern Jerusalems in der hitzeflimmernden Luft vor ihnen auf. Sie betraten die Stadt durch das Jaffator, eines der acht Tore dieser gewaltigen Stadt. Aber Jerusalem war nicht nur eine große Stadt, sondern auch eine Stadt, die sich im Krieg befand und täglich mit dem Erscheinen eines feindlichen Heeres vor ihren Mauern rechnete. Aufmerksame Augen beobachteten die Umgebung, und so war es nicht weiter verwunderlich, daß sie bemerkt wurden und ihnen ein ganzer Zug Bewaffneter entgegenkam, lange ehe sie das Tor erreichten.

Ulrich überließ Sarim de Laurec das Reden. Sie hatten sich auf eine Geschichte geeinigt; nämlich daß es ihm und Raimund tatsächlich gelungen wäre, Sarim de Laurec aus Tiberias zu befreien, sie aber während ihrer anschließenden Flucht aus der Stadt getrennt worden wären und sie sich seither verborgen gehalten hatten, um abzuwarten, bis Ulrichs schwere Verwundung ein Weiterreiten erlaubte. Unter dem gewaltigen Quader des Davidturmes hindurch, der das Tor wie ein steinerner Riese bewachte, ritten sie in die Stadt ein.

Ulrich sah nicht sehr viel von Jerusalem an diesem ersten Tag, denn sie wurden von ihren Begleitern unverzüglich in die Zitadelle gebracht, die riesengroß und braun und häßlich neben dem Tor thronte. Auf den Straßen herrschte ein unglaubliches Menschengewimmel, und der Lärm war unbeschreiblich. Überall waren Bewaffnete zu sehen, darunter aber erstaunlich wenige Ritter. Ein Kind riß sich von der Hand seiner Mutter los und lief neugierig auf die Neuankömmlinge zu, wurde aber gleich darauf wieder zurückgerissen. Ein schwarzer, häßlicher Hund schnappte knurrend nach den Fesseln von Sarims Reitpferd, bis ihm jemand einen Tritt verpaßte und er sich trollte. Das sollte Jerusalem sein, die Heilige Stadt, die Sehnsucht Tausender in Ulrichs Heimat? Er war beinahe froh, als sich nach wenigen Augenblicken abermals ein Tor hinter ihnen schloß und die trügerische Ruhe einer Festung sie aufnahm, die sich auf den Sturm vorbereitete.

Ihre Begleiter forderten sie höflich aber bestimmt auf, aus den Sätteln zu steigen und ihnen zu folgen.

Ein Mann im schwarzen Waffenrock der Johanniter geleitete sie ins Haupthaus und befahl ihnen, am Fuße einer gewaltigen Steintreppe zu warten, während er dem Kriegsherrn Jerusalems von ihrem Kommen berichtete. Ulrich und Sarim widersprachen nicht – vor allem, da sie von einem weiteren halben Dutzend Männer umgeben waren, die zwar nicht ihre Waffen zückten, aber in eindeutig drohender Haltung stehenblieben.

Nach der unerträglichen Hitze war es im Inneren der Festung angenehm kühl und schattig, aber es roch schlecht, und nachdem sich Ulrichs Augen wieder an das graue Halblicht der Gewölbe gewöhnt hatten, fiel ihm auf, wie kahl und abweisend alles aussah. Es war das erste Mal, daß er im Inneren einer Kreuzritterfestung war. Vorher hatte er alle Pracht des Orients kennengelernt. Und wenn er Saladins Zelt mit diesem kalten, abweisenden Gemäuer verglich... Nein, es gab eine Menge Dinge, die die Christenheit von ihren »barbarischen« Feinden lernen konnte.

Sie mußten nicht lange warten. Nach wenigen Augenblicken erklangen Stimmen vom oberen Ende der Treppe, dann Schritte – und plötzlich sah sich Ulrich einem Mann gegenüber, den wiederzusehen er kaum mehr gehofft hatte.

»Balian!« entfuhr es ihm. »Herr! Ihr lebt!«

Balian von Ibelin schien nicht weniger erstaunt zu sein als Ulrich. Er verhielt mitten im Schritt.

»Ritter Ulrich!« rief er. »Ihr lebt! Gott im Himmel sei gedankt für dieses Wunder!« Er sprang die letzten Stufen hinunter und schloß Ulrich in die Arme. Ulrich selbst überraschte diese unerwartete Wiedersehensfreude nicht wenig. Er hatte Balian von Ibelin nur wenige Male gesehen und nicht unbedingt unter glücklichen Umständen. Aber vielleicht war es in einer Zeit wie dieser schon ein Grund zur Freude, jemanden zu treffen, der *kein* Feind war.

»Du hast es tatsächlich geschafft«, sagte Balian. »Ich freue mich, dich unverletzt wiederzusehen, Ulrich – und auch dich, Bruder Sarim. Wie seid ihr nur Saladins Häschern entgangen?«

»Mit viel Glück – und Gottes Hilfe«, sagte Sarim de Laurec.

»Ihr seht aus, als könntet ihr eine kräftige Mahlzeit vertragen«, sagte Balian. »Laßt uns bei einem Braten und einem guten Becher Wein weiterreden. Ihr könnt gehen. Diese beiden genießen mein vollstes Vertrauen.« Die letzten Worte galten den Wächtern.

Sie gingen die Treppe hinauf, durch einen langen, sehr finsteren Gang, der nur unzureichend von einer einzelnen Fackel erhellt wurde, und gelangten schließlich über eine weitere Treppe in einen Raum von erstaunlicher Größe und Freundlichkeit – an den Wänden hingen Teppiche, und durch zwei Fenster und eine Tür an der Südseite fiel helles Sonnenlicht herein.

Sie setzten sich. Balian klatschte zweimal in die Hände, worauf ein muslimischer Diener erschien, dem er auftrug, eine kräftige Mahlzeit und einen Krug des besten Weines für seine Gäste zu bringen; erst dann gesellte er sich zu ihnen.

»Du bringst das Siegel?« sagte Balian unvermittelt.

Ulrich konnte nicht verhindern, daß er erschrocken zusammenfuhr, was Balian zu einem raschen, spöttischen Lächeln veranlaßte.

»Ihr ... wißt davon?« fragte Ulrich stockend.

Balian von Ibelin nickte. »Gerhard und ich sind Freunde«, erinnerte er. »Er lebt?«

»Er ist Saladins Gefangener«, antwortete Sarim an Ulrichs Stelle. »Aber er lebt, ja. Ich ... glaube nicht, daß Saladin ihn töten wird. Er hätte es längst getan, wäre das seine Absicht.«

Balian nickte. »Es war ein guter Entschluß, hierher nach Jerusalem zu kommen«, fuhr er fort, nun wieder an Ulrich gewandt. »Es war diese Stadt, in der das Siegel gefunden wurde. Es gehört hierher.« Er sah Ulrich einen Moment lang durchdringend an, auf eine Art, die Ulrich unangenehm war, dann lächelte er.

»Ich verstehe, daß du nicht darüber reden willst. Es ist eine gewaltige Verantwortung, die Bruder Gerhard auf deine Schultern geladen hat. Ich bin froh, sie nicht teilen zu müssen. Aber wenn du Hilfe brauchst ...« Er sprach nicht weiter, sondern blickte Ulrich nur an, als erwarte er eine Antwort. Doch Ulrich schwieg, und Balian wechselte das Thema.

»Ihr müßt die grobe Behandlung von vorhin verzeihen«, sagte er. »Aber die Männer unten am Tor kannten euch nicht, und ich habe Befehl gegeben, jeden Fremden genau in Augenschein zu nehmen, ehe er die Stadt betreten darf.«

»Warum?« fragte Sarim de Laurec.

»Warum?« wiederholte Balian. »Könnt Ihr Euch das nicht denken, Bruder Sarim? Wir befinden uns im Krieg. Es wird nicht mehr lange dauern, bis Saladins Heerscharen vor unseren Toren aufziehen. Was könnte ihm besser gelegen kommen, als ein paar Verräter in der Stadt zu haben, die ihm nachts die Tore öffnen?« Er lächelte, als er sah, wie Ulrich blaß wurde. »Nur keine Angst«, fuhr er fort. »Bisher haben wir drei von Saladins Spionen gefangen, und auch die, die er zweifellos noch schicken wird, werden uns nicht entgehen. Noch ist Jerusalem sicher.«

316

»Die Stadt wird fallen«, sagte Sarim leise. »Und das wißt Ihr so gut wie ich.«

Balian nickte. »Ich fürchte, Ihr habt recht, Bruder de Laurec«, sagte er. »Vor zwei Tagen kam ein Bote Saladins in die Stadt. Er brachte einen Brief, in dem mir und meinen Begleitern freies Geleit nach Askalon und zurück angeboten wird. Morgen bei Sonnenaufgang brechen wir auf.«

»Und was sollt Ihr dort?«

»Die Kapitulationsbedingungen aushandeln, was sonst?« seufzte Balian. »Ich werde hinreiten, denn ich muß jede Gelegenheit nutzen, die mir geboten wird. Aber es wird keine Kapitulation geben.«

Sarim de Laurec richtete sich erschrocken auf. »Ihr wollt kämpfen?« sagte er ungläubig. »Aber es ist aussichtslos, Balian! Saladin hat zehnmal mehr Krieger als Ihr, und . . .«

»Das weiß ich selbst«, knurrte Balian. »Aber was soll ich tun? Die Waffen fortwerfen und uns Saladin auf Gnade oder Ungnade ausliefern?« Er schüttelte den Kopf. »Gerade Ihr solltet wissen, was geschieht, wenn er unserer habhaft wird.«

Bei diesen Worten sah er Sarim de Laurec fast feindselig an. »Genug vom Krieg geredet«, sagte er bestimmt, als Sarim zu einer Antwort ansetzen wollte. »Jetzt erzählt, wie es Euch ergangen ist. Ich war in großer Sorge, als ich hörte, daß Raimund frei sei, von euch beiden aber keine Spur zu finden war.«

»*Wir*«, antwortete Sarim de Laurec betont, »waren in Sorge um Euch, Balian, als wir den vereinbarten Treffpunkt erreichten. Ihr wart nicht mehr da.«

Balian runzelte die Stirn, als wäre ihm schon die Erinnerung unangenehm. »Wir mußten abrücken«, erklärte er ausweichend. »Es waren Sarazenen im Anmarsch. Raimund und euch beiden wäre nicht gedient gewesen, hätte man uns auch noch gefangengenommen.« Er sprach mit sonderbar veränderter Stimme, fiel Ulrich auf – in jenem hastigen, nicht ganz überzeugenden Tonfall, den ein Mensch anschlug, wenn er selbst nicht so recht an das zu glauben vermochte, was er sagte. Und wahrscheinlich war es auch so: Ulrich hätte in diesem Moment seine rechte Hand verwettet, daß weder Balian von Ibelin noch Reinold von Sidon oder ein anderer der siebzig Tempelritter, die sie in ihrem Versteck zurückgelassen hatten, zu sagen gewußt hätte, *warum* sie sich nicht an den verabredeten Zeitplan gehalten hatten und einfach abgezogen waren. Und das war kein Wunder – wo Zauberei und Schwarze Magie im Spiel waren, da nutzten Logik und scharfes Nachdenken meist nicht mehr viel.

»Aber jetzt berichtet«, fuhr Balian von Ibelin fort. »Ihr wart fast zwei Wochen verschollen – wie ist es euch ergangen in dieser Zeit? Was habt ihr gesehen und gehört? Ihr wart mitten in feindlichem Gebiet – wie ist die Stimmung unter Saladins Männern, und...«

Ulrich hörte nicht mehr hin. Es interessierte ihn nicht, was Balian und Sarim zu besprechen hatten. Der Kampf um Jerusalem würde auf jeden Fall stattfinden, und an seinem Ausgang bestand ohnehin kaum ein Zweifel.

Außerdem waren sie aus anderen Gründen hier.

Daß Balian ihn so offen auf das Siegel angesprochen hatte, verwirrte Ulrich mehr, als er zuzugeben bereit war. Er wußte nicht, was, aber irgend etwas an Balians Freundlichkeit war... *falsch.* Es war nicht so, daß er glaubte, Balian belüge ihn. Nein, der Kriegsherr Jerusalems war ehrlich zu ihm und sehr freundlich. Aber etwas... stimmte nicht. Eine Unruhe hatte von Ulrich Besitz ergriffen, die er sich nicht erklären konnte, die aber zu stark war, um ihr keine Aufmerksamkeit zu schenken. Er hatte gelernt, auf Ahnungen zu hören.

Eine Weile tat er noch, als würde er zuhören, dann stand er auf, entschuldigte sich mit einem flüchtigen Lächeln bei Balian und schlenderte zur Tür. Sie führte auf einen schmalen Balkon mit einer steinernen Brüstung hinaus, die richtige kleine Zinnen hatte, wie die Wehrmauer einer Burg.

Ulrich warf einen Blick zu Sarim und Balian zurück, sah, daß sie noch immer in ihr Gespräch vertieft waren, und trat mit einem entschlossenen Schritt auf den Balkon hinaus.

Im ersten Moment schwindelte ihn fast, denn er war sehr viel höher, als er geglaubt hatte, aber dann legte er die Hände auf die steinerne Brüstung und beugte sich leicht vor.

Jerusalem erstreckte sich wie ein gewaltiger Ozean aus weißem Stein und hellgelben Lehmziegeln unter ihm, die Kuppel- und Flachdächer der Häuser reihten sich unaufhörlich aneinander, ehe sie irgendwo im Osten, scheinbar unendlich weit entfernt, an das große, fast leere Areal des Tempelbezirkes stießen. Von hier oben war nichts von

Schmutz und Lärm zu merken, der in den schmalen Gassen herrschte. Die goldene Kuppel des Felsendomes überragte dieses steinerne Meer wie eine zweite, schimmernde Sonne, die auf- oder unterging, und dahinter...

Ulrich spürte etwas, ein Gefühl, das so fremd und neu für ihn war, daß er keine Worte fand, um es zu beschreiben. Er hatte plötzlich keinen anderen Wunsch, als dorthin zu gehen, an jenen ihm unbekannten Ort in der Nähe dieser goldenen Kuppel. Es zog ihn förmlich dorthin. *War es das, was Gerhard erwartet hatte?* dachte er. Ohne sein Zutun kroch seine Hand zum Gürtel und tastete nach der runden kleinen Metallscheibe unter den Silberschuppen. *War es das Siegel, das die Nähe des Ortes spürte, an den es gehörte?*

Ulrich war plötzlich überzeugt, daß das Siegel *hierher* gehörte, an diesen ganz bestimmten Ort in dieser Stadt, und daß er ihn finden konnte, ganz einfach, indem er sich von seiner inneren Stimme führen ließ. Gerhard, dachte er, welche Verantwortung hast du mir aufgeladen? Warum ich? Warum gerade ich, von all diesen Tausenden von Männern, über die der Templermeister gebot?

Ein Geräusch ließ ihn aufsehen. Im ersten Moment dachte er, es wäre Sarim oder Balian, die aufgestanden waren, oder der Sklave, der das Essen brachte.

Doch was er jetzt sah, ließ ihn erstarren.

Es war ein Hund.

Ein großes, nachtschwarzes Tier, dessen Fell wie poliertes Ebenholz glänzte; schlank, aber ungemein kräftig, mit einer spitzen Schnauze, ebenfalls spitzen Ohren, und Augen, die wie glühende Kohlen waren. Und diese Augen starrten ihn an, mit einem Ausdruck, der alles sein mochte, nur nicht der Blick eines Tieres...

Ulrich wollte etwas sagen, aber er konnte es nicht. Der Blick des schwarzen Tieres bannte ihn, lähmte seine Gedanken, seinen Atem, seinen Herzschlag. Hinterher begriff er, daß es nicht mehr als ein Augenblick gewesen war, den sich ihre Blicke kreuzten, aber Zeit bedeutete nichts bei diesem stummen Duell.

Etwas, das tief verborgen war im Inneren dieses schwarzen Hundes, griff nach seiner Seele, berührte, betastete, belauerte sie, etwas unendlich Kaltes, Fremdes, Starkes, und es war Ulrich, als erstarre er innerlich zu Eis. Jegliches menschliche Gefühl, jegliches Empfinden, jedes

Mitleid, jedes bißchen Wärme, jede Liebe und Zuneigung, aber auch aller Haß und Zorn erloschen in ihm. Es war wie jenes Etwas, das die unheimliche Stille in der Felsenschlucht bei Tiberias hervorgerufen hatte – so wie Sabbahs Magie alle Laute der Natur vertrieb, verscheuchte der Blick des riesigen Hundes jede Lebendigkeit aus Ulrich. Er fühlte sich leer, beinahe tot, aber selbst diesen Gedanken dachte er ohne Furcht oder auch nur Verwunderung.

Was er fühlte, war ... *fremd.* Fremd und ungeheuer mächtig. Es war nicht einmal böse, aber es war *stark,* so ungeheuer stark, daß in seiner Nähe kein Platz mehr blieb für irgend etwas anderes. Und es wurde immer mächtiger, grub tiefer, suchte nach etwas, das irgendwo in Ulrich war, und – erlosch.

So jäh, wie es gekommen war, verglomm das unheimliche Feuer in den Bernsteinaugen des Hundes. Der entsetzliche Druck auf Ulrichs Seele verschwand, und plötzlich war das Tier wieder ein Tier, kein schwarzer Dämon mehr. Der Hund blieb weiter reglos sitzen und starrte Ulrich an, aber plötzlich war nichts Unheimliches mehr an ihm.

»Was habt Ihr, Ritter Ulrich?« fragte Balian, der nun mit Sarim auf den Balkon gekommen war. Er folgte Ulrichs Blick, sah einen Moment auf den Hund herab, dann lächelte er und streichelte mit der Linken den Schädel des Tieres.

»Dieser friedliche Hund macht Euch doch nicht etwa Angst?« fragte er mit gutmütigem Spott. »Glaubt mir, er ist völlig harmlos – solange ich ihm nicht *befehle,* anzugreifen. Dann allerdings wird er zu einer tödlichen Waffe.«

Nur mühsam brachte Ulrich die Kraft auf, seinen Blick von dem Hund zu lösen und wieder Balian anzusehen. »Ist das ... Euer Tier?« fragte er stockend. Aus den Augenwinkeln sah er, wie Sarim ihn verwirrt anblickte. Die Gegenwart des Hundes lähmte ihn noch immer.

»Ja und nein«, antwortete Balian. »Er ist mir zugelaufen, auf dem Wege nach Jerusalem. Ich gestehe, daß er mir selbst im ersten Augenblick Angst gemacht hat – aber er war verwundet und tat mir einfach leid. Ich habe ihn gesundgepflegt, und seither ist er mir treu ergeben. Es muß eine gute Hand gewesen sein, die ihn erzogen hat.«

»Sicherlich«, antwortete Ulrich hastig. Er lächelte matt. »Bitte verzeiht mein Erschrecken. Ich ... habe schlechte Erfahrungen mit Hunden gemacht. Es ist lange her, aber ...«

Balian nickte. »Jaja, so etwas vergißt man nicht, ich weiß«, sagte er. »Aber er wird dir nichts zuleide tun, mein Wort darauf.« Er lächelte, und plötzlich erschien Ulrich dieses Lächeln so falsch, wie das harmlose Aussehen des Hundes war. *Du bringst das Siegel?* hatte er gesagt. *Aber war das wirklich noch Balian? Großer Gott, was geschah hier?* Ulrich wankte so heftig, daß Sarim mit einem erschrockenen Ruf hinzusprang und den Arm ausstreckte, um ihn zu stützen. Im letzten Moment erst fand Ulrich sein Gleichgewicht wieder, taumelte, griff haltsuchend nach der Wand und wäre um ein Haar gestürzt. Sein Herz raste mit einemmal. Die Lähmung war endlich von ihm abgefallen, ihm war gleichzeitig heiß und kalt, und die Angst kam nun mit zehnfacher Wucht. Nur noch mit Mühe brachte er die Kraft auf, Sarims hilfreich ausgestreckte Hand zu ergreifen und sich auf die harte Sitzbank fallen zu lassen.

Sarim de Laurec sah ihn erschrocken an. »Was hast du?« fragte er besorgt.

»Nichts«, antwortete Ulrich mit zitternder Stimme. »Mir ist nur ... ein wenig schwindelig, das ist alles«, fügte er hastig hinzu. Er versuchte zu lächeln. »Ich habe meine Kräfte wohl ein wenig überschätzt.«

Auch Balian von Ibelin sah plötzlich sehr besorgt drein. »Das scheint mir auch so«, sagte er. »Vielleicht solltet Ihr ...«

»Es ist schon gut, Herr«, unterbrach ihn Ulrich. »Laßt mich einen Moment ausruhen, dann wird es wieder gehen.«

»Vielleicht verlange ich wirklich ein wenig zu viel von euch«, sagte Balian plötzlich. Er sah Sarim schuldbewußt an. »Ihr müßt müde sein. Die Diener sollen euch in eure Gemächer bringen, wo ihr euch ausruhen könnt.« Ohne eine Antwort abzuwarten, stand er auf und klatschte in die Hände, worauf ein muslimischer Sklave erschien, mit dem er ein paar Worte in einem Ulrich unbekannten Dialekt wechselte. Der Mann nickte demütig und verschwand. Balian wandte sich wieder an de Laurec.

»Ritter Wolfram wird euch den Weg zeigen«, sagte er. »Geht und schöpft erst einmal frische Kraft. Ich erwarte euch bei Sonnenuntergang zum Abendmahl. Es gibt viel zu besprechen.«

Die Tür öffnete sich abermals, und ein hochgewachsener Mann in der weiß-roten Kleidung eines Tempelritters betrat den Raum.

»Ritter Wolfram«, stellte ihn Balian vor. »Und das sind Sarim de Laurec und Ulrich von Wolfenstein. Führt sie in das für sie vorbe reitete Gemach und sorgt für ihr Wohl.«

Wolfram nickte düster und wandte sich zur Tür, ohne sich zu vergewissern, ob Ulrich und Sarim ihm folgten. Wieder beschlich Ulrich das Gefühl, daß hier irgend etwas nicht stimmte. Daß er auf der Hut sein mußte...

Wolfram, gefolgt von einem halben Dutzend Krieger, begleitete Ulrich und Sarim in ihre Kammer. Aber anders, als Balian befohlen hatte, behandelte er sie ganz und gar *nicht* wie Gäste: Als sie vor der Tür angelangt waren, versetzte der Templer Sarim de Laurec einen so derben Stoß, daß er haltlos nach drinnen taumelte und auf die Knie stürzte, und als Ulrich aufbegehren wollte, handelte er sich einen Schlag mit dem Handrücken ein, der seine Lippen aufplatzen ließ. Danach packte ihn der Templer grob beim Oberarm und stieß ihn so heftig durch die Tür, daß er um ein Haar ebenfalls zu Boden gefallen wäre.

»Was fällt Euch ein?« rief Ulrich. »Ihr...«

»Schweig!« fuhr ihn Wolfram an. »Noch einen Laut, und du redest nie wieder!« Er trat auf Ulrich zu und erhob den Arm, um ihn abermals zu schlagen, führte die Bewegung aber nicht zu Ende. »Nein«, sagte er. »Ich werde mir nicht die Hände schmutzig machen an einem elenden Verräter, wie du es bist.«

»Verräter? Was soll das heißen?« stammelte Ulrich. »Wir sind keine Verräter!«

Wolfram lachte hart.

»So?« sagte er spöttisch. »Und warum steht dann Saladins Name unter dem Schutzbrief, der euch freies Geleit durch die muselmanischen Heere sichert? Spione seid ihr, steht in Saladins Diensten. Balian von Ibelin hat mich genau unterrichtet.«

Ulrich fuhr zusammen. Balian! Sein Gefühl, daß hier etwas nicht stimmte, hatte ihn nicht getrogen; er wußte nur noch nicht genau, was es war.

»Ja, Sarim de Laurec und ich sind in Saladins Auftrag hier, aber nicht als seine Spione. Der Grund, aus dem wir hier sind, hat mit dem Templerorden zu tun...« Für einen Moment war er nahe daran Wolfram alles zu erzählen, die ganze Geschichte, beginnend mit der Begegnung Yussufs in den Straßen von Tiberias. Aber dann fing er einen warnenden Blick Sarims auf, und er verwarf den Gedanken wieder. Niemand würde ihm glauben.

Wolfram hatte ihm auch gar nicht zugehört.

Mit gezücktem Schwert hielten sie beide in Schach, während zwei der anderen Ritter Ulrichs und Sarims wenige Habseligkeiten durchsuchten und alles an sich nahmen, was irgendwie als Waffe hätte dienen können – selbst Sarims Geldbörse, die hastig unter einem Kettenhemd verschwand. Sarim schwieg auch dazu. Er sah nicht einmal hin, obwohl Ulrich sicher war, daß er es bemerkt hatte. Aber er rührte sich nicht, sondern blieb auf den Knien hocken, so wie er hingefallen war, und starrte zu Boden.

Erst als die Männer das Zimmer wieder verlassen hatten, stand er langsam auf – wobei er Ulrichs hilfreich ausgestreckte Hand absichtlich übersah – und begann ohne ein weiteres Wort die Kleider einzusammeln, die die Männer auf dem Boden verstreut hatten. Ulrich wollte ihm helfen, aber Sarim wies ihn mit einer ungeduldigen Handbewegung ab, so daß Ulrich es vorzog, sich still auf die Bettkante zu setzen und abzuwarten, bis Sarim ihn von sich aus ansprach.

Er mußte sehr lange warten. Sarim de Laurec sammelte umständlich seine und Ulrichs Habseligkeiten ein, richtete den umgeworfenen Stuhl wieder auf und trat dann ohne ein weiteres Wort zum Fenster. Lange stand er einfach da, starrte ins Leere hinaus und rührte sich nicht, und Ulrich hatte schon fast das Gefühl, das Schweigen einfach nicht mehr ertragen zu können, als Sarim sich endlich wieder zu ihm herumdrehte.

»Das ist unmöglich«, sagte er.

Ulrich verstand sehr wohl, was Sarim meinte. Trotzdem fragte er: »Was?«

»Es ging zu schnell. Das ist kein Zufall, Ulrich. Jemand hat uns verraten. Jemand in Saladins Lager, oder einer von Gerhards Männern. Oder...«

»Sabbah«, sagte Ulrich leise.

Sarim starrte ihn erschrocken an. »Was hast du gesagt?« murmelte er.

»Es war Sabbah«, wiederholte Ulrich. »Er ist hier, Sarim.«

»Er ist...« Sarim verstummte. Seine Augen weiteten sich in einer

Mischung aus Schrecken und Unglauben. »Was... sagst du da?«
stammelte er.

»Sabbah«, wiederholte Ulrich. Seine Stimme bebte, und mit einemmal begannen auch seine Hände und Knie zu zittern. Für einen Moment begann sich das kleine Zimmer vor seinen Augen zu drehen.
»Sabbah ist hier«, sagte er noch einmal. »Hier in Jerusalem, Sarim.«
»Das ist unmöglich«, widersprach Sarim de Laurec. »Woher willst
du das wissen?« fuhr er rasch und unsicher fort, als Ulrich nicht antwortete. »Wieso...«

»Ich weiß es einfach«, sagte Ulrich. »Bitte, Sarim, du mußt mir glauben. Ich... ich weiß es einfach. Der Hund, der bei Balian war, war...
war einer von Sabbahs Hunden. Balian weiß, daß wir hier sind, Sarim.
Und weshalb. Er... er wußte es vielleicht schon vor uns. Und ich ..«
Es fiel ihm schwer, weiterzusprechen. Der Verdacht war so ungeheuerlich, daß sich seine Zunge sträubte, die Worte auszusprechen. »Ich
glaube, daß... daß auch Balian nicht mehr... nicht mehr er selbst ist.«
Auf Sarims Gesicht stand nackte Angst. »Nicht Balian?« sagte er
schließlich langsam. »Bist du sicher?«

Ulrich nickte. Er war sich jetzt ganz sicher. »Er ist es noch, natürlich«, sagte er leise. »Aber nicht mehr...« Er hob die Hand und
tippte sich mit Zeige- und Mittelfinger gegen die Schläfe. »...hier
oben. Sabbah beherrscht ihn, Sarim. So wie damals Euch und mich.«
Der Templer antwortete nicht, nickte aber. Er hatte Hasan as-Sabbahs Macht am eigenen Leib gespürt, ebenso wie Ulrich, und er
wußte, wozu der Alte vom Berg fähig war.

»Ich Narr«, flüsterte er schließlich mit gepreßter Stimme. »Oh, ich
verdammter Narr. Ich hätte es wissen müssen. Sabbah will das Siegel,
und er wird nichts unversucht lassen, es in seine Gewalt zu bekommen.« Er lachte leise und bitter. »Ich selbst täte nichts anderes an seiner Stelle.«

Plötzlich fuhr er herum. Von der Lähmung, mit der Ulrichs Worte
ıhn erfüllt hatten, war nichts mehr geblieben. Seine Augen blitzten.
»Wir müssen das Siegel fortbringen«, sagte er. »Du mußt tun, was
Gerhard von dir verlangt hat. Sofort. Wenn Sabbahs Macht wirklich
schon bis hierher reicht, dann wird er auch wissen, daß wir gewarnt
sind.« Er machte eine Kopfbewegung zum Fenster hin. »Du kennst
den Ort, an den das Siegel gebracht werden muß?«

Ulrich schüttelte den Kopf. »Nein. Aber ich werde ihn finden.«
Wenn Sabbah ihnen Zeit genug dafür ließ, fügte er in Gedanken
hinzu.
Aber das sprach er lieber nicht laut aus.

31

Erst als der nächste Morgen dämmerte, brachten zwei von Wolframs Kriegern ihnen zu essen – einen Krug mit Wasser und für jeden eine Scheibe trockenes Brot, die ihren Hunger allerdings mehr weckte, als ihn zu stillen. Ulrich aß jeden Krümel, denn er hatte das ungute Gefühl, daß dieses Essen vielleicht für lange Zeit das letzte sein würde, das sie bekamen. Möglicherweise war es ihre Henkersmahlzeit.

Eine halbe Stunde nach Sonnenaufgang hörten sie Lärm aus dem Festungshof heraufdringen. Ulrich stand auf, trat ans Fenster und gewahrte eine Gruppe von gut fünfundzwanzig Berittenen, die sich in Zweierreihen dem Tor näherte. Angeführt wurde sie von einem Reiter in Weiß und Silber, der als einziger weder Helm noch Schild trug.

»Balian«, bemerkte Sarim, der neben ihn getreten war und über seine Schulter hinweg sah. »Er reitet nach Askalon.« Er seufzte. »Ich hoffe, wir sehen ihn wieder.«

Ulrich antwortete nicht, sondern blickte schweigend weiter auf den Hof herab, bis die Reiter verschwunden waren und sich die Tore wieder hinter ihnen schlossen.

»Wir müssen fliehen«, sagte er unvermittelt. Sarim lachte bitter. Tags zuvor hatte er ein paarmal lautstark gegen die Tür getrommelt und verlangt, Balian von Ibelin zu sprechen, aber niemand war gekommen, und auch die beiden Krieger, die heute morgen erschienen waren, hatten nicht auf ihn gehört.

»Sicher. Wenn du recht hast und Hasan as-Sabbah wirklich in der Stadt ist, wie stellst du dir das vor – fliehen? Draußen vor der Tür stehen Wachen, und selbst wenn es uns gelänge, sie zu überwinden, wir kämen niemals aus der Festung heraus. Und schon gar nicht aus der Stadt. Die Tore werden streng bewacht.«

»Wer sagt, daß ich aus der Stadt herauswill?« murmelte Ulrich. Sarim sah ihn erstaunt an, antwortete aber nicht darauf, sondern blickte weiter aus dem Fenster und auf den Hof hinab, und plötzlich fühlte sich Ulrich unendlich einsam und verloren. Bei Gott – hatte er sich wirklich eingebildet, einem Mann wie Hasan as-Sabbah die Stirn bieten zu können? Das war lächerlich!

»Ich muß es zurückbringen, Sarim«, sagte er leise, aber eindringlich

»Gerhard hat sich getäuscht. Das Siegel ... gehört uns nicht. Es richtet nur Unheil an. Es muß zurück an seinen angestammten Platz, ehe es Sabbah in die Hände fällt.«
Sarim de Laurec drehte sich langsam vom Fenster weg und sah ihn sehr ernst an. Er wirkte müde, denn sie hatten beide in der vergangenen Nacht keinen Schlaf gefunden, seine Augen aber blickten hellwach.
»Und wenn es genau das ist, worauf Sabbah wartet?« fragte er.
»Wenn wir hierbleiben, gewinnt er auf jeden Fall.«
»Das ist Wahnsinn«, murmelte Sarim. »Wir werden beide sterben, Ulrich.«
Ulrich nickte. »Vielleicht. Hast du Angst davor?«
Sarim schüttelte den Kopf, lächelte plötzlich und nickte dann. »Natürlich. Jedermann hat Angst vor dem Tod. Du auch.«
»Wie vor nichts anderem auf der Welt«, sagte Ulrich.
»Und trotzdem willst du es versuchen?«
Ulrich nickte abermals, und eine sonderbare Verwandlung ging mit Sarim de Laurec vor sich. Für einen Moment schien er wieder zu dem Mann zu werden, der er einmal gewesen war, vor vielen Monaten, als Ulrich ihn kennengelernt hatte, und bevor er durch die Hölle von Hattin gegangen und in Saladins Gefangenschaft geraten war.
»Dann laß es uns versuchen«, sagte er. »Jetzt.« Er drehte sich herum, war mit zwei Schritten bei der Tür und hämmerte mit den Fäusten dagegen.
»Aufmachen!« schrie er. »Sofort aufmachen!«
Tatsächlich vergingen diesmal nur wenige Augenblicke, bis der Riegel zurückgeschoben wurde und zwei Ritter den Raum betraten. Aber sie waren auf der Hut – einer scheuchte Sarim mit der Spitze seines Speeres zurück bis zum Bett, während der zweite Mann ein Stück weit hinter ihm mit gezücktem Schwert stehenblieb.
»Was willst du?« fragte der Mann, der Sarim in Schach hielt.
»Wolfram!« sagte de Laurec erregt. »Ich muß Ritter Wolfram sprechen. Auf der Stelle!«
»Das geht jetzt nicht«, erwiderte der Wächter grob. »Er ist nicht ...«
»Aber es ist wichtig!« unterbrach ihn Sarim. »Geht und sagt ihm, daß wir ihn sprechen müssen. Es geht um Leben und Tod.«
Der Mann blickte ihn zweifelnd an, aber er wirkte jetzt nicht mehr

ganz so ablehnend wie zuvor. »Um Leben und Tod?« fragte er. Die Spitze seines Speeres senkte sich um eine Winzigkeit. Sie deutete noch immer auf Sarim, aber nicht mehr genau auf sein Gesicht. »Wessen?« fragte er.

»Balians«, antwortete Sarim. »Es ist ein Attentat geplant, auf ihn und seine Begleiter.«

»Ein Attentat?!« Der Wächter fuhr erschrocken zusammen, und der zweite Mann, der neben der Tür stand, blickte ungläubig auf.

Und dann ging alles unglaublich schnell. Sarim warf sich mit einem Satz vor, packte den Speer dicht hinter der Spitze und entriß ihn seinem Besitzer. Noch ehe der Mann überhaupt begriff, wie ihm geschah, hatte de Laurec die Waffe herumgedreht und schmetterte ihm den Schaft gegen den Schädel. Der Ritter sackte lautlos in die Knie, und bevor sein Kamerad auch nur Zeit fand, sein Schwert zu heben, war Sarim auch schon über ihm. Seine linke Hand preßte sich auf den Mund des Kriegers und erstickte seinen Schrei, während die andere das Schwert umklammerte und mit einem Ruck zur Seite bog.

Endlich erwachte der Mann aus seiner Erstarrung. Verzweifelt bog er den Kopf zurück und schlug mit der freien Hand auf Sarim ein; gleichzeitig versuchte er seine Waffe herumzudrehen, um sie seinem Gegner in den Leib zu stoßen.

De Laurec ließ ihm keine Zeit. Zwischen seinen Fingern sickerte hellrotes Blut hervor, aber er hielt das Schwert weiter mit eisernem Griff umklammert, und Daumen und Zeigefinger der anderen Hand tasteten nach einer bestimmten Stelle am Hals des Ritters.

Er fand sie.

In den Blick des Kriegers trat für einen Moment ein Ausdruck ungläubigen Staunens, und plötzlich erschlaffte er in Sarims Griff und sackte haltlos an der Wand entlang zu Boden.

Aber noch war es nicht vorbei. So kurz der Kampf gewesen war, die beiden anderen Wächter draußen auf dem Korridor hatten ihn bemerkt und stürmten mit gezückten Waffen heran. Ulrich stieß einen schrillen Warnschrei aus, sprang mit einem blitzschnellen Satz zur Tür und stellte dem ersten ein Bein. Der Wächter versuchte im letzten Moment, über das vorgestreckte Bein hinwegzuspringen, aber er schaffte es nicht mehr. Sein Schwert pfiff eine halbe Handbreit über

Ulrichs Kopf durch die Luft, und als er fiel, versetzte ihm Sarim einen Faustschlag in den Nacken, der ihn quer durch den Raum stolpern und über dem Bett zusammenbrechen ließ. Gleichzeitig fuhr Ulrich herum, sah den vierten Wächter zornig vor sich auftauchen – und tat das erstbeste, was ihm einfiel: Er schmetterte ihm die schwere, eisenbeschlagene Tür an den Kopf.

Ein dumpfes Krachen ließ das zollstarke Eichenholz erzittern. Dann drang ein Laut durch die Tür, als fiele ein schwerer Sack aus großer Höhe zu Boden.

Sarim schob Ulrich mit einer Handbewegung zur Seite, öffnete vorsichtig die Tür und lugte durch den schmalen Spalt hinaus. Der Wächter lag reglos vor der Tür. Er war ohne Bewußtsein. Sarim bedeutete Ulrich mit einem mahnenden Blick, zurückzubleiben, öffnete die Tür weiter und trat vorsichtig auf den Gang hinaus. Hastig warf er einen Blick nach rechts und links, gab Ulrich mit einem Nicken zu verstehen, daß alles in Ordnung war, und ging in die Hocke, um den Krieger bei den Füßen zu ergreifen. Von Sarims rechter Hand tropfte Blut auf den Boden, und sein Gesicht zuckte vor Schmerz.

Ulrich half ihm, den Verwundeten in den Raum zu zerren. Hastig schloß er die Tür, wandte sich wieder um und wollte nach Sarims Hand greifen, aber der Templer zog sie zurück. »Laß das!« sagte er unwillig. »Der Kratzer hat Zeit. Hilf mir lieber!«

Ulrich war ganz und gar nicht der Meinung, daß es sich bei Sarims Verletzung um einen *Kratzer* handelte, aber er widersprach nicht. Wortlos half er dem Templer, die vier Männer mit ihren eigenen Gürteln zu fesseln und schmale Stoffstreifen aus dem Gewand des einen zu reißen, die sie als Knebel verwendeten. Dann schleiften sie die vier reglosen Gestalten in die hinterste Ecke des Raumes und banden sie an Hand- und Fußgelenken zusätzlich zusammen, damit sie sich nicht zur Tür wälzen und dagegentreten konnten, wie Sarim bemerkte. Erst, als sie dies erledigt hatten, ließ Sarim es zu, daß sich Ulrich seiner zerschnittenen Hand annahm.

Es war eine üble Wunde, die heftig blutete. Ulrich verband die Hand, so gut er es konnte. Sarims Gesicht zuckte ein paarmal vor Schmerz, aber er gab keinen Ton von sich, und Ulrich hatte kaum den letzten Knoten gemacht, da wollte er auch schon herumfahren und zur Tür eilen.

»Wartet noch«, sagte Ulrich. Sarim blieb auch tatsächlich stehen, und Ulrich bückte sich nach den Waffen der Templer und nahm eines der großen Schwerter an sich. De Laurec blickte ihn verwirrt an, als er eine zweite Klinge aufhob und ihm hinhielt. »Nehmt sie«, sagte Ulrich ungeduldig. »Ich weiß, Ihr habt geschworen, nie wieder zu kämpfen, aber ein Tempelherr ohne Schwert erregt Aufsehen.«
Sarim zögerte. Aber dann schien er die Richtigkeit von Ulrichs Gedanken einzusehen. Wortlos griff er nach der Waffe, schob sie in die leere Schwertscheide in seinem Gürtel und deutete zur Tür.
»Schnell jetzt«, sagte er. »Der Weg zum Löwentor ist weit. Und die Männer werden nicht ewig auf uns warten.«
Ulrich sah ihn verwirrt an, aber Sarim machte eine rasche, kaum sichtbare Bewegung mit der Hand, und er schwieg. Nicht etwa, daß er *verstand,* was diese geheimnisvolle Bemerkung bedeuten sollte.
Sie verließen die Kammer. Draußen auf dem Gang war alles ruhig. Niemand schien ihre Flucht bemerkt zu haben, und das Glück blieb ihnen auch weiterhin treu: Sie durchquerten das Gebäude, ohne jemandem zu begegnen, und traten bald auf den Innenhof der Zitadelle hinaus. Ulrich erschrak ein wenig, als er sah, daß sich ihnen der gleiche Anblick bot wie am vergangenen Tage. Das gut sechzig Schritt messende Rechteck war voller Menschen; Ritter und einfache Bürger aus Jerusalem, die sich im Umgang mit Waffen übten.
»Keine Angst«, flüsterte Sarim. »Geh einfach weiter. Ich glaube nicht, daß jemand weiß, wer wir sind.«
Ulrich unterdrückte ein beunruhigtes Nicken und ging mit schnellen Schritten hinter dem Templer die kurze Treppe hinab. Niemand kümmerte sich um die beiden Ritter, niemand hielt sie auf. Das Tor war zwar geschlossen, aber ihre weißen Wappenröcke waren so gut wie Schutzbriefe – der Wächter öffnete eine kleine Schlupftür in einem der gewaltigen Torflügel, und schon traten sie aus der Zitadelle.
Sie fanden sich auf einer schmalen, kaum bevölkerten Straße wieder. Wo war das Menschengewimmel, das Ulrich umgeben hatte, als er gestern die Stadt betrat? Unheilvolle Stille empfing sie. Etwas wie eine unfaßbare Drohung hing in der Luft; ein Gefühl, das Ulrich auf bedrückende Weise an die magische Finsternis erinnerte, die er in Sabbahs Gegenwart erlebt hatte. Er schauderte.

330

»Wohin?« fragte Sarim knapp.

Ulrich blickte sich unschlüssig um, dann deutete er nach Osten. Gott, wenn er doch wenigstens *wüßte,* wonach er zu suchen hatte. Wie sollte er vor Hasan as-Sabbah und seinen Häschern davonlaufen, wenn er nicht einmal wußte, wohin?

Sarims Blick folgte Ulrichs Arm, dann nickte er. »Natürlich«, sagte er leise. »Die Grabeskirche – ich hätte von selbst darauf kommen müssen. Wenn es überhaupt einen Ort auf der Welt gibt, an den Sabbahs Macht nicht reicht, dann sie.«

»Aber ist der Zutritt nicht verboten?« fragte Ulrich. Er war nicht ganz sicher, daß die Kirche im Herzen Jerusalems *wirklich* ihr Ziel war. Wessen war er sich überhaupt noch sicher?

»Für uns nicht«, erwiderte Sarim, während sie weitergingen. Mit einem leisen Lächeln berührte er das blutrote Kreuz auf Ulrichs linker Schulter. »Du vergißt anscheinend immer noch, daß du nicht mehr der Betteljunge bist, als der du herkamst, wie?«

»Nein«, antwortete Ulrich. »Nur manchmal wünsche ich es mir fast.«

Sarims Lächeln wurde eine Spur wärmer. »Niemand von uns bestimmt sein Schicksal selbst«, antwortete er geheimnisvoll, erklärte sich aber nicht weiter, sondern schritt plötzlich so rasch aus, daß Ulrich sich beeilen mußte, um ihm nachzukommen.

Ulrich dachte über seine letzte Bemerkung nach, während sie die Stadt in östlicher Richtung durchquerten, aber er kam nicht darauf, was Sarim wohl damit gemeint haben konnte. »Warum habt Ihr vorhin das Löwentor erwähnt?« fragte Ulrich.

Sarim lächelte flüchtig. »Einer der Männer war wach«, erklärte er. »Er tat so, als wäre er ohne Bewußtsein, aber ich bin sicher, daß er jedes Wort gehört hat. Irgendwann werden sie gefunden und befreit werden.«

»Und können dann am Löwentor suchen, bis sie schwarz werden«, fügte Ulrich grinsend hinzu. »Ich verstehe.«

Rasch gingen sie weiter. Ulrich sah sich immer wieder um, konnte aber von irgendwelchen Verfolgern keine Spur entdecken. Möglicherweise hatten sie einfach Glück, und Hasan as-Sabbah war nicht schnell genug. Selbst ein Magier brauchte Zeit, um seine Fäden zu spinnen. Und es gab einen Umstand, der ihnen günstig war: Balian von Ibelin konnte sie gar nicht verfolgen. Er befand sich jetzt auf dem Wege nach Askalon zu Saladin. Und Ulrich glaubte nicht, daß Sabbah viele Verbündete in der Stadt hatte. Seine Macht war gewaltig, aber nicht grenzenlos.

Aber trotzdem war er fast sicher, daß Hasan as-Sabbah über jeden ihrer Schritte – vielleicht sogar ihrer Gedanken – aufs genaueste unterrichtet war. Und daß er all seine Macht aufbieten würde, um zu verhindern, daß Ulrich das Siegel vor ihm in Sicherheit brachte.

Ulrichs Furcht wurde kleiner, je weiter sie sich von der Zitadelle entfernten.

Sie erreichten eine Straßenkreuzung und mit ihr den belebten Teil der Stadt. Ulrich fiel auf, daß die meisten Männer und Frauen, denen sie begegneten, einen Bogen um sie machten oder ihnen wenigstens auswichen, soweit es die überfüllte Straße zuließ. Fast alle, die er ansah, senkten den Blick oder sahen rasch weg, und in den wenigen Augen, in die er blickte, lag nicht unbedingt ein freundlicher Ausdruck. Nicht zum ersten Mal, seit Ulrich das rot-weiße Gewand der Tempelherren übergestreift hatte, kam er sich vor wie ein Ausgestoßener. Vielleicht, überlegte er, war das der Preis, den man für die Macht zu zahlen hatte.

Dann sah er den Hund.

Der Anblick kam so unverhofft, daß Ulrich jäh stehenblieb und erst weiterging, als sich Sarim im Gehen umwandte und eine ungeduldige Handbewegung machte.

Es war eindeutig nicht derselbe Hund wie gestern – dieselbe Rasse zwar, ein großes, kräftiges Tier mit glänzend schwarzem Fell, spitzen Ohren und einer spitzen Schnauze, aber jünger, etwas schlanker und unruhiger als der, dem er in Balians Zimmer begegnet war – aber er hatte seine Augen!

Die gleichen, von einem unheimlichen lodernden Feuer erfüllten Bernsteinaugen. Wie gestern in Balians Gemach starrten ihn diese Augen an, und wie dort spürte er den Hauch entsetzlicher Kälte, der seine Seele streifte; nicht halb so heftig und lähmend, aber deutlich genug, ihn wissen zu lassen, daß es da war, dieses namenlose böse Etwas in der Gestalt eines Hundes, lauernd und bereit, über ihn herzufallen. Er hatte sich getäuscht, wieder einmal. Sabbah hatte doch Verbündete in der Stadt. Mehr als genug.

Ulrich ging weiter, ohne das Tier auch nur einen Augenblick aus den Augen zu lassen. Der Hund folgte ihnen Er hielt großen Abstand, so daß Ulrich nur manchmal eine Pfote, eine Schnauze oder huschendes Schwarz zwischen den Beinen der Menschen sah, aber er folgte ihnen ganz eindeutig.

Sie beschleunigten ihre Schritte wieder, trotzdem kam es Ulrich vor, als bewegten sie sich kaum von der Stelle. Er konnte die Türme der Grabeskirche längst über den Dächern Jerusalems sehen, aber ganz gleich, wie schnell sie auch gingen, sie schienen einfach nicht näher zu kommen.

Und der Hund blieb hinter ihnen. Lautlos und schnell wie ein Schatten folgte er ihrer Spur, immer gerade so, daß Ulrich niemals wirklich sicher war, ihn zu sehen, aber auch niemals in genügend großem Abstand, daß sie ihn abschütteln konnten. Und Ulrich war nicht einmal sicher, daß es etwas genutzt hätte. Wenn Hasan as-Sabbah auch nur halb so mächtig war, wie er glaubte, dann wußte er längst, wohin sie wollten.

Dann – geschah es.

Weder Ulrich noch Sarim de Laurec konnten die Veränderung in Worte fassen, aber sie spürten sie beide geradezu schmerzhaft. Es ging unglaublich schnell, und nichts schien sich zu ändern: die Sonne brannte weiter von einem wolkenlosen hellen Himmel, rings um sie herum wogte das Treiben und Leben der Stadt, und aus der Zitadelle drangen weiter das Klingen von Waffen und die Rufe der Männer – und doch war die Welt von einem Moment zum anderen nicht mehr, wie sie gewesen war.

»Großer Gott!« flüsterte Sarim. Seine Augen weiteten sich vor Entsetzen. »Was . . . was ist das?«

Ulrich reagierte nicht auf Sarims Worte, sondern blickte mit klopfendem Herzen um sich. Es war wie an jenem schrecklichen Tag vor zwei Wochen, dachte er entsetzt, als sie in das Felsental nahe Tiberias eingeritten waren: Die Schatten schienen massiger und drohender geworden zu sein, die Trennung zwischen Hell und Dunkel deutlicher, alle Bewegungen um eine Winzigkeit schneller, und etwas lag in der Luft, das ihm das Atmen schwer machte. Es war keine Veränderung im einzelnen, begriff er plötzlich, sondern im *Ganzen*. Nichts war wirklich *anders*, aber . . .

»Sabbah!« flüsterte er. »Er ist hier, Sarim. Er selbst!«

Ulrich schwindelte. Vor seinen Augen begann sich die Straße zu drehen, als betrachte er sie durch einen Zerrspiegel hindurch. Die Wirklichkeit schien aus dem Lot gekommen zu sein; es war, als wäre die ganze Welt ein merkliches Stück weit in die Richtung abgeglitten, in der die Alpträume und der Wahnsinn lauerten.

Mit aller Macht drängte er die Angst zurück, die seine Gedanken zu verwirren begann, machte einen Schritt – und blieb erneut stehen.

Vor ihnen stand der Hund.

Er gab sich jetzt keine Mühe mehr, unentdeckt zu bleiben, sondern stand ruhig und offen da, ein gewaltiges, muskulöses Tier, das allein stark genug sein mußte, einen Mann zu zerreißen.

Und er war nicht mehr allein. Neben ihm stand ein zweiter, kaum weniger kräftiger Hund, und hinter den beiden Tieren tauchte jetzt ein dritter, nachtschwarzer Hund auf. Die Haltung, in der die drei Tiere dastanden, war eindeutig.

Ulrichs Hand senkte sich auf das Schwert, aber in diesem Moment geschah etwas sehr Sonderbares: Wie auf ein unhörbares Zeichen hin wichen die Tiere vor ihnen zurück, zogen die Schwänze zwischen die Hinterläufe und begannen zu wimmern, ganz leise zuerst, dann lauter, schriller, wie in unsäglicher Qual oder Angst, und plötzlich fielen auch andere Tiere in dieses schreckliche Geheul ein. Der furchtbare Chor schwoll an, erreichte eine fast schmerzhafte Lautstärke und gewann immer mehr an Kraft, und dann erscholl auch hinter ihnen das schrille Angstgeheul von Hunden, auf der anderen Seite der Straße, in den Häusern, in den anderen Straßen – Ulrich begriff plötzlich, daß es nicht nur diese drei Tiere waren, deren schrilles Jaulen sie hörten, sondern daß jeder Hund Jerusalems heulte, gleich, ob er hier vor ihnen stand oder auf der anderen Seite der Stadt war.

Und das war noch nicht alles. Plötzlich mischte sich das zornige Fauchen einer Katze darunter, ein schriller, von Panik erfüllter Vogelruf, das Wiehern eines Pferdes ... Es dauerte nicht lange, aber es war ein Chor aus unzähligen Tierkehlen, der seine Angst in den Himmel schrie und alles, *alles* übertönte.

Dann, so jäh wie es begonnen hatte, brach das Chaos ab. Eine tiefe, fast unheimliche Stille senkte sich über die Stadt.

Und am Himmel über Jerusalem erlosch lautlos die Sonne.

32

Es war, als hätte die Welt den Atem angehalten. Endlos lange war es still, unglaublich still. Nichts rührte sich, kein Laut durchdrang das ungeheure Schweigen, das der Dunkelheit folgte; der Lärm der Menschenmenge war ebenso verstummt wie das Schreien der Tiere und das Geräusch des Windes. Selbst die Zeit schien stehengeblieben zu sein, während Ulrich aus schreckgeweiteten Augen nach oben starrte, in den Himmel, von dem die Sonne verschwunden war.

»Großer Gott!« flüsterte er schließlich. »Das ist das Ende der Welt, Sarim!«

Der Tempelritter antwortete nicht gleich, sondern starrte wie Ulrich unverwandt in den Himmel. Es war nicht völlig dunkel. Von der Sonne war ein haardünner, weißleuchtender Ring geblieben, als hätte jemand eine schwarze Scheibe davorgeschoben, die sie nicht vollkommen abdeckte, und ein graues, unheimliches Licht hing wie Nebel zwischen den Häusern; ein Licht, in dem man keine Farben mehr erkennen konnte und alle Bewegungen abgehackt und unecht wirkten. Dann hob der Wind wieder an, ganz sacht zuerst, aber rasch an Kraft gewinnend, und er war kalt.

»Sabbah hat gewonnen, Sarim« flüsterte Ulrich. »Das ist das Ende der Welt!«

»Noch nicht«, erwiderte de Laurec. Ulrich spürte, wie schwer es ihm fiel, überhaupt zu sprechen. »Aber das könnte es werden, wenn wir nicht... *Komm!*« Das letzte Wort schrie er.

Sie rannten los. Die Hunde waren wie ein finsterer Spuk verschwunden, aber die Straßen waren voll von Menschen, die wie gelähmt dastanden und in den Himmel hinaufblickten, als könnten sie einfach nicht begreifen, was sie sahen. Viele beteten, andere standen einfach wie erstarrt da und weinten still. Eine Frau rannte schreiend auf Ulrich zu und klammerte sich so fest an ihn, daß er sich mit einem derben Stoß befreien mußte.

In diesem Moment erzitterte der Boden unter ihren Füßen. Es war nur ein ganz leichter Erdstoß, ein sachtes Vibrieren, aber schon gleich darauf erzitterte die Erde ein zweitesmal und heftiger, und diesmal glaubte Ulrich einen dumpfen, grollenden Laut zu vernehmen, der geradewegs aus dem Boden unter ihren Füßen heraufdrang. Einen Laut, wie er ihn noch nie im Leben gehört hatte, der in seiner Phantasie unglaubliche Bilder heraufbeschwor: Bilder von großen, unterirdischen Hohlräumen, die krachend und donnernd zusammenstürzten. Wie von Furien gehetzt rannten sie los.

Ein dritter Erdstoß erschütterte den Boden. Da und dort gellten plötzlich Schreie auf, und mit einemmal waren Ulrich und Sarim nicht die einzigen, die rannten. Binnen kurzem brach auf den Straßen ein ungeheurer Tumult los. Der Lähmung, die die Menschen befallen hatte, folgte eine Woge von Angst, die die Stadt regelrecht zum Explodieren brachte: Menschen liefen durcheinander, Kinder wurden von den Händen ihrer Mütter gerissen, alle Leute wurden einfach niedergeworfen und viele zu Tode getrampelt, und abermals hallte Jerusalem wider unter dem Chor aus zehntausend panikerfüllten Stimmen.

In diese Schreie mischte sich neuerlich ein dumpfes Grollen, das aus dem Boden drang, und vor Ulrichs Augen spaltete ein Riß die Wand eines Hauses vom Boden bis zum Dach. Ziegel und Steine stürzten auf die Straßen herab. Männer und Frauen flohen schreiend aus ihren Häusern oder rannten ziellos auf den Straßen umher, und von den Zinnen der Zitadelle wehte ein warnender Posaunenstoß über die Stadt. Binnen weniger Augenblicke waren die Straßen so voll von flüchtenden Menschen, daß ein Durchkommen fast unmöglich wurde – Ulrich und Sarim sahen sich plötzlich in eine gewaltige Menschenmenge eingekeilt, die sie wie eine lebende Flut einfach mitriß. Es war das erstemal, daß Ulrich erlebte, wie eine ganze Stadt in Panik geriet, und er sollte es nie wieder vergessen.

Schon nach wenigen Augenblicken hörte das Zittern der Erde wieder auf, aber die Panik, einmal ausgebrochen, legte sich nicht wieder, sondern schien im Gegenteil immer schlimmer zu werden. Und wahrscheinlich war es gar nicht einmal das leise Beben, das die Menschen so sehr in Panik versetzte, begriff Ulrich plötzlich. Die Stadt befand sich seit Tagen, wenn nicht Wochen, in einem Zustand schier unerträglicher Spannung. Ihre Bewohner mußten wissen, daß der Krieg seine Hand nun auch nach ihr ausstreckte. Ulrich hatte von Anfang an die Angst gespürt, die wie ein unsichtbarer Schleier über der Stadt hing. Und sie entlud sich bei der ersten sich bietenden Gelegenheit wie ein Vulkan, in dessen Inneren die Glut überkochte.

Ulrich und Sarim wurden in der durcheinanderlaufenden Menge voneinander getrennt und die Straße hinuntergespült, und es glich einem Wunder, daß sie sich nicht aus den Augen verloren. Obwohl die Erde jetzt nicht mehr bebte, hörte das Schreien der Menge nicht mehr auf, und immer mehr Menschen drängten aus den Häusern, nur um von der kochenden Menge auf den Straßen verschluckt und womöglich verletzt zu werden. Auch Ulrich bekam Schläge und Stöße ab, und er stürzte nur deshalb nicht zu Boden, weil er viel zu sehr im Gedränge eingezwängt war, um sich auch nur rühren zu können. Es kam ihm selbst fast wie ein Wunder vor, daß es ihm schließlich gelang, sich aus dem tobenden Strudel zu befreien und in eine schmale Seitenstraße zu flüchten.

Keuchend ließ er sich gegen eine Wand sinken, schloß für einen Moment die Augen und wartete, bis das Schwindelgefühl in seinem Kopf sich soweit gelegt hatte, daß er es wagen konnte, die Lider wieder zu heben. Wie durch einen Schleier sah er eine schlanke, in Weiß und Rot gekleidete Gestalt auf sich zutaumeln und begriff, daß es auch Sarim de Laurec irgendwie gelungen war, sich hierher zu flüchten. Er hob die Hand, versuchte etwas zu sagen und brachte nur ein unverständliches Krächzen zustande. Selbst das Atmen tat ihm weh. Er hatte das Gefühl, nur noch aus einem einzigen blauen Fleck zu bestehen. Ohne das Kettenhemd, da war er sicher, hätte er sich ein paar Knochenbrüche eingehandelt.

Aber Sarim gab ihm keine Zeit, Atem zu schöpfen. Ohne auch nur im Schritt innezuhalten, packte er ihn an der Schulter und zerrte ihn einfach mit sich. Ulrich strauchelte, wäre um ein Haar gefallen und hatte große Mühe, mit Sarim de Laurecs weit ausgreifenden Schritten mitzuhalten.

Der Weg war allerdings nicht sehr weit. Sie erreichten das Ende der Gasse und sahen sich unversehens vor einer gut zwei Meter hohen, weißgekalkten Wand. Aber Sarim bremste seine Schritte auch jetzt nicht, sondern lief einfach weiter, als wollte er geradewegs durch die Mauer hindurchrennen. Erst im allerletzten Moment ließ er Ulrichs Schulter los, stieß sich mit einer kraftvollen Bewegung ab und sprang mit weit vorgestreckten Armen nach der Mauerkante. Er bekam sie zu fassen, zog sich mit einem einzigen Ruck hinauf und schwang ein Bein über die Mauerkrone. Dann griff er nach unten, faßte Ulrichs ausgestreckte Hand und zog ihn einfach zu sich hinauf. Alles ging so schnell, daß Ulrich gar nicht richtig begriff, wie ihm geschah, bis Sarim ihn auf der anderen Seite der Mauer unsanft hinunterstieß.

Instinktiv krümmte er sich zusammen, rollte über die Schulter ab, um dem Sturz die größte Wucht zu nehmen, kam taumelnd auf einen Fuß und ein Knie hoch – und blickte in ein Paar bernsteingelbe Augen.

Hinter ihm kam Sarim de Laurec mit einem federnden Satz auf dem Pflaster auf. Ulrich starrte wie gebannt das riesenhafte schwarze Tier an, das kaum einen Meter vor ihm stand und ihn aus seinen furchtbaren Augen musterte.

Der Hund war nicht allein. Ein Stück neben ihm stand ein zweiter kräftiger Hund, und als Ulrich zitternd den Blick hob, sah er ein halbes Dutzend weiterer Tiere, allesamt schwarz und groß und mit den gleichen, lodernden gelben Augen. Und noch während er hinsah, erschienen am anderen Ende des Hofes weitere Hunde – fünf, zehn, schließlich waren es zwölf Tiere, die sich lautlos zu den anderen gesellten. Als hätten sie uns verfolgt, dachte Ulrich schaudernd. Oder als hätten sie ganz genau gewußt, welchen Weg wir nehmen würden! Aber wie war das möglich?

Es war ein unheimlicher Anblick: Die Tiere standen reglos da, in fast militärischer Aufstellung und ohne auch nur den mindesten Laut von sich zu geben. Sie machten keine Anstalten, ihn oder Sarim anzugreifen, aber Ulrich wußte genau, daß sie es tun würden, wenn sie auch nur einen einzigen Schritt machten.

Vorsichtig richtete er sich auf, wich mit langsamen Bewegungen an Sarims Seite zurück und stieß einen unterdrückten Laut aus, als er aus den Augenwinkeln sah, wie sich Sarims Hand auf den Schwertgriff senkte.

»Nicht!« flüsterte er. »Sie töten uns, wenn Ihr die Waffe zieht!«

Sarim senkte so hastig die Hand, als hätte sich der Schwertgriff in glühendes Eisen verwandelt. Ganz langsam wich der Tempelritter zur Wand zurück und drehte den Oberkörper, als wollte er sich umwenden und auf die Mauer springen, um sich so in Sicherheit zu bringen. Einer der Hunde stieß ein dumpfes, drohendes Knurren aus, und Sarim erstarrte zur Salzsäule. Nur in seinem Gesicht arbeitete es noch.

»Tu etwas, Ulrich«, flüsterte er. »Wir müssen hier raus.«

Ulrich nickte. Seine Gedanken überschlugen sich. Die Gasse war nichts anderes als eine Falle, nur für sie geschaffen, in die sie sehenden Auges hineingelaufen waren. Und er wußte, daß jede Bewegung sein sicherer Tod war. Dann...

Ulrich war nicht überrascht, tief innen hatte er es erwartet. Auf der anderen Seite des Hofes teilten sich die Schatten, und Hasan as-Sabbah erschien. Er trat nicht aus einer Tür hervor, erhob sich nicht hinter einem Versteck oder schälte sich aus dem grauen Halblicht, daß sich mit dem Beginn der Sonnenfinsternis über die Stadt gelegt hatte, sondern war einfach da, von einer Sekunde auf die andere, ein Schatten, von den anderen freigegeben.

Er war allein. Weder Yussuf noch einer seiner anderen Krieger war bei ihm.

Aber das war auch gar nicht nötig.

Wieder stand Ulrich dem *Alten vom Berge* von Angesicht zu Angesicht gegenüber, und diesmal war es ihm erstmals möglich, ihn so zu sehen, wie er wirklich war:

Kaum Mensch, sondern ein Wesen der Nacht, ein Wesen, das alles Menschliche längst verloren hatte. Was immer Sabbah einmal gefühlt haben mochte – Liebe, Zuneigung, Mitleid, Wärme, all die Dinge, die den Menschen erst ausmachten –, existierte nicht mehr, war ausgebrannt und verloschen. Er war das Böse; ein Mann, dem Gnade fremd war, selbst Haß. Alles, was Ulrich spürte, war eine ungeheuerliche, grausame Kälte.

Und Macht.

Sie umgab den Alten wie ein finsterer Odem, unsichtbar, aber so entsetzlich, daß Ulrich wie unter einem körperlichen Hieb zusammenfuhr. Vielleicht war Hasan as-Sabbah nicht der Teufel, aber etwas, das ihm sehr, sehr nahe kam.

Alles wurde unwirklich. Sarim, die Hunde, die Stadt um ihn herum – nichts spielte mehr eine Rolle. Sarim sagte etwas, aber Ulrich verstand die Worte nicht mehr. Sarim de Laurec konnte ihm nicht helfen. Niemand konnte das jetzt. Dieser Kampf ging nur ihn etwas an, ihn und Sabbah.

Sein Blick hing wie gebannt auf Sabbahs Gesicht, bohrte sich in Sabbahs nachtschwarze, pupillenlosen Augen, und zum allerersten Male gelang es ihm, dem Blick des Alten vom Berge standzuhalten.

Sabbah kam näher, blieb in ein paar Schritten Entfernung stehen und verzog das Gesicht zu einem ganz leisen, fast anerkennenden Lächeln.

»Du hast dazugelernt, Christenjunge«, sagte er, und Ulrich schauderte, als er die hohle Stimme wieder vernahm. »Aber ich fürchte, es reicht nicht.«

Sabbah musterte ihn kalt. »Euer Plan war gut«, fuhr er fort. »Aber nicht gut genug. Gerhard hatte recht. Es gibt einen Ort auf der Welt, einen einzigen Ort, an dem das Siegel vor mir sicher wäre. Hast du wirklich geglaubt, ich sehe tatenlos zu, wie du es dorthin bringst, Christenjunge?«

»Das wirst du müssen«, antwortete Ulrich. »Ich werde es nämlich tun.«

»Nein«, sagte Sabbah. »Ich kann diese Stadt vernichten, wenn ich es will. Ich kann all diese Menschen töten. Deinen Freund. Dich. Es sei denn, du lieferst mir das Siegel aus.« Er streckte die Hand vor. »Gib es mir.«

»Nein«, sagte Ulrich und nahm das Siegel aus dem Gürtel.

»Dann töte ich dich.«

Ganz langsam hob Ulrich die Hand, trat dem Alten vom Berge entgegen und blickte ihm fest ihn die Augen. Sabbah erwiderte seinen Blick, und wieder spürte Ulrich einen Hauch jener unheimlichen, alle Gedanken und Gefühle lähmenden Kälte, als sich ihre Blicke ineinanderbohrten.

Aber diesmal gewann Ulrich das stumme Duell. Was immer es war, das Sabbahs Seele gefressen hatte, es hielt seinem Blick nicht stand. Nach einer endlosen Zeit konnte Ulrich beinahe sehen, wie es sich zurückzog, floh, in die tiefsten Gründe seines abgründigen Wesens zurückkroch und sich wie ein getretener Wurm krümmte.

»Geh!« sagte Ulrich mit fester Stimme, in der nicht die kleinste Spur von Unsicherheit mitschwang. Es war nicht seine Kraft, die er spürte, sondern etwas, das zwar die ganze Zeit über bei ihm gewesen war, dessen wahre Gestalt er aber vielleicht erst jetzt zum erstenmal fühlte.

Sabbah blinzelte. Für einen Moment malte sich ein Ausdruck unendlich tiefen Schreckens auf seinem Gesicht ab. Er setzte dazu an, etwas zu sagen, schüttelte dann nur den Kopf – und wich einen Schritt zurück.

»Geh, Sabbah«, sagte Ulrich noch einmal. »Verschwinde. Verschwindet alle!«

Sabbah rührte sich nicht, sondern hob nur mit einem zornıgen, fauchend klingenden Laut die Arme, wie um sein Gesicht zu schützen aber die Hunde – bis auf einen, den, der Sabbah am nächsten stand – zogen sich ein Stückweit zurück.

Ulrich trat dem riesigen Tier entschlossen entgegen. Der Hund legte die Ohren an den Schädel, richtete sich auf und zog drohend die Lefzen hoch. Fänge, die fast so lang wie Ulrichs kleine Finger waren, blitzten wie kleine weiße Messer. Ein drohender, wilder Laut drang aus der Brust des Tieres, als Ulrich sich auf es zu bewegte.

Dann begann es ganz langsam und rückwärtsgehend vor Ulrich zurückzuweichen.

»Geh!« sagte Ulrich noch einmal. Der Hund wich weiter zurück, und auch in die Reihe der anderen Tiere kam unruhige Bewegung. Mörderische Gebisse blitzten auf, und aus lauernden Augenpaaren loderte Ulrich gelbes Höllenfeuer entgegen. Aber er hatte keine Angst. Der Hund, der als erster vor ihm zurückgewichen war, heulte plötzlich schrill auf, fuhr auf der Stelle herum und stob davon.

Es war das Signal zur allgemeinen Flucht. Wie von einem einzigen, gemeinsamen Willen beseelt, wandten sich die Tiere um und rannten aus dem Hof, vor Angst heulend.

Und dann waren sie allein, Hasan as-Sabbah und er.

Ulrich wandte sich wieder dem Alten vom Berge zu. Seine Macht war noch immer da, spürbar wie ein Pesthauch, der das Atmen schwer machte und Ulrichs Gedanken lähmte, aber da war auch noch die zweite, sehr viel sanftere Kraft, die trotzdem tausendmal stärker war als die des Alten, die aber nicht die Ulrichs war, sondern nur geliehen.

Und Ulrich begriff.

Es gab nur einen einzigen Grund, aus dem Hasan as-Sabbah das Siegel in seinen Besitz hatte bringen wollen. Sabbah war ein Zauberer, vielleicht der größte Magier, den es gab, ein Mann von ungeheurer Macht. Er brauchte das Siegel nicht, um sich dessen Zauberkräfte zunutze zu machen. Und trotzdem fürchtete er es.

Denn das Siegel besaß als einziges auf der Welt eine Kraft, die ihn vernichten konnte.

Doch seit Ulrich das Siegel bei sich trug, war er unangreifbar geworden, selbst für den Alten und seine fürchterlichen Begleiter. Das, was er bei sich trug, war stärker als selbst Sabbah.

»Du hast mich besiegt, Christenjunge«, ertönte Sabbahs kalte Stimme. »Es liegt in deiner Hand, mich zu vernichten.«

Und für einen Moment – bevor er begriff, daß dies Sabbahs letzte und hinterhältigste Versuchung war – *wollte* Ulrich es.

Es wäre leicht. Er konnte ihn töten, mit Hasan as-Sabbah vielleicht das Böse überhaupt besiegen. Die Welt verändern. Sie besser machen, für alle Zeiten.

Es wäre so leicht. Ein Gedanke, ein Lidzucken, nicht einmal das, sondern einfach der Umstand, daß er es *wollte,* und die Macht des Siegels würde entfesselt und wie ein Schwert aus unwiderstehlicher Weißer Magie in den finsteren Zauberer fahren und ihn vernichten...

»Warum tust du es nicht, Christenjunge?« fragte Sabbah leise, fast lockend. »Vernichte mich, und du schaffst das Böse aus der Welt.«

Ulrichs Hand zitterte. Schweiß bedeckte seine Stirn, und er fühlte sich leer und hilflos und unendlich allein.

Doch dann senkte er die Hand, trat einen Schritt zurück und schüttelte ganz sacht den Kopf.

»Nein«, sagte er. »Das werde ich nicht tun. Das Siegel ist zum Beschützen gemacht, nicht zum Zerstören.« Er machte eine befehlende Geste. »Geh!«

Der Alte vom Berge verschwand. Es geschah so lautlos und schnell, wie er erschienen war. Plötzlich war der Hof wieder leer. Und mit Sabbah verschwand der Hauch unheiliger Magie, der wie eine erdrükkende Last auf Ulrichs Seele gelastet hatte.

Lange, sehr lange stand er einfach so da, starrte ins Leere und versuchte zu begreifen, was geschehen war, aber es gelang ihm nicht ganz. Er hatte Hasan as-Sabbah besiegt, aber er wußte, daß es nicht wirklich *er* gewesen war, der dies zustande gebracht hatte. Plötzlich kam er sich vor wie eine Spielfigur; ein Stein auf einem Brett, der von Mächten hin und her geschoben wurde, die er nicht verstehen konnte. Er war nicht einmal sicher, ob er das Siegel benutzt hatte oder das Siegel ihn.

Aber gleich wie, sie hatten gewonnen.

Langsam hob er die Hand, betrachtete die so harmlos aussehende,

342

wenig mehr als münzgroße Scheibe aus Gold und schloß schließlich die Faust darum.

»Was wirst du tun?« fragte Sarim de Laurec leise.

Ulrich sah auf. Er hatte nicht einmal gemerkt, daß der Freund hinter ihn getreten war. Er versuchte zu lächeln, aber es gelang ihm nicht. Er empfand eine tiefe, warme Dankbarkeit dafür, daß Sarim de Laurec ihn nicht fragte, warum er Sabbah nicht vernichtet hatte. Von allen Menschen auf der Welt war er vielleicht der einzige, der die Antwort kannte.

»Wirst du das Siegel behalten?« fragte Sarim, als er nicht antwortete.

Behalten? Ulrich dachte kurz darüber nach. Dann schüttelte er den Kopf.

»Nein«, sagte er. »Es gehört mir nicht, Sarim. Es wurde mir nur geliehen, auf Zeit. Oder ich ihm.« Er seufzte. Sein Blick glitt über die Dächer Jerusalems nach Osten. Die Sonne war noch immer verschwunden, und der Himmel über der Stadt hatte die Farbe schmutzigen Nebels. Trotzdem konnte er die Türme der Grabeskirche deutlich erkennen. Und jetzt zweifelte er nicht mehr.

Ohne ein weiteres Wort ging er an Sarim vorbei und verließ den Hof.

Eine Stunde später trat er aus dem Kirchenportal heraus, und im selben Moment begann sich das erdrückende Grau über der Stadt aufzuhellen; der bleiche Ring, in den sich die Sonne verwandelt hatte, leuchtete stärker, und die unheimliche magische Finsternis begann zu weichen.

Ulrich blieb stehen und blickte in den Himmel hinauf, von dem er nur eine Hälfte erkennen konnte; die andere war verschwunden hinter dem wuchtigen Gemäuer des Gotteshauses, in dessen tiefsten Tiefen er das Siegel verborgen hatte; an einem Ort, den nur er kannte und den er keinem anderen Menschen verraten würde, ganz gleich, was geschehen mochte.

An dem Ort, an den es gehörte.

Es war immer dort gewesen, und es würde immer dort sein, im Herzen der christlichen Welt, des christlichen Glaubens, von dem es ein größerer Teil war, als selbst Gerhard und die wenigen anderen Eingeweihten es ahnen mochten.

Ulrich fühlte sich erleichtert, ja, aber auch irgendwie müde und leer, wie jemand, der eine unmöglich erscheinende Aufgabe bewältigt hatte und erst hinterher begriff, daß gar nicht das Ziel, sondern nur der Weg dorthin der eigentliche Preis gewesen war, um den er gekämpft hatte.

Es war so viel geschehen, das er erst im nachhinein begriffen hatte, und noch viel mehr, das er vielleicht niemals verstehen würde. Und all das zog in diesen wenigen Augenblicken noch einmal an seinem inneren Auge vorüber, während er dastand und der Sonne zusah, die an diesem Tag zum zweitenmal erwachte. Als Betteljunge war er hierher gekommen, und nun war er ein Ritter. Und er trug in seinem Herzen das Wissen um eines der größten Geheimnisse der Christenheit. Für einen Moment, einen unendlich kurzen Moment, hatte er die *Macht* kennengelernt, die größte Versuchung, die den Menschen von Anbeginn ihrer Geschichte an auferlegt worden war. Er hatte gespürt, was es hieß, *Macht* zu haben, Macht, zu zerstören, aber auch Macht, zu schaffen, Macht, zu töten, aber auch Macht, Leben zu retten. Das Siegel war mehr, tausendmal mehr, als Gerhard – und selbst Hasan as-Sabbah – in ihm vermuteten. Es war der Schlüssel zur absoluten, uneingeschränkten Macht. Und er war sehr froh, daß er es nicht mehr hatte. Denn er hatte auch den Preis gespürt, den diese Macht forderte. Er hatte diesen Preis *gesehen,* als er in Sabbahs Augen geblickt hatte.

Das Siegel war nicht für Menschen gemacht. Es hatte ihm nicht gehört, sowenig wie es Gerhard oder irgendeinem anderen vor ihm gehört hatte. Sie hätten es niemals von dort fortnehmen dürfen, wohin er es zurückgebracht hatte. Und vielleicht, überlegte er, während er sich langsam umwandte und zu Sarim de Laurec hinüberging, der auf der anderen Seite der Straße stand und auf ihn wartete, vielleicht war seine einzige Aufgabe in diesem entsetzlichen Spiel mit dem Schicksal von Menschen und ganzen Völkern keine andere als die gewesen, das Siegel endlich zurückzubringen.

Sarim sah ihn sehr ernst an, als er ihn erreichte. »Willst du darüber sprechen?« fragte er leise.

Ulrich schüttelte den Kopf. Es gab nichts zu bereden. Jetzt nicht mehr. Es war vorbei.

Noch einmal wandte er sich um und sah zu dem Kirchenschiff zurück, das über der Stelle errichtet worden war, an der vor mehr als tausend Jahren ein Mann namens Jesus von Nazareth bestattet worden war, und noch einmal spürte er jenen Schauer von Ehrfurcht, der ihn überkommen hatte, als er es vorhin zum erstenmal betreten hatte. Ohne daß es eines weiteren Wortes der Verständigung zwischen ihnen bedurft hätte, drehten sich Ulrich und Sarim um und gingen nebeneinander zur Zitadelle zurück. Und noch am selben Abend verließen sie Jerusalem für immer.

Wolfgang Hohlbein

Hagen von Tronje

Ein Nibelungen-Roman

Hagen von Tronje, einsamer, finsterer
Held des Liedes und der Sage – und
Siegfried von Xanten, strahlendster aller
Helden, Drachentöter und Herrscher der
Nibelungen. Zwei große, schillernde
Gestalten, in deren Spannungsfeld sich
das dramatische Geschehen entwickelt
und durch die erzählerische Kraft
Wolfgang Hohlbeins neue Form und
Deutung erlangt.

Ueberreuter

Die phantastischen Geschichten von

Wolfgang und Heike Hohlbein

DRACHENFEUER

Durch das Tor im Fels war Chris in das Land der Feen und Elfen gelangt. Doch diese schöne, fremde Welt ist in großer Gefahr. Seit Jahrtausenden schläft hoch im Norden der Drache – doch ist er einmal geweckt, können ihn selbst die mächtigsten Zauberer nicht mehr bändigen ...

MÄRCHENMOND

Boraas, der Herr des Schattenreiches, hält die Seele von Kims Schwester im Lande Märchenmond gefangen. Der Junge ist der einzige, der sie befreien kann. Es wird ein gefährlicher Weg, der ihn über die Pässe des Schattengebirges zum König der Regenbogen am Ende der Welt führt, dem er um Hilfe bitten will ...

ELFENTANZ

Ahriman, der Dunkle Herrscher, ist aus seinem unterirdischen Reich gekommen und versucht, die Herrschaft an sich zu reißen. Als die Tagnacht anbricht, beginnt der Kampf um das Schicksal der Welt. Und in Timos Händen liegt die Entscheidung ...

MIDGARD

Der Sturm tobt über Midgard, die Wölfe schleichen heulend um das einsame Haus, und die Küste erzittert unter der Brandung des Ozeans. Staunend und ungläubig hört der Knabe Lif zu, als die alte Skalla die Legende vom Fimbulwinter erzählt, der das Ende der Menschheit einleiten soll.
Nicht die Götter sind ausersehen, das Menschengeschlecht zu retten. Der Knabe Lif ist bestimmt, das Schicksal zu beeinflussen und dem Fimbulwinter ein Ende zu setzen ...

Ueberreuter